LA DERNIÈRE CHAMANE

DU MÊME AUTEUR
CHEZ LE MÊME ÉDITEUR

Séléné
African Lady
Australian Lady
Les Vierges du paradis
La Prophétesse
Les Fleurs de l'Orient
Et l'aube vient après la nuit
Les Battements du cœur
La Terre sacrée
La Pierre sacrée
L'Etoile de Babylone

Barbara Wood

LA DERNIÈRE CHAMANE

Roman

Traduit de l'anglais (Etats-Unis)
par Nathalie Serval

PRESSES DE LA CITÉ

Titre original : *The Last Shaman*

ISBN 978-2-258-07175-9

HOSHI'TIWA

1

1150 après J.-C.

Un homme courait sur la route pavée, le cœur battant. Malgré ses pieds en sang, il n'osait s'arrêter. Il regarda derrière lui et ses yeux s'agrandirent de terreur. Il trébucha, se rétablit de justesse et accéléra. Il devait avertir son clan de l'approche du Seigneur obscur.

Assise au soleil au pied de la falaise, Hoshi'tiwa filait du coton pour sa tenue de mariée. Elle roulait le fuseau de bois le long de sa cuisse, tirant d'un panier des fibres de coton cardé pour former le fil qui, une fois teint et tissé, attacherait ses cheveux.

Le clan vaquait à ses occupations quotidiennes : les cultivateurs plantaient le maïs, les femmes veillaient sur le feu et les enfants, les potières fabriquaient les jarres qui faisaient la réputation du clan, même si certaines avaient laissé leur travail pour aider aux champs. La dernière fois que le Peuple du soleil avait apporté son tribut annuel au Lieu central, il avait reçu l'ordre de fournir le double l'année suivante. Cette décision imposait un effort supplémentaire à la communauté, mais grâce au concours de chacun ils étaient assurés de relever le défi.

Hoshi'tiwa ignorait que de l'autre côté du monde, une autre race d'hommes désignait ce cycle solaire sous le nom de « Anno Domini 1150 ». Ces étrangers chevauchaient des animaux inconnus de son peuple et transportaient des marchandises grâce à une invention appelée roue. Hoshi'tiwa n'avait aucune notion des cathédrales, de la poudre à canon, du café ou des horloges. Elle ignorait aussi que ces autres hommes donnaient des noms aux cours d'eau et aux sommets.

Le village de la jeune fille ne portait pas de nom, pas plus que la rivière qui coulait à proximité et les montagnes qui veillaient dessus. Beaucoup plus tard, des étrangers viendraient et nommeraient cette terre et toutes les découvertes qu'ils feraient. A quelque trois cents kilomètres de la falaise au pied de laquelle Hoshi'tiwa savourait la caresse du soleil sur ses bras nus, une ville – Albuquerque – surgirait du sol dans une région appelée Nouveau-Mexique, et la terre qui s'étendait au nord du village de la future mariée prendrait le nom de Colorado.

Le seul endroit dont Hoshi'tiwa connaissait le nom était le Lieu central. Dans plusieurs siècles, cet important foyer commercial et religieux deviendrait Chaco Canyon. Des hommes et des femmes – des « anthropologues » – passeraient ses ruines au peigne fin et s'interrogeraient à n'en plus finir sur la disparition aussi soudaine que définitive du peuple de Hoshi'tiwa, improprement rebaptisé « Anasazis ».

La jeune fille était loin de se douter du rôle qu'elle jouerait dans ce mystère. Si on le lui avait dit, elle aurait protesté, affirmant que son existence n'avait rien de mystérieux. Il y avait des siècles que son peuple vivait au pied de cet escarpement, dans une courbe de la rivière. Si leurs maisons s'étaient agrandies et si les motifs de leurs poteries s'étaient raffinés au fil du temps, chaque génération ressemblait beaucoup à la précédente.

Hoshi'tiwa était la fille d'un humble commerçant qui puisait son bonheur dans la certitude que demain serait identique à aujourd'hui.

Le coureur tomba. Une vive douleur traversa son genou droit. Tandis qu'il luttait pour se relever, il sentit les pavés vibrer sous les pas lourds d'une armée.

Les cannibales approchaient !

Hoshi'tiwa lança un regard au bel Ahoté dont le corps musclé, vêtu d'un simple pagne, luisait au soleil. Sous la direction de son père, le jeune homme récitait l'histoire du clan en s'aidant des pictographes peints sur le Mur de la mémoire. Chaque symbole représentait un événement majeur. Le père d'Ahoté lui désigna la silhouette de Kokopelli, le dos déformé par un sac rempli de cadeaux et de bénédictions. Le joueur de flûte mythique avait donné son nom à une confrérie secrète, formée d'hommes réputés pour leur nature capricieuse et leurs actions charitables. Si nul ne connaissait l'origine, les rites ni les dieux que servait la communauté, ses membres étaient partout les bienvenus. L'arrivée d'un *kokopelli* donnait lieu à des réjouissances, car il apportait la chance et la fertilité. Lors de la visite dont faisait état le Mur de la mémoire, le *kokopelli* était demeuré sept jours. Après son départ, le clan avait constaté une augmentation des récoltes et des grossesses chez les femmes mariées.

Le Mur comportait quantité d'autres symboles – éclairs, spirales, animaux, personnages humains –, trop nombreux pour que le clan les mémorise tous. En conséquence, on avait confié cette tâche à un homme, Celui qui lie les gens. Quand l'ensemble de la communauté, enfants compris, participait à l'effort collectif, Celui qui lie les gens n'aidait jamais à la moisson. Sa seule obligation consistait à se réciter quotidiennement la longue histoire consignée sur le Mur de la mémoire.

Le cœur de Hoshi'tiwa était rempli d'amour et d'espoir. Comme la vie lui paraissait belle ! Le printemps faisait éclore des milliers de fleurs, la rivière était fraîche et peuplée de poissons, le clan menait une existence prospère et une jeune fille de seize ans attendait avec impatience le jour de son mariage.

Hoshi'tiwa avait de la chance d'épouser un garçon de son clan. Ainsi, elle n'aurait pas à quitter son village ni sa famille. Les lois régissant les unions étaient complexes et ne souffraient aucune exception. Mais la chance avait voulu qu'Ahoté, qu'elle aimait depuis l'enfance, ait le droit de prendre femme au sein du clan, et non dans un village des environs.

Avant un mariage, les aînés du clan se penchaient avec attention sur la généalogie des futurs époux, démêlant patiemment le réseau d'oncles, de tantes et de cousins des deux côtés. Des jours durant, ils discutaient, s'interrogeaient et faisaient appel aux souvenirs des uns et des autres : si le malheur voulait qu'un tabou fût prononcé, des désastres sans nombre s'abattraient sur le clan.

Par bonheur, le père d'Ahoté n'avait aucun lien de parenté, même lointain, avec la famille de Hoshi'tiwa. Le grand-père du jeune homme avait rejoint le clan en épousant la fille d'un danseur des esprits. Lui-même serait devenu un danseur des esprits si un mal mystérieux n'avait emporté l'unique fils de Celui qui lie les gens. Cette disparition avait semé la panique au sein de la communauté : si nul n'était capable de lire le Mur de la mémoire, le clan perdrait son passé et son seul lien avec les ancêtres. En cherchant un remplaçant, les aînés s'étaient aperçus que le gendre du danseur des esprits était doué d'une intelligence vive et d'une excellente mémoire. C'est pourquoi Ahoté, deux générations plus tard, se trouvait libre d'épouser Hoshi'tiwa.

Ahoté coula un regard vers la jeune fille, si jolie dans sa tunique d'un rouge éclatant. Le désir le submergea, entraînant ses pensées vers sa future nuit de noces. Mais un pincement au bras le rappela à son devoir.

— Le clan connut alors un printemps de chasse abondante, récita-t-il devant l'image d'un ruminant criblé de flèches. Les élans descendaient eux-mêmes des plateaux pour s'offrir en nourriture.

Le symbole le plus récent, un cercle avec une traîne formée de six lignes parallèles, commémorait le passage d'une comète, l'été précédent. Depuis, il n'était survenu aucun événement assez important pour figurer sur le mur. Tout en récitant sa leçon, Ahoté se demanda quel serait le prochain symbole à compléter la longue histoire du clan.

Le coureur fit une nouvelle chute, laissant des traces de sang sur les pavés en grès. Ses genoux étaient à vif et ses articulations criaient de douleur. Pour sauver sa vie, il n'avait qu'à quitter la route, fuir vers la gauche et se cacher au fond d'un ravin étroit. Mais les villageois étaient sa famille et ils comptaient sur lui pour les avertir en cas de danger.

La mère de Hoshi'tiwa, Sihu'mana, posa la meule de pierre avec laquelle elle broyait le maïs et scruta le ciel. Tout avait l'air normal, et pourtant... Son regard fit le tour de la minuscule place. Assise à l'ombre devant sa maison en brique, la jeune Maya donnait le sein à son arrière-grand-père. Le bébé qui pleurait dans le panier calé sur le dos de la jeune mère attendrait que l'ancêtre fût rassasié. Depuis que le vieillard avait perdu ses dernières dents, il avait du mal à avaler sa bouillie. En l'allaitant, son arrière-petite-fille perpétuait une tradition immémoriale qui visait à prolonger autant que possible la vie des aînés, car eux seuls gardaient le souvenir des événements passés.

Des cris s'échappèrent de la maison voisine de celle de Maya. Par la porte ouverte, la mère de Hoshi'tiwa aperçut son amie Lakshi, accroupie dans la pénombre, les poignets attachés à une corde qui pendait du plafond. Agenouillées devant et derrière elle, deux sages-femmes tentaient de convaincre le bébé de venir au monde.

Rien que de très normal, pourtant l'atmosphère semblait trop paisible, les sons trop sourds, le soleil trop doré. Etait-ce le signe que le rêve qui l'avait visitée des années auparavant, lors d'une nuit troublée, était sur le point de se concrétiser ? Ou bien était-ce l'approche de la cérémonie qui la rendait nerveuse ?

Nulle mère ne connaissait le repos tant que sa fille demeurait dans l'entre-deux fragile séparant l'enfance du mariage. Quand Hoshi'tiwa passerait sous la protection de son époux, Sihu'mana, comme toutes les mères depuis l'aube des temps, pousserait un soupir de soulagement.

Un mariage réussi supposait que chacun des deux époux apporte un ingrédient essentiel à l'union : l'homme son courage, la femme son honneur. Sihu'mana avait eu du mal à préserver la virginité de sa fille. La beauté de Hoshi'tiwa – un bienfait ou une malédiction, selon le point de vue – l'obligeait à redoubler d'attention chaque fois que le village accueillait des visiteurs. Si personne ne prononçait jamais son nom, nul n'avait oublié le sort tragique de l'infortunée Kowka. A quelques jours de son mariage, la jeune fille était allée ramasser des œufs de pinson avec ses sœurs. Comme elle s'était aventurée en amont de la rivière, seule et sans protection, une bande de maraudeurs venus du nord lui était tombée dessus. Kowka avait survécu au viol, mais aucun homme n'avait voulu l'épouser en raison des nombreux tabous qui régissaient la vie du clan. Il était interdit d'avoir des relations sexuelles en dehors de la tribu. Les unions n'étaient autorisées qu'à l'intérieur du Peuple du soleil, lequel comprenait assez de clans pour offrir une variété de choix suffisante. Une femme ne pouvait coucher avec son frère, ses oncles ou ses cousins. Une vierge ne pouvait s'unir à un homme avant le mariage. Parce qu'elle était vierge, et parce que ses agresseurs provenaient d'une tribu du Nord qui adorait d'autres dieux et obéissait à d'autres traditions, les aînés avaient déclaré Kowka *makai-yo*, impure. Malgré les appels à la clémence de sa mère, la jeune fille avait été chassée du village et on ne l'avait jamais revue.

Inquiète de voir Kowka s'inviter dans ses pensées, Sihu'mana marmonna une formule de protection et traça un signe dans le vide. Il y avait des années qu'elle n'avait plus songé à la malheureuse. Fallait-il y voir un mauvais présage ?

Les craintes de Sihu'mana resurgirent. Pendant seize années, elle avait gardé son rêve secret sans même en parler à la première concernée, sa fille Hoshi'tiwa. Pendant seize années, elle avait prié et comblé les dieux d'offrandes, espérant les convaincre qu'il était trop injuste de priver une mère de sa fille unique. Sihu'mana avait porté huit enfants. Deux étaient morts à la naissance, deux n'avaient pas atteint leur premier anniversaire, deux étaient décédés avant l'âge de cinq ans, et son fils, le frère aîné de Hoshi'tiwa, n'avait pas survécu à sa quête de la vision. Parti dans les montagnes avec une simple lance, il avait réussi à tuer un puma. Mais avant de succomber, le fauve lui avait ouvert le ventre de ses griffes acérées. Le jeune homme était parvenu à regagner la maison en retenant ses entrailles pour tomber mort aux pieds de sa mère.

Après la naissance de Hoshi'tiwa, Sihu'mana avait cessé de saigner à chaque cycle lunaire. Durant seize années, elle avait dispensé ses soins et son amour à sa fille. Elle lui avait appris à marcher et à parler, à se montrer polie, modeste et patiente, lui avait enseigné les nombreux tabous et traditions du clan pour qu'elle n'attire pas le malheur sur sa famille en enfreignant accidentellement une loi. Surtout, elle lui avait appris à faire « parler » la terre avec ses mains et à créer les plus belles poteries qu'on ait vues depuis des générations. Et pendant seize années, Sihu'mana avait fait taire ses craintes à grand renfort de galettes de maïs, attribuant ses rêves à un excès de piment ou à un esprit farceur.

Mais son sang, ses os l'avertissaient d'un événement imminent. Même les arbres, les pierres et les oiseaux avaient senti quelque chose. Pendant qu'elle regardait passer la vieille Wuki avec un panier d'oignons tout juste déterrés, une certitude lui vint : le jour qu'elle redoutait avait fini par arriver.

Mais pourquoi ? A quoi bon une prémonition qui laissait les détails de côté ? Sihu'mana cligna des yeux, regardant fixement le ciel d'un bleu inaltéré. Elle repensa aux circonstances de la naissance de Hoshi'tiwa et se demanda si son pressentiment était lié à la pluie.

Les dieux s'étaient toujours montrés généreux avec le village de Sihu'mana. En hiver, les branches des pins et des cèdres pliaient sous le poids de la neige. En été, de fréquentes averses abreuvaient les champs de maïs, assurant au clan une récolte d'automne abondante. Si la plus grosse partie du maïs revenait aux Seigneurs obscurs, et cela depuis des temps immémoriaux, il en restait toujours assez pour subvenir aux besoins des fermiers et de leur famille. Même si les Seigneurs exigeaient davantage cette année (on prétendait qu'au sud du Lieu central les nuages refusaient obstinément de s'épancher sur le maïs qui séchait sur pied), le clan n'était pas inquiet : il ne manquerait jamais d'eau car ses potiers fabriquaient les meilleures jarres de pluie au monde.

Il était bien connu que l'eau ne tombait que si elle avait un endroit où le faire. Plus un récipient était beau, plus il attirait la pluie. Par conséquent, des centaines de jarres parsemaient le paysage, au pied de la falaise, devant les portes des maisons, autour de la *kiva*, le long des murs et des fenêtres, recueillant le précieux liquide qui servait à arroser le maïs, les haricots, les courges et remplissait les gourdes des villageois. La réputation des potières du clan ayant atteint les villages et les fermes les plus éloignés, il n'était pas rare que des marchands et des voyageurs leur échangent leur production contre de la viande, des pierres de ciel et des couvertures de plumes.

Trop troublée pour se concentrer sur sa tâche, Sihu'mana considéra à nouveau la place, les maisons d'adobe, les champs et la rivière, et enfin sa fille, source de son malaise. Hoshi'tiwa était belle, douce et modeste. Pourtant... pourtant, il semblait parfois à sa mère que son sourire timide dissimulait une pointe de fierté. Et la fierté, comme chacun sait, est le premier pas vers la chute.

Le coureur aurait aimé rester là, couché sur les pavés chauffés par le soleil. Il était si épuisé qu'il craignait de ne pas trouver la force de se relever pour parcourir la faible distance qui le séparait encore du village.

Puis il pensa à sa grand-mère Wuki, à sa sœur Lakshi... Il ne permettrait pas que les cannibales mettent la main sur elles.

Après une prière muette aux dieux, l'homme parvint à se relever au prix d'un effort surhumain. Ses pieds ensanglantés l'entraînèrent ensuite vers les falaises entre lesquelles serpentait la rivière qui arrosait le village.

Malgré sa modestie, Hoshi'tiwa n'avait pu s'empêcher de remarquer que le premier choix des marchands se portait immanquablement sur ses poteries et celles de sa mère. Cette dernière l'avait souvent mise en garde : « Ne tire aucune vanité de ton talent, ma fille. Rappelle-toi que les dieux ont privé quelqu'un de ce don pour te l'offrir. En te vantant, tu semblerais insinuer qu'ils se sont montrés injustes. »

Néanmoins, tout le monde s'accordait à lui trouver un talent divin. Comment n'en aurait-elle pas conçu un peu de fierté, surtout à présent qu'elle était fiancée à Ahoté, appelé à devenir un des hommes les plus importants du clan ?

Hoshi'tiwa tira de nouvelles fibres de coton de son panier, formant un fil aussi fin que possible. Si elle n'était pas aussi experte que d'autres jeunes filles – son talent à elle résidait dans la poterie –, la règle l'autorisait à créer elle-même son costume de mariée. En conséquence, le clan l'avait libérée de ses autres obligations jusqu'à la cérémonie.

Un nuage passa devant le soleil, plongeant brièvement le village et les champs dans l'ombre. Hoshi'tiwa ne s'en inquiéta pas – au printemps, le ciel est par nature imprévisible. Elle ne se doutait pas que ce nuage en annonçait un autre, très différent.

La jeune fille aurait voulu fabriquer l'ensemble de son costume en coton, mais celui-ci était un bien rare et précieux. Le clan ne le cultivait pas et devait donc l'échanger, si bien qu'elle en avait juste assez pour tisser des rubans. Sa tunique et sa cape de mariage seraient en fibres d'agave, comme la jupe et la tunique qu'elle portait ce jour-là. Si ses vêtements provenaient d'un échange avec un autre village, son clan teignait lui-même ses tissus, ce qui lui permettait de porter sa couleur préférée, le rouge. Les rubans de yucca qui maintenaient ses nattes enroulées sur sa tête – la coiffure des jeunes filles – étaient du même rouge que sa tunique.

Elle se demanda soudain si une autre couleur ne conviendrait pas mieux à son costume de mariée. Un bleu vif, peut-être, ou alors…

— A l'aide !

Hoshi'tiwa releva brusquement la tête. Un homme luisant de sueur venait d'apparaître au niveau du coude que formait la rivière. Il criait en agitant les bras. Parvenu au village, il tomba à genoux et désigna le ciel.

— Vite, au refuge ! Un Seigneur obscur vient par ici !

Hoshi'tiwa lâcha son fuseau et bondit sur ses pieds. Abandonnant leurs occupations – les hommes le travail des champs, les femmes et les enfants le foyer, les potières leur four –, tous les villageois coururent vers la falaise. Des échelles restaient dressées en permanence contre celle-ci, au cas où ils auraient eu besoin de gagner rapidement la forteresse aménagée dans la paroi rocheuse. Les premiers à l'atteindre laissèrent pendre des cordes pour permettre aux autres de les rejoindre.

— Vite ! répéta le guetteur qui avait repéré l'approche de l'armée du haut de sa tour.

Deux hommes le relevèrent et l'entraînèrent vers une échelle. Les deux sages-femmes transportaient Lakshi, qui gémissait sans relâche. Posé sur son ventre, le nouveau-né était encore relié à sa mère par son cordon sanglant. Ahoté et son père accoururent et dressèrent d'autres échelles, entreposées au pied de la falaise. Les villageois montaient à tâtons, en s'aidant les uns les autres. Certains criaient à leurs proches de se dépêcher, avec des expressions paniquées.

— Un Seigneur obscur vient par ici...

Hoshi'tiwa et les siens redoutaient les Seigneurs du Lieu central, réputés pratiquer la torture et les sacrifices humains. Des années plus tôt, assis près du feu, Grand-père avait évoqué à mots couverts certaines pratiques interdites : « Les Seigneurs n'appartiennent pas à notre peuple. Ils sont venus du sud pour faire régner la terreur et nous réduire en esclavage. Ils ont obligé nos ancêtres à construire leurs demeures et à paver leurs routes. Ceux qui se révoltaient périssaient dans d'atroces souffrances, et les Seigneurs consommaient leur chair une fois cuite... »

Jusque-là, Hoshi'tiwa avait toujours cru à des contes inventés pour effrayer les enfants désobéissants. Penchée au-dessus du vide, cramponnée à Ahoté, elle vit avec horreur l'armée venue de l'est se répandre dans la vallée. Les pavés résonnaient sous les pas des Jaguars qui frappaient leur bouclier de leur massue, créant un vacarme assourdissant. Juché sur un trône porté par quarante esclaves, le Seigneur obscur semblait glisser sur cette marée humaine déchaînée. Dans le refuge, les vieilles femmes se mirent à gémir, les enfants à pleurer tandis que les hommes discutaient : pourquoi le Seigneur noir leur avait-il envoyé son armée ? Que leur voulait-il ?

— Ils vont nous manger !

— Il faut fuir !

— Dans le tunnel !

— Ils nous trouveront !

— Ils feront bouillir nos os et mangeront notre chair !

Une masse effrayante d'hommes vêtus de fourrures tachetées, armés de massues et de lances, s'arrêta au pied de la falaise. En haut, les villageois se blottirent les uns contre les autres et firent silence.

Aucun des membres du clan n'avait jamais vu de Seigneur obscur, mais le frère du père de Hoshi'tiwa, un marchand qui visitait les villages éloignés pour échanger des poteries contre des sandales et des paniers, leur avait parlé d'autres maisons creusées dans la roche. Il avait évoqué d'autres refuges semblables au leur, des enfilades de terrasses et de salles aménagées dans la falaise, accessibles uniquement avec des échelles et des cordes.

Un jour, il était arrivé dans un village dont tous les habitants avaient été massacrés. Hommes, femmes, enfants gisaient à l'endroit où ils étaient tombés, leurs assassins n'ayant laissé aucun survivant pour enterrer les morts. Si la plupart avaient une hache ou un couteau planté dans le crâne ou la poitrine, ils n'avaient plus ni bras ni jambes. Après avoir découvert des os bouillis et curés avec soin, l'oncle de Hoshi'tiwa avait compris que les Seigneurs obscurs s'étaient repus de la chair des malheureux, en l'honneur de leurs divinités féroces.

Ahoté et les hommes avaient remonté les cordes et les échelles. Du haut de leur refuge, les villageois observaient les redoutables combattants appelés Jaguars. Si aucun d'eux n'avait jamais vu de jaguar, ils savaient grâce à une légende que ce nom désignait un grand chat tacheté originaire d'une lointaine contrée du Sud. Les hommes du Seigneur obscur portaient sa dépouille sur leur tête et leurs épaules. Des lances, des massues et des boucliers en bois peints d'insignes guerriers complétaient leur équipement. Le Seigneur dominait leur horde, assis sous un dais coloré qui dissimulait ses traits aux villageois.

Un silence plein d'appréhension, tout juste troublé par les sifflements du vent, régnait sur le village désert. Les femmes se cramponnaient à leur époux, les mères serraient leurs enfants dans leurs bras.

Quelques Jaguars se détachèrent des rangs et entreprirent de fouiller les petites maisons d'adobe groupées dans la plaine. Tandis qu'ils inspectaient chaque intérieur, éloignant les dindes à coups de pied et enjambant les chiens qui dormaient, un homme à l'allure remarquable s'avança vers la falaise. Les yeux de Hoshi'tiwa s'agrandirent : elle n'avait jamais vu de costume aussi somptueux. L'étranger portait une cape écarlate sur une tunique en coton d'un orange éclatant et une magnifique coiffe emplumée. De la main droite, il tenait un long bâton de bois surmonté d'un crâne humain orné de pierres de ciel et de jade.

Il était accompagné de deux hommes tout aussi étonnants, au corps entièrement peint en bleu depuis leur tête rasée jusqu'à leurs sandales. Drapés dans des robes bleues, ils soufflaient dans des flûtes en os pendant que l'homme à la coiffe emplumée s'adressait aux villageois dans leur langue.

— Mon nom est Moquihix, de l'Endroit où poussent les roseaux, Porteur de la Coupe de sang, Bouche officielle du *tlatoani* ! N'ayez nulle crainte ! Nous sommes venus chercher une seule personne ! Les autres, retournez à vos champs comme l'ordonnent les dieux !

Les villageois se regardèrent. Dans leur cœur, la crainte avait cédé la place à la curiosité. Les intrus étaient venus chercher l'un d'entre eux ? Qui donc, et pourquoi ?

La voix de Moquihix retentit dans la plaine par-delà la rivière, s'élevant jusqu'au sommet de la falaise.

— Dites à la fille appelée Hoshi'tiwa qu'elle descende !

Les membres du clan échangèrent des chuchotis apeurés. Avaient-ils bien entendu ? Les soldats réclamaient Hoshi'tiwa ?

— Non ! s'écria Ahoté, attirant sa fiancée contre lui.

— L'esprit du *tlatoani* du Lieu central, le Seigneur Jakal de l'Endroit où poussent les roseaux, Gardien de la Plume sacrée, Observateur du ciel, est en proie à mille douleurs, poursuivit Moquihix de sa voix sonore. Le soleil a déserté les journées de notre Seigneur. Livrez-nous la fille Hoshi'tiwa, qui fut désignée pour réjouir le cœur de notre Seigneur, et nous partirons !

— Qu'est-ce qu'il veut dire, Mami ? demanda Hoshi'tiwa, l'air hagard.

La mère de la jeune fille était devenue pâle comme une morte. L'horreur puis la tristesse se peignirent sur ses traits.

— Le Seigneur obscur t'a choisie pour lui-même, dit-elle à sa fille.

Un brouhaha s'éleva ; tout le monde voulait parler en même temps.

— Le tunnel ! Ahoté, emmène-la ! Les Jaguars ne vous retrouveront jamais !

Au même moment, des Jaguars sortirent d'une maison, tirant un vieil homme par les cheveux. Pendant que la famille du malheureux poussait des cris, les soldats l'obligèrent à s'agenouiller et appuyèrent la lame d'une hache sur son cou.

— Lequel a oublié de mettre Vieil Oncle à l'abri ? murmura Sihu'mana, furieuse.

— Livrez-nous la fille, répéta Moquihix dont la coiffe emplumée frémissait dans le vent, ou le vieillard mourra !

Les femmes se mirent à pousser des lamentations. Vieil Oncle était un danseur des esprits ; s'il ne dansait pas lors du prochain solstice d'hiver, le soleil ne reprendrait pas son périple et l'été ne reviendrait jamais.

— Hoshi'tiwa, n'y va pas, supplia Ahoté. Fuyons par le tunnel. Le temps que les Jaguars le découvrent, nous serons loin !

— Mais pourquoi me veulent-ils ? Il y a sans doute des milliers de filles au Lieu central. Moi, je ne suis rien !

Hoshi'tiwa considéra avec stupeur Vieil Oncle agenouillé qui tremblait, puis le Seigneur obscur dissimulé sous son dais. Son trône était dressé sur un tapis de plumes du même bleu que le ciel, recouvrant une litière portée par des esclaves. A peine aperçut-elle un avant-bras cuivré, paré de bracelets faits dans un métal – l'or – qu'elle n'avait vu qu'en une seule occasion avant ce jour.

— Parce que les dieux t'ont distinguée, ma fille, reprit Sihu'mana. J'ignore comment, mais le don que tu as reçu a dû venir aux oreilles du Seigneur obscur.

Sihu'mana remarqua alors l'expression hébétée de son mari.

— Pardon, bredouilla le pauvre homme. J'étais si fier… Je me suis vanté.

Sihu'mana resta sans voix. Avant même de l'entendre, elle avait deviné le contenu de la terrible confession que son époux s'apprêtait à faire.

Un an plus tôt, le mari de Sihu'mana avait échangé des poteries contre du sel dans un village en aval de la rivière. Les habitants lui avaient rapporté que la sécheresse sévissait dans le Sud, alors que la pluie tombait toujours en abondance dans la région du clan de Hoshi'tiwa. Comme ils le pressaient de questions, il n'avait pu s'empêcher de leur parler de sa fille, si douée qu'elle avait fait pleuvoir dès sa naissance et n'avait jamais cessé de remplir leurs jarres depuis lors.

Les réfugiés échangèrent des regards soucieux. Apparemment, la réputation de la fille de Sihu'mana s'était propagée à travers le vaste réseau des routes marchandes jusqu'au Lieu central, où il n'avait pas plu depuis plusieurs saisons.

— Es-tu sûr de n'avoir rien dit d'autre ? murmura Sihu'mana à l'adresse de son époux, glacée d'effroi.

L'homme baissa la tête.

— Ça a été plus fort que moi. J'ai dit que ma fille était plus belle que le soleil.

Sihu'mana entrevit brusquement le tour nouveau qu'allait prendre son existence. Elle ne pourrait pas compter sur sa fille ni sur ses petits-enfants pour veiller sur son grand âge. Hoshi'tiwa partirait et plus rien ne serait comme avant.

— Le Seigneur te veut pour son plaisir, mon enfant, déclara-t-elle avec une infinie tristesse. C'est pour ça que ces hommes sont venus te chercher.

Un murmure horrifié parcourut le groupe des villageois, puis la répulsion se peignit sur leurs visages tandis qu'ils s'écartaient lentement de la jeune fille désormais maudite. Nul ne prononcerait plus jamais son nom.

— Il va s'unir à toi afin de partager le don que t'ont fait les dieux, poursuivit Sihu'mana.

Elle ferma les yeux, pensant au rêve qu'elle avait fait seize ans plus tôt, alors que Hoshi'tiwa était à peine née : sa fille devenue femme, face à une foule massée sur une place inconnue. Elle était nue et du sang coulait entre ses seins. La signification lui semblait évidente à présent.

Abasourdie, Hoshi'tiwa regarda le Jaguar appuyer la lame de sa hache sur le cou de Vieil Oncle. Le clan avait besoin de ce dernier pour ramener le soleil à la fin de l'hiver. Sans lui, le maïs ne pousserait pas. Puis son estomac se souleva à l'idée de ce qu'elle devrait faire avec l'homme qui se cachait sous un dais coloré. Tombant à genoux, elle noua ses bras autour des jambes de sa mère.

— Je t'en prie, Mami... Laisse-moi fuir avec Ahoté !

— C'est ça, acquiesça Ahoté, rouge de colère à l'idée qu'un autre puisse convoiter sa fiancée. Prince ou pas, jamais cet étranger ne portera la main sur Hoshi'tiwa ! Je vais l'emmener loin d'ici, là où ces hommes ne nous retrouveront pas.

La voix de Moquihix leur parvint soudain :

— Tu as trop tardé ! Ton Seigneur t'a donné l'ordre de descendre !

Devant les villageois épouvantés, le Jaguar leva sa hache et l'abattit sur le cou de Vieil Oncle, tranchant net la tête du vieillard.

Dans le silence qui suivit, la mère de Hoshi'tiwa se tourna vers sa fille.

— Malheureuse, qu'as-tu fait ? murmura-t-elle.

— Mami, ce n'est pas ma faute !

— Regardez ! s'écria Ahoté, désignant l'armée massée dans la vallée.

Plusieurs Jaguars s'étaient détachés des rangs et couraient vers la falaise.

— Ils vont monter ! dit quelqu'un.

— Ils vont tous nous massacrer ! ajouta un autre.

— Alors, il est temps de partir, reprit Hoshi'tiwa. Fuyons tous !

Mais sa mère la releva et plongea ses yeux dans les siens.

— Il faut que tu descendes. Nous sommes tenus de payer un tribut aux Seigneurs, que ce soit en maïs ou avec nos filles.

Comme les sanglots de Hoshi'tiwa redoublaient d'intensité, Sihu'mana refoula ses propres larmes.

— Ecoute bien, mon enfant, dit-elle, songeant à son rêve prophétique. J'ai quelque chose à te dire. Tu es née pour accomplir un dessein spécial. J'ignore lequel, mais tu ne peux échapper à ton destin. Tu devras te montrer brave. Je sais que tu en es capable.

La preuve du courage de Hoshi'tiwa résidait dans les trois traits bleus verticaux qui ornaient son front. Durant les rites de puberté, chaque jeune fille était tatouée avec la marque distinctive de son clan. L'opération était douloureuse et, quand une fille versait des larmes, la honte rejaillissait sur sa famille. Après avoir incisé la peau délicate avec un os tranchant, on frottait un mélange de charbon et d'argile bleue sur la plaie. Une compresse de feuilles de tremble imprégnée de *nequhtli*, un alcool fort, était censée prévenir les infections. Hoshi'tiwa n'avait pas bronché ni émis la moindre plainte.

— Il faut y aller, ma fille.

— Mami, comment peux-tu m'obliger à faire une chose pareille ?

Sihu'mana prit le visage de sa fille dans ses mains.

— Ton temps ici s'achève, mon enfant. A présent, ton sort est entre les mains des dieux. Je prie pour que nous nous revoyions un jour.

Mais Sihu'mana savait que cela n'arriverait pas. Des années auparavant, pendant un pèlerinage au Lieu central, la sœur de sa propre mère avait attiré l'attention d'un *pipiltin*, un noble. Celui-ci l'avait fait enlever et nul ne l'avait jamais revue.

— Non ! gémit Hoshi'tiwa. Plutôt mourir !

Dans les yeux des villageois, elle lut alors une supplication – ils l'adjuraient de les sauver des Jaguars – en même temps qu'un sentiment voisin de celui que leur inspirait la pauvre Kowka tandis qu'elle se remettait lentement des violences qu'elle avait subies. Hoshi'tiwa était devenue *makai-yo*. Dans le calendrier stellaire, les jours censés porter malchance étaient appelés *makai-yo*. Certains aliments défendus, telle la chair de la tortue du désert, l'animal totem du clan, étaient *makai-yo*, de même que la jeune fille qui avait perdu sa virginité avant le mariage. Elle n'avait plus ni père, ni mère, ni famille, ni amis, ni personne qui la nourrisse ou lui vienne en aide.

Une mélopée s'éleva, dans laquelle il était question de tabou et de purification. La voix du chanteur résonnait dans la vaste salle creusée dans la falaise.

— Il n'est encore rien arrivé ! protesta Hoshi'tiwa.

Pourtant, elle lut sur les visages qui se détournaient que la souillure était déjà inscrite en elle.

La gorge serrée, elle étreignit ses parents et embrassa son bien-aimé Ahoté. Mais quand elle voulut s'approcher de ses oncles et tantes, ils eurent un mouvement de recul.

Malade de peur et de honte, la jeune fille laissa pendre une corde et entreprit de descendre. Au pied de la falaise, elle fit une pause et leva les yeux. Au même moment, une main brutale la saisit, lui lia les poignets et l'entraîna vers Moquihix. Tremblante, elle tomba à genoux devant l'homme qui la dominait de toute sa taille.

— Est-ce toi qu'on appelle Hoshi'tiwa ?

Elle acquiesça.

— Bien que tu ne vailles pas plus qu'un insecte sous les semelles de mon Seigneur, ou un grain de poussière dans le rayon de soleil qui réjouit son œil, les dieux t'ont choisie pour égayer le cœur du *tlatoani* du Lieu central, Jakal de l'Endroit où poussent les roseaux, Gardien de la Plume sacrée, Observateur du ciel.

Moquihix éleva la voix afin d'être entendu en haut de la falaise.

— Toi qui ne vaux pas plus que la poussière sous les pieds des esclaves, tu apporteras la joie à mon Seigneur Jakal, ou bien ton clan et toi serez sacrifiés sur l'autel de sang lors du prochain solstice !

2

Engourdie par la peur, Hoshi'tiwa marchait péniblement derrière l'armée du Seigneur obscur. Elle boitait car ses pieds nus n'étaient pas habitués aux pierres qui pavaient la route. La petite vallée qui abritait son village disparut bientôt dans le lointain, et elle cessa d'entendre les cris et les lamentations des siens. La large route tracée par les Seigneurs se déroulait devant elle, traversant en ligne droite les plaines et les mesas, longeant des fermes et des habitations troglodytes, la conduisant vers le Lieu central et vers son destin.

Le Seigneur obscur ouvrait le cortège, sur son trône porté par quarante esclaves, eux-mêmes magnifiquement vêtus. Depuis la route, Hoshi'tiwa n'apercevait que le dossier de son fauteuil et les longues plumes vertes de sa coiffe. Moquihix voyageait également en litière, mais la sienne, plus petite, n'était portée que par six esclaves. Venaient ensuite les Jaguars, des hommes fiers et violents, vêtus de peaux tachetées et armés de lances à pointe de silex. Tout à l'arrière, les esclaves transportaient les provisions dans des sacs maintenus par une sangle passée autour de leur tête. Les paquets plus lourds étaient suspendus à des perches portées par deux hommes.

Chaque fois que la procession passait devant une ferme ou un village, les habitants interrompaient leur travail et se prosternaient front contre terre en se couvrant la tête de leurs mains. Le seul à ne pas se conformer à cet usage fut un *kokopelli* qui marchait le long de la route, courbé sous le poids de son sac, en jouant un air joyeux sur sa flûte. Les *kokopelli* devaient ce privilège aux cadeaux et aux bienfaits qu'ils distribuaient avec largesse.

Hoshi'tiwa ne voyait rien de ce qui l'entourait. Elle avait constamment devant les yeux l'image d'Ahoté en larmes, du corps décapité de Vieil Oncle, du visage douloureux de sa mère quand elle avait refusé de descendre. Des émotions inhabituelles – désarroi, peur, tristesse – se bousculaient dans sa tête. Comment sa mère avait-elle pu exiger d'elle un tel sacrifice ?

L'acte qu'elle redoutait tant était-il prévu pour le soir même ? Je resterai immobile comme une bûche, se promit-elle, malade d'appréhension. Qu'il fasse de moi ce qu'il voudra !

Mais ce n'était pas ainsi qu'elle donnerait du plaisir à son ravisseur.

Comment faisait-on pour satisfaire un Seigneur ? Quoique vierge, Hoshi'tiwa savait comment les hommes et les femmes s'unissaient, poussés par l'amour et le désir. Qu'en était-il des Seigneurs ? Etaient-ils seulement normaux ? Hoshi'tiwa avait entendu dire qu'il y avait de l'animal en eux... Une sueur glacée inonda son corps tandis qu'elle tremblait de frayeur et d'écœurement.

Au crépuscule, l'armée fit halte. Hoshi'tiwa eut la surprise de découvrir sur le côté de la route un vaste campement réunissant des captifs de tous âges qui pleuraient ou protestaient, attachés ensemble. Pendant que les Jaguars se retiraient à un bout du camp, ses esclaves portèrent le Seigneur jusqu'à un abri comme elle n'en avait encore jamais vu : une toile de couleur vive, tendue sur des poteaux et fixée au sol par des pieux, avec une ouverture sur le devant. Il disparut à l'intérieur de sa tente, la laissant sur des charbons ardents.

Moquihix fit signe à un gardien de lui amener la prisonnière. Mais au lieu de la conduire sous la tente de son maître, il la traîna jusqu'à un feu autour duquel étaient attachés d'autres captifs qui suppliaient qu'on les libère.

— Veille à ce qu'elle ne s'échappe pas, ordonna-t-il à un esclave occupé à tisonner les braises.

— J'écoute et j'obéis.

Mais à peine Moquihix s'était-il éloigné que l'esclave (un homme bedonnant, vêtu d'un pagne crasseux et d'une cape qui avait été blanche) se redressa et fit un geste obscène dans sa direction. Puis il fixa son regard trouble sur Hoshi'tiwa, qui ne put s'empêcher de le dévisager. C'était la première fois qu'elle voyait un homme sans nez.

L'esclave n'eut pas l'air de se formaliser ; il avait l'habitude de ce genre de réaction.

— On me l'a coupé un jour pour avoir éternué en présence d'un Seigneur, expliqua-t-il.

Il saisit une corde en yucca dont il attacha une extrémité autour de la cheville de la jeune fille et l'autre à un piquet planté dans le sol, laissant une longueur suffisante pour lui permettre de faire quelques pas.

Hoshi'tiwa promena autour d'elle des regards effrayés. A l'ouest, le soleil descendait sur l'horizon, étirant les ombres sur les plaines et les vallées.

— Nous sommes arrivés au Lieu central ?

L'esclave au nez coupé la considéra d'un air stupide et reporta son attention sur le feu.

Plus tard, un gardien apporta des galettes de maïs qu'il jeta par terre. Aussitôt, les captifs se ruèrent dessus. Le temps que Hoshi'tiwa se fraye un chemin à travers la mêlée, il ne restait plus aucune galette. L'homme avait également apporté une gourde d'eau qui passa de main en main. Quand vint le tour de Hoshi'tiwa, la gourde était vide.

— Tu devras te montrer plus rapide si tu veux atteindre le Lieu central, remarqua Nez Coupé.

En tant que gardien – même s'il se situait tout au bas de l'échelle –, il avait droit à sa propre gourde et à une galette qu'il dévora devant Hoshi'tiwa sans lui en offrir.

Hoshi'tiwa faillit lui rétorquer qu'elle n'était pas censée atteindre le Lieu central, ce qui expliquait que ses geôliers ne se souciaient guère de la nourrir. Mais elle préféra ravaler ses pleurs et se retirer en elle-même pour méditer sur son sort.

A la nuit tombée, le ciel se piqua d'étoiles et les feux illuminèrent la plaine d'une lueur rougeoyante. Les plaintes des captifs se mêlèrent aux chants des Jaguars, lesquels avaient allumé un immense brasier d'où montaient des étincelles pareilles à des lucioles.

Pendant que les autres prisonniers se bousculaient pour avoir une place près du feu (la plupart ne portaient qu'un pagne et les nuits de printemps étaient fraîches), Hoshi'tiwa sanglotait sans retenue, au point que Nez Coupé lui allongea une claque pour la faire taire. Il s'enivrait avec du *nequhtli*, un breuvage épais et mousseux qu'on obtenait en faisant fermenter la sève du maguey. Quand il eut fini de boire, il s'essuya la bouche avec la main et tenta de convaincre sa captive du grand honneur qui lui était fait.

— Les Seigneurs que nous servons n'appartiennent pas au Peuple du soleil. Ce sont des Toltèques, originaires d'une ville appelée Tula qui se trouve loin au sud. Ton nouveau maître est un Toltèque, ce qui signifie qu'il t'est supérieur à tous points de vue.

Pendant qu'il parlait, Hoshi'tiwa s'efforçait discrètement de dénouer la corde qui attachait sa cheville. Quand tout le monde dormirait, elle prendrait la fuite.

Nez Coupé se gratta le ventre et reprit d'un air supérieur :

— J'ai moi-même du sang toltecatl dans les veines. Je descends d'une longue lignée de Pochtecas, d'honorables marchands qui commerçaient avec les provinces lointaines. Mon arrière-grand-père possédait sa propre terre, c'est te dire s'il était respecté ! En tant qu'espion du *tlatoani* de Tula, il était également dans la confidence des gouvernants.

Nez Coupé soupira, remplit sa coupe et but une gorgée de *nequhtli*.

— La première fois que mon ancêtre est venu au Lieu central, c'était pour y chercher des pierres de ciel. Il y a trouvé des gens simples qui cultivaient le maïs, vivaient dans des maisons rudimentaires et ne demandaient qu'à servir. Il a cru qu'il avait découvert le paradis. La rumeur s'est ensuite répandue vers le sud, au-delà de Tula et Aztlan et jusqu'à Chichen, qu'il existait au nord des hommes aussi dociles que des moutons, tout prêts à nous donner leur maïs et leurs pierres de ciel afin que nous vivions comme des rois.

Soudain un hurlement épouvantable monta du groupe des Jaguars, à l'autre bout du camp. Nez Coupé jeta un rapide coup d'œil dans leur direction, puis il détourna la tête et vida sa coupe d'un trait. Hoshi'tiwa crut déceler de la peur dans son regard.

— J'ai aussi le sang de ton peuple en moi, reprit-il d'un air morose. C'est pourquoi on m'a chargé de veiller sur les esclaves, parce que je parle votre langue et comprends vos usages. Mais je suis avant tout un Toltèque, ajouta-t-il en frappant sa poitrine. Notre sang est plus fort ! Pendant que le Peuple du soleil creusait des puits, mes ancêtres élevaient des pyramides !

Il se reversa à boire et lança un regard inquiet vers les Jaguars déchaînés.

— C'est grâce à mon arrière-grand-père et à d'autres braves Pochtecas que le roi nous a envoyé un premier gouverneur, un *tlatoani*.

Ses yeux injectés de sang s'arrêtèrent un instant sur la tente brillamment éclairée de l'intérieur.

Que pouvait bien fabriquer le Seigneur sous sa magnifique tente ? Nul n'ignorait que ses semblables consommaient de la chair humaine accompagnée de maïs – pour apaiser leurs dieux sanguinaires, à ce qu'on prétendait. Hoshi'tiwa était résolue à s'échapper avant que le Seigneur se soit mis en tête de la manger.

Nez Coupé et les captifs finirent par s'endormir. Avec la fraîcheur de la nuit, même les Jaguars cessèrent leur tapage. Renonçant à fuir, Hoshi'tiwa se recroquevilla sur elle-même et pleura jusqu'à tomber de sommeil.

Elle rêvait de sa maison et de son bien-aimé Ahoté quand le contact d'une main rugueuse plaquée sur sa bouche la réveilla en sursaut. D'autres mains lui écartèrent les cuisses de force. Etait-ce ainsi que procédaient les Seigneurs ?

Elle aperçut alors le visage hideux de la brute penchée au-dessus d'elle et reconnut un des gardiens. Deux autres hommes poussaient des grognements étouffés tandis qu'ils luttaient pour la maintenir contre le sol. Le premier agresseur releva sa jupe avec brusquerie et elle sentit de l'air frais sur ses jambes. Non ! hurla-t-elle en elle-même. C'était encore pire que le Seigneur obscur.

Pantelante, elle se débattit et mordit jusqu'au sang la paume tannée du gardien qui poussa un juron. A peine eut-il ôté sa main qu'elle hurla de toute la force de ses poumons.

— Ferme-la ! gronda son agresseur.

Au même moment, les mains qui retenaient ses jambes lâchèrent prise et elle entendit un bruit de fuite précipitée. Le troisième homme se redressa vivement, l'air étonné, et s'écroula, la poitrine traversée par la lance d'un Jaguar.

Hoshi'tiwa s'éloigna du mort autant que le lui permettait sa longe et rabattit sa jupe, les genoux ramenés contre sa poitrine. A travers ses larmes, elle vit Moquihix approcher à grandes enjambées et aboyer un ordre à deux gardes qui évacuèrent le cadavre. Il eut ensuite un échange bref et animé avec Nez Coupé, qui jeta un regard à la captive et acquiesça d'un air piteux :

— Bien, monseigneur.

Avant de retourner s'asseoir près du feu, Nez Coupé se pencha au-dessus de la prisonnière et remarqua avec amertume :

— On dirait que mon travail est plus compliqué que prévu. En plus du reste, je vais devoir veiller sur la précieuse fleur entre tes jambes.

Voilà bien un point sur lequel elle s'accordait avec son répugnant gardien ! Mais Hoshi'tiwa avait ses propres raisons pour vouloir préserver sa vertu. Quand le Seigneur l'aurait souillée, plus aucun homme ne voudrait d'elle, pas même Ahoté. Sans mari ni enfant, elle ne pouvait espérer que la pitié et le mépris. En plus d'échapper aux brutes qui composaient cette armée, elle devait trouver un moyen d'éviter l'étreinte lubrique du prince. Peut-être pourrait-elle faire en sorte qu'il la trouve repoussante... Mais ne risquait-elle pas alors d'irriter les dieux ?

Quels dieux ? Avant les Seigneurs, le Peuple du soleil vivait sous la protection d'entités invisibles et bienveillantes qui apportaient la pluie, faisaient pousser le maïs et assuraient la bonne marche du monde. Les ancêtres de Hoshi'tiwa n'adoraient pas tant ces forces surnaturelles qu'ils évitaient de les offenser. Si un déséquilibre survenait, entraînant une crue catastrophique, une mauvaise récolte ou une épidémie qui décimait une tribu, cela signifiait que les esprits étaient mécontents et qu'il convenait de les apaiser.

Mais depuis l'arrivée des Seigneurs, longtemps avant la naissance de Hoshi'tiwa, le monde invisible s'était enrichi de nouveaux hôtes. Ces divinités apparues dans le sillage des envahisseurs du Sud adoptaient une forme humaine, portaient des noms – tel Tlaloc, dieu de la pluie –, avaient des humeurs et des appétits. Certaines avaient même une famille ! Il se murmurait parmi les hommes du clan que les esprits du Peuple du soleil étaient en passe de se faire évincer par ces nouveaux venus pourvus d'un nom, d'une forme et d'armes, et qu'un jour le monde entier sombrerait dans le chaos.

Alors, quels dieux était-elle censée apaiser en se donnant au Seigneur obscur ? Quels esprits invisibles exigeaient pareil sacrifice de la vierge appelée Hoshi'tiwa ? Loin de son village et de la sagesse des anciens, elle n'avait personne vers qui se tourner et nulle part où chercher des réponses, hormis dans son cœur inexpérimenté.

Soudain elle songea à la honte qui s'abattrait sur les siens si elle manquait de courage devant l'épreuve. Elle savait ce qu'on attendait d'elle : qu'elle se dévoue pour l'honneur du clan.

Quand le Seigneur en aurait terminé avec elle, il ne lui resterait qu'à mettre fin à ses jours.

Ces pensées sinistres tournaient en rond dans son esprit tels des animaux captifs, sans qu'elle puisse parvenir à une conclusion.

Le lendemain, à son réveil, elle surprit Nez Coupé occupé à trancher les liens de trois esclaves morts durant la nuit.

Des gardiens circulaient à l'intérieur de l'immense camp, jetant des galettes de maïs aux prisonniers et leur tendant des gourdes pleines d'eau. Cette fois encore, Hoshi'tiwa n'eut rien à boire ni à manger. Tant mieux, pensa-t-elle. Le Seigneur n'aura sûrement pas envie d'une fille qui n'a que la peau sur les os.

Nez Coupé était d'une humeur exécrable ; il se plaignait parce que des démons faisaient du tapage sous son crâne. Pendant qu'il alignait les captifs et les attachait par deux en prévision de l'étape du jour, Hoshi'tiwa remarqua qu'il jetait de fréquents regards du côté des Jaguars qui s'équipaient. Une fois de plus, elle crut lire de la crainte dans ses yeux.

Moquihix monta sur un rocher et réclama l'attention. Sa cape écarlate et sa tunique bleue miroitaient au soleil tandis que les plumes de sa coiffe dansaient dans le vent. Le silence s'abattit sur la foule rassemblée à ses pieds. Quand il leur annonça l'apparition du Seigneur obscur, tous tombèrent à genoux, le front contre le sol, et se couvrirent la tête de leurs bras. Les Seigneurs obscurs étaient appelés ainsi parce que nul ne savait à quoi ils ressemblaient. Il était interdit de lever les yeux à leur passage. Tous ceux qui avaient contemplé le visage d'un Seigneur obscur étaient morts ensuite. Pourtant, tandis que les captifs se prosternaient devant la silhouette juchée sur la litière, Hoshi'tiwa ne put s'empêcher de relever la tête pour voir l'homme qui avait scellé son destin.

Le soi-disant Seigneur obscur portait des vêtements somptueux aux jaunes, aux rouges et aux bleus si intenses qu'ils blessaient le regard. Quant à l'homme, elle ne distingua de lui qu'une profusion de fleurs et de plumes qui en faisaient l'égal d'un dieu.

Au même moment, elle ressentit une vive douleur derrière la tête et aperçut une nuée d'étoiles avant de sombrer dans les ténèbres.

Quand elle revint à elle, le soleil était haut et elle titubait entre deux esclaves qui la soutenaient par les bras. Une violente migraine lui rappela qu'un gardien l'avait assommée parce qu'elle avait osé lever les yeux au passage du Seigneur obscur. Elle mourait de faim, de soif et ses pieds nus étaient couverts d'ampoules. Malgré la fatigue, la marée humaine continuait à avancer. Des gardiens circulaient dans les rangs, distribuant des galettes et de l'eau, et cette fois Hoshi'tiwa ne laissa personne lui voler sa part.

Elle marchait avec difficulté, pleurant sur la trahison de sa mère et de son clan. Personne n'était aussi malheureux qu'elle, pensa-t-elle jusqu'à ce que leur cortège dépasse un contingent d'esclaves en route pour les mines de pierres de ciel. Les coups de fouet pleuvaient sans relâche sur l'échine des pauvres diables qui, pour la plupart, ne prenaient pas la peine de s'incliner devant le Seigneur : leur sort était déjà tellement inhumain qu'ils ne craignaient plus rien ni personne. Beaucoup disaient préférer une mort immédiate à la vie de mineur. Hoshi'tiwa oublia aussitôt ses misères pour s'apitoyer sur les infortunés forçats. Il lui semblait qu'aucun crime, si affreux fût-il, ne méritait pareil châtiment.

Tandis que le flot de la multitude s'écoulait vers l'est, les montagnes cédèrent la place à des mesas séparées par des canyons qui faisaient face à des falaises de grès rouge et doré. Çà et là subsistaient des îlots de forêt, toujours plus rares et espacés. Il devenait de plus en plus difficile de trouver un point d'eau.

A la fin de la journée, la procession s'arrêta. Les Jaguars rompirent les rangs et emplirent la vallée d'un tapage effroyable en poussant des hurlements et en frappant leurs boucliers de leurs lances. Ils allumèrent aussitôt un grand feu et commencèrent leurs danses. Reléguée au bout du camp avec les esclaves, Hoshi'tiwa ne pouvait les voir, mais elle les entendait psalmodier autour du brasier et s'adonner à des jeux violents à la lueur des torches. Leurs cris d'allégresse lui faisaient dresser les cheveux sur la tête.

Elle s'attendait une fois de plus à ce qu'on la conduise sous la tente du Seigneur obscur, mais, comme la veille, elle se retrouva attachée à un piquet pendant la distribution d'eau et de galettes. C'est à peine si elle put manger tant elle appréhendait sa confrontation avec le Seigneur. Qu'attendait-il pour la faire appeler ?

Tandis que Nez Coupé se soûlait et s'abandonnait à la nostalgie du passé, elle passa peu à peu des larmes aux projets d'évasion avant que le sommeil s'empare d'elle.

Réveillée en pleine nuit par des hurlements, elle se boucha les oreilles jusqu'à ce que le silence fut retombé. Le lendemain, elle remarqua que du sang gouttait des pointes de silex des lances des Jaguars.

La nuit suivante, alors que le bruit des tambours et les cris des soldats montaient à nouveau vers les étoiles, elle se risqua à demander des explications à Nez Coupé.

— Ce sont les Huit Jours, lui répondit-il comme si c'était là une évidence.

— Les Huit Jours ?

L'homme fronça les sourcils au-dessus des orifices béants qui lui tenaient lieu de narines.

— Une période d'incertitude pour le Seigneur et les Jaguars. Une période où tout peut arriver, ajouta-t-il en jetant un coup d'œil inquiet par-dessus son épaule.

Le ton de sa voix donna la chair de poule à Hoshi'tiwa.

— Que se passe-t-il le huitième jour ?

Comme l'homme restait muet, elle considéra les centaines d'hommes, de femmes et d'enfants groupés autour du feu.

— Dans quel but a-t-on rassemblé tous ces gens ?

— Pour servir les dieux.

Mais Hoshi'tiwa pressentait obscurément que ce n'était pas là l'unique raison.

Nuit après nuit, la sauvagerie des Jaguars devenait de plus en plus manifeste. Le jour, leur agitation transparaissait dans leurs moindres gestes, comme s'ils pouvaient à peine se contrôler. La sixième nuit, on vit Moquihix circuler d'un campement à l'autre, la démarche raide, le regard en alerte. Nez Coupé s'enivra comme s'il redoutait un danger, jusqu'à tomber inconscient.

Incapable de dormir, Hoshi'tiwa frissonna, étendue sous les étoiles, et s'interrogea une fois de plus : que se passerait-il le huitième jour ?

3

Parvenu à l'endroit où la route qu'il suivait en rejoignait une autre, leur cortège prit la direction du sud. A partir de là, la chaussée s'élevait régulièrement et, le soir, ils campèrent au pied d'une petite mesa.

Hoshi'tiwa perçut aussitôt qu'il se passait quelque chose d'anormal. Les Jaguars ne faisaient aucun bruit.

Un silence surnaturel s'étendait sur le vaste campement, malgré la multitude et les feux rougeoyants. Nul ne jouait de la flûte ni ne s'adonnait à des jeux de hasard. On n'entendait ni conversation, ni plainte, ni supplication.

Les genoux ramenés contre la poitrine, Hoshi'tiwa se balançait d'avant en arrière. Sa vie avait viré au cauchemar. Elle se trouvait loin de chez elle et de tout ce qui constituait son monde. Sa tunique rouge était déchirée et des mèches échappées de sa coiffure pendaient devant son visage. Si elle avait pu soigner ses pieds avec des compresses de feuilles, l'eau et les trop rares galettes ne suffisaient pas à combler le vide de son estomac.

« Le Seigneur va s'unir à toi... »

Hoshi'tiwa finit par s'assoupir, les joues trempées de larmes. Réveillée en sursaut au milieu d'un rêve, elle vit une silhouette se glisser hors de la tente du Seigneur obscur et disparaître parmi les pins qui bordaient la route.

A l'aube, elle revit la même silhouette drapée dans une cape se faufiler sous la tente. Au lieu de reprendre la route, ils campèrent toute la journée au pied de la mesa.

L'appréhension de Hoshi'tiwa grandit. Le moment approchait. Bientôt, un prêtre, un Jaguar ou encore Moquihix viendrait la trouver et lui ordonnerait de le suivre. La grande tente colorée l'avalerait tel un animal affamé et ce serait la fin.

A midi, tandis que les captifs dévoraient leurs galettes, elle interrogea Nez Coupé sur l'identité de l'homme dont elle avait observé le manège durant la nuit.

— On n'a pas le droit d'en parler, lui répondit-il d'un ton sec.

Elle en déduisit qu'il s'agissait du Seigneur lui-même, puisque la seule évocation de sa personne était interdite.

Avec la nuit et le clair de lune, la tension monta d'un cran. Les Jaguars n'avaient pas allumé de feu. Ils ne mangeaient ni ne chantaient. Assis par terre, ils regardaient les étoiles dans un silence à glacer le sang. Nul ne ferma l'œil cette nuit-là, pas même les captifs qui, telle Hoshi'tiwa, ignoraient ce qui se tramait mais ressentaient le malaise de leurs gardiens.

A minuit passé d'une heure, Hoshi'tiwa revit la même silhouette sombre quitter la tente et s'enfoncer parmi les arbres.

Où le Seigneur allait-il chaque nuit ?

Le lendemain, tout le monde avait les nerfs à fleur de peau, à commencer par les gardiens. Comme l'attente se prolongeait, Hoshi'tiwa commença à se demander si elle et les autres prisonniers verraient jamais le Lieu central. Petite fille, lors des veillées au coin du feu, elle avait entendu les anciens évoquer les sacrifices collectifs pratiqués par les Seigneurs. A l'époque, elle avait cru à des contes inventés pour faire peur aux enfants, mais à présent le doute s'insinuait dans son esprit.

Elle se demanda également si elle pourrait s'évader sans se faire remarquer.

Le soleil finit par se coucher et le ciel se piqua d'étoiles. Cette nuit-là – la huitième ? – Nez Coupé but plus que d'ordinaire, avec des bruits de déglutition qui résonnaient dans le silence ; on aurait dit qu'il tentait de ravaler sa peur.

Le *nequhtli* délia la langue du vieil esclave qui se mit bientôt à pleurer sur le passé. Levant sa coupe vers la tente du Seigneur, il déclara d'une voix sonore :

— Le Seigneur Jakal est davantage qu'un *tlatoani* ; il est le plus noble d'entre eux. Sa lignée remonte à la glorieuse époque de Teotihuacán, et il n'existe pas de plus grande gloire.

Mais le malheur l'a durement frappé, ajouta-t-il en fixant Hoshi'tiwa d'un regard trouble. Il y a trois ans, son épouse est morte en couches et, depuis, nulle femme n'a réjoui son âme.

Le cœur de Hoshi'tiwa s'emballa. S'il subsistait en elle le moindre doute sur le sort qui l'attendait, la moindre lueur d'espoir quant aux raisons de son enlèvement, cette révélation acheva de les dissiper. Le Seigneur la destinait à son usage privé.

— Il y a d'autres raisons à la tristesse de mon maître. Bien qu'il vive au Lieu central, son cœur est demeuré sur sa terre natale. Mais ces dernières années, des messagers ont rapporté que des troubles avaient éclaté à Tula, la magnifique cité dont sont originaires le Seigneur Jakal et mes ancêtres pochtecas. La ville a déjà connu des désordres par le passé, car aucun homme n'est jamais satisfait de vivre sous la domination d'un autre. Mais, il y a un an, on a appris qu'elle était assiégée par des envahisseurs. On les appelle Aztecas parce qu'ils viennent d'Aztlan, mais eux-mêmes se donnent le nom de Mexicas. Le Seigneur Jakal n'aspire qu'à retourner chez lui pour défendre son sol natal, mais il est tenu de rester pour gouverner le Lieu central.

Nez Coupé sanglota bruyamment et essuya les larmes qui coulaient sur ses joues. Tandis qu'il levait sa coupe pour boire, Moquihix et deux Jaguars surgirent brusquement de la nuit. Sans un mot, les guerriers empoignèrent l'esclave stupéfait et l'emmenèrent sous les yeux de Hoshi'tiwa, muette de terreur.

Le lendemain matin, avant que les gardes apportent à manger, Moquihix monta sur une souche et annonça qu'un homme avait été puni pour avoir enfreint la règle qui interdisait de prononcer le nom du *tlatoani*.

— Retenez la leçon, tous autant que vous êtes !

Sur ces paroles, il se tourna et désigna à l'assistance ce que celle-ci n'avait pas vu dans les premières lueurs du jour : un homme nu attaché au tronc d'un pin, le visage barbouillé d'un sang noir – apparemment, on lui avait tranché la langue – dont se repaissait une horde de mouches. Le malheureux vivait encore, comme en témoignaient ses gémissements.

Hoshi'tiwa, horrifiée, reconnut Nez Coupé. Son estomac vide se souleva, l'obligeant à se plier en deux. Elle tomba à genoux, le corps trempé de sueur. Tout tournait autour d'elle. Quelle sorte de monstre était le Seigneur obscur pour infliger un tel châtiment à un homme ? Le seul délit commis par Nez Coupé était d'avoir vanté son maître !

4

Nez Coupé finit par expirer au coucher du soleil, mais son corps demeura sur l'arbre comme un rappel de la dure loi des Seigneurs obscurs. Des Jaguars restèrent plantés devant pour en éloigner les coyotes et les vautours.

Cette nuit-là, un silence glacial régna à nouveau sur le campement et les soldats attendirent dans le noir sans allumer de brasier. A force de tirer dessus, la corde qui entourait la cheville de Hoshi'tiwa s'était desserrée. Si elle partait, nul ne remarquerait son absence. Pourtant, quelque chose semblait la retenir.

Peu après minuit, une ombre enveloppée dans une cape se glissa hors de la tente du Seigneur et disparut parmi les pins. Hoshi'tiwa comprit brusquement pourquoi elle était restée : il fallait qu'elle sache. Quand elle aurait vu les traits du monstre qui avait détruit sa vie et volé l'espoir de son peuple, elle fuirait sans se retourner.

Après avoir dégagé son pied, elle enjamba les captifs endormis et suivit la silhouette furtive.

Tandis qu'elle avançait le long du sentier étroit à pas de loup et à distance respectueuse du Seigneur, elle songea que Nez Coupé était mort pour avoir seulement évoqué son maître en paroles. Quel pouvait être le châtiment des impudents qui osaient lever les yeux sur lui ? Mais malgré la peur de sentir tout à coup l'épée d'un Jaguar s'abattre sur sa nuque, elle était incapable de faire demi-tour.

Le sentier conduisait au sommet de la mesa surplombant l'immensité obscure qui s'étendait jusqu'à l'horizon. Seuls les étoiles et un maigre croissant de lune éclairaient la nuit. Le vent était froid. Aucun bruit ne s'élevait du campement. Hoshi'tiwa avait la sensation étrange d'être seule au monde avec le Seigneur obscur.

Elle longea silencieusement le bord du plateau, dissimulée derrière un taillis de sauge. Elle retint son souffle quand le Seigneur approcha du vide et laissa tomber sa cape.

Elle découvrit avec étonnement qu'il était seulement vêtu d'un pagne. Le clair de lune sculptait les reliefs de son corps élancé. Tous ses muscles bandés, il ouvrit les bras comme pour embrasser l'aube dans une étreinte amoureuse. Quoique plus simple que celle qu'il portait durant le jour, sa coiffe parut suprêmement élégante à Hoshi'tiwa. La clarté lunaire rehaussait de reflets verts ses longues plumes agitées par la brise.

Hoshi'tiwa n'avait encore jamais vu d'homme aussi grand et impressionnant que le Seigneur – dans sa tribu, on était plutôt petit et râblé. De profil, avec sa coiffe emplumée, il ressemblait à un oiseau extraordinaire. Ses cheveux d'un noir d'encre tombaient sur ses épaules et dans son dos.

Troublée, elle dut admettre que le Seigneur n'avait pas l'apparence d'un monstre, bien au contraire.

Soudain l'homme entonna un chant aigu et plaintif. Debout face aux ténèbres, il frémit de tout son être tandis que la jeune fille retenait sa respiration : un point brillant venait d'apparaître au-dessus de l'horizon, du côté où le soleil allait bientôt se lever.

La mélopée se mua en chant de triomphe et d'adoration. En l'écoutant, Hoshi'tiwa s'avisa que le Seigneur et ses semblables rendaient un culte à l'Etoile du matin, alors que les siens vénéraient l'astre solaire.

Le chant s'interrompit soudain. Hoshi'tiwa se raidit. L'homme avait-il perçu sa présence ?

Il se retourna lentement et ses yeux noirs scrutèrent l'obscurité. Quand son regard plongea dans celui de Hoshi'tiwa, la jeune fille crut que son cœur allait s'arrêter de battre, non à cause de la peur mais d'une émotion qu'elle ne parvenait pas à identifier. A sa grande surprise, l'homme ne manifesta aucune colère. Il resta immobile, le visage dans l'ombre, jusqu'à ce qu'elle trouve le courage de s'enfoncer dans la végétation et de rebrousser chemin. Elle n'aurait de cesse de courir tant qu'elle n'aurait pas atteint le bout de la route et retrouvé les siens.

Mais au pied de la mesa, elle se trouva face à Moquihix et à deux Jaguars qui s'emparèrent d'elle et lui entravèrent les poignets avant de l'entraîner vers le camp.

5

Attachée derrière la tente de Moquihix, Hoshi'tiwa se demandait quand le jour allait se lever. Tremblant de peur, elle s'attendait à ce que les Jaguars reviennent et lui fassent subir le sort de Nez Coupé. Si le vieil esclave avait eu la langue tranchée pour avoir bavardé, nul doute qu'on lui arracherait les yeux pour avoir osé contempler le Seigneur.

Mais quand le soleil éclaira enfin le plateau et la vallée, les Jaguars poussèrent une clameur unanime qui lui évoqua les cris d'allégresse de son peuple lors des rituels de solstice et d'équinoxe.

Hoshi'tiwa comprit alors pourquoi elle n'avait pas été mise à mort : l'homme qu'elle avait épié n'était pas le Seigneur, mais un prêtre ou un augure qui invoquait l'Etoile du matin afin que celle-ci quitte sa retraite. Elle comprit également pourquoi le Seigneur ne l'avait pas encore fait appeler. Les huit jours qui venaient de s'écouler revêtaient un caractère trop sacré pour qu'il se souille au contact d'une femme. Il attendrait pour cela d'avoir atteint le Lieu central.

Quand le cortège s'ébranla à nouveau, la jeune fille remarqua que l'ambiance avait changé. Toute la tension et la nervosité des jours précédents s'étaient envolées. Il faisait chaud, le soleil brillait et Hoshi'tiwa avait retrouvé sa place parmi les captifs.

Bientôt, les arbres s'espacèrent et la végétation devint rare. La route poursuivait vers le sud en bordant un canyon encaissé. En contrebas, Hoshi'tiwa aperçut des fermes échelonnées le long d'un cours d'eau trop étroit pour mériter le nom de rivière, mais plus large qu'un ruisseau, puis des groupes d'habitations qui se succédaient à perte de vue. Des gens campaient à travers la plaine, dans des huttes de branchages ou accroupis autour de feux. Au pied des falaises escarpées qui délimitaient le canyon se trouvait le cœur du Lieu central, un vaste complexe d'appartements, de places, d'escaliers et de *kivas* disposé en demi-cercle, tel un arc-en-ciel de pierres et de briques. Hoshi'tiwa n'aurait jamais cru qu'on puisse réunir autant de monde dans un même endroit. Montés sur des échafaudages, des ouvriers réparaient les immenses murailles avec des briques et du mortier, d'autres les enduisaient de plâtre frais afin qu'elles brillent au soleil. Les terrasses étaient couvertes de gens qui travaillaient, cuisinaient ou conversaient avec leurs voisins. Des panaches de fumée s'échappaient d'une centaine de cheminées. La place principale accueillait un marché dont l'activité évoquait une ruche.

D'après le père d'Ahoté, Celui qui lie les gens, le Peuple du soleil avait fondé le Lieu central, il y avait de nombreuses générations. Puis les Toltèques étaient venus et avaient appris aux indigènes à fabriquer des briques et à les disposer de sorte à construire des murs plus hauts et plus solides. Ils leur avaient montré comment assembler des milliers de troncs d'arbre pour former les plates-formes sur lesquelles s'élevaient à présent des bâtiments de quatre étages. Ils avaient créé des *kivas* plus vastes et de larges routes pavées d'argile. Pour mener ces travaux à bien, ils avaient obligé les fermiers des environs à leur verser un tribut annuel sous forme de nourriture. Ceux qui ne satisfaisaient pas cette exigence recevaient la visite des Jaguars.

Un ruisseau serpentait à travers la vallée. Du haut de la falaise, Hoshi'tiwa distingua le lit de la rivière qui coulait autrefois à cet endroit, grossie par la fonte annuelle des neiges. Bien qu'on fût au printemps, seul un mince filet d'eau se répandait sur le sol pierreux. Les fermiers recueillaient le précieux liquide dans des outres et des jarres qu'ils vidaient ensuite sur les jeunes plants.

Qu'est-ce qui avait pu inciter les dieux de la pluie à déserter la région ?

Au pied de la falaise, la troupe épuisée s'arrêta à l'entrée de l'immense campement. Les Jaguars se dispersèrent et gagnèrent leurs baraquements tandis que des officiels en robes somptueuses se précipitaient vers le Seigneur Jakal pour l'aider à descendre de sa litière et l'escorter jusqu'au bâtiment principal. Hoshi'tiwa tenta d'apercevoir le prêtre de l'Etoile du matin parmi la foule, mais celle-ci était trop dense.

Des gardes circulaient parmi les prisonniers, séparant les artisans qui étaient ensuite dirigés vers leurs guildes respectives des ouvriers agricoles et de ceux qui iraient grossir les rangs des serviteurs des Seigneurs. Les captifs restants poursuivraient vers le sud, où ils travailleraient à ramasser du bois, de l'herbe et des excréments d'animaux pour alimenter les nombreux foyers du Lieu central, car le combustible était devenu rare. Une longue et pénible marche les attendait, et beaucoup mourraient avant d'arriver à destination.

Hoshi'tiwa jetait des regards émerveillés autour d'elle, songeant au récit que lui avait fait son grand-père de son unique visite au Lieu central, quand il était jeune homme. Alors qu'il se trouvait sur la grand-place à midi, le jour de l'équinoxe, il avait remarqué que son ombre indiquait le nord. Il avait vu dans ce phénomène un signe adressé à son peuple par le soleil pour l'assurer de la permanence des cycles cosmiques : le monde était en ordre et rien ne viendrait jamais troubler l'harmonie naturelle.

Une fois délivrée de ses liens, Hoshi'tiwa se prépara au pire : son heure était venue. Les Jaguars allaient la conduire auprès du Seigneur.

Mais à son grand étonnement, Moquihix et deux prêtres à la peau teinte en bleu l'éloignèrent de la place, traversant la foule qui s'écartait devant eux, et s'arrêtèrent bientôt devant un atelier de poterie à la pointe sud de l'énorme complexe. Dans le bruit et le désordre, des femmes et des jeunes filles façonnaient de l'argile, mélangeaient du sable à la pâte, peignaient des poteries ou alimentaient le four. A la vue de Moquihix et des prêtres, elles s'interrompirent et se prosternèrent le front dans la poussière.

Hoshi'tiwa se tourna vers Moquihix.

— Pourquoi m'avoir amenée ici, monseigneur ?

— N'es-tu pas une potière de talent, issue d'une famille réputée pour faire tomber la pluie ?

— Vous attendez de moi que je fabrique des poteries ?

La voix de Moquihix se teinta d'agacement.

— Pourquoi crois-tu qu'on ait pris la peine de te conduire au Lieu central ?

Le regard de Hoshi'tiwa se porta vers le bâtiment principal. Devinant ses pensées, Moquihix lança quelques mots en nahuatl, sa langue maternelle, aux deux Jaguars qui éclatèrent d'un rire gras.

Hoshi'tiwa rougit violemment. Comment avait-elle pu se méprendre ainsi ? Devant le clan, Moquihix avait dit qu'elle « apporterait la joie » au Seigneur, sans mentionner les poteries. Mais devant le regard opaque de l'homme, une pensée saisissante lui traversa l'esprit : il avait menti à dessein.

Quand il avait ordonné à Nez Coupé de protéger sa virginité, ce n'était pas pour le Seigneur, mais pour que sa pureté imprègne l'argile. Nul n'ignorait que les œuvres des vierges convenaient mieux aux rituels que celles des femmes qui avaient connu l'homme.

Les paroles de Moquihix se frayèrent un chemin à travers ses pensées :

— ... créer une jarre qui attire la pluie vers le Lieu central afin de réjouir le cœur de notre *tlatoani*, Jakal de l'Endroit où poussent les roseaux, Gardien de la Plume sacrée, Observateur du ciel, Seigneur des deux rivières et des cinq montagnes.

Hoshi'tiwa scruta le visage plat et impassible de l'homme et l'expression de son regard lui glaça le sang. C'était là le regard d'un homme conscient de son pouvoir.

Cela fait huit jours que je vis dans la honte sans aucune raison, pensa-t-elle. Je suis devenue *makai-yo* pour rien... Quelle injustice !

Moquihix frappa le sol de son bâton surmonté d'un crâne.

— Fille du Nord qui n'es que de la poussière sous les semelles de mon Seigneur, tu feras pleuvoir au prochain solstice, scanda-t-il, ou ton clan et toi serez sacrifiés aux dieux sur l'autel de sang.

Dans la langue du Peuple du soleil, *hoshi'tiwa* signifiait « la vierge qui apporte la pluie ». La nuit de sa naissance, il avait plu à torrents pour le plus grand bonheur des fermiers et de leur famille. Depuis, chacun était persuadé que ses poteries avaient le pouvoir d'attirer la pluie.

Le cœur aussi lourd qu'une pierre, Hoshi'tiwa regarda Moquihix s'éloigner, puis elle se tourna vers sa nouvelle demeure. Des grattoirs, des mirettes et des pierres à polir traînaient sur le sol de l'atelier. De quelque côté que l'on se tournât, le regard butait sur des poteries – jarres, pichets, tasses, bols ou figurines –, des pièces de céramique blanche à motifs noirs dans le style propre au Lieu central. Une grande femme vêtue d'une tunique poussiéreuse (l'insigne brodé sur sa poitrine indiquait qu'elle dirigeait la guilde des potières) inspecta la nouvelle et fronça le nez.

— Pouah ! cracha-t-elle en faisant signe à une jeune femme d'approcher.

L'ouvrière (elle portait une plume verte dans les cheveux) conduisit Hoshi'tiwa au patio situé derrière l'atelier. Après l'avoir fait déshabiller, elle lui tendit une longue tunique blanche sans manches. Le liseré noir qui en bordait l'encolure et l'ourlet était le signe distinctif des apprenties. La jeune femme, pleine de sollicitude, regretta de ne pouvoir proposer un bain à Hoshi'tiwa – l'eau était devenue rare –, mais les ouvrières avaient rempli un coffre de sable à gros grains et d'aiguilles de pin broyées. Utilisé en friction, ce mélange parfumé avait un effet nettoyant et rafraîchissant.

Elle dit s'appeler Plume Verte, ce qui expliquait sa coiffure.

— Je n'ai pas pu m'offrir une véritable plume de perroquet : ça m'aurait coûté trop de poteries, et nous n'avons le droit de garder que quelques pièces pour nos besoins personnels. Mais si on ne regarde pas de trop près, il est impossible de faire la différence avec une plume de dinde teinte en vert.

Les broderies bleues sur ses vêtements signalaient une ouvrière de moyenne catégorie tandis que le tatouage sur sa joue témoignait de son appartenance au clan de la Chouette.

Hébétée, Hoshi'tiwa s'activa en silence. En définitive, elle n'était pas *makai-yo*. Et pourtant... sa famille étant persuadée du contraire, elle l'était quand même.

Elle n'osait pas imaginer les souffrances qu'enduraient ses parents. Si Moquihix leur avait dit la vérité – que leur fille avait été emmenée au Lieu central pour invoquer la pluie –, ils se seraient réjouis de l'honneur qui lui était fait et auraient consigné l'événement sur le Mur de la mémoire. Le cœur d'Ahoté aurait débordé de fierté, et même s'ils n'avaient jamais dû la revoir, les siens se seraient consolés en songeant qu'elle avait été choisie pour accomplir un dessein sacré. La nouvelle n'aurait pas tardé à se répandre, attirant vers leur village des cohortes d'étrangers désireux d'acquérir des jarres bénies des dieux.

Au lieu de quoi sa famille versait des larmes amères sur son déshonneur. Sa mère en mourrait de chagrin et le cœur de son fiancé ne connaîtrait que la poussière. Quand la nouvelle de sa disgrâce aurait fait le tour de la région, les voyageurs éviteraient son village qui dépérirait faute de pouvoir échanger ses poteries.

Elle ne parvenait même pas à pleurer. Un épais brouillard semblait envelopper son cœur, étouffant toute émotion.

Lorsqu'elle regagna l'atelier, l'imposante Tupa, la chef de la guilde, lui lança un regard noir.

— Tu sais comment sabler les pots ?

— J'ai de longues années de prat...

Sans prévenir, l'autre abattit sa baguette de saule sur son bras, y laissant une marque rouge.

— Contente-toi de répondre, insolente !

Hoshi'tiwa refoula ses larmes.

— Je sais comment sabler les pots.

Le sablage était une opération fastidieuse et salissante. Enveloppée d'un nuage de poussière, l'ouvrière qui le pratiquait ne cessait de tousser et d'éternuer. Au village, les jeunes filles s'en acquittaient à tour de rôle. Mais ici, cette corvée incombait à la nouvelle, qui passa sa première journée de travail à frotter les poteries empilées devant elle avec des épis de maïs séchés. C'était une tâche délicate : avant de passer au four, la céramique se brisait facilement et les bords étaient particulièrement friables. Au fil des heures, la fatigue l'envahit et elle cassa plusieurs pièces, ce qui lui valut de tâter à nouveau de la baguette de Tupa.

Ravalant sa colère et sa peine, elle leva ses yeux secs vers le ciel au-dessus du Lieu central. Pas le moindre nuage en vue. Il semblait peu probable qu'il pleuve d'ici le jour du solstice.

Tandis qu'elle scrutait l'horizon, elle sentit naître en elle un sentiment inconnu, telle une vie nouvelle qui aurait lutté pour s'extraire d'une rivière et faire sa place dans l'ordre complexe du monde. Les émotions se mêlaient dans le sein de Hoshi'tiwa ; la vie nouvelle gonflait ses poumons d'air et déployait ses ailes. Avec stupeur, elle parvint enfin à identifier la créature qui venait d'éclore dans son cœur : celle-ci se nommait révolte et désir de vengeance.

Je ferai tant pleuvoir que cette vallée sera inondée. Le flot balaiera vos récoltes, vos maisons et vos rêves. Vous regretterez de m'avoir amenée ici.

Sa résolution n'avait rien de paisible. Sa jeunesse n'était pas habituée à des sentiments aussi intenses et sa rébellion manquait encore d'assurance. Elle était pleine de doutes et ses nouvelles dispositions d'esprit lui inspiraient de la frayeur. Tandis qu'elle se serrait contre son bien-aimé Ahoté à l'intérieur du refuge, son âme s'était scindée en deux telle une poterie brisée, donnant naissance à une deuxième Hoshi'tiwa. C'était cette dernière qui était descendue à l'aide de la corde afin de suivre les Jaguars. Autant l'ancienne Hoshi'tiwa était sûre de son avenir et de la place qu'elle occupait dans l'univers, autant la nouvelle n'avait qu'une certitude : il n'était pas question que les crimes des Seigneurs restent impunis.

A la nuit tombée, les familles dispersées à travers la plaine et les terrasses se rassemblèrent autour du repas du soir. Des prêtres déambulaient sur la place, psalmodiant des chants sacrés et soufflant dans des flûtes d'os, pendant que le chef astronome gravissait les marches de la mesa pour lire l'avenir dans le ciel étoilé. Les gens se rendaient visite, jouaient et échangeaient des potins jusqu'à l'heure du coucher. Puis les hommes se retirèrent dans les *kivas*, laissant les femmes et les enfants dormir dehors ou dans des pièces plus petites.

Les membres de la guilde des potières partagèrent une chaudronnée de haricots relevés avec des piments et servis sur des galettes de maïs chaudes. Les femmes se racontèrent ensuite des histoires et plaisantèrent en se coiffant mutuellement tandis que Tupa, qui avait englouti quatre bols de haricots, avalait gobelet sur gobelet de *nequhtli*, jusqu'à devenir aussi ivre que Nez Coupé. Hoshi'tiwa mangea en silence et resta à l'écart toute la soirée. Quand les femmes gagnèrent le dortoir aménagé derrière l'atelier, sous un toit de branches de saule porté par quatre poteaux, elle repéra un emplacement libre, se coucha en boule et s'endormit aussitôt.

Un peu avant l'aube, elle se réveilla et se faufila à l'extérieur pour se soulager. Si le ciel était encore plein d'étoiles, l'horizon pâlissait à l'est. Debout à l'angle du mur méridional, elle contempla le tableau impressionnant qu'offrait la ville en gradins. Le silence régnait car les hommes n'étaient pas encore levés. Tandis qu'elle promenait son regard sur le niveau des habitations, les terrasses désertes et les *kivas*, l'expression glaciale de Moquihix lui revint brusquement à l'esprit. La brise qui fouettait son visage semblait aviver son désir de vengeance et, cette fois, elle ne fit rien pour le refouler.

Elle imagina que le Toltèque se tenait devant elle dans sa tenue somptueuse, comme si elle l'avait convoqué, et s'adressa à lui en pensée : « Tu vas regretter ce que tu m'as fait subir. »

Elle s'apprêtait à regagner sa couche quand un chant parvint à ses oreilles. Reconnaissant la mélodie, elle dirigea son regard vers le nord et distingua une silhouette aux bras grands ouverts, dressée sur un promontoire au-dessus de la place centrale : le prêtre de l'Etoile du matin, saluant le jour avec un chant sacré.

Sa voix était si belle que cela gonfla son cœur d'espoir. Elle aperçut alors derrière l'homme les prêtres en longue robe et Moquihix qui tenait dans ses mains une splendide coiffe emplumée, debout près d'une litière vide. Hoshi'tiwa comprit que l'homme qu'elle avait pris pour un prêtre n'était autre que le Seigneur Jakal !

Une désillusion de plus. Un ennemi supplémentaire à haïr.

Après un petit déjeuner composé de bouillie de maïs, les potières reprirent le travail. Comme la veille, Hoshi'tiwa fut contrainte de sabler les jarres créées par d'autres. Pendant que ses mains lasses polissaient les œuvres de ses consœurs, elle jetait des regards envieux à celles-ci, dont les rires fusaient vers le plafond en écorce de saule. Les mains enduites d'argile, elles bavardaient et façonnaient de nouveaux récipients tandis que Hoshi'tiwa, invisible derrière un nuage de poussière, accomplissait la sale besogne dont personne ne voulait.

Pour se consoler, elle s'imagina noyant les Toltèques sous un déluge. Le Peuple du soleil serait épargné mais le cruel Seigneur, sa suite et son armée seraient balayés par le torrent qui envahirait le canyon après que Hoshi'tiwa aurait appelé la pluie. Leurs corps flotteraient à la surface de l'eau tels des fétus de paille sur une rivière en crue.

Vous regretterez de m'avoir maltraitée. Vous me supplierez de faire cesser la pluie.

Le soir, après le repas, une femme d'âge mûr – du gris se mêlait au noir de ses cheveux et son visage rond était creusé de rides – lui demanda les raisons de sa fureur.

Hoshi'tiwa considéra la femme. Bien que son menton arborât la marque du clan du Lion des montagnes, elle offrait une certaine ressemblance avec sa mère.

— Je suis *makai-yo*, expliqua-t-elle.

La femme (elle s'appelait Yani) porta une main à sa bouche, puis elle murmura une formule magique et traça un signe dans le vide en jetant des regards inquiets vers Tupa. Assise dans un coin, celle-ci s'adonnait au *nequhtli* et pensait avec nostalgie aux trois époux qu'elle avait enterrés. Les *makai-yo* avaient la réputation d'attirer le malheur sur leur entourage ; on prétendait que le lait tournait en leur présence et qu'ils faisaient bouillir l'eau sans l'aide du feu. Beaucoup les soupçonnaient de s'adonner à la sorcellerie et à des pratiques aussi occultes que funestes.

Yani était bien placée pour savoir que c'était faux. La seule *makai-yo* qu'elle eût jamais connue s'était fait surprendre en pleine étreinte avec un prêtre, il y avait de nombreuses années. La jeune fille avait été traînée sur la place centrale où on l'avait dénudée avant de la déclarer publiquement *makai-yo* et de la conduire à l'autel. Là, un prêtre avait arraché son cœur de sa poitrine et l'avait levé vers la foule, encore tout palpitant.

Quant à l'amant de la malheureuse – Yani ne pouvait évoquer son souvenir sans verser des larmes –, on s'était contenté de le renvoyer dans son village.

Elle constata avec soulagement que Tupa n'avait pas entendu l'aveu de Hoshi'tiwa. Sinon, elle aurait mis tout l'atelier sens dessus dessous et aurait purifié chaque objet par le feu. Quant à la fille maudite... Yani frissonna, songeant au sort que Tupa, cette grande superstitieuse, lui réserverait si jamais elle découvrait son secret.

— Que t'est-il arrivé, petite ? demanda-t-elle dans un élan de compassion, car l'innocente victime dont elle chérissait le souvenir n'était autre que sa fille.

Hoshi'tiwa lui raconta son histoire.

— Si je suis *makai-yo*, ajouta-t-elle, c'est à cause de Moquihix et de sa perfidie. Avec ses mensonges, il a fait en sorte que je ne puisse pas m'enfuir et regagner mon village. Même sans entraves ni gardiens, je reste prisonnière. Mais je n'ai pas l'intention de demeurer dans cet endroit affreux.

— Affreux ? Cet endroit n'a rien d'affreux. Au contraire, il est magnifique. On vient ici de toute la région pour parler aux dieux, se procurer des remèdes et des vêtements ou rendre visite à de lointains parents. Le Lieu central représente le cœur de notre peuple.

— Mais il est dirigé par les Toltèques.

— Ça n'a pas toujours été le cas, et il n'en sera peut-être pas toujours ainsi. J'aime le Lieu central. J'y suis née et ma mère m'a enseigné son art ici même, dans cet atelier, comme sa mère l'avait fait avant elle. Mais notre lignée s'éteindra avec moi, car je n'ai aucune descendance. Toutefois, je ne me plains pas. Mes bols et mes pichets sont mes enfants.

Horrifiée, Hoshi'tiwa se fit le serment de ne pas vieillir avec des bols et des pichets pour toute descendance.

Au même moment, à sa grande surprise – de quel droit s'immisçait-il dans ses pensées ? – l'image du Seigneur Jakal tel qu'elle l'avait surpris alors qu'il invoquait l'Etoile du matin surgit devant ses yeux.

Son visage reflétait un tel mélange d'émotions – tristesse, regret, solitude – à cet instant... D'après Nez Coupé, le Seigneur Jakal se morfondait de devoir rester là alors qu'il aspirait à retourner chez lui. Hoshi'tiwa ressentit une pointe de pitié à son égard, mais elle combattit ce sentiment en se répétant qu'il était un cannibale, un mangeur d'hommes.

En plus, il adorait l'Etoile du matin, ce qui en disait long sur ses ravisseurs. Alors que son peuple rendait un culte au soleil et réglait son existence sur le cycle prévisible et bienfaisant de l'astre du jour, les Toltèques plaçaient tous leurs espoirs dans une étoile vagabonde à qui il arrivait de disparaître pour de longues périodes et dont on n'était jamais sûr qu'elle reviendrait ! Ceci expliquait leur caractère sournois et tortueux.

Elle détestait le Seigneur Jakal. Quand elle s'abandonnait à ses rêveries, c'était toujours lui qu'elle imaginait en premier, ballotté par le flot tumultueux.

Mais sa voix était si belle quand il chantait pour l'Etoile du matin...

Elle se demanda s'il n'existait pas deux Jakal, de même que deux Hoshi'tiwa cohabitaient en elle : le cruel maître du Lieu central et l'homme qui adressait des prières vibrantes à sa divinité.

— Je ferai tellement pleuvoir que les Seigneurs périront, affirma-t-elle, chassant Jakal de son esprit. Ensuite, je regagnerai mon village et quand mon clan saura ce que j'aurai accompli, il lèvera la malédiction qui me frappe.

De toute sa longue vie, Yani n'avait jamais entendu dire qu'une *makai-yo* ait été rétablie dans sa dignité. Mais elle considéra la jeune fille qui serrait les dents, la mâchoire crispée, et tenta de se mettre à sa place.

— Réfrène ta fureur, mon enfant. Tu n'as pas les moyens de retourner à ta vie d'antan et ta colère te fait courir un grand danger. Si les maîtres s'en aperçoivent, ils ne voudront prendre aucun risque et te sacrifieront sur l'autel de sang.

— Je serai prudente, assura Hoshi'tiwa.

Toutefois, elle refusait de verser de l'eau sur le feu qui brûlait en elle. L'adolescente respectueuse et obéissante qu'elle était avait péri avant d'atteindre le Lieu central.

Yani devina que les menaces proférées par la jeune fille n'étaient que des paroles creuses et qu'en dépit de ses rodomontades elle ne s'était jamais sentie aussi impuissante.

Si elle reconnaissait le bien-fondé des mises en garde de Yani, Hoshi'tiwa n'en tint aucun compte. La soif de vengeance s'était emparée de son corps, telle une maladie qu'aucun remède ne pouvait soigner. Ses émotions étaient si violentes qu'elle ignorait comment les contrôler. Comment pouvait-elle seulement songer à affronter un homme aussi puissant que Moquihix ? Mais elle avait beau lutter, sa résolution ne faisait que grandir, comme si ses sentiments se nourrissaient de sa peur et de ses efforts pour les réprimer.

Yani lut dans ses yeux le conflit qui se jouait en elle. Dans un geste d'apaisement, elle posa une main sur le bras de la jeune fille.

— Un dernier conseil, murmura-t-elle. Ne dis à personne d'autre que tu es *makai-yo*.

Elle regarda ses compagnes occupées à bavarder et se coiffer et ajouta, un ton plus bas :

— Si quelqu'un venait à l'apprendre, tu aurais de graves ennuis.

6

Un cri déchira l'air.

Hoshi'tiwa se tourna, surprise, et vit Tupa lever sa baguette de saule.

— Idiote ! hurla la mégère d'une voix stridente.

Les autres femmes reculèrent, révélant la cible de la fureur de leur chef : Yani, agenouillée, qui tentait de protéger son visage des coups.

— Tu oses appeler ça un pichet ?

Le visage rouge de colère, Tupa brandit une poterie que Hoshi'tiwa jugea très réussie. A la grande stupéfaction de la jeune fille, elle la jeta par terre et la brisa sous son pied. A plusieurs reprises, la baguette s'abattit sur l'ouvrière. Terrifiées, les autres femmes observèrent la scène en silence jusqu'à la sortie de Tupa. Après avoir secoué leur torpeur, elles se remirent alors au travail comme s'il ne s'était rien passé, faisant un détour pour éviter Yani qui gisait sur le sol, prostrée. Comme Hoshi'tiwa faisait mine de lui porter secours, Plume Verte posa une main sur son épaule et l'avertit aimablement :

— Ne te mêle pas de ça. Si Tupa venait à le savoir, tu serais sévèrement punie.

Hoshi'tiwa considéra ses consœurs qui avaient recommencé à pétrir et rouler l'argile, puis la malheureuse aux bras et aux jambes couverts de zébrures.

La poterie comportait des risques dus à l'usage de tranchoirs affûtés et à la chaleur du four. Hoshi'tiwa se doutait que l'atelier possédait une réserve de remèdes, mais quand elle parvint à mettre la main dessus, les autres ouvrières la mirent en garde.

— Tupa est la seule à pouvoir dispenser un traitement.

Mais une vieille femme aux cheveux entièrement blancs – elle avait perdu toutes ses dents et son tatouage était à peine visible au milieu de ses rides – déclara :

— Dans ce cas, on ne dira rien à Tupa.

Pendant qu'elle appliquait du jus d'aloès et un onguent à base d'herbes et de graisse sur ses blessures, Hoshi'tiwa interrogea Yani.

— Pourquoi Tupa te traite-t-elle ainsi ?

Comme son aînée était trop choquée pour répondre, Plume Verte intervint :

— Cela fait des mois que Tupa la bat constamment.

Hoshi'tiwa remarqua alors, sur les bras et les jambes de Yani, des cicatrices témoignant de blessures antérieures.

— Pour quelle raison ? insista-t-elle.

— Parce que c'est Yani qui fait les plus belles poteries, dit une autre femme en jetant des regards nerveux vers la place où l'on voyait Tupa se frayer un chemin parmi la foule.

— Yani est la plus douée d'entre nous, ajouta Plume Verte. Et Tupa est jalouse.

S'étant relevée, Yani murmura des remerciements et regagna en boitillant sa natte sur laquelle reposait l'esquisse d'un bol.

Tupa revint quelques heures plus tard avec une outre pleine de *nequhtli*. Ignorant les ouvrières, elle s'assit devant la porte afin de boire tout son soûl.

Ce soir-là, après avoir dégusté des *tamales* fourrées de purée de courge et de piments, les ouvrières parlèrent à voix basse et avec moins d'entrain que les jours précédents. Quand Tupa se mit à ronfler, Hoshi'tiwa recommença à questionner Yani.

— Pourquoi te maltraite-t-elle ? Je ne peux pas croire que ce soit uniquement par jalousie.

— A cause de ceci, répondit Yani de sa voix douce.

Elle plongea la main dans la petite bourse en cuir que toutes les potières portaient à leur ceinture et en sortit une pierre à polir aux formes si parfaites que Hoshi'tiwa ne put retenir une exclamation. Elle savait à présent quel était le secret de Yani.

Le polissage était une tâche délicate, nécessitant de la patience et un œil exercé. Mais le plus important était la pierre. Certaines potières passaient de longues années à chercher une pierre parfaitement adaptée à leur main, qui « parlait » à l'argile et épousait les courbes d'une poterie pour en faire ressortir l'éclat.

— Cette pierre se transmet de mère en fille dans ma famille, depuis des générations. Tupa la voudrait. Ses facultés déclinent et elle croit que cette pierre lui permettrait de retrouver son rang. Mais je n'ai pas l'intention de la lui donner et, si elle me la volait, la pierre refuserait de travailler pour elle. Il faudrait que je la lui cède de mon plein gré.

Même dans le clan de Hoshi'tiwa, quand un artisan mourait, on enterrait son matériel avec lui. Pour qu'un outil puisse changer de main, il fallait qu'il ait été légué par son propriétaire et que son âme ait pris acte de cette passation. Pour sa part, Hoshi'tiwa n'avait pas encore trouvé l'outil parfait qu'elle conserverait toute sa vie avant de le transmettre à sa fille.

— Tupa a déshonoré notre guilde, accusa Yani tandis que ses consœurs acquiesçaient.

— Elle a fait de nous un objet de risée, renchérit Plume Verte, occupée à attacher les cheveux d'une autre femme avec des rubans de yucca.

Elle expliqua alors à la nouvelle venue qu'une rivalité amicale opposait leur guilde à celle des tresseuses de paniers.

— A l'occasion de chaque fête, nous nous mesurons à elles lors d'un concours de danse doté de prix. Depuis plusieurs années, elles sont tellement sûres de notre défaite qu'elles ne forcent même plus leur talent. Tupa nous a fait perdre toute motivation.

— C'est Yani qui aurait dû être nommée à la tête de notre guilde, murmura la vieille édentée, mais Tupa a graissé la patte au ministre. D'ordinaire, le titre de maîtresse inspire le respect, mais personne ne respecte Tupa. Par sa faute, notre guilde a perdu la considération dont elle jouissait.

Quelque temps plus tard, le hasard permit à Hoshi'tiwa de constater l'étendue de l'infamie de Tupa.

Ce jour-là, l'atelier au grand complet partit en excursion afin de récolter de l'argile. Suivant les recommandations de Tupa, les ouvrières s'étaient d'abord rendues au marché pour échanger leurs œuvres contre de la nourriture destinée aux dieux.

Les réserves d'argile proches étant toutes épuisées, la source d'approvisionnement la moins éloignée se trouvait à une journée de marche du Lieu central. En chemin, les femmes chantèrent en l'honneur de la Terre Mère qui leur procurait le matériau nécessaire à leur art. Tandis qu'elles longeaient un ravin étroit, Hoshi'tiwa ruminait sa vengeance : elle entendait profiter de l'occasion pour procéder à sa propre récolte et mettre à exécution la première étape de son plan.

Le soir, les ouvrières allumèrent un feu et firent cuire des haricots qu'elles dégustèrent sur des galettes, puis elles se coiffèrent et se racontèrent des histoires avant de s'endormir à la belle étoile, le cœur rempli d'espoir. Il importait que la récolte fût bonne pour qu'elles puissent s'acquitter de leur tâche et fabriquer les jarres sacrées destinées aux fêtes du solstice.

A l'aube, elles commencèrent à creuser le sol en priant et chantant. Pendant que les paniers se remplissaient de mottes d'argile compacte, les potières demandaient à la Terre Mère la permission d'utiliser une partie de son corps pour le bien de ses enfants. Après avoir déposé leurs offrandes – du maïs, des haricots et de la courge –, elles rebroussèrent chemin, leurs paniers en équilibre sur la tête, pour regagner le Lieu central et accomplir leur devoir sacré en contribuant à faire pleuvoir.

Au bout d'un moment, Tupa déclara avoir oublié sa sacoche. Ayant donné aux ouvrières l'ordre de poursuivre, elle retourna sur ses pas et remonta péniblement le sentier. Sa curiosité piquée au vif, Hoshi'tiwa la suivit à distance et la surprit en train de ramasser et fourrer les offrandes dans sa sacoche. Cette découverte lui causa un choc. Tupa appartenait au Peuple du soleil, tout comme elle. Pourtant, après avoir attaché la sacoche à sa ceinture, elle la tâta d'un air satisfait et fit claquer sa langue, comme si elle se régalait par avance.

Cette nuit-là, la jeune fille ne put trouver le sommeil. Pour une fois, au lieu de s'apitoyer sur son sort, elle songea à l'odieux sacrilège dont Tupa s'était rendue coupable et à ses possibles incidences sur le travail de la guilde. L'argile était un cadeau de la Terre Mère, d'où son caractère sacré. Un soir, pendant le dîner, elle avait entendu ses consœurs insinuer que les dieux étaient en colère contre les habitants du Lieu central, ce qui expliquait l'absence de pluie. A les entendre, cela faisait des années qu'aucun *kokopelli* n'avait visité le canyon avec sa flûte et son sac plein de bienfaits. Les gens commençaient à quitter la région, en quête de terres plus accueillantes. C'était pour cela que le Seigneur obscur chargeait ses Jaguars de ramener des captifs.

Malgré la taille de l'immense complexe de brique et de pierre, l'existence des milliers de gens qui allaient et venaient à l'intérieur du canyon n'était pas très différente de celle des habitants du minuscule village de Hoshi'tiwa. Les gens surveillaient leurs paroles, de peur de blasphémer ou d'offenser les divinités, les esprits et les fantômes qui rôdaient en permanence autour d'eux. Faute de pouvoir influer sur la bonne ou la mauvaise fortune, les mortels tentaient à tout le moins de les prévoir. Chaque matin, qu'ils fussent *tlatoani* ou simple paysan, ils n'avaient pas plus tôt quitté leur natte ou leur *kiva* qu'ils consultaient les oracles, et soir après soir, le chef astronome inspectait le ciel étoilé pour y lire des présages.

Chaque activité possédait sa divinité tutélaire. Il existait un dieu pour les potières et les tresseuses de paniers, les plumassières et les fabricants de lances, les cuisinières et les servantes, les Jaguars et les petits enfants qui tenaient à peine sur leurs jambes. Il y avait même un dieu du *patolli*, le « jeu du haricot » : Macuilxochitl, à qui les joueurs adressaient des prières avant d'entamer une partie. Certains jours étaient consacrés à des divinités spécifiques, et l'ensemble de la population se conformait rigoureusement au calendrier annuel des fêtes et des sacrifices.

Aussi, quel ne fut pas l'étonnement de Hoshi'tiwa lorsqu'elle découvrit que certains ne se conformaient pas aux règles ! Existait-il d'autres personnes comme Tupa, qui précipitaient la chute du Lieu central avec leurs agissements coupables ?

Ces réflexions agitaient toujours son esprit tandis qu'elle polissait une magnifique cruche à deux anses due au talent de Yani. Une fois peinte, la cruche blanchirait à la chaleur du four et son motif noir ressortirait en relief. Elle releva la tête comme une ombre tombait sur elle, espérant qu'il s'agissait d'un nuage, et aperçut la silhouette d'un homme qui se découpait sur le ciel éclatant.

Elle reconnut brusquement Moquihix, vêtu d'une tunique écarlate et d'une cape bleu foncé, une coiffe emplumée posée sur sa tête grisonnante. Tandis que les autres ouvrières se prosternaient, elle resta debout dans une attitude de défi, le cœur rongé par la colère.

Moquihix la dépassa et franchit le seuil de l'atelier, escorté par deux hommes peints en bleu – des prêtres de Tlaloc, le dieu de la pluie. Bien qu'habituées à ces visites d'inspection inopinées, les ouvrières murmuraient avec nervosité, le front dans la poussière : c'était le première fois que le bras droit du Seigneur se joignait aux prêtres.

L'homme fit le tour de l'atelier, promenant un regard circonspect sur les rangées de jarres, de bols et de figurines, puis il se tourna vers Tupa (celle-ci était restée debout, mais elle fixait le sol avec humilité) et demanda à voir les créations de la nouvelle.

Mal à l'aise, Tupa se balança d'un pied sur l'autre.

— Elle n'a encore rien produit, monseigneur. C'est une bonne à rien.

Moquihix jeta un ordre d'un ton brusque : la fille devait fabriquer des jarres de pluie.

Le cœur de Hoshi'tiwa s'enfla d'une joie maligne. Moquihix venait de sceller son propre sort.

Les visiteurs partis, l'activité reprit. Par la suite, aucune des ouvrières ne fit allusion à l'incident qui venait de se produire, mais toutes remarquèrent un changement dans l'attitude de leur maîtresse. A l'évidence, Tupa n'appréciait pas que son souffre-douleur bénéficie d'un traitement de faveur.

7

L'argile blanche du Lieu central ne convenait pas à Hoshi'tiwa. Elle avait beau la pétrir, l'humidifier, lui parler et lui adresser des prières, ses efforts demeuraient vains.

Comme chacun le savait, une potière devait récolter elle-même son argile ; il n'y avait qu'en la puisant à la source, dans le ventre de la terre, qu'elle pouvait déterminer si elle lui correspondait. Hoshi'tiwa devait en passer par là afin de provoquer le déluge qui purifierait le Lieu central et délivrerait son peuple de l'oppresseur.

C'était une belle journée de printemps. Alors que les ouvrières travaillaient aux différents stades de fabrication des jarres, Tupa, qui avait commencé à s'enivrer dès le matin, traversa la place d'un pas guilleret afin de disputer une partie de *patolli* avec sa cousine, la maîtresse de la guilde des tresseuses de paniers.

Hoshi'tiwa saisit la chance au vol. Sortant par-derrière, elle contourna le mur méridional où une famille de vendeurs de sel avait établi son campement et longea la base de la falaise. Le désir de vengeance emplissait son cœur et des pensées haineuses se bousculaient dans sa tête.

Soudain le vent tourna et une puanteur infecte agressa ses narines. Trois hommes surpris à dérober du maïs dans des silos appartenant aux dieux avaient été exposés la tête en bas sur le mur du nord afin de servir d'exemple. Ils avaient mis deux jours à mourir et, à présent, leurs cadavres pourrissaient au soleil.

Si le châtiment lui paraissait cruel, Hoshi'tiwa ne contestait pas sa légitimité. Même un peuple aussi pacifique que le sien ne pouvait tolérer la moindre infraction aux tabous religieux.

Sinon, cela serait la fin de l'harmonie universelle, et viendrait le règne du chaos. Des années plus tôt, dans le village de Hoshi'tiwa, une vieille femme tirée de son sommeil par les gémissements d'un chien était sortie en pleine nuit pour chercher l'animal. Désorientée, elle était tombée et avait atterri dans la *kiva*. Bien qu'accidentelle, son intrusion dans un lieu sacré et réservé aux hommes lui avait valu d'être bannie.

En poursuivant ses recherches, Hoshi'tiwa découvrit au pied de la falaise l'entrée d'une ravine si bien cachée par des rochers qu'elle faillit la manquer. La jeune fille ramassa une poignée de terre et tourna son visage vers la brise qui soufflait le long de l'étroit corridor. Là comme partout autour du Lieu central, la végétation avait péri, entraînant la fuite des animaux. Toutefois, elle eut la sensation que l'argile y dormait presque à portée de main.

Après une montée malaisée, le sentier débouchait dans une cuvette bordée par des rochers qui devaient retenir l'eau par temps de pluie. Bien que le sol fût sec, l'œil exercé de Hoshi'tiwa eut tôt fait de repérer le lit d'un ancien ruisseau. Des buissons rabougris tentaient de survivre dans cet environnement hostile, et on entendait même des chants d'oiseaux. La jeune fille s'agenouilla et se mit à creuser la terre.

Elle ne tarda pas à trouver ce qu'elle cherchait – une matière dure et grise, criblée de débris, mais qui parlait à ses doigts. Il lui fallut toute la matinée pour recueillir quelques mottes sèches. De retour à l'atelier, elle ferait tremper l'argile et la rincerait plusieurs fois pour la débarrasser de ses impuretés, puis elle la supplierait de donner corps à une jarre qui attirerait l'attention des dieux.

Grâce à elle, elle ferait tomber un déluge dont Moquihix et le Seigneur Jakal ne se relèveraient pas…

Son panier rempli, elle s'apprêtait à rebrousser chemin quand un rire lui parvint. Elle regarda autour d'elle sans voir personne. Posant son panier, elle se dirigea vers l'endroit d'où provenait le son. En écartant les branches d'un bosquet de sauge, elle découvrit alors une clairière nichée au cœur de la mesa, un repaire secret digne des dieux. Ses yeux s'agrandirent à la vue des arbres, du bassin à la surface miroitante, des fleurs printanières qui poussaient en grappes.

Puis elle aperçut un groupe de belles jeunes femmes. Vêtues de jupes et de tuniques en coton de toutes les couleurs de l'arc-en-ciel et brodées de motifs éblouissants, elles soufflaient dans des flûtes, frappaient des calebasses et de petits tambours.

Intriguée, Hoshi'tiwa promenait son regard autour de la clairière quand elle découvrit un spectacle si étonnant qu'elle mit une main devant sa bouche pour ne pas crier.

Elle s'immobilisa, le cœur battant, craignant qu'on l'ait entendue. Mais en l'absence de réaction, au lieu d'obéir à son instinct qui lui commandait de fuir, elle resta à son poste d'observation.

Depuis son arrivée au Lieu central, Hoshi'tiwa n'avait vu le Seigneur Jakal que de loin alors qu'il rendait la justice, porté en procession autour de la grand-place, ou qu'il saluait l'Etoile du matin au sommet du promontoire. Il lui apparaissait désormais comme une divinité lointaine, auréolée de puissance et de magie dans sa somptueuse parure, tant et si bien qu'elle avait fini par douter de ses souvenirs : l'avait-elle vraiment surpris sur la mesa, presque nu devant son dieu ? Leurs regards s'étaient-ils croisés cette nuit-là, ou bien avait-elle rêvé ?

Ce qu'elle voyait à présent ajoutait encore à la confusion qui régnait dans son esprit : le cruel tyran riait aux éclats !

Etendu sur une couverture luxueuse, il était vêtu d'un pagne et d'une cape en coton bleu et vert, une étoffe si raffinée que Hoshi'tiwa ne pouvait même pas imaginer ce qu'on ressentait en la portant. Sa peau cuivrée brillait au soleil et les plumes qui ornaient son chignon dansaient dans la brise printanière. Perché sur son poignet, un magnifique ara écarlate happait les morceaux de fruit qu'il lui tendait. La délicatesse des gestes du Seigneur, les paroles tendres qu'il adressait à l'oiseau donnèrent le vertige à Hoshi'tiwa. C'était pourtant le même homme qui avait assisté à la décapitation de Vieil Oncle depuis sa litière, le même qui avait donné l'ordre d'exécuter le pauvre Nez Coupé... Le misérable dont la perfidie avait attiré l'opprobre sur sa famille et elle.

A cause de tes mensonges, ma mère a eu le cœur brisé, pensa-t-elle. Pourquoi ne pas lui avoir dit la vérité, afin qu'elle se réjouisse de l'honneur fait à sa fille ?

Elle remarqua alors que les cailloux qui tapissaient le sol de la clairière semblaient avoir été rapportés. De même, les fleurs lui étaient inconnues et des arbres de différentes espèces se dressaient côte à côte. Ce havre de verdure n'avait rien de naturel, mais devait son existence à la main de l'homme.

Pour quelle raison ? Et pourquoi l'entourer d'un tel secret ? Elle s'avisa soudain que les mouvements du Seigneur et des trois jeunes femmes paraissaient affectés, comme s'ils avaient été répétés…

Hoshi'tiwa manqua de défaillir : la clairière était un sanctuaire, et elle venait de surprendre un rituel ! En réaction à la sécheresse qui ravageait la région, le Seigneur Jakal avait tenu à adresser un message aux dieux à travers cette oasis. Il voulait qu'ils sachent que s'ils faisaient pleuvoir, il veillerait à entretenir le Lieu central comme il avait pris soin de cette clairière.

La jeune fille retourna lentement sur ses pas, le cœur serré par la peur. Elle avait commis un sacrilège passible de mort.

8

— Qu'est-ce que tu fabriques ? aboya Tupa, les poings calés sur ses larges hanches. Où as-tu été chercher cette argile ? On dirait de la merde de bovidé !

Hoshi'tiwa rentra la tête dans les épaules. Assise au soleil, elle incorporait à l'argile qu'elle avait récoltée un mélange de sable et d'eau pour éviter qu'elle réduise ou se fende à la cuisson.

Tupa se tint les côtes de rire et lança à la cantonade que la nouvelle n'avait que de la poussière entre les oreilles si elle s'imaginait tirer quelque chose de son infâme mixture. Puis elle lâcha un rot et alla inspecter le four.

Ignorant ses sarcasmes, Hoshi'tiwa se concentra sur sa tâche. Elle voulait croire que celle-ci primait sur toute autre considération, mais elle ne pouvait nier que l'image de Jakal la hantait jour et nuit. Nez Coupé prétendait que le Seigneur n'avait accueilli aucune femme dans son lit depuis la mort de son épouse. Pourtant, dans la clairière sacrée, elle l'avait vu entouré de beautés semblables à des oiseaux exotiques. Comparée à elles, elle se sentait aussi ordinaire qu'un moineau.

Ses sentiments la déconcertaient et l'effrayaient à la fois. Le Seigneur obscur pouvait fréquenter qui bon lui semblait, il n'en restait pas moins un mangeur d'hommes – elle ne devait jamais l'oublier.

Néanmoins, Jakal la visitait chaque nuit en rêve et occupait ses pensées tout le jour. La voyant penchée sur les boudins de pâte qu'elle façonnait afin d'en faire les contours élancés d'une jarre de pluie, ses consœurs admiraient sa résolution et enviaient sa discipline. Elles étaient loin de se douter que la raideur de sa posture et son air absorbé masquaient un conflit intérieur. Hoshi'tiwa aurait voulu se concentrer sur son travail, mais son esprit indocile la ramenait sans cesse vers le Seigneur Jakal.

Le mécontentement de Tupa devenait de jour en jour plus manifeste. Comme cette fille est lente ! pensait-elle. Et têtue, avec ça. Quand on lui donnait l'ordre d'accélérer le mouvement, elle avait l'audace de répliquer que le modelage de l'argile devait venir du plus profond de l'âme.

« C'est une œuvre spirituelle », avait-elle le culot d'affirmer.

Comme si Tupa, qui comptait plus d'années d'expérience que cette paresseuse ne possédait d'os, l'ignorait ! Chacun savait que l'argile devinait l'humeur de la potière, au point qu'il lui était déconseillé de créer quand elle était triste ou en colère. Mais ce n'était qu'un prétexte dont elle se saisissait pour excuser son indolence.

Après avoir façonné le fond de la jarre, Hoshi'tiwa pétrit les colombins qui formeraient ses flancs. Le temps se réchauffait de jour en jour et une population toujours plus nombreuse affluait vers le Lieu central à l'approche de la fête du solstice. Le marché attirait une foule bruyante et les visites d'inspection des prêtres du dieu de la pluie étaient devenues une routine.

Si elle les détestait toujours autant, Hoshi'tiwa avait fini par admettre que les Toltèques ressemblaient au Peuple du soleil sur bien des points. Les uns et les autres possédaient un haut degré de spiritualité et les principes régissant leurs sociétés suivaient à la lettre les lois strictes édictées par les dieux. Tandis que ces derniers décidaient du moment où le soleil se levait, de la venue de la pluie et de l'abondance des récoltes, les Toltèques considéraient les sacrifices humains comme un acte sacré qui honorait les victimes et réjouissait les dieux. Hoshi'tiwa jugeait cette pratique révoltante – le Peuple du soleil offrait du maïs, non des victimes sans défense, à ses dieux – et se demandait même si ce n'était pas elle qui éloignait la pluie du Lieu central.

Mais la pluie reviendrait ; elle en faisait son affaire. Une fois la vallée débarrassée de la vermine toltecah, elle gagnerait une autre contrée, changerait de nom et se présenterait fièrement à un nouveau peuple.

Un après-midi, une grande rumeur s'éleva de la place centrale où le Seigneur Jakal avait donné l'ordre de procéder à une décapitation. Les potières n'étaient pas autorisées à assister à l'exécution, car rien ne devait les distraire de leur tâche. Hoshi'tiwa redoubla d'efforts pour se concentrer sur son travail. Elle pensait à Jakal dans le jardin, à ses gestes tendres comme il offrait des fruits à l'ara, quand des cris éclatèrent, cette fois à l'intérieur de l'atelier. Toujours obsédée par la pierre à polir magique de Yani, Tupa sautait sur le moindre prétexte pour frapper la malheureuse.

— Comment oses-tu insulter les dieux avec une pièce aussi minable ?

Tupa brandissait un bol – ravissant, du point de vue de Hoshi'tiwa – que Yani venait de sortir du four. Une fois de plus, les autres femmes se levèrent et gardèrent le silence pendant que les coups pleuvaient sur la malheureuse.

— Une mauvaise ouvrière déshonore sa guilde ! fulminait Tupa en abattant encore et encore sa baguette. Tu fais honte à tes sœurs ! Tu...

Une main robuste saisit son poignet, coupant court à sa logorrhée.

Outrée, Tupa fusilla Hoshi'tiwa du regard. Un silence de mort s'abattit sur l'atelier. Pendant que la maîtresse et l'apprentie se défiaient, les ouvrières détournèrent les yeux avec appréhension. Vaincue par la force de Hoshi'tiwa et par son aplomb, Tupa se pencha vers elle et lui souffla d'une voix rauque :

— Tu te crois tout permis parce que le Seigneur Moquihix t'a fait une faveur. Mais attends le solstice... Quand tu auras échoué, personne ne se lèvera pour te protéger.

— Méfie-toi de Tupa, conseilla Plume Verte à la jeune fille quand Tupa se fut éloignée.

— Je te suis reconnaissante, ajouta Yani comme les autres femmes acquiesçaient. Mais à présent, j'ai peur pour toi.

Plus le jour de la fête du solstice approchait, plus la tension montait parmi les potières. Les prêtres comptaient sur elles pour attirer la pluie, alors qu'il n'était pas tombé une goutte depuis plusieurs étés. Au sein de la populace, il se murmurait que les dieux avaient maudit le Lieu central. Les plus courageux rassemblaient leurs affaires et fuyaient à la faveur de la nuit. Chaque matin, on découvrait un nouveau campement abandonné et l'une ou l'autre guilde rapportait l'absence d'un de ses membres.

Les Jaguars multipliaient les parades et les démonstrations de force, afin de rappeler au peuple qu'il devait l'obéissance à ses dieux. Ils s'affrontaient dans des joutes sanglantes devant des parieurs déchaînés pendant que les différentes guildes sacrées – tresseuses de paniers, lapidaires et potières – travaillaient d'arrache-pied.

Tupa elle-même finit par poser ses fesses sur une natte pour aider à façonner, sabler, polir l'argile et préparer des pigments à base de légumes et de minéraux.

Pour sa part, Hoshi'tiwa consacrait tous ses soins à sa jarre. Elle la frotta avec l'écorce d'une calebasse pour faire disparaître la moindre aspérité, la sécha, la sabla et la polit à l'aide d'une petite pierre en faisant attention à ne pas briser la fragile pâte. Pour finir, elle se fabriqua un pinceau avec une feuille de yucca fendue et la décora de motifs rouges. Ses consœurs jugèrent le résultat hideux sur l'argile grise, mais elles gardèrent leurs réflexions pour elles. Plume Verte et Yani la regardèrent avec pitié orner son œuvre de dessins figurant des nuages tourbillonnants et la pluie tombant à verse.

Arriva enfin le jour de la cuisson. Les ouvrières n'avaient pas dormi de la nuit et Tupa était d'une humeur particulièrement exécrable : c'était elle que les prêtres de Tlaloc tiendraient pour responsable du succès ou de l'échec de l'opération, lui attribuant selon le cas récompense ou punition.

Cette dernière étape était de loin la plus hasardeuse. Si l'argile n'avait pas été correctement séchée ou s'il subsistait des poches d'air, la poterie éclaterait à la chaleur du four, réduisant à néant les efforts des jours précédents. Avec d'infinies précautions, les ouvrières disposèrent leurs jarres dans le four pendant que Tupa surveillait le feu. D'épaisses couvertures en cuir fermaient la cheminée du four pour accroître la chaleur à l'intérieur.

Les femmes sursautaient au moindre craquement, craignant qu'une pièce n'éclate. Les yeux fixés sur le four, elles chantèrent et prièrent jusqu'à ce que Tupa soulève le coin d'une couverture, inspecte les cendres et les braises mourantes et déclare que la cuisson avait été un succès.

Un par un, on retira les récipients neufs du four afin de les examiner. Les jarres et les pichets d'un blanc éblouissant, peints de motifs austères conçus pour attirer la pluie, les pichets de Yani, les bols de Plume Verte, tout était parfait. La tension montait d'un cran à chaque nouvelle pièce, car une poterie brisée annonçait de grands malheurs. A l'inverse, une fournée intacte était considérée comme un présage favorable.

La jarre de Hoshi'tiwa fut la dernière à sortir. Les femmes retinrent leur souffle quand Tupa plongea ses pincettes en bois à l'intérieur du four : cette pièce en argile grise était l'œuvre d'une apprentie qui n'avait pas encore fait ses preuves au sein de la guilde. Tupa posa la jarre sur une natte en yucca et frotta doucement la cendre. Les ouvrières étouffèrent un cri : la jarre était magnifique, dorée comme un lever de soleil l'été, tandis que le rouge flamboyant de ses motifs évoquait un coucher de soleil en automne.

Les dieux du Lieu central n'avaient encore jamais rien vu de tel.

9

Le jour du solstice, les ouvrières de l'atelier firent leur toilette avec du sable parfumé aux aiguilles de pin et passèrent des vêtements propres brodés du signe distinctif de leur guilde. Elles mirent un soin particulier à se coiffer les unes les autres, jeûnèrent, prièrent et attendirent la visite des prêtres de Tlaloc.

Parce qu'ils symbolisaient les extrêmes, les solstices généraient toujours une certaine tension : les jours et les nuits y étaient très courts ou très longs, le temps très chaud ou très froid. C'est pourquoi le Peuple du soleil préférait les équinoxes, quand le jour et la nuit avaient la même durée et que les températures excessives annonçaient des conditions plus clémentes. Contrairement aux solstices, les équinoxes apportaient l'ordre et l'équilibre.

Venus de toute la région, les pèlerins empruntaient les routes pavées qui menaient au Lieu central, portant des offrandes destinées aux rituels. La vaste plaine était couverte de campements de fortune. Depuis plusieurs jours, la grande place accueillait des danses et des chants rituels. Les prêtres des différents ordres avaient visité les *kivas*, ces chambres souterraines considérées à cette époque de l'année comme des portes d'accès au monde spirituel.

Dans l'atelier, les poteries neuves resplendissaient au soleil, alignées sur un établi. La jarre de Hoshi'tiwa contrastait avec les œuvres de ses compagnes. Si son clan fabriquait des poteries traditionnelles noir et blanc pour les échanges avec les villages voisins, il gardait pour lui les pièces rouge et jaune doré. Comme il possédait juste assez d'argile pour son usage personnel, on n'avait encore jamais vu cette partie de sa production au Lieu central.

Comment les prêtres allaient-ils réagir à la nouveauté ?

Hoshi'tiwa espérait vivement qu'ils choisiraient sa jarre. Quand ils la verraient resplendir au soleil sur la grand-place, les dieux de la pluie ne pourraient s'empêcher d'approcher pour y jeter un coup d'œil. Ils n'avaient jamais su résister aux poteries de Hoshi'tiwa. Devant sa beauté, ils seraient pris du désir irrépressible de la remplir. Dans leur enthousiasme, ils feraient tant pleuvoir que le ruisseau au fond du canyon enflerait jusqu'à déborder de son lit et noierait toute la vallée, pulvérisant les briques d'adobe des habitations modestes et celles des nobles demeures en terrasse. Les Toltèques seraient impuissants à se sauver.

Elle en était là de ses réflexions quand Moquihix apparut, drapé dans une cape écarlate et une tunique d'un vert éclatant. Les prêtres de Tlaloc l'accompagnaient, le corps peint du même bleu que leur robe. Les ouvrières (en ce jour exceptionnel, elles avaient l'autorisation de rester debout) observaient un silence respectueux. Tupa elle-même retint sa langue pendant que les visiteurs inspectaient les jarres avec une expression indéchiffrable. Au bout de la rangée, ils s'arrêtèrent devant la jarre dorée et laissèrent paraître leur étonnement.

Hoshi'tiwa se raidit, le cœur battant. Au lieu de baisser la tête comme ses sœurs d'atelier, elle avait les yeux fixés sur Moquihix. Soudain une étincelle admirative brilla dans le regard de ce dernier. Elle eut du mal à retenir un cri de triomphe.

Tupa sauta sur l'occasion pour se mettre en avant.

— C'est moi qui ai trouvé l'argile, monseigneur. J'ai perçu la couleur du soleil derrière son gris si peu attrayant.

Hoshi'tiwa se mordit la langue. Si Moquihix apprenait qu'elle était l'auteur de la jarre, irait-il jusqu'à la briser pour affirmer son pouvoir sur elle ?

Le bras droit du Seigneur considéra Tupa avec suspicion.

— C'est toi qui as fabriqué cette jarre ?

— En fait, non. J'étais trop occupée. J'aurais pu confier cette tâche à n'importe laquelle de mes filles, mais comme vous avez exprimé le désir que je laisse sa chance à la nouvelle, je lui ai donné l'argile que j'avais découverte.

Le cœur de Hoshi'tiwa s'emballa. Maintenant qu'il savait, comment Moquihix allait-il réagir ? Allait-il écraser la jarre sous son talon, ou ravalerait-il son orgueil par loyauté envers son maître ?

Il se concerta avec les deux prêtres qui semblaient également séduits par la jarre dorée.

— Je peux en fabriquer d'autres sur le même modèle, monseigneur, s'empressa d'ajouter Tupa.

Moquihix se rembrunit.

— Pourquoi, il n'en existe qu'une ?

— La nouvelle est lente. Mes ouvrières produisent chaque jour quantité de figurines et de récipients. Une partie de leur travail est destinée au marché où nous l'échangeons contre du sel et d'autres nécessités, tandis que le reste revient aux prêtres et à leur sanctuaire. Mais cette paresseuse prend son temps. Elle ne cesse de rêvasser sur son ouvrage. Pour un peu, elle dormirait !

Moquihix fit signe à un des prêtres de lui apporter la jarre. Au moment où il la souleva, elle se brisa entre ses mains.

Un silence horrifié s'abattit sur l'atelier. Tous les regards se tournèrent vers les deux moitiés de la jarre. Rien n'attirait le malheur comme une poterie neuve qui se cassait, surtout si elle était destinée aux dieux. Aussi choquée que le reste de l'assistance, Hoshi'tiwa ne tarda pas à entrevoir une explication : elle avait fabriqué la jarre dans un but égoïste, poussée par la colère et la soif de vengeance. Au lieu de cultiver des sentiments pieux, elle avait désacralisé son travail en s'adonnant à des fantasmes de mort et de destruction. C'était pourquoi la jarre s'était brisée. Peut-être suis-je vraiment *makai-yo*, pensa-t-elle, pleine de honte et de regret.

Soudain une ombre se dessina dans l'encadrement de la porte. Les ouvrières se prosternèrent aussitôt et cette fois Hoshi'tiwa les imita.

Le Seigneur Jakal était juché sur une litière de taille réduite, portée par six esclaves. Son costume était encore plus somptueux que celui de Moquihix et des deux prêtres : des bracelets d'or brillaient à ses poignets et à ses chevilles, des perles d'argent et des pierres de ciel se mêlaient à ses longs cheveux. Dissimulant son visage derrière un éventail de plumes bleues et vertes, il descendit de son trône et foula le sol poussiéreux de ses splendides sandales de cuir incrustées d'argent et de pierres de ciel. Il glissa quelques mots à l'un des prêtres qui saisit le bras de Hoshi'tiwa afin de la relever.

Pendant que Jakal dévisageait la jeune fille par-dessus l'éventail, on le vit brusquement froncer les sourcils. Ecartant l'éventail, il lança un ordre au deuxième prêtre, qui lui tendit la jarre brisée.

Jakal examina longuement les deux moitiés du pot, d'abord la droite, puis la gauche, les tournant vers la lumière, les approchant de son visage, les assemblant afin de reconstituer la jarre dorée, puis il réfléchit. Le cœur de Hoshi'tiwa cognait violemment contre ses côtes. Un présage aussi désastreux ne pouvait qu'entraîner sa mort, et elle l'aurait bien cherché.

Enfin, le Seigneur Jakal fit relever Tupa. Désignant au prêtre le couteau accroché à la ceinture de la femme, il lui enjoignit de le remettre à Moquihix. Tupa blêmit tandis que le prêtre tirait le poignard en obsidienne de son fourreau et le tendait à son supérieur qui leva la lame vers le soleil afin que son maître l'inspecte.

Jakal passa l'index sur la lame et prit l'assistance à témoin : son doigt était couvert d'une poussière orange pâle qui se fondit dans le décor de la jarre brisée quand il l'essuya dessus.

Tupa tomba à genoux.

— Si j'ai agi ainsi, c'était pour sauver ma guilde ! plaida-t-elle. La nouvelle a suscité des jalousies et des rivalités. Nous ne pouvons pas accomplir notre travail sans...

La lame d'obsidienne traversa la gorge de Tupa qui expira avant d'avoir touché le sol.

Ayant jeté le poignard, Moquihix s'apprêtait à désigner une ouvrière pour lui succéder quand Hoshi'tiwa prit la parole :

— Monseigneur ?

Tout le monde retint son souffle. Jakal lança un regard scrutateur à la jeune fille. Voyant qu'aucun ordre ne fusait à l'encontre de l'insolente, Moquihix se drapa dans un silence réprobateur.

Hoshi'tiwa tremblait de peur, mais elle se sentait obligée de réparer sa faute. Si la main de Tupa avait brisé la jarre, c'était son égoïsme qui avait conduit à cette situation. A présent, elle savait qu'elle devrait purger son cœur de la haine et de la colère pour accomplir la mission sacrée qui lui avait été confiée à sa naissance : faire tomber la pluie.

Elle posa une main sur le bras de Yani et déclara :

— Cette femme a mérité de diriger la guilde, monseigneur, car elle vénère les dieux, obéit à ses maîtres et fabrique les plus belles poteries du Lieu central.

Comme Moquihix la dévisageait, Hoshi'tiwa prit un air humble. Elle tenait à ce qu'il comprenne que le conflit muet qui les avait opposés – encore ce dernier n'existait-il probablement qu'à ses yeux – avait pris fin.

Moquihix se tourna ensuite vers Jakal qui lui témoigna son approbation avec un léger mouvement de la tête, au grand soulagement de Hoshi'tiwa : avec Yani comme maîtresse, il serait plus facile de créer des jarres qui plairaient aux dieux de la pluie. Et la nouvelle Hoshi'tiwa – une troisième version d'elle-même – la seconderait de son mieux.

Puis le Seigneur Jakal adressa quelques mots à Moquihix qui à son tour fit signe aux prêtres d'amener la jeune fille. Hoshi'tiwa étouffa un cri : cette fois, elle était perdue... Ils allaient la conduire à l'autel de sang !

— Epargnez-moi, supplia-t-elle, et je ferai pleuvoir.

— Personne n'a parlé de te tuer, idiote, gronda Moquihix. Du moins, pas encore, ajouta-t-il entre ses dents.

Yani sortit de sa sacoche sa légendaire pierre à polir et la plaça dans la main de Hoshi'tiwa.

— Comme je n'ai pas de fille, expliqua-t-elle, à ma mort, cette pierre sera enterrée avec moi. Mais tu as un don, Hoshi'tiwa. Cette pierre, la meilleure amie que j'aie jamais eue, sera entre de bonnes mains avec toi. A vous deux, vous ramènerez la pluie au Lieu central.

Hoshi'tiwa embrassa son aînée, lui souhaitant que les dieux la comblent de leurs bienfaits, elle et son atelier. Il y avait longtemps qu'elle ne s'était pas sentie aussi bien quand elle s'avisa que le Seigneur Jakal avait les yeux fixés sur elle. Cela ne dura qu'une seconde, mais un frisson la parcourut.

Il m'a reconnue, pensa-t-elle avec angoisse. Il sait que c'est moi qui l'ai surpris dans la clairière.

10

— Toi, là !

Hoshi'tiwa leva les yeux de son travail et aperçut le chef cuisinier, un plat de viande de tatou fumant à la main.

— Apporte ceci aux Seigneurs.

Elle se retourna pour voir à qui il parlait.

— Fais vite, avant que ça refroidisse.

La jeune fille considéra le cuisinier avec stupeur. Il lui demandait de se rendre dans les appartements privés du Seigneur ? Depuis l'exécution de Tupa, deux semaines plus tôt, elle partageait le quotidien des employés des cuisines tout en se consacrant à sa création.

— Tu es sourde ? gronda l'homme.

Hoshi'tiwa avait entendu dire que deux serviteurs avaient disparu durant la nuit, si bien que le reste du personnel était débordé. Elle prit le plateau et jeta un regard timide vers le corridor éclairé par des torches qui reliait la cuisine aux pièces d'habitation.

— Dépêche-toi ! s'impatienta le chef cuisinier.

Hoshi'tiwa se hâta vers le couloir qui l'effrayait tant.

La vie au palais était très différente de celle de l'atelier. Ce dernier était situé à l'extrémité du mur méridional, à l'écart des centres du pouvoir. Tandis que les potières travaillaient dans une solitude relative, l'immense dédale de pièces et d'appartements était le siège des allées et venues continuelles des gardes, des scribes et des serviteurs qui portaient tous le costume et les instruments propres à leur fonction. Comme gouverneur du Lieu central, Jakal habitait un vaste appartement dont les portes ouvraient directement sur la grand-place.

Les autres Seigneurs et les dignitaires tels que le premier scribe, le grand prêtre et le chef astronome logeaient au niveau inférieur, dans des appartements plus petits disposés en demi-cercle autour de la résidence principale. Les fonctionnaires de moindre rang vivaient à l'étage au-dessus tandis que les serviteurs assez chanceux pour résider au palais occupaient le niveau supérieur, auquel on accédait au moyen de quatre échelles. Le reste du personnel vivait en plein air, dans la plaine autour du Lieu central. Hoshi'tiwa partageait avec des filles de cuisine un abri avec foyer qu'elle jugeait un peu trop proche des baraquements des Jaguars. Si un mur lui cachait ces derniers, elle les entendait se livrer à des jeux de balle athlétiques et s'entraîner à manier la lance ou la massue.

Il n'y avait personne pour superviser son travail ou la surveiller. Elle était libre de créer et de circuler à sa guise. Plus d'une fois, elle avait pensé fuir en se mêlant aux nombreux visiteurs et marchands qui arrivaient et repartaient chaque jour. Le temps qu'on remarque son absence, elle aurait trouvé refuge dans un clan qui ignorait son statut de *makai-yo*.

Mais Yani lui avait offert sa pierre à polir, et elle avait promis qu'elle ferait pleuvoir sur le Lieu central.

Le solstice d'été s'était éloigné sans qu'il tombe la moindre goutte. Pourtant, nul n'avait blâmé les potières ni Hoshi'tiwa : la destruction de la jarre était l'œuvre d'une sacrilège qui avait été exécutée pour son crime. A présent, chacun attendait le prochain solstice en priant.

Une servante portant un pichet d'eau la précédait. La jeune fille marchait si vite que Hoshi'tiwa peinait à la suivre. Le fumet qui s'échappait du plat de tatou flattait agréablement ses narines, la faisant saliver. Elle n'avait mangé de la viande qu'en de rares occasions – à peine quelques bouchées de lapin ou de volaille. Si elle s'était écoutée, elle aurait englouti tout le plat et léché jusqu'à la dernière goutte de sauce. Mais quiconque dérobait de la nourriture aux Seigneurs était passible de mort.

Hoshi'tiwa voyait Jakal presque chaque jour depuis que Moquihix l'avait confiée au chef cuisinier en lui enjoignant de lui faire une place près des énormes fours en forme de ruches. Le rôle du gouverneur consistait en partie à arbitrer les différends et à juger les crimes, blasphèmes et sacrilèges. Tous les après-midi, des esclaves dressaient un trône et déroulaient un tapis sur la grand-place tandis que les plaignants et les solliciteurs attendaient leur tour. C'était là que Jakal rendait la justice, collectait les impôts, procédait au recensement ou invoquait les lois et les dieux. Les simples mortels tremblaient lorsqu'ils se tenaient devant lui, redoutant ses jugements expéditifs. En cas de verdict défavorable, l'exécution de la sentence était immédiate. Pas plus tard que la veille, un fermier accusé d'avoir uriné pendant un rituel avait été déclaré sacrilège. Sur un signe de son maître, un Jaguar s'était avancé et avait tranché la tête de l'homme d'un seul coup d'épée. Ce n'était qu'une fois la séance levée et la foule dispersée que la famille du malheureux avait pu réclamer son corps.

Mais dans ces temps d'incertitude, le peuple n'attendait pas seulement de ses dirigeants qu'ils fassent respecter les lois et apaisent les dieux. Quelques jours plus tôt, une rumeur était parvenue au Lieu central, suscitant la panique : un fermier avait trouvé un serpent à deux têtes dans son champ. L'homme avait reçu l'ordre d'apporter la créature à Moquihix qui s'était retiré avec les grands prêtres et le Seigneur Jakal. Un silence anxieux avait régné sur les lieux tout le temps qu'avait duré leur entretien. Même les potières avaient cessé toute activité dans l'attente de leur verdict : le serpent était-il un bon ou un mauvais présage ?

Quand le Seigneur Jakal était enfin sorti, la foule massée sur la grand-place s'était prosternée. Moquihix s'était ensuite adressé au peuple, d'une voix qui portait jusqu'aux murailles de pierre, au-delà des baraquements des Jaguars, et même jusqu'à la lointaine falaise qui fermait le canyon : le serpent à deux têtes était un bon présage. Chacun avait acclamé cette révélation avant de retourner à ses occupations, soulagé.

Hoshi'tiwa n'avait pas le temps de prendre part à l'agitation qui régnait sur la grand-place, car elle devait produire pas moins de douze jarres avant le solstice d'hiver. Elle savait qu'on ne lui accorderait pas de deuxième chance : en cas d'échec, elle serait sacrifiée sur l'autel de sang.

Elle franchit à la suite de la servante plusieurs portes fermées par des rideaux. Le corridor semblait interminable. Elle se demandait si elles n'étaient pas perdues quand la fille portant le pichet écarta une tenture jaune et rouge vif et pénétra dans une salle éclairée par des torches.

Etendus sur des tapis, Moquihix et son maître disputaient une partie de *patolli*, un jeu de hasard que les Toltèques avaient importé du Sud. Il était devenu si populaire que le bruit des haricots roulant sur le plateau et les exclamations des vainqueurs et des perdants étaient indissociables de l'atmosphère du Lieu central. Le père, les oncles et les cousins de Hoshi'tiwa eux-mêmes s'y adonnaient dans une ambiance cordiale qui n'excluait pas une compétition acharnée. Beaucoup d'hommes poussaient l'obsession jusqu'à ne jamais se séparer de leur plateau afin d'y jouer en tout lieu et à toute heure.

Tandis qu'elle déposait le plat au milieu des offrandes – des figues de Barbarie, des calebasses et des haricots, des galettes et un grand pichet de *nequhtli* – Hoshi'tiwa jeta un coup d'œil autour d'elle, embrassant d'un seul regard le flamboiement des torches, les murs couverts de tapis, les vases débordant de fleurs et les deux hommes qui jetaient les haricots et déplaçaient les cailloux colorés en plaisantant tels deux amis. Aussi incroyable que cela puisse paraître, Moquihix souriait ! Leurs vêtements en coton et leurs chignons signalaient leur appartenance à la noblesse. Hoshi'tiwa se demanda où étaient les belles jeunes femmes qu'elle avait vues dans la clairière secrète.

Quand elle se releva, son regard croisa celui de Moquihix et un frisson la saisit. Plus âgé que son maître (des rides profondes sillonnaient son visage et ses longs cheveux étaient striés de gris), le premier dignitaire affichait le même air sinistre en toutes circonstances. Mais à peine eut-il posé les yeux sur la jeune fille qu'elle ressentit un danger. Elle savait que Moquihix désapprouvait sa présence au palais.

Il pense que je porte malheur et qu'il aurait fallu m'éliminer en même temps que Tupa.

Elle éprouvait un malaise chaque fois qu'elle évoquait la scène : d'un geste vif, Moquihix plongeait la lame du couteau dans la gorge de l'ex-maîtresse de la guilde qui s'écroulait. Cet homme lui rappelait un serpent venimeux guettant sa proie, enroulé sur lui-même. Nul ne pouvait dire quand il allait frapper.

11

Hoshi'tiwa n'avait jamais autant prié de sa vie, même si l'existence du Peuple du soleil était rythmée par les rituels et les dévotions diverses. Elle priait avant de s'endormir, à son réveil et pendant qu'elle travaillait, dans l'espoir que les dieux accueilleraient favorablement ses poteries et feraient venir la pluie sur le Lieu central. Elle ne rêvait plus d'un déluge qui emporterait les Seigneurs. Elle avait cessé d'en vouloir à Moquihix, car il était dans sa nature d'accepter son destin et de vivre en paix avec le monde qui l'entourait. Depuis quelques jours, elle pensait souvent à Ahoté et à sa famille, souhaitant qu'ils aient surmonté la honte d'avoir une paria dans leur village et que la fortune leur ait souri depuis son départ. Absorbée dans sa prière, elle ne réagit pas tout de suite quand deux jambes musclées apparurent devant elle, sous l'ourlet richement brodé d'une cape de coton aussi fine et légère qu'une toile d'araignée.

C'était une belle journée d'été. Assise au soleil sur sa natte, Hoshi'tiwa respirait les délicieux arômes qui s'échappaient des énormes fours entourés de coffres remplis de maïs. Des tresses d'oignons et de piments pendaient du plafond. Les filles de cuisine vaquaient à leurs tâches quotidiennes – moudre le maïs, confectionner des galettes, dépouiller des lapins, remuer des chaudrons bouillonnants – sans lui prêter la moindre attention.

Des poteries à différents stades de fabrication, de la simple motte d'argile séchant au soleil à la jarre prête à enfourner, étaient disposées devant elle. Elle roulait un colombin entre ses mains quand elle remarqua l'ombre qui s'étendait sur elle.

En plissant les yeux, elle distingua la silhouette d'un homme qui se découpait sur le ciel bleu.

Avec des cris perçants, les autres filles se jetèrent à genoux, le front contre le sol. Seule Hoshi'tiwa ne broncha pas sous le regard pénétrant de Jakal.

— Où as-tu trouvé ceci ? l'interrogea le Seigneur d'un ton impatient, en touchant du pied son panier plein d'argile.

Ayant marché toute sa vie pieds nus, la jeune fille ne put s'empêcher d'admirer sa sandale en cuir incrustée de pierres de ciel.

— Je t'ai posé une question. D'où vient cette argile ?

Le cœur de Hoshi'tiwa s'emballa. Savait-il qu'elle l'avait espionné dans son jardin caché ? Se doutait-il qu'elle avait emprunté à nouveau le même sentier quelque temps plus tard, sous prétexte de faire des réserves ? Avait-il conscience qu'elle avait amassé plus d'argile qu'il ne lui en fallait durant les nombreux voyages qu'elle avait faits jusqu'à la clairière sacrée, espérant l'apercevoir quand bien même elle risquait la mort ?

— Une potière ne dit jamais où elle s'approvisionne, répondit-elle avec aplomb, car c'était la pure vérité.

Jakal battit des cils à plusieurs reprises. Son expression était indéchiffrable. Il sembla à Hoshi'tiwa que la cuisine, le Lieu central et le reste du monde avaient cessé d'exister. Bravant les interdits, elle risqua un regard furtif vers lui et crut lire une question dans ses yeux.

Puis le monde extérieur reprit brusquement ses droits. Le Seigneur Jakal tourna les talons et s'éloigna sans un mot, suivi par son escorte. Les filles de cuisine se relevèrent lentement, jetant des regards stupéfaits à l'étrangère.

12

La clairière ne parvenait plus à dissiper la mélancolie de Jakal. Les belles jeunes femmes, les oiseaux colorés, les fleurs odorantes, tout n'était que poussière à ses yeux.

Le Seigneur du Lieu central vivait entouré de serviteurs, de guerriers et de dignitaires tels que Moquihix qui ne le quittaient jamais. Aussi, d'où venait le sentiment de solitude qui le rongeait ? Il était libre de prendre son plaisir avec n'importe laquelle des jolies servantes consacrées aux dieux, ce qu'il faisait de temps en temps, mais ces étreintes dénuées de passion ne lui apportaient aucune consolation.

Pendant que les servantes chantaient et jouaient de leurs instruments, leur maître grignotait sans entrain des baies et des noix disposées sur un plat. Ses pensées s'envolèrent vers son enfance à Tula, vers sa mère aussi belle et lointaine qu'une déesse. Il se revit déposant un baiser sur sa joue parfumée et obtenant en échange un éclat de rire qui lui transperçait le cœur. Il l'apercevait parfois quand elle traversait le palais avec sa suite – un tourbillon de couleurs, un chœur de voix féminines haut perchées. Des années plus tard, il avait compris le sens des paroles qu'il l'avait entendue prononcer un jour devant son père : « Je vous ai donné quatre fils, monseigneur. Aussi, je vous prie de me tenir quitte des obligations que j'ai envers vous. »

Il avait su alors qu'il n'était à ses yeux que le fruit d'une « obligation ». Il en avait pris acte, pensant que c'était dans l'ordre des choses. Mais cet ordre lui semblait bien cruel et il se demandait parfois comment il se comporterait avec ses propres enfants s'il avait un jour la chance de devenir père.

Comme tous les jeunes princes, il n'avait pas été allaité par sa mère mais par une nourrice. Lorsqu'il voyait les gens du peuple porter leurs bébés dans le dos et prodiguer de l'affection à leurs enfants, il ne pouvait s'empêcher de les comparer à des animaux. Ils lui rappelaient les paysans sur le marché de Tula, leur parler et leurs manières rudes, les nourrissons pendus au sein de leur mère, les enfants plus âgés juchés sur les épaules paternelles... Les singes ne se conduisaient pas autrement avec leurs petits.

Nous valons mieux que ça, songea-t-il avant de sombrer dans un nouvel accès de mélancolie.

Et que dire de cette fille qui ne cessait de s'immiscer dans ses pensées ? Cette Hoshi'tiwa dont les mains façonnaient les plus belles poteries qu'il ait jamais vues ? Quand elle posait les yeux sur lui, son regard ne trahissait aucune crainte. Son visage était pareil à la lune, rond et sans le moindre défaut, hormis les trois cicatrices qui barraient son front – le symbole du clan de la Tortue, lui avait-on dit. Les jours où il trônait sur la grand-place, à écouter les doléances et rendre la justice, il la cherchait parmi la foule et l'apercevait le plus souvent avec ses amies. Son rire, sa démarche chaloupée, tout en elle exprimait la liberté. Il aurait voulu connaître les moindres détails de son existence. Comment pouvait-on être heureux en vivant aussi simplement, alors que lui qui possédait tout se morfondait ?

Il leva les yeux vers le ciel uniformément bleu. Etait-ce sa faute si la pluie avait fui le Lieu central ? Ses informateurs lui avaient rapporté que les paysans rendaient les Toltèques responsables de la sécheresse. L'impatience grandissait dans les rangs des Jaguars, une caste de nobles guerriers, tous fils d'aristocrates fortunés. Les officiers supérieurs ne mâchaient pas leurs mots : « Il faut verser le sang afin d'apaiser les dieux. » Le sang ruisselait sur leurs bras et jambes qu'ils perçaient rituellement avec des épines de maguey. Jakal lui-même présentait de nombreuses cicatrices et ne craignait pas de se percer la langue chaque année afin de satisfaire les dieux. L'opération consistant à s'enfoncer une tige de maguey dans la langue jusqu'à la traverser de part en part provoquait une douleur presque insupportable.

Mais malgré tout le sang répandu, la pluie n'était pas revenue.

Aussi, quand des marchands avaient évoqué publiquement une fille dont le nom signifiait « la vierge qui apporte la pluie », Jakal avait ordonné qu'on aille la chercher. Mais s'il comptait sur elle pour faire revivre le Lieu central, il n'avait pas prévu qu'elle hanterait ainsi ses rêveries diurnes.

Il connaissait la raison de cette obsession : au matin du Huitième Jour, alors que, presque nu, il guettait humblement l'apparition de son dieu, il avait surpris la fille en train de l'espionner. De toute sa vie (et de toute l'histoire de son peuple, pour autant qu'il le sache), jamais un tel sacrilège n'avait été commis. Il avait été tellement abasourdi qu'il n'avait su comment réagir. Le visage rond de Hoshi'tiwa resplendissait dans l'aube pâle et ses immenses yeux noirs étaient fixés sur lui. Il avait frissonné, en proie à un étrange pressentiment. Cela devait arriver, avait-il pensé à sa grande surprise.

La fille aurait dû tomber raide morte, foudroyée par l'Etoile du matin. Pourtant, Quetzalcóatl lui avait accordé la vie sauve. Pourquoi ? Parce qu'elle était censée ramener la pluie au Lieu central ?

Ou était-elle là pour une tout autre raison ?

Quoi qu'il en fût, le Seigneur Jakal détestait qu'on s'introduise dans ses pensées intimes. Cette fille le rendait faible. Qu'elle fasse pleuvoir ou non, il devrait prendre des dispositions à son sujet.

13

— Est-il vrai que le Seigneur obscur t'a adressé la parole ?

Hoshi'tiwa et Yani se frayaient un chemin à travers la foule, s'arrêtant çà et là pour admirer des marchandises qu'elles ne pourraient jamais s'offrir – des vêtements en coton brodés, des sandales de cuir, des perles de jade, des bijoux en pierre de ciel ainsi que des objets appelés coquillages que la jeune fille voyait pour la première fois et qui la fascinèrent. Les deux amies pouvaient seulement espérer échanger leurs poteries contre des paniers d'osier, du sel ou des vêtements en yucca.

Elles marquèrent une halte devant l'étal d'un des nombreux vendeurs de pierres de ciel. Si celles-ci tiraient leur nom de leur couleur, elles offraient une grande variété de nuances, bleu foncé, bleu-vert ou vert, avec parfois des veinures cuivrées. Leur prix s'expliquait par leur rareté. Pour les extraire du sol, des esclaves creusaient des puits dont les plus profonds, à ce qu'on racontait, faisaient la taille de trente hommes. Même les serpents et les chiens de prairie ne creusaient pas aussi loin. Jusqu'à quelle profondeur un homme pouvait-il s'enfoncer avant de basculer dans le Troisième Monde où tout n'était que terreur et ténèbres ? Les mineurs avaient une vie brève et pénible. Pour descendre au fond des puits, ils devaient emprunter des échelles en rondins, chargés d'outils et de seaux en cuir.

Pendant longtemps, les Toltèques du Sud avaient montré un intérêt très vif pour les pierres de ciel – c'était même ce qui les avait attirés dans la région au départ –, au point que les mines du Nord avaient du mal à répondre à leur demande. Mais certains prétendaient que leur empire n'existait plus. Il y avait plus d'un an qu'aucune caravane n'était venue de la cité de Tula. Faute de débouchés, le marché de la pierre de ciel tendait à s'effondrer, affectant le prix des autres marchandises telles que le maïs et les couvertures tissées.

Hoshi'tiwa coula un regard vers son amie. Depuis la mort de sa tortionnaire, Yani affichait une mine superbe. Sa rencontre avec le Seigneur Jakal dans le patio de la cuisine ne datait que de trois jours, mais la nouvelle avait déjà fait le tour de la grand-place. Les commérages étaient le principal passe-temps du Peuple du soleil. Chaque fois que des commerçants ou des visiteurs se présentaient au village de Hoshi'tiwa, préalablement à toute discussion, on les faisait asseoir près du feu pour boire du *nequhtli* et raconter des histoires sur les autres peuples qu'ils avaient fréquentés.

— Il m'a demandé où j'avais trouvé mon argile, expliqua Hoshi'tiwa en admirant un assortiment de clochettes – trop chères pour elle – fabriquées dans un métal appelé cuivre.

Yani s'arrêta et se retourna vers sa jeune compagne.

— Le Seigneur t'a *demandé* quelque chose ? Impossible !

Les deux femmes s'attardèrent ensuite devant un étal de miel. Hoshi'tiwa n'avait goûté qu'une seule fois à ce délice, quand un de ses oncles avait trouvé une ruche et l'avait rapportée au village. Le pauvre homme devait mourir quelques jours plus tard des suites des centaines de piqûres qu'il avait reçues. Le miel étant un produit rare et dangereux à récolter, le marchand n'acceptait que de l'or ou de l'argent en paiement.

Une foule compacte se pressait sur la place. Les gens venaient de loin pour commercer, visiter des amis, jouer au *patolli*. Assis au soleil, des vieillards régalaient les enfants avec leurs histoires. Des femmes marchandaient, leur bébé sanglé sur leur dos. Si tout semblait normal, la nervosité était pourtant palpable. Il faisait une chaleur écrasante, le maïs séchait sur pied dans les champs et tous les regards se tournaient vers le ciel, guettant l'apparition des pluies de fin d'été. Mais on n'apercevait pas le moindre nuage.

Les présages étaient omniprésents. Les disparitions mystérieuses se multipliaient. Quand Plume Verte s'était volatilisée durant la nuit, ses sœurs potières avaient accusé les Jaguars. Ne prétendait-on pas que ces derniers enlevaient d'innocentes victimes afin de consommer leur chair ? Yani avait beau affirmer que Plume Verte était tout bonnement retournée chez elle, dans l'Ouest, elle n'était pas loin de partager les craintes de ses ouvrières. Pour compenser le déclin de la population, les Jaguars avaient mené de nouvelles expéditions vers les villages éloignés. Mais cette dernière récolte humaine n'avait pas connu le même succès que la précédente et un nombre plus élevé de captifs avaient péri en chemin. Jamais les effectifs de la guilde des potières n'avaient été aussi réduits.

D'autres signes provenaient des Toltèques eux-mêmes. Nul n'ignorait que les Seigneurs attendaient avec anxiété le retour des messagers qui leur apportaient régulièrement des nouvelles des troubles secouant Tula, une ville située à plusieurs mois de marche, au cœur d'un pays que Hoshi'tiwa ne parvenait même pas à se représenter. Les Toltèques le décrivaient comme un paradis rempli d'arbres, de fleurs, de lacs, de rivières et d'animaux sauvages. Quand les Seigneurs étaient arrivés au Lieu central, il y avait de cela plusieurs générations, la pluie tombait en abondance dans le canyon, si bien que la végétation comme la faune y prospéraient. Séduits, ils s'étaient établis dans la région et avaient exercé leur domination sur le Peuple du soleil. Mais en l'espace de deux générations, l'eau s'était raréfiée au point qu'on craignait sa disparition pure et simple. Certains y voyaient un signe supplémentaire et il se murmurait que les Seigneurs auraient été bien inspirés de retourner chez eux, au sud. On racontait même que des membres de l'entourage de Jakal avaient fui nuitamment afin de rejoindre leur famille demeurée dans la cité des pyramides assiégée.

Comme les deux femmes examinaient l'étal d'un vendeur de sacs à médecine et de boucles d'oreilles en os, Yani demanda à voix basse :

— Est-ce vrai que les Seigneurs mangent de la dinde ?

Hoshi'tiwa se vit forcée d'acquiescer, même si elle répugnait à alarmer son amie.

Yani poussa une exclamation qui exprimait la consternation. La dinde était un animal précieux que l'on élevait pour ses œufs et ses plumes. Le Peuple du soleil ne consommait sa chair qu'en cas d'absolue nécessité, car une dinde morte ne pouvait plus fournir les œufs et les plumes dont tous raffolaient.

Tous ces indices menaient à la même conclusion : les dieux avaient abandonné le Lieu central.

Une sonnerie de trompette annonça l'arrivée du Seigneur Jakal. D'un même mouvement, tous tombèrent à genoux, le front pressé contre la terre chaude. Un nouveau signal les invita à se relever pour assister au jugement qui allait suivre. Les Jaguars veillaient, prêts à punir quiconque oserait regarder directement le Seigneur. Songeant aux exécutions auxquelles elle avait assisté et aux cadavres en décomposition sur le mur du nord, Hoshi'tiwa se demanda quel sort funeste allait bientôt s'abattre sur les malheureux appelés à comparaître devant Jakal par cet après-midi torride.

Moquihix réclama le silence, puis un scribe déchiffra à haute voix les symboles tracés sur du papier d'écorce, dévoilant à la populace les causes du différend opposant les deux hommes qui allaient à présent comparaître devant le Seigneur. Un fermier accusait son voisin d'avoir tué son précieux chien. Les chiens servaient à chasser, à donner l'alerte en cas de danger, à protéger les biens et les familles, ce qui leur conférait une grande valeur. Le fermier offensé exposa ses griefs, les yeux fixés à terre.

— Monseigneur, cet homme a tué une jeune chienne grasse et bien portante, qui aurait pu donner le jour à de nombreux chiots. J'estime sa valeur à cinq couvertures de plumes.

— Monseigneur, se défendit son voisin, je reconnais avoir tué la chienne de cet homme. Il s'agissait d'un accident. Mais la pauvre bête était vieille, efflanquée et déjà à demi morte. Elle ne valait même pas une couverture de plumes.

Chacun des deux hommes produisit alors des témoins à l'appui de sa version des faits. Le fermier offensé était accompagné de trois amis qui affirmèrent que l'accusé devait bien cinq couvertures au plaignant. L'accusé, à l'inverse, fit témoigner trois amis qui prétendirent qu'il ne devait rien à personne. Les deux adversaires commencèrent alors à s'invectiver en brandissant le poing. La tension était à son comble. Les Jaguars observaient la scène de loin, prêts à intervenir au premier échange de coups.

— Où se trouve le corps ? interrogea brusquement Jakal.

— Nous l'avons mangé pour qu'il ne finisse pas avec les ordures, expliqua le plaignant.

C'était parole contre parole. Alors que la foule attendait son verdict dans un silence recueilli, Jakal se plongea dans ses pensées.

— As-tu gardé ses dents et ses os ? demanda-t-il enfin au fermier.

— Oui, monseigneur.

Avec les os de chiens, on fabriquait d'excellents outils, tandis que leurs dents faisaient de ravissants colliers.

— Les dents d'un jeune chien sont blanches et solides, reprit Jakal. Celles d'un vieux chien, jaunes et faibles. Qu'on m'apporte ses dents. Si elles sont blanches, cet homme devra remettre cinq couvertures à son voisin. Dans le cas contraire, l'affaire sera classée.

— Entendu, acquiesça le fermier.

Il allait se retirer quand son adversaire réclama la parole :

— Inutile de faire apporter les dents du chien, monseigneur. Je paierai le prix demandé.

Le Seigneur jugea ensuite quatre nouvelles affaires avant qu'on le ramène à ses appartements. La foule se dispersa et chacun retourna à ses occupations, hormis Hoshi'tiwa, qui continua d'observer le Seigneur à la dérobée. Avant de pénétrer dans le palais, il se retourna vers la place baignée de soleil et la jeune fille lut sur son visage ce que personne n'avait jamais remarqué : en dépit de sa richesse et de sa puissance, Jakal était un homme seul.

14

L'été tirait à sa fin et le peuple attendait la pluie avec une impatience grandissante. Dans les champs, le maïs se trouvait dans un état critique, les feuilles se tendaient vers le ciel, réclamant une ondée bienfaisante. La grand-place accueillait des danses pendant plusieurs jours d'affilée, jusqu'à ce que les danseurs tombent d'épuisement.

Hoshi'tiwa s'était efforcée d'éviter la clairière sacrée, mais le Seigneur Jakal l'obsédait. Il s'immisçait dans ses rêves, apparaissait dans l'argile qu'elle travaillait. Elle entendait même sa voix dans la plainte du vent ! Depuis qu'elle l'avait vu juger le responsable de la mort du chien, il ne sortait plus de son esprit.

Comment un homme aussi riche et puissant, contrôlant les dieux et les hommes, dont les moindres souhaits étaient aussitôt exaucés par les gardes, les amis et les autres nobles qui l'entouraient en permanence, pouvait-il éprouver un tel sentiment de solitude ?

Elle s'approcha des arbres à pas de loup et risqua un coup d'œil entre les feuilles. A sa grande déception, la clairière était aussi déserte qu'à ses dernières visites, à croire qu'elle avait rêvé le jour où elle avait cru l'apercevoir en compagnie de jeunes et jolies femmes.

Quelqu'un toussa juste derrière elle.

Elle fit volte-face et resta interdite devant le visage grave du Seigneur Jakal. Sa peau cuivrée resplendissait au soleil ainsi que les bracelets d'or à ses poignets, ses boucles d'oreilles, son collier et les ornements de sa coiffure. Sa tunique et sa cape étaient du même bleu vif que le ciel.

Hoshi'tiwa tomba à genoux et se couvrit la tête de ses bras.

— Pardon, monseigneur ! s'exclama-t-elle. J'ignorais que je me trouvais près d'un sanctuaire sacré. Je n'y ai pas pénétré. J'ai juste regardé, ajouta-t-elle en relevant la tête.

Une lueur amusée brilla dans les yeux du Seigneur sous ses épais sourcils noirs.

— Et qu'as-tu vu ? demanda-t-il en lui faisant signe de se lever.

— Quel endroit magnifique...

Une expression mélancolique se peignit sur les traits de Jakal.

— Quand nous avons découvert le Lieu central, expliqua-t-il, nous avons constaté combien il était différent de notre patrie. C'est pourquoi nous avons créé ce sanctuaire pour le plaisir des dieux.

— Je n'avais pas l'intention de vous espionner, parvint à articuler Hoshi'tiwa. Mais j'avais besoin de plus d'argile. J'ai pensé que...

— Quoi, encore plus d'argile ?

Hoshi'tiwa saisit l'allusion aux paniers remplis de terre qu'il avait aperçus dans le patio de la cuisine. Au lieu de se troubler, elle prit une profonde inspiration, pointa le menton en avant et déclara avec aplomb :

— Vous m'avez donné l'ordre de fabriquer douze jarres. Cela nécessite une grosse quantité d'argile.

Les rides au coin des yeux de Jakal s'accentuèrent, trahissant son envie de rire.

— Vous allez me tuer ? interrogea Hoshi'tiwa.

L'homme la jaugea du regard.

— Je ne crois pas. Si l'argile sacrée dont tu as besoin se trouve à proximité, les dieux t'autorisent à emprunter ce sentier. Mais prends garde à ne jamais franchir les limites de leur domaine.

Au même moment, un perroquet vert vint se poser sur le bras tendu du Seigneur Jakal, à la grande surprise de Hoshi'tiwa.

— Il s'appelle Chi Chi, indiqua Jakal. C'est moi qui l'ai élevé. Tiens ! dit-il en présentant l'oiseau à la jeune fille.

Elle tendit une main prudente vers le perroquet, sans quitter des yeux son bec robuste. A peine l'avait-elle effleuré qu'il pressa sa tête contre sa paume. Tandis qu'elle caressait son magnifique plumage, elle perçut sous son apparente docilité un reste de sauvagerie qui le rapprochait de l'homme sur le bras duquel il reposait.

Pendant que la jeune fille caressait la petite tête du perroquet, la mélancolie envahit à nouveau Jakal. Ces fréquentes sautes d'humeur évoquaient une rivière à Hoshi'tiwa. De loin, une rivière paraît solide et immobile. Mais en approchant, on prend conscience de la force du courant et des différentes nuances de vert que revêt l'eau suivant sa profondeur.

Comment avait-elle pu considérer cet homme comme un monstre ? Il y avait tant de questions qu'elle aurait voulu lui poser : pourquoi maintenait-il le Peuple du soleil dans une telle servitude ? Pourquoi avait-il permis qu'un Jaguar coupe la tête d'un vieil homme sans défense parce qu'une jeune fille tardait à quitter son refuge ? Pourquoi avoir fait supplicier un pauvre esclave dont le seul crime était d'avoir chanté les louanges de son maître ?

Il y eut alors un bruit de pas et Moquihix surgit en haut du sentier, accompagné par quatre Jaguars.

— Nous vous cherchions, monseigneur, annonça-t-il, lugubre.

Jakal soupira, comme s'il répugnait à retourner à ses devoirs de *tlatoani* du Lieu central.

Hoshi'tiwa s'attarda près de la clairière tandis que les hommes s'éloignaient. Avant de disparaître, Moquihix se retourna et lui lança un regard si plein de haine qu'elle demeura pétrifiée.

15

L'équinoxe d'automne finit par arriver. Depuis plusieurs jours, les fêtes et les danses rituelles se succédaient, mais il était temps de constituer des réserves en prévision de l'hiver. Les forêts se réduisaient comme peau de chagrin, entraînant la disparition du grand gibier. A peine un siècle plus tôt, les habitants du Lieu central mangeaient de l'élan et du mouflon en abondance ; désormais, ils s'estimaient heureux quand ils pouvaient mettre du lapin à leur menu.

Chacun prit part à la battue, depuis le dernier des esclaves jusqu'au premier des *tlatoani*, c'est-à-dire le Seigneur Jakal. Dès l'aube, la population entière de la ville se rassembla au nord du canyon où des éclaireurs affirmaient avoir vu une grande quantité de lapins. Après s'être déployés, les chasseurs improvisés avancèrent dans un ordre relatif, malgré l'excitation provoquée par la perspective d'un festin. Les enfants ouvraient la marche, battant les fourrés et les buissons avec des bâtons, criant, hurlant et tapant du pied. Venaient ensuite les jeunes gens armés de lances, d'arcs et de flèches pour tuer le gibier débusqué par les enfants, puis les hommes plus âgés avec des haches et des pieux, et enfin les femmes portant des paniers.

Cette masse organisée progressait lentement vers le sud à travers la plaine, capturant toutes les créatures vivantes qu'elle rencontrait. Lapins, rats à poche, serpents, chiens de prairie, lézards, rien ne lui échappait, pas même les oiseaux abattus à coups de pierre ou de flèche. Les jeunes chasseurs couraient pliés en deux, assommant tout ce qui bougeait. Quand une créature cherchait le salut dans un terrier, les pieux avaient tôt fait de l'en déloger. Les femmes qui fermaient la marche se chargeaient pour leur part de ramasser les petites carcasses ensanglantées. Les hurlements des hommes et les cris affolés des animaux pris au piège résonnaient à travers la vallée. Hoshi'tiwa courait aux côtés des autres femmes, remplissant son panier de lapins et de rats sanglants, achevant d'un coup de talon ceux qui bougeaient encore. Son âme s'élevait vers le ciel, vibrant de la joie de participer à la chasse collective avant de passer la nuit à boire et manger tout son soûl.

En plus, elle avait tout loisir d'admirer le Seigneur Jakal. Debout au bord de la mesa qui surplombait la plaine, il resplendissait dans son costume de cérémonie composé d'une cape écarlate et d'une magnifique coiffe verte, respectivement en plumes de perroquet et de quetzal. Les bras dressés vers le ciel, il chantait sans répit, priant les dieux de leur accorder une bonne chasse.

Plus tard, tandis que le soleil descendait sur l'horizon, la vallée grouillait d'une activité joyeuse. On écorchait le gibier mort avant de rôtir sa chair et de faire bouillir ses entrailles. Pendant que le *nequhtli* coulait à flots, on dansait furieusement au son des flûtes et des tambours, quand on ne copulait pas à la sauvette. Le Seigneur Jakal supervisait la fête depuis sa litière escortée par des guerriers aux lèvres barbouillées de sang – les Jaguars ne consommaient aucune viande cuite.

Le lendemain matin, un silence de mort régnait sur la plaine rendue aux seules créatures humaines. Rien ne devait se perdre : les femmes salaient les restes de la veille afin qu'ils se conservent tout l'hiver, les os serviraient à fabriquer des armes et des outils, les tendons des cordes d'arc, les plumes et les peaux des couvertures et des vêtements tandis que les becs, les dents et les griffes seraient transformés en bijoux, en talismans et en amulettes.

Chacun se démenait, s'efforçant de faire taire la crainte qui habitait tous les cœurs : le butin de cette année avait été moindre que celui de l'année précédente, lui-même inférieur à celui de l'année d'avant. Si cela continuait, la prochaine fois, ils n'auraient même pas de quoi tenir jusqu'au printemps.

16

Trois jours avant le solstice d'hiver, l'Etoile du matin disparut à nouveau. Les Toltèques croyaient que Quetzalcóatl s'était retiré dans le monde souterrain pour n'en sortir qu'au bout de cinquante jours, sous la forme de l'Etoile du soir. Hoshi'tiwa s'habituait difficilement à ne plus voir le Seigneur Jakal saluer son dieu chaque matin du haut du promontoire qui surplombait le Lieu central.

Surtout, son absence lui avait fait prendre conscience que ce n'était pas tant le *tlatoani* qui lui manquait que l'homme qui se cachait derrière ce titre.

Six mois s'étaient écoulés depuis que Tupa avait brisé l'unique jarre dorée, attirant le malheur sur la cité. Le jour dit, la tension était à son comble quand Moquihix et les prêtres de la pluie se présentèrent à l'atelier où les douze jarres de Hoshi'tiwa, qui couvraient toute la gamme des jaunes et des orange, étaient exposées parmi les œuvres noir et blanc de ses sœurs.

Le visage grave, les trois hommes inspectèrent chaque poterie, attentif au moindre défaut : une pièce de qualité inférieure insulterait les dieux. Parmi les jarres de Hoshi'tiwa, ils ne retinrent que celles qui présentaient une couleur uniforme. En effet, certaines combinaient différentes nuances, depuis le rouge clair jusqu'au jaune doré. Les prêtres bleus de Tlaloc psalmodiaient et soufflaient dans leur flûte en os pendant la sélection, après quoi les récipients élus furent portés en grande cérémonie sur la place devant le peuple rassemblé.

Ce soir-là, Hoshi'tiwa eut du mal à trouver le sommeil sur sa natte. Si elle tremblait, c'était moins à cause du froid pourtant vif que de la peur. Il n'y avait pas l'ombre d'un nuage dans le ciel au coucher du soleil. Comment aurait-il plu durant la nuit ?

Le lendemain matin, l'anxiété était palpable à travers le Lieu central. A peine levés, les habitants se faufilèrent à l'extérieur pour voir si les dieux avaient encore ignoré leurs prières. Mais quand les premiers rayons du soleil frappèrent les mesas environnantes, ils se frottèrent les yeux, croyant être les jouets de leur imagination : le paysage était devenu tout blanc !

Le Seigneur Jakal lui-même sortit sur la grand-place, drapé dans une cape de plumes et de fourrure, et contempla la plaine depuis les murailles. Aussi loin que portait le regard, on ne voyait que du blanc. Blancs, les rochers et les buissons baignant dans une lumière blafarde ; également blancs, les escaliers reliant entre eux les différents étages de la cité.

Ce n'était pas de la neige, mais du givre.

— Cela ne suffit pas, mon prince, affirma Moquihix d'un ton solennel. Les poteries n'ont pas amené la pluie. Les dieux sont en colère contre nous. Nous devons leur offrir une vie afin de rétablir l'équilibre.

Ce disant, il désignait l'autel au centre de la place. Cela faisait des mois que ses pierres n'avaient pas bu le sang d'une victime.

Devinant qui Moquihix comptait offrir en sacrifice, Jakal se dépêcha d'intervenir.

— Tu as raison sur un point, mon ami. Ce n'est pas de la neige, mais du givre. Or qui dit givre dit humidité. J'y vois un signe des dieux. Nous sommes sur le point de regagner leur faveur et bientôt, l'harmonie naturelle régnera à nouveau.

Si la foule rassemblée sur la grand-place n'exultait pas, chaque homme et chaque femme avait senti renaître l'espoir en écoutant le verdict du Seigneur : les dieux n'avaient pas abandonné le Lieu central.

Debout parmi ses sœurs, Hoshi'tiwa partageait leur espoir, aussi mince fût-il. Si elle avait dormi par à-coups et s'était réveillée pleine d'appréhension, elle avait découvert une chose qui ne laissait pas de l'étonner : elle se sentait liée au Lieu central. Se pouvait-il que la malédiction qui l'avait frappée se soit effacée par miracle ?

17

Un nouveau cycle lunaire s'achevait et il n'avait toujours pas plu. La période de cinquante jours touchait à sa fin. Dans trois jours, l'Etoile du soir ferait son apparition.

Les rumeurs se répandaient comme un incendie dans la population terrifiée. Cela faisait plusieurs nuits que les Jaguars s'adonnaient à des rituels frénétiques autour de leurs feux. Un matin, ils se rassemblèrent sur la grand-place, splendides dans leurs peaux de bête et leurs parures de plumes, et poussèrent des cris à glacer le sang en brandissant leurs lances et leurs javelots avec des airs féroces. Ils avaient passé la nuit à frapper leurs boucliers et à hurler en direction des étoiles. Aux premières lueurs du jour, ils avaient déferlé en masse sur la place, comme s'ils ne formaient qu'un seul et immense corps. Après que les prêtres les eurent bénis, ils partirent en courant. Sur leur passage, les gens se détournaient et se répandaient en lamentations stridentes. Hoshi'tiwa devina la signification de cette mise en scène : un massacre allait avoir lieu et des hommes-maïs seraient dévorés.

Les Jaguars revinrent trois jours plus tard après avoir festoyé. Pour preuve de leur succès, ils exposèrent des crânes humains sur les murs de leurs baraquements. Ils étaient allés au sud, là où il pleuvait en abondance, pour ingérer la chair des habitants de cette contrée bénie.

Hoshi'tiwa s'attendait à ce que le Seigneur Jakal les accompagne, mais il n'en avait rien fait. La jeune fille supposa que les Jaguars lui avaient rapporté sa part du festin. En leur absence, il avait organisé une fête pour attirer l'attention des dieux sur le sacrifice qui avait lieu ailleurs au même moment.

Hoshi'tiwa apprit à cette occasion que Jakal ne consommait pas de chair humaine, pas plus que Moquihix ni aucun des Toltèques vivant au Lieu central. Cette découverte ne fit qu'exciter sa curiosité et le désir qu'elle commençait à ressentir pour le Seigneur obscur.

18

Hoshi'tiwa se sentait observée.

Elle n'aurait su dire d'où lui venait cette sensation – elle n'avait détecté aucune présence dans les broussailles –, mais elle sentait un regard peser sur elle tandis qu'elle récoltait de l'argile sacrée, penchée vers le sol.

S'étant redressée, elle promena les yeux autour d'elle. L'après-midi était déjà avancé et le soleil constellait le canyon de minuscules taches de lumière. De rares fleurs printanières subsistaient dans les cailloux et sur les rochers. A la saison des pluies, ceux-ci devaient délimiter une mare, mais ils n'avaient pas vu l'eau depuis des années. Il n'y avait personne. Pourtant, elle ne pouvait se défaire de l'impression qu'on l'espionnait.

Etait-ce un fantôme ? Cette pensée lui provoqua des picotements à la racine des cheveux. Les fantômes pouvaient-ils se manifester en plein jour ?

Pourvu qu'il ne s'agisse pas d'un esprit néfaste qui l'empêcherait d'accomplir sa tâche... Depuis le retour de l'Etoile du soir, le Lieu central vivait à nouveau au rythme des fêtes et des rituels en l'honneur des nombreux dieux qui veillaient sur ses habitants. La jeune fille consacrait toute son énergie à la fabrication de nouvelles jarres destinées au prochain solstice d'été, en espérant qu'il pleuvrait enfin.

Elle savait qu'il était interdit de visiter la clairière sacrée – si quelqu'un la surprenait, elle serait punie de mort –, mais c'était plus fort qu'elle. Elle avait réellement besoin d'argile, ce qui lui donnait le droit de pénétrer dans le ravin. Mais une fois son panier rempli, au lieu de regagner directement le Lieu central, elle se risqua sur l'étroit sentier qui menait à la clairière.

Elle voulait comprendre pourquoi elle n'arrivait pas à chasser le Seigneur Jakal de son esprit.

S'étant approchée, mais pas trop – si la scène n'avait aucun témoin, les dieux la voyaient parfaitement –, elle jeta un regard à travers le feuillage. La clairière était baignée de soleil, une lumière dorée si intense qu'elle faisait mal aux yeux.

C'est alors qu'elle aperçut celui qu'elle cherchait parmi les fleurs, vêtu d'un simple pagne. Elle retint son souffle et se rapprocha. Quelque chose n'était pas normal. Jakal avait maintenant les cheveux courts, juste au-dessous de l'oreille, et il paraissait plus frêle. Elle l'observa tandis qu'il se déplaçait d'arbre en arbre, inspectant les fleurs, et la vérité lui apparut soudain : cet homme n'était pas Jakal, mais Ahoté !

Elle ne put retenir un cri de surprise. Ahoté se retourna et son visage s'épanouit dans un sourire.

— Ma bien-aimée ! s'exclama-t-il en ouvrant les bras.

— Ahoté, sors vite de là !

— Tu as vu ces fleurs ? Viens près de moi, Hoshi'tiwa.

— Ahoté, c'est un sanctuaire !

— Quoi ?

— Les dieux vivent ici !

Vif comme l'éclair, le jeune homme s'arracha au nid de verdure. Mais quand il voulut l'étreindre, Hoshi'tiwa recula précipitamment.

— Tu as oublié que j'étais *makai-yo* ?

— Mais non, tu ne l'es pas ! répondit Ahoté du ton exubérant qu'elle lui avait toujours connu. Quand l'oncle a apporté notre tribut annuel au Lieu central, il y a deux cycles lunaires, il a demandé de tes nouvelles et tout le monde lui a parlé de la jeune fille du Nord qui fabriquait les plus magnifiques poteries qu'on ait jamais vues.

Il baissa la voix, redevenant sérieux.

— Nous avons connu des moments terribles après ton départ, Hoshi'tiwa. Ton père est mort. Si grande était sa peine que son cœur a cessé de battre. Nous avons tenté de t'oublier, en vain. La malédiction qui t'a frappée était d'autant plus injuste qu'elle n'était pas le fait de ton peuple, mais d'hommes adorant d'autres dieux. Nous avons tous prié pour toi et quand l'oncle nous a rapporté que tu vivais parmi tes sœurs potières, et non au palais du *tlatoani*, nous avons compris que Moquihix avait menti.

— Qu'est-ce que tu fais ici ?

Hoshi'tiwa ne pouvait détacher son regard de celui qu'elle craignait de ne jamais revoir : un Ahoté plus âgé, et peut-être plus sage.

— Mon aimée, comme tu m'as manqué ! Depuis ton départ, je n'avais qu'une idée en tête : partir à ta recherche. Les autres me répétaient que tu étais morte, mais je refusais de les croire. Quelque chose me disait que tu étais toujours en vie. Je savais que tu respirais et que le sang coulait toujours dans tes veines. J'étais tellement malheureux que j'en oubliais l'histoire du clan. Je devais te retrouver ou découvrir ce qui t'était arrivé. Si je suis là, c'est pour le bien du clan.

Il lui expliqua qu'il s'était d'abord adressé à la guilde des potières – quoi de plus logique ? – où on lui avait appris que Hoshi'tiwa était allée récolter de l'argile.

— Une femme appelée Yani m'a indiqué le chemin. Et me voici !

Hoshi'tiwa se réjouit d'avoir partagé son secret avec son amie. « Au cas où il m'arriverait quelque chose, lui avait-elle dit, tu dois savoir où chercher l'argile dorée. » En revanche, elle ne lui avait pas parlé de la clairière et n'avait pas dit qu'elle avait surpris le Seigneur Jakal en plein rituel.

— Viens avec moi, déclara Ahoté d'un ton fougueux. Nous irons là où les Seigneurs et les Jaguars ne nous trouveront pas.

Un an plus tôt, la jeune fille n'aurait pas hésité : elle aurait laissé tomber son panier et se serait enfuie avec lui. Mais la situation avait changé.

— J'ai fait une promesse, expliqua-t-elle. J'ai dit que je ramènerais la pluie au Lieu central.

Ahoté se rembrunit.

— La pluie ne reviendra pas, Hoshi'tiwa. Tout le monde le dit. Des marchands nous ont parlé des villages abandonnés. Le Peuple du soleil est las de vivre dans la terreur. Plusieurs clans ont déjà migré vers le nord et l'est, sur des terres qu'aucun homme n'avait foulées avant eux. Des terres sur lesquelles les Seigneurs n'ont aucun pouvoir. Viens, et nous serons heureux.

Les yeux pleins de larmes, elle baisa les joues, le menton, les lèvres du garçon qu'elle chérissait depuis son plus jeune âge. Mais tandis qu'elle le serrait dans ses bras, ses pensées se tournèrent vers un autre. L'amour qu'elle portait à Ahoté était très différent des sentiments confus et houleux qu'elle commençait à éprouver pour le Seigneur Jakal. En réalité, elle ne se sentait pas plus sage qu'un an plus tôt.

Soudain Ahoté blêmit.

— Qu'y a-t-il ? l'interrogea-t-elle, bien qu'elle sût déjà la réponse.

Moquihix venait d'apparaître derrière elle, escorté par deux Jaguars. Elle comprit pourquoi elle avait eu l'impression d'être observée : quelqu'un l'avait épiée et avait fait son rapport à Moquihix.

Les deux jeunes gens se prosternèrent.

— Pitié, monseigneur, supplia Hoshi'tiwa. Nous n'avons pas foulé le sol de la clairière sacrée !

Sans un mot, Moquihix tendit l'index vers la main d'Ahoté qui serrait encore une fleur interdite – un souci d'un jaune éclatant, cueilli sur un buisson dédié aux dieux. Un Jaguar grand et musclé, vêtu de la dépouille d'un félin sauvage et le visage peint de taches et de rayures noires, rejoignit le jeune garçon en deux enjambées, lui agrippa les cheveux et le releva de force.

— Demain, les dieux boiront ton sang, gronda Moquihix à l'adresse du malheureux.

Puis il écarta un tas de feuilles de la pointe de son bâton, dévoilant les restes sanglants d'un renard.

— Quand une lionne des montagnes n'a pas assez faim pour dévorer entièrement sa proie, elle la recouvre afin de la finir plus tard. Vois-tu comme cette carcasse est fraîche ? demanda-t-il à Hoshi'tiwa. Une lionne est venue ici hier et elle reviendra cette nuit. Et alors, elle aura la surprise de découvrir une proie autrement plus délectable qu'un vulgaire renard.

Hoshi'tiwa se débattit tandis que les Jaguars l'entraînaient vers un jeune tremble et l'obligeaient à s'asseoir à son pied, le dos contre le tronc. Ils lui attachèrent les poignets, sans ménagement, si bien que la corde de chanvre lui cisaillait la peau. Moquihix approcha, la dominant de toute sa hauteur. Son regard n'exprimait ni haine ni plaisir, pas plus qu'aucune autre émotion.

— Vous avez besoin de moi pour faire pleuvoir, remarqua Hoshi'tiwa, la bouche sèche.

— Tu as échoué. Tu es vraiment *makai-yo*. Demain, le cœur encore palpitant de ce garçon réjouira les dieux et la pluie reviendra alors.

Elle les regarda s'éloigner. Ahoté trébuchait sur les cailloux du sentier. Juste avant de disparaître, il tourna vers elle un visage terrifié. La jeune fille tira frénétiquement sur ses liens, mais la corde était solide et le nœud compliqué. Elle eut beau bouger les épaules, se tordre les mains, frotter ses poignets contre l'écorce jusqu'à les faire saigner, elle s'épuisait en vain.

Une fois le soleil couché, l'obscurité s'étendit sur le ravin et Hoshi'tiwa sentit la peur l'envahir. Chaque rocher, chaque fourré lui semblait receler une menace ; le moindre mouvement lui faisait craindre la présence d'un fantôme, d'un esprit ou d'une autre créature surnaturelle.

Puis, alors qu'un mince croissant de lune voguait dans le ciel noir, elle entendit battre au loin les grands tambours de cérémonie – un véritable roulement de tonnerre, implacable et lancinant. Les prêtres s'apprêtaient à accomplir un acte sacré entre tous. Ils allaient jeûner, se taillader le corps, se transpercer la langue avec des épines d'agave pour faire couler leur sang avant de répandre celui de leur victime.

Depuis son arrivée au Lieu central, Hoshi'tiwa avait assisté à un seul sacrifice sur l'autel de sang, celui d'un enfant aveugle de naissance. Le petit cœur avait frémi à peine une seconde avant de s'immobiliser, toutefois les prêtres s'étaient dits satisfaits car la victime était pure.

Avant d'arracher le cœur d'Ahoté, les prêtres allaient devoir le purifier. Et pour ça...

Elle retint son souffle, tous ses sens en alerte : le gros chat approchait !

Avec l'énergie du désespoir, elle renouvela ses efforts pour se libérer, même si le sang qui s'écoulait de ses poignets risquait d'attirer la bête. Les pieds fermement plantés dans le sol, elle poussa de toutes ses forces, tentant d'arracher l'arbre, mais les racines étaient trop profondes.

Un grondement sourd parvint à ses oreilles : le lion avait repéré son odeur et se dirigeait vers elle.

Hoshi'tiwa faillit céder à la panique. La sueur ruisselait le long de son dos meurtri par l'écorce du tremble et son cœur s'affolait. Tout en se débattant, elle adressait des prières muettes à ses dieux : « Je vous en supplie, sauvez-moi ! »

Soudain elle sentit qu'on tirait sur ses liens. Elle tourna la tête en tous sens, tentant d'apercevoir l'animal qui l'attaquait par-derrière tandis que le grand chat approchait par-devant, mais son regard ne rencontra que les rochers.

Elle tendit l'oreille. Les tambours résonnaient toujours dans le lointain. Plus près, des branches craquaient sous les pas du félin.

Enfin, ses mains furent libres. Elle se releva d'un bond, fit volte-face et découvrit au pied de l'arbre une tortue du désert qui mâchonnait paisiblement la corde. La surprise la cloua sur place. Depuis son arrivée au Lieu central, elle n'avait pas vu de tortue du désert, l'animal totem de son clan. A peine sortie du trou où elle avait passé l'hiver, celle-ci était parvenue jusqu'au canyon où Hoshi'tiwa avait été abandonnée. Elle s'était ensuite dirigée vers le tremble, avait su trouver les poignets de la jeune fille dans l'obscurité et avait rongé la corde sans la blesser avec son bec tranchant.

— Merci, Grand-père Tortue, murmura Hoshi'tiwa.

Elle s'apprêtait à fuir avant que la lionne pénètre dans la clairière, mais elle se ravisa. A la clarté de la lune, elle avait remarqué que la tortue n'avait presque rien à manger. Elle ne toucherait pas aux rares touffes de créosotiers qui subsistaient sur le sol desséché et il n'y avait pas une goutte d'eau à boire.

La jeune fille jeta un rapide coup d'œil autour d'elle et repéra des pissenlits qui poussaient en hauteur, à l'intérieur d'une crevasse. Elle se dépêcha d'escalader les rochers, en cueillit une poignée et l'apporta à la vénérable créature qui tourna sa vieille tête ridée vers l'offrande. Les fleurs jaunes la rassasieraient tandis que les tiges et les feuilles étancheraient sa soif.

Après une dernière prière de remerciement, Hoshi'tiwa courut vers le sentier qui la ramènerait au Lieu central.

Aux premières lueurs du jour, les prêtres soufflèrent dans des cornes de mouton sauvage pour avertir la population qu'un sacrifice allait avoir lieu. Le son des trompes portait jusqu'aux confins de la vallée, où les fermiers et leurs familles abandonnèrent aussitôt leurs champs et leurs foyers pour accourir vers l'immense complexe de pierres et l'autel qui dominait la grand-place depuis des temps immémoriaux. Les prêtres saluèrent ensuite l'apparition du soleil en frappant des calebasses tendues de peaux humaines, en agitant des crécelles et en jouant de la flûte.

Le temps que Hoshi'tiwa regagne le Lieu central en prenant garde à ne pas être vue, une foule nombreuse s'était rassemblée sur la place afin d'assister à la cérémonie.

Beaucoup éprouvaient des sentiments ambigus. L'autel de sang appartenait aux Seigneurs, pas au Peuple du soleil qui n'avait jamais dressé d'autels que pour offrir du maïs aux dieux. Toutefois, nul n'osait désobéir aux puissants prêtres toltecahs qui exigeaient que tous, du plus jeune au plus âgé, jusqu'aux aveugles et aux infirmes, approuvent par leur présence le don le plus précieux qui pouvait être fait aux dieux, celui d'une vie humaine.

Hoshi'tiwa n'avait jamais vu autant de monde. Elle n'imaginait même pas que le canyon était aussi peuplé. Dans la clarté du matin, elle constata que la marée humaine occupait le moindre pouce de brique ou de mortier. Hommes, femmes et enfants s'entassaient sur les toits, les terrasses, le long des murs et se répandaient jusque dans la plaine. Si ceux qui n'avaient pu accéder à la place ne voyaient rien du rituel, ils n'en perdaient pourtant pas une miette : le complexe ayant la forme d'un demi-cercle, les voix des prêtres portaient aussi loin que s'ils avaient été des géants.

L'autel de pierre était situé légèrement en hauteur, entre deux vastes *kivas*. Quand il ne servait pas, on le recouvrait d'un drap, si bien que les jours de marché, les badauds circulaient autour sans lui prêter la moindre attention. La pierre était tellement imprégnée de sang que son gris d'origine avait viré au rouge terne – un rouge que le sang de la nouvelle victime allait bientôt raviver.

Hoshi'tiwa se rendit d'abord à l'atelier de la guilde afin de laver ses blessures, d'y appliquer de l'onguent et de bander ses poignets avec des pansements en fibre de yucca. Une fois débarrassée de son vêtement sanglant, elle enfila avec précaution une tunique propre. Si elle dormait et travaillait désormais dans la cuisine du palais, elle retournait fréquemment à l'atelier pour s'y approvisionner et jouir de la compagnie de ses sœurs.

Elle prit enfin le temps de se recoiffer, sachant que le sacrifice n'aurait pas lieu tant que les prêtres et les Jaguars ne se seraient pas livrés à tout un ensemble de déambulations rituelles autour de la place afin d'attirer l'attention de leurs dieux.

Ses nattes s'étant défaites, elle peigna avec soin ses longs cheveux et les divisa en plusieurs mèches qu'elle ramena au sommet de sa tête, fixant ces « fleurs de courge » avec des rubans. Elle tenait à montrer les broderies de sa tunique qui la désignaient comme une potière de premier rang, afin que tous sachent qu'elle était un personnage d'importance.

Tandis qu'elle se préparait, elle tenta de chasser Jakal de son esprit. Quels que soient les sentiments qu'il lui inspirait – désir, compassion, admiration –, elle était résolue à les combattre, car il ne pouvait ignorer que Moquihix l'avait abandonnée sur la montagne à la merci d'un fauve. Elle frotta ses pieds avec du sable mêlé à des aiguilles de pin, songeant aux innombrables méfaits de l'oppresseur toltecah. Puis elle noua sa ceinture de chanvre, se disant que la seule chose qui lui importait était de sauver Ahoté. Après avoir murmuré des prières aux divinités pacifiques qu'adorait son peuple et remercié une fois de plus Grand-père Tortue, elle sortit dans la lumière aveuglante tel un guerrier marchant au combat.

Elle éprouva un saisissement à la vue du spectacle qu'offrait la grand-place : les cornes et les tambours, le défilé des Jaguars, les robes richement brodées et les coiffes en plumes des prêtres, les nobles trônant au milieu de la fumée d'encens qui s'élevait vers le ciel... On avait sorti les statues des divinités des sanctuaires pour les exposer sur des piédestaux, revêtues de plumes et d'étoffes en coton. Il y avait là Tezcatlipoca, dieu de la providence et de la magie, Quetzalcóatl, le serpent à plumes, dieu de la nature et du savoir, la redoutable Coyolxuahqui, sœur du dieu de la guerre, et d'autres dont le Peuple du soleil ne pouvait retenir ni prononcer les noms. Ces dieux hautains étaient descendus de leurs sombres alcôves pour assister au sacrifice auquel on allait procéder en leur honneur.

Hoshi'tiwa aperçut le Seigneur Jakal sur son trône. Les plumes chatoyantes de sa coiffe flottaient dans la brise tels des fanions. Elle l'aurait trouvé beau et même fascinant s'il n'avait été là pour présider un rituel sanglant.

Elle avança avec précaution, se frayant un chemin à travers la foule dont l'attention était fixée sur la place. Au-delà des baraquements, des Jaguars allumaient un grand feu sur lequel ils feraient rôtir le corps de la victime avant de festoyer.

Jakal se leva et réclama le silence. On n'entendait pas un murmure ni le moindre raclement de pied. Un faucon solitaire tournoyait dans le ciel, l'œil aux aguets, prêt à fondre sur la première proie qui se présenterait.

Hoshi'tiwa progressait lentement, en se déplaçant de quelques mètres à la fois, comme les poissons qui se cachaient dans les profondeurs de la rivière près de son village. Soudain elle s'immobilisa : un groupe de prêtres venait d'apparaître, traînant leur malheureuse victime.

Ahoté cligna des yeux, ébloui. Il était nu et du sang coulait entre ses cuisses. Sa fiancée étouffa un cri : la purification qu'elle redoutait avait déjà eu lieu. Privé de sa virilité, Ahoté était à présent aussi innocent qu'un enfant.

Avec solennité, les prêtres le conduisirent à l'autel et l'étendirent sur la pierre. Ils n'étaient pas trop de quatre pour tenir ses poignets et ses chevilles tandis qu'un cinquième brandissait le couteau d'obsidienne avec lequel il s'apprêtait à lui percer la poitrine. Debout près de ce dernier, un assistant tenait une coupe d'or dans ses mains. Si le jeune garçon perdait connaissance pendant l'opération, on lui administrerait un tonique pour le ranimer, car il importait que la victime fût consciente tandis qu'on lui arrachait le cœur.

Le prêtre qui tenait le couteau s'avança vers Ahoté et débita d'un ton monotone une incantation en nahuatl que seuls les Toltèques pouvaient comprendre. La tension rendait l'atmosphère aussi irrespirable que la fumée de l'encens. Dans la foule, des femmes pleuraient et des hommes s'agitaient nerveusement. La victime était un des leurs, un garçon vigoureux qui arborait le tatouage du clan de la Tortue. On racontait qu'il était l'apprenti d'un homme-mémoire. Le mécontentement grondait : tuer un homme-mémoire revenait à éradiquer un clan. Mais les Toltèques n'en avaient cure. Les fermiers, marchands, menuisiers et maçons qui composaient l'assistance serraient les poings tandis que l'infortuné se débattait aux mains de ses bourreaux, mais aucun n'osait contester la décision des Seigneurs.

Au moment où le prêtre levait le couteau, Hoshi'tiwa jaillit de la foule et monta en courant l'escalier qui conduisait à la grand-place. Avant que les gardes aient pu l'arrêter, elle se précipita vers Jakal interloqué et déclara :

— Ce garçon n'a pas commis de sacrilège, monseigneur. Il ignorait que la terre qu'il foulait était sacrée. Quand je le lui ai dit, il s'en est aussitôt éloigné. Il s'est incliné devant la loi.

Plusieurs Jaguars approchèrent. Moquihix se leva tandis que le prêtre, interrompant ses incantations, leur lançait un regard stupéfait.

Jakal fit taire les murmures d'un geste. Du haut de son estrade, il semblait écraser l'impudente. Il n'était pas moins étonné que le prêtre, mais pour d'autres raisons. Malgré son audace, la jeune fille qui hantait ses pensées depuis des mois s'était adressée à lui d'un air humble, avec des accents presque suppliants. Ses épaules rentrées, ses mains pressées l'une contre l'autre exprimaient le respect et la soumission.

— Il a déjà été statué sur son sort, répliqua-t-il, partagé entre la réprobation et l'admiration.

Sa raison lui soufflait qu'elle méritait d'être punie, pourtant il ne pouvait se résoudre à la livrer aux Jaguars.

— Vous ne savez pas ce qui s'est réellement passé, monseigneur.

— Tu étais présente ?

— Je me trouvais à proximité de la clairière, en train de récolter de l'argile pour les jarres de pluie, répondit Hoshi'tiwa.

Cette dernière précision visait à rappeler à Jakal la permission qu'il lui avait accordée le jour où il l'avait surprise aux abords de la clairière.

— Quoi qu'il en soit, ce garçon a profané un sol sacré. Les dieux réclament un sacrifice.

Les mots coulèrent de la bouche de Hoshi'tiwa tel un ruisseau.

— Monseigneur, vous m'avez fait venir pour que je ramène la pluie. Mais mon cœur était divisé pendant que je m'efforçais de créer des jarres, tant je souffrais d'être séparée des miens. Si vous épargnez ce garçon et l'autorisez à retourner près de ma famille, alors mon cœur débordera de gratitude. Sentant cela, l'argile donnera naissance à une jarre si belle que la pluie ne pourra lui résister.

Le temps semblait s'être arrêté. Un silence de mort planait sur la foule qui s'était répandue dans la plaine ainsi que sur les gradins, les murs et les toits de la ville. Le *tlatoani* du Lieu central, Jakal de l'Endroit où poussent les roseaux, Gardien de la Plume sacrée, Observateur du ciel, Seigneur des deux rivières et des cinq montagnes, délibérait en lui-même tout en jaugeant la jeune fille.

— Ça ne suffit pas, murmura-t-il enfin avec une lueur de défi dans le regard.

Hoshi'tiwa ne broncha pas. Le vent se renforça et son sifflement envahit la place tandis que l'ombre du faucon glissait sur l'assistance.

— Relâchez ce garçon et je me mettrai tout entière au service du Lieu central, articula Hoshi'tiwa. Au service de mon Seigneur, ajouta-t-elle, le cœur battant.

— Le sang doit être versé ! rugit Xikli, le redoutable capitaine des Jaguars.

Ses hommes manifestèrent leur approbation en frappant leur bouclier de leur lance. La jeune fille attendit que le vacarme ait cessé pour s'écrier, les bras en croix :

— Epargnez-le, monseigneur, et prenez ma vie à la place !

Jakal haussa les sourcils.

— Qu'est-ce que ce garçon représente pour toi ?

— Nous sommes fiancés.

Jakal battit des cils et l'on vit frémir les gracieuses plumes vertes de sa coiffe. Son expression était indéchiffrable – éprouvait-il de la déception ? de l'amertume ? –, mais quand il se tourna vers le prêtre et leva le bras pour lui donner l'ordre d'abattre son couteau, Hoshi'tiwa s'élança sans réfléchir.

D'un mouvement si rapide qu'il surprit la jeune fille, le Seigneur la frappa à la mâchoire du dos de la main. Le coup était si violent que Hoshi'tiwa tomba à la renverse.

Des étoiles dansèrent devant ses yeux. Quand elle reprit ses esprits, étendue sur les pavés de la place, elle lut sur le visage de Jakal une répulsion telle qu'il lui fit brusquement horreur. Mais la haine céda la place à la pitié quand elle comprit que ce dégoût n'était pas dirigé contre elle, mais contre lui-même.

Un lointain souvenir remonta alors à sa mémoire. Quand elle était enfant, un de ses cousins avait un jour ramené au village un lionceau orphelin qu'il avait recueilli dans la montagne. Il l'avait si bien dressé que ce fauve était apparemment devenu aussi docile qu'un chien. Mais un jour, alors que son maître le nourrissait, le lion l'avait attaqué et mortellement blessé.

Le Seigneur Jakal était semblable au jeune lion.

Hoshi'tiwa se releva sans s'apercevoir que du sang coulait de son menton. Si elle vacillait légèrement sur ses jambes, elle se tint très droite devant le Seigneur, le défiant du regard.

Les quelques mois qu'elle venait de vivre au Lieu central avaient peu à peu entamé sa détermination. Absorbée par sa tâche, elle avait oublié le désir de vengeance qui l'animait les premiers temps et la haine que lui avait inspirée le mensonge de Moquihix. L'affront qu'elle venait de subir avait brusquement ranimé sa rage, mais elle avait appris à canaliser celle-ci pour l'utiliser à son avantage. La jeune fille déracinée avait gagné en maturité et en assurance. Au lieu de céder à la peur, elle laissait désormais libre cours à ses émotions et fondait sa force sur elles.

Levant bien haut son menton sanglant, elle déclara d'une voix ferme :

— Si vous voulez revoir la pluie, monseigneur, laissez la vie sauve à ce garçon.

Ce n'était pas une prière, mais une exigence. Le sang qui ruisselait entre ses seins lui donnait la sensation d'être nue face à la foule muette. Elle ignorait qu'elle était en train d'accomplir le rêve prophétique de sa mère.

Poussant un cri de fureur, le capitaine des Jaguars, Xikli – un homme à la carrure impressionnante, redouté de tous –, pointa sa lance vers l'insolente, mais Jakal l'arrêta d'un geste. Moquihix décocha un regard noir à son *tlatoani*. Debout près d'Ahoté, qui tremblait de tous ses membres, le prêtre attendait l'ordre d'abattre son couteau.

— Cette terre était celle de mes ancêtres, reprit Hoshi'tiwa. Pour elle, vous n'êtes que des étrangers. Ce sont mes dieux, pas les vôtres, qui la gouvernent. S'il n'a pas plu depuis longtemps, c'est parce que vous n'avez pas respecté mes dieux.

Un faucon poussa un cri bref qui résonna à travers la mesa. Puis le silence retomba, comme si l'oiseau était conscient de la solennité de l'instant. Hoshi'tiwa repensa aux paroles de sa mère tandis que les villageois terrifiés se pressaient les uns contre les autres dans le refuge : « Tu es née pour accomplir un dessein spécial. » Quel dessein ? Sauver la vie du futur homme-mémoire du clan ? Ramener la pluie au Lieu central ? Restaurer les dieux de son peuple dans leur suprématie ?

— Tu es en train de profaner un sacrifice ! lança alors Moquihix.

— Et vous, rétorqua-t-elle en pointant vers lui un doigt accusateur, vous procédez en secret à des sacrifices impies !

Arrachant ses pansements, la jeune fille leva les bras afin que chacun voie ses poignets.

— Cet homme m'a attachée à un arbre et laissée à la merci du dieu lion des montagnes, sans même réciter de prières ni faire brûler de l'encens ! Mais le totem de mon clan, Grand-père Tortue, a rongé mes liens afin de me libérer.

Un murmure se propagea telle une onde de choc à travers la foule.

Hoshi'tiwa frémit, consciente d'être à un tournant de son existence. Elle ignorait d'où lui venait cette certitude, mais il ne faisait aucun doute que ces événements détermineraient l'avenir de son peuple. Puis elle se tourna vers Jakal et son cœur se serra : si elle l'emportait, ce serait à ses dépens, et elle n'avait aucun désir de lui infliger une défaite. Pourtant, il le fallait, pour Ahoté et pour son peuple.

Soudain, une voix s'éleva et tous les regards se tournèrent vers Yani. Avec une audace incroyable, la maîtresse de la guilde des potières entreprit de monter l'escalier de la grand-place pour se ranger aux côtés de Hoshi'tiwa. Elle n'avait pas besoin de parler : même parmi les Toltèques, chacun connaissait et respectait Yani.

Les deux femmes défièrent Jakal du regard. Comme le silence se prolongeait, les potières gravirent une à une les marches pour rejoindre leurs sœurs et adresser aux Seigneurs un avertissement muet : si le garçon meurt, vous devrez vous passer de nos services.

Un murmure d'approbation parcourut l'assistance. Moquihix sentit gronder la révolte parmi ce troupeau jusqu'ici parfaitement soumis. C'était cette fille qui les excitait, éveillant leurs cœurs et leurs consciences à des idées nouvelles. Il se rappelait les soulèvements passés, dans des villes dont il ne subsistait que des ruines désertes. Pour l'avoir constaté de ses yeux, il connaissait le pouvoir destructeur d'une foule en colère.

La tension était palpable. Les Jaguars agrippaient leurs lances et leurs massues, prêts à moissonner des vies. Tous retenaient leur souffle, se demandant comment allait réagir le Seigneur. Qu'une toute jeune femme, la fille d'un simple cultivateur, osât ainsi lui tenir tête... C'était inimaginable ! Chacun s'efforçait de graver les moindres détails de la scène dans son esprit, sachant qu'il assistait à un événement dont on parlerait encore dans plusieurs générations, le soir autour du feu.

Jakal était aussi immobile et silencieux qu'une des idoles de pierre qui contemplaient le drame depuis leurs piédestaux, avec leurs yeux morts qui avaient assisté à d'innombrables drames depuis l'aube des temps. Parce que c'étaient eux qui détenaient réellement le pouvoir, il se devait d'apaiser les Jaguars. Toutefois, son esprit troublé lui soufflait que la fille avait raison : les dieux de son peuple étaient là avant les siens. Il observa la foule, pareille à un lac paisible en surface mais agité en profondeur. Un soulèvement conduirait à un bain de sang, conformément au désir des Jaguars, mais après, il n'y aurait plus personne pour planter le maïs.

Jakal n'avait jamais douté de sa destinée. Il était né le dixième jour du mois, sous le signe du Chien, ce qui lui conférait des aptitudes exceptionnelles au commandement. Pourtant, à cet instant précis, alors que tous le fixaient du regard, attendant qu'il fasse un choix impossible, il se surprit à rêver qu'on lui ôte ce fardeau.

Jakal n'était pas un souverain absolu comme le roi de Tula : un *tlatoani* avait besoin du soutien des guildes les plus puissantes. S'il donnait l'ordre de procéder au sacrifice, il devrait affronter une révolte. Une décision contraire serait perçue comme un aveu de faiblesse et nuirait gravement à son autorité. Quoi qu'il fasse, il aurait perdu.

Son pouvoir ne tenait qu'à un fil quand une idée lui vint.

— Laissons les dieux décider du sort de ce garçon, lança-t-il en direction de l'assistance. Soumettons-leur le problème, et voyons quelle sera leur réponse.

— Quels dieux, monseigneur ? demanda Hoshi'tiwa.

Jakal jeta un regard noir à l'impertinente dont l'image le poursuivait jusqu'en rêve et qui osait le défier publiquement.

— Ceux qui nous accompagnent aujourd'hui. Cela vous convient-il ? ajouta-t-il à l'intention des potières.

Yani fit un pas en avant.

— Cela nous convient, monseigneur.

— Vous promettez de vous conformer à leurs décrets ?

— Nous le promettons.

Jakal échangea ensuite quelques mots à voix basse avec Moquihix qui, d'un ton plein d'aigreur, donna un ordre à un prêtre de rang inférieur. L'homme courut vers le palais d'où il ressortit au bout de quelques minutes, portant un paquet enveloppé dans de la fourrure. Avec des gestes cérémonieux, Jakal défit le paquet que lui tendait le prêtre et leva un objet sombre à la vue de tous.

— Ceci est l'Esprit Qui Guide, annonça-t-il en tournant lentement sur lui-même, comme Hoshi'tiwa quand elle avait montré ses poignets blessés à la foule. C'est l'esprit ancien qui a conduit vos Seigneurs au Lieu central.

Les premiers Pochtecas à s'aventurer vers le nord possédaient un talisman qui les avait guidés jusqu'au canyon où ils avaient choisi de s'établir. Depuis, la mystérieuse pierre occupait une place d'honneur à l'abri des murs du palais. C'était la première fois qu'elle voyait la lumière du jour depuis l'arrivée des premiers Seigneurs.

Dans un silence tendu, Jakal lâcha l'objet noir au-dessus du sol. Un cri fusa d'un millier de poitrines quand la pierre s'immobilisa à quelques centimètres du sol : l'Esprit Qui Guide était suspendu à un fil dont Jakal serrait l'extrémité dans sa main droite.

Hoshi'tiwa n'avait encore jamais vu d'objet de cette sorte. L'Esprit Qui Guide ressemblait à une pierre, bien qu'il brillât comme du métal. Sa forme allongée, plus large à un bout, évoquait la silhouette d'un des poissons qui nageaient dans la rivière proche du village natal de la jeune fille.

— Je vais faire tourner l'Esprit Qui Guide et les dieux décideront quand l'arrêter. S'il indique le nord au repos, le garçon pourra rentrer chez lui, puisqu'il vient du nord. S'il désigne le sud, il sera envoyé à Tula comme esclave. Si l'Esprit indique l'est ou l'ouest, il sera sacrifié aujourd'hui même sur l'autel de sang.

Jakal plaça son index gauche sur le côté le plus large de la pierre et lui imprima une poussée qui la fit tournoyer à toute vitesse.

Nul ne bronchait. Tous suivaient du regard le mouvement tourbillonnant de la pierre, se demandant quand elle allait s'arrêter. Fidèles à leur réputation de joueurs acharnés, des marchands et des fermiers lancèrent des paris à voix basse.

La pierre ralentit, ralentit, puis se mit à osciller. L'Esprit Qui Guide indiqua d'abord le sud, puis le nord, puis à nouveau l'un et l'autre, avant de s'arrêter sur le nord.

— Les dieux se sont exprimés ! déclara Jakal. Relâchez le garçon, ajouta-t-il à l'intention des prêtres regroupés autour de l'autel.

Le public rassemblé dans la plaine laissa exploser sa joie, poussant une immense clameur de soulagement à laquelle les hommes et les femmes massés sur les toits, les murs et les terrasses joignirent leurs voix : la libération d'Ahoté signifiait que c'étaient leurs dieux qui avaient guidé la pierre.

Les prêtres lâchèrent les poignets et les chevilles du jeune homme, qui roula sur le sol, inconscient. Hoshi'tiwa se précipita vers lui. Il était vivant, mais presque aussi pâle et froid qu'un mort. Pendant que les Jaguars jetaient des regards nerveux à leur capitaine et que les prêtres se tournaient vers Moquihix, en quête d'instructions, le Seigneur Jakal s'éloigna d'un pas rageur et disparut à l'intérieur du palais. Sur un geste de Hoshi'tiwa, Yani et ses ouvrières ramassèrent le corps inerte d'Ahoté et l'emmenèrent.

La foule se dispersa, chacun reprenant le chemin de sa ferme ou de son camp, tandis que les prêtres, pareils à une nuée d'oiseaux colorés, restaient sur la place pour débattre des conséquences de l'événement qui venait de se produire. Furieux d'avoir été privés de leur festin, les Jaguars se retirèrent dans un silence maussade. Avant de regagner ses quartiers, leur capitaine, Xikli, s'approcha de Moquihix et gronda :

— Ça ne se passera pas comme ça.

19

« Les Jaguars réclament vengeance. Ils sont prêts à prendre les armes, quitte à attirer le malheur sur nous tous... »

En proie à des pensées troublées, Moquihix marchait d'un pas pressé dans la nuit froide, étroitement enveloppé dans un manteau en peau de lapin. En mission secrète, il ne souhaitait pas attirer l'attention sur lui et ne portait ni coiffe, ni bracelets en or, ni peintures de cérémonie.

Du sang aurait dû être versé ce jour-là. Celui du garçon ou, à défaut, d'une autre victime. Tout le monde le répétait à l'envi, les Jaguars, les *pipiltin*, les prêtres et jusqu'aux fonctionnaires de moindre rang. Bien entendu, les serviteurs, les cuisiniers, les gardes et le reste du Peuple du soleil étaient d'un avis différent. Le bras droit du Seigneur Jakal jugeait que son maître n'avait pas agi sagement. Si on comparait les Toltèques à un mur de briques – solide, homogène et incassable –, le *tlatoani* était une brique descellée à la base de ce mur. Il aurait suffi que les paysans, sous l'impulsion de la fille, descellent quelques autres briques pour que tout l'édifice s'écroule.

Cette visite nocturne au capitaine des Jaguars n'avait d'autre but que de réparer les dommages causés par Jakal.

Une sentinelle gardait la porte ménagée dans le mur d'enceinte fait de troncs d'arbre originaires des lointaines montagnes du Nord. Rares étaient ceux autorisés à pénétrer dans le domaine de l'élite guerrière. Ayant reconnu le conseiller du *tlatoani*, le soldat ouvrit la porte et la referma aussitôt derrière lui. Moquihix se dépêcha de traverser l'enclos désert qui, dans la journée, accueillait l'entraînement des Jaguars ainsi que leurs jeux brutaux.

Il franchit ensuite une deuxième porte éclairée par des torches qui démultipliaient son ombre sur les murs, songeant à la terrible erreur commise par son maître : en abusant le peuple, il avait insulté les dieux.

L'Esprit Qui Guide désignait *toujours* le nord.

Nul ne connaissait l'origine de la mystérieuse pierre découverte des siècles plus tôt, dans la tombe d'un noble de la région de Chichen Itza profanée par des pillards. D'après la légende, elle aurait été apportée bien longtemps auparavant par des hommes qui avaient débarqué sur la côte orientale.

Moquihix n'avait cure des mythes et des légendes. Tout ce qui lui importait, c'était que Jakal connaissait à l'avance le prétendu verdict des dieux, ce qui revenait à dire qu'il n'avait pas réellement consulté ceux-ci.

Nonchalamment allongé sur une couverture, le capitaine des Jaguars faisait rouler des haricots sur un plateau de *patolli*, même s'il était le seul joueur. Il ne daigna pas lever la tête à l'entrée de Moquihix. S'étant débarrassé de son manteau, celui-ci s'aperçut qu'il faisait presque aussi froid dans les appartements du capitaine qu'au-dehors.

Xikli, pour sa part, était vêtu en tout et pour tout d'un pagne. Comme tous les guerriers de l'empire toltecah, il se flattait d'être insensible à la douleur et aux températures extrêmes. Preuve supplémentaire de sa bravoure, son nez portait la trace de multiples fractures et il lui manquait plusieurs dents. Sa coiffure hautement raffinée – chignon au sommet du crâne, frange droite sur le front, oreilles bien dégagées, longue queue de cheveux pendant le long du dos – exigeait autant de soins quotidiens que le plumage d'un oiseau. Chaque jour, Xikli et ses hommes s'arrachaient les poils de la barbe avec des pincettes, se rasaient les sourcils et les remplaçaient par un trait de pinceau, ornaient leurs narines, leurs oreilles et leurs lèvres de cabochons en os, en pierre de ciel, en jade ou en or. Ils passaient des heures à se raser le corps avec des couteaux en pierre bien aiguisés avant de peindre des motifs compliqués sur leur peau. Quand ils n'étaient pas occupés à se parer, ils s'affrontaient sur le terrain d'entraînement ou se pavanaient sur la grand-place en bombant la poitrine. Malgré son arrogance, Moquihix ne détestait pas le capitaine des Jaguars, bien au contraire.

A son arrivée au Lieu central, trente ans auparavant, Moquihix était âgé d'à peine vingt-cinq printemps. Une fois investi du titre de Bouche du *tlatoani*, cinq ans plus tard, il avait fait venir sa femme et leur fils. Ne pouvant souffrir le Lieu central, son épouse chérie était repartie pour Tula, le laissant seul. Il se demandait parfois si c'était l'absence de commerce avec le sexe opposé qui lui avait permis d'atteindre l'âge exceptionnellement avancé de cinquante-cinq ans.

— Tu m'as fait attendre, vieillard, cracha Xikli.

Moquihix soupira. Bien qu'il fût le bras droit de Jakal, ce soldat s'arrogeait le droit de lui parler avec mépris. Quel que soit votre rang, il y a toujours quelqu'un au-dessus de vous, si bien que certains se croient autorisés à vous manquer de respect. Dans le cas précis, l'insolent n'avait de comptes à rendre qu'au *tlatoani* de Tula, le chef suprême des Toltèques.

Enfant, Moquihix rêvait d'intégrer le corps d'élite des Jaguars, mais ce privilège était réservé aux plus braves, aux plus rapides et aux plus agiles. A sa grande tristesse, il avait échoué et avait dû se rabattre sur l'administration. Quand on lui avait proposé un poste loin de chez lui, il s'était empressé d'accepter, escomptant devenir un jour le *tlatoani* de la province du nord. Là encore, ses espoirs avaient été déçus et le titre qu'il convoitait était revenu au rejeton d'une famille plus noble. Pour autant, Moquihix ne nourrissait aucune rancœur à l'égard de Jakal qu'il tenait pour un homme bon et juste, même s'il manquait de jugement depuis quelque temps.

Le Jaguar cracha, exprimant son dédain envers les hommes de lettres, de livres, de plumes et de papier, puis il frappa sa poitrine scarifiée et déclara :

— Le garçon aurait dû être sacrifié. Nous avons le droit de répandre le sang. C'est à cause de cette maudite fille. Le Seigneur Jakal l'autorise à le regarder ! Ses yeux vont lui voler son âme.

— Il pense que les dieux nous l'ont envoyée pour qu'elle ramène la pluie, expliqua Moquihix, non pour défendre Hoshi'tiwa ou Jakal, mais dans un souci d'exactitude.

Le capitaine cracha à nouveau.

— Une fille de paysans !

— Elle a découvert le sanctuaire, ajouta Moquihix d'un air songeur. Depuis le temps que nous sommes établis ici, nul n'avait jamais trouvé le ravin ni la clairière sacrée.

— Bah ! Ce n'est qu'une fouineuse.

— Tu as vu ses poteries : on dirait de l'or. L'argile dont elle s'est servie pour les fabriquer provient des abords de la clairière. Ce ne peut être un hasard.

— Elle affaiblit notre *tlatoani*. Or le peuple tire sa force de celle de son Seigneur. Si ce dernier est faible, le peuple l'est aussi. C'est pourquoi la fille doit mourir.

Comme Moquihix ne répondait pas, Xikli se leva et reprit :

— Nous sommes des soldats et pourtant, nous ne combattons pas ! Où sont les armées qui défient mes hommes ? Et les captifs à sacrifier sur l'autel de sang ? Nous vivons tels des oiseaux en cage !

Son regard semblait transpercer Moquihix.

— J'ai peur que notre bien-aimée Tula ne soit tombée. Cela fait presque deux ans que nous n'avons pas reçu de ses nouvelles. Si mes craintes se confirmaient, cet endroit serait bientôt livré aux fantômes. Notre semence se disperserait aux quatre vents et les Toltèques sombreraient dans l'oubli.

Moquihix acquiesça tristement. Comment en était-on arrivé là ? Qu'était-il advenu de leurs rêves de gloire ?

— Cette fille de paysans s'est moquée de nos dieux ! gronda Xikli. Livre-la-moi, et je veillerai à ce qu'elle soit sacrifiée dans les règles. Je ferai en sorte qu'elle mette des jours à mourir, ajouta-t-il avec un sourire sinistre.

Moquihix se sentait étrangement impuissant. Peut-être le capitaine avait-il raison de croire que le sacrifice de la fille allait rétablir l'ordre naturel.

— Bien, soupira-t-il. Le jour du solstice, quand tout le monde aura constaté qu'il ne pleut pas, je te remettrai la fille.

Comme le capitaine le congédiait d'un geste, Moquihix, Bouche du *tlatoani* du Lieu central, ramassa son manteau et s'apprêta à sortir, le cœur lourd de regrets. En dépit de ses cicatrices et de son nez cassé, Xikli lui rappelait sa bien-aimée Xochitl, qui l'avait abandonné des années plus tôt. Il aurait voulu lui ouvrir son âme, mais un abîme les séparait désormais. Si une partie de lui se réjouissait que Xikli ait accédé au rang de capitaine des Jaguars, une autre se désolait amèrement d'avoir mérité son mépris. Mais il ne pouvait le blâmer de son attitude. Un fils ne devrait jamais surpasser son père.

20

La convalescence d'Ahoté dura deux semaines. Quand il fut en état de regagner le village, il supplia Hoshi'tiwa de l'accompagner, mais elle déclina son offre.

— J'ai promis de servir ces gens et le Seigneur Jakal, lui dit-elle. Je me suis engagée à ramener la pluie.

Les adieux furent brefs et baignés de larmes, car ils savaient l'un comme l'autre qu'ils ne se reverraient pas. Hoshi'tiwa souhaita au jeune homme une longue vie heureuse en tant que gardien du Mur de la mémoire.

— Je suis désolée d'avoir causé la mort de l'oncle danseur des esprits. Je ne pensais qu'à moi et pas au clan. Dis à tout le monde que je regrette. Dis à ma mère que je ne suis plus *makai-yo* et que je ferai honneur à notre famille.

Dans les jours qui suivirent, Hoshi'tiwa se consacra exclusivement à sa tâche, négligeant de se nourrir et de dormir, travaillant jusqu'à l'épuisement. Elle pétrit l'argile en lui fredonnant des chansons, la pressa pour en chasser les bulles, la fit sécher, la polit et la polit encore pour lui donner un éclat incomparable et l'orna enfin des symboles de la pluie, des nuages, du ciel et du vent. Jamais sa main n'avait été aussi assurée. Le pinceau en yucca avait la largeur idéale, son trait était ferme et la jarre en tout point parfaite.

Mais tandis que ses mains et son corps s'activaient, son cœur et son esprit vagabondaient.

Cela faisait deux semaines que le Seigneur Jakal n'était pas apparu en public. Dans la vallée, les disparitions se multipliaient. Au lendemain du sacrifice interrompu, on avait constaté l'absence de plusieurs filles de cuisine. Hoshi'tiwa s'était trouvée dans l'obligation de les remplacer, mais, en quinze jours, pas une fois elle n'avait rencontré l'homme qu'elle avait forcé à prendre une décision qui ne pouvait conduire qu'à sa défaite. Le chef cuisinier s'inquiétait pour la santé du *tlatoani*, car les plats lui revenaient presque tous intacts. Hoshi'tiwa se sentait responsable de la situation, même si elle n'avait jamais voulu entamer le pouvoir de Jakal. Elle n'avait agi que pour sauver Ahoté.

Mais quand le beau *tlatoani* recommença à s'inviter dans ses rêves avec son regard mélancolique, quand il élut domicile dans ses pensées et emplit sa tête de sa voix grave et bien timbrée, quand elle s'aperçut que l'évocation de ses membres robustes, de la courbure de sa mâchoire, du dessin de son nez faisait couler du feu dans ses veines et allumait un incendie dans son ventre, elle en conclut qu'elle était obsédée par sa tâche. Jakal lui avait ordonné de ramener la pluie ; les visions qui habitaient son esprit n'avaient d'autre but que de lui rappeler son devoir.

Il n'était pas pensable que la fille d'un simple paysan ait des sentiments d'une autre nature pour le Seigneur du Lieu central.

Quand elle eut enfourné la nouvelle jarre, ses consœurs vinrent prier avec elle, bientôt rejointes par les filles de cuisine et les servantes. Ensemble, elles surveillèrent la cuisson jusqu'à ce que le feu fût complètement éteint. Quand la jarre sortit du four, on admira sa belle couleur dorée, rehaussée par des motifs d'un rouge flamboyant qui évoquait un coucher de soleil. Toutes s'exclamèrent, jurant qu'elles n'avaient jamais rien vu d'aussi magnifique.

En grande cérémonie, la jarre fut apportée à l'atelier de la guilde et rangée avec les créations des autres potières. Cette fois, tandis que les prêtres du dieu de la pluie s'extasiaient devant le nouveau chef-d'œuvre de Hoshi'tiwa, Moquihix resta silencieux, avec une expression indéchiffrable.

La jarre dorée fut choisie parmi d'autres pour être exposée sur la grand-place la veille du solstice. Ce soir-là, Hoshi'tiwa pria comme jamais auparavant. Sa vie était à nouveau en balance. Si la pluie n'était pas au rendez-vous, elle serait exécutée et les Jaguars prendraient immédiatement le chemin de son village pour massacrer jusqu'au dernier habitant.

Les danses se succédaient sans interruption sur la place écrasée de chaleur. Tandis que les gens du peuple donnaient en offrande leurs maigres portions de maïs, les grands prêtres escortés par des nobles et des Jaguars allongèrent sur l'autel un malheureux esclave destiné aux mines et versèrent son sang pour apaiser les dieux.

Les danses et les cérémonies se poursuivirent tard dans la nuit, à la lumière d'une centaine de torches dont la fumée montait vers les étoiles, puis le calme revint. Chacun regagna sa natte de roseau et s'étendit sous un ciel beaucoup trop clair et vide de nuages. On était à la veille du solstice d'été, le jour le plus long de l'année, et il faisait déjà bien trop chaud. L'équilibre naturel était rompu et le maïs dépérissait dans les champs.

21

Xikli, le capitaine des Jaguars, réunit discrètement ses quatre meilleurs hommes. Ceux-ci mirent un grand soin à s'habiller, à peindre leur corps et à psalmodier des prières. Ils n'avaient rien mangé depuis l'aube car leur mission revêtait un caractère sacré.

Une heure avant le lever du jour, Xikli donna le signal du départ. Les guerriers traversèrent sans bruit le Lieu central encore endormi et se dirigèrent vers l'endroit où reposait la fille du Nord... La fille qui avait osé se moquer de leurs dieux et les priver d'un sacrifice.

Cette fois, il n'y aurait ni prêtres, ni *tlatoani*, ni pierre magique pour frustrer Xikli de son plaisir. A la première lueur du jour, ses hommes et lui s'empareraient de la fille et la traîneraient jusqu'à la place baignée de soleil – il était évident qu'il ne pleuvrait pas – où ils la coucheraient sur l'autel pour lui arracher le cœur.

Inconsciente du danger qui la menaçait, Hoshi'tiwa dormait sous le toit de branchages recouvrant le patio de la cuisine. Etendus près d'elle, le chef cuisinier, le boucher et les aides chargés de moudre le maïs et de faire cuire les galettes ronflaient et se retournaient sur leur natte, perdus dans leurs rêves de pluie et de riches moissons.

Hoshi'tiwa, elle, rêvait d'Ahoté – un Ahoté à la virilité intacte, avant la mutilation que lui avaient fait subir les prêtres. Elle le voyait marcher sur la route poussiéreuse conduisant au canyon qui abritait leur village depuis d'innombrables générations. La mère de Hoshi'tiwa levait les yeux à son approche et une expression de surprise ravie se peignait sur son visage. Le père d'Ahoté ainsi que tous ses oncles et tantes se précipitaient vers lui, l'embrassaient, riaient aux éclats, lui offraient à boire et à manger, et l'entraînaient, tout excités, vers la place du village afin qu'il leur parle de Hoshi'tiwa et du Lieu central. La scène était tellement émouvante que la jeune fille se mit à pleurer dans son sommeil. Les larmes coulaient de ses yeux en abondance, inondant ses joues et mouillant sa natte. Elle pleurait tant que ses vêtements furent bientôt trempés. Réveillée en sursaut, il lui fallut quelques secondes pour comprendre que ce n'était pas elle, mais le ciel, qui versait toutes ces larmes. D'épais nuages masquaient les étoiles et une pluie torrentielle s'abattait sur le Lieu central.

Hoshi'tiwa se leva d'un bond, ignorant les cinq soldats qui venaient de surgir de leur cachette et considéraient la pluie avec stupéfaction, et courut se mêler à la foule qui avait envahi la place. Les gens riaient, dansaient, chantaient et levaient leur visage vers le ciel, les bras écartés, la bouche grande ouverte pour boire l'eau bénie par les dieux. De tous côtés, on sortait des jarres, des bols et des paniers étanches, on pataugeait dans la rivière qui courait de nouveau à travers la plaine, enflant à vue d'œil, on arrachait ses vêtements pour courir nu sous le déluge.

Oubliant leur dépit, Xikli et ses hommes éclatèrent de rire et se hâtèrent de regagner leurs quartiers pour s'y livrer à des danses sacrées.

Le Seigneur Jakal, qui n'était plus apparu depuis deux semaines, sortit à son tour sur la place et tendit ses bras vers le ciel. L'eau ruisselait sur les plumes de sa magnifique coiffe et faisait scintiller sa cape. Les torches crachotaient et leurs flammes tremblaient, si bien qu'on distinguait à peine la silhouette du *tlatoani* et l'éclat de ses bracelets dorés. Soudain il entonna un chant lancinant, aussitôt repris par un millier de voix qui n'en formaient qu'une pour remercier les dieux.

Hoshi'tiwa embrassait Yani et ses sœurs potières quand un Jaguar se matérialisa sous l'averse. La peinture dégoulinait sur son visage et ses fourrures trempées. Il empoigna la jeune fille par le bras et la traîna à travers la foule qui s'écarta brièvement avant de reprendre ses danses et ses manifestations de joie.

Au grand étonnement de Hoshi'tiwa, le soldat la conduisit à l'entrée principale du palais, celle réservée au Seigneur Jakal, et la poussa à l'intérieur avant de se poster face à la place.

Eblouie par la clarté des torches fixées aux murs, la jeune fille finit par distinguer le Seigneur Jakal sur un trône en bois peint et sculpté. Il avait ôté sa coiffe et son manteau de plumes sous lequel il ne portait qu'un pagne en coton écarlate brodé de fil d'or. Sa poitrine humide arborait plusieurs rangs de colliers d'argent et de pierres de ciel. Deux esclaves étaient occupés à peigner et sécher la longue chevelure qui pendait sur ses épaules et dans son dos.

— Te voici enfin ! s'exclama-t-il avec une fougue qui fit sursauter les esclaves. C'est toi qui as ramené la pluie !

Hoshi'tiwa leva vers lui un regard surpris. Elle s'était fait du souci pour lui. Elle se réjouissait de le revoir en bonne santé.

— Je n'étais pas seule, monseigneur. Le mérite en incombe autant à mes sœurs de la guilde, aux danseurs, aux prêtres et à tous ceux qui ont prié avec eux.

Jakal rit de bon cœur.

— Je ne comprendrai jamais ton peuple ! Vous abhorrez l'orgueil et prétendez que tous les hommes sont égaux. A Tula, nous complimentons les artisans les plus doués et les distinguons en les élevant au-dessus de la masse. A Tula, le talent et le succès sont richement récompensés et le vulgaire ne vaut pas plus que la poussière sous nos semelles.

Hoshi'tiwa entendait à peine la pluie tant son cœur battait fort. Jakal avait-il oublié leur confrontation, deux semaines plus tôt ? Ce jour-là, elle lui avait infligé une cuisante défaite et il l'avait frappée si violemment qu'il lui avait entaillé le menton.

Les esclaves se retirèrent, la laissant seule avec Jakal dans une salle qu'elle ne connaissait pas. C'était là le siège du gouvernement, là que le *tlatoani* recevait les visiteurs de marque et tenait conseil avec les prêtres et les autres Seigneurs.

— Je te permets de choisir ta récompense, reprit Jakal avec un sourire.

Il décrocha une torche du mur et lui fit signe de le suivre.

La disposition de l'étage inférieur du palais était familière à Hoshi'tiwa. Mais Jakal la guida vers un escalier dont elle n'aurait su dire où il conduisait.

Au bout d'un moment, le bruit de la pluie et les chants de la foule cessèrent de leur parvenir. Jakal était si plein d'énergie que Hoshi'tiwa avait du mal à le suivre. Il montait les marches deux à deux et riait aux éclats, l'entraînant toujours plus haut. A vrai dire, leur destination importait peu à la jeune fille car elle l'aurait suivi jusqu'au bout du monde.

Si la terrasse du quatrième niveau accueillait les serviteurs de rang intermédiaire, seul le Seigneur Jakal avait le droit de pénétrer dans ses salles. Quand ils émergèrent à l'air libre, Hoshi'tiwa demeura bouche bée à la vue de la place en contrebas : une multitude joyeuse s'enivrait, pataugeait dans les flaques ou dansait sous la pluie tandis que les prêtres adressaient des prières continuelles aux dieux.

— Par ici ! lui cria Jakal.

Il l'introduisit dans une enfilade de pièces toutes plus somptueuses les unes que les autres, l'invitant à choisir sa récompense.

La première pièce était entièrement décorée de plumes – jaune vif sur un mur, couvrant toute la gamme des bleus et intégrées à des tentures au drapé gracieux sur un autre. Les murs restants étaient ornés de pennes d'un rouge éclatant ou d'un blanc si pur qu'il en était presque aveuglant.

La salle suivante était remplie du sol au plafond de pierres de ciel de toutes les nuances et de toutes les formes possibles, brutes, taillées, polies et pour certaines aussi grosses que le poing.

Jakal la conduisit enfin sur le toit du quatrième niveau et lui fit admirer la volière, une immense cage en saule et en bouleau qui abritait la plus fabuleuse collection d'oiseaux que Hoshi'tiwa avait jamais vue.

— Fais ton choix, lui répéta-t-il en écartant les bras comme s'il lui offrait le monde. Aucun trésor n'est trop beau pour celle qui a ramené la pluie.

Hoshi'tiwa ne pouvait détacher son regard de Jakal. On aurait dit un faucon qui agitait les ailes avant de prendre son essor. Son sourire, son énergie étaient contagieux.

Tout à coup, il se rembrunit.

— C'est moi qui ai fait ça, murmura-t-il en effleurant le menton de la jeune fille.

La blessure était parfaitement cicatrisée, pourtant Hoshi'tiwa frissonna au contact de ses doigts.

Le front de Jakal se plissa, comme si l'incident remontait à plusieurs années et qu'il devait faire un effort pour s'en souvenir.

Mais Hoshi'tiwa n'avait pas envie de revenir sur leur affrontement. Celui-ci lui semblait aussi lointain que s'il avait concerné deux étrangers. Considérant les oiseaux en cage, elle dit d'une voix hésitante :

— Ils me rappellent...

— Quoi ?

Le regard orageux, Jakal s'arracha difficilement à l'évocation du revers qu'il avait subi deux semaines plus tôt. Ce jour-là, il avait cru perdre son autorité, mais la pluie l'avait restaurée.

— Ils te rappellent quoi ?

— Les jeunes femmes qui vous assistaient dans la clairière sacrée. Elles étaient si belles qu'à côté d'elles, j'avais l'impression d'être un moineau.

— Le moineau est la plus résistante des créatures ailées. Il survit à la neige comme à la chaleur, à la sécheresse comme à la famine. Il est à la fois robuste et résolu.

Il désigna les oiseaux exotiques qui étalaient leur plumage de toutes les couleurs de l'arc-en-ciel.

— Malgré leur beauté, ces oiseaux-ci sont tellement délicats qu'ils périraient sans les soins que nous leur prodiguons. Si tu tiens absolument à être un moineau, ajouta-t-il après un silence, rappelle-toi que celui-ci nous ravit avec son chant.

La pluie qui tombait autour du toit de branchages sous lequel ils s'abritaient les isolait de l'extérieur, leur donnant la sensation d'être seuls au monde. Ils étaient si proches que Hoshi'tiwa distinguait dans les moindres détails celui qu'elle qualifiait naguère de monstre : les minuscules cicatrices sur son corps, ses longues mèches trempées, les gouttes scintillantes qui perlaient sur ses clavicules...

Pour sa part, Jakal ne pouvait détacher son regard de celle qui se comparait à un moineau, alors qu'elle possédait le don miraculeux de faire surgir la beauté d'une motte d'argile.

— Fais ton choix parmi tout ce que je t'ai montré, reprit-il d'une voix aussi douce que le murmure de la pluie.

Sa silhouette se découpait sur le ciel tourmenté, la puissance de la nature rehaussant celle de l'homme. C'est du moins ce qu'il semblait à Hoshi'tiwa qui restait muette devant une telle force. En présence de Jakal, son cœur s'affolait, le sang battait à ses tempes, sa respiration se bloquait dans sa poitrine. Ses émotions la submergeaient. Mais quand les yeux noirs du Seigneur se posèrent sur elle, elle eut la sensation que son âme quittait son corps et s'envolait vers le ciel.

— Je voudrais rentrer chez moi, dit-elle.

Jakal accusa le coup. La pluie et le vent cinglaient sans relâche, soulevant ses longs cheveux telles les noires bannières qui pendaient des lances des Jaguars. Hoshi'tiwa crut lire la colère sur son visage. Elle ignorait que son cœur s'était mis à battre d'angoisse à l'idée de la perdre et qu'il lui aurait volontiers donné tout ce qu'il lui avait montré – les plumes, les pierres de ciel et les oiseaux précieux – pour qu'elle reste.

Mais il avait engagé sa parole.

— Dans ce cas, tu es libre de partir, dit-il avant de tourner les talons pour la raccompagner.

Hoshi'tiwa se sentit transportée de joie. Elle allait revoir sa mère et Ahoté ! Elle rapporterait des vêtements de coton, des gobelets d'argent et des bijoux en pierre de ciel pour tout le village ! Comme son cœur se serrait à l'idée de quitter Jakal, elle tenta de se convaincre qu'elle ne désirait rien tant que de retrouver les siens.

Chi Chi les attendait dans la salle du bas. Des serviteurs leur apportèrent des tasses d'un breuvage épais et amer, préparé avec des fèves originaires des jungles du Sud, que la jeune fille n'apprécia guère. Jakal appelait cette boisson *chocolatl.*

Le voyant broyer du noir, Hoshi'tiwa s'interrogea sur ce brusque changement d'humeur. Lui si volubile sur la terrasse se montrait à présent renfermé et taciturne.

— M'autorisez-vous une question, monseigneur ?

Jakal parut secouer la torpeur qui l'avait saisi et leva vers elle des yeux mélancoliques. Pourtant, la pluie aurait dû le réjouir.

— Pourquoi avoir laissé partir Ahoté ? Vous n'aviez pas besoin de consulter les dieux.

— J'ai agi pour le bien du peuple, répondit-il en posant sa tasse. J'ai relâché le garçon afin qu'il pleuve.

La pénombre qui régnait dans la pièce empêchait Hoshi'tiwa de lire le désir dans le regard du Seigneur. Elle ignorait qu'il se trouvait dans la plus grande perplexité : comment une simple jeune fille pouvait-elle aimer au point de vouloir se sacrifier pour sauver la vie d'un fils de paysans ?

Jakal songea à l'épouse que sa famille avait choisie pour lui. Venue de Tula encore enfant, cette dame de haut lignage était morte en couches, laissant derrière elle bien peu d'amour et de regrets. Jusqu'à récemment, son cœur n'avait jamais battu pour aucune femme et il ne s'imaginait pas sacrifier sa vie pour quelqu'un.

— Pourquoi adorez-vous l'Etoile du matin et celle du soir ? demanda Hoshi'tiwa.

— Et vous, pourquoi rendez-vous un culte au soleil ?

— Parce qu'il donne la vie.

Jakal se leva de son trône et se dirigea vers une ouverture donnant directement sur la place aux pavés mouillés.

— Nous n'adorons pas l'étoile elle-même, mais l'homme qu'elle a été et la divinité qu'elle est devenue.

Il se tourna vers la jeune fille et reprit :

— Il y a très longtemps, mes ancêtres vivaient dans une ville appelée Teotihuacan sur laquelle régnait un roi bienveillant du nom de Quetzalcóatl. Ce dernier était né d'une vierge, la déesse Coatlicue. C'est à lui que nous devons les livres, le calendrier et le maïs. Il nous a enseigné que la culture des fleurs était une tâche sacrée. Quetzalcóatl s'est immolé par le feu. Ses cendres ont alors donné naissance à l'Etoile du matin et il a promis qu'il reviendrait un jour de l'est pour restaurer la foi de son peuple. Ses apparitions matin et soir nous rappellent sa promesse d'instaurer un nouvel âge d'or.

Jakal sortit un petit médaillon de la masse de colliers qui couvraient sa poitrine.

— Cette fleur se nomme *xochitl* dans ma langue maternelle, expliqua-t-il. Elle a été offerte à un de mes ancêtres par Quetzalcóatl en personne. Elle contient une goutte du sang du dieu.

Hoshi'tiwa admira la perfection de la fleur, ses six pétales en métal précieux et la pierre d'un bleu intense figurant son cœur.

— La pierre dissimule le compartiment renfermant la goutte de sang, précisa Jakal.

Chi Chi s'envola de son perchoir et décrivit un cercle autour de la pièce avant de se poser sur le poignet de son maître. La tête penchée de côté, il lâcha d'une voix rauque : « Xochitl ! » Riant aux éclats, Jakal détacha un morceau d'une figue de Barbarie et l'offrit au perroquet avec des gestes délicats.

— Comment le reconnaîtrez-vous ? demanda Hoshi'tiwa avec curiosité. Quetzalcóatl... Vous savez à quoi il ressemble ?

— Il présentera l'aspect d'un homme blanc et barbu venant de l'est.

Hoshi'tiwa découvrit avec une stupeur mêlée d'excitation combien les croyances de Jakal étaient proches des siennes.

— Mon peuple aussi attend le retour d'un homme qui vivait autrefois parmi nous, expliqua-t-elle. A l'origine, il existait deux frères qui furent séparés. Pendant que le frère au visage rouge demeurait avec nous, le frère au visage blanc, Pahana, est parti vers l'est en promettant de revenir aider son frère à accomplir la Grande Purification à l'issue de laquelle les méchants seront détruits et la paix régnera sur le monde.

Ces propos intriguèrent Jakal. Hoshi'tiwa avait excité sa curiosité dès l'instant où il l'avait surprise en train de l'espionner, à la première apparition de l'Etoile du matin. Elle venait de commettre le pire des sacrilèges, pourtant elle n'avait pas été foudroyée. Fallait-il en déduire que le dieu souhaitait qu'elle assiste à son retour ?

— Tu n'es pas arrivée ici par hasard. Ce sont les dieux qui t'ont guidée.

— Je ne suis qu'une humble potière, monseigneur. Les dieux ont à peine conscience de mon existence.

Après quelques secondes de réflexion, Jakal reprit d'un ton passionné :

— Tu es une énigme pour moi, Hoshi'tiwa. Je n'ai pas passé un jour sans penser à toi depuis que Moquihix t'a amenée au Lieu central. En apparence, tu n'es qu'une fille de paysans. Mais ton talent ne peut venir que des dieux. Tes jarres dorées sont les plus belles que j'aie jamais vues. Elles surpassent même celles des artisans de Tula, dont on dit pourtant qu'elles n'ont pas leur pareil dans le monde entier.

A la grande surprise de la jeune fille, il lui prit les mains et examina ses doigts minces, ses paumes durcies par des années de pratique.

— Quel miracle que ces mains ! l'entendit-elle murmurer. Je me demande si tu étais destinée à venir ici. Tout ceci était-il écrit à l'avance ? Peut-être est-ce là le message de la pluie.

Pétrifiée par sa proximité et par le contact de sa peau, Hoshi'tiwa parvint tout juste à articuler :

— Pourquoi les Toltèques tuent-ils des hommes pour les manger ?

Il lui jeta un regard surpris.

— C'est dans l'ordre naturel. Le puma mange l'antilope, pas vrai ?

— Mais je ne crois pas qu'un puma ait jamais mangé un autre puma.

Devant le silence de Jakal, elle comprit qu'il n'avait jamais considéré les gens du Peuple du soleil comme des égaux, mais comme des inférieurs, à l'instar de l'antilope pour le puma.

De son côté, Jakal ne s'expliquait pas sa répugnance à l'égard de cette pratique. Son peuple avait toujours agi ainsi.

— Les dieux réclament du sang. C'est ce qui les rend plus forts.

— Mes dieux à moi désirent seulement du maïs.

Il était sur le point de lui rétorquer que ses dieux étaient faibles quand il se rappela la défaite qu'elle lui avait infligée sur la grand-place. Ce jour-là, il n'avait sauvé la face que grâce à un tour de passe-passe. Les dieux du Peuple de Hoshi'tiwa avaient-ils influencé sa décision à son insu ?

Il plongea son regard dans les yeux de Hoshi'tiwa – des yeux qui lui évoquaient des cailloux polis dans le lit d'une rivière, ou les forêts de son pays natal – et découvrit brusquement combien elle était belle, d'une beauté qui n'avait rien à voir avec celle des femmes de Tula, ces créatures exquises, coquettes et capricieuses. Cette jeune fille ressemblait à un champ de maïs, à une terre riche et à la pluie bienfaisante qui s'abattait au même moment sur le Lieu central.

Son cœur n'avait encore jamais battu ainsi pour quelqu'un et ses reins brûlaient d'un désir qu'il croyait depuis longtemps éteint.

— Parlez-moi de votre monde, dit enfin Hoshi'tiwa.

Sa demande n'était pas uniquement dictée par la curiosité. Elle aimait le timbre de la voix de Jakal, ses inflexions. Elle ne se lassait pas de voir bouger ses lèvres et voler ses mains pareilles à deux colombes.

Pour lui faire plaisir, il puisa dans la nostalgie qui l'habitait la matière à une évocation pleine de vie de Tula, ses pyramides, ses palais et ses jardins le long de la rivière, ses fêtes colorées et ses belles dames richement parées.

— Et les jeux ! Combien de fois ai-je gagné et perdu des fortunes à la pelote en pariant sur l'équipe verte ou la rouge...

Les mots coulaient de sa bouche comme la pluie tombait derrière les murs. Bercée par cette musique, Hoshi'tiwa finit par s'endormir sur sa natte. Elle rêva qu'elle retrouvait sa famille et la comblait de cadeaux et de bienfaits de la part du Seigneur. A son réveil, elle constata que quelqu'un l'avait couverte d'un somptueux manteau de plumes.

Jakal avait disparu.

Après avoir retraversé le palais, elle sortit sur la place, s'attendant à voir le ciel chargé de nuages. Mais une surprise l'attendait : un soleil aveuglant pesait sur la ville. Le sol était sec – la terre avait si soif qu'elle avait absorbé toute l'eau sans rien laisser aux hommes. Même le ruisseau qui coulait à travers le canyon avait retrouvé son débit paresseux. Les récipients placés çà et là avaient recueilli toute l'eau qu'ils pouvaient mais avec la chaleur, le précieux liquide commençait à s'évaporer. Les gens s'agitaient autour d'elle, ramassant les jarres et les bols afin de les mettre à l'abri.

Debout sur la place, le Seigneur Jakal affichait une mine sombre. S'étant approchée, Hoshi'tiwa put lire dans son regard de la déception, de la tristesse et, pire encore, de la désillusion. L'étincelle de vie qui brillait dans ses yeux quelques heures plus tôt était à présent éteinte.

Les guetteurs qu'on avait envoyés aux quatre coins de la mesa firent leur rapport : d'un horizon à l'autre, on ne distinguait pas le moindre nuage. La pluie de la veille n'était qu'une ondée. Moquihix confia à Jakal qu'il avait aperçu un *coyotl* sous l'averse.

— Je l'ai vu rire de nous. Le dieu farceur nous a joué un de ses tours.

22

Bien des mois plus tôt, cinquante braves et robustes guerriers avaient quitté la ville de Tula pour le nord. Ils avaient escaladé des montagnes, franchi des rivières à gué, s'étaient frayé un chemin à travers la jungle, endurant la chaleur et le froid, succombant l'un après l'autre aux morsures des serpents venimeux, aux attaques des bêtes sauvages, à la fièvre et la maladie, si bien qu'un seul était parvenu au Lieu central. Encore était-il aux portes de la mort quand on l'avait découvert et amené au Seigneur Jakal.

L'homme eut le temps de prononcer quelques mots avant d'expirer :

— Les pyramides, les temples, les palais, tout a brûlé. La ville a été entièrement détruite... par les Aztecas.

Le Lieu central dormait encore, Hoshi'tiwa s'agitait sur sa natte, en proie à des rêves confus, certains rassemblaient en silence leurs maigres possessions avant de fuir la vallée maudite et de se mettre en quête d'une terre plus hospitalière quand Jakal convoqua son vieil ami et Premier ministre.

— Notre empire n'est plus, annonça-t-il quand Moquihix se présenta devant lui. Nous n'avons plus ni roi, ni ville, ni peuple.

Moquihix tomba à genoux et se mit à sangloter, le front contre le sol, invoquant les nombreux dieux des Toltèques.

— Notre temps ici s'achève, poursuivit Jakal d'un ton plein de tristesse. Je veux que tu retournes chez nous et rallies tous ceux de notre peuple que tu rencontreras. Emporte les plumes et les pierres de ciel, et toutes les richesses que nous avons accumulées. Qui sait ? Peut-être ta famille t'attend-elle à Chichen Itza.

Les deux hommes s'embrassèrent, burent du *nequhtli* et se lamentèrent en évoquant des jours meilleurs. Puis, au matin, Moquihix commença à rassembler les plumes et les pierres de ciel, le sel et l'argent ainsi qu'une centaine d'esclaves pour porter ces trésors et former la caravane qui regagnerait la terre de leurs ancêtres.

Mais avant de quitter pour toujours le Lieu central, Moquihix avait une visite à faire à l'insu de son prince.

Réveillée en sursaut – la caravane comptait prendre la route à la faveur de la nuit –, Hoshi'tiwa salua poliment Moquihix, mais elle resta debout tandis qu'il s'adressait à elle d'un ton compassé.

— Mon Seigneur est persuadé que les dieux t'ont conduite ici pour accomplir leur dessein, et que tout ce qui est arrivé était écrit à l'avance. Peut-être a-t-il raison. Mais personne ne peut dire si tu es ici pour accomplir le bien ou le mal. Si tu es vraiment l'instrument des dieux, il est possible qu'ils t'aient amenée au Lieu central pour le détruire.

— Ou pour le sauver, lui rétorqua-t-elle avec calme, car elle n'avait plus peur de lui.

— Il y a une chose que tu dois savoir. Mon Seigneur a rendu la liberté au garçon qui avait commis un sacrilège en pénétrant dans la clairière consacrée. Je ne pouvais pas le laisser faire : si les dieux n'ont pas leur content de sang, nous sommes voués au chaos. Je craignais que la décision de mon prince n'excite la colère des dieux. Mais c'est moi qui ai rompu l'équilibre naturel en bravant sa volonté. L'obéissance est essentielle à l'harmonie. En enfreignant les ordres de mon Seigneur, j'ai semé le désordre.

La voyant perplexe, il s'expliqua :

— Le garçon n'a pas été remis en liberté. Les Jaguars que j'avais lancés à sa poursuite l'ont rattrapé sur la route. Après avoir été vendu comme esclave, il a été emmené vers le nord, pour trimer dans une mine de pierres de ciel jusqu'à la fin de sa brève existence.

23

Le cœur gros, Hoshi'tiwa se dirigea vers les appartements de Jakal, résolue à lui arracher la permission de partir à la recherche d'Ahoté. Elle ne comptait pas lui dire qu'elle avait appris le sort de son malheureux fiancé par Moquihix et que son Premier ministre avait enfreint ses ordres. Plutôt, elle prétendrait tenir cette nouvelle d'un marchand en qui elle avait toute confiance.

Elle trouva le Seigneur sur son trône, morose et mélancolique, avec Chi Chi pour seule compagnie.

Son visage ruisselait de larmes.

— Pourquoi pleurez-vous, monseigneur ? murmura-t-elle, abasourdie.

Il essuya vivement sa joue.

— Aucune autre ville n'était comparable à Tula ! Les murs du temple étaient couverts d'or, d'argent, de corail, de plumes et de pierres de ciel, si bien que le visiteur était ébloui. Mais cette splendeur a été réduite en cendres, et ceci par ma faute ! s'exclama-t-il, le regard brillant de passion. Moquihix avait raison. Tu m'as ensorcelé et je suis devenu faible.

— Qu'est-ce que vous dites ? bredouilla-t-elle.

— Je t'ai dit que j'avais gracié le garçon pour le bien du peuple, afin que les dieux nous envoient la pluie. Mais Moquihix a deviné ce que je refusais de m'avouer. Si j'ai agi ainsi, c'était uniquement pour te faire plaisir. Parce que je te désirais. J'ai fait passer mon plaisir égoïste avant les besoins de mon peuple. A cause de mes crimes, nous avons tous été punis.

— Non ! protesta Hoshi'tiwa en posant une main sur le bras du Seigneur. Ce n'est pas un crime que de faire preuve de miséricorde. Ahoté ignorait que la clairière était sacrée. C'est une âme simple, un fils de paysans, comme vous l'avez dit vous-même. Aveuglé par l'amour, il a pénétré sans le savoir dans le périmètre interdit. Je ne peux pas croire que les dieux soient cruels au point de réclamer le sang d'un innocent !

Jakal se leva soudain, agrippa les épaules de la jeune fille et la plaqua contre lui comme s'il avait voulu l'étouffer. Hoshi'tiwa lui rendit son étreinte, mêlant ses larmes aux siennes comme pour laver sa peine. Si seulement elle avait pu remonter le cours du temps et arrêter Ahoté au pied du sentier, avant qu'il ne viole un interdit !

Jakal écrasa sa bouche sur la sienne avec une frénésie qui puisait sa source dans sa douleur – la perte de sa patrie et de son meilleur ami, l'effondrement de son empire et la trahison des dieux. Mais son baiser dévorant témoignait aussi de son désir, un désir plus intense que tout ce qu'il avait connu jusque-là.

Oubliant Ahoté et le passé, Hoshi'tiwa s'abandonna contre son corps musclé et sa peau brûlante. Jakal murmura son nom et prononça quelques mots dans sa langue natale, une touche d'exotisme qui augmenta son trouble. Puis il l'étendit sur une natte d'osier et, cédant à la passion, la jeune fille et son prince, son Seigneur obscur, s'unirent l'un à l'autre.

Plus tard, alors qu'ils reposaient côte à côte, Jakal se souleva sur un bras pour mieux jouir de la vision miraculeuse qui s'offrait à son regard. Son expression n'avait plus rien de triste ni de mélancolique et ses yeux noirs avaient l'éclat des braises sous ses sourcils fournis.

— J'ignore pourquoi les dieux m'ont accordé leur faveur, murmura-t-il. Toute ma vie, j'ai souffert de la solitude. J'ai grandi dans un palais, entouré d'amis et de serviteurs, et pourtant je me suis toujours senti seul. Peut-être ce sentiment venait-il de ce que j'étais un *tlatoani*. Très tôt, j'ai su que mon peuple, ma famille et mes dieux passeraient toujours avant mon bonheur. Ma femme et moi ne nous sommes jamais aimés – d'ailleurs, cela n'était pas prévu. Nous nous sommes mariés par devoir. Je dois t'avouer, petit moineau, que je n'avais pas mesuré à quel point mon âme était imprégnée de tristesse avant de connaître le bonheur de ta présence. J'ai enfin l'impression de vivre, comme si le vent avait chassé les nuages qui masquaient le soleil. Nous ne sommes pas du même monde et adorons des dieux différents, pourtant l'existence nous a réunis et rien ne pourra nous séparer. Je ne savais pas que mon cœur avait faim d'amour, mais, à présent qu'il est rassasié, je me rappelle le manque et je jure de tout faire pour te rendre heureuse.

Il détacha un de ses colliers et le passa autour du cou de Hoshi'tiwa.

— Comme je te l'ai dit, ce *xochitl* est très ancien et très puissant parce qu'il contient une goutte du sang de Quetzalcóatl. Il t'aidera à faire pleuvoir.

Nichée dans la main de Hoshi'tiwa, la minuscule fleur dorée réfléchissait les rayons du soleil qui pénétrait à flots dans la chambre où ils avaient dormi. La jeune fille admira le travail délicat de l'orfèvre qui l'avait façonnée. Mais quand elle leva les yeux vers Jakal, elle lut sur son visage qu'il ne croyait pas aux paroles qu'il venait de prononcer. Il ne croyait pas que le *xochitl* ferait venir la pluie.

Pourtant, elle était persuadée du contraire : avec l'aide du *xochitl*, elle ramènerait la pluie et rendrait la foi à son Seigneur. Mais comment pourrait-elle rester, sachant qu'Ahoté dépérissait au fond d'une mine ? Devait-elle partir et sauver son ancien amoureux, ou rester et sauver Jakal ?

Elle finit par trancher en faveur du Lieu central et de Jakal. Dès qu'il aurait plu, elle partirait à la recherche d'Ahoté, en souhaitant qu'il ne fût pas trop tard.

24

Hoshi'tiwa passa l'été à façonner une nouvelle jarre pendant que le désespoir gagnait toute la région. La sécheresse interminable, la disparition du gibier, la diminution des réserves et une mortalité infantile en hausse avaient entamé la foi du peuple dans ses dieux. Les paysans abandonnaient leurs fermes, la vallée se vidait de ses habitants et la plainte lugubre du vent résonnait désormais à travers les maisons désertes.

Les Jaguars eux-mêmes désertaient. Ceux qui refusaient de servir un *tlatoani* affaibli regagnèrent le Sud et leur capitale en ruine. Xikli avait pris leur tête, renonçant à sacrifier Hoshi'tiwa. Celle-ci partageait à présent la couche du Seigneur ; il lui semblait juste que le châtiment divin les frappe conjointement. Seuls restèrent ceux en qui le principe d'obéissance était si bien enraciné qu'ils n'envisageaient aucune autre issue.

Yani vint faire ses adieux à Hoshi'tiwa – Yani, dont les ancêtres étaient nés au Lieu central – avant de prendre la route avec ses sœurs.

— Viens avec nous, proposa-t-elle à sa jeune amie.

Mais Hoshi'tiwa refusait de laisser Jakal. Le scepticisme de son Seigneur l'effrayait, car il tirait son énergie de sa foi et n'était rien sans celle-ci. Certains signes ne trompaient pas : ses forces l'abandonnaient et sa vitalité diminuait de jour en jour. Aussi, tout en travaillant l'argile, elle adressait des prières au *xochitl* afin que Quetzalcóatl ramène la pluie au Lieu central.

25

L'équinoxe d'automne fut célébré dans la morosité : les participants étaient nettement moins nombreux que l'année précédente et l'absence de Moquihix se faisait sentir. Chaque nuit, Hoshi'tiwa dormait dans les bras du Seigneur Jakal, dont la mélancolie allait en s'accentuant. L'Etoile du soir gagnait chaque jour en éclat. Une nuit sans lune, elle brilla si fort qu'elle projetait des ombres sur le sol. Et Hoshi'tiwa travaillait toujours à sa jarre.

De plus en plus de gens fuyaient Le Lieu central en quête de terres meilleures, au nord ou à l'ouest. Ils n'attendaient même plus l'obscurité pour rassembler leurs possessions et prendre la route. Cette année-là, la récolte de maïs fut maigre et les fermes excentrées ne purent fournir le tribut exigé. Quand les Jaguars franchirent les limites du canyon afin de répandre le sang, ils ne trouvèrent que des villages déserts et des fermes à l'abandon.

L'Etoile du soir finit par se fondre dans le soleil couchant, marquant le début de la période de huit jours que les Seigneurs redoutaient tout particulièrement : le moment où Quetzalcóatl sondait les cœurs des hommes et jugeait leurs actions afin de décider s'ils méritaient son retour.

Une nuit, Hoshi'tiwa fut tirée du sommeil par une forte odeur de brûlé. Les baraquements des Jaguars étaient en flammes, leurs occupants avaient disparu et elle savait qu'ils ne reviendraient pas. Avaient-ils eux-mêmes mis le feu à leurs anciens quartiers pour éviter que quelqu'un utilise les objets oubliés à l'intérieur pour leur jeter un sort, ou bien les derniers habitants du Lieu central avaient-ils profité de leur départ pour raser ce symbole de violence et de tyrannie ?

Quand Jakal monta sur le promontoire afin de guetter le retour de l'Etoile du matin, comme il l'avait fait un an et demi plus tôt, Hoshi'tiwa s'apprêtait à peindre la nouvelle jarre. Celle-ci n'était pas destinée au solstice d'hiver mais à célébrer la naissance de Quetzalcóatl, dont le sang sacré avait inspiré sa créatrice.

C'est alors que Jakal tomba malade.

Comme son mal provenait de l'âme, aucun remède ne pouvait le soulager. Les servantes et les prêtres encore présents lui prodiguèrent leurs soins, en vain. Hoshi'tiwa demeurait son seul lien avec la vie, jusqu'au jour où même elle ne parvint plus à le tirer de la torpeur dans laquelle il était plongé.

— Pars, lui dit-il alors. Va retrouver ton peuple et ta famille.

N'ayant nulle part où aller, il était décidé à rester. L'histoire du Lieu central s'achèverait avec son règne.

26

Le huitième jour, il n'y avait presque plus personne pour saluer le retour de l'Etoile du matin au Lieu central. Même les servantes et les prêtres avaient fui, sur l'ordre de Jakal qui leur avait dit de partir vers le sud à la recherche de leur peuple dispersé.

Hoshi'tiwa était la dernière potière. Ses jarres seraient les seules exposées sur la grand-place. Les derniers rayons du jour caressaient ses épaules tandis qu'elle préparait ses pinceaux en yucca et remuait le pigment rouge. Alors qu'elle étalait une première bande de peinture sur l'argile, elle se prit à songer à son bien-aimé Jakal. Chaque fois qu'une famille quittait le Lieu central, elle emportait un peu de l'âme du Seigneur. La jeune fille craignait que la dernière personne à partir ne lui porte le coup fatal.

Le sentiment de son impuissance l'envahit soudain. La jarre calée entre ses cuisses, elle prit brusquement conscience de la futilité de ses efforts. Le peuple et même le Seigneur Jakal avaient perdu la foi... Pour quelle raison les dieux auraient-ils ramené la pluie ?

— Ce n'est pas juste ! cria-t-elle.

Les murs de pierre et les corridors désertés par les serviteurs répercutèrent l'écho de sa voix.

— Pourquoi nous avoir punis ? Pourquoi m'avoir conduite ici si ce n'est pour ramener la pluie ? Pourquoi tant de cruauté ?

Elle n'avait jamais éprouvé une telle fureur. Elle fut tentée de briser la jarre et d'enfoncer ses débris dans la poussière de son talon. De se détourner des dieux, de renoncer à les honorer.

Des larmes de déception pointèrent à ses cils. Alors qu'elle s'apprêtait à lever la jarre de pluie – la dernière du Lieu central – au-dessus de sa tête afin de la détruire, une de ses larmes tomba dessus et se fondit dans l'argile.

Pétrifiée, Hoshi'tiwa regarda l'humidité s'étaler. Une deuxième larme suivit la première. Sans réfléchir, elle plongea son pinceau dans la peinture et traça un trait à l'endroit où les larmes s'étaient mélangées à l'argile. Elle dessina d'abord une ligne courbe, puis un point et une spirale. Il lui semblait que sa main ne lui obéissait plus, comme si le pinceau la guidait et que l'inspiration lui venait d'en haut.

Bientôt, elle cessa d'entendre le vent et de sentir sa caresse sur sa peau. A de multiples reprises, le pinceau replongea dans la peinture et retourna vers la jarre. Aussi immobile qu'une statue, Hoshi'tiwa regardait sa main se déplacer rapidement et adroitement sur la surface lisse et bombée.

Quand elle posa enfin son pinceau et étira son dos et ses jambes endolories, elle s'avisa que le ciel était plein d'étoiles. Elle n'avait pas vu le temps passer. Puis son regard tomba sur la jarre et ses yeux s'agrandirent.

Le motif peint sur la poterie ne ressemblait à rien de connu, et pourtant, elle comprenait sa signification. En fait, cela n'avait rien d'un motif. En le regardant, elle sut la raison de sa venue au Lieu central.

Le four était chaud depuis des heures. Elle glissa la jarre à l'intérieur, le couvrit et murmura une incantation. Pendant que les flammes donnaient vie à l'argile, elle leva machinalement les yeux vers le promontoire et se figea.

Contrairement à ses habitudes, Jakal n'était pas allé prier et attendre le retour de l'Etoile du matin. Si celle-ci ne reparaissait pas au Huitième Jour…

Hoshi'tiwa monta précipitamment l'escalier et s'avança sur la corniche réservée au prince des Toltèques. Le ventre noué par l'appréhension, l'humble fille de paysans se mit à prier de toutes ses forces pour que l'Etoile du matin brille à nouveau sur le Lieu central.

Soudain une étincelle surgit dans le lointain, un point lumineux qui tremblait au-dessus de l'horizon. Hoshi'tiwa tomba à genoux, éperdue de reconnaissance. Le dieu de son bien-aimé avait reparu.

Elle se précipita vers le palais afin de prévenir Jakal. Ses pas résonnaient dans le silence qui précédait l'aube quand elle songea à la jarre. Si elle restait trop longtemps dans le four, elle serait détruite.

Le jour se levait à peine quand elle plongea les pincettes en bois dans la cendre chaude et tira sa dernière création vers la lumière. Jamais encore elle n'avait vu ni, à plus forte raison, créé une telle merveille.

Elle entra en coup de vent dans les appartements du Seigneur, impatiente de lui montrer son chef-d'œuvre, et le trouva endormi sur sa natte, protégé par une couverture de plumes.

— Réveille-toi, mon amour ! L'Etoile du matin est apparue dans le ciel !

Jakal ne bougea pas. Ses yeux restèrent fermés. Sa poitrine ne se soulevait pas.

Elle était arrivée trop tard. Le Seigneur Jakal était mort.

Elle se jeta sur lui et éclata en sanglots. Quelle cruauté que de le lui arracher alors même qu'elle venait de comprendre la raison de sa présence au Lieu central !

C'est alors qu'elle entendit soupirer. S'étant écartée de son amant, elle vit sa poitrine se soulever et ses paupières frémir.

Il n'était pas mort, mais sa respiration intermittente, son pouls imperceptible indiquaient qu'il était arrivé au bout de son existence.

— Mon amour, ton étoile brille dans le ciel. Quetzalcóatl est apparu à l'est !

— Je suis né pour assister au crépuscule du monde, articula Jakal dans un râle. Maintenant, je le sais.

— Non, mon amour, tu es né pour saluer la naissance d'un monde nouveau. Je t'en prie, reste avec moi ! J'ai une révélation à te faire.

— Il n'y a pas de place pour moi ni pour ceux de mon espèce dans le monde dont tu parles. Un jour, tu m'as traité de brute sauvage et sanguinaire, et tu avais raison. Un aigle ne peut changer sa nature. Ma chérie, reprit-il dans un souffle, j'étais persuadé que les dieux t'avaient guidée jusqu'ici, que c'était pour ça que tu avais échappé à tous les dangers.

J'attendais un signe de leur part, mais ne voyant rien venir, j'ai fini par comprendre mon erreur : la vie n'est qu'un jeu de hasard, comme le *patolli*, et les dieux ne contrôlent rien.

— Non, mon amour, protesta Hoshi'tiwa à travers ses pleurs. Tu avais raison ! J'ai une grande nouvelle à t'annoncer : les dieux se sont manifestés à moi. C'était bien mon destin de venir ici. Regarde ! dit-elle en lui tendant la jarre.

Les yeux de Jakal s'agrandirent, il se souleva légèrement et tendit la main vers un détail du décor de la jarre : une silhouette humaine, bras et jambes écartés, dont chaque main et chaque pied était relié à un autre symbole. Quand il vit que le personnage serrait une étoile dans sa main, une larme roula sur sa joue.

— C'est tellement...

Il retomba sur sa couche sans pouvoir achever.

— Ne me laisse pas, sanglota Hoshi'tiwa.

— Je n'ai pas le choix, petit moineau. D'ailleurs, je ne souhaite pas rester.

Il fixa son regard sur elle et un pauvre sourire retroussa ses lèvres.

— Je t'aimerai éternellement, soupira-t-il avant de fermer les yeux une dernière fois.

Jakal, le dernier Seigneur toltecah, venait de rendre l'âme.

Hoshi'tiwa arrangea son corps sur la natte et le recouvrit d'un manteau de plumes. Elle plaça ensuite le *xochitl* dans la jarre et laissa celle-ci près du mort.

Avant de quitter les lieux, elle monta sur le toit du quatrième niveau et ouvrit grandes les portes de la volière. Sitôt libres, tous les oiseaux prirent leur essor et s'envolèrent aux quatre vents, à part un petit perroquet vert qui décrivit un cercle et revint se poser sur le bras tendu de la jeune fille.

27

Hoshi'tiwa se dirigeait vers la sortie de la ville, portant ses maigres possessions, des provisions et sa natte roulée sur ses épaules. En marchant, elle jetait des regards à l'intérieur des maisons vides. De nombreuses familles avaient laissé derrière elles des paniers et des poteries, des vêtements, des sandales et même de la nourriture. A plusieurs reprises, elle vit des morts sans sépulture, mais elle ne pouvait rien pour eux. Le vent balayait la grand-place, les rayons du soleil pénétraient dans les *kivas* désertes, confortant la jeune fille dans l'idée qu'elle était le dernier être vivant en ces lieux et que personne n'y remettrait les pieds avant des siècles.

Elle franchit bientôt les limites du canyon, ne laissant derrière elle que des fantômes et la plainte solitaire du vent.

Avec Chi Chi pour seul compagnon, elle accomplit un long périple vers le nord, affrontant mille périls, souffrant de la faim et de la soif, s'abritant dans des cavernes. Le bel oiseau lui rappelait l'homme qu'elle avait aimé et sa présence lui donnait la force de poursuivre.

Quand elle parvint enfin au village qui l'avait vue naître, elle le trouva désert, de même que les champs et le refuge au sommet de la falaise. Un groupe de voyageurs rencontrés en chemin lui apprit que son clan avait migré vers le nord.

Peu après, elle atteignit la mine où on avait conduit Ahoté et découvrit que les contremaîtres avaient quitté les lieux, abandonnant les esclaves dans leurs cages. A la vue des crânes et des ossements des malheureux qui étaient morts enchaînés deux par deux, elle se frappa la poitrine et poussa des cris déchirants, se reprochant le sort affreux qu'avait connu son fiancé.

28

Dans une région qu'on appellerait un jour Mesa Verde, Hoshi'tiwa suivait une piste montagneuse que son clan avait peut-être empruntée. Elle avait armé son arc et se tenait sur ses gardes : le sentier, lui avait-on dit, longeait une caverne abritant une bête sauvage qui passait pour attaquer les voyageurs.

Poussée par la soif, elle s'écarta du chemin, en quête d'un ruisseau et se retrouva devant la grotte en question. La présence d'ossements de petits animaux témoignait d'une occupation récente. Soudain des grognements s'élevèrent derrière elle et une ombre masqua l'entrée de la grotte. La créature – un ours ? – la tenait à sa merci.

Si sa silhouette se découpait nettement sur la clairière inondée de soleil, on avait du mal à la distinguer. A peu près aussi grande qu'un lion des montagnes, elle rampait vers sa proie avec des grondements menaçants. Hoshi'tiwa recula prudemment, éloignant la créature de la grotte afin de prendre la fuite. Mais quand elle apparut en pleine lumière, son agresseur s'immobilisa et la regarda fixement.

Hoshi'tiwa découvrit avec stupeur qu'elle avait affaire à un homme. Nu comme un ver, les cheveux longs et emmêlés, il se déplaçait à quatre pattes. Son corps crasseux était couvert de cicatrices et de plaies infectées. Son visage bizarrement aplati portait la trace d'une fracture du nez mal consolidée.

L'homme sauvage la considéra longtemps avec des yeux fous, les doigts repliés telles des serres, comme s'il s'apprêtait à bondir sur elle, puis il remua ses lèvres crevassées et un son rauque jaillit de sa gorge à vif :

— Hoshi... ?

Ahoté !

La jeune fille pressa le malheureux contre sa poitrine et le berça en prononçant des paroles apaisantes. Comment s'était-il échappé de la mine ? Comment avait-il survécu ? Ces questions demeureraient à jamais sans réponse. Hoshi'tiwa resta à ses côtés, le baigna, le soigna et lui parla longuement dans l'espoir de lui rendre la mémoire. L'homme qui aurait dû mémoriser l'histoire du clan avait tout oublié, jusqu'à son nom !

Quand il fut en état de voyager, les deux jeunes gens reprirent la route et retrouvèrent leur clan au terme de plusieurs semaines de marche et de nombreuses épreuves.

Leur peuple morcelé s'était établi à l'ouest, sur une mesa où il avait entrepris de construire un nouveau village – des maisons faites de pierres et de boue séchée, avec un étage auquel on accédait par une échelle, et une *kiva*. Hoshi'tiwa sut immédiatement qu'ils se plairaient dans cet environnement.

Incapable d'engendrer, Ahoté la pressait d'épouser un autre homme. Mais Hoshi'tiwa n'était pas intéressée par le mariage, car elle avait un autre but dans la vie. Les gens de son clan seraient ses enfants et elle les nourrirait de sagesse, non de lait.

Une nuit, alors qu'elle avait atteint un âge avancé, l'esprit de son clan la visita en rêve et s'adressa à elle. L'esprit-tortue lui révéla qu'elle n'était pas encore parvenue au terme de sa quête. Cette vie n'était que la première étape de la mission que lui avaient confiée les dieux. Il lui dit encore qu'elle devait marcher vers le couchant, jusqu'à un désert qu'aucun homme n'avait jamais foulé, et y attendre un signe. Quand elle lui demanda ce qu'elle devait chercher, il répondit qu'elle n'était plus la jeune fille qui fabriquait des jarres de pluie mais une chamane, choisie pour annoncer le retour du frère blanc, Pahana, parmi son peuple. La Tortue ajouta que ce retour marquerait l'avènement d'un nouvel âge d'or.

— Mais attention ! l'avertit l'esprit. Si tu n'es pas là pour l'accueillir et l'instruire, le frère blanc se perdra en chemin et le Peuple du soleil ne revivra jamais l'âge d'or des anciens.

Sans rien dire à sa famille, Hoshi'tiwa rassembla quelques affaires, son sac à médecine, ses totems ainsi qu'une motte d'argile qu'elle avait rapportée du Lieu central. Après avoir chargé de l'eau et des vivres sur son dos et s'être munie d'un bâton solide, elle prit la direction de l'ouest, tournant le dos au levant. Elle était vieille et un long voyage l'attendait, mais elle se conformerait aux instructions de l'esprit-tortue.

Elle trouverait le désert qui porterait un jour le nom de Mojave et y attendrait le retour du frère blanc, Pahana, pendant des siècles s'il le fallait.

Dr FARADAY HIGHTOWER

29

1910

Faraday Hightower ne tenait pas en place.

Abigail était entrée en travail trop tôt. La naissance du bébé n'était pas prévue avant une semaine et ils se trouvaient sur un bateau au milieu de l'océan.

— Pour l'amour du ciel, Faraday ! soupira la sœur d'Abigail, occupée à transformer la luxueuse cabine en salle d'accouchement. Vous êtes médecin, non ? Il n'y a pas lieu de vous tourmenter. Pour le bien de votre femme, vous devriez vous calmer.

Faraday et Abigail étaient mariés depuis à peine un an, et c'était leur premier enfant. Comment aurait-il pu se calmer ?

Ils voyageaient à bord du *Caprica*, à mi-chemin de New York et de Southampton. Après avoir séjourné chez des amis londoniens, ils s'apprêtaient à regagner leur domicile à Boston, le cœur rempli d'espoirs et de rêves. Ils s'étaient fait une joie de voir naître leur premier enfant. Faraday avait supplié son épouse de ne pas prendre la mer, mais Abigail, en jeune femme moderne, considérait qu'une grossesse n'était pas une infirmité qu'on devait cacher. Certains passagers avaient paru choqués de la voir se promener hardiment sur le pont, enveloppée dans une cape qui ne parvenait pas à cacher son état, mais son mari ne l'en aimait et ne l'en admirait que davantage.

Ce déclenchement prématuré avait inquiété Faraday, mais Abigail était forte et ils avaient prié ensemble dans la cabine qui accueillerait la naissance de leur fille Morgana. Si l'enfant était un garçon, ils étaient convenus de le prénommer Harold, en hommage au défunt père d'Abigail. Si c'était une fille, Abigail avait souhaité lui donner un nom qui évoquât la magnifique *fata morgana* qu'ils avaient pu observer au-dessus de la Sicile durant leur voyage de noces. La jeune femme était persuadée que le bébé avait été conçu cette nuit-là.

En tant que médecin diplômé de Harvard, Faraday avait de solides notions d'obstétrique. Il pouvait également compter sur le secours de Bettina, la sœur aînée d'Abigail. En toutes circonstances, la jeune femme montrait une volonté et une fermeté d'âme qui s'expliquaient peut-être par le fait qu'elle était encore célibataire à vingt-six ans. Malgré tout, tandis que le *Caprica* se balançait doucement sur le vaste océan, Faraday Hightower priait Dieu de l'aider à préserver la mère et l'enfant.

Abigail était apparue dans sa vie à un moment où il s'imaginait passer le reste de ses jours dans la solitude. A quarante ans, il était solidement établi et menait une existence rangée. Entièrement dévoué à ses patients et à son art, il n'avait guère le temps de songer à l'amour ou à fonder une famille. C'est alors qu'un astre radieux avait passé la porte de son cabinet – Abigail s'était foulé le petit doigt –, enchaînant à jamais son cœur.

Malgré sa formation scientifique, Faraday était convaincu que la guérison ne pouvait survenir qu'avec l'appui de la foi. Il avait eu l'immense chance d'assister à une conférence d'Ellen White ; séduit par son dynamisme et sa force de persuasion, il avait rejoint l'église adventiste du septième jour peu après. La lecture de son ouvrage paru en 1905, *Ministère de la Guérison*, lui avait inspiré la même ferveur que celle de la Bible. L'auteur y décrivait notamment le médecin comme le bras droit du Christ, lequel se tenait aux côtés de tout praticien qui craignait Dieu. Le médecin devait pénétrer son âme de la parole de Dieu et permettre à ses patients de l'observer tandis qu'il priait et invoquait l'aide du Seigneur. Cette attitude inspirait de la confiance au malade et l'incitait à ouvrir son cœur au pouvoir de guérison divin.

C'est ce que Faraday avait fait tout au long de la grossesse d'Abigail. Les mains posées sur son ventre qui s'arrondissait de jour en jour, il avait imploré Dieu de bénir cet enfant et de lui accorder la santé. Aussi ne fut-il pas étonné de voir sa bien-aimée accoucher rapidement et sans complication. Assis au bord du lit, il regardait le bébé sur le sein d'Abigail avec un mélange de tendresse, de calme et de satisfaction. Comme il levait les yeux vers le hublot de bâbord afin d'admirer les étoiles, il lui revint que le capitaine consignait dans le journal de bord toutes les naissances, les décès et les mariages survenus en mer.

Quel honneur pour la petite Morgana d'être inscrite pour l'éternité dans les pages du journal de bord du *Caprica* ! Trop impatient pour attendre le matin, il résolut d'aller trouver le commissaire du bord qu'il savait de quart. Mais quand il se leva pour partir, Abigail le retint et le supplia de rester.

Il lui promit de ne pas s'absenter plus de quelques minutes. Devant son air affolé, il sortit sa montre de son gousset et la plaça dans la main de sa femme.

— Tu n'auras qu'à compter dix minutes, ma chérie. Quand cette aiguille atteindra ce chiffre, ajouta-t-il en tapotant le verre de la montre, je serai de retour et nous prierons ensemble.

Il se dépêcha de gagner le salon des officiers où il trouva le commissaire du bord. Celui-ci avait déjà repéré ce passager de la première classe, un Bostonien d'une quarantaine d'années. En plus de son excellente réputation, le médecin avait l'allure d'un patricien, grand et mince, avec un front haut et un nez d'empereur romain. Sa barbe soigneusement taillée ajoutait à sa distinction naturelle.

Quand Faraday, bafouillant d'émotion, lui annonça la bonne nouvelle, l'officier lui offrit un verre de sherry en l'honneur de la mère et de l'enfant. Bien qu'adventiste, Hightower n'était pas abstinent – le médecin qu'il était avant tout connaissait trop bien les vertus du vin. Les deux hommes portèrent un toast à Abigail et Morgana avant de vider leur verre. Le second, qui achevait juste son quart, se joignit à eux et insista pour porter également un toast au bébé. Le capitaine, un lève-tôt qui prenait toujours son petit déjeuner avant le jour, entra à son tour. Pendant qu'il buvait son jus d'orange, le second resservit une rasade de sherry à Faraday. Un verre en entraînant un autre, ils furent vite très gais de trinquer à cette nouvelle vie et au miracle de la naissance. Le capitaine était lui-même père de huit enfants.

Hightower n'avait jamais connu tant d'exaltation ni de camaraderie. Il ignorait que la vie était une telle fête et que le monde recelait tant de beauté et de bonheur. A l'heure blême qui précède le jour, il se répandit en serments, hissa son Abigail sur un piédestal et proclama Morgana sa princesse. Il promit de se prosterner devant l'une et l'autre et de les servir humblement jusqu'à sa mort.

— Hip hip hip, hourra ! s'exclamèrent ses nouveaux amis, puis ils se resservirent pendant que le capitaine faisait circuler une boîte de cigares.

Hightower fut le premier à voir sa belle-sœur sur le seuil.

— Venez vite ! Il est arrivé quelque chose à Abigail !

Il se rua hors du salon, traversa les différents ponts et courut jusqu'à leur cabine. Réveillés par les cris de détresse de Bettina, d'autres passagers étaient venus aux nouvelles. La jeune femme se tordait les mains, expliquant qu'elle baignait le bébé quand l'hémorragie s'était déclarée. Abigail n'avait pas émis une plainte, si bien que lorsque sa sœur avait regagné son chevet...

Le médecin du bord fit de son mieux, mais il était trop tard. Abigail avait perdu trop de sang. Elle gisait inconsciente, son pouls à peine audible, tandis que la vie la fuyait. Faraday souleva dans ses bras la seule femme qu'il avait jamais aimée et la monta sur le pont. Le soleil venait d'apparaître au-dessus de l'horizon, illuminant les eaux sombres.

— Regarde, ma chérie, dit-il en dirigeant le visage de sa femme vers la lumière. Le jour se lève...

Il n'était pas pensable qu'elle meure, pas dans un moment pareil. Et pourtant, elle expira dans ses bras, face au soleil levant. Comme il refusait de la lâcher, on dut appeler le capitaine et recourir à l'aide de plusieurs matelots pour les séparer. Le malheureux refusait l'évidence. Abigail et lui s'étaient juré fidélité pour l'éternité. Elle était son rire et sa joie, son espoir et sa consolation. Comment pourrait-il vivre sans elle ?

Elle avait à peine vingt ans.

Avant leur mariage, Faraday avait commandé à un bijoutier un porte-bonheur destiné à sa femme. Une minuscule licorne d'or, parce que Abigail vouait une affection particulière à cette créature mythique. Le jour où elle l'avait informé de sa grossesse, après seulement trois mois de bonheur parfait, il avait passé le délicat bijou autour de son cou pour qu'il les protège, le bébé et elle, tout au long des mois à venir. Après sa mort, il ôta la licorne en or de son cou et la glissa dans sa poche, décidé à ne plus jamais la revoir.

On mit la morte dans une chambre froide. On eut le plus grand mal à desserrer ses doigts pour récupérer la montre. Faraday devint obsédé par celle-ci. Il s'imaginait Abigail comptant les minutes, le regard fixé sur la grande aiguille. Dix minutes, trente minutes, puis une heure, une heure et demie... Elle attendait qu'il revienne, comme il avait promis de le faire.

Il détruisit la montre, car il ne pouvait la regarder sans penser à ce que sa femme avait enduré pendant qu'il s'enivrait avec des inconnus, n'écoutant que son ego et sa vanité.

Pire, il avait péché contre Dieu. Quand Abigail avait ressenti les premières douleurs de l'accouchement, il lui était sorti de l'esprit qu'on était un vendredi soir. L'enfant était né bien après minuit. Au lieu de rester près de sa femme et d'honorer le Seigneur, il s'était adonné à la boisson en compagnie des officiers du bord ! A la froide clarté de l'aube et de la mort, Faraday Hightower prit subitement conscience que cette scène affligeante avait eu lieu le jour du sabbat.

Etant remonté sur le pont, il tomba à genoux, joignit les mains et déclara à voix haute :

— Père tout-puissant, Toi qui es au plus haut des cieux, entends ma prière. Je Te supplie humblement de recevoir ma confession et l'aveu de mes fautes. Ne Te détourne pas du misérable pécheur que je suis, mais accueille-le dans Ton sein glorieux. Guide-le sur le sentier de la vertu afin qu'il poursuive son œuvre en louant Ton nom.

Si on lui avait demandé de décrire l'être suprême auquel s'adressait cette prière, Faraday aurait sûrement brossé le portrait d'un homme grand et sec, avec des yeux noirs et une barbe à la Abraham Lincoln, offrant une vague ressemblance avec le grand-père paternel dont la baguette avait maintes fois tutoyé son postérieur durant ses jeunes années. Dans son esprit, Dieu était un calviniste qui s'était adouci en épousant la doctrine adventiste après qu'Ellen White se fut penchée sur son cas. Et contrairement à son grand-père, il était capable de miséricorde.

Pourtant, ce matin-là, la vaste étendue désolée qui englobait le silence, la mer et le ciel ne lui délivrait aucun message de consolation. Les autres passagers le regardaient à la dérobée, quand ils ne l'évitaient pas ouvertement. Il ressentait des douleurs fulgurantes dans les cuisses, la sueur perlait à son front et le sifflement du vent dans la cheminée et les hublots se confondait avec celui qu'il entendait dans ses oreilles.

— Je suis un homme pieux ! cria-t-il dans un effort surhumain. Je suis humble, vertueux, et je crains Dieu !

Sur ces paroles, il éclata en sanglots et s'abattit sur le pont où il resta prostré jusqu'à ce que des hommes d'équipage le relèvent et le conduisent à sa cabine. Sa belle-sœur Bettina, déjà en vêtements de deuil, lui prodigua ses soins jusqu'à ce qu'ils atteignent New York.

30

Faraday avait perdu le sommeil et l'appétit. Il fondait en même temps que sa barbe s'allongeait. Il avait chargé Bettina de renvoyer ses patients. Même les amis n'avaient plus le droit de franchir sa porte. Désormais, son monde se limitait à sa douleur. Rien ne pouvait le consoler, pas même le fait de tenir sa précieuse petite Morgana dans ses bras. Au contraire, le contact de son corps menu et la douceur angélique de ses traits aggravaient son désespoir.

Pourquoi Dieu lui avait-il enlevé la femme qu'il aimait ? Qu'avait-elle fait pour mériter une telle punition ? Ou était-ce lui qui avait offensé le Seigneur ? Plus il priait et moins il obtenait de réponses. Le Très-Haut avait-il abandonné Faraday Hightower ?

Désespérant de guérir les autres sans le secours de la foi, il ferma son cabinet bostonien et déclara à sa belle-sœur qu'il devait trouver Dieu avant de pouvoir exercer à nouveau son art. C'est ainsi que Faraday entama sa quête.

Il fit le récit de ses voyages dans son journal.

J'espérais une illumination. J'enviais secrètement Ellen White et ses visions prophétiques. Je ne l'ai jamais dit à personne, pas même à ma chère Abigail, mais j'ai souvent pensé que ce devait être une expérience fascinante. Ellen White a prédit la guerre de Sécession et l'abolition de l'esclavage. Pour ma part, je me serais contenté d'une toute petite vision. C'est pourquoi j'ai visité le Tibet, l'Inde, la Chine, tous les lieux saints de cette terre, et suivi l'enseignement des plus grands sages.

A Bagdad, je fis la connaissance d'un érudit musulman, un ancien étudiant d'Oxford qui parlait un anglais impeccable et tenait à me faire découvrir le Coran. Je l'écoutai avec intérêt, et fus même conforté dans ma démarche par certaines paroles du prophète. Les mahométans honorent Jésus, qu'ils appellent Isa. Mais quand mon hôte aborda le chapitre où il est dit que Jésus ne fut pas crucifié et qu'un autre périt à sa place, je lui souhaitai une bonne journée et pris congé. En Inde, j'ai visité les lieux sacrés de l'hindouisme, mais le polythéisme et l'idolâtrie – sans parler du culte des vaches ! – m'étaient par trop étrangers. Les sikhs m'ont parlé du dieu unique et du salut, mais je ne peux souscrire à l'idée qu'il faille un intermédiaire – un gourou – pour atteindre Dieu. Au Tibet, des moines bouddhistes m'ont accueilli dans leur monastère montagnard. Ils m'ont entretenu de l'illumination, du cycle des morts et des naissances, mais il était fort peu question de Dieu et encore moins de la Résurrection dans leur enseignement, si bien que je les ai quittés encore plus affamé de savoir que je ne l'étais à mon arrivée. L'année que j'ai ensuite passée à Shanghai ne m'a guère éclairé sur le confucianisme et le taoïsme, ni l'un ni l'autre ne se préoccupant du salut de l'âme et de la rémission des péchés. Je finis par regagner Boston, complètement désemparé et désespérant de jamais trouver la voie qui mène au Seigneur.

Entre-temps, j'avais fait une terrible découverte...

Faraday avait toujours été en proie à un conflit intérieur : bien qu'ayant étudié la médecine moderne, il croyait à la guérison holistique et se défiait de la science. Il n'avait jamais oublié le choc qu'il avait ressenti, douze ans plus tôt, en assistant à une démonstration de la nouvelle technique de diagnostic mise au point par Röntgen à l'aide des rayons X, ainsi appelés parce que leur nature était inconnue. Désormais, on pouvait voir l'intérieur du corps humain ! Faraday épouvanté avait immédiatement associé cette invention à la magie noire et à des forces que les mortels n'étaient pas censés défier. C'était une chose d'ouvrir un corps pour en retirer un organe malade – il ne doutait pas un instant que Dieu approuvât la chirurgie –, c'en était une autre de braquer sur quelqu'un un appareil qui permettait de sonder son âme à travers la peau et les muscles... Cette image l'avait hanté pendant des mois.

Depuis lors, la science avait continué à pénétrer le champ de la médecine. En réalité, elle semblait envahir tous les aspects de la condition humaine. L'humanité s'éloignait chaque jour un peu plus de son Créateur pour se prosterner devant des éprouvettes.

Telle était la « terrible découverte » du docteur Faraday Hightower : sa quête planétaire de Dieu lui avait surtout fourni la preuve de l'existence des automobiles, de l'électricité, du cinématographe, des aéroplanes et de cette dimension invisible de l'univers que les physiciens appelaient « monde des quanta ». Il avait pu constater que les music-halls attiraient un public plus nombreux que les églises : les gens avaient moins soif de religion que de distractions.

Durant tout ce temps, sa belle-sœur était demeurée fidèle au poste. Après les obsèques d'Abigail, Faraday avait invité Bettina à vivre sous le même toit que le bébé et lui. La jeune femme avait subsisté jusque-là grâce à l'immense générosité de sa sœur. Ayant hérité de la fortune de la défunte, le veuf se sentait l'obligation de pourvoir à ses besoins.

Bettina était non seulement sans le sou mais aussi sans logis. Pour être tout à fait franc, les chances de la voir contracter un mariage étaient minces car Bettina, au contraire de sa sœur, cette beauté, associait un physique ingrat à une humeur perpétuellement revêche. Si on lui avait demandé de faire son éloge, Faraday aurait simplement dit qu'elle était une bonne chrétienne. Bettina prétendait avoir vendu sa maison et donné le produit de la vente à une œuvre, alors que ses parents l'avaient déshéritée. Son beau-frère connaissait son secret, mais il n'en avait jamais rien laissé paraître – cela n'aurait pas été digne d'un gentleman, et la jeune femme en aurait été mortifiée. Ignorant qu'il l'avait percée à jour, Bettina accepta donc de s'installer dans la maison de trois étages que possédait Faraday dans le quartier de Back Bay.

Faraday consacra quatre années à sa quête. A son retour, il apprit qu'en son absence, Bettina avait trouvé un soupirant, un certain Zachariah Vickers, vendeur de bibles ambulant, qui sillonnait la côte est, plaçant sa marchandise auprès des églises, des écoles et des libraires et la distribuant gratuitement aux hospices et aux orphelinats. Il était très apprécié et, à en croire Bettina, très persuasif quand il s'agissait de répandre la parole divine. Il faisait de fréquents séjours en Afrique, où il approvisionnait les missionnaires en bibles et consacrait une partie de son temps à évangéliser les sauvages. M. Vickers, expliqua Bettina avec fierté, agissait de façon purement désintéressée : il n'avait pas besoin de travailler grâce à la rente annuelle que lui procurait un héritage.

Ce dont Faraday était loin de se douter, c'est que sa belle-sœur attendait impatiemment qu'il guérisse de sa mélancolie et rouvre son cabinet pour reprendre le cours de sa vie et trouver le bonheur. Ses espoirs furent déçus. Quelques jours après son retour, Faraday annonça qu'il n'entendait plus jamais voyager ni exercer la médecine.

31

Une nuit, Faraday Hightower toucha le fond du désespoir. Le monde avait perdu tout attrait à ses yeux. En cette année 1915, l'Europe était en guerre. Un film de cinématographe, *Naissance d'une nation*, célébrait la création du Ku Klux Klan. Albert Einstein venait d'exposer sa théorie de la relativité générale. Alexander Graham Bell était parvenu à transmettre un premier appel téléphonique transcontinental entre New York et San Francisco. Partout, la science et la destruction prenaient le pas sur la religion et la morale. Aux yeux de Faraday, la Bible n'était plus qu'un recueil de mots vides de sens ; même les écrits d'Ellen White le laissaient de marbre. Il avait perdu l'appétit et restait confiné au dernier étage de sa maison de Commonwealth Avenue. Les rares fois où il s'aventurait au rez-de-chaussée, la vue de Morgana, qui ressemblait chaque jour un peu plus à sa mère, lui causait une telle souffrance qu'il se dépêchait de regagner ses appartements et de s'y enfermer.

Au cours de la « nuit du désespoir », comme il devait l'appeler par la suite, Bettina tenta de le convaincre de descendre pour fêter l'anniversaire de Morgana en leur compagnie (c'était également l'anniversaire de la mort de sa mère). La petite fille avait cinq ans. Faraday déclina son offre. Son âme avait déserté son corps ; la disparition de ce dernier n'était plus qu'une formalité à accomplir. Le plus naturellement du monde, il souhaita le bonsoir à sa belle-sœur avant de fermer sa porte. Puis il boucha les interstices des fenêtres et le dessous de la porte avec des journaux porteurs de nouvelles funestes. Il obstrua également le conduit de la cheminée pour éviter les fuites.

Il rédigea ensuite une lettre dans laquelle il demandait pardon à Bettina et à Morgana, et leur léguait toute sa fortune. Enfin, il alluma les lampes à gaz et en souffla la flamme. Assis dans son fauteuil préféré, la tête penchée en arrière, il s'apprêtait à franchir le seuil de l'inconnu quand on frappa à sa porte. Bettina avait-elle senti l'odeur du gaz ? Il fit semblant de dormir et ne répondit pas. Mais sa belle-sœur insista et lui cria à travers la porte qu'il avait de la visite.

Faraday redressa la tête. Qui pouvait venir le déranger à une heure aussi tardive ?

Apprenant qu'il s'agissait d'un patient, il répondit à Bettina d'adresser l'importun au docteur Weston.

— C'est une femme d'âge mûr, précisa Bettina. Elle dit que c'est urgent.

Faraday se leva à contrecœur et ferma le gaz. Que cela lui plaise ou non, il était toujours lié par le serment d'Hippocrate.

— Faites-la monter, lança-t-il à sa belle-sœur.

Ouvrant la fenêtre pour éviter que l'une ou l'autre des deux femmes ne devine ses intentions, il se promit de renvoyer aussi vite que possible la visiteuse pour achever ce qu'il avait commencé.

Mais quand l'inconnue pénétra dans la pièce, il oublia immédiatement ses projets de suicide tant son apparence le surprit. Il avait devant lui une bohémienne, une diseuse de bonne aventure au visage brun et fripé, la tête coiffée d'un foulard rouge bordé de sequins si volumineux qu'ils dissimulaient presque ses yeux, le corps enveloppé dans un châle bleu et plusieurs jupons de couleur superposés. Malgré sa figure ridée par le soleil, il estima qu'elle avait à peu près le même âge que lui, c'est-à-dire quarante-cinq ans.

— C'est une plaisanterie ?

Comme tout bon chrétien, Faraday fuyait la magie et les pratiques occultes que cette femme incarnait à ses yeux.

Sans s'être présentée ni lui avoir fourni la moindre explication, l'étrange visiteuse lui annonça avec un accent qui sentait fort la Roumanie que quelqu'un l'avait chargée d'un message pour lui.

— Vous devez faire erreur, protesta Faraday, à la fois attiré et révulsé.

Quand la femme approcha, il fut frappé par son parfum, un mélange de cannelle et de suif avec une note indéfinissable.

— Vous êtes Faraday Hightower, lança-t-elle comme une accusation.

Sa voix évoquait à Faraday la poussière et le vieux papier.

— En effet.

— Vous êtes en quête de vérité spirituelle.

N'importe qui avait pu la renseigner sur lui. Allait-elle lui montrer une boule de cristal et offrir de lui dévoiler l'avenir contre une somme conséquente ?

— C'est Abigail qui m'envoie.

Cette fois, c'en était trop.

— Hors d'ici, misérable ! Comment osez-vous insulter ma douleur ?

— Je n'y suis pour rien, se défendit la femme. Je ne fais que vous rapporter ce qu'elle m'a confié. Elle dit que vous n'êtes pas responsable de sa mort.

— Juste ciel ! s'exclama Faraday en s'abîmant dans un fauteuil.

— Je ne suis que la messagère, monsieur. Libre à vous de m'écouter ou non. Dès que j'en aurai fini, je vous laisserai.

— Sortez d'ici. Je ne vous crois pas.

— Et si je vous parle de la licorne dorée, vous me croirez ?

Le veuf inconsolable prit sa tête entre ses mains et murmura :

— Parlez.

— Abigail dit qu'il n'existe qu'un endroit au monde où vous puissiez trouver les réponses que vous cherchez.

— Où ça ? s'exclama Faraday, partagé entre le désir de savoir et la crainte.

La bohémienne lui parla alors d'un peuple qui avait vécu dans le Sud-Ouest américain des siècles auparavant et avait mystérieusement disparu. Une légende prétendait qu'il était retourné vers le Créateur après avoir percé tous les secrets du cosmos.

— J'ai questionné les sages du monde entier et ils ne m'ont rien enseigné. Comment une bande d'Indiens disparus m'apprendraient-ils ce que je désire savoir ?

— C'est Abigail qui vous guide, monsieur. Pas moi. Elle a évoqué un groupe d'initiés qui auraient rompu avec leur clan pour s'établir à l'ouest, en plein désert. On raconte que leurs descendants y vivent encore. Si vous les retrouvez, ils vous transmettront la sagesse des anciens, et celle-ci vous mènera à Dieu et à la rédemption.

Une parcelle d'espoir devait subsister en Faraday, car le terme d'« initiés » avait piqué sa curiosité au vif.

— Où ça, à l'ouest ? s'enquit-il.

La femme se dirigea vers un globe terrestre monté sur un socle en acajou et le fit lentement pivoter sur lui-même avant de l'arrêter. Son index brun désignait un point situé à l'intersection des frontières du Colorado, de l'Utah, de l'Arizona et du Nouveau-Mexique – la région des « quatre coins », comme on l'appelait parfois.

Puis la bohémienne plongea une main sous son châle, faisant tinter les perles et les sequins qui ornaient celui-ci, et en tira un papier portant deux dessins qu'elle affirmait avoir vus en rêve.

Comme Faraday examinait les dessins sans en percer le sens, elle désigna le papier de sa main chargée de bagues qui étincelaient à la lumière des lampes à gaz.

— C'est là que vous trouverez ce que vous cherchez.

Le premier symbole semblait représenter un homme sans tête aux bras multiples et le deuxième, un carré traversé par une ligne brisée.

Quand il voulut la questionner, la bohémienne prétexta qu'elle devait s'en aller. Il plongea la main dans sa poche, cherchant un peu de monnaie, mais elle protesta et se dépêcha de partir. Le temps qu'il la suive dans l'escalier, elle avait quitté la maison et s'était fondue dans la nuit, le laissant profondément troublé. Dans un dessein connu de Lui seul, Dieu avait-il réellement envoyé Abigail à cette bohémienne pour qu'elle le ramène à son tour sur la voie du salut ?

Avant de prendre une décision, il s'accorda une semaine de réflexion et de prières. S'il lui semblait qu'une vie nouvelle coulait dans ses veines, suscitant chez lui une excitation bien naturelle, en digne chrétien, il répugnait à ajouter foi à la prophétie d'une impie adepte des arts occultes. Peut-être la bohémienne était-elle une servante de Satan et avait-il mis son âme en péril en prêtant l'oreille à ses mensonges... à moins qu'Abigail ne lui eût réellement rendu visite en rêve.

La curiosité finit par l'emporter. Une visite au muséum d'Histoire naturelle lui apprit qu'un peuple vivant dans le Sud-Ouest américain quelque mille ans plus tôt avait subitement disparu à l'apogée de sa civilisation, sans qu'on sache où il était allé ni pourquoi.

Faraday songea à la poignée de chamanes qui avaient migré vers l'ouest et survivaient peut-être encore dans cet environnement hostile, veillant sur les secrets de l'univers. L'homme de foi qu'il était ne demandait qu'à y croire. A la réflexion, ce n'était probablement pas un hasard si la bohémienne lui était apparue alors qu'il s'apprêtait à mettre fin à ses jours. Sans doute fallait-il y voir un signe du Tout-Puissant.

32

Faraday engagea son cheval dans Forbidden Canyon, Morgana plaquée contre son dos.

Il soupçonnait Bettina, qui montait une paisible jument en amazone, de le croire fou. Elle ne disait rien, mais son regard était assez éloquent. Le fait est que Faraday, en retrouvant sa soif de vivre et sa curiosité, s'était pris d'intérêt pour la petite fille qu'il avait jusque-là négligée.

Morgana ! Aux yeux de son père, il n'existait pas de trésor plus précieux que la chair de la chair d'Abigail. S'il pleurait toujours sa femme et vivait dans le remords d'avoir bu avec les officiers du bord tandis qu'elle agonisait, sa fille lui mettait du baume au cœur. Depuis que la mystérieuse bohémienne avait réveillé son âme et l'avait remis sur le chemin du salut, il s'était juré de ne jamais quitter sa fille du regard.

A cinq ans, Morgana était encore assez petite pour monter en selle derrière son père. Leur jument alezane avançait d'un pas sûr le long des pistes rocailleuses. Ils suivaient leurs guides navajos à travers un paysage d'une beauté si majestueuse que tous les sens en étaient frappés et qu'il était impossible de ne pas y voir l'œuvre de Dieu. La petite Morgana riait aux éclats et battait des mains, s'extasiant sur les merveilles qu'ils croisaient.

Ils avaient pris le train vers l'ouest. Faraday avait proposé à Bettina de rester à Back Bay, mais elle avait insisté pour le suivre, arguant que sa place était auprès de la fille de sa sœur, ce qui revenait à mettre en doute les aptitudes paternelles de son beau-frère. Mais puisqu'il était dit que Morgana devait accompagner son père et que ce dernier refusait d'entendre raison, Bettina était résolue à prendre part à l'expédition. Un après-midi, elle sortit pour faire ses adieux à son soupirant, M. Vickers. Les deux tourtereaux eurent un échange sincère mais plein d'émotion. En revenant, elle annonça que M. Vickers leur souhaitait un bon voyage et qu'il prierait pour leur retour rapide.

Faraday était plein d'optimisme. Leur petit groupe de chevaux et de mules atteindrait bientôt sa destination, un endroit appelé Pueblo Bonito, dont le nom signifiait « joli village » bien qu'il fût inoccupé depuis plusieurs siècles.

Ils longeaient la marge sud du bassin de San Juan, où d'imposantes falaises rouges semblaient jaillir du sol de la vallée. Des tertres plantés de pins et des affleurements rocheux signalaient d'anciennes fermes qui attendaient qu'on les exhume. C'est du moins ce qu'affirmait M. Wheeler, le guide qu'ils avaient engagé à Albuquerque. M. Wheeler explorait ces vestiges depuis près de vingt ans et se vantait de posséder une collection de poteries anciennes de près de dix mille pièces. Il avait amené deux Indiens qui s'occupaient de leur campement et de pourvoir à leurs besoins. Les deux frères, Jimmy et Sammy Pinto, portaient des pantalons en toile denim et des ceintures d'argent sur leurs tuniques en velours lustré. Leurs longs cheveux étaient attachés sur la nuque et leur front ceint d'un bandana. Ils étaient les premiers Indiens que rencontrait Faraday.

John Wheeler s'était présenté à eux comme un cow-boy – « J'accompagnais le bétail à travers l'Utah », leur avait-il expliqué –, mais sa barbe broussailleuse, ses longues tresses grisonnantes et le chapeau melon qu'il arborait en toutes circonstances lui donnaient une allure pour le moins singulière. Si ses jambières de cuir étaient caractéristiques de son état, il portait une chemise en velours bleu – un vêtement typique du peuple navajo, comme Faraday n'avait pas tardé à l'apprendre – et des bagues en argent à chaque doigt. Wheeler chiquait du tabac et crachait sans la moindre gêne. D'abord sceptique, Faraday avait vite constaté que le bonhomme connaissait mieux que quiconque le dédale de canyons et de mesas qui constituait la géographie de ce pays inhospitalier ainsi que les langues et les cultures de la myriade de peuples qui l'habitaient.

La route qu'ils suivaient serpentait entre des collines semées de pins et de genévriers. M. Wheeler leur désignait parfois des *hogans*, l'habitation traditionnelle des Navajos, avec leurs enclos à moutons et à chevaux attenants. Ils aperçurent de nombreux monticules et ruines ainsi que plusieurs groupes d'archéologues qui procédaient à des fouilles.

A un moment, ils s'engagèrent sur une voie secondaire, dépassèrent les vestiges de Kin ya'a (en navajo, « grande maison ») et empruntèrent une piste qui, d'après M. Wheeler, suivait le tracé d'une route construite par les Anasazis des siècles auparavant. Le ciel était d'un bleu intense et sans défaut, hormis le passage occasionnel d'un nuage blanc aussi léger qu'un tampon d'ouate. Un ciel qui contribuait à dilater l'âme et vous invitait à sonder vos pensées pour parvenir à des conclusions inattendues. Un ciel d'Epiphanie, songea Faraday Hightower qui s'attendait à quelque révélation grandiose. Ellen White ressentait-elle la même émotion avant de recevoir ses visions ? Face à cette austère splendeur, il comprit brusquement le sens de la formule de Thoreau : « Dans la vie sauvage repose la sauvegarde du monde. »

Jamais il n'avait vu une telle lumière ni un ciel aussi pur. Le paysage offrait au regard une palette de couleurs quasi surnaturelle, avec ses canyons et ses mesas marqués de stries de toutes les nuances de rouge, d'orange et de jaune doré. Des arbres si verts qu'ils semblaient défier la nature tranchaient sur cet arrière-plan multicolore. Ce spectacle grandiose achevait de lever ses doutes sur la justesse des paroles de la bohémienne : s'il existait un peuple capable de saisir l'essence de Dieu, c'était forcément là qu'il le trouverait.

Faraday avait également renoué avec une passion ancienne.

Longtemps, il s'était évertué à rendre la beauté sur le papier. Enfant, déjà, il ne se déplaçait jamais sans ses crayons et son carnet de croquis. Pendant ses études de médecine, quand la tension devenait trop forte, il se retirait au calme pour dessiner ce qui l'entourait – les arbres d'automne, les fleurs au printemps, des amoureux marchant main dans la main – jusqu'à ce que la paix revienne. Durant le séjour qu'il avait fait à Brighton avec Abigail, il avait croqué le Pavillon royal, ses tourelles et ses dômes enchanteurs.

Son goût pour le dessin l'avait quitté à la mort de sa femme. Sa quête de Dieu l'avait amené à visiter les plus beaux endroits de la planète (les pyramides d'Egypte, le Taj Mahal, les monastères des montagnes du Tibet), mais à aucun moment l'inspiration ne l'avait saisi. Son carnet et ses crayons étaient restés au fond de sa malle. Les immensités sauvages du Nouveau-Mexique avaient ravivé son désir, et il y voyait un heureux présage.

Tandis qu'ils débouchaient dans une plaine, M. Wheeler remarqua :

— On pourrait se croire paumés au milieu de nulle part, pas vrai ? Pourtant, cet endroit figure sur les cartes. Z'avez entendu parler d'un livre appelé *Ben Hur* ?

— Bien sûr, répondit Faraday qui l'avait même lu.

— Eh bien, Lew Wallace l'a écrit ici, affirma Wheeler avec fierté. A l'époque, il était gouverneur du Nouveau-Mexique.

Encore un heureux présage, pensa Faraday : le célèbre roman du général Wallace était une œuvre pour le moins inspirée.

Après avoir choisi un agréable bosquet de peupliers pour y dresser leur camp, Wheeler donna ses instructions aux deux Indiens. Puis il désigna à Faraday le cours d'eau étroit qui serpentait entre les arbres et les ruines à l'extrémité du canyon.

— La rivière Chaco, dit-il. Je vous accorde qu'on dirait plutôt un ruisseau. Elle coule vers le nord. Vous connaissez d'autres rivières qui coulent vers le nord ?

— Oui, le Nil.

— Ah ? Figurez-vous que cette vallée...

Il leur expliqua alors que le champ de ruines auquel il les avait conduits, Pueblo Bonito, était la plus importante des villes exhumées jusque-là et qu'en dépit de l'ardeur des archéologues la région était loin d'avoir livré tous ses secrets.

La première tente montée fut celle de Bettina, sous la surveillance étroite de celle-ci. La belle-sœur de Faraday avait emmené une domestique, mais à peine arrivée à Albuquerque, la malheureuse, apprenant dans quelles conditions ils allaient voyager, avait rendu son tablier et sauté dans le train suivant pour Boston. M. Wheeler lui avait alors proposé les services de son épouse, une Indienne navajo. Après avoir émis quelques doutes sur le sens de l'hygiène des indigènes, Bettina s'était courageusement résignée à prendre soin d'elle-même et de sa nièce sans aucune aide.

Faraday admirait sa force de caractère. Comme sa sœur Abigail, Bettina était une dame. Elevée selon les règles de la bonne société, elle devait se sentir comme un poisson hors de l'eau au milieu de cette caillasse, en compagnie de deux Peaux-Rouges. Toutefois, elle faisait preuve de stoïcisme jusque dans son air de désapprobation muette.

— Comme ça, vous cherchez des chamanes, lança M. Wheeler à Faraday.

Les frères Pinto s'étaient occupés des chevaux et des côtes de mouton grésillaient sur un gril. Le soleil descendait sur l'horizon et les étoiles s'allumaient une à une. Bettina et Morgana faisaient un brin de toilette sous leur tente en prévision du dîner.

— De quelle tribu ? reprit leur guide en achevant de rouler une cigarette.

Il la proposa à Faraday qui déclina son offre, préférant ses cigarillos cubains.

— Je l'ignore, avoua le médecin. On m'a dit qu'ils descendaient des gens qui habitaient autrefois ces ruines.

— Ceux-là ont décampé depuis belle lurette.

Wheeler plissa les yeux et considéra les murs écroulés et les portes béantes des maisons de la ville fantôme. On ne distinguait aucune lumière ; les archéologues avaient regagné leur propre campement.

— Pour autant qu'on sache, il se serait produit ici une sorte de cataclysme, il y a de ça plusieurs siècles. Une sécheresse, une épidémie, ou une invasion. Le plus curieux, c'est qu'on a retiré de ces ruines des poteries intactes ainsi que des couteaux, des arcs et des flèches, des vêtements et des bijoux. On a retrouvé des marmites oubliées sur le feu et des sandales pendues à des crochets, à croire que les gens sont partis en abandonnant toutes leurs affaires.

Faraday refusa de céder au découragement.

— Ils ont bien dû laisser des descendants !

— Les Hopis prétendent descendre d'eux. Mais dans ce cas, pourquoi ne vivent-ils pas ici ? Pourquoi avoir laissé ces villes à l'abandon ? La plupart des hommes, surtout les Indiens, vivent là où leurs ancêtres demeuraient avant eux. Mais il n'y a rien ici, à part des lézards et des esprits.

— Comment s'appelait le peuple qui vivait ici ?

Wheeler désigna leurs deux guides indiens.

— Les Navajos leur donnent le nom d'Anasazis, c'est-à-dire « anciens ennemis » dans leur langue. Ils affirment que cet endroit est maudit. Quand leurs ancêtres se sont installés dans la région – les anthropologues disent qu'ils venaient du Nord, de l'Alaska – il n'y avait déjà plus personne ici.

— Pourquoi ont-ils qualifié ces gens d'ennemis, s'ils ne les ont jamais rencontrés ?

— Il y a bien longtemps, il s'est produit ici des événements terribles, docteur Hightower. Les Navajos n'aiment pas en parler.

Wheeler lança un regard vers Bettina et Morgana, puis il reprit à voix basse :

— Je ne voudrais pas que la dame et la petite fille m'entendent. Ça pourrait leur donner des cauchemars. On a fait ici des découvertes étranges. Les archéologues ont préféré garder la chose secrète.

— Quelles sortes de découvertes ?

— On a dû vous parler des « nobles sauvages ». Sauvages, ça oui ! Mais nobles... Des cannibales, voilà ce qu'ils étaient !

— D'où vous viennent ces soupçons ? s'enquit Faraday, surpris.

— Des squelettes sans bras ni jambes. Du tas d'os qu'on a trouvés à quelques lieues d'ici, aussi propres que des os de bœuf bouilli. Ils avaient les extrémités polies, comme si on les avait remués dans une marmite.

Il tira sur sa cigarette et recracha la fumée.

— Il y a aussi les sépultures... Les squelettes avaient des positions pas naturelles. Ce n'est pas comme si on les avait ensevelis. On dirait plutôt qu'on les a laissés pour morts et que la poussière les a recouverts au fil du temps. Certains avaient des flèches ou des tomahawks plantés dans le crâne.

Beaucoup avaient un bras ou une jambe en moins – des trophées, emportés par leurs bourreaux.

Faraday ne souhaitait pas en entendre davantage. Il était venu chercher dans ce désert le peuple qui détenait les réponses aux questions existentielles qu'il se posait et apaiserait les tourments de son âme, et que découvrait-il ? Une race cannibale s'adonnant à des rituels innommables !

Il s'apprêtait à changer de conversation quand il détecta un mouvement du coin de l'œil. Il dirigea son regard vers le tableau spectral qu'offrait la ville abandonnée au clair de lune. Tout semblait paisible, et pourtant...

— Qu'est-ce que c'était ? demanda-t-il.

— Quoi ?

— Là-bas. Il y a une seconde, j'ai cru apercevoir...

— Ne regardez pas trop les ruines. Vous pourriez y trouver des choses que vous n'êtes pas censé voir.

— J'aurais juré que...

Faraday laissa sa phrase en suspens. Dans le fond, qu'avait-il cru voir ? Quelqu'un ? Un mouvement ? Une ombre ? Une présence fugitive. Irréelle.

Une chose qu'il n'était pas censé voir...

— Vous avez entendu parler des « porteurs de peau » ? l'interrogea Wheeler.

Le guide jeta un regard en coin aux frères Pinto et reprit un ton plus bas pour ne pas les alarmer.

— Les Navajos ne prononcent jamais ce mot à voix haute, de peur que la bête ne se matérialise. Les porteurs de peau sont des sorciers capables de provoquer de grandes souffrances, voire la mort. Ils peuvent prendre la forme de n'importe quel animal. Ils ont aussi le pouvoir de contrôler les esprits. Ils s'emparent de votre âme, s'introduisent dans vos rêves pendant votre sommeil et viennent toujours, *toujours* quand vous êtes seul.

Si John Wheeler avait voulu lui faire dresser les cheveux sur la tête, il ne s'y serait pas pris autrement. Faraday détacha son regard des ruines – était-ce le fruit de son imagination, ou bien celles-ci étaient-elles en train de subir une transformation subtile ? – et orienta la conversation vers les deux Indiens. Les flammes accentuaient la teinte cuivrée de leurs visages penchés au-dessus d'un chaudron bouillonnant dans lequel cuisait un mélange de maïs, d'oignons et de piments. Le dos parcouru de frissons, Faraday remarqua d'un ton désinvolte, comme s'il s'enquérait du temps qu'il faisait :

— Pourtant, ces deux gaillards ont l'air tout ce qu'il y a de paisible.

— Il y a quarante ans, expliqua Wheeler, les troupes américaines ont encerclé les Navajos et les ont parqués dans des réserves. On les a obligés à faire des centaines de kilomètres à pied – vous savez, la Longue Marche ? Beaucoup sont morts en chemin.

— Je comprends qu'ils nous haïssent.

Wheeler se frotta le nez.

— Laissez-moi vous dire un truc. Les Navajos croient dur comme fer que les dieux ont fixé aux hommes une règle de conduite. Quiconque s'écarte de cette voie en paie les conséquences. Malchance, maladies, mauvaises récoltes, on peut tout expliquer par une entorse aux lois divines. Je ne serais pas autrement surpris que Jimmy et ses frères se croient responsables de la Longue Marche.

— Quoi qu'il en soit, objecta Faraday sur un ton paternaliste qui dissimulait mal le sentiment de culpabilité inhérent à l'homme blanc, nous les avons mal traités. Nous devons réparer les torts que nous avons envers eux.

Wheeler recracha une bouffée de fumée qui empestait et déclara d'une voix bourrue :

— Je trouve qu'ils ne s'en sortent pas si mal. Ils nous ont donné le tabac, et nous, le cheval.

Faraday était curieux de la spiritualité des Indiens. Depuis leur départ d'Albuquerque, ils avaient vu de nombreuses églises et missions le long de la route.

— Ces deux hommes ont été baptisés ?

— Ils vont à l'église de temps en temps. Le vin leur plaît. Quand Sam est le premier à mettre la main sur le gobelet, il le vide cul sec.

Faraday parut choqué.

— Ce n'est pas drôle, s'offusqua-t-il.

— Ecoutez, mon bon monsieur. Les Indiens ne conçoivent pas qu'on puisse entretenir des relations personnelles avec

Dieu. Qu'ils l'appellent Père ou Mère, ils croient que le monde a été créé par un Grand Esprit. Ils respectent celui-ci, ils lui rendent un culte, mais ils n'imaginent pas une seconde qu'il se préoccupe de nos petites affaires. Aux hommes de préserver la paix, l'équilibre naturel, et d'éviter les ennuis. Ce sont eux qui punissent les contrevenants, pas leur dieu.

— Sont-ils seulement conscients du péché et du châtiment ?

— On leur a bourré la tête de sermons. Demandez-leur donc ce qu'ils en ont retenu.

Faraday avait cru percevoir une note de défi dans la voix du vieux cow-boy. Piqué au vif, il s'approcha des deux frères et leur demanda poliment ce qu'ils avaient appris sur le péché et le châtiment, et s'ils savaient que les pécheurs n'allaient pas au même endroit que les hommes vertueux.

Ils acquiescèrent vigoureusement.

Pour lever toute ambiguïté, Faraday crut bon de préciser :

— Par pécheurs, j'entends les hommes qui s'adonnent au vol, au mensonge et couchent avec d'autres femmes que la leur. Et aussi les femmes qui se peignent le visage et vendent leur corps, les buveurs, les joueurs et tous ceux qui négligent le salut de leur âme.

Les frères Pinto acquiescèrent derechef.

— Alors, dites-moi où vont les pécheurs ? leur demanda-t-il pour les mettre à l'épreuve.

— A Albuquerque ! rétorquèrent-ils avec un grand sourire.

Faraday regagna précipitamment son tabouret.

— Ça non plus, ce n'est pas drôle, bougonna-t-il en jetant un regard noir à Wheeler.

Celui-ci était occupé à tisonner le feu avec un bâton.

— Les gens croient que les Indiens n'ont pas le sens de l'humour, mais c'est faux. Ce sont même de sacrés plaisantins. Ils ont intérêt, s'ils veulent survivre. Le dîner est prêt !

Apprenant qu'ils allaient devoir manger sur leurs genoux, Bettina protesta et insista pour qu'on retournât chercher une table pliante en ville. Par chance, les Pinto avaient le don de bricoler avec tout ce qui leur tombait sous la main. De ce jour, Bettina et Morgana disposèrent d'une table en rondin posée sur des rochers. La belle-sœur de Faraday poussa le sens du détail jusqu'à recouvrir celle-ci d'une nappe blanche. Puis elle remarqua que leur guide avait l'habitude de peigner sa barbe grise avec sa fourchette pour en déloger les restes de nourriture. Si Wheeler croyait ménager ainsi leur sensibilité – qui aimerait dîner face à un homme affichant le menu sur sa barbe ? –, Bettina fut tellement choquée que, par la suite, sa nièce et elle prirent leurs repas à l'écart des hommes.

Après le dîner, les Pinto lavèrent les couverts avec l'eau qu'ils avaient puisée dans le ruisseau pendant que Bettina et Morgana se préparaient à se coucher. Afin de se dégourdir les jambes, Faraday fit quelques pas parmi les pins, les cèdres et les trembles, et contempla les contours d'un noir d'encre de la mesa qui se détachait sur une myriade d'étoiles.

Wheeler le rejoignit.

— Vous savez ce que disent les Navajos de la pleine lune ? Qu'elle existe pour qu'on sache à quoi ressemble l'obscurité.

Faraday lui avoua sa complète ignorance des Indiens.

— L'homme blanc voit l'Indien de deux façons opposées, comme un sauvage sanguinaire toujours sur le sentier de la guerre ou comme un vieux type assis sous un arbre qui ne demande qu'à vous transmettre sa sagesse. Vous appartenez au deuxième groupe, pas vrai ? Ce qui vous a conduit dans le désert, c'est une quête spirituelle.

Wheeler cracha une giclée de jus de tabac avant de poursuivre.

— Ce qu'il faut savoir, c'est que les Indiens n'ont pas l'habitude de s'interroger. Ils acceptent les choses comme elles sont, sans chercher à les analyser. Prenez cette colline, là-bas. Vous ne trouvez pas qu'elle ressemble à un homme de profil, avec son gros nez et son front qui avance ? Les indigènes y voient l'esprit d'un ancien chef qui veille sur eux. Ils ont déclaré ces rochers tabous. Ils savent qu'en montant dessus ils découvriraient que leur protecteur n'est qu'un tas de cailloux. Vous saisissez ?

— Les Hopis et les Navajos appartiennent à la même tribu ?

— Heureusement que les Pinto ne vous entendent pas ! Non, ce sont des ennemis héréditaires.

Wheeler jeta son mégot et l'écrasa sous sa botte.

— Les Hopis vivent entassés dans des maisons construites sur d'autres plus anciennes, comme à l'intérieur d'une ruche.

A l'inverse, les Diné – c'est le nom que se donnent les Navajos – dressent leur *hogan* dans des endroits isolés, à l'écart des routes et des autres habitations.

— Vous semblez bien connaître les Navajos, remarqua Faraday en observant les Pinto qui jouaient aux dés et plaisantaient.

— Pour sûr ! J'ai épousé l'une des leurs. La sœur de ces deux-là, Mary Pinto. Elle m'a donné une tripotée de marmots que j'aime plus que ma vie. J'admire les Navajos. Ce sont de vrais guerriers, fiers et braves. Pas comme les Hopis, qui mènent une vie étriquée entre leur lopin de maïs et leur petite maison.

Faraday fut choqué. Il n'avait pas imaginé qu'il existât des préjugés parmi les tribus indiennes. Cette découverte l'inquiéta : et si les chamanes qu'il cherchait étaient issus d'un groupe détesté par les Indiens locaux ?

— Il y a donc des chrétiens parmi ces gens ? reprit-il, songeant à l'épouse navajo de Wheeler.

— Quoi ? Oh ! Vous parlez de ma femme ? Bon Dieu, non ! Elle n'est pas chrétienne. Les prêtres n'ont jamais pu convertir les Indiens. Comment voulez-vous convertir quelqu'un à une religion quand vous ne savez rien de la sienne ? Les missionnaires ne font aucun effort pour comprendre les Indiens. Ils ont tort, car ils ont beaucoup à nous apprendre.

— Je n'en doute pas ! acquiesça Faraday avec ardeur.

— Les Blancs qu'on voit par ici ne tarissent pas d'éloges sur les « nobles sauvages », comme ils les appellent. Ils les étudient, transcrivent leurs paroles, mais pour rien au monde ils ne voudraient que leur fille épouse l'un d'eux.

Faraday mit du temps à comprendre que la remarque de Wheeler le visait.

— Etre marié à une Navajo comporte quelques avantages, ajouta le guide, un sourire aux lèvres. Par exemple, un homme ne doit jamais voir le visage de sa belle-mère. Cet interdit remonte à des générations. A l'époque vivait une femme qui n'arrêtait pas de se mêler du ménage de sa fille. La malheureuse avait déjà connu plusieurs maris qui l'avaient tous quittée à cause de sa mère. Un grand chef décida alors qu'aucun homme ne devrait jamais porter les yeux sur sa belle-mère, et ce tabou a survécu jusqu'à nos jours. Si un homme croise sa belle-mère par accident, ils tombent tous les deux malades et meurent. Ça fait dix ans que je vis avec ma Mary, ajouta Wheeler avec un soupir de satisfaction, et je n'ai pas revu sa mère depuis le jour de notre mariage !

Il cracha par terre.

— Bien sûr, les Navajos ont leurs défauts. Un après-midi, les frères Pinto se baignaient dans un arroyo quand le courant a entraîné le benjamin. Ces deux ânes bâtés restaient plantés sur la berge à pousser des cris, mais ni l'un ni l'autre n'aurait sauté à l'eau pour porter secours au gamin. Leur religion leur interdit de sauver quelqu'un de la noyade. A leurs yeux, l'eau est leur mère et il est naturel qu'elle réclame ses enfants. Par chance, je passais dans le coin à ce moment-là. J'ai aussitôt plongé et ramené le petit sur la terre ferme.

Soudain des hurlements lugubres déchirèrent la nuit.

— Mon Dieu ! s'exclama Faraday, suscitant l'hilarité du guide.

— Des coyotes, expliqua Wheeler. Quand ils font ce bruit-là, c'est qu'ils viennent de tuer une proie.

Faraday frissonna. Les glapissements des coyotes lui évoquaient les cris d'une troupe de gamines cruelles qui auraient torturé leur victime.

— Faraday !

Bettina avait passé la tête à l'extérieur de la tente. Si le reste de sa personne était protégé des regards, son visage luisait sous une épaisse couche de crème et sous le bonnet de nuit immaculé qui emprisonnait ses cheveux.

— Qu'est-ce que c'est que ce vacarme ? demanda-t-elle.

— Des coyotes, m'dame, répondit Wheeler. Ils se tairont dès qu'ils auront commencé à manger.

Au même moment, comme pour lui donner raison, le silence retomba.

Tandis que Bettina se retirait dans la tente, un des frères Pinto, qui avait eu un mouvement de surprise en la voyant apparaître, adressa quelques mots à son frère, qui éclata de rire.

Faraday reporta son attention sur le champ de ruines qui s'étendait devant lui, à la fois impatient et anxieux de commencer ses recherches.

— Où sont-ils allés ? s'interrogea-t-il tout haut, songeant aux anciens occupants de la ville fantôme.

Wheeler haussa les épaules.

— Ça, personne ne le sait. Tout ce qu'on peut dire, c'est qu'ils ont disparu.

Disparu, oui, mais pas pour toujours, pensa Faraday. Il avait la ferme intention de les retrouver.

— Si vous n'y voyez pas d'inconvénient, j'aimerais que nous nous mettions en route de bonne heure demain matin.

Wheeler lui jeta un regard surpris.

— Nous ? Mais je ne vais nulle part ! A partir d'ici, vous devrez vous débrouiller tout seul, docteur Hightower.

— Qu'est-ce que vous racontez ? Je vous ai engagé...

— Comme guide, un point c'est tout.

Wheeler promena son regard sur la masse confuse des rochers au bout de la plaine.

— Il n'est pas question que je vous suive là-bas.

— Et les collections de poterie dont vous m'avez parlé, les ruines que vous disiez avoir explorées... ?

— Exact. Il n'existe pas un carré de terre en Utah, au Colorado, en Arizona ou au Nouveau-Mexique que je n'aie déjà creusé et retourné. Mais pas question que j'aille *là-bas*. Et vous feriez bien de ne pas y aller non plus.

— Pourquoi ?

— Vous m'avez l'air d'un bon chrétien, monsieur. Un vrai croyant, pas comme ces cafards qui rappliquent à l'église quand leur conscience les titille. J'ai pas raison ? Eh bien, un bon chrétien n'a rien à faire dans cet endroit damné.

— Damné ?

— Hanté, maudit, donnez-lui le nom que vous voudrez. Tout ce que je sais, c'est qu'il me file la pétoche.

— Les archéologues n'avaient pas l'air effrayé, eux.

— Ils doivent être athées. Ecoutez mon conseil, de chrétien à chrétien. Ce n'est pas pour rien que cet endroit a été surnommé le « canyon interdit » et que les Navajos l'évitent comme la peste.

— Ce ne sont que des superstitions, assura Faraday.

Pourtant, sa nuque le picotait et il avait à nouveau l'impression bizarre que quelque chose ou quelqu'un bougeait à la limite de son champ visuel.

John Wheeler considéra le gentleman de Boston qui l'avait engagé. Avec sa haute stature, sa barbe taillée avec soin, ses cheveux parfaitement peignés, son costume noir et son col empesé, il ressemblait plus à un prédicateur qu'à un explorateur.

— A votre guise, dit-il enfin. Mais ne comptez pas sur moi pour vous suivre.

33

Faraday eut un sommeil agité.

Il livra un véritable combat contre sa conscience, jusqu'à imbiber de sueur ses vêtements de nuit et le drap qui couvrait son lit de camp. A la fin, il se jeta par terre et pria jusqu'à avoir mal aux genoux. Il pria Dieu de le guider, de lui accorder une illumination, de réfuter les prédictions terrifiantes de John Wheeler. Mais au lever du jour, ses questions n'avaient toujours pas reçu de réponse. Le Tout-Puissant se cantonnait dans son silence, comme le matin où Abigail était morte.

Le Seigneur me met à l'épreuve, écrivit-il dans son journal à la page du 12 septembre 1915, pendant que son café refroidissait dans sa tasse en fer-blanc. *Avec lui, il ne faut pas espérer de réponses faciles, mais une longue marche semée d'embûches vers la vérité. Le cow-boy prétend que ces ruines sont hantées. Il dit que le souvenir des événements terribles survenus ici imprègne encore les lieux. Que dois-je faire ? Passer outre ses avertissements et affronter le mal pour trouver la voie qui mène à Dieu ? Ou m'en retourner et prouver au Très-Haut que mon âme est pure par cet acte de renoncement ?*

La curiosité finit par l'emporter. Toutefois, ce fut rempli d'appréhension que Faraday, après s'être muni de son carnet de croquis, de ses crayons, d'une paire de jumelles, d'un chapeau de paille et, par mesure de précaution, d'une bible de poche, entreprit la traversée du canyon à pied. Bettina et Morgana le suivirent à cheval, contre son avis. Sa belle-sœur, refusant de rester au camp avec Wheeler et les deux Indiens, avait décrété qu'une promenade au soleil serait bénéfique à sa nièce.

Tandis qu'ils exploraient les ruines sous un ciel radieux, Faraday tenta de se convaincre que ses angoisses de la nuit passée étaient dues à son imagination. Ils n'avaient trouvé que des murs écroulés, du sable et des rochers. Pas de porteurs de peau ni de cannibales. Pourtant il se tenait sur ses gardes.

Bettina se déplaçait avec précaution sur le sol rocailleux, tenant une ombrelle au-dessus de sa tête et soulevant légèrement sa jupe, comme pour enjamber des flaques dans Commonwealth Avenue. Pendant ce temps, Morgana sautillait tel un farfadet de rocher en rocher, de muret en muret, passait la tête dans l'encadrement des portes et des fenêtres, criant « Coucou » ! » et riant au son de sa propre voix. A cinq ans, elle ignorait la peur. Faraday sentait son cœur fondre de tendresse pour elle.

Laissant sa fille à ses jeux innocents, il s'enfonça parmi les ruines. L'atmosphère mystérieuse invitait aux spéculations poétiques. Seuls les serpents et les scorpions frôlaient encore le sol que l'homme avait autrefois foulé. Des aigles planaient dans le ciel, regagnant leur nid. Faraday inspectait l'intérieur des maisons vides, se demandant si Schliemann avait ressenti la même chose que lui en découvrant Troie, ou Evans quand il avait exhumé le grand palais de Cnossos.

Il parvint bientôt à une surface pavée, comprise entre deux fosses creusées dans le sol. Visiblement aménagée par l'homme, cette terrasse n'avait été que partiellement déblayée. Etait-ce une ancienne place publique ? Dressé entre les deux fosses – des *kivas*, lui avait expliqué Wheeler –, un tas de gravats excita sa curiosité. Il lui arrivait à peu près à la taille et semblait dépourvu de toute utilité. Il ne pouvait faire partie d'un mur et semblait avoir surgi de terre au milieu de l'esplanade.

Faraday regarda vers le nord, où Bettina et Morgana exploraient une enfilade de salles en briques, puis vers la droite. L'antique cité paraissait se fondre dans la falaise. Les salles, les terrasses, les *kivas*, tout s'articulait, hormis cette verrue qui déparait la place.

Ayant posé son tabouret pliant et le sac en toile qui contenait son carnet et ses crayons, Faraday commença à ramasser des pierres sur le tas et à les jeter.

— Arrête ça ou je tire !

Faraday se retourna et vit un fusil à deux coups pointé sur sa poitrine. L'homme qui tenait l'arme le fixait d'un air peu amène.

— Dégage vite fait, sale voleur, ou je te troue la peau !

Faraday mit les mains en l'air, bredouillant :

— Mais je... Vous... Inutile de...

— Ça suffit, Unger. Tu effraies ce gentleman.

Un homme corpulent vêtu d'un costume blanc froissé courait vers eux en ahanant, le visage écarlate. Son crâne chauve luisait au soleil.

— Il est sur ma concession ! protesta l'homme au fusil.

— Tu ne vois pas que c'est un touriste ? Tu devrais planter une pancarte pour éloigner les promeneurs mal informés.

Le nouveau venu tendit la main à Faraday.

— Harold Sayer, de la Johns Hopkins University. Je procède à des fouilles dans le voisinage.

Faraday baissa les bras mais garda un œil sur le fusil.

— Enfin, que se passe-t-il ?

— Venez par ici, voulez-vous ? Je vais tout vous expliquer. Attention à la corde.

Faraday remarqua à la dernière seconde la corde tendue entre des piquets de bois à quelques centimètres du sol.

— La concession d'Unger, expliqua Sayer à mi-voix car le fusil et son propriétaire restaient sur leurs gardes. Dans un sens, vous venez de commettre une effraction.

— Cet homme possède une partie des ruines ? s'étonna Faraday. Est-ce bien légal ?

— Je crains que oui. Cette région était livrée aux pillards avant que le gouvernement ne décide de protéger les ruines. Mais, moyennant le paiement d'une redevance, n'importe qui a le droit de creuser un bout de terrain. Certains concessionnaires ont un instinct de propriété très développé. Promenez-vous où bon vous semble, mais tâchez d'éviter la concession d'Unger.

— Vous croyez qu'il m'aurait tué ?

— Sans aucun doute. Il vous aurait abattu, puis il aurait raconté aux autorités qu'il vous avait pris pour un élan.

Clignant des yeux à cause du soleil, Faraday vit le dénommé Unger caresser le mystérieux monticule, comme s'il voulait calmer un cheval ombrageux. Il ne pouvait détacher son regard du tas de gravats. Que pouvait-il bien cacher ?

— Etes-vous archéologue ou simple touriste ?

— Je ne sais pas très bien ce que je suis, confessa Faraday.

Devant l'air interloqué de Sayer, il ajouta :

— Disons que je suis en congé. Habituellement, j'exerce la médecine. Mais je ne me suis pas présenté : Faraday Hightower.

Les deux hommes échangèrent une poignée de main.

— Vous connaissez bien ces ruines ?

Faraday n'aurait su dire pourquoi il posait cette question. Tout à coup, il lui avait paru important de se renseigner sur ce remarquable site qui avait accueilli une race disparue.

— Les fouilles se poursuivent ici depuis vingt ans, répondit Harold Sayer. A ce jour, on a identifié environ deux cents salles. On estime qu'il en existe plusieurs centaines d'autres.

— De quand...

Faraday se tut. Il respirait avec difficulté. Ce devait être à cause du fusil. N'importe qui se trouverait mal après avoir vu la mort en face.

— De quand date ce complexe ?

— Il est trop tôt pour le dire avec précision. On pense que sa construction s'est étalée sur plusieurs siècles.

— Quand diriez-vous qu'il a atteint son apogée ?

Sayer fit la moue sous sa fine moustache.

— Hum... Il y a cinq cents ans ?

Non, pensa Faraday. Il est plus ancien.

Sayer désigna les ruines, inconscient du malaise de son interlocuteur.

— Vous voyez ces rondins qui dépassent de la maçonnerie ? Ce sont des troncs d'arbre entiers. Actuellement, une autre équipe d'archéologues tente de déterminer le nombre et l'emplacement des troncs qui ont servi à construire cette ville. Jusqu'ici, ils en ont recensé deux cent mille ! Il y a parmi eux un botaniste qui a analysé les échantillons. D'après lui, la plupart de ces arbres ne provenaient pas de la région. Certains auraient parcouru plus de quatre-vingts kilomètres, bien avant l'introduction du cheval et de la roue. Vous vous rendez compte ? Ces gens ont coupé tous ces arbres avec des haches en pierre et les ont traînés sur quatre-vingts kilomètres !

— Comme les bâtisseurs des pyramides d'Egypte, murmura Faraday en tirant sur le col de sa chemise.

— La ville dont vous voyez les vestiges est unique en Amérique du Nord, docteur Faraday. Après la fuite de ses habitants, on n'en a plus jamais construit de semblable.

Sayer ramassa un tesson de poterie et le rejeta après l'avoir examiné.

— On ne sait pas grand-chose des gens qui vivaient ici, sinon qu'ils construisaient des bâtiments de quatre étages des siècles avant que les hommes blancs érigent les gratte-ciel de Chicago. Un autre mystère, docteur Faraday : ils possédaient des routes. A certains endroits, celles-ci mesurent dans les cinq mètres de large. A quoi leur servaient-elles ? Ils n'avaient ni chevaux, ni mules, ni aucun animal de trait. Ils n'avaient jamais vu de char ni de charrette avant l'arrivée des Espagnols. Aussi, pourquoi avoir construit de larges routes pavées au milieu de nulle part ?

Faraday tira son mouchoir de sa poche et s'épongea le front.

Sayer reprit d'une voix sonore, comme s'il parlait du haut d'une chaire :

— L'homme a un besoin inné d'affirmer sa puissance à travers une architecture monumentale. Prenez les pyramides d'Egypte, la Grande Muraille de Chine, les temples mayas... Peut-être ces routes jouaient-elles le même rôle pour les Anasazis.

Soudain Faraday distingua deux silhouettes blanches – Bettina et Morgana – qui se dirigeaient vers eux dans la lumière dorée. Elles paraissaient aussi immatérielles que des esprits. Il ferma les yeux, pris de vertige.

— Mais ceci n'explique pas qu'ils soient partis en laissant derrière eux des bâtiments conçus pour défier les siècles, docteur Hightower.

Faraday avait la sensation d'étouffer.

— Les Hopis disent descendre de ces gens. Alors, comment se fait-il qu'ils n'aient jamais rien construit de cette importance ?

L'archéologue enjambait allègrement les gravats, les cailloux et les rochers, ramassant des débris de poteries, des pointes de flèches, des cordes en yucca. Faraday avait de plus en plus de mal à le suivre.

— On a trouvé ici des choses surprenantes, cages à oiseaux, plumes d'ara, coquillages, cloches en cuivre. Certains de ces objets avaient parcouru près de mille kilomètres. Qui aurait cru qu'un peuple aussi primitif pratiquait le commerce à une aussi grande échelle ?

— Il faut que je m'assoie, souffla Faraday.

Sayer tourna vers lui son visage joufflu et son sourire se figea sur ses lèvres.

— Ma parole, vous saignez du nez !

Faraday toucha la moustache qui ornait sa lèvre supérieure et la trouva humide. Quand il éloigna sa main, il vit que ses doigts étaient rouges.

— Je ne me sens pas bien...

Sayer lui prit le bras et le guida jusqu'à un rocher.

— Ce doit être l'altitude. Très bien, penchez la tête en arrière. Suis-je bête ! Vous êtes médecin. Vous savez mieux que moi quoi faire. Est-ce votre femme et votre fille que j'aperçois ?

Faraday attendit que son nez ait fini de saigner pour regagner le campement. Il se sentait déjà beaucoup mieux et projetait d'aller à la rencontre des archéologues installés un peu plus loin quand Bettina entra dans sa tente. Elle se tenait très droite devant lui, les mains croisées sur le ventre, dans une attitude qu'il connaissait bien. Il devina qu'elle s'apprêtait à faire une déclaration qui ne souffrait aucune discussion.

— Faraday, Morgana et moi ne pouvons vivre dans ces conditions.

Au-delà des raisons qu'elle invoquait – couchage à la dure, nourriture de sauvages et absence d'hygiène –, le fait que les frères Pinto l'avaient surnommée « la femme blanche qui fait taire les coyotes » et se moquaient d'elle derrière son dos n'était sans doute pas étranger à son désir soudain de retourner à Albuquerque.

— Vous nous avez causé une peur terrible avec votre... votre nez. Et il n'est pas convenable que votre fille soit soumise à toutes ces influences païennes. Je souhaite la ramener à Boston.

— Non, protesta Faraday. Morgana restera avec moi.

Il se souvint alors que Bettina avait un soupirant pour la première fois de sa vie. Rien ne l'autorisait à la retenir.

— Mais vous êtes libre de partir, Bettina. J'imagine que M. Vickers vous manque.

— Et votre fille ?

— J'engagerai une nounou, répondit-il vaguement.

Bettina poussa un soupir excédé.

— Une nounou ! Puisque c'est ainsi, je reste. Mais vous allez nous trouver un logement décent dans une ville qui possède une école.

Sur les conseils de Wheeler, Faraday installa sa belle-sœur et sa fille dans une pension de famille de bonne réputation. D'emblée, Bettina s'employa à faire savoir qu'elle était une dame et escomptait qu'on la traite en conséquence. Il souffrait d'être séparé de Morgana, mais Bettina n'avait pas tort : ces expéditions dans le désert ne convenaient pas à une enfant de son âge. Il promit de venir les voir souvent et de leur apporter des cadeaux.

34

Wheeler possédait au nord de Chaco Canyon un comptoir construit en rondins et en pierres où l'on trouvait toutes sortes de nourritures séchées ou en conserve, des boîtes de saindoux, des paquets de biscuits salés et sucrés, des sacs de farine, du sucre, du café, du sel ainsi qu'une barrique remplie de pickles. Il vendait aussi des rouleaux de coton et d'indienne, des lampes, du kérosène, de la corde, des selles et des poêles à frire. Des ramures d'élan poussiéreuses, des peaux de lézard et de serpent à sonnette, des ballots de fourrures recouvraient les murs. Des Navajos taciturnes, venus échanger de l'argent et des turquoises contre des médicaments et des épices, des pelles et des haches, attendaient qu'on les serve.

Wheeler présenta son épouse – une grosse femme timide, vêtue d'une longue jupe multicolore et d'une blouse en velours bleu-vert attachée par une ceinture en argent – à Faraday et fit entrer ce dernier dans l'arrière-boutique afin de lui montrer sa collection de poteries. Le médecin tint dans ses mains une jarre dont son hôte prétendait avec fierté qu'elle avait été créée cinq siècles plus tôt. Il tenta de se représenter l'artisan qui l'avait modelée et décorée. A quoi ressemblait-il ? A quoi pensait-il en travaillant ? Etait-il marié, avait-il des enfants ? Comme il s'interrogeait tout haut, Wheeler remarqua :

— On pense que la poterie était l'affaire des femmes.

Faraday apprit beaucoup sur la philosophie des Indiens durant son séjour. Un vieux Navajo qui semblait faire partie du décor passait ses journées à fumer paisiblement devant le comptoir, enveloppé dans une couverture. Wheeler expliqua à son invité que l'homme avait perdu l'usage de ses jambes lors d'une des dernières batailles qui avaient opposé les Indiens aux soldats blancs. Depuis, quelqu'un le portait chaque matin hors de son *hogan* et l'y ramenait chaque soir.

— Le malheureux, le plaignit Faraday.

— Pourquoi dites-vous ça ?

— C'est terrible d'être paralytique.

— Ce n'est pas l'avis du vieux Ben. Lui s'estime très heureux.

— Heureux ? Comment peut-il être heureux dans son état ?

— Posez-lui la question. Il vous répondra qu'il n'est handicapé que quand il a besoin de marcher.

Faraday accompagna John Wheeler dans ses déplacements à travers la région et découvrit que les conditions de vie des Indiens étaient très différentes de ce qu'il avait imaginé. Il fut surtout frappé par leur extrême dénuement.

— Les bons Samaritains de New York et de Philadelphie sont pleins de compassion pour leurs frères peaux-rouges, lui expliqua Wheeler. Au lieu de jeter leurs vieux habits, ils les expédient à l'ouest afin de vêtir les pauvres Indiens. Vous savez ce qu'ils envoient, ces imbéciles ? Des vestes à queue de pie et des vieilles robes de soirée !

Faraday essayait de s'intéresser à tout ce qu'il voyait et entendait, mais il n'arrivait pas à chasser de son esprit l'étrange monticule sur la place de Pueblo Bonito. Il en rêvait la nuit, échafaudait des hypothèses qu'il écartait sans jamais parvenir à une explication satisfaisante. Pourquoi ce tas de cailloux l'obsédait-il ? Qu'avait-il de particulier ?

Plus il s'éloignait des ruines interdites, plus il se livrait à des spéculations et plus sa curiosité grandissait. Wheeler et lui visitèrent quantité de *hogans* et de pueblos où ils recueillirent d'innombrables contes, histoires, mythes et légendes. Mais plus ils s'enfonçaient dans les terres, passant du désert à la plaine et de la plaine à la forêt, plus Faraday était hanté par le souvenir du tas de gravats de Pueblo Bonito.

Quel était donc le mystère de Chaco Canyon ?

35

Bettina et Morgana séjournèrent exactement deux mois à la pension, puis la belle-sœur de Faraday décréta que celle-ci ne leur convenait pas. Par chance, Albuquerque était une ville en pleine croissance – l'ancien terminus de la piste de Santa Fe avait connu un essor rapide grâce au chemin de fer – et les possibilités d'hébergement ne manquaient pas. En plus, le climat de la région était réputé soigner la tuberculose et d'autres maladies respiratoires. Les sanatoriums et les établissements de bains poussaient comme des champignons, attirant des visiteurs – médecins, infirmières, avocats, scientifiques – « de qualité », selon les termes de Bettina. M. Wheeler aimait à répéter que si quelqu'un trouvait un jour un remède contre la tuberculose, cela signifierait la fin d'Albuquerque. Pendant que son beau-frère recherchait ses chamanes avec M. Wheeler et ses guides indigènes, Bettina faisait de son mieux pour assurer un quotidien décent à sa nièce et à elle-même.

Faraday réapparut le jour du sixième anniversaire de Morgana, apportant des perles indiennes, une paire de mocassins et une poupée *kachina*. Tandis qu'ils se promenaient à bord d'une carriole tirée par des chevaux, la petite fille l'interrogea sur le sens de l'expression « se donner des airs ». Quand il lui demanda où elle l'avait entendue, elle lui rapporta que Mme Slocomb, la patronne de leur nouvelle pension, avait dit que Bettina Hightower se donnait des airs. Faraday s'esclaffa – il trouvait sa fille irrésistible – et chassa cet incident de son esprit.

— Faraday, commença Bettina d'un ton sec qui annonçait une déclaration fracassante, il faut vous décider. Cela fait des mois que vous sillonnez ce maudit pays sans trouver la moindre trace des païens que vous cherchez. Votre fille a six ans. Elle a besoin d'un foyer stable.

Elle omit de signaler qu'elle-même venait de fêter son trente-deuxième anniversaire, comme si elle avait craint de rappeler son âge à son beau-frère.

— Je ne supporterai pas plus longtemps cette situation.

Faraday ne souhaitait pas en entendre davantage. Depuis quelque temps, il souffrait de migraines et d'insomnies. Quand il parvenait à s'endormir, il était visité par des rêves bizarres et absurdes. Lorsqu'il n'était pas sur les routes avec Wheeler, il restait près de Bettina et Morgana, mais ces visites ne lui apportaient aucun repos. Pas seulement parce qu'il continuait d'être obsédé par Pueblo Bonito et son curieux monticule, mais aussi parce que le mécontentement de Bettina devenait de plus en plus flagrant.

Aucune pension n'ayant trouvé grâce à ses yeux, Faraday avait loué un bungalow à la périphérie de la ville. L'endroit était assez paisible, mais Bettina se plaignait de l'odeur des pâturages voisins. Faraday avait alors installé sa fille et sa belle-sœur dans un hôtel parfaitement respectable. Bettina paraissait satisfaite de cet arrangement, jusqu'à ce qu'elle apprenne que l'établissement était situé à quelques rues d'un quartier mal famé. Or elle n'avait pas envie d'apercevoir des femmes outrageusement fardées qui allaient faire leurs courses en ville chaque fois qu'elle regardait par la fenêtre.

Faraday savait qu'il existait dans North Third Street plusieurs maisons signalées par des lanternes rouges. Si une partie de la population réclamait leur fermeture avec insistance, la plupart toléraient leur présence du moment que les femmes qui y travaillaient étaient enregistrées et soumises à des visites médicales régulières. Selon la couleur politique des autorités en place, le quartier était tour à tour interdit et autorisé moyennant le respect de règles très strictes. Ainsi, quand ces dames se rendaient en ville, elles devaient respecter une distance de quatre pas entre elles, sans qu'on sache pourquoi. Faraday avait tenté de raisonner Bettina – ce n'était pas comme si ces femmes avaient exercé leur commerce dans son voisinage immédiat –, sans résultat.

Le pauvre homme avait fini par redouter ces confrontations avec sa belle-sœur et il aurait volontiers évité la ville si le besoin de serrer sa fille dans ses bras ne l'avait pas si souvent taraudé.

— En plus, ajouta Bettina d'un ton accusateur, vous avez manqué la visite de M. Vickers.

Durant les quelques mois qui s'étaient écoulés depuis leur départ de Boston, la jeune femme avait reçu plusieurs lettres et cartes postales de Zachariah Vickers, parti évangéliser les Africains. Ses cartes montraient des indigènes à moitié nus et ses lettres relataient des rencontres avec des lions et d'autres bêtes sauvages. Il s'était ensuite rendu dans le Sud-Ouest des Etats-Unis afin d'apporter des bibles aux « pauvres Indiens de l'Arizona », selon l'expression de Bettina. A cette occasion, il avait séjourné une semaine à Albuquerque, espérant la convaincre de retourner dans l'est avec lui. Il repasserait dans un mois afin de connaître sa réponse.

Cette nouvelle affola Faraday. Si Bettina partait, que ferait-il de Morgana ? Il ne pourrait pas reprendre ses expéditions avec M. Wheeler en laissant sa fille dans des mains étrangères. Il ne pourrait pas davantage l'emmener avec lui !

Bettina lui accordait exactement trente jours pour prendre une décision.

36

— Désolé, docteur Hightower, mais je peux pas vous dire où je vais. C'est un secret.

Faraday insista tant et si bien que Wheeler finit par lui dévoiler qu'il se rendait au *hogan* d'un parent de sa femme pour assister à une guérison. Il le supplia alors de l'emmener, arguant qu'il avait beaucoup entendu parler de ces cérémonies et désirait plus que tout en voir une de ses yeux. Le cowboy accepta de mauvaise grâce, après lui avoir extorqué la promesse qu'il garderait le silence et ferait preuve du plus grand respect pendant tout le rituel.

Faraday était tellement heureux qu'il jura bien volontiers de se faire aussi discret qu'une souris.

Il avait acheté à Albuquerque une mallette conçue pour ranger des papiers. Ce porte-documents en cuir possédait une bandoulière qui lui permettait de le transporter ainsi que le sac contenant son carnet, ses crayons et ses fusains tout en gardant les mains libres. Chaque fois qu'il allait quelque part, il dessinait ce qu'il voyait – des danses rituelles hopis, la mesa, des coyotes hurlant à la lune... La représentation d'une cérémonie secrète navajo constituerait à coup sûr le clou de sa collection.

— Où est Dieu dans tout ça ? demanda-t-il alors qu'ils déjeunaient près d'un cours d'eau.

Les Pinto avaient cuisiné des côtelettes accompagnées de haricots. Wheeler engloutit une fourchette de fayots avant de répondre.

— Dieu ? Regardez autour de vous. Il est partout, dans les montagnes, le maïs...

— Je parlais d'un Dieu personnel. Ce ne sont pas les montagnes qui sauveront votre âme. Qu'en est-il du jugement de Dieu ? De l'idée de châtiment et de récompense ?

Wheeler mastiqua, déglutit et fit passer les haricots avec une gorgée de café.

— Quand j'ai débarqué ici, il y a de ça un paquet d'années, j'étais tout comme vous. J'en avais plein la bouche, du bon Dieu. J'allais prendre les âmes dans mon filet pour les sauver, comme l'apôtre Pierre. Puis, un jour, je me suis aperçu que j'ignorais de quoi j'allais les sauver.

Faraday considéra son guide avec étonnement.

— Vous étiez missionnaire ?

— Prédicateur quaker, mon vieux. Après m'être converti aux croyances des indigènes, j'ai raccroché mon chapeau et trouvé du travail au cul des vaches. A présent, je sers de guide aux touristes qui souhaitent visiter les ruines. Dites-moi, pourquoi méprisez-vous la religion des Indiens ?

— Ce n'est même pas une vraie religion. Ces gens adorent les pierres et les arbres.

— Je ne dirais pas qu'ils les adorent, mais qu'ils les tiennent pour sacrés.

— Ils leur adressent des prières. Je les ai vus faire !

— Et eux vous ont vu prier deux bouts de bois disposés en croix.

Devant l'air interloqué de Faraday, il crut bon de préciser :

— La croix... Vous vous mettez bien à genoux devant elle, pas vrai ?

— C'est Dieu que nous prions. La croix n'est qu'un symbole, un témoignage de la présence du Tout-Puissant parmi nous.

— Les pierres et les arbres jouent le même rôle pour les Indiens. Il y a une chose que vous devez comprendre, mon vieux. La religion chrétienne est l'affaire d'un type seul qui essaie de sauver son âme, alors que la religion des Indiens englobe tout. Pour eux, il s'agit de préserver l'équilibre naturel.

Faraday réfléchit tout en mastiquant.

— Laissez-moi vous dire une chose, mon ami : les Indiens n'ont pas peur de mourir. Vous savez pourquoi ? Parce qu'ils ne sont pas nés avec une âme souillée par le péché originel. Les chrétiens, eux, vivent toute leur existence dans la crainte d'aller en enfer à cause d'Adam et Eve. C'est pourquoi ils redoutent la mort. Alors que, pour les Indiens, la mort fait partie de l'équilibre naturel.

37

L'intérieur du *hogan* sentait le moisi et la fumée. La famille du malade s'y entassait dans une quasi-obscurité tandis qu'un homme-médecine dispersait aux quatre vents du pollen de maïs pour en purifier l'entrée.

— Les Navajos croient que la maladie provient d'un défaut d'harmonie avec la nature, expliqua Wheeler à Faraday. Le maïs restaure cette harmonie parce qu'il symbolise le pouvoir de Femme-qui-change, qui a créé les Navajos.

Faraday observa l'opération avec un intérêt accru, d'autant plus grand que l'idée d'une divinité créatrice féminine piquait sa curiosité au vif.

— L'idéal de beauté et de santé des Navajos porte le nom de *hozho*, poursuivit Wheeler à voix basse.

L'homme-médecine s'était agenouillé afin de tracer un motif sur le sol.

— Vous êtes en train d'assister à la naissance d'une peinture de sable. Son rôle est d'aider le patient à se concentrer sur le *hozho* et à rétablir son équilibre. Ensuite, elle sera détruite.

L'homme-médecine fredonnait à voix basse tandis que du sable coloré s'écoulait entre ses doigts. Des hommes agitaient des crécelles faites avec des sabots de cerfs ou frappaient de petits tambours. Le patient, qui souffrait d'une blessure infectée, était étendu sur une couverture, fiévreux. Faraday brûlait de prendre la parole pour dire au célébrant qu'il aurait mieux fait d'appliquer un antiseptique sur la plaie au lieu de perdre son temps à répandre du sable par terre.

— On appelle ces peintures de sable *iikhaah*, ce qui veut dire « Ils entrent et ils sortent », reprit Wheeler. « Ils », ce sont les *yéii*, les esprits sacrés. Vous remarquerez que la peinture est alignée avec l'entrée du *hogan*, laquelle fait toujours face à l'est. C'est par l'*iikhaah* que les esprits entrent et quittent la cérémonie.

Faraday ressentit tout à coup le désir de dessiner ce qu'il voyait. Si le rituel en lui-même le déroutait, il trouvait le décor et l'ambiance exotiques. Nul ne le vit plonger la main dans son porte-documents, ni Wheeler, qui ne perdait pas une miette de la scène, ni les autres spectateurs, fascinés par le chant monotone de l'homme-médecine.

Il n'eut pas plus tôt approché son fusain de sa feuille de papier qu'une exclamation retentit. L'homme-médecine se tut. Tous les regards se tournèrent vers l'étranger et un brouhaha indigné s'éleva.

— On ferait mieux de déguerpir, dit Wheeler en attrapant Faraday par le bras.

— Mais je n'ai rien fait de mal !

Wheeler arracha la page du carnet et la jeta à l'homme-médecine.

— Filons !

Ils sautèrent en selle et galopèrent longtemps avant que Wheeler arrête son cheval pantelant.

— Je vais vous raccompagner à Albuquerque, docteur Hightower, déclara-t-il. Il n'est plus question que je vous loue mes services.

Ils prirent le chemin de la ville dans un silence de plomb. Comme ils passaient à quelques kilomètres de Chaco Canyon, l'image de l'étrange tas de gravats s'imposa à l'esprit de Faraday. Quand Wheeler et lui se séparèrent à l'entrée de la ville, il s'avisa qu'il se moquait de l'opinion que le cow-boy ou quiconque avait de lui. Désormais, il se sentait prêt à accepter la vérité qu'il soupçonnait depuis sa première visite aux ruines interdites : il devait à tout prix retourner là-bas.

38

— Dois-je vous rappeler que M. Vickers sera ici dans une semaine pour connaître ma réponse à sa proposition de mariage ?

— Je serai rentré d'ici là, Bettina, murmura Faraday pendant que sa belle-sœur préparait son sac.

Le guide qu'il avait engagé la veille l'attendait dehors avec des chevaux frais.

— Vous ne m'avez même pas demandé si j'ai l'intention d'accepter sa proposition, remarqua Bettina.

— Je serai rentré, répéta-t-il en refermant sa sacoche d'un coup sec.

Comme il tendait la main vers son matériel de dessin, il aperçut Morgana sur le seuil de sa chambre. La petite fille levait vers lui un regard implorant qui lui serra le cœur. Avec ses grands yeux pensifs et son air mélancolique, elle ressemblait chaque jour un peu plus à Abigail. A six ans, elle semblait posséder une âme d'adulte.

— Je peux venir avec toi, papa ?

Faraday hésita. Il avait pensé retourner seul à Pueblo Bonito.

— Mon ange, dit-il en s'agenouillant devant elle, papa doit partir seul. Je ne resterai pas longtemps absent.

Mais sa résolution céda devant ces yeux immenses, beaucoup trop solennels pour une enfant aussi jeune.

Si Morgana l'accompagnait, il devrait aussi emmener Bettina. Celle-ci accepta de le suivre contre la promesse qu'elle serait rentrée pour accueillir M. Vickers. C'est ainsi qu'un an jour pour jour après leur premier contact avec cette terre encore sauvage, ils reprirent le chemin du « canyon interdit », comme l'appelaient les Navajos, avec deux chevaux et une mule.

39

Faraday ne trouvait pas le repos.

Ce n'étaient pas tant des rêves ou des visions que des sensations qui troublaient son sommeil. Il finit par se réveiller tout à fait et contempla par-delà la rivière les ruines de Pueblo Bonito qui semblaient encore plus impressionnantes à la clarté de la pleine lune et dans le silence de la nuit.

Quelque chose l'appelait.

Ils avaient dressé leur campement au coucher du soleil, et leur guide avait conseillé à son client d'attendre le lendemain pour explorer les ruines. Mais Faraday était trop impatient. S'étant glissé hors de son sac de couchage, il se munit d'une lampe et passa à son épaule la sacoche contenant son matériel de dessin. Il était sur le départ quand il entendit la petite voix de Morgana.

— Papa ? Tu vas où ?

La silhouette de la fillette s'encadrait dans l'ouverture de la tente qu'elle partageait avec Bettina. Faraday se demanda comment elle avait deviné qu'il était levé. Il lui dit qu'il allait juste faire un tour et qu'elle devait se recoucher sans réveiller sa tante. Mais quand il fut un peu éloigné, il se retourna et constata qu'elle n'avait pas bougé. Sa chemise de nuit lui donnait l'allure d'un fantôme dans le clair de lune. Il ne pouvait revenir sur ses pas. Une force inconnue le forçait à s'enfoncer dans le dédale de murailles écroulées.

Il espérait que l'homme au fusil, Unger, n'était pas en train de monter la garde devant son tas de décombres. Faraday avait l'intuition que celui-ci dissimulait un secret qu'il était résolu à percer, fusil ou pas.

Quand il atteignit l'emplacement du monticule, il vit que les gravats avaient été déblayés pour mettre au jour un bloc de pierre dont un examen attentif, à la lueur de sa lanterne, lui apprit qu'il était gris à l'origine, même s'il donnait l'impression d'avoir été enduit de peinture rouge terne. Dans quel but ?

Il regarda autour de lui, craignant de voir surgir l'homme au fusil. Ce faisant, il remarqua à quelques centaines de mètres à droite une entrée qui ne s'y trouvait pas un an plus tôt. Unger n'avait pas perdu son temps. Il avait dégagé une large bande de terrain entre le bloc de pierre et les ruines du niveau inférieur, révélant un pan de mur et même, semblait-il, l'intérieur d'une vaste salle.

Faraday se dirigea vers l'entrée de celle-ci d'un pas prudent.

A l'approche des ruines, sa gorge se serra et la sueur perla à son front. Se rappelant son saignement de nez inexplicable, il se demanda s'il ne flottait pas dans l'air une espèce de pollen particulièrement irritant.

Soudain il y eut un bruit derrière lui. Il fit volte-face et fut saisi de stupeur en découvrant une jeune femme d'environ dix-sept ans. Sa coiffure pittoresque – des nattes roulées dont la forme évoquait des fleurs de courge – trahissait ses origines hopis et son statut de fille non mariée. Elle portait une blouse écarlate sur une jupe longue et, sur le front, un tatouage – trois traits verticaux bleu foncé – qui attirait le regard.

— Bonjour, la salua Faraday.

Elle ne répondit pas. Habitué aux manières taciturnes des Indiens – surtout des jeunes filles, en l'absence de présentations formelles –, il reprit plus doucement et avec un sourire :

— Comment vous appelez-vous ?

Elle lui retourna son sourire. Elle était vraiment ravissante.

— Vous parlez anglais ?

Elle prononça un mot en deux parties qu'elle dut répéter plusieurs fois avant qu'il puisse le transcrire mentalement dans l'alphabet qu'il connaissait : *hoshi* et *tiwa*, avec un coup de glotte entre les deux. Hoshi'tiwa, épela-t-il en pensée. Il lui demanda ce que cela signifiait, mais elle se contenta de répéter.

Des lambeaux de nuages se matérialisèrent parmi les étoiles, masquant momentanément la lune. Fasciné, Faraday ne pouvait détacher son regard de l'inconnue qui le fixait de ses yeux en amande. Les deux nattes enroulées sur ses oreilles encadraient un visage rond et cuivré.

Soudain elle sourit et lui tendit la main.

Faraday se leva et approcha, mais juste comme il allait prendre sa main, elle lui tourna le dos et s'éloigna. Il comprit qu'elle désirait qu'il la suive. Ils empruntèrent un sentier jonché de gravats et de cailloux qui contournait des murs en ruine et longeait des fenêtres ouvertes sur l'obscurité. La lune les éclairait par intermittence, au gré des déplacements des nuages. Le sol devint plus raboteux quand ils quittèrent la portion de terrain qui avait été déblayée pour gagner le niveau supérieur.

Il s'apprêtait à lui demander où elle le conduisait quand ils s'arrêtèrent. Il considéra les murs de pierre qui lui arrivaient à l'épaule, le sol recouvert de sable et de cailloux. Des siècles auparavant, des gens avaient vécu, aimé et étaient morts dans ces appartements.

La jeune femme tendit le bras, lui montrant un monceau de gravats dans un angle de la pièce.

— Il y a quelque chose là-dessous ? murmura Faraday, craignant d'alerter Unger qui devait camper dans les parages.

Comme l'inconnue pointait obstinément le doigt vers le mur, il s'agenouilla et commença à creuser avec des gestes délicats, comme il avait vu Wheeler et les archéologues le faire. Les pièces très anciennes avaient tendance à s'émietter. Le clair de lune lui révéla bientôt un objet aux formes arrondies. Très excité, il plongea le bras dans le trou qu'il avait creusé et en sortit une magnifique poterie, intacte.

Pendant qu'il la retournait entre ses mains – le clair de lune lui donnait des reflets jaune orangé – il se rappela la conversation qu'il avait eue avec M. Wheeler, le jour où celui-ci lui avait montré sa collection.

« Qu'est-ce que c'est ? avait demandé Faraday, admirant une pièce bien particulière. Une espèce de cruche ?

— Une *olla*, avait répondu Wheeler.

— Une *olia* ?

— Ça s'écrit o, deux l, a. C'est un mot espagnol qui veut dire marmite. On ignore le nom que leur donnaient les Indiens.

Les motifs qui décorent certaines semblent raconter une histoire, mais nul n'est capable d'en déchiffrer les symboles. »

Faraday s'avisa que la *olla* qu'il venait d'exhumer comportait de splendides motifs peints. Il lui sembla tout à coup que c'était elle qui n'avait cessé de l'appeler depuis sa première visite à Pueblo Bonito.

— Ceux qui ont fabriqué ceci, savez-vous où ils sont allés ? demanda-t-il à son guide.

La jeune fille fronça les sourcils, accentuant les trois traits tatoués sur son front.

Faraday répéta la question en l'accompagnant de gestes, comme s'il se livrait à un numéro de mime. Soudain le visage de l'inconnue s'éclaira ; elle leva le bras et désigna l'ouest.

— Ils y sont encore ? ajouta Faraday, au comble de l'excitation.

Comme elle ne répondait pas, il reporta son attention sur sa découverte. Quand il la retourna, quelque chose tinta à l'intérieur. Mais avant qu'il ait pu glisser la main dedans, il sentit ses cheveux se dresser.

Ils n'étaient pas seuls. Une présence invisible rôdait dans la pièce près d'eux.

— Vous ne sentez rien ? demanda-t-il à la fille.

Elle haussa les sourcils. Ne percevant aucune frayeur en elle, Faraday mit son impression sur le compte d'une imagination enflammée par les récits du cow-boy et des Navajos. Pourtant, son malaise s'accrut. Quelqu'un ou quelque chose l'observait ; il lui semblait sentir son souffle sur sa nuque.

— Qui est là ? cria-t-il. C'est vous, Unger ?

L'inconnue lui jeta un regard interloqué qui le plongea dans l'embarras. Si cette jeune fille n'avait pas peur, il n'y avait aucune raison pour qu'un homme de son âge cède à la panique. Toutefois, ses mains tremblaient et il avait l'estomac noué. Tandis qu'il promenait son regard sur les ruines, une ombre apparut dans son champ de vision et il se sentit cerné par le mal. Il eut soudain la certitude qu'il était perdu s'il ne fuyait pas immédiatement cet endroit.

En même temps, il comprit qu'il allait avoir une révélation. Mais après avoir ardemment désiré celle-ci, sa venue ne lui inspirait plus que de l'épouvante. Il aspirait à des visions célestes d'anges et de chérubins, pas aux images terrifiantes qui tentaient à présent de franchir le seuil de sa conscience. Non ! hurla-t-il en lui-même. Eloignez-vous de moi, illusions maléfiques !

Le corps baigné de sueur, il se tourna vers la jeune Indienne. Elle paraissait normale, elle n'avait rien de sinistre, et pourtant... Un frisson glacé le parcourut tandis que les paroles de Wheeler lui revenaient à la mémoire : « Les porteurs de peau sont des sorciers capables de provoquer de grandes souffrances, voire la mort. Ils peuvent prendre la forme de n'importe quel animal. Ils ont aussi le pouvoir de contrôler les esprits. Ils s'emparent de votre âme, s'introduisent dans vos rêves pendant votre sommeil et viennent toujours, *toujours* quand vous êtes seul. »

Faraday prit ses jambes à son cou.

Serrant la jarre ancienne entre ses bras, il courut tel un lapin fuyant une meute de chiens. Hurlant à pleins poumons, il atteignit bientôt le camp, où il fut accueilli par Bettina.

— Faraday ! s'exclama sa belle-sœur d'un air choqué. Enfin, qu'est-ce qui vous prend ?

— Seigneur ! gémit-il avant de tomber évanoui.

Une centaine de kilomètres séparait Pueblo Bonito de la voie ferrée. Leur guide et ses assistants chargèrent Faraday sur un chariot et l'emmenèrent à toute allure jusqu'à la gare la plus proche, où un employé de la compagnie de chemins de fer fit arrêter un train de marchandises qui se rendait à Albuquerque. Bettina refusa qu'on le transporte à l'hôpital, arguant qu'il serait mieux sous sa garde. Elle fit venir un médecin qui ne put rien faire de plus que le confier à ses soins vigilants.

Faraday délira pendant plusieurs jours, brûlant de fièvre. Les médecins qui se succédèrent à son chevet s'accordaient à dire qu'il souffrait d'un violent choc mental.

Cet épisode ne devait laisser que des bribes de souvenirs dans la mémoire de Faraday. Tout au plus se rappelait-il s'être débattu contre d'incessants cauchemars, en proie à des démons et à des visions dont l'horreur dépassait l'imagination, comme si les forces qui hantaient les ruines s'étaient emparées de son esprit vulnérable pour mieux le tourmenter. Dans sa fièvre, il avait assisté au sacrifice d'un homme auquel on avait ouvert la poitrine pour en arracher le cœur tout palpitant. Ce crime atroce avait lieu sur l'autel de pierre qu'Unger avait dégagé des décombres de la ville fantôme.

Quand il retrouva ses sens, Faraday découvrit que, dans son délire, il avait réclamé son carnet de croquis et crayonné avec frénésie durant des heures. Bettina ignorait ce qu'il avait dessiné, car il n'avait montré ses œuvres à personne. Un matin, il se sentit assez fort pour tendre une main tremblante vers le carnet qui traînait près de son lit. Il hésitait à en soulever la couverture, craignant d'être à nouveau assailli par les horreurs qui avaient peuplé sa fièvre. Des images de monstres et de démons lui traversèrent l'esprit. En dessinant les créatures maléfiques qui habitaient les ruines de Pueblo Bonito, il les avait introduites dans sa maison et dans sa vie ! Il frissonna de dégoût. Ce n'était pas seulement son âme qu'il avait mise en danger, mais aussi celle de Morgana. Comment réagirait-elle si ces visions infernales lui tombaient sous les yeux ?

Il fut tenté de jeter le carnet dans l'âtre pour que les flammes le consument et le réduisent en cendres. Il se plut à imaginer que les étincelles qui s'envoleraient par la cheminée renverraient les démons dans les profondeurs dont ils avaient surgi.

Hélas ! Il aurait beau brûler les dessins, il savait que les monstres demeureraient. Sans même un regard pour les œuvres qui étaient nées sous ses doigts tachés de fusain, il les plia et les rangea dans le compartiment secret de sa mallette, bien décidé à les y laisser.

Dès qu'il fut un peu rétabli physiquement, sinon moralement, Bettina revint à la charge.

— Ça suffit comme ça, Faraday. Nous allons quitter cet endroit, un point c'est tout !

Elle fut étonnée de le voir acquiescer. En réalité, il n'avait pas l'intention de regagner Boston mais de s'enfoncer un peu plus à l'ouest, dans la direction qu'avait indiquée la mystérieuse Indienne de Pueblo Bonito. Il proposa à sa belle-sœur de payer son voyage de retour et lui suggéra d'accepter la demande en mariage de M. Zachariah Vickers.

A sa grande surprise, Bettina lui répondit que M. Vickers était venu pendant qu'elle le veillait et qu'elle avait consenti à l'épouser. Pour preuve, elle lui montra la bague de fiançailles en diamant qui ornait sa main.

— Toutefois, ajouta-t-elle, il est reparti presque aussitôt pour l'Afrique, où il doit demeurer un an. Le mariage aura lieu au printemps prochain. D'ici là, je continuerai à remplir les obligations que j'ai envers vous et ma nièce. Après, vous devrez vous débrouiller sans moi.

Faraday mit en caisses sa collection de poteries. Il laissa à Bettina le soin d'emballer la *olla*, dont la seule vue l'emplissait de terreur. Avant de monter dans le train, il accorda un dernier regard à l'ancienne terre indienne qu'il venait de passer un an à explorer. Il se rappela son état d'esprit à son arrivée. Alors qu'il s'attendait à de grandes révélations, il avait reçu des visions démoniaques dont il désirait ardemment être délivré.

Mais les seuls à pouvoir exorciser les démons qui le harcelaient étaient les descendants des premiers occupants de Chaco Canyon.

40

Faraday n'avait parlé à personne de la jeune fille qu'il avait rencontrée parmi les ruines. Qui aurait ajouté foi aux propos d'un homme qu'on avait évacué du canyon dans un état proche de la démence ? Obsédé par son souvenir, il l'avait dessinée de mémoire et regardait souvent son portrait, comme si la clé des événements étranges qu'il avait vécus cette nuit-là résidait dans les contours de son visage, le modelé presque enfantin de ses joues, les reflets de la lune dans ses yeux en amande et les trois traits qui ornaient son front.

Leur nouveau voyage les conduisit du Nouveau-Mexique à Banning, Californie. La ville se réduisait à la gare de chemin de fer, une écurie de louage et quelques boutiques. Cependant, ils finirent par dénicher une pension qui les accueillerait le temps que Faraday trouve une maison qui convienne à Bettina et Morgana. Pour impatient qu'il était de se lancer à la recherche de ses chamanes, Faraday n'en négligeait pas pour autant sa famille.

Une occasion se présenta bientôt près de Palm Springs, une minuscule oasis enclavée entre des réserves indiennes, principalement constituée de tentes et de cabanes au confort sommaire qui abritaient des malades atteints de tuberculose et d'autres affections respiratoires. Au milieu des dunes et des palmiers, un magnat des chemins de fer avait fait bâtir pour son épouse atteinte d'emphysème une belle et grande villa de style espagnol cachée derrière un mur d'adobe. La malheureuse étant décédée peu de temps après, son mari avait regagné San Francisco.

La construction de la Casa Esmeralda avait coûté une fortune en raison des extravagances du magnat – robinets en or, marbre importé dans toutes les pièces, portes en acajou sculpté à la main avec impostes en cristal gravé. Le prix demandé par le vendeur était astronomique, mais Bettina et Morgana avaient eu le coup de foudre pour cette véritable maison de conte de fées. Faraday s'était alors arrangé avec une banque californienne pour faire transférer son argent de Boston à Los Angeles. Comme l'achat de la villa risquait d'engloutir ce qui restait de sa fortune, il avait laissé croire au banquier qu'il comptait ouvrir un cabinet – n'était-il pas un praticien réputé, de surcroît diplômé de Harvard ? – qui ne manquerait pas de prospérer, avec tous les phtisiques qui affluaient vers Coachella Valley. Forte de cette caution, la banque prélèverait chaque mois sur son compte une certaine somme. Ainsi, Faraday gardait de quoi subvenir à ses besoins tout en devenant propriétaire de la propriété qu'il convoitait.

La Casa Esmeralda possédait son propre puits, ce qui la mettait à l'abri des caprices de la nature et des batailles juridiques autour de l'eau opposant les autorités locales aux Indiens. La maison ne disposait ni du gaz ni de l'électricité, mais Bettina s'en moquait : ses dimensions et son élégance convenaient parfaitement à ses goûts de luxe. D'ailleurs, il n'était pas question qu'elle mette la main à la cuisine, au ménage ni à la lessive.

— Six domestiques devraient suffire pour commencer, déclara-t-elle avant de dresser la liste du personnel qu'elle pensait recruter par la suite – cuisinière, lingère, femmes de chambre ainsi que plusieurs jardiniers, car elle entendait profiter du parc et des fontaines espagnoles.

Sitôt installé, Faraday s'empressa de déballer sa collection de poteries. Toutefois, il s'écoula plusieurs jours avant qu'il ne trouve le courage de sortir la *olla* et de la considérer d'un regard objectif.

A présent qu'il avait surmonté sa peur, il parvint à la dessiner sous tous les angles. En s'appliquant, il réussit à restituer sa surprenante couleur dorée ainsi que les motifs chaotiques à la peinture rouge qui couvraient toute sa surface. Ses tentatives pour percer le sens de ces inscriptions l'amenèrent à rencontrer la plupart des autres collectionneurs de la région. « Il s'est produit ici des événements terribles », avait dit John Wheeler. Peut-être les dessins témoignaient-ils d'un cataclysme très ancien ?

Comme ses efforts demeuraient vains, il comprit qu'il n'avait pas seulement besoin d'un expert en poteries indiennes, mais aussi de quelqu'un qui soit capable d'identifier les motifs de la jarre, voire d'expliquer les deux croquis que lui avait remis la bohémienne. Il n'était même pas certain que ceux-ci fussent d'origine indienne. John Wheeler semblait le croire, mais il n'avait su dire ce qu'ils représentaient. Son banquier suggéra à Faraday de rendre visite à l'antenne locale du Bureau des Affaires indiennes, à San Bernardino. Il y fut reçu par un certain Popiel, bel exemple d'apathie compliquée de boulimie.

Assis derrière une table encombrée de livres comptables, de rapports gouvernementaux et de cartes roulées, Popiel attaquait un sandwich au jambon quand son visiteur entra. Au lieu d'interrompre son repas, il répondit à ses questions la bouche pleine.

— Les agents du Bureau des Affaires indiennes sont censés faire tourner les écoles, rendre la justice, distribuer les rations et administrer les terres – en bref, se substituer au gouvernement tribal. Croyez-moi, monsieur, ce n'est pas une mince affaire !

Il essuya la graisse qui maculait ses lèvres avec la serviette coincée dans son col.

— Ces gens sont de vrais gosses. Il faut se montrer ferme avec eux.

Faraday lui demanda si le mot *hoshi'tiwa* lui évoquait quelque chose. Ce n'était pas le cas. En fait, Popiel ne parlait pas un mot d'aucun dialecte indien. Faraday ayant émis l'hypothèse qu'il s'agissait d'un nom de tribu, il lui montra la liste de celles qui relevaient de sa juridiction : Chemehuevi, Cahuilla, Serrano, Luiseno, Kamia… La liste paraissait interminable, mais Hoshi'tiwa n'en faisait pas partie.

Ayant fait passer son sandwich avec du lait froid, l'homme expliqua que sa zone d'action couvrait plusieurs milliers de kilomètres carrés et comprenait de nombreux villages répartis sur différentes réserves. Chaque groupe possédait sa culture, sa langue et ses besoins propres. Comment aurait-il pu les connaître tous ? Des photographies d'Indiens ornaient les murs de son bureau. Faraday en examina une. L'étiquette au-dessous affirmait qu'il s'agissait du portrait du chef Cabazon, le dernier guerrier cahuilla. Le chef posait en costume, chemise blanche et cravate, un chapeau melon sur les genoux. Popiel émit un ricanement.

— Ce n'est pas l'habit qui fait l'homme blanc, remarqua-t-il avec cynisme.

Faraday se tourna vers lui.

— C'est votre but, faire d'eux des hommes blancs ?

L'agent du gouvernement essuya un peu de moutarde au coin de sa bouche avant de répondre.

— Vous savez ce qu'on dit : pour sauver l'homme, il faut d'abord tuer l'Indien.

L'attitude de Popiel mettait Faraday mal à l'aise. Il lui apparut qu'on ne faisait aucun effort pour préserver l'héritage indien. Même le « dernier guerrier cahuilla » portait un costume occidental.

— Nous faisons en sorte que ces gens s'adaptent à la société américaine, et ça ne va pas sans mal. Beaucoup résistent. Nous leur répétons continuellement que, pour survivre, ils doivent renoncer à leur ancien mode de vie. Croyez-moi, je compte les jours qui me restent à passer dans ce trou. On nous oblige même à vivre à temps partiel dans une réserve. Non, mais vous vous rendez compte ?

Popiel lui tourna brusquement le dos pour accorder sa pleine attention à une part de tarte aux pêches.

— Bonne chance pour vos recherches, lança-t-il à son visiteur.

Mais Faraday n'avait pas l'intention de se laisser éconduire aussi aisément. Le désert était immense, ses habitants peu nombreux et très dispersés. Il avait besoin qu'on lui indique un point de départ.

— S'il vous plaît ?

Popiel le considéra en plissant les yeux. Comprenant qu'il en faudrait davantage pour le décourager, il soupira et demanda :

— Qu'est-ce qui vous intéresse, au juste ?

Après sa rupture amère avec John Wheeler, Faraday avait juré de ne plus jamais se confier à quiconque.

— J'écris un livre, mentit-il. Il y sera question d'art et de symbolisme. Les figures mystiques, les codes de représentation indiens...

Il avait décidé de ne pas montrer les deux dessins de la bohémienne ni les croquis qu'il avait faits de la *olla*.

Après quelques secondes de réflexion, Popiel fit claquer ses doigts.

— Je me rappelle une équipe d'anthropologues new-yorkais qui voulaient se rendre dans le désert. Ils cherchaient des peintures rupestres chamaniques, un truc dans ce genre.

Il ouvrit un tiroir et se mit à fourrager dans ses dossiers.

— Là ! s'exclama-t-il en montrant une lettre. Un certain docteur Delafield, demandant la permission d'explorer la région de Barstow, dans le désert Mojave. Il n'avait pas besoin d'autorisation, vu qu'il n'avait pas l'intention de se rendre en terre indienne. En ce qui me concerne, lui et son équipe ne sont qu'une poignée de touristes. Désolé de ne rien pouvoir faire de plus.

Sur ces paroles, il retourna à sa part de tarte, indiquant au visiteur que la discussion était close.

Faraday fit un rapide détour par la Casa Esmeralda, où il trouva Bettina occupée à restaurer les fontaines, superviser l'installation de tapis, de rideaux et de meubles neufs dans les grandes pièces de la maison et diriger les ouvriers qui remettaient le parc et l'orangeraie en état.

Faraday embrassa et serra dans ses bras sa petite fille dont les longues boucles châtain clair dansaient au soleil, lui promettant de revenir bientôt.

41

Faraday Hightower prit un train qui franchissait les montagnes et traversait plusieurs petites agglomérations avant d'atteindre la ville minière de Barstow, à deux cents kilomètres à l'est de Los Angeles. Il fit une halte au Harvey House, où il commanda un panier repas et se procura des chevaux à l'écurie de louage. Le propriétaire de celle-ci, un homme très serviable, lui indiqua sur une carte les sites les plus susceptibles d'attirer une équipe d'anthropologues.

Ses recherches s'annonçaient difficiles, car la région abondait en vestiges archéologiques. Mais si la zone concernée était vaste, sa population était réduite et, comme dans toutes les petites villes, les nouvelles circulaient vite. A peine arrivé, il entendit parler d'un groupe de savants new-yorkais et on le dirigea vers Butterfly Canyon, au pied de Smith Peak.

Au crépuscule, Faraday arriva en vue du campement des anthropologues, à l'embouchure d'un arroyo qui se déversait dans un lac asséché. Smith Peak, une montagne abrupte aux contours déchiquetés, dominait le désert et une bise rageuse dévalait ses pentes escarpées. Faraday maintenait son chapeau sur sa tête tout en dirigeant son cheval. Il priait pour que ces savants le mettent sur la piste des chamanes. Les démons de Forbidden Canyon l'avaient accompagné tout au long de son voyage ; des créatures noires et rampantes monopolisaient son esprit, n'attendant qu'un moment de faiblesse de sa part.

En approchant, il constata que le camp était étrangement désert. Le vent le traversait en sifflant d'une façon sinistre. Du café était en train de passer sur le feu, des lanternes brillaient, accrochées à des piquets, mais on ne voyait pas âme qui vive et aucun son ne s'échappait des tentes serrées les unes contre les autres. Que s'était-il passé ?

— Il y a quelqu'un ? appela Faraday.

Il lui sembla que le vent lui arrachait les mots de la bouche.

Il commençait à s'inquiéter quand un jeune homme émergea d'une des tentes. Il donnait l'impression de ne pas s'être lavé ni rasé depuis plusieurs jours.

— Je vous conseille de passer votre chemin, cria-t-il. Nous avons un malade.

— De quoi souffre-t-il ?

Faraday mit pied à terre tout en restant à distance.

— On n'en sait rien. Aucun de nous n'est médecin.

— Vous êtes tous malades ?

— Non, seulement un jusqu'à présent.

Par habitude, Faraday emportait toujours son matériel médical avec lui, même s'il n'avait plus l'intention de l'utiliser. Il se félicita de n'avoir pas dérogé à cette règle. Huit personnes s'entassaient sous une tente. Avec des mines inquiètes, elles faisaient cercle autour d'un vieil homme à la moustache blanche, étendu sur un lit de camp. Le malade semblait dormir et sa respiration était peu profonde. A l'entrée de Faraday, tous tournèrent vers lui des regards intrigués.

— Je suis médecin, annonça le nouveau venu, suscitant des cris de soulagement.

Il s'approcha du lit de camp et demanda à l'assistance de sortir. Tous paraissaient trop heureux de retourner à la fraîcheur, à part une jeune femme à l'impressionnante chevelure blond platine. Assise au chevet du vieil homme, elle tenait une de ses mains inertes dans les siennes et semblait ignorer la présence de Faraday.

Celui-ci ouvrit sa sacoche et en sortit son stéthoscope tout en scrutant le visage du vieil homme. Les autres personnes qu'il avait vues avaient toutes des allures d'étudiants. Il en conclut logiquement que le malade était le professeur Delafield, le spécialiste des pictographes indiens qu'il était venu consulter. Qu'est-ce qui avait pu le plonger dans cet état ?

— Nous ne savons pas ce qu'il a, murmura la jeune femme sans quitter le professeur du regard, comme si elle avait anticipé la question de Faraday. Ça a commencé par de la fatigue et un essoufflement alors que nous faisions des fouilles dans le canyon.

Elle leva vers Faraday des yeux d'un bleu extraordinaire.

— Il a continué à travailler, mais ses forces diminuaient de jour en jour. Un matin, il n'a pas réussi à se lever. L'un de nous est allé chercher le médecin de Barstow, mais il ne l'a pas trouvé chez lui et le professeur est trop faible pour qu'on le déplace. C'est le ciel qui vous envoie !

Faraday trouva étrange qu'elle remercie le ciel de leur avoir envoyé un homme secrètement infesté de démons. Mais comment cette adorable créature aurait-elle pu deviner que son âme était en proie à de tels tourments ? Il ne pouvait pas non plus lui avouer qu'il craignait d'avoir perdu la faculté de guérir depuis que le Seigneur l'avait abandonné.

Faraday procéda méthodiquement à l'examen du malade. Le pouls, la couleur et la température de la peau, tout semblait normal. Aucun signe d'infection ni de faiblesse cardiaque. En réalité, il ne présentait aucun symptôme, hormis sa grande faiblesse et ses difficultés à respirer.

Faraday tira de sa sacoche un instrument qu'il avait acheté juste avant son départ de Boston, une invention récente appelée sphygmomanomètre. Une démonstration à l'université Johns Hopkins l'avait convaincu de l'utilité de ce nouvel outil de diagnostic, au point de l'amener à surmonter ses préjugés contre la science moderne.

— Qu'est-ce que vous faites ? s'exclama la jeune femme en le voyant enrouler le manchon de l'appareil autour du bras du vieil homme.

— Je mesure sa tension artérielle. Cela me donnera une idée de ce qui se passe à l'intérieur de son corps.

Sous le regard curieux de la jeune femme, Faraday gonfla le manchon à l'aide d'une poire en caoutchouc et relâcha progressivement la pression en écoutant avec son stéthoscope. Comme la valeur indiquée par le manomètre l'inquiétait, il répéta l'opération. Après quatre tentatives, il dut se rendre à l'évidence : l'homme avait une tension anormalement basse.

— Quel âge a-t-il ? demanda-t-il en plongeant son regard dans les yeux bleus de son interlocutrice.

— Soixante-sept ans. Mais il était encore robuste. Il n'avait jamais été malade de sa vie.

Les paupières du vieil homme se soulevèrent lentement.

— Elizabeth ?

— Je suis là, professeur.

L'essoufflement du malade intriguait Faraday. Peut-être avait-il un caillot dans les poumons ?

— A-t-il fait de l'escalade récemment ?

— Non.

— S'est-il plaint de douleurs ?

— Il s'est foulé la cheville il y a quinze jours. Dès qu'il a été mieux, il a repris le travail.

Faraday s'adressa directement au patient.

— Je m'appelle Faraday Hightower, et je suis médecin. Comment vous sentez-vous, monsieur ?

Le regard clair du professeur Delafield se fixa sur Faraday. Il semblait jouir de toute sa lucidité.

— Très fatigué, mon petit. J'ai du mal... à respirer.

En entrant, Faraday avait détecté une odeur qui l'avait amené à soupçonner que le pot de chambre du vieil homme se trouvait sous son lit. La suite de l'examen nécessitait une certaine intimité, par respect pour le malade. C'est pourquoi il pria la jeune femme de les laisser. Quand ils furent seuls, il baissa la couverture, souleva la chemise du professeur, palpa son abdomen et lui demanda s'il avait mal, car l'odeur qui régnait sous la tente semblait indiquer qu'il souffrait de diarrhée.

Le patient ne signala aucune douleur.

— Qu'avez-vous mangé ou bu dernièrement ?

Rien qui sortît de l'ordinaire.

Cependant, un examen attentif des bras et des jambes du professeur révéla des contusions inexpliquées.

Faraday s'enquit alors du transit du malade et de la couleur de ses dernières selles.

— Noires.

— Comme du goudron ?

— Oui.

Faraday s'assit, perplexe. Les symptômes correspondaient à une hémorragie, mais quelle en était la cause ? Il lui revint brusquement qu'Elizabeth avait mentionné une entorse.

— Comment avez-vous soigné votre cheville ?

Le professeur leva faiblement le bras et indiqua la table de chevet sur laquelle s'entassaient une lanterne, une bouteille d'eau, un verre, un peigne, du papier, un crayon... et un flacon d'aspirine.

Le mystère était résolu : le professeur Delafield souffrait d'une hémorragie de l'estomac. La vie s'écoulait lentement de son corps à son insu.

— Une hémorragie ! s'exclama Elizabeth quand Faraday la rejoignit à l'extérieur.

Les autres membres de l'équipe s'agitaient autour du feu pour tromper leur inquiétude.

— Comment est-ce possible ? Il a toujours surveillé son alimentation. Il ne fume pas et ne boit pas d'alcool.

— Mais il prend de l'aspirine ?

— Les comprimés ont rapidement soulagé la douleur de sa cheville. Après, il a eu une sorte d'indigestion, si bien qu'il a continué à en prendre.

— Combien de comprimés ?

— Sa consommation tournait autour d'un flacon par semaine.

Faraday poussa un grognement. Depuis son invention, vingt ans plus tôt, l'aspirine avait acquis une réputation de remède miracle aux yeux du public, qui en prenait à tout propos.

— L'aspirine ne soigne pas tout, dit-il à Elizabeth. En trop grande quantité, elle peut même se révéler nocive. Ce que le professeur prenait pour une banale indigestion était en réalité un ulcère qui lui rongeait l'estomac, provoquant un épanchement de sang.

— Pourtant, il n'a pas vomi.

— Les saignements accompagnaient les selles. Cette forme d'hémorragie, particulièrement insidieuse, peut conduire à la mort.

— Seigneur !

— Il faudrait l'hospitaliser, mais il est trop faible pour être transporté.

Malgré la gravité de la situation, Faraday remarqua que la lanterne illuminait la chevelure blond platine de son interlocutrice.

— Il faut à tout prix arrêter les saignements. Avez-vous du lait de magnésie ?

— Je ne crois pas. J'enverrai quelqu'un en chercher. Il y a un pharmacien à Barstow.

— Dites-lui de rapporter également du soda au gingembre, pour apaiser l'estomac du professeur et faciliter sa digestion.

Elizabeth portait une chemise blanche glissée dans la ceinture d'un pantalon kaki. Tandis qu'il lui donnait des instructions, Faraday ne pouvait s'empêcher de la détailler. C'était la première fois qu'il voyait une femme en pantalon, et cette audace vestimentaire piquait sa curiosité.

— Docteur Hightower, demanda-t-elle, le professeur aurait-il survécu sans votre intervention ?

— Il se serait vidé de son sang sans qu'on sache pourquoi.

Faraday sentit son cœur fondre devant les larmes qui embuaient les magnifiques yeux bleus de la jeune femme. Il lui sembla que les démons qui logeaient dans sa poitrine depuis Forbidden Canyon avaient lâché prise l'espace d'une seconde.

En guise de traitement, il recommanda de faire boire au malade un verre de lait toutes les heures, suivi par de petites quantités de porridge nature. Le flacon d'aspirine devrait quitter la tente. Il désirait aussi inspecter régulièrement le pot de chambre. Il se désolait de tenir des propos aussi triviaux devant cette adorable créature. Il aurait souhaité lui apparaître comme un parfait gentleman, mais il restait médecin avant tout et la vie du professeur était en jeu.

En réalité, Elizabeth ne semblait pas le moins du monde choquée. Il se demanda si toutes les femmes en pantalon possédaient le même tempérament hardi.

On dressa pour le nouveau venu un lit de camp sous la tente qui abritait les provisions. Comme son hôtesse s'excusait, il s'empressa de la rassurer : il avait connu des conditions bien pires lors de ses pérégrinations et son premier souci était la santé du professeur Delafield.

— Le professeur Delafield ? répéta-t-elle.

Ils conversaient à la clarté d'une lanterne, car la lune n'était pas encore levée.

— L'employé du Bureau des Affaires indiennes de San Bernardino m'a dit que le professeur Delafield recherchait des pictographes dans cette région. J'ai supposé...

— Cet homme avait raison, docteur Hightower. Mais votre patient est le professeur Keene.

Faraday jeta un regard aux autres membres de l'équipe, assis autour du feu.

— Alors qui...

Elizabeth éclata de rire.

— Je suis le professeur Delafield, annonça-t-elle.

42

L'état de santé de Keene s'améliora peu à peu. Faraday était arrivé à temps pour arrêter l'hémorragie et l'aider à se rétablir. Elizabeth veillait le vieil homme jour et nuit. Son dévouement rendait d'autant plus cruelle à Faraday l'absence de Morgana. Il s'imaginait avec vingt ans de plus, peut-être cloué au lit par la maladie, tandis que sa chère fille implorait le secours d'un étranger.

Quand le professeur fut à nouveau capable de s'asseoir et de manger des œufs à la coque, Faraday dut se rendre à l'évidence : contrairement à ce qu'il craignait, son pouvoir de guérison était intact. Le jour où son patient put quitter sa tente pour faire quelques pas au soleil, Elizabeth lui confia :

— J'ignore ce que nous serions devenus sans vous. J'ai beaucoup d'attachement pour le professeur. Votre venue est une bénédiction.

Si Faraday se jugeait indigne d'un tel compliment, lui dont l'esprit était hanté par des visions démoniaques, les paroles de la jeune femme soulagèrent un peu son cœur.

Une fois Keene guéri, Faraday put accorder toute son attention à celle qui avait mérité son titre de professeur d'anthropologie en enseignant à l'université. Elizabeth n'était pas la première intellectuelle qu'il rencontrait, mais aucune de celles qu'il connaissait ne pouvait rivaliser avec cette exquise créature élancée, aux yeux aussi clairs qu'un lac de montagne, dont les cheveux brillaient tel le soleil.

En plus, elle portait des pantalons.

La jeune femme lui avait présenté le professeur Keene comme son mentor. A l'encontre des préjugés, il l'avait encouragée à réaliser son rêve en faisant carrière à l'université.

— Mon père refusait que j'exerce un métier d'homme. Il craignait que je devienne un bas-bleu. Il a juré de ne plus m'adresser la parole tant que je ne serai pas revenue à la raison – autrement dit, décidée à me marier et à avoir des enfants. Ma mère abonde dans son sens parce qu'elle lui est complètement soumise. Pour vous donner un exemple : mon père est opposé au vote des femmes. Mais il a dit à ma mère que si le dix-neuvième amendement devait être ratifié, il lui indiquerait comment voter.

Par une belle journée ensoleillée, le médecin et la jeune femme surveillaient le feu en bavardant tandis que le reste de l'équipe procédait à des relevés sur le terrain et que le professeur Keene dormait sous sa tente. Faraday avait du mal à détacher son regard des cheveux blonds d'Elizabeth, courts et ondulés selon la mode de l'époque. Il n'était au courant de celle-ci que parce que Bettina s'était ralliée au mouvement en sacrifiant ses longues mèches pour une coupe « à la Jeanne d'Arc », comme elle se plaisait à l'appeler. Malheureusement, le résultat était beaucoup moins seyant sur sa belle-sœur que sur Elizabeth Delafield.

— Faraday, dit la jeune femme d'un air songeur. Quel curieux prénom !

— L'ironie veut que je ne sois pas un grand adepte des sciences. En réalité, je me méfie d'elles et de leur influence croissante dans le monde moderne. Pourtant, je suis bien apparenté à celui qu'on dépeint comme le plus grand scientifique de tous les temps. Faraday était le nom de jeune fille de ma mère.

Il entreprit de lui en dire un peu plus sur lui, sa maison de Boston, ses études à Harvard, sans toutefois lui parler d'Abigail ou des chamanes. Elizabeth le fixait de ses immenses yeux bleus au regard paisible. Il la sentait un peu sur la réserve, comme la plupart de ses interlocuteurs. Depuis son départ d'Albuquerque, son visage s'était émacié et sa maigreur naturelle accentuait l'austérité de son allure. Ses coups de soleil – il avait indéniablement une peau de blond – suscitaient encore un peu plus de curiosité, car les gens n'étaient pas habitués à voir un médecin mener une vie d'aventurier.

— Donc, vous êtes ici pour rencontrer le professeur Delafield, conclut-elle.

— Je vous confesse que je m'attendais à rencontrer un homme.

Elle éclata de rire, dévoilant des dents parfaites, et deux merveilleuses fossettes creusèrent ses joues.

— C'est une erreur fréquente. Que puis-je pour vous ?

Il aurait pu lui mentir en prétextant qu'il écrivait un livre, comme il l'avait fait avec l'agent aux affaires indiennes. Mais il lisait tant de bienveillance dans les yeux limpides de son interlocutrice qu'il lui livra la véritable raison de sa visite, sans toutefois mentionner Abigail ou sa crise de foi.

— Des descendants des Anasazis dans cette région ? Je n'ai jamais rien entendu de tel, mais c'est une théorie fascinante. Vous savez s'ils appartiennent à la famille uto-aztèque ?

— Je n'en ai pas la moindre idée, avoua Faraday.

Le soleil illuminait les cheveux d'Elizabeth, qui ne portait pas de chapeau, contrairement à beaucoup de femmes soucieuses de préserver la clarté de leur teint. A l'occasion, elle ne refusait pas un verre de whisky, penchant là encore assez peu répandu chez le sexe dit faible. Bien qu'averti de son caractère non conformiste, Faraday resta bouche bée quand elle enflamma une allumette et alluma négligemment une Camel. C'était la première fois qu'il voyait une femme fumer. Mais malgré ces habitudes masculines, Elizabeth Delafield lui semblait un modèle de féminité.

— Les Anasazis sont au cœur d'un grand mystère. Voilà un peuple qui prospérait et qui a brusquement disparu sans laisser de traces. Vous savez, docteur Hightower, beaucoup se demandent : « Mais enfin, où sont-ils allés ? » On ne se pose pas la bonne question. La bonne question, c'est...

— « Pourquoi ne sont-ils pas revenus ? »

Pendant une seconde, ils furent liés par le regard. Faraday avait lu dans la pensée de la jeune femme et achevé sa phrase à sa place.

— La culture des Indiens est en voie d'extinction, reprit Elizabeth d'un ton mélancolique. Beaucoup vivent dans des réserves et dépendent du gouvernement fédéral pour se nourrir, se vêtir et se soigner. Comme les écoles du gouvernement leur enseignent l'anglais au détriment de leur langue maternelle et qu'on leur interdit de pratiquer leur religion, cette disparition paraît inévitable. Chaque fois qu'une tribu perd un de ses anciens, des traditions tombent dans l'oubli. C'est pourquoi je me suis fixé pour but de réunir des bribes de cette culture menacée, notamment l'art rupestre.

Le mot « extinction » avait alarmé Faraday. Si une culture enracinée dans la région depuis plus de mille ans risquait de se perdre, l'isolement dans lequel semblaient vivre les ultimes dépositaires de la sagesse des Anasazis les fragilisait d'autant plus.

Pourtant, les paroles d'Elizabeth avaient suscité chez lui un intérêt inattendu. A sa grande surprise, il s'était subitement senti très curieux de tout ce qui concernait les Anasazis, non pour les besoins de sa quête spirituelle, mais parce qu'il ne restait rien de leur culture.

Quand il l'interrogea au sujet du mot *hoshi'tiwa*, Elizabeth répondit qu'il devait s'agir d'un nom.

— Un nom hopi, dirait-on.

— La jeune fille qui l'a prononcé devant moi était une Hopi.

Il lui montra le portrait qu'il avait fait de la jeune Indienne. Enthousiasmée, Elizabeth demanda la permission de le photographier. Trop content de lui être agréable, il tint le portrait à la lumière pendant qu'elle braquait son appareil vers lui. Il décida alors de lui soumettre les dessins que lui avait remis la bohémienne.

Elizabeth étudia longuement les deux croquis, son joli front plissé par la réflexion.

— La ligne brisée est un motif fréquent dans l'art indien, remarqua-t-elle. Toutefois, on ignore sa signification. Il ne désigne pas nécessairement un éclair. Quant à cette silhouette – on dirait un homme sans tête, les bras levés vers le ciel –, elle m'évoque un arbre de Josué.

— Un quoi ?

— Une espèce de yucca très répandue dans le désert Mojave. Vous avez dû en voir le long de la route de Barstow. Où avez-vous dit que vous viviez ?

— Près d'un village appelé Palm Springs.

— Les arbres de Josué poussent en abondance à quelques kilomètres au nord de chez vous. Mais la région est vaste, docteur Hightower.

Elle le conduisit à l'intérieur de la tente principale, où des étudiants identifiaient et cataloguaient les différents sites qu'ils avaient découverts, examinaient des fossiles, triaient et classaient des pointes de flèches et des silex taillés. Tandis qu'elle déroulait une carte des environs de Palm Springs, elle lui demanda si sa femme appréciait Coachella Valley.

— Il paraît que l'air sec est excellent pour la santé...

Quand il lui révéla qu'il était veuf, elle tourna la tête vers lui et une lueur d'intérêt vint troubler le calme de son regard bleu clair. Faraday sentit le désir l'envahir. Cette pulsion soudaine lui causa un choc. Malgré sa quête de Dieu, il ne pouvait s'empêcher d'admirer les vagues des cheveux platine de la jeune femme. Comme ils devaient être doux à caresser !

Heureusement, il ne risquait pas d'être tenté. Elizabeth le trouvait sans doute trop âgé. Il n'avait que quarante-sept ans, mais le traumatisme de Forbidden Canyon et l'épisode délirant qui s'était ensuivi l'avaient prématurément vieilli, striant de blanc sa barbe et sa chevelure de jais. D'après ses calculs, douze ans à peine les séparaient, mais cette différence devait paraître insurmontable à la jeune femme.

La chaleur et l'atmosphère confinée de la tente donnaient à leur conversation un caractère presque intime. Elizabeth montra à Faraday des photographies des œuvres que ses étudiants et elle avaient découvertes. La plupart étaient menacées de destruction, quand elles n'avaient pas déjà disparu.

— Cette photo a été prise aux environs de Baker, juste avant qu'une équipe d'ingénieurs des mines fasse sauter le flanc de la colline. D'après nos estimations, ces symboles gravés dans la roche remontaient à plusieurs siècles.

Elle lui révéla alors son véritable but.

— Je ne souhaite pas seulement photographier des pictographes, mais aussi les publier. Avec ce livre, j'espère émouvoir le peuple américain et le pousser à agir pour préserver ces chefs-d'œuvre avant qu'ils soient complètement perdus.

La passion enflammait ses joues et son regard tandis qu'elle lui exposait son rêve. En la regardant, Faraday se rappela l'adage qui affirme qu'un seul passionné vaut mieux que cent personnes intéressées. Son attention fut attirée par un curieux dessin montrant des hommes de haute taille, aux épaules anormalement développées, la tête couverte d'une sorte de bocal à poisson retourné.

— Qu'est-ce que cela représente ?

— Je n'en ai pas la moindre idée. Mais ce n'était pas la première fois que nous rencontrions ces drôles de silhouettes. Des êtres mythiques, à l'évidence. Peut-être vos Anasazis ?

Elle lui parla ensuite d'une légende navajo expliquant la disparition des Anasazis.

— Le mot Anasazi est en lui-même digne d'intérêt. Il serait plus juste d'écrire *Anaa'*, étranger, ennemi, et *sazi*, ancêtre. Ecoutez plutôt.

Ils étaient seuls à présent sous la tente. Elizabeth ouvrit un livre intitulé *Mon séjour chez les Dineh* et commença à lire. Sa voix était douce et son parfum exquis.

— « Le vieillard Navajo me révéla ce qu'il advint de leurs anciens ennemis. "Les Anaa'sazi, me dit-il, avaient le pouvoir de voler et de communiquer avec les esprits surnaturels. Mais en abusant de leur pouvoir, ils mécontentèrent les dieux, qui leur envoyèrent des tourbillons de flammes ainsi qu'une bête à un œil et une bête à une corne qui crachaient du feu. Les Anaa'sazi savaient comment se déplacer grâce à l'éclair, mais ils abusèrent de leur pouvoir en foudroyant leurs ennemis, alors les dieux les foudroyèrent et expédièrent les survivants dans le ciel avec des flèches enflammées." »

— La foudre ! s'exclama Faraday. Croyez-vous que cela ait un rapport avec le deuxième croquis ? Que signifie tout ceci ? reprit-il après avoir longuement réfléchi au passage que lui avait lu Elizabeth.

La jeune femme referma le livre.

— Les Navajos racontent beaucoup d'histoires à propos des gens qui peuplaient le Nouveau-Mexique avant que leurs ancêtres n'arrivent du nord. Ces récits ne sont pas très flatteurs, pour ne pas dire plus. Les antagonismes sont encore bien marqués après toutes ces générations.

Faraday décida qu'Elizabeth était capable de garder un secret et qu'il pouvait lui montrer ce qu'il avait gardé pour lui jusque-là. C'est à lui et à personne d'autre que la jeune Indienne avait confié la *olla* dorée.

Elizabeth étouffa un cri de stupeur en découvrant son dessin.

— Quelle splendeur ! Vous dites avoir trouvé cette jarre à Chaco Canyon ?

— Plus précisément à Pueblo Bonito. Je l'ai déterrée moi-même. Pourriez-vous la dater ?

— La forme et le décor permettent de la ranger dans la période dite Pueblo III. Epoque pré-hispanique, assurément. D'après ce que je sais de Chaco Canyon et de la date approximative de l'exode qui l'a vidé de ses habitants, je dirais que cette pièce remonte au XIIe siècle de notre ère.

— Le décor a-t-il une signification précise ?

— On suppose que les motifs géométriques symbolisent l'équilibre naturel. Les poteries étaient et demeurent un élément essentiel de la culture indienne. Leur rôle n'est pas uniquement utilitaire, et leur fabrication relève du sacré. Les potières prient avant et pendant le travail. Mais ce décor donne une impression de chaos, presque de violence. On est loin de l'harmonie universelle. Peut-être représente-t-il un événement dramatique.

Faraday frissonna, se rappelant les paroles de John Wheeler. Celui-ci avait évoqué des pratiques cannibales et des massacres à grande échelle.

— Pourtant, reprit Elizabeth d'un ton songeur, il se dégage de la beauté de cette violence. Une beauté incommensurable.

Elle délimita avec ses pouces et ses deux index un cadre qu'elle promena au-dessus du croquis, s'arrêtant pour étudier tel ou tel détail.

— Ça alors !

— Quoi ?

Comme Faraday se penchait vers elle pour mieux voir, un délicat parfum de rose parvint à ses narines.

— Regardez cette créature à quatre pattes. Ce pourrait être un chien ou un mouton. Et là, ajouta-t-elle en déplaçant ses mains. Ne dirait-on pas un arbre ? Ce symbole-ci représente l'eau et celui-là, une étoile.

— Au temps pour le chaos, murmura Faraday.

La disposition des points, des lignes et des spirales ne devait rien au hasard. Il se demanda comment il avait pu ne pas le remarquer quand il avait dessiné la jarre. La où il n'avait vu qu'un fouillis, il distinguait à présent chaque symbole – l'arbre, l'homme, le faucon – à l'intérieur du cadre circonscrit par les adorables mains d'Elizabeth.

— Il n'y a qu'en les isolant de l'ensemble qu'on parvient à identifier chacune des parties, observa la jeune femme. Un peu comme si...

— Oui ?

— Comme s'il y avait un message caché. On dirait les pièces d'un puzzle.

— Un puzzle ?

— La solution de l'énigme appartient certainement à la culture des Anasazis, reprit Elizabeth. Quelle signification ces formes géométriques et ces symboles avaient-ils pour eux ? Hélas, nous savons peu de choses des anciens habitants du Nouveau-Mexique. Ces décors n'ont pas de sens sortis de leur contexte... Comme c'est étrange !

La jeune femme prit le dessin suivant dans ses belles mains fines. Elle avait de longs doigts effilés et des ongles manucurés, même si elle escaladait des rochers et creusait le sable.

— Les symboles ne se répètent pas. C'est très inhabituel.

— Peut-être racontent-ils une histoire ?

— Possible. Mais alors, où est le début et où est la fin ?

Son regard se fixa sur Faraday qui aurait bien voulu se noyer dans ses grands yeux bleus.

— A moins qu'il ne s'agisse d'un récit circulaire, sans début ni fin.

— Je suis venu ici en quête de réponses, fit Faraday d'un air pensif, mais jusqu'ici, je n'ai fait que soulever de nouveaux mystères.

Quelles merveilles vais-je encore découvrir ? songea-t-il tandis qu'il s'imprégnait de la beauté de son interlocutrice.

43

— Personne n'est capable d'interpréter l'art rupestre des Indiens, expliqua Elizabeth Delafield à Faraday. On ignore si leurs pictographes avaient une valeur symbolique ou littérale, s'ils étaient disposés au hasard ou s'ils racontaient une histoire.

Ils exploraient le lit étroit d'un arroyo dont les berges en basalte étaient couvertes de peintures et de gravures bizarres. Faraday tentait de se concentrer sur ce que disait sa compagne, mais, comme celle-ci marchait devant lui, il ne se lassait pas d'admirer sa silhouette élancée et sa chevelure blonde qui le guidait tel un fanal.

Son désir le rendait furieux. Un homme engagé dans une quête spirituelle ne devait pas se complaire dans des rêveries aussi viles. Il attribuait celles-ci aux démons de Chaco Canyon et comptait sur la fermeté de son âme pour vaincre la puissance du malin et surmonter la faiblesse de sa chair.

Les cailloux et les fragments de roche rendaient leur progression difficile. De temps en temps, le professeur Delafield le regardait et lui souriait. Il lui rendait alors son sourire, fier de savoir qu'il résisterait à la tentation.

Mais sa résolution faiblit dès qu'ils abordèrent la montée.

Faraday était habitué à ce que les femmes cachent leurs jambes sous des jupes longues même si, en tant que médecin, il lui arrivait fréquemment d'examiner des cuisses et des mollets dénudés. Toutefois, son intérêt était alors purement professionnel et dénué de concupiscence. En revanche, il ne parvenait pas à détacher ses yeux des jambes d'Elizabeth et de ses cuisses robustes, moulées dans un pantalon qui laissait peu de champ à l'imagination, tandis qu'ils gravissaient la pente modérée de l'arroyo. L'émotion lui coupait le souffle, au point d'alarmer le professeur quand elle s'arrêta et se tourna vers lui.

— Vous allez bien ? Vous êtes tout rouge !

Il marmonna une vague explication – il manquait d'entraînement – et insista pour qu'elle continue sans lui, lui promettant de la rattraper plus tard. Assis sur un rocher, il attendit qu'elle ait disparu derrière un tournant pour desserrer le col de sa chemise et s'éventer avec son chapeau. Que faisait-il encore là, alors qu'il avait obtenu le renseignement qu'il était venu chercher ?

« Vous devriez chercher dans le secteur de Joshua Tree », lui avait dit Elizabeth la veille, alors qu'ils se trouvaient sous la tente principale.

Elle avait ajouté : « Le carré avec l'éclair pourrait figurer une mine. Celles-ci étaient nombreuses dans la région. »

Ainsi, plus rien ne le retenait. Pourtant, il restait. Pour s'assurer que le professeur Keene ne risquait pas de faire une rechute, parfaire sa connaissance des Indiens, attendre que le temps s'améliore, enrichir sa collection en dessinant des pièces rares...

En bref, il s'inventait mille prétextes pour ne pas s'avouer qu'il répugnait à quitter Elizabeth Delafield.

Ils trouvèrent une abondance de pétroglyphes sur les parois de Butterfly Canyon. Faraday faisait de son mieux pour s'intéresser à leur découverte, mais en raison de l'étroitesse du lieu, le bras d'Elizabeth frôlait le sien chaque fois qu'elle lui montrait un symbole ou une silhouette évoquant un mouflon ou un serpent à sonnettes. Son haleine tiède caressait parfois la joue de son compagnon, et, quand elle lui indiquait un motif haut placé, le tissu de sa chemise se tendait sur ses seins, amenant Faraday au bord de l'apoplexie.

Alléguant qu'il était encore mal remis de l'affection qui l'avait cloué au lit à Albuquerque, il demanda à regagner le campement pour se reposer. Elizabeth accepta de bonne grâce.

Pendant le déjeuner, la conversation porta sur les chamanes indiens. Oubliant le malaise qui l'avait saisi dans l'arroyo, Faraday plaisanta de bon cœur avec sa charmante amie. Mis en confiance, il lui parla de sa fille, des circonstances de sa naissance et de son veuvage. Il n'en dit pas plus, mais elle parut comprendre à demi-mot.

Quand Elizabeth lui demanda qui s'occupait de Morgana, il préféra mentir que de baisser dans son estime. En effet, pensait-il, même une femme moderne aurait été choquée d'apprendre qu'il vivait avec la sœur de sa défunte femme en dehors du cadre marital. Cette situation avait déjà scandalisé les hôtesses de plusieurs pensions d'Albuquerque quand il lui arrivait de passer la nuit en ville. Il se borna donc à dire que Morgana était élevée par une personne de confiance, ce qui était d'ailleurs la pure vérité.

Le temps semblait s'être arrêté. Elizabeth et lui continuèrent à explorer la région et à se passionner pour les découvertes qu'ils décrivaient avec enthousiasme au reste de l'équipe, chaque soir au dîner. Elizabeth photographiait les symboles et les motifs couvrant les parois et les rochers pendant que Faraday dessinait les nuages, les faucons, les soucis et les collines de Californie. La palette du désert Mojave comportait mille nuances – l'orange du papillon monarque, le rose des saules, le bleu vif du gros-bec, le jaune du loriot, les ailes blanches des colombes et le ventre noir des cailles, ainsi que les différents degrés de brun et de mauve que revêtaient le sable et les montagnes. Ils faisaient ensemble de longues promenades sous le soleil ou les étoiles, abordant tous les sujets qui leur passaient par la tête.

— Vous n'êtes pas comme la plupart des hommes, docteur Faraday, lui confia un jour Elizabeth. Mes confrères ont du mal à me prendre au sérieux parce que je suis une femme, et les autres croient à un caprice qui devrait me passer avec le mariage et la maternité. Vous, vous respectez à la fois ma personne et mon travail. C'est plutôt rare.

Elle aussi appartenait à une espèce rare. Elle avait l'habitude de fredonner des airs populaires en marchant, en particulier des *rags* de Scott Joplin. Merveilleuse Elizabeth, aussi radieuse que l'astre du jour, et qui n'avait pourtant aucun sens du rythme ! Cette imperfection ne la rendait que plus chère au cœur de Faraday.

S'il se posait beaucoup de questions sur sa vie privée, il n'osait l'interroger. Apparemment, aucun homme ne l'attendait dans l'est. A présent qu'il la connaissait mieux, il percevait chez elle une certaine retenue, comme si elle se surveillait. Au cours de leurs excursions, quand ils devaient enjamber de grosses pierres ou escalader des rochers, il arrivait qu'ils se prennent par la main ou que Faraday serre dans ses doigts la taille fine de sa compagne pour l'aider à sauter. Quand leurs regards se croisaient, les silences entre eux s'étiraient et ils oubliaient de finir leurs phrases, jusqu'à ce que l'un d'eux rompe le charme en prononçant une banalité.

Faraday en vint à soupçonner Elizabeth de réprimer les sentiments qu'elle lui portait, et son désir n'en devint que plus vif.

44

Faraday rêvait qu'il se trouvait à bord du *Caprica*, en train de boire avec les officiers pendant qu'Abigail se vidait de son sang dans leur cabine. Il avait dû crier dans son sommeil, car, lorsqu'il se dressa sur son lit de fortune, il perçut une présence apaisante à ses côtés et reconnut Elizabeth à son parfum.

Elle l'enveloppait dans ses bras et lui caressait les cheveux en murmurant des paroles de consolation. Bouleversé, il éclata en sanglots et vida son cœur, lui avouant comment son arrogance et sa vanité avaient causé la mort de sa femme.

Quand il eut pleuré tout son soûl, Elizabeth s'écarta et lui dit en le fixant de son regard d'azur :

— Tout accouchement comporte des risques, Faraday. C'est parfaitement naturel. La médecine moderne fait ce qu'elle peut et le reste est entre les mains de Dieu. Ma propre grand-mère est morte en donnant le jour à ma mère. Pendant des années, celle-ci s'est crue responsable de ce malheur. Mais elle a fini par l'accepter, et je vous engage à en faire autant.

Elle essuya le visage plein de larmes de l'homme et reprit plus doucement :

— Vous êtes quelqu'un de bien, Faraday. Contrairement à la plupart, ce n'est pas la soif de l'or qui vous a attiré ici, mais le désir de retrouver un peuple menacé d'extinction. Il n'existe pas de cause plus noble à mes yeux.

— Hélas ! J'aimerais vous donner raison, Elizabeth, mais je vous ai menti. Je vous ai trompée sur ma vraie nature !

Il parlait avec précipitation, comme s'il craignait que son courage l'abandonne.

— La jeune fille hopi dont je vous ai montré le portrait... Elle m'est apparue en pleine nuit à Chaco Canyon. Et nous n'étions pas seuls : j'ai senti une présence maléfique avec nous. Elizabeth, j'ai peur que le démon m'ait souillé ! Les flammes de l'enfer me terrifient, et je redoute de mourir avant d'avoir trouvé Dieu et la rédemption. Le canyon des anciens m'a volé mon âme, et seuls leurs descendants, cachés quelque part dans le désert californien, ont le pouvoir de me la rendre. Je suis un imposteur ! Un charlatan ! Si je recherche les Indiens, c'est pour mon salut. La peur et l'égoïsme dictent ma conduite, et non le désir de préserver leur culture en éclairant le reste de l'humanité, comme vous. Je ne suis pas digne de vous et de l'estime que vous semblez me porter !

D'un geste tendre, elle cueillit son visage dans ses mains.

— Cessez de dire des bêtises. Vous n'avez rien d'un affreux égoïste. J'ai vu vos dessins. Ils expriment le respect et l'admiration jusque dans les moindres détails. Ce sont les œuvres d'un artiste passionné par son sujet. Vous ne le savez pas encore, mais nous sommes semblables. Comme moi, vous désirez sauver cette culture de l'oubli.

45

Faraday était décidé à partir.

Il se sentait incapable de rester après sa confession à Elizabeth. Quand tout le monde fut rassemblé autour du feu, à l'heure du petit déjeuner, il annonça à ses nouveaux amis qu'il partirait le jour même pour Barstow, où il prendrait le train pour Los Angeles, puis pour Boston. Son âme était partagée entre la satisfaction et la tristesse. Deux Faraday Hightower firent leur valise ce matin-là : celui qui n'aspirait qu'au salut et celui qui brûlait de serrer Elizabeth Delafield sur son cœur.

Ses compagnons avaient accueilli la nouvelle de son départ avec tristesse, même s'ils comprenaient son désir de revoir sa famille. Puis Elizabeth avait surgi sur le seuil de sa tente, ses cheveux blonds auréolés de lumière.

— S'il vous plaît, ne partez pas. Pas aujourd'hui. Vous pouvez bien rester jusqu'à demain. Aujourd'hui, j'aimerais vous faire voir quelque chose.

Leurs regards se croisèrent et Faraday dut s'avouer qu'il était heureux qu'elle lui demandât de rester.

— Que souhaitez-vous me montrer ?

— En réalité, j'ai une requête à vous présenter. Nos photographies en noir et blanc ne rendent pas justice à la beauté des fresques. Vous avez le sens de la couleur et excellez à reproduire les nuances de bleu d'un papillon ou d'une jacinthe. Peut-être allez-vous me trouver présomptueuse, mais j'aurais aimé...

L'excitation qui couvait en lui depuis tant de jours éclata brusquement sur le visage de Faraday. Il s'imagina en train d'insuffler la vie à des décors en noir et blanc par la seule magie de ses pinceaux.

Contre toute attente, il s'était découvert une nouvelle vocation : seconder Elizabeth dans sa mission en sauvant une culture menacée de l'oubli.

46

Faraday se rendit à Barstow, d'où il envoya un télégramme à Bettina, lui disant qu'il allait bien mais avait été retenu. Il retourna ensuite au camp, où Elizabeth l'attendait avec des bidons d'eau, un panier de pique-nique et une carte tracée à la main. Ils devaient en effet se mettre au travail l'après-midi même, au moment où la lumière était la plus saisissante.

Tout à son bonheur, Faraday remarqua à peine la tortue géante qu'ils dépassèrent en pleine montée, les délicates fleurs blanches – des roses du désert – qu'ils piétinaient ou le moucherolle vermillon qui s'envola d'un bouquet de mesquites à leur passage.

Il n'avait pas oublié les chamanes ni les démons qui le hantaient depuis Forbidden Canyon, mais le désert était beau sous le soleil et sa nouvelle passion emplissait son cœur.

Elizabeth lui expliquait que le site qu'ils allaient visiter – son préféré – était si bien préservé qu'elle comptait l'utiliser pour la couverture de son livre quand une détonation brisa le silence.

— Qu'est-ce que c'était ?

— On aurait dit le tonnerre, hasarda Faraday.

Pourtant, le ciel était parfaitement dégagé au-dessus de Smith Peak.

Soudain l'écho d'une deuxième détonation roula à travers la montagne.

— Des coups de feu ! s'exclama Elizabeth.

— Mon Dieu !

Etaient-ils tombés sur des chasseurs ou, pire, sur des bandits ? L'époque de l'Ouest sauvage était à peine révolue.

Ils pressèrent le pas tandis que les déflagrations se succédaient, pensant que quelqu'un avait besoin d'aide. Elizabeth accéléra encore l'allure quand il apparut que les coups de feu provenaient du site vers lequel ils se dirigeaient. Ayant contourné un énorme rocher, ils découvrirent deux hommes armés de revolvers qui tiraient à tour de rôle avec des cris de joie.

Ils utilisaient les pétroglyphes comme cibles.

Un véritable hurlement jaillit de la gorge d'Elizabeth, qui se rua vers les vandales en brandissant sa canne. Faraday fut tellement abasourdi qu'il resta cloué sur place.

Les deux tireurs s'étaient immobilisés, bouche bée. Quand la jeune femme fut sur eux, elle se mit à les frapper, faisant pleuvoir les coups sur leurs têtes et leurs épaules en proférant des jurons. Les deux hommes levèrent les bras afin de se protéger, protestant :

— Enfin, qu'est-ce qui vous prend ?

Ils finirent par battre en retraite en leur lançant des insultes. Ils venaient de quitter la clairière quand Faraday entendit des hennissements et un bruit de galop.

Le visage cramoisi, la poitrine soulevée par la fureur, Elizabeth lâcha sa canne et se précipita vers la paroi rocheuse.

Celle-ci était entièrement criblée d'impacts de balles. Il ne restait rien des pétroglyphes.

La jeune femme fondit en larmes. Les mains posées sur la paroi détruite, elle pleura à gros sanglots et se laissa glisser à terre, à bout de forces.

Faraday s'agenouilla près d'elle.

— Je suis navré, murmura-t-il, partagé entre le désir de la prendre dans ses bras et l'envie de poursuivre et rosser proprement les deux vandales.

Partagé entre tendresse et colère, il se sentait incapable du moindre geste.

— Il ne reste rien, gémit Elizabeth.

Quand elle écarta les mains de son visage, Faraday fut secoué par une émotion violente. Ses beaux yeux bleus noyés de pleurs exprimaient une incompréhension qui lui perça le cœur.

— Pourquoi ont-ils fait ça ? Faraday, pourquoi ?

Il l'attira à lui et l'enveloppa de ses bras. Elle recommença à pleurer, trempant sa chemise de ses larmes. Au bout d'un moment, ses sanglots s'apaisèrent et elle resta silencieuse, le visage enfoui contre sa poitrine, comme pétrifiée.

— Qui sait ce qui pousse un homme à agir comme il le fait ? déclara Faraday. Vous ne pouvez pas les protéger tous, Elizabeth. Vous n'êtes pas responsable.

A cette seconde, il prit conscience de tout ce qu'ils avaient en commun : l'énergie, la passion, la culpabilité... Quand elle leva son visage vers lui, il approcha ses lèvres des siennes car les mots ne suffisaient plus, n'étaient même plus nécessaires. Leur étreinte effaça la peur et la douleur qui subsistaient en lui. La vue de cette femme si forte et si belle dans la lumière du désert l'emplissait de reconnaissance. Comment Dieu avait-il pu faire un tel cadeau au misérable pécheur qu'il était ?

Après l'amour, alors qu'ils étaient encore enlacés, Elizabeth lui fit un aveu :

— J'ai beaucoup souffert, Faraday. A deux reprises, j'ai eu le cœur brisé par des hommes à qui j'avais accordé mon amour et ma confiance. A leurs yeux, je n'étais qu'un trophée destiné à flatter leur orgueil masculin. Ils m'ont abandonnée sans remords après m'avoir séduite. Je ne survivrais pas à une nouvelle déception. Jure-moi que tu ne me trahiras pas. Si c'était le cas, mon cœur se refermerait pour toujours et je ne ferais plus jamais confiance à aucun homme jusqu'à la fin de mes jours.

Faraday promit, ému par la vulnérabilité qu'il percevait chez cette femme par ailleurs si forte. A cet instant, rien ne comptait plus pour lui que son désir de la protéger. Si quelqu'un avait osé porter la main sur elle, il l'aurait tué sur-le-champ.

47

— Quel est ton désir le plus cher, Elizabeth ?

Une couverture, un panier de pique-nique et les pins du désert qui étendaient leur ombre au-dessus d'eux : les deux amants se trouvaient dans leur canyon favori, où personne ne risquait de les surprendre.

— Tu vas te moquer de moi, mais j'aimerais visiter l'Egypte. Depuis que je suis toute petite, je rêve de descendre le Nil en felouque, de monter au sommet des pyramides et de m'asseoir au pied du Sphinx. Voir l'endroit où est né Moïse, où Marie et Joseph se sont reposés avec l'enfant Jésus. Monter à dos de chameau, assister à un spectacle de danse du ventre, boire un café épouvantable, peut-être même fumer le narguilé !

Faraday lui caressa les cheveux.

— Alors, il faut que tu y ailles.

— Avec mon salaire ?

Elle rit et se blottit contre lui.

— Et toi, Faraday ? De quoi rêves-tu ?

— De t'emmener en Egypte.

Ils éclatèrent de rire, puis firent à nouveau l'amour.

Le lendemain matin, un grand malheur s'abattit sur le camp.

— Il n'y a plus de café ! annonça Harry, un membre de l'équipe, comme Elizabeth émergeait de sa tente.

— C'est impossible, fit-elle, surprise. Nous avons pourtant fait attention.

— Pas moyen de travailler sans café, reprit Harry.

C'était un garçon d'à peine vingt ans, secrètement amoureux de son joli professeur.

— J'irai en chercher, proposa Faraday. De quoi d'autre avons-nous besoin ?

Après la période d'isolement qu'ils venaient de vivre, les étudiants saisirent l'occasion qui leur était offerte d'améliorer leur ordinaire. Harry avait une folle envie d'oranges. Joe, un fils d'immigrants italiens, le premier de sa famille à aller à l'université, réclama du salami et du vin rouge. Cynthia, la seule autre jeune femme de l'équipe, avait désespérément besoin de shampooing. La liste ne cessa de s'allonger jusqu'au départ de Faraday, qui promit de revenir avec les trésors demandés.

Il resta absent trois jours. L'après-midi où il revint avec deux mules chargées à l'extrême, on vit Harry surgir du canyon en criant qu'il avait découvert une série de pétroglyphes extraordinaires. Elizabeth avait souffert de l'absence de son amant et aspirait à se retrouver seule avec lui. Toutefois, la curiosité professionnelle fut la plus forte. Il fallait qu'elle voie immédiatement la trouvaille de son élève.

— C'est par là, indiqua Harry, tout essoufflé, en agitant le bras. Il faut compter plus d'un jour de marche.

Elizabeth supplia son amant de l'accompagner, mais le professeur Keene ne se sentait à nouveau pas très bien, et Faraday lui-même était fatigué d'avoir couru tout Barstow et au-delà pour rassembler les provisions commandées. Elizabeth partit donc à l'assaut de Butterfly Canyon avec Harry et Cynthia. Le temps de se munir d'un sac à dos et de vivres, le trio se mit en route, laissant le camp sous la garde de leurs cinq compagnons.

Deux jours plus tard, ils étaient de retour, le moral en berne.

— Je suis vraiment désolé, docteur Delafield, répétait Harry, l'air déconfit. Dans mon excitation, j'ai omis de noter l'emplacement du site.

Elizabeth s'assit lourdement devant le feu et accepta avec reconnaissance la tasse de café que lui tendait Faraday. Après avoir expliqué qu'ils venaient de perdre deux journées en vaines recherches, elle se dépêcha de rassurer Harry, lui disant qu'ils feraient une nouvelle tentative plus tard.

A mesure que le soleil descendait derrière les montagnes, colorant en différentes nuances de rose le blanc de l'ancien lac salé, l'humeur de l'équipe s'assombrit. Pendant que Cynthia préparait des sandwichs, le professeur Keene se retira sous sa tente. Joe en fit autant, prétextant du courrier urgent, tandis que Harry s'enfermait dans la tente principale pour étudier les cartes de la région.

— Que se passe-t-il ? interrogea Elizabeth après un regard appuyé à son amant.

— Comment ça ?

Le visage de Faraday rayonnait à la lumière des flammes.

— Tu te conduis bizarrement. Différemment. Quelque chose ne va pas, ajouta-t-elle. Je le sens.

Il se leva d'un bond et s'éclaircit la voix.

— Je voudrais te parler en privé. Pas ici, insista-t-il devant l'expression alarmée de la jeune femme. Personne ne doit nous entendre.

— Faraday...

— C'est important, Elizabeth.

— Tu me fais peur.

Il l'entraîna un peu à l'écart et toussa à nouveau. Puis il se mit à piétiner en jetant des coups d'œil vers les tentes.

Voyant qu'il n'était pas décidé à parler, Elizabeth se lança :

— Tu as quelque chose à me dire ?

— Pas tout à fait. Plutôt, je voudrais t'emmener quelque part.

Elizabeth resta interloquée. Soudain un sourire éclaira le visage de Faraday.

— Ferme les yeux, dit-il.

— Quoi ?

— Je t'en prie, ma chérie.

Pour plus de sécurité, il mit une main devant les yeux de la jeune femme et la guida à travers le camp jusqu'à sa tente. Celle-ci était entièrement illuminée. Les membres de l'équipe avaient allumé toutes les lampes qu'ils avaient trouvées alors qu'elle avait le dos tourné. Pendant qu'ils approchaient, les autres se rangèrent en demi-cercle devant l'ouverture de la tente, pouffant discrètement.

— Vous pouvez entrer, *memsa'ab*, annonça Faraday.

Ses paroles déclenchèrent l'hilarité générale. Joe partit d'un rire incontrôlable tandis qu'Elizabeth pénétrait sous la tente. Passé le seuil, elle promena autour d'elle un regard d'abord confus, puis carrément stupéfait.

Ses meubles, ses livres et toutes ses affaires avaient disparu. En revanche, on avait recouvert le sol de tapis et de coussins et tendu autour de la tente des draps sur lesquels on avait peint des paysages. Un panneau représentait des palmiers sur la berge d'une rivière et des bateaux aux voiles triangulaires sur un lointain arrière-plan de falaises sableuses. Un autre montrait des minarets et des dômes, un bazar grouillant de femmes voilées et d'hommes coiffés de fez. Le troisième éclipsait les autres par son décor à la beauté majestueuse : des pyramides dressées vers le ciel et, surgissant du sable, une étrange tête surmontée de la coiffe d'un pharaon oublié : le Sphinx.

— On n'a jamais manqué de café. C'est moi qui ai eu l'idée du complot, se vanta Joe, le jeune Italo-Américain. Le docteur Hightower a dit qu'il voulait vous faire une surprise...

— Nous avons aussitôt proposé de l'aider, ajouta Cynthia, radieuse.

— Je n'ai découvert aucun nouveau site, docteur Delafield, précisa Harry avec un sourire penaud. C'était une ruse pour vous éloigner du campement le temps que le docteur Hightower et nos amis créent ceci.

— Quant à moi, plaça le professeur Keene, j'ai servi d'alibi au docteur pour lui éviter de vous accompagner.

— Vous n'étiez pas fatigué ? s'enquit Elizabeth.

Keene se frappa la poitrine.

— Moi ? Je ne me suis jamais aussi bien porté !

Il reprit à l'intention des autres :

— Je suggère que nous laissions ces jeunes gens visiter l'Egypte. Qu'en dites-vous ?

— Alors, Cynthia ? Ils sont où, ces sandwichs ? demanda Joe, impatient de goûter le salami rapporté par Faraday.

Faraday et Elizabeth restèrent seuls sous la tente. Quand les voix de leurs compagnons se furent fondues dans la nuit, la jeune femme demanda :

— Comment as-tu fait ça ?

Elle jetait autour d'elle des regards émerveillés. Faraday rit et passa un bras protecteur autour de ses épaules.

— Ça n'a pas été facile. J'ai dû me procurer de la peinture, des draps, sans compter tout le reste. Mais j'étais bien secondé.

— Vous avez dû travailler jour et nuit !

— Tes étudiants t'aiment, tu le savais ? Et moi aussi, ajouta-t-il tendrement.

Elle se mit à pleurer, le visage enfoui dans ses mains.

— Allons, allons, murmura Faraday en l'attirant contre lui.

— C'est une telle joie. Je n'ai jamais été aussi heureuse de ma vie !

Elle promena son regard autour de la tente, admirant le travail remarquable de ses amis. Elle n'eut aucun mal à différencier les scènes dues au talent de Faraday – le bazar du Caire était si bien rendu qu'il lui semblait entendre l'appel du muezzin – de celles exécutées par ses assistants.

— C'est un chameau ?

— Peint par le professeur Keene. Il en est très fier.

— Oh ! Faraday, soupira-t-elle à nouveau. Faraday...

48

Faraday retourna à Barstow et adressa un nouveau télégramme à Bettina afin de la rassurer. Mais cette situation ne pouvait s'éterniser : il était resté trop longtemps absent et désirait ardemment serrer sa fille dans ses bras.

— Viens avec moi, Elizabeth. Nous chercherons les chamanes ensemble. Pense aux découvertes que nous ferons !

Elizabeth lui avoua qu'elle souhaitait l'épauler dans ses recherches et que sa proposition la comblait. Elle aurait dû reprendre l'enseignement à la fin de son congé sabbatique, mais elle préférait de beaucoup le travail de terrain. Faraday nageait dans le bonheur.

— J'ai le sentiment que le décor de la jarre dorée récapitule le périple de tes chamanes, poursuivit la jeune femme. A nous deux, je suis certaine que nous parviendrons à le déchiffrer. La plupart des tribus et familles indiennes du Sud-Ouest ont fait l'objet d'études, toutefois il subsiste des poches de population isolées. Si tes chamanes n'ont jamais été en contact avec l'homme blanc, ils ont probablement conservé leur mode de vie traditionnel. Ce serait une découverte historique. Après ça, nous n'aurons plus qu'à écrire un livre. Quelle équipe nous formons !

Faraday redevint sérieux.

— Elizabeth, nous devons parler mariage.

Ce n'était pas la première fois que le sujet venait sur le tapis.

— Rien ne presse, Faraday. J'attache du prix à mon indépendance. Tu devrais le savoir, à présent.

— Mais un jour, tu voudras des enfants.

Elizabeth eut un sourire amusé.

— Tu sais, toutes les femmes n'aspirent pas à devenir mères.

Faraday fut désarçonné. Il avait toujours pensé que les femmes rêvaient toutes de donner le jour – n'avaient-elles pas été créées dans ce but ? Mais l'originalité d'Elizabeth ne la rendait que plus chère à ses yeux.

— Pour notre voyage de noces, nous irons en Egypte.

— J'ai déjà été en Egypte.

— Je t'aime, Elizabeth.

— Je t'aime aussi, dit-elle après l'avoir embrassé.

Elizabeth l'accompagna à la gare où elle lui remit un cadeau.

— Il est très vieux. On m'a dit que le secret de sa fabrication était en train de se perdre.

Les paniers paiutes étaient admirablement conçus. Après avoir fait fondre de la résine de pin, on en badigeonnait l'extérieur d'un panier préalablement frotté avec une bouillie de feuilles de cactus. Puis on versait le reste de la résine à l'intérieur du panier, dans lequel on faisait rouler des pierres chauffées pour lui éviter de durcir avant d'avoir colmaté tous les interstices. Une fois sec, cet enduit translucide prenait la teinte de l'ambre et devenait étanche, ce qui permettait de transporter de l'eau dans le panier.

Faraday assura à Elizabeth que son présent trônerait au milieu de sa collection. De son côté, elle promit de le rejoindre à la Casa Esmeralda un mois plus tard. Puis les deux amants s'embrassèrent et Faraday eut la sensation de voguer sur un nuage durant tout le voyage

49

Morgana se jeta dans les bras de son père, qui la fit tournoyer, lui arrachant de petits cris de plaisir.

— Vous êtes resté longtemps absent, remarqua Bettina tandis que son beau-frère plaquait un rapide baiser sur sa joue.

Faraday leur avait acheté des friandises – chocolats pour Morgana, biscuits digestifs pour Bettina – à la gare de Los Angeles, entre deux trains. Le panier paiute prit la place d'honneur parmi sa collection, bien que Bettina déclarât qu'elle n'avait jamais rien vu d'aussi laid. Faraday s'esclaffa et décida sur-le-champ d'emmener « ses deux femmes » à Los Angeles, où ils louèrent une suite luxueuse à l'Alexandria Hotel de Spring Street. Ils se rendirent dans une des nouvelles salles de cinéma de Broadway, où ils frémirent aux aventures de *Tarzan chez les singes* et rirent aux pitreries des Keystone Kops. Ils prirent le tramway pour Santa Monica, où Morgana, émerveillée, découvrit l'océan. Ils dînèrent dans les meilleurs restaurants et dépensèrent sans compter durant tout leur séjour.

De retour à la Casa Esmeralda, Faraday informa sa belle-sœur qu'il attendait de la visite et la pria de préparer une chambre. Dans son désir d'offrir le meilleur cadre possible à Elizabeth (quel contraste avec les tentes et le régime du camp !), il résolut de se rendre à Banning pour acheter de quoi améliorer le confort de sa chambre.

Elizabeth tendit un pourboire au portier qui l'avait aidée à descendre du train et mit une main devant sa bouche pour réprimer un rire. Elle n'avait pas ri autant depuis qu'elle était petite fille. En réalité, elle se sentait comme une petite fille. L'amour de Faraday l'avait rajeunie.

Si la scientifique n'aurait jamais osé se présenter en avance à un rendez-vous, l'amoureuse n'avait pu se résoudre à patienter une semaine de plus. D'autre part, elle désirait surprendre son amant comme il l'avait surprise avec son « voyage en Egypte ».

Derrière la vitre du taxi défilaient les palmiers et les dunes de sable, les montagnes au sommet enneigé et le ciel d'un bleu intense. Jamais elle ne s'était sentie aussi vivante ni aussi heureuse. Elle ferma les yeux et se représenta l'homme qu'elle chérissait. Sa quête idéaliste, sa maladresse en société, ses faiblesses tellement attendrissantes lui rappelaient don Quichotte. Mais comme amant, il n'avait rien de faible ni de maladroit. Le souvenir de son étreinte, de ses baisers, faisait battre son cœur plus vite ; elle aurait voulu crier au chauffeur d'accélérer.

La Casa Esmeralda était telle que Faraday la lui avait décrite : exotique, fastueuse, éloignée de tout. Ils allaient vivre de folles nuits de passion à l'abri de ses murs. Faraday lui avait demandé de l'épouser et elle comptait accepter.

La femme de chambre en tablier blanc amidonné ne l'étonna pas outre mesure, car elle était dans le style de la maison. En revanche, pendant qu'elle marchait derrière elle (le bruit de leurs pas sur le sol carrelé se mêlait au murmure d'une fontaine et au ronron des ventilateurs qui brassaient paresseusement l'air), elle fut surprise de voir la maison aussi propre et bien rangée. Connaissant son propriétaire, elle s'attendait à la trouver légèrement en désordre.

La domestique l'introduisit dans un salon digne d'une résidence new-yorkaise huppée, avec tentures de brocart, fauteuils de velours et tapis persans. L'attente augmenta l'excitation d'Elizabeth au point qu'elle se sentit bientôt prête à exploser.

— Que puis-je pour vous, mademoiselle Delafield ?

Elizabeth fit volte-face. Une femme se tenait sur le seuil – pas une domestique, à en juger par ses vêtements. Elizabeth se rappela alors la gouvernante à qui Faraday disait avoir confié sa fille.

— Je suis venue voir le docteur Hightower, dit-elle. Il ne m'attendait que dans quelques jours, mais j'ai avancé la date de mon arrivée.

— Mon mari est en déplacement.

Elizabeth resta bouche bée tandis que la femme avançait vers elle, la main tendue.

— Je suis Mme Hightower.

Elizabeth regarda tour à tour la main puis le visage souriant de son hôtesse.

— Mme Hightower ?

La femme laissa retomber son bras.

— Vous disiez que mon mari vous attendait ?

— Je vous demande pardon, vous avez bien dit *Mme* Hightower ?

— Oui, acquiesça Bettina. Le docteur Hightower est mon mari.

Elizabeth considéra son interlocutrice, puis le mobilier qui tranchait sur le style de la bâtisse, cherchant à comprendre. Elle se trouvait bien à Palm Springs, dans la maison que lui avait indiquée Faraday. Mais quelle était cette femme qui se prétendait son épouse ?

— Je ne comprends pas, avoua-t-elle.

Il était rare qu'elle ne trouve pas ses mots.

Bettina fronça les sourcils, puis son visage s'éclaira.

— Seigneur, soupira-t-elle. Il a recommencé.

Recommencé quoi ? songea Elizabeth. Au même moment, un horrible soupçon s'insinua dans son esprit, tel un reptile au corps froid. Elle se hâta de le repousser. Il s'agissait probablement d'une méprise. Une autre Casa Esmeralda, un autre Faraday Hightower.

— Je vous en prie, mademoiselle Delafield, asseyez-vous. Je vais tout vous expliquer.

Bettina s'était adressée à elle sur un ton compatissant et lourd de regrets.

Aussi raide qu'une statue, Elizabeth se posa sur un sofa en velours à passements dorés et écouta, consternée, son hôtesse évoquer les infidélités de Faraday.

— Je crains que vous ne soyez pas la première à vous méprendre sur les intentions de mon mari. J'ai appris à fermer les yeux sur ses écarts de conduite, par amour pour lui et pour le bien de notre fille.

Bettina avait à peine achevé son récit qu'une pendule sonna quelque part dans la maison. Après avoir longuement tourné les mots dans sa tête, Elizabeth déclara :

— Pardonnez-moi, mais je nage en pleine confusion. J'ai rencontré Faraday dans le désert près de Barstow, où mon équipe et moi effectuons des recherches sur l'art rupestre indien. Le docteur Hightower a sauvé la vie de l'un des nôtres. Je lui ai alors proposé de rester quelque temps avec nous.

Bettina écoutait dans un silence poli, les mains sur les genoux. Dans son regard, Elizabeth lisait de la compassion mêlée à un autre sentiment – la pitié ?

— Il m'a dit qu'il était veuf, que sa femme était morte en couches.

— Oui, ma sœur Abigail.

Abigail ! Faraday avait mentionné ce prénom. Ainsi, cette partie au moins de l'histoire était vraie.

— Ensuite, vous vous êtes… mariés ?

— Pour offrir un foyer stable à ma nièce, Morgana.

Elizabeth ferma les yeux. Elle devait faire un cauchemar ! Elle entendait Faraday lui répondre qu'il avait confié sa fille à une personne de confiance. Etait-ce un demi-mensonge ou une demi-vérité ?

Elle s'éclaircit la voix et reprit :

— Madame Hightower, votre mari m'a invitée à séjourner dans cette maison. Il a dit que je pourrais y rester aussi longtemps que je le souhaiterais. Est-ce qu'il… il vous en a parlé ?

— Je suis navrée, mais il n'a rien dit à ce sujet.

— Alors pourquoi…

Une domestique entra et disposa sur la table un élégant service en argent. Ayant échangé quelques mots avec « Mme Hightower », elle sortit discrètement.

Bettina tendit une main tremblante vers la théière.

— Ma fille et moi devions passer quelque temps à Los Angeles chez des parents. J'imagine que Faraday… sans doute pensait-il vous recevoir en notre absence.

Elle avait violemment rougi.

Elizabeth fut prise de vertige. Cette femme devait parler d'un autre homme ! Elle tentait de se convaincre que toute cette affaire n'était qu'un quiproquo (peut-être avait-elle mal compris le nom de la résidence du docteur Hightower) quand une fillette d'environ six ans, aux longs cheveux bouclés et à la robe impeccable, entra. Elle était le portrait vivant de l'enfant dont Faraday conservait la photo sur lui, sa fille Morgana.

La petite fille appela « maman » la femme qui prétendait avoir épousé Faraday. Au même moment, le soleil qui pénétrait à flots par la fenêtre fit briller l'alliance à son doigt. Tout à coup, Elizabeth avait l'impression de peser une tonne. Elle ne croyait pas Faraday capable de commettre un adultère. Pourtant, la preuve de sa duplicité était devant elle, et en tant que scientifique, elle n'avait jamais négligé une preuve.

L'idée que la femme pouvait mentir lui avait bien traversé l'esprit, mais la petite fille l'avait appelée « maman », et la domestique, « Mme Hightower ». Une telle mystification n'aurait pu avoir lieu sous le toit de Faraday sans qu'il la remarque. Il n'était quand même pas distrait à ce point !

Et pourtant, sa tendresse avait de tels accents de sincérité... Elizabeth avait déjà rencontré des hommes qui trompaient leur femme. Faraday ne leur ressemblait pas.

Il l'avait même demandée en mariage !

Elle dirigea son regard vers une fenêtre cintrée donnant sur un patio ensoleillé, envahi de bougainvillées violettes et orangées. Ce décor enchanteur paraissait bien réel et pourtant, elle avait l'impression de vivre un cauchemar.

Ses yeux revinrent se poser sur le masque de politesse glaciale de son hôtesse et, soudain, elle se sentit prise au piège. Si cette femme disait la vérité, la situation était intenable. Elle l'était tout autant si elle mentait pour des raisons connues d'elle seule. Dans un cas comme dans l'autre, Elizabeth était impuissante, du moins tant que durerait l'absence de Faraday.

— Quand revient-il ? demanda-t-elle, le cœur au bord des lèvres.

— Pas avant une semaine, répondit Bettina bien que Faraday lui eût annoncé son retour pour le lendemain.

Elizabeth perçut comme un défi derrière le sourire figé de la prétendue Mme Hightower. Dresse-toi sur ma route, semblait-elle dire, et tu le regretteras. Tout à coup, elle éprouva le besoin de se retirer pour rassembler ses idées et prendre une décision.

— Je ferais mieux de vous laisser, dit-elle.

Bettina se leva en même temps qu'elle.

— En effet. Je suis désolée que vous ayez appris la vérité de cette manière. Mais comme je l'ai déjà dit, vous n'êtes pas la première.

Elizabeth scruta le visage de la prétendue Mme Hightower. Quoique plus jeune qu'elle, elle paraissait aussi raide qu'une matrone d'âge mûr. Comme si elle jouait un rôle.

En proie à des émotions qu'elle n'aurait su nommer, Elizabeth s'excusa pour le dérangement qu'elle avait causé et sortit d'une démarche gracieuse. Elle se félicita de la prévoyance dont elle avait fait preuve en demandant au taxi de l'attendre. Plus tard, dans la solitude de son compartiment de train, puis de son appartement à l'université, elle donnerait libre cours à ses larmes et s'efforcerait de comprendre. Elle écrirait à Faraday, réclamerait des explications.

Pendant que la Casa Esmeralda s'éloignait dans le lointain, Elizabeth repensa à la petite fille aux yeux immenses dont le père s'absentait si souvent. Elle tenta d'imaginer son existence dans cette maison silencieuse et parfaitement ordonnée dans laquelle elle n'avait ressenti aucun amour. Elle se rappela le ton glacial de Mme Hightower quand elle avait évoqué ses devoirs envers son époux. A l'en croire, elle comptait passer quelque temps à Los Angeles avec Morgana en laissant la maison à Faraday. En débarquant à l'improviste, Elizabeth s'était bien malgré elle invitée dans un drame qui ne la concernait pas.

Un drame aussi vieux que le monde, fait de trahisons, d'ambition et de jalousie. Si je relève le défi, réfléchit-elle tandis que le taxi filait, passant alternativement de la lumière à l'ombre des immenses palmiers, si je me bats pour garder Faraday au nom de l'amour que j'éprouve pour lui, qui sait quel désastre en résultera... Peut-être est-il vraiment marié ?

Son esprit était en ébullition et elle savait que rien n'apaiserait la douleur qui perçait sa poitrine. Des larmes pointaient à ses cils. Si cette femme avait dit vrai, comment survivrait-elle à cette nouvelle déconvenue ?

Mais si elle avait menti ?

Le docteur Elizabeth Delafield commandait des expéditions scientifiques vers des territoires inexplorés ; elle se targuait de conserver la tête froide dans toute situation. Mais pour la première fois de sa vie, elle ne savait quel parti prendre.

Debout à la fenêtre, Bettina regarda le taxi s'éloigner, emmenant l'étrangère. Elle se félicita d'avoir montré autant d'à-propos. Pas une seconde elle n'avait imaginé que l'invité dont lui avait parlé Faraday était une femme, et pas n'importe laquelle : Bettina identifiait une aventurière au premier coup d'œil.

Elle soupira. En plus de ses multiples devoirs, elle veillerait désormais à protéger Faraday des intrigantes qui croiseraient sa route.

— Maman ?

La petite Morgana tira sur sa jupe, la lèvre supérieure barbouillée de crème. Mais Bettina n'était pas d'humeur à la gronder. Au contraire, elle se pencha vers l'enfant et lui dit :

— Morgana, tu as vu la dame qui vient de sortir ? Eh bien, elle souhaitait devenir notre gouvernante. Mais je ne crois pas qu'elle fera l'affaire.

Après trois jours de recherches, Faraday finit par dénicher la table de toilette idéale pour la future chambre d'Elizabeth. Il la fit acheminer vers la Casa Esmeralda dans un chariot tiré par des mules afin qu'elle soit en place avant l'arrivée de son invitée.

Mais à la date prévue, la jeune femme ne donna aucun signe de vie. Faraday courut au dépôt de train et mena son enquête : une dame avait-elle débarqué et demandé le chemin de la Casa Esmeralda ? La réponse fut négative. Il adressa ensuite un télégramme au Harvey House de Barstow, qui lui apprit en retour que le professeur Delafield et son équipe avaient quitté la ville depuis neuf jours.

Interrogée, Bettina affirma n'avoir reçu aucune visiteuse en son absence, hormis les candidates au poste de gouvernante. Saisi de panique, Faraday sauta dans le premier train sans donner d'explication à sa belle-sœur. Il se borna à dire qu'une affaire urgente l'obligeait à partir pour le Nord. A Barstow, il loua un cheval et se rendit sur l'emplacement de l'ancien lac salé qui s'était asséché mille ans plus tôt. Il n'y trouva aucune trace d'Elizabeth ni du campement.

Sautant de son cheval, il arracha son chapeau afin de sentir le vent dans ses cheveux et cria :

— Mon amour, où es-tu ?

Etait-elle blessée ? Malade ? A peine rentré à la Casa Esmeralda, fou d'angoisse et comme possédé, il envoya à Elizabeth un télégramme urgent adressé à l'université où elle enseignait. Ne recevant pas de réponse, il écrivit alors à son directeur, lui faisant part de son inquiétude. Le brave homme l'informa par retour de courrier que le docteur Delafield ne s'était plaint d'aucune mésaventure et avait repris ses cours normalement.

Abasourdi, Faraday ne pouvait détacher son regard de la lettre. Son corps était vide de sensations et il en oubliait presque de respirer.

« Le docteur Delafield va bien et a retrouvé ses étudiants. »

Il rédigea à l'intention de sa bien-aimée une longue missive enflammée lui demandant ce qui s'était passé et l'implorant de revenir en Californie. En l'absence de réponse, il envoya une deuxième lettre, puis une troisième, la suppliant de s'expliquer. Comme son silence se prolongeait, il finit par admettre qu'Elizabeth l'avait chassé de sa vie.

Cette révélation le plongea dans une profonde dépression. Pourquoi lui avait-elle tourné le dos ? N'avait-il été qu'un pantin entre ses mains ? Les femmes qui fumaient et portaient des pantalons avaient-elles l'habitude de jouer avec les hommes pour se venger des outrages que ces derniers avaient fait subir à leur sexe ? Les pensées se bousculaient dans son esprit, le plongeant tour à tour dans le dépit, le chagrin ou la colère.

Il aurait sauté dans le premier train pour New York si Bettina ne lui avait pas rappelé ses devoirs envers sa fille et elle-même. Découragé, privé d'énergie, il prit alors l'habitude de se réfugier dans le jardin de la Casa Esmeralda pour y ressasser son malheur en contemplant ses croquis du désert. Un jour, la petite Morgana monta sur ses genoux, noua ses bras autour de son cou et lui demanda la cause de sa tristesse. Il la serra longuement contre lui, le visage enfoui dans ses cheveux châtains bouclés, puis ressortit ses dessins de Pueblo Bonito, des *hogans* navajos et des mesas hopis.

Assis dans le patio ensoleillé, Morgana sur ses genoux, il lui montra un dessin inspiré de sa visite à un village hopi.

— Cette danse est destinée à faire tomber la pluie. Vois-tu, mon ange, les Hopis considèrent les serpents comme leurs frères. Ils comptent qu'ils descendront dans le monde souterrain et demanderont aux ancêtres de faire pleuvoir. Ces hommes qui marchent autour de la place en chantant sont appelés prêtres-serpents.

Morgana examina d'un air pensif les treize silhouettes d'hommes au corps peint en ocre, au visage noirci, vêtus en tout et pour tout d'un pagne, d'une longue jupe frangée et de mocassins. Leurs coiffes emplumées étaient d'un rouge tirant sur le brun. Certains tenaient un serpent vivant dans leur bouche, d'autres dans leurs mains, et pour deux d'entre eux, enroulés autour de leurs bras.

— Je suis un des derniers Blancs à avoir assisté à cette cérémonie, expliqua Faraday. Depuis, les autorités l'ont mise hors la loi.

— Ça veut dire quoi, hors la loi ?

— Ça veut dire que les Indiens n'ont plus le droit de faire ça, mon ange. On leur a ordonné de renoncer à leurs danses.

— Pourquoi ?

Il se frotta le menton. Comment lui expliquer ?

— En les empêchant d'accomplir leurs rituels, certains espèrent qu'ils deviendront comme les Blancs.

Il avait posé la même question à John Wheeler en apprenant que les danses étaient désormais hors la loi.

« C'est une façon d'étouffer la révolte dans l'œuf, avait répondu le cow-boy avec dégoût. On interdit leurs traditions pour les rendre aussi doux que des agneaux : voilà la nouvelle politique du gouvernement. »

Dans quelques générations, la danse du serpent aurait disparu des mémoires. Peut-être le dessin de Faraday constituait-il un des derniers témoignages d'une culture en voie d'extinction. Il regrettait de ne pas avoir poussé plus loin ce travail de conservation. Quel dommage qu'il n'ait pu garder le croquis qu'il avait exécuté dans le *hogan* navajo ! John Wheeler avait tort : en dessinant ou en photographiant les rituels sacrés des Indiens, on luttait contre l'oubli qui les menaçait.

Cette notion lui rappela brusquement Elizabeth et son acharnement à sauvegarder les fresques du désert. « Quelle équipe nous formons, Faraday ! » Le souvenir de ses paroles lui brisa à nouveau le cœur ; désormais, il en serait ainsi chaque fois qu'il penserait à elle. Si seulement ils avaient pu réaliser leur projet, faire de nouvelles découvertes anthropologiques et les rassembler à l'intérieur d'un livre !

Pendant qu'il tournait une page de son carnet, révélant le dessin suivant – des femmes hopis en train de moudre du maïs –, Faraday s'avisa qu'il avait en partie concrétisé leur rêve commun. Les mois passés près de John Wheeler lui avaient permis de dresser un catalogue aussi riche que coloré de traditions qui auraient bientôt disparu de l'Ouest. Soudain, malgré la douleur que lui causait la perte d'Elizabeth, il sentit renaître un peu de l'enthousiasme qui l'avait saisi au pied de Smith Peak – le désir de poursuivre son œuvre, de sillonner la contrée avec son carnet de croquis pour préserver les derniers vestiges de la culture indigène.

Fort de cette lueur d'espoir, la première depuis de longues semaines, il passa au dessin suivant, le portrait de la jeune fille aux macarons. Son regard scruta ses yeux en amande et ses lèvres pleines, comme s'il s'attendait à ce qu'elle parle.

— C'est quoi, papa ? l'interrogea Morgana, désignant les trois traits verticaux sur le front de la jeune fille.

— On appelle ça un tatouage, trésor. Les Indiens s'incisent la peau et la frottent ensuite avec de l'encre.

— Pourquoi ?

— Cette marque permet de savoir à quel clan ils appartiennent.

Morgana contempla le tatouage, puis elle reprit :

— Et nous ? On appartient aussi à un clan ?

— Je n'en sais rien, mon ange.

Faraday songea aux Hightower, si imbus de leur rang, et à tout ce que le mot « clan » leur aurait certainement évoqué.

Cependant, Morgana ne pouvait détacher son regard du tatouage. Si elle ignorait la signification du mot, l'idée d'appartenir à un clan lui semblait une chose merveilleuse.

— Cette jeune fille, où habite-t-elle ?

— Tu te souviens des ruines que nous avons visitées l'an dernier ? Je t'avais montré les maisons où vivaient des gens, il y a très longtemps ?

Morgana opina. Elle se rappelait vaguement des murs écroulés, d'énormes blocs de pierre et surtout des lézards qui chatoyaient au soleil tels des arcs-en-ciel.

Tandis qu'il évoquait pour sa fille le mystère de l'endroit appelé Chaco Canyon, Faraday songeait aux êtres mythiques dont lui avait parlé Elizabeth, qui volaient dans les airs et décochaient des flèches enflammées : quelqu'un percerait-il un jour l'énigme de la disparition des Anasazis ?

50

L'arrivée de la lettre plongea Bettina dans d'intenses réflexions.

L'expéditeur n'était autre qu'Elizabeth Delafield, et l'enveloppe portait le nom de Faraday. Bettina prit la liberté de l'ouvrir. Sa lecture la poussa à agir sans attendre : l'aventurière pouvait débarquer d'un jour à l'autre.

Depuis le seuil du bureau de son beau-frère, elle promena son regard sur les piles de livres montant jusqu'au plafond, les cartes qui couvraient les murs, les journaux et magazines éparpillés sur le sol et sur Faraday lui-même, occupé à rédiger une énième lettre à un quelconque expert qui le submergerait d'informations et remplirait leur magnifique maison d'un bric-à-brac d'antiquités indiennes. Assise sur le tapis aux pieds de son père, Morgana jouait avec une poupée *kachina* hopi.

Bettina s'éclaircit la voix et dit :

— Faraday, vous ne pouvez pas continuer ainsi.

Faraday releva la tête.

— Pardon ?

— Nous sommes venus ici pour vous permettre de chercher vos chamanes. Pourtant, cela fait des semaines que vous n'avez pas quitté cette maison. Quand rentrerons-nous à Boston si vous n'allez pas au bout de votre quête ? A moins que vous n'y ayez renoncé ? Dans ce cas, qu'attendons-nous pour…

Faraday se leva d'un bond.

— Mon Dieu, non ! Je n'ai pas l'intention de renoncer. Bien au contraire, j'ai considérablement étendu le champ de mes recherches.

— Dans ce cas, n'avez-vous rien de mieux à faire que d'écrire des lettres et vous plonger dans des livres ?

Faraday se procura un cheval, une mule, une tente, un matelas, des lanternes, un tabouret pliant, une boussole, une corde à nœuds et des cartes, dont une du ciel. Il remplit des bidons d'eau, fit provision de conserves et de biscuits et renouvela son matériel de dessin. Le fait de poursuivre à nouveau un but le remplissait d'entrain. Quand il s'agenouilla devant Morgana et la prit par les épaules, c'est d'un ton fougueux qu'il lui déclara :

— Je ne resterai absent qu'un court moment, mon ange, et à mon retour, j'aurai des cadeaux à t'offrir, de nouveaux dessins à te montrer et d'autres histoires à te raconter.

Cette fois, il estima qu'il n'avait pas besoin d'un John Wheeler ou des frères Pinto pour le guider à travers le désert. Seul avec son cheval et sa mule, il erra pendant des jours hors de toute présence humaine. Ses compagnons étaient le loriot jaune et noir perché sur un arbre de Josué, le rat porteur qui faisait son nid au pied des rochers, le lézard nocturne fouillant une souche en quête d'insectes. La nuit, il n'était pas rare qu'il observe un lynx, une chouette ou des coyotes. Parfois, un géocoucou lui barrait le chemin, relevait les longues plumes de sa queue puis filait à toute vitesse, ou bien un serpent à sonnette fuyait en décrivant des ondulations sur le sable. S'il s'arrêtait quelquefois pour assister au repas d'une guêpe tarentule dévorant une grosse araignée velue, il passait le plus clair de son temps à scruter le paysage qui l'entourait.

Si le premier symbole transmis par la bohémienne avait tout l'air d'un arbre de Josué, l'étrange cactus qui évoquait une silhouette d'homme aux bras levés, la signification du deuxième lui échappait toujours. En revanche, il ne faisait aucun doute que le Faraday Hightower qui cherchait Dieu des années plus tôt n'avait presque rien de commun avec l'homme avide de découvertes qui arpentait à présent le désert.

Un soir, à la faveur d'un clair de lune laiteux, il nota dans son journal :

Je vivais replié sur moi-même, oubliant tout ce qui m'entourait. A présent, j'ai l'impression d'être un papillon tout juste libéré de sa chrysalide. Quand la métamorphose a-t-elle eu lieu ? Dans l'atmosphère étouffante de Chaco Canyon ? Dans le hogan navajo, au côté de John Wheeler ? Au contact d'Elizabeth et de son enthousiasme contagieux ? Et d'où me vient cette soudaine passion ? Probablement de Dieu, car le spectacle de la danse de l'aigle ou le son des tambours me procurent la même ivresse que les grandes orgues des cathédrales d'Europe.

Je devine Sa main derrière chacune de mes actions. Je sais maintenant que ce n'est pas un hasard si j'ai découvert la jarre dorée. Le Tout-Puissant m'a guidé jusqu'à elle afin que je déchiffre les symboles qui la décorent et retrace le destin des Anasazis. Et j'y parviendrai, même si je dois consacrer ma vie à cette tâche.

Une route nouvelle s'ouvre devant moi. Je ne l'ai pas vue venir, et pourtant elle est là. Mais au lieu d'avancer en ligne droite, cette route s'étend dans toutes les directions, comme les motifs peints sur la jarre, me reliant à toutes choses. J'ai eu l'occasion de m'entretenir avec un ancien de la tribu des Dieguenos, ainsi appelée parce qu'elle vit dans le comté de San Diego. Ces Indiens s'appellent eux-mêmes par un autre nom. Le vieil homme m'a raconté qu'à leur arrivée les Européens ont regroupé les indigènes dans des missions, les ont baptisés, leur ont donné de nouveaux noms afin de les couper de leurs tribus et de leurs traditions. Lui-même avait oublié le nom d'origine de son peuple, ses mythes et sa langue. Il s'appelait désormais José Rivera : un Indien de pure souche, affublé d'une identité d'homme blanc.

Qu'est-il advenu de sa culture ? S'est-elle évanouie comme se sont évanouis les anciens habitants de Chaco Canyon ? Quels mystères dissimulent les sables du désert ? Ces questions attisent ma curiosité. Moi-même, je peux voir remonter les branches de mon arbre généalogique jusqu'au XVIe siècle, où un forgeron anglais prénommé Richard vivait au pied d'une haute tour. Tout homme a le droit de savoir d'où il vient.

Je comprends mieux les larmes d'Elizabeth le jour où des vandales ont pris des pétroglyphes pour cible. Pour ma part, je pleure sur José Rivera.

J'ai compris autre chose (les nuits à la belle étoile favorisent l'introspection). Quand je pense à l'homme que j'étais avant qu'Abigail Liddell fasse irruption dans ma vie, je ne vois qu'un égoïste convaincu d'entretenir une relation privilégiée avec le Tout-Puissant, qui passait son temps à pontifier sur le bien et le mal et à rabâcher les Ecritures. Comme j'étais fier de mon humilité !

Si je persiste à chercher les chamanes disparus, c'est dans un tout autre but. Je sais à présent que j'ai été envoyé ici pour sauver une culture de l'oubli et la restituer à ceux qui en ont été privés.

Malgré son zèle, Faraday retournait régulièrement à la Casa Esmeralda pour s'y reposer (les conditions de vie dans le désert étaient particulièrement éprouvantes), mais aussi pour le plaisir de voir Morgana et la serrer dans ses bras. Afin d'égayer ses soirées solitaires près du feu du camp, il n'avait que le portrait qu'il avait fait d'Elizabeth. Il restait des heures à le contempler à la clarté des étoiles et lui parlait doucement, le regard noyé dans ses yeux bleus limpides. Bien qu'elle l'eût rejeté sans raison, il l'aimait toujours et caressait l'espoir de la trouver chez lui à son retour.

L'intérêt d'Elizabeth pour le décor de la jarre dorée avait déteint sur lui. Il était devenu obsédé par celle-ci, au point de se persuader qu'elle le mènerait aux chamanes, sans s'avouer qu'elle lui servait d'abord à maintenir un lien avec la jeune femme.

Des silhouettes anthropomorphes y côtoyaient un motif dans lequel Elizabeth avait identifié le symbole de l'eau. Peut-être les chamanes avaient-ils atteint la rive d'un lac ? Curieusement, le décor ne comportait pas de ligne brisée, ni l'image d'un arbre de Josué. Fallait-il en déduire que la solution de l'énigme résidait dans la confrontation des deux motifs dessinés à la main avec ceux figurant sur la jarre ?

Pensant que la *olla* dorée possédait peut-être une jumelle, il se mit à chercher celle-ci, visitant quantité de collections, feuilletant d'innombrables catalogues, s'entretenant avec les conservateurs de plusieurs musées, en vain. Cette absence de résultat paraissait d'autant plus étrange que les potières indiennes, lui avait-on dit, s'en tenaient généralement à un décor qu'elles reproduisaient en nombre. Il adressa même une photographie de la jarre au Smithsonian, qui lui fit la réponse suivante : « Il semblerait que l'artiste n'ait produit que cette pièce. Mais c'est impossible : une telle maîtrise ne peut être que le fruit d'une longue expérience, et une partie au moins de son œuvre aurait dû nous parvenir. Pourtant, nous n'en avons trouvé aucune trace dans nos archives. »

Comment expliquer qu'une potière aussi talentueuse ait créé une unique pièce ? Cela faisait un mystère de plus à éclaircir.

Morgana ressemblait chaque jour un peu plus à Abigail. Parfois, en voyant la nièce et la tante côte à côte, Faraday ne pouvait s'empêcher de les comparer. Le fait est que Bettina n'avait ni la grâce, ni la beauté de sa sœur. Mais elles différaient sur un autre point : sa fille s'était adaptée au désert comme si du sable avait coulé dans ses veines. Elle ramenait à la maison des petits serpents et des tortues qu'elle élevait, se régalait de la chair des figues de Barbarie qu'elle cueillait elle-même et s'épanouissait telle une fleur sauvage au soleil. A l'inverse, Bettina se plaignait continuellement du climat, détestait tout ce qui avait trait aux Indiens ou aux Espagnols et s'efforçait de recréer Boston au milieu du désert. Chaque fois qu'il rentrait à la maison, Faraday constatait que la jarre dorée n'était nulle part en vue.

Bettina aurait eu beaucoup à dire sur leurs conditions de vie, si seulement son beau-frère avait prêté l'oreille à ses griefs.

Chaque jour apportait son lot d'émigrants, des familles remplies d'espoir que Bettina qualifiait de « squatters ». Elle rouspétait contre le nombre croissant de cabanes qui, à l'en croire, défiguraient la vallée, sans parler des tentes des « poitrinaires », tous ces malades des bronches ou des poumons qui affluaient quotidiennement dans la région, attirés par le soleil et l'air salutaire du désert. Elle fit planter des arbres adultes autour de la villa afin de cacher le sanatorium installé juste en face. En dépit des assurances de Faraday, elle affirmait que le vent transportait des germes nocifs vers leur maison.

— Ces gens ne pourraient-ils pas aller ailleurs, au lieu d'empoisonner l'air que nous respirons ? pestait-elle à tout propos.

Elle submergea de lettres de protestation les sénateurs, les représentants et même le gouverneur de Californie. Devant l'inutilité de ses démarches, elle décida alors de mener sa propre guerre contre les intrus. Comme le verger de la Casa Esmeralda produisait plus de fruits qu'ils ne pouvaient en consommer, Bettina vendait le surplus dans la vallée. C'était agir en bonne chrétienne, prétendait-elle pour se justifier, que de partager les bienfaits dont vous comblait le Seigneur. Toutefois, elle n'hésitait pas à demander un prix élevé de sa récolte, arguant que l'entretien des arbres lui coûtait cher. La charité chrétienne a ses limites : quand le jardinier mexicain quittait la villa avec un chariot chargé d'abricots, d'avocats, d'oranges, de citrons et de limettes, elle lui recommandait de ne pas s'arrêter au sanatorium ou dans le secteur des tentes.

Dans ce « pays de sauvages », ainsi qu'elle l'appelait, Bettina n'avait d'autre consolation que les cartes postales de M. Vickers. Ce dernier, ne manquait-elle pas de souligner à l'adresse de son beau-frère, l'y assurait de sa profonde affection et lui renouvelait sa promesse de l'épouser. Elle rangeait les cartes dans un album, recopiant au-dessous le texte que M. Vickers avait écrit au dos ; elle passait des heures à le feuilleter, rêvant devant le Kilimandjaro ou la plaine du Serengeti. Quelle chance avaient ces primitifs à demi nus, lançait-elle à la cantonade, de connaître le bénéfice de la charité chrétienne de M. Vickers !

Quand sa nièce fut entrée dans sa septième année, Bettina décida de la retirer de l'école locale, une salle de classe unique, remplie d'enfants de squatters sans le sou. Elle engagea alors une préceptrice ainsi qu'un professeur de piano et de chant, elle-même se chargeant d'enseigner les bonnes manières et la broderie à la petite fille. Elle s'était fixé pour objectif de faire de celle-ci une dame et ambitionnait de la marier un jour à un jeune homme du meilleur monde.

51

Par une matinée brûlante de 1918, Faraday se mit en route pour Andreas Canyon, où, avait-il appris, on venait de découvrir de mystérieux pétroglyphes que personne n'avait pu identifier. Un archéologue avait suggéré une parenté entre ces œuvres et celles déjà répertoriées dans la région de Chaco Canyon, ce qui avait motivé le départ de Faraday. Pendant qu'il arrimait ses provisions sur le dos de sa mule et sellait son cheval, la petite Morgana sortit de la maison et courut vers lui pour l'embrasser, comme à son habitude. Il la souleva dans ses bras, plaqua un baiser sur sa joue et lui dit qu'elle allait terriblement lui manquer.

— Tu sais ce qu'il y a le mois prochain ? demanda-t-elle.

Faraday connaissait la réponse, mais il prétendit le contraire afin de la taquiner.

— Mon anniversaire !

Il promit de lui rapporter un cadeau spécial. Au même moment, il lui vint une inspiration : il ferait un détour par Los Angeles pour lui acheter un de ces ours en peluche appelés *teddy bears* en l'honneur du président Teddy Roosevelt. Après un dernier baiser, il se mit en selle et s'éloigna.

Trois semaines plus tard, il remontait l'allée de la villa, l'ours en peluche glissé dans une de ses sacoches, quand il vit Bettina courir vers lui.

— Morgana est très malade ! cria-t-elle pendant qu'il sautait à terre. Venez vite, Faraday !

Faraday mit un moment à réagir. Il n'avait jamais vu Bettina dans un tel affolement. Les vêtements en désordre, les cheveux dépeignés, elle était d'une pâleur extrême.

— Vite ! insista-t-elle. Elle risque de mourir !

— Mon Dieu, Bettina ! Vous avez fait venir un docteur ?

— Evidemment ! Avec tous les tuberculeux qui infestent la vallée, ce ne sont pas les médecins qui manquent. Tous ceux qui sont venus ont dit qu'ils ne pouvaient rien pour elle. Elle souffre d'un empoisonnement du sang !

— Un empoisonnement du sang ?

Aucun homme ne pouvait survivre à ce mal terrible, à plus forte raison une enfant.

Ils se précipitèrent vers la chambre de Morgana. La tête entourée d'un pansement, celle-ci brûlait de fièvre, avec un pouls faible et rapide. La pauvre enfant était emmaillotée dans des couvertures de laine dont son père la dépouilla immédiatement.

— Vite, quelqu'un pour l'éventer ! cria-t-il. Qu'on apporte des seaux d'eau froide, et tout l'alcool qu'il y a dans cette maison !

Bettina lança des ordres aux domestiques puis rejoignit son beau-frère au chevet de la petite malade.

— L'autre matin, je l'ai trouvée sans connaissance dans la cuisine. Apparemment, elle avait passé la nuit par terre.

— Comment s'est-elle blessée ? En tombant ?

Faraday arracha d'un coup sec le pansement souillé qui entourait la tête de l'enfant. La plaie était impressionnante, même pour un médecin expérimenté, et d'autant plus atroce qu'elle déparait un front pur et lisse. Du pus verdâtre suintait de la chair livide.

— J'ai trouvé près d'elle un porte-plume, reprit Bettina en se tordant les mains. La pointe était tachée de sang. Elle s'est tatoué le front avec !

— Quoi ?

— J'ai versé de l'eau oxygénée sur la blessure et l'ai pansée avec de la gaze propre. Mais une infection s'est déclarée presque aussitôt. C'est là que j'ai fait venir le docteur du sanatorium voisin. Il a fait de son mieux, mais...

Muet de stupeur, Faraday ne pouvait détacher ses yeux de la plaie suppurante. En regardant bien, on distinguait trois lignes verticales tracées à l'encre bleue.

Les paupières de Morgana se soulevèrent.

— Papa...

— Chut, mon ange. Papa est là. Je vais prendre soin de toi. Dis-moi, Morgana, pourquoi as-tu fait ça ?

— Pour ressembler à la fille dans ton livre... Je voulais qu'on forme un clan.

— C'est à cause de ces inepties dont vous lui avez farci la tête, lança Bettina d'un ton accusateur pendant que Faraday berçait la petite fille dans ses bras et mouillait sa chevelure de ses larmes. Vous vous absentez durant des semaines et à votre retour, vous nous ignorez. Morgana vous a vu passer des heures devant le portrait de cette Indienne. Vous lui accordez plus d'attention qu'à votre propre fille !

— Il nous faut prier, murmura-t-il.

Ils s'agenouillèrent au pied du lit, les mains jointes, et Faraday implora le Seigneur de faire preuve de miséricorde envers cette enfant innocente en lui accordant la guérison. Bettina éclata en sanglots. Jamais sa belle-sœur n'avait pleuré en sa présence, même à la mort d'Abigail. La surprise fut telle que Faraday comprit brusquement la gravité de la situation.

Il demanda un lit de camp afin de rester près de sa fille et de la veiller durant la nuit. Ils essayèrent de faire baisser la fièvre en la frictionnant à l'alcool et en l'éventant constamment. Suivant les instructions de son beau-frère, Bettina envoya une domestique dans le voisinage afin de récolter du pain moisi avec lequel il improvisa un emplâtre pour la plaie suppurante. Nul ne savait comment la moisissure du pain agissait sur les infections, mais le remède était déjà connu à l'époque de la Bible et Faraday avait une foi inébranlable dans son efficacité.

Il fit boire à Morgana des décoctions de saule et des infusions de salsepareille, tenta tous les remèdes naturels qu'il connaissait. Cependant, la fièvre persistait et le pouls de la petite fille devenait de plus en plus faible. S'il ne voulait pas la perdre, il devait tenter un ultime recours : remplacer le sang vicié par du sang sain.

Il recevait toujours l'édition hebdomadaire du *Journal des médecins et chirurgiens de Boston* qu'il feuilletait à ses moments perdus. Un jour, il avait lu un article sur une méthode encore expérimentale, la transfusion sanguine. Il s'était alors rappelé un symposium sur les différents groupes sanguins auquel il avait assisté autrefois. A l'issue de la présentation, les membres du public s'étaient vu proposer un test. La curiosité avait vaincu les réticences de Faraday, qui soupçonnait cette innovation d'aller à l'encontre de la nature et de la volonté divine. Il avait appris à cette occasion que son sang appartenait au groupe O. Depuis, il avait lu un autre article sur les problèmes de compatibilité entre les différents groupes. On avait découvert quelque chose à propos du groupe O, mais quoi ?

Il mit sens dessus dessous ses piles de journaux, sans retrouver l'article. Avec l'aide de Bettina, il examina ensuite le sommaire de chaque magazine.

« Lui donner votre sang ? C'est de la folie ! s'était récriée sa belle-sœur quand il lui avait exposé son projet.

— Ça s'est déjà fait. J'ai entendu parler de cas...

— Alors, faites-le ! Nous devons tout tenter pour sauver Morgana ! »

Il finit par dénicher l'article qu'il cherchait. Il était signé d'un certain docteur Reuben Ottenberg, de New York. En menant des expériences, celui-ci avait constaté que seul le sang du groupe O – le « donneur universel », comme il l'appelait – pouvait être transfusé sans danger à des receveurs d'un autre groupe.

Faraday avait assisté en tout et pour tout à deux transfusions et n'avait jamais procédé lui-même à cette opération. Pourtant, il devait prendre ce risque.

Il passa en revue son matériel et arrêta son choix sur des seringues en verre, des aiguilles de gros calibre, un tube en caoutchouc et des seringues à bulbe. Il demanda à Bettina de stériliser ces instruments en les plongeant dans l'eau bouillante pendant une heure, puis il incisa une veine du poignet de Morgana et fit couler autant de sang qu'il l'osa.

La suite de l'intervention était nettement plus périlleuse. A l'aide d'une seringue, il préleva une pinte de son propre sang qu'il transvasa dans un bocal stérile. Après l'avoir remué pour l'empêcher de coaguler, il le coupa de la même quantité de solution saline et injecta lentement ce mélange à Morgana.

Ayant terminé, il s'assit et attendit en joignant ses prières à celles de Bettina. Il savait qu'une réaction négative à une transfusion pouvait entraîner la mort immédiate. Plusieurs minutes s'écoulèrent dans un silence à peine troublé par la respiration de la petite malade sans qu'ils observent le moindre signe de rejet.

Faraday répéta l'opération trois jours plus tard. Après avoir injecté son sang à Morgana, il augmenta la dose d'écorce de saule jusqu'à ce que la fièvre tombe et que son état se stabilise. Tous deux étaient très affaiblis – à deux reprises, il défaillit alors qu'il tentait de se lever –, mais au matin, il entendit Morgana l'appeler. Pleurant de bonheur, il serra sa fille dans ses bras, la berça et lui promit de ne plus jamais la négliger. Puis il s'agenouilla et remercia le Tout-Puissant d'avoir épargné son enfant.

Quelques nuits plus tôt, tandis que le vent soufflait et qu'il craignait de voir sa fille emportée par la fièvre, il avait ressorti la licorne en or de sa mère et l'avait mise sur sa poitrine. Le lendemain, un crucifix reposait sur le sein de l'enfant à la place du bijou. Devinant la main de Bettina derrière cette substitution, il avait laissé la croix et rangé la licorne.

Morgana survécut et, bizarrement, une fois la blessure guérie, le tatouage apparut aussi net que s'il était l'œuvre d'un professionnel.

Bettina, qui avait retrouvé son assurance sitôt Morgana hors de danger, entra dans une rage folle à la vue des trois traits violets qui ornaient désormais le front de sa nièce. Comme elle insistait pour les faire enlever, Faraday lui expliqua qu'une telle intervention, même pratiquée par un chirurgien expérimenté, laisserait une affreuse cicatrice. Elle décida alors que Morgana se laisserait pousser la frange et porterait des chapeaux pour cacher l'odieuse marque.

— Je ne permettrai pas, déclara-t-elle, que votre fille passe pour une sauvage aux yeux du monde.

— Il faut me promettre que tu ne recommenceras pas, mon ange, dit Faraday en caressant les cheveux de Morgana après l'avoir bordée dans son lit. Notre clan n'a pas besoin de tatouage.

— Quel est notre clan, papa ?

Après un moment de réflexion, Faraday se pencha vers sa fille et lui glissa quelques mots à l'oreille. Morgana pouffa tandis que Bettina, invisible dans l'embrasure de la porte, les observait en silence.

52

Décidé à explorer les environs de la réserve morongo, Faraday rendit visite à un comptoir pour renouveler ses provisions. C'était la première fois qu'il pénétrait dans cet établissement où les cow-boys et les prospecteurs se fournissaient en tapis de couchage, en fusils et en tabac. Tandis qu'il choisissait des biscuits, de la viande séchée et des boîtes de haricots, il dut contourner une véritable armoire à glace qui discourait à l'attention de la clientèle.

— Autrefois, on ne voyait jamais personne ici, à part les vaches et les Indiens. C'était avant qu'on soit envahis par les chercheurs d'or. Maintenant que ceux-là sont presque tous repartis, ce sont les fermiers et les propriétaires de ranch qui se disputent l'eau.

Il lança un jet de salive dans le crachoir avant de s'enquérir :

— Et vous, m'sieur, vous êtes de quelle espèce, si je puis me permettre ?

Faraday leva les yeux vers le bonhomme. Celui-ci possédait la barbe la plus noire et la plus fournie qu'il ait jamais vue, mais son sourire était amical et il tirait sur ses bretelles avec décontraction. Les rides aux coins de ses yeux suggéraient une longue expérience de la région. Mis en confiance, Faraday lui montra le dessin du carré traversé par une ligne brisée et lui demanda s'il avait déjà vu ce motif quelque part.

— Ça pourrait être un éclair, dit-il pour l'encourager. Ou la foudre.

Le gaillard arrondit les lèvres sous son épaisse moustache.

— Il y a bien une mine d'or appelée Lightning Strike, hasarda-t-il. C'est peut-être elle que vous cherchez.

Faraday avait dressé l'oreille : d'après Elizabeth, le symbole aurait pu désigner une mine ! L'homme lui montra sur le mur une carte datée de 1899 qui répertoriait toutes les mines de la région et reprit :

— Dans ce cas, je vous souhaite bien du plaisir ! Il existe environ trois cents mines. Seules quelques-unes sont encore en activité, les autres ont toutes fermé. Allez savoir laquelle est Lightning Strike !

Faraday mena son enquête. Une légende entourait la mine de Lightning Strike, mais comme celle-ci était abandonnée depuis longtemps, personne ne connaissait son emplacement exact. Néanmoins, il en apprit assez pour comprendre qu'il devait orienter ses recherches vers une région où, à sa grande surprise, les arbres de Josué poussaient encore plus nombreux que dans le reste du désert. Plein d'espoir, il se mit donc en quête du lieu-dit Lightning Strike, pensant trouver les chamanes à proximité, voire à l'intérieur de la mine. Tout en chevauchant, il s'adressait mentalement à Elizabeth, comme il avait pris l'habitude de le faire, lui disant combien il regrettait de ne pas vivre cette aventure à ses côtés.

Un soir d'octobre, il campait près d'une source et dessinait une étrange formation rocheuse qui se découpait fièrement sur un ciel illuminé par une pluie de météorites quand le hennissement d'un cheval et le grincement des essieux d'une charrette parvinrent à ses oreilles. Il y eut ensuite un grand fracas, suivi d'un juron. Faraday se leva d'un bond et accourut aux nouvelles. Il n'avait jamais subi la moindre mésaventure pendant ses expéditions solitaires, toutefois il jugea plus prudent d'emporter sa hache.

L'infortuné conducteur de la charrette accidentée se révéla être un prêtre catholique, un homme d'âge mûr aux cheveux grisonnants et aux manières affables qui portait des lunettes cerclées d'or.

— C'est la deuxième fois aujourd'hui ! s'exclama-t-il en contemplant sa roue cassée d'un air dépité.

Faraday lui proposa son aide. Une heure plus tard, la roue était réparée. Ayant remercié son sauveur, le père McClory (il s'était présenté sous ce nom) s'excusa de ne pouvoir le dédommager : il appartenait à un ordre mendiant. Faraday l'invita alors à partager son repas.

Avec un soupir de reconnaissance, le père McClory se laissa tomber près du feu et remarqua que Faraday s'était installé le long de la voie qui menait à la réserve morongo. Lui-même exerçait son sacerdoce auprès des Indiens et s'en retournait à Los Angeles pour faire son rapport à son évêque. Au moment du café, le prêtre demanda à son hôte s'il était chercheur d'or.

— Pas exactement, bien que je recherche une mine.

— Je ne vous suis pas.

Faraday hésita à lui dire la vérité. Qu'allait-il penser, lui, un homme d'Eglise, de sa quête d'une sagesse païenne ? Surtout s'il précisait que sa défunte femme l'avait mis sur la piste des chamanes par l'entremise d'une diseuse de bonne aventure !

Il finit pourtant par lui confier toute l'histoire, jusqu'au récit de sa nuit à Chaco Canyon. McClory l'écouta en silence, visiblement captivé.

— Vous avez vu la lumière, souffla-t-il quand il eut terminé.

Faraday resta interloqué.

— Ma question était un test, reprit McClory avec des airs de conspirateur. Quand un homme saisit la perche que je lui tends en lui parlant d'or, c'est le signe que ses préoccupations sont purement matérielles et que je n'ai rien à faire avec lui. Pour vous dire la vérité, mon père, je recherche également la tribu des sages.

— Vous êtes le premier à m'en parler, balbutia Faraday, estomaqué.

— Il n'est fait mention de leur existence que dans une légende, mon père. D'après celle-ci, ils se cacheraient par crainte de l'homme blanc.

— Où sont-ils allés ?

— Au Mexique.

— Au Mexique ? Vous en êtes certain ?

McClory ôta ses lunettes et les essuya avec un mouchoir avant de les replacer sur son nez court.

— A ce qu'on raconte, après avoir quitté Chaco Canyon, les chamanes seraient partis vers le sud pour rejoindre une société secrète de prêtres aztèques. Vous ne seriez pas mormon, par hasard ? demanda-t-il après avoir réfléchi.

Faraday répondit qu'il était adventiste. Le père McClory se replongea dans ses réflexions, puis il se dirigea vers son chariot d'un air décidé et en rapporta une sacoche noire qu'il serrait sur son estomac rebondi comme si elle contenait un trésor royal.

Il tira d'abord de la sacoche un morceau d'une carte de conquistador.

— Je l'ai montrée à un professeur d'université, expliqua-t-il. D'après lui, elle aurait au moins trois siècles. Il se pourrait même qu'elle soit l'œuvre d'un homme de Cortès. Mais regardez cette inscription...

Même à la lumière du feu, Faraday ne parvint pas à déchiffrer les mots que lui indiquait le prêtre.

— C'est du latin, précisa ce dernier. Un ami jésuite me l'a traduite : « Ici vivent les derniers sages. » Vous voyez ce symbole aztèque ? Il signifie « homme à la sagesse extrême ».

— Extrême ?

Le prêtre haussa les épaules.

— Le jésuite a fait de son mieux. Peut-être faut-il comprendre « secret » : plus qu'un sage ordinaire.

Faraday tremblait d'excitation. Plus qu'un sage ordinaire... Quelle ironie que ce soit un homme d'Eglise qui ait fini par le mettre sur la voie des chamanes !

— Vous voudrez bien excuser ma curiosité, mon père, mais comment se fait-il qu'un prêtre catholique s'intéresse à des croyances païennes ?

Le prêtre lança un regard derrière lui, bien qu'ils fussent seuls sous le ciel étoilé, puis il baissa la voix :

— Avez-vous entendu parler de Quetzalcóatl ?

Faraday avoua son ignorance.

McClory exhuma alors de sa sacoche un livre signé par un professeur de Harvard, intitulé *Jésus au Mexique.* Un frisson parcourut l'échine de Faraday. Certains mormons pensaient que le Christ avait gagné le Nouveau Monde après avoir achevé son ministère à Jérusalem. Se pouvait-il qu'ils aient eu raison ?

— Selon la légende dont je vous ai parlé, ces chamanes spéciaux veilleraient sur l'or des Aztèques en attendant le retour de Quetzalcóatl, qui pourrait être Jésus ! C'est Lui l'objet de ma quête, non les chamanes.

Malgré son enthousiasme, Faraday ne put s'empêcher de remarquer :

— La carte paraît incomplète.

Le père McClory lui concéda qu'il n'en possédait que la moitié, mais qu'il savait où se procurer la partie manquante.

— L'homme qui la détient me la céderait certainement. Malheureusement, je n'ai pas d'argent pour le payer.

— Je pourrais vous en donner.

— Non, non, docteur Hightower. Vous êtes trop confiant.

— J'insiste !

Faraday parlait d'une voix vibrante de passion. Quel dommage qu'Elizabeth ne fût pas là pour partager sa découverte !

— Vous me sauveriez la vie, si ces chamanes mexicains étaient bien ceux que je cherche !

— J'accepterai votre argent à une condition, reprit McClory après mûre réflexion. Je veux que vous gardiez cette moitié de la carte.

— Mais j'ai confiance en vous !

— Je vous en prie. Au cas où il m'arriverait quelque chose.

— Que pourrait-il vous arriver ?

— D'autres que nous sont sur la piste de ces chamanes, des hommes qui ont soif d'or, pas de sagesse. Ne parlez à personne de notre secret. Et soyez prudent : dans le désert, même les cactus ont des oreilles.

O mon Elizabeth, songea Faraday. Sans toi, je n'aurais jamais eu l'idée d'entamer des recherches dans la région de Joshua Tree, je ne me serais pas renseigné sur les mines, je n'aurais pas rencontré le père McClory... Une grande part de ce succès te revient !

Deux années s'étaient écoulées... S'il lui écrivait à présent, prendrait-elle la peine de lui répondre ?

Non ! pensa-t-il. J'irai à New York lui annoncer en personne la bonne nouvelle.

— Il nous faut monter une expédition ! dit-il d'un ton résolu.

Peut-être Elizabeth accepterait-elle de l'accompagner au Mexique ? Les projets se bousculaient dans sa tête.

— Ça pourrait être dangereux...

— Dites-moi ce qu'il vous faut, mon père.

— J'aurai besoin de la permission de mon évêque pour m'absenter.

Les deux hommes conclurent un marché. Le lendemain, ils prirent le train pour Los Angeles, le père McClory pour s'entretenir avec son évêque et Faraday pour se rendre au siège de sa banque. Le temps que son nouvel associé le rejoigne, il avait pris toutes les dispositions nécessaires. Il n'avait plus qu'à signer les documents, ce qu'il fit en présence de deux directeurs de l'établissement. Il confia ensuite au père McClory une lettre au porteur autorisant la banque à lui remettre la somme qu'il réclamerait, sans indiquer de plafond. Le prêtre protesta, disant que c'était une trop lourde responsabilité, mais il finit par céder. Ils se donnèrent rendez-vous trente jours plus tard à la Casa Esmeralda, l'évêque exigeant du père McClory qu'il se trouve un remplaçant pour lui accorder un congé.

Pour tromper son impatience, Faraday passa trois semaines à Riverside et San Bernardino afin de recruter les membres de sa future équipe et de se procurer des chariots et des chevaux. Puis il poussa jusqu'à Los Angeles, où il loua des automobiles et commanda des vivres, des médicaments, des cartes et tout le matériel indispensable à une expédition de cette importance. Alors seulement, il songea à rentrer chez lui pour informer Bettina de ses projets.

53

Faraday sifflotait gaiement en remontant l'allée qui menait à la Casa Esmeralda. Une brise légère agitait les branches des palmiers et la cime enneigée du mont San Jacinto étincelait au soleil. Il était sur le point d'accomplir sa destinée. Après une journée de repos, le temps de goûter aux plats copieux que Bettina faisait préparer à son intention, de rafraîchir son âme et de profiter de la compagnie de sa fille, le père McClory et lui prendraient la route du Mexique.

Il avait décidé de ne pas informer Elizabeth de son voyage. Il espérait que leurs retrouvailles se feraient autour de bonnes nouvelles. Il déposerait à ses pieds la sagesse des anciens chamanes, ils écriraient des livres qu'ils illustreraient avec ses dessins et les photographies de la jeune femme.

Les questions se bousculaient dans sa tête – devait-il emmener Morgana ? Si oui, Bettina accepterait-elle de les suivre ? Et s'il laissait Morgana derrière lui, supporterait-il de ne pas la voir de toute une année ? – si bien qu'il mit un moment à comprendre ce qu'il voyait.

Des inconnus chargeaient du mobilier sur un grand chariot tiré par six chevaux, d'autres sortaient de la maison, portant des objets familiers – tableaux, lampes, tapis. Bettina et Morgana, gantées et chapeautées, attendaient sur les marches, une valise à la main.

Faraday piqua un galop. Elles ne pouvaient pas le quitter ainsi ! Bettina avait-elle fini par mettre à exécution sa menace de ramener Morgana à Boston ?

Il sauta à terre et se précipita vers sa belle-sœur, qui l'accueillit avec ces mots :

— On nous expulse !

— Quoi ?

Faraday se tourna vers le représentant de la banque, un homme au visage en lame de couteau qui semblait vouloir fuir le soleil, exigeant des explications. Non seulement on les expulsait, mais tous leurs biens étaient saisis pour payer les taxes, les factures en souffrance et leurs autres dettes. Toutes les dépenses engagées par Faraday pour acheter des chevaux et des provisions avaient été annulées.

— Votre compte est vide, docteur Hightower, précisa l'homme en lui montrant un registre.

— Comment est-ce possible ?

— Un certain père McClory a présenté un document avec vos instructions. Rappelez-vous, la lettre a été tapée par une de nos secrétaires et vous l'avez signée devant deux de nos directeurs. Nous n'avons rien pu faire. Si j'avais été présent, j'aurais pu vous conseiller sur la formulation de cette lettre, ajouta-t-il d'un air compatissant. Mais nos clients sont libres d'user de leur argent comme ils l'entendent, et nous n'intervenons pas dans leurs choix. Surtout quand ils souhaitent céder tous leurs biens à l'Eglise, comme cela semblait être votre cas. « Toutes les sommes que le père McClory jugera appropriées », avez-vous écrit. Apparemment, il a jugé approprié de vider votre compte.

Faraday fut saisi de vertige. Il ne pouvait s'agir que d'un malentendu. Puis son regard se posa sur Morgana en robe du dimanche, le chapeau sur la tête, qui serrait la poignée de sa valise.

— S'il vous plaît, accordez-moi un peu de temps. Je peux arranger la situation.

— Un arrangement était encore possible il y a trois semaines. Mais vous aviez disparu en même temps que votre argent.

— Je n'étais pas en fuite ! Je préparais ma prochaine expédition.

Pendant que Faraday survolait les colonnes de chiffres – il n'avait plus un sou vaillant ! –, le banquier ajouta :

— Comme je l'expliquais à votre femme, nous ne pouvons rien pour vous. Je vous rappelle que vous avez signé une convention de prêt avec notre établissement pour l'achat de cette propriété. Mais nous sommes disposés à effacer votre ardoise en échange de tout votre mobilier, votre argenterie et vos autres objets de valeur.

A l'entendre, la banque faisait preuve d'une générosité exceptionnelle et son client sortait largement gagnant de l'affaire.

Faraday ôta son chapeau et s'essuya le front. Comment en était-il arrivé là ? Tandis que le banquier s'éloignait, il crut bon de préciser :

— Bettina n'est pas ma femme.

L'homme eut un geste vague.

— Vous me voyez désolé, mais...

Au même moment, les manutentionnaires découvrirent les caisses abritant la collection de poteries de Faraday. Celui-ci leur cria de les reposer immédiatement, mais le banquier leur ordonna de les ouvrir. Ses yeux étincelèrent de convoitise à la vue de la jarre dorée. Il proposa de l'acheter. Faraday déclina son offre.

— Ecoutez, docteur Hightower. En échange de cette jarre, je vous laisse la maison et vous accorde six mois pour solder votre compte.

— Dites oui, Faraday, insista Bettina.

Mais Faraday resta intraitable.

Le banquier prolongea alors son offre de six mois, se faisant fort d'arracher leur consentement à ses supérieurs. Devant le silence persistant de son client, une lueur mauvaise brilla dans son regard.

— Tout bien réfléchi, dit-il en se frottant le menton, la vente de ce bric-à-brac ne couvrira même pas le montant de votre dette. Ou bien vous la remboursez sur-le-champ, ou bien je préviens les autorités et vous fait arrêter. Maintenant, vous n'avez qu'à nous laisser ces céramiques et nous serons quittes.

Faraday fit un pas vers l'homme.

— Si vous touchez à une seule de ces poteries, gronda-t-il, je vous tue.

Un silence pesant s'abattit. Bettina ouvrait des yeux démesurés. Faraday n'était pas moins surpris de sa réaction.

Le banquier se tourna vers les manutentionnaires.

— Vous avez entendu ? Il m'a menacé !

Les hommes détournèrent la tête. Peut-être étaient-ils impressionnés par la froide résolution de Faraday et par la folie qui habitait son regard, à moins qu'ils n'aient eu honte de chasser une famille de son domicile. Voyant qu'il ne pouvait compter sur leur soutien, le banquier battit en retraite.

Après avoir barricadé les portes de la Casa Esmeralda, les hommes se retirèrent, emportant tout ce que possédait Faraday. Mais celui-ci refusait de céder au découragement. L'arrivée du père McClory ne tarderait pas à dissiper ce malentendu. Et puis il n'avait pas tout perdu. Il lui restait la moitié de la carte du conquistador.

54

— Vous êtes ce qu'on appelle un pigeon, dans le langage des aigrefins, docteur Hightower.

Faraday contemplait tristement la photographie d'un homme qui ne pouvait être que le père McClory, la poitrine barrée d'une série de chiffres. Le cliché avait été pris en prison cinq ans plus tôt, alors que le faux prêtre purgeait une peine de quelques mois.

— Les aigrefins ? répéta Faraday d'une voix blanche.

Les paroles de l'inspecteur de police de San Bernardino avaient du mal à s'imprimer dans son esprit.

— Maxwell McClory, l'as du déguisement. La dernière fois que nous avons entendu parler de lui, il embobinait des veuves en prétendant collecter des fonds pour une œuvre charitable. Avant cela, il vendait au prix fort à des émigrants de prétendues orangeraies – en réalité, des cactus sur lesquels il avait accroché des fruits.

— Ce n'est pas un homme d'Eglise ?

— Loin de là. Il a endossé cette nouvelle identité après avoir constaté que les gens accordent automatiquement leur confiance à un ecclésiastique.

— Mais comment... Enfin, le désert est immense ! Je campais à proximité d'une route quand il a surgi comme par enchantement.

— Nous savons qu'il fait équipe avec cet homme, reprit le policier en lui montrant une nouvelle photographie.

Faraday reconnut avec stupeur le géant barbu avec qui il avait échangé quelques mots au comptoir des prospecteurs.

— Un dénommé Arrington, connu pour traîner dans les lieux fréquentés par les chercheurs d'or. Il profite de leur naïveté pour leur vendre de fausses cartes au trésor ou des titres de propriété pour des mines fictives. Derrière vos allures de gentleman, Arrington a tout de suite flairé le pigeon. Que vous a-t-il fait miroiter ?

— Une mine d'or.

L'inspecteur opina.

— Il aura aussitôt averti son complice. Celui-ci n'a eu aucun mal à vous retrouver, puisque Arrington vous avait dit de quel côté diriger vos recherches.

— Mais McClory savait exactement ce qui m'intéressait, ajouta Faraday, répugnant à admettre qu'il avait été victime d'une paire d'escrocs. Je n'en avais rien dit à Arrington. McClory m'a montré un livre... sur Jésus au Mexique.

Il craignait de paraître ridicule au policier, mais celui-ci ne manifesta aucun étonnement.

— McClory s'est fait une spécialité de plumer les mormons.

— Pourquoi des mormons feraient-ils affaire avec un prêtre catholique ?

— Il prétend détenir un plan révélant l'emplacement d'une paire de tables en or, semblables à celles découvertes par Joseph Smith, que Jésus aurait apportées au Mexique il y a deux mille ans. Il en a arnaqué plus d'un avec cette histoire à dormir debout. Il vous a également proposé une carte ?

— Oui, avoua Faraday, honteux de s'être montré aussi crédule.

— C'est une ruse extrêmement fréquente, expliqua le policier avec indulgence. L'escroc possède une moitié de la carte, vous lui donnez de l'argent pour la compléter et à vous la fortune ! Il circule des centaines de ces fausses cartes. Aucun endroit ne se prête mieux que le désert aux rumeurs de trésors enfouis. Le magot de Jesse James est un des plus célèbres. En plus de prospecter les endroits où vont s'approvisionner les chercheurs d'or, ce genre d'individus épluchent les rubriques nécrologiques des quotidiens, les avis d'héritage non réclamés et les petites annonces.

L'inspecteur Boggs raccompagna son visiteur jusqu'à la porte du poste de police et promit de le tenir informé des suites de l'enquête.

— Mais ne nourrissez pas de trop grands espoirs, monsieur. Nous avons affaire à forte partie. Ces deux gaillards sont passés maîtres dans l'art d'exploiter les rêves et les besoins les plus essentiels de leurs victimes, et leurs boniments sont toujours plausibles. A Saint Louis, ils se faisaient passer pour des médecins qui avaient découvert un remède infaillible contre le cancer. Ils poussaient le souci du réalisme jusqu'à se déplacer avec des bocaux remplis de tumeurs.

Faraday s'arrêta sur les marches du poste.

— Si jamais je retrouve ce McClory... commença-t-il.

— Doucement, monsieur Hightower. Faire justice soi-même n'est pas une solution. Nous finirons par mettre la main sur notre homme.

— Il doit être loin à l'heure qu'il est, protesta Faraday d'un ton lugubre.

— Pas forcément. Voyez-vous, rares sont les victimes d'escroquerie à venir nous trouver. La plupart sont trop gênées, ou bien elles ne veulent pas qu'on sache qu'elles ont dilapidé la fortune familiale. Pour une qui porte plainte, dix gardent le silence. Et le sud de la Californie est le terrain de chasse privilégié des hommes tels que McClory. La région attire un tas de gens désireux de se construire une nouvelle vie ou de s'enrichir rapidement – en bref, des pigeons rêvés. McClory resurgira un jour ou l'autre.

Faraday regagna ensuite le bosquet de peupliers qui abritait leur campement. Les nouvelles qu'il rapportait n'étaient pas faites pour consoler Bettina et Morgana. Après l'élégante demeure de Back Bay (qu'il avait vendue avant leur départ pour l'Ouest) et le luxe de la Casa Esmeralda, ces dernières se trouvaient obligées de vivre sous la tente, telles des bohémiennes. Bettina faisait cuire des haricots sur un feu de branches tandis que Morgana, accroupie dans le sable, observait la progression d'un scarabée. Plus rien ne les différenciait des « squatters » que sa belle-sœur méprisait tant.

Faraday avait le sentiment d'avoir tout raté. A cause de lui, sa famille se trouvait sans le sou et sans domicile. Tout autour du monde, des gens dansaient dans les rues pour fêter la fin de la guerre. La paix était revenue, mais cette nouvelle peinait à se frayer un chemin jusqu'à sa conscience.

Sa seule consolation était qu'Elizabeth ignorait les conséquences catastrophiques de sa bêtise.

Bettina enveloppa des pommes de terre dans des feuilles de papier journal – « C'EST L'ARMISTICE ! » proclamait la manchette – et les glissa sous les braises. Puis elle laissa errer son regard sur le désert. Rien que du sable et des broussailles jusqu'aux montagnes qui barraient l'horizon. La ville la plus proche, Banning, se trouvait à cent kilomètres et la route qui y conduisait ne méritait guère ce nom : deux sillons parallèles, tracés par les roues des chariots qui approvisionnaient les mines. Il n'y avait ni village, ni bureau de poste, ni école, ni boutique. Les fermes rustiques côtoyaient les cabanes de chercheurs d'or abandonnées, pitoyables vestiges d'un rêve brisé. Il fallait creuser des puits et récupérer l'eau de pluie. Qu'est-ce qui pouvait attirer les migrants dans cet endroit désolé, où ils vivaient à la dure dans de modestes maisons d'adobe très écartées les unes des autres ? Peut-être le désir de paix et de solitude, à moins qu'ils n'aient cherché à fuir leur passé. Elle pensa à Boston, où tant de gens connaissaient son secret honteux... Des gens remplis de préjugés et d'opinions toutes faites au sujet de Bettina Liddell. Elle aimait la ville mais détestait ses habitants. A l'inverse, elle exécrait le désert, mais elle était une inconnue pour ses nouveaux voisins. Ils ne portaient aucun jugement sur elle. Bettina Liddell était prête à prendre un nouveau départ.

Elle s'arrangea pour rappeler à Faraday ses devoirs envers sa famille. Il portait toujours le titre de docteur et cette activité lui assurait autrefois des revenus confortables. Elle lui fit remarquer que ses compétences seraient les bienvenues, avec tous les anciens combattants qui venaient soigner les effets du gaz moutarde dans la région. L'épidémie de grippe mondiale incitait également de nombreux malades à rechercher la chaleur et l'air sec du désert.

— Je ne peux quand même pas recevoir des patients sous une tente !

— Ce n'est pas la place qui manque, Faraday. Pour devenir propriétaire d'un terrain, il suffit de le bâtir et de vivre dessus.

Faraday considéra sa belle-sœur avec étonnement : dire qu'elle envisageait de rejoindre les rangs des squatters qu'elle écrasait de son mépris depuis deux ans !

— Nous aurons quand même besoin d'argent pour manger et acheter de quoi construire un abri.

— Je vais ravaler ma fierté et solliciter l'aide de M. Vickers. C'est un homme de bien. Il fera son possible pour nous tirer d'embarras.

Grâce au mandat que M. Vickers leur adressa de Boston, ils firent valoir leurs droits sur une parcelle sise au lieu-dit Twentynine Palms. Bettina se rendit au Land Office de Los Angeles pour remplir des formulaires et s'acquitter d'une taxe de dix dollars. L'administration exigeait simplement qu'ils cultivent un minimum leur terrain et élèvent dessus un bâtiment à usage d'habitation. Au bout de cinq ans, ils devraient en outre produire deux témoins attestant sur l'honneur qu'ils occupaient leur propriété et avaient contribué à la mettre en valeur.

Avec le restant de l'argent de M. Vickers, Bettina engagea des ouvriers pour déblayer le terrain, construire une cabane et creuser un puits. Ils vécurent encore quelques semaines sous la tente, le temps que leur maison ait un toit. M. Vickers, rapporta Bettina, avait demandé à être muté sur la côte ouest, mais ses employeurs l'estimaient trop pour se passer de lui à Boston, sans compter ses fréquents déplacements en Afrique.

Sitôt la cabane achevée, Bettina fit le nécessaire pour qu'ils s'y sentent chez eux. Quant à Faraday, ayant surmonté la honte d'avoir été dépouillé de sa fortune par des escrocs, il reprit ses recherches.

Il s'absenta cinq semaines. La neige qui tombait sur le désert ralentissait sa progression et enveloppait le paysage de mystère. A son retour, il n'était toujours pas parvenu à localiser les chamanes. En revanche, il avait recueilli des récits de la bouche des Indiens morongo et rapportait des croquis montrant leurs villages et des femmes fabriquant des paniers.

— Vous avez encore manqué M. Vickers, lui apprit Bettina. Il est resté aussi longtemps qu'il le pouvait, espérant faire enfin votre connaissance. Il m'a à nouveau proposé de retourner à Boston avec lui, mais mon devoir de chrétienne m'oblige à prendre soin de la fille de ma sœur.

Faraday acquiesça avec regret, car il répugnait à laisser Morgana aux mains de personnes étrangères.

— M. Vickers m'a encore donné de l'argent, poursuivit Bettina. Je ne voulais pas l'accepter, mais il m'a fait valoir que si j'étais sa femme, tout ce qu'il possède m'appartiendrait. Et il refusait de me voir vivre plus longtemps dans un taudis.

En l'absence de Faraday, la maison s'était enrichie d'une cheminée en pierre. Du papier peint recouvrait les murs et des lattes de bois habillaient le sol. Le potager abondait en légumes d'hiver, choux, choux-fleurs et brocolis, et un poulailler protégé des renards accueillait une importante colonie de poules pondeuses qui, quand leur heure aurait sonné, viendraient égayer la table du dîner.

Morgana savait à présent lire et écrire. Elle apprenait la récitation, la broderie et s'ils n'avaient pas les moyens d'acheter un piano, Bettina veillait à ce qu'elle continue à travailler son solfège. A tout le moins, elle bénéficiait d'un environnement stable et sécurisant. Mais quand Faraday voyait la petite fille de huit ans pourchasser un poulet dans la poussière de la cour, vêtue d'une robe rapiécée et les pieds nus dans ses souliers, il sentait la colère monter en lui. Jamais sa princesse n'aurait dû vivre dans le dénuement.

Sa résolution fut bientôt prise : il allait retrouver Maxwell McClory.

55

Faraday sillonnait les environs de Twentynine Palms et Joshua Tree depuis plus d'un an quand Bettina lui fit part de son intention de transformer leur maison en auberge. M. Vickers était venu la voir à Noël, avant de se rendre à Hawaï pour y vendre des bibles, et il avait trouvé le confort du Sagebrush Inn très médiocre. Quand il avait remarqué que les arbres de leur propriété procuraient une agréable fraîcheur au voyageur fatigué, une idée avait germé dans l'esprit de la belle-sœur de Faraday.

— L'Europe a subi tant de ravages pendant la guerre que de plus en plus de gens viennent en villégiature dans la région. Avec mon amabilité et mon sens de l'accueil, notre établissement serait vite très demandé.

Faraday dut avouer que sa belle-sœur aurait fait une excellente hôtesse : elle manifestait un tel souci de son bien-être... L'été, elle accrochait des draps mouillés devant les fenêtres pour rafraîchir l'air qui pénétrait dans les chambres pendant leur sommeil. Chaque fois qu'il revenait à la maison, son menu favori – côtes de porc, pommes de terre à la crème et tarte aux cerises – l'attendait sur la table. Elle le laissait seul avec ses cartes et son café quand il souhaitait montrer à sa fille les endroits qu'il avait visités et les animaux qu'il avait vus. Tandis qu'il cherchait le réconfort auprès de son enfant dont il aimait à caresser les magnifiques cheveux, Bettina se retirait dans sa chambre, où elle s'adonnait à des occupations dont il n'avait pas la moindre idée.

Toutefois, il n'accéda pas à son désir de transformer leur maison en auberge, lui faisant remarquer qu'elle avait déjà bien assez de travail. D'autre part, il refusait que sa fille soit constamment en contact avec des inconnus.

En outre, il espérait secrètement que leurs conditions de vie s'amélioreraient quand il aurait retrouvé McClory. Le projet de Bettina n'aurait alors plus de raison d'être.

56

Les hurlements n'avaient rien d'humain.

Faraday se dirigeait vers les rochers, s'efforçant de maîtriser sa jument visiblement inquiète, quand des coups de feu éclatèrent.

Abandonnant sa monture qui refusait d'aller plus loin, Faraday courut vers la source des terribles cris et escalada rapidement l'énorme tas de roches. Au sommet, il mit sa main audessus de ses yeux pour les protéger du soleil et découvrit un spectacle stupéfiant.

Une patte avant coincée dans une crevasse, une ânesse à la robe chocolat brayait à pleine gorge et lançait de furieuses ruades. La pauvre bête était cernée par une meute de coyotes affamés qu'un vieil homme tentait d'éloigner avec un bâton.

Faraday se précipita vers le lieu du drame, son pistolet au poing. A sa grande surprise, les coyotes ne bronchèrent pas. Normalement, la vue d'un être humain les faisait déguerpir. Malgré les deux hommes qui donnaient de la voix et agitaient les bras, les canidés continuaient à dévorer du regard l'ânesse qui se débattait.

Faraday finit par tirer en l'air, provoquant la dispersion de la meute. Mais malgré les efforts de son maître, l'ânesse refusa de se calmer.

— Soyez prudent ! cria Faraday. Vous pourriez prendre un coup de pied.

— Si je n'arrive pas à déloger son sabot de cette fichue crevasse, elle va se briser une patte.

L'ânesse pesait dans les cent soixante-quinze kilos et mesurait près d'un mètre cinquante au garrot. Faraday retourna auprès de sa mule, prit sa sacoche noire de médecin et revint en courant.

— Tout doux, Sarah, disait le vieil homme d'un ton apaisant. Les sales bêtes sont parties.

En un tournemain, Faraday assembla une seringue hypodermique qu'il remplit avec le contenu d'un flacon et s'avança vers l'ânesse en furie.

— Faites attention, monsieur. Sarah mord quand elle a peur.

L'ânesse se mit à ruer de plus belle comme Faraday tentait de l'approcher. Le médecin attendit le moment opportun pour lancer le bras en avant et planter l'aiguille dans son épaule. Il recula pendant que les grandes dents jaunes de l'animal se refermaient sur le vide, remplit rapidement la seringue et frappa à nouveau. Au bout de quelques secondes, l'ânesse cessa de ruer et commença à vaciller sur ses jambes.

— Vite, avant qu'elle ne tombe ! s'exclama le vieux. Sinon, sa patte est fichue !

Les deux hommes s'affairèrent autour de l'ânesse afin de déplacer les blocs de pierre qui emprisonnaient son sabot. Ils venaient juste de le dégager quand la bête plia les genoux et roula sur le flanc, inconsciente.

Faraday chercha aussitôt son pouls et examina ses yeux. Un soupir s'échappa de ses lèvres : il craignait de l'avoir tuée.

— La blessure est superficielle, annonça-t-il.

Ayant sorti un antiseptique et un rouleau de gaze de sa sacoche, il inspecta le paturon de l'ânesse endormie. Le vieil homme le regardait faire, accroupi à ses côtés.

— Z'êtes vétérinaire ? demanda-t-il.

— Docteur en médecine. Je suis habitué à des patients plus petits, ajouta-t-il avec un sourire rassurant à l'adresse du vieux qui caressait la tête crépue et le chanfrein blanc de l'ânesse.

Celle-ci – une brave créature, au dire de son propriétaire – avait de grands yeux embrumés bordés de longs cils, un ventre clair qui contrastait avec le brun foncé de sa robe, des pattes minces et des sabots fins.

Le temps que Faraday panse sa blessure, le soleil avait baissé sur l'horizon et les ombres s'étiraient sur le sable du désert. Le vieux se releva en même temps que lui.

— Merci beaucoup de votre aide, docteur, lui dit-il. Je l'aurais délivrée moi-même sans ces maudits coyotes. Ils lui ont fichu une telle frousse qu'elle m'aurait assommé d'un coup de sabot. Sarah et moi, on vous doit une fière chandelle.

Il s'essuya rapidement les yeux et renifla.

— Je ne sais pas ce que je ferais sans elle. Me suis jamais marié. Sarah est ma seule famille. Elle et moi, ça fait vingt-huit ans qu'on est ensemble.

Il tira un mouchoir à carreaux rouges de sa poche et se moucha bruyamment.

— Quel vieux pleurnichard je fais ! Mon nom, c'est Bernam, dit-il pour se présenter.

— Faraday Hightower.

Les deux hommes échangèrent une poignée de main.

Bernam avait un visage boucané qu'éclairaient des yeux d'un bleu délavé. Faraday ne pensait pas avoir jamais rencontré un homme aussi âgé que lui. Pourtant, c'est d'une voix ferme et pleine d'entrain qu'il se vanta de connaître comme sa poche le désert Mojave et celui du Colorado, en caressant d'une main sa barbe jaunie par le tabac.

Le vieil homme campait à proximité d'un endroit appelé Arch Rock. Il invita Faraday à partager son feu et son humble dîner composé de pain et de haricots.

— Des tas de gens célèbres sont venus dans le coin, dit-il comme les premières étoiles s'allumaient dans le ciel. Vous voyez les initiales sur ce rocher, là-bas ?

Faraday distingua des lettres et des chiffres dans la semi-obscurité : « W.E. 1887 ».

— C'est Wyatt Earp qui les a gravées, rien que ça ! Vous avez sûrement entendu causer de la fusillade à OK Corral ? Les journalistes n'avaient pas trouvé mieux pour vendre leurs feuilles de chou depuis la capitulation du général Lee ! C'est eux qui ont fait la légende d'Earp. Mais avant d'être un as de la gâchette, il cherchait de l'or. Il est venu une dizaine de fois dans la région. A ce qu'il paraît, il possède maintenant plusieurs salles de jeu au Nevada. C'est devenu un type respectable.

Bernam secoua la tête, le regard perdu dans les flammes, et murmura d'un ton mélancolique, comme s'il se remémorait ses propres exploits :

— L'Ouest à l'époque, c'était quelque chose. On n'est pas près de revoir ça.

Enveloppés dans d'épais manteaux – on était en janvier et l'air coupait comme du verre –, les deux hommes mangèrent en silence, poussant leurs haricots de leur morceau de pain pendant que le café passait. Bernam se leva à deux reprises pour aller voir Sarah.

— Je lui ai promis qu'on prendrait bientôt notre retraite. Elle l'a bien mérité, la pauvre fille. Dès que j'aurai l'argent pour, je nous achèterai une petite cabane avec un carré de potager.

Bernam versa le café dans les tasses en s'excusant de ne pouvoir offrir de sucre à son invité :

— J'ai épuisé ma provision il y a plusieurs jours. Pouah ! Je déteste boire cette cochonnerie noire.

Faraday plongea la main dans son sac à provisions et en sortit deux morceaux de sucre.

— On dirait que ce sont les deniers. Tenez... Un pour vous et un pour moi.

Bernam regarda le cube de sucre posé sur sa paume tannée.

— C'est gentil à vous de partager vos derniers morceaux avec moi.

Il jeta un coup d'œil à Sarah qui revenait lentement à elle, couchée sur le flanc, et alla s'agenouiller à son côté pour lui caresser le cou. Puis il introduisit le sucre dans la gueule de l'ânesse, qui le croqua avec reconnaissance.

— Elle me sert bien, dit-il à Faraday quand il revint s'asseoir pour boire son café. Jamais elle ne se plaint.

— Qu'est-ce que vous faites dans la région, monsieur Bernam ?

— Bernam suffit. Si ma mère m'a donné un prénom, y a longtemps que je l'ai oublié. Sinon, je suis là pour l'or, comme tout le monde. Je suis le plus malchanceux des chercheurs d'or à l'ouest du Rio Grande, s'esclaffa-t-il. Mais je vais devoir renoncer, parce que ça devient dur pour Sarah. En trente ans, j'ai rien trouvé qui en vaille la peine. J'ai longtemps été dans la marine marchande. Vous vous rendez compte ? Passer de la mer au désert... Et vous, vous avez trouvé votre bonheur ?

— Je ne cherche pas d'or. Du moins, pas directement.

Bernam fronça le nez.

— Comment peut-on chercher de l'or *indirectement* ?

Faraday lui parla alors des chamanes. Au lieu de le regarder avec stupeur ou scepticisme comme la plupart, Bernam le considéra avec attention par-dessous son vieux chapeau cabossé.

— Hightower, fit-il d'un air pensif. Aussi, votre nom me disait quelque chose. On m'a parlé de vous. On vous appelle « docteur Maboul », vous saviez ça ?

— Qu'est-ce qu'on dit de moi ? s'enquit Faraday, choqué.

— Qu'il vous manque une case. Surtout, ne le prenez pas mal : on en raconte autant sur moi. Les gens pensent qu'il faut être cinglé pour passer autant de temps dans le désert.

Faraday fut néanmoins contrarié d'apprendre qu'on jasait derrière son dos et qu'on le traitait de fou. Surtout, il craignait que ces ragots parviennent un jour aux oreilles de Morgana.

— Comme ça, vous cherchez des chamanes ? reprit Bernam en récurant son assiette comme s'il n'avait rien mangé depuis des jours. Il y a une légende sur des Indiens qui seraient venus de l'est il y a longtemps. Pas les Agua Caliente ni les Paiute. Ce n'était pas non plus des Hopis ni des Navajos. Ceux dont je vous parle étaient les derniers de leur espèce.

Echaudé par sa mésaventure avec McClory, Faraday demanda :

— Combien voulez-vous pour cette information ?

— Rien du tout, mon gars. Je vous suis redevable de ce que vous avez fait pour Sarah.

Rassuré, Faraday montra au vieil homme les dessins que lui avait donnés la bohémienne.

— Ce zigzag, là… J'ai déjà vu ça quelque part. Mais vous ne cherchez pas dans la bonne direction. A votre place, j'irais par là, ajouta-t-il en tendant le bras vers l'ouest.

Faraday lui demanda ensuite s'il savait ce que signifiait le mot *hoshi'tiwa*. Il ne fut pas vraiment étonné de l'entendre répondre :

— Non, ça ne me dit rien du tout.

Ils finirent de boire leur café pendant que les étoiles suivaient leur course millénaire au-dessus de leurs têtes. La lune se leva et les coyotes commencèrent à s'appeler dans la nuit. Bernam se levait fréquemment pour aller voir Sarah et lui murmurer des paroles apaisantes à l'oreille. Ces marques d'affection renforcèrent la tristesse et le sentiment de solitude de Faraday.

Ses pensées se tournèrent vers Elizabeth, comme presque chaque nuit. Il se demanda où elle était, ce qui avait pu l'inciter à le rejeter. Sa colère première avait cédé la place à une mélancolie douce-amère qui lui permettait de revivre en esprit les moments merveilleux qu'il avait passés dans ses bras à Smith Peak. Il sourit au souvenir de l'expression à la fois étonnée et ravie de la jeune femme quand elle avait pénétré sous la tente « égyptienne ».

Il songea ensuite à l'existence que menait Morgana auprès de Bettina. Chaque fois qu'il revenait à la maison, Faraday les trouvait toutes deux en train de faire bouillir le linge sur la cuisinière dans une odeur de savon qui imprégnait toute la pièce. Quand ce n'était pas la lessive ou le repassage, c'était la fabrication du pain, si bien que l'énorme cuisinière en fonte paraissait allumée en permanence. Bettina et Morgana étaient toujours en sueur, les joues rouges. Quand il les voyait peiner pour arracher au sol aride des tomates, des radis et des oignons nouveaux, il se traitait intérieurement d'égoïste et décidait de rester à leurs côtés. Il ouvrirait un cabinet et veillerait sur sa fille en attendant de reprendre ses recherches. Mais au bout d'un ou deux jours, son obsession l'emportait sur ses bonnes résolutions. Le temps jouait contre lui, se répétait-il. Qui sait si le dernier chamane anasazi n'était pas aux portes de la mort ? S'il arrivait trop tard, il resterait sous l'emprise de ses démons et ne lèverait jamais le voile sur les événements qui s'étaient produits à Chaco Canyon des siècles plus tôt. Les réponses aux nombreuses questions qu'il se posait se trouvaient dans le désert. Qu'attendait-il pour faire son sac et seller son cheval ?

Puis l'image de McClory surgit devant ses yeux : c'était la faute de cette canaille si Morgana vivait dans l'indigence.

Durant l'année qui s'était écoulée depuis sa mésaventure, Faraday s'était souvent demandé comment récupérer son argent, mais ses réflexions n'avaient débouché sur aucun plan... jusqu'à ce jour. Pendant qu'il regardait le vieux marin cajoler la gentille ânesse qui reprenait peu à peu connaissance, une idée avait germé dans l'esprit de Faraday.

Le chercheur d'or revint s'asseoir et annonça que Sarah semblait tirée d'affaire.

— Monsieur Bernam, attaqua Faraday, vous disiez m'être redevable.

— Demandez-moi ce que vous voulez.

— J'ai une proposition qui pourrait se révéler très lucrative pour nous deux.

Faraday lui exposa son projet avec une aisance qui pouvait faire croire qu'il l'avait longuement mûri. A la fin de sa démonstration, le visage du vieil homme s'épanouit dans un sourire édenté.

— Ça va plaire à Sarah, lâcha-t-il, laconique.

57

Faraday savait qu'il s'écoulerait un certain temps avant que son plan porte ses fruits. Mais par un beau jour de mars, quand il se présenta au bureau de poste de Banning comme il le faisait quotidiennement depuis des semaines, il y trouva une lettre de Bernam. Il appela aussitôt l'hôtel de Redlands où le vieil homme attendait de ses nouvelles. L'échange fut bref.

— Prenez rendez-vous avec lui, indiqua Faraday à son complice. Je m'occupe du reste.

Le père McClory, qui se faisait passer ces temps-ci pour un homme d'affaires du nom de John Finch, se flatta le ventre avant de frapper à la porte de la chambre d'hôtel. Encore un pigeon qui allait lui rapporter gros. A croire qu'il se trouvait au premier rang le jour où le bon Dieu avait distribué l'intelligence... Avec un petit rire satisfait, il s'annonça à l'occupant de la chambre et recula d'un pas quand la porte s'ouvrit.

— Bonsoir, capitaine...

Il n'eut pas le temps d'achever sa phrase : un objet aussi piquant que le dard d'une abeille s'enfonça dans son bras et la porte claqua dans son dos.

Il fit volte-face. Un homme qui n'était pas le capitaine Harding se tenait devant lui, un pistolet dans une main et une seringue hypodermique dans l'autre.

— Surpris ?

McClory plissa les yeux. Le visage de l'homme ne lui était pas inconnu. Une silhouette dégingandée, des yeux enfoncés, une barbe soigneusement taillée... Hightower. L'idiot qui courait après les chamanes.

— Qu'est-ce que vous m'avez fait ? grommela-t-il en se frottant le bras.

— Cela fait quoi d'être pris à son propre piège, McClory ? Si toutefois c'est bien là votre nom...

Ni la voix ni l'attitude de Faraday ne trahissaient la nervosité qu'il ressentait. La colère et la soif de vengeance l'électrisaient.

— Qu'est-ce que vous racontez ? demanda McClory, les yeux fixés sur le pistolet.

— En franchissant cette porte, vous pensiez dépouiller un certain capitaine Harding. Celui-ci n'est autre qu'un de mes amis. En fait, il s'appelle Bernam. Je me doutais que vous ne résisteriez pas à cela.

Faraday indiqua un journal étalé sur la table où le texte d'une petite annonce avait été cerclé de rouge : « Historien maritime cherche informations sur galion espagnol ayant sombré au large de la Californie vers 1652. Offre récompense. Envoyer réponses au Los Angeles Clarion, boîte 788. »

— Si vous n'aviez pas mordu à l'hameçon, j'en avais d'autres en réserve : une riche veuve cherchant un neveu perdu de vue, un héritage non réclamé, des mormons sur la piste de Quetzalcóatl...

Bernam n'avait reçu qu'une réponse à son annonce. Quand son correspondant avait passé le seuil du restaurant où ils avaient convenu de se retrouver, le vieil homme avait immédiatement reconnu l'escroc grâce au portrait que Faraday lui en avait fait. Bernam s'était présenté comme le capitaine Harding, un ancien marin devenu historien. McClory avait prétendu détenir une carte indiquant l'endroit où le galion s'était fracassé sur des rochers près des îles du Détroit, au large de Santa Barbara. Dans des circonstances normales, il l'aurait cédée gratuitement au capitaine, mais sa pauvre mère devait subir une intervention chirurgicale.

— M. Bernam m'a rapporté qu'il avait dû insister pour que vous acceptiez son argent. Vous lui avez même conseillé de retourner à Seattle et de continuer à vivre de sa petite pension. Puis vous avez glissé dans la conversation que le galion naufragé passait pour transporter des trésors aztèques et incas.

Bernam avait alors proposé à McClory de lui apporter la carte à son hôtel où aurait lieu la transaction.

— Qu'est-ce que vous m'avez injecté ? cracha McClory.

— Du poison.

L'escroc fit une moue dédaigneuse.

— Je ne vous crois pas.

— Peu importe que vous me croyiez ou non, lui rétorqua Faraday d'un ton glacial. Il vous reste environ trente minutes à vivre. Et je puis vous assurer que votre agonie n'aura rien d'agréable.

— C'est ça, votre plan ? ricana McClory. Vous êtes venu ici pour me tuer ?

Faraday glissa la seringue dans sa poche et en sortit une autre, remplie d'un liquide bleu pâle, qu'il leva vers la lumière.

— Ceci est l'antidote, expliqua-t-il.

McClory haussa les épaules. Cependant, la sueur perlait à son front.

— D'accord, vous m'avez eu. Maintenant, j'imagine que vous allez me demander de vous rendre votre argent ? Vous ne serez pas le premier à essayer. Aucune drogue ne me fera céder.

Il vacilla légèrement.

— Une drogue ? s'esclaffa Faraday. Je vous certifie que c'est bien du poison que je vous ai injecté. Il vous reste exactement vingt-six minutes, précisa-t-il après avoir regardé sa montre. Si vous ne me rendez pas mon argent, vous ne sortirez pas vivant de cette chambre. La police ne connaîtra jamais les causes de votre mort.

McClory n'avait pas quitté la seringue des yeux.

— Vous ne feriez pas ça, hasarda-t-il. Vous êtes médecin.

— Je suis d'abord un père, le corrigea Faraday. Vous auriez tort de sous-estimer la fureur d'un père dont l'enfant a été privée d'avenir par une canaille telle que vous.

Il fit un pas en avant, son arme pointée vers son adversaire. McClory avait du mal à reconnaître le pigeon qu'il avait grugé un an plus tôt.

— A cause de vous, reprit-il d'un ton qu'il n'avait encore jamais employé avec personne, ma maison a été envahie, mes biens saisis par des inconnus qui ont terrorisé et jeté ma petite fille à la rue.

Il fit un pas de plus. Sa voix tendue comme un arc avertit McClory qu'il ne se maîtrisait plus.

— J'aimerais vous faire souffrir mille morts pour ce que vous avez fait subir à ma fille.

McClory affecta l'indifférence, alors que son teint avait viré au gris et que son front dégoulinait.

— Vous ne pensiez pas me revoir, hein ? Vous tablez sur le fait que vos victimes ont trop honte pour venir vous demander des comptes, ou simplement porter plainte. Cette fois, vous avez joué le mauvais cheval. En tant que médecin, j'ai été formé à sauver des vies. Mais j'ai aussi appris à ôter la vie. Soit vous me remboursez, soit vous crèverez comme un rat sans que personne n'en sache rien.

McClory s'humecta les lèvres et jeta un coup d'œil vers la porte, mais Faraday lui coupait toute retraite. Il avait mal au cœur et transpirait abondamment.

— Mais je n'ai jamais tué personne ! Je n'ai fait que soulager des gens pressés de jeter leur argent par les fenêtres !

— Vous avez profité de leurs faiblesses et de leur désespoir.

— Surtout de leur cupidité ! Certains donneraient n'importe quoi pour une carte menant à un soi-disant trésor. Vous-même, vous convoitiez les richesses des chamanes de Montezuma...

— Je recherche des richesses d'un autre ordre.

— La cupidité reste la cupidité, Hightower. Vous ne valez pas mieux que les autres. Ce que vous voulez, c'est toucher le pactole sans faire trop d'efforts.

— Et vous ?

— Vous n'imaginez pas combien je travaille dur. Bon sang, je ne me sens pas bien. Vous ne comptez pas vraiment me tuer ?

— L'argent, McClory. Rendez-le-moi et je vous administrerai l'antidote.

— D'accord !

Faraday fit allonger McClory à l'arrière de son chariot. Puis il lui attacha les poignets et les chevilles, le recouvrit d'une bâche et se mit en route à la faveur de la nuit.

En suivant les instructions de son captif, il parvint à une cabane nichée parmi les pins dans les contreforts des montagnes de San Bernardino. La maison était sombre et silencieuse. Faraday détacha les chevilles de McClory et le tira à l'extérieur. L'escroc souffrait à présent de violentes nausées et la sueur imprégnait ses vêtements. Il franchit la porte de la cabane en titubant et indiqua à Faraday où se trouvait l'argent.

Faraday souleva deux lattes branlantes du parquet et découvrit une boîte en fer-blanc qu'il approcha de sa lampe. Elle était remplie de billets. A première vue, il y avait là plusieurs milliers de dollars.

McClory se laissa tomber dans un fauteuil capitonné, soulevant un nuage de poussière.

— Je jure devant Dieu que c'est tout ce que je possède ! Par pitié... L'antidote.

— Vous m'avez volé dix fois cette somme.

— Mon partenaire a pris la plus grosse part, plaida McClory. Il a investi dans... Dieu, comme je me sens mal !

— Il est inutile d'appeler Dieu à votre secours, répliqua Faraday en fourrant les billets dans ses poches.

— Donnez-moi cet antidote ou je vais mourir !

Ils regagnèrent le chariot. McClory tenait à peine sur ses jambes et Faraday dut l'aider à s'étendre. Cette fois, il ne prit pas la peine de l'attacher car il était à moitié évanoui.

— Plus qu'un arrêt, annonça Faraday.

Il fit claquer les rênes et le cheval partit au trot.

Averti par Faraday, l'inspecteur Boggs les attendait au poste de police. Deux fonctionnaires en uniforme portèrent McClory inconscient à l'intérieur.

— Je lui ai administré un sédatif, expliqua Faraday. Il croit que je l'ai empoisonné. D'ici quelques heures, il sera tout étonné de se réveiller en vie.

— En vie et dans une cellule, précisa Boggs avec un sourire. Je dois dire que vous m'impressionnez, docteur Hightower. Je ne pensais pas vous revoir, et encore moins que vous réussiriez à piéger cette canaille. Vous avez récupéré votre argent ?

Faraday ne broncha pas sous le regard de l'inspecteur. Il savait que le butin de McClory constituait une preuve et aurait dû être remis à la police.

— Malheureusement, non. Il n'en restait rien.

Boggs lut une volonté inébranlable sur le visage de son interlocuteur.

— On ne peut pas gagner sur tous les tableaux, lâcha-t-il. Bonne nuit et bonne chance à vous.

58

Faraday versa à Bernam dix pour cent de l'argent qu'il avait repris à McClory, ce qui représentait une somme considérable. D'abord, le vieil homme ne voulut en prendre que la moitié – « J'suis déjà bien content que vous ayez capturé ce serpent venimeux, expliqua-t-il. Y a pas pire canaille que celle qui dépouille la veuve et l'orphelin » – mais Faraday insista pour qu'il accepte la totalité.

— Avec ça, souligna-t-il, Sarah pourra prendre sa retraite.

Il retourna ensuite chez lui pour se rafraîchir, offrir à Morgana une poupée achetée à Redlands et avertir Bettina qu'il comptait s'absenter une semaine. Puis il reprit la direction du désert après avoir chargé des provisions sur le dos de sa mule.

Suivant les conseils de Bernam, il commença ses recherches à l'ouest d'Arch Rock. Au pied d'une formation appelée rocher du Crâne se dressait un arbre de Josué sans âge que les habitants de la région avaient surnommé La Vieja, la vieille. Quand il lui avait montré le dessin de la bohémienne, Bernam avait tout de suite trouvé la signification du carré traversé par une ligne brisée.

« C'est pas une mine, mais un *dyke*, une lame de roche infiltrée dans une autre roche. Ça ressemble un peu à une rangée de dents. Je ne peux pas vous indiquer l'emplacement exact de celui-ci, mais vous devriez chercher aux environs du rocher du Crâne, à la pointe sud de Queen Valley. »

Alors qu'il campait dans un endroit appelé Jumbo Rocks, les propos de McClory sur sa cupidité lui revinrent à l'esprit. Après avoir allumé un feu et mis sa cafetière à chauffer sur une grille, il prit son journal et écrivit :

Force m'est d'admettre que McClory n'avait pas tort. Dans mon impatience, je cherchais le raccourci qui me mènerait aux chamanes. Partout où j'allais, je sollicitais les autres. J'ai demandé leur aide à Wheeler et aux Pinto, à Elizabeth, puis j'ai espéré que McClory me conduirait là où je le voulais. Au lieu de faire le travail moi-même, je tentais d'acheter des cartes ou j'engageais des guides. Je sais à présent que je faisais fausse route. Ma quête ne peut être que solitaire. Le chemin sur lequel j'avance a été tracé pour moi seul. Jamais les chamanes ne se révéleront à moi si j'arrive avec une armée.

Pour autant, je n'ai pas perdu mon temps. J'ai rempli mon carnet de paysages qui sont autant de miracles divins, de jeunes Indiennes timides, de scènes domestiques témoignant d'un mode de vie qui aura bientôt disparu. J'ai retranscrit nombre d'histoires et de mythes. Je suis un homme riche. Si seulement Elizabeth était là pour partager mon bonheur !

A la pointe du jour, il laissa son cheval et sa mule au camp et entama ses recherches, escaladant les rochers, se glissant dans des crevasses, se frayant un chemin à travers les broussailles. C'est à peine s'il trouvait de temps en temps un carré de sol plat et sableux où poser le pied. Toute la matinée, il progressa tel un lézard sur la lave pétrifiée et le basalte noir, se blessant les mains sur les cailloux et les cactus, balayant des tarentules de son chemin, essuyant la sueur qui coulait dans ses yeux. Plus d'une fois, il glissa, trébucha, tomba et pesta. Quand sa gourde fut vide, il retourna au camp pour se désaltérer et se restaurer. Il regarda le soleil descendre sur l'horizon en se grattant sous son col trempé de sueur et affronta une nouvelle nuit de solitude avant de reprendre son exploration.

Le quatrième jour, son pied s'enfonça accidentellement dans un terrier. Il perdit l'équilibre et s'étala sur un rocher à la surface lisse. En roulant sur lui-même, il atterrit dans un endroit resserré qu'il n'avait pas encore visité. Il se releva, brossa ses vêtements et vérifia que sa cheville n'avait pas souffert de sa chute. Soudain il resta bouche bée : une masse rocheuse arrondie, deux énormes orbites vides, deux creux figurant des narines... Il avait trouvé le rocher du Crâne.

Il pressa le pas. Le rocher marqué d'un éclair ne devait pas être loin ; il pouvait presque sentir sa présence. Après une dernière escalade, il déboula dans un canyon miniature fermé par des rochers et dominé par un arbre de Josué au tronc épais, solitaire et majestueux.

La Vieja !

Il fit tout le tour de la cuvette, explorant chaque mètre carré de sable et de broussailles sans rien trouver, hormis les traces laissées par des scorpions et des serpents. Au coucher du soleil, un ressort se brisa en lui. Une fois de plus – une fois de trop – on s'était joué de lui. Il pleura, maudit le Créateur et déclara qu'il renonçait à sa quête. Il ne consacrerait pas un jour ni même une heure de plus à rechercher les chamanes.

Serrant entre ses mains le portrait d'Elizabeth, il contempla ses magnifiques yeux bleus et son visage éclairé par le clair de lune. Il revit l'après-midi où ils avaient échangé leur premier baiser. Le soleil semblait les bénir, les abeilles bourdonnaient parmi les fleurs sauvages, des faucons tournoyaient dans le ciel… Il aurait donné n'importe quoi pour revivre ces instants.

Je suis là, Faraday…

Il redressa la tête et regarda autour de lui sans rien voir, hormis le désert qui s'étendait à perte de vue sous les étoiles.

Là…

Il se releva d'un bond. Sans doute possible, c'était la voix d'Elizabeth.

— Je t'entends ! Où es-tu ?

Laisse-toi guider par ma voix…

Trébuchant sur les cailloux, il gravit une série de dunes, se fraya un chemin à travers les buissons de sauge et les cactus, jusqu'à l'épuisement. Son imagination lui jouait un tour cruel, à moins que les démons qui avaient pris possession de son âme à Chaco Canyon ne soient revenus le tourmenter. Il sanglota amèrement mais quand il rouvrit les yeux, il vit briller quelque chose dans le clair de lune. Une aberration de la nature, une pierre dressée qui dessinait un carré quasi parfait d'environ six mètres sur six, traversée en diagonale par une ligne brisée clairement visible.

D'abord muet de stupeur, il laissa échapper un cri retentissant.

L'ensemble correspondait trait pour trait au dessin de la bohémienne ! Plus tard, il remercierait Dieu pour ce miracle et s'interrogerait sur la voix mystérieuse qui l'avait guidé. Mais d'abord, il devait retrouver les chamanes qui vivaient dans les parages.

Il se dépêcha de rentrer chez lui pour renouveler ses provisions en vue d'un séjour prolongé dans le désert. Son aventure l'avait galvanisé. Quand Bettina le questionna, il lui répondit qu'il était simplement de bonne humeur. Elle se planta devant lui, les poings sur les hanches, et exigea de connaître la cause de cet accès d'euphorie.

Faraday interrompit ses préparatifs pour regarder sa belle-sœur. Il lui semblait la voir pour la première fois.

Le ton qu'elle avait employé pour lui demander ce qu'il fabriquait était moins interrogatif qu'autoritaire. Soudain, il avait aperçu son vrai visage, celui d'une vieille fille despotique qui menait son monde à la baguette. Depuis le jour fatal où ils avaient regagné la maison de Back Bay avec Morgana bébé, Bettina Liddell l'avait traité comme un petit garçon. Le chagrin, la dépression, son obsession pour la jarre et la jeune Indienne, puis la passion qui l'avait lié à Elizabeth l'avaient tour à tour empêché de voir que cette femme dominait toute son existence. Mais la découverte du rocher à l'éclair lui avait ouvert les yeux et remis en mémoire des incidents qui prenaient à présent une signification nouvelle.

Un jour, Faraday étudiait une carte dans le jardin de la Casa Esmeralda quand une voisine s'était présentée à la porte, disant qu'elle avait formé un groupe de tricoteuses pour envoyer des couvertures aux pauvres soldats bloqués dans les tranchées en Europe. Bettina l'avait éconduite en l'enjoignant de ne plus l'importuner à l'avenir.

Le second incident avait eu lieu quelques jours plus tard. Faraday se versait un verre de limonade fraîche dans la cuisine quand une nouvelle émigrante était venue demander du travail. Elle se disait honnête et prête à accepter n'importe quelle tâche, ajoutant qu'elle avait des enfants à nourrir tandis que son mari combattait en France. Mais Bettina l'avait renvoyée sans ménagement.

« Ces émigrants, avait-elle déclaré ensuite à son beau-frère, ils sont toujours à tendre la main. Comme la terre sur laquelle ils vivent ne leur a rien coûté, ils estiment que tout leur est dû ! Il faut vous dire que cette femme n'était pas la première à venir mendier devant notre porte. Vous n'avez pas idée de ce que j'endure en votre absence ! »

Sur le coup, il avait assuré sa belle-sœur de son soutien moral. S'il lui arrivait de se plaindre, elle mettait un point d'honneur à accomplir son devoir de chrétienne et même la plus généreuse des créatures se serait lassée d'être assaillie par des quémandeurs. Il n'en admirait que davantage sa patience et sa détermination à offrir à Morgana une vie décente au milieu de cette désolation.

Une autre fois, il rentrait d'une expédition et dessellait son cheval dans l'écurie quand il avait vu arriver le chariot de la fermière qui leur livrait habituellement le lait. Comme la femme avait une longue distance à parcourir avant d'atteindre leur propriété, elle transportait ses bouteilles dans des sacs en toile de jute humide.

Ce jour-là, une chaleur écrasante régnait sur Coachella Valley ; même la brise ne parvenait pas à rafraîchir l'atmosphère. Bettina jeta à peine un coup d'œil aux bouteilles et décréta que le lait avait tourné.

« Mais, madame Hightower, protesta la fermière, vous aviez promis de me régler le prix de la livraison. Je viens de loin et j'ai besoin de cet argent pour acheter des médicaments à mon mari.

— Il n'est pas question que je paie du lait tourné.

— Ce n'est pas ma faute s'il fait aussi chaud, m'dame. En plus, je ne suis pas sûre qu'il ait tourné. Vous ne l'avez même pas goûté…

— Vous osez mettre mon jugement en doute ? »

La femme courba humblement le front.

« A tout le moins, vous pourriez en tirer du bon beurre… »

Après avoir mis la femme à la porte, Bettina se retourna et sursauta à la vue de son beau-frère.

« Elle vous a appelée "Mme Hightower", remarqua Faraday.

— Ce n'est qu'une idiote, lui avait rétorqué Bettina avec dédain. Je l'ai corrigée plusieurs fois, mais elle n'en a pas tenu compte. Faraday, il nous faudrait une voiture à moteur. On ne peut pas compter sur ces paresseux pour nous livrer des marchandises en bon état. »

Pressé de mettre un terme à la conversation, Faraday lui avait dit de faire le nécessaire, en se promettant intérieurement de rendre visite à la fermière pour lui payer le lait. Mais d'abord, il avait envie d'un bain froid, puis il devrait consigner ses dernières découvertes dans son journal, pour éviter de revenir sur ses pas et d'explorer deux fois la même zone.

Il avait rapidement oublié la fermière.

Puis un jour, alors qu'il regagnait la maison, il ne vit pas Morgana accourir vers lui comme à son habitude.

« Elle est punie, lui expliqua Bettina avec l'air pincé que son beau-frère ne connaissait que trop. Je l'ai consignée dans sa chambre.

— Qu'est-ce qu'elle a encore fait ? soupira Faraday.

— Elle a éternué. J'ai dit alors : "Que Dieu te bénisse." "Que dit-on quand c'est Dieu qui éternue ? a-t-elle eu le culot de répondre. Je l'ai envoyée au lit sans dîner pour lui apprendre à blasphémer. »

Faraday alla trouver la petite fille.

« Maman est en colère contre moi, dit-elle, les paupières gonflées.

— Mais non », la rassura Faraday, croyant qu'elle parlait d'Abigail.

Il lui avait appris à prier sa mère tous les soirs, lui disant qu'elle était à présent un ange au ciel.

« Elle dit que j'ai blasphémé. »

Il comprit alors qu'elle faisait allusion à Bettina.

« Il ne faut pas appeler ta tante "maman" », la reprit-il gentiment.

Craignant que la confusion ne s'installe dans l'esprit de sa fille, il se promit in petto de passer plus de temps avec elle, de lui montrer des photos de sa mère et de lui parler de leur trop courte vie commune.

Avec le recul, tous ces faits apparemment anodins éclairaient d'un jour nouveau la personnalité de sa belle-sœur. Il se demanda si son aveuglement n'obéissait pas à quelque motivation inconsciente : s'il s'était aperçu plus tôt que Bettina, en plus de son comportement odieux, se faisait passer pour sa femme, il aurait probablement donné un autre cours à son existence. Peut-être même aurait-il décidé de retourner à Boston, auquel cas il n'aurait pas rencontré Elizabeth et n'aurait pas découvert le rocher à l'éclair.

Il s'avisa également qu'il n'avait plus confiance en sa belle-sœur, et cela depuis un bout de temps. Sinon, comment expliquer qu'il ne lui ait pas parlé de l'argent qu'il avait récupéré auprès de McClory ? Il décida de lui taire également sa dernière découverte et de chercher plutôt une nouvelle piste qui le mènerait aux chamanes.

De retour au désert, il reprit ses investigations autour du rocher à l'éclair, sans rien trouver. Un après-midi, sous l'emprise de la fièvre non plus physique mais mentale qui le dévorait, il prit son carnet de croquis et entreprit de dessiner le rocher sous tous les angles et tous les éclairages, depuis l'aube jusqu'au crépuscule et même à la clarté des étoiles, dans l'espoir qu'il lui révélerait son secret. Il crayonnait furieusement quand un froid glacial envahit son âme, lui montrant l'inutilité de sa quête.

— Est-ce que j'arrive trop tard ? cria-t-il en direction du ciel.

Une ombre s'étendit alors sur lui et une odeur indéterminée, mais pas désagréable, parvint à ses narines. Quand il releva la tête, une vision pour le moins inattendue s'offrit à lui.

Une vieille femme au visage tanné se dressait devant lui, face au soleil. Deux longues tresses retombaient sur ses épaules. Sous sa frange d'un blanc neigeux brillaient deux yeux bruns pleins de curiosité et d'intelligence, pareils à deux galets dans le lit d'une rivière. Si Faraday n'avait encore jamais vu une figure aussi ridée, le costume de la vieille lui parut éblouissant : une blouse écarlate glissée dans une jupe en daim frangée, une ceinture et un magnifique collier en argent incrusté de turquoises aussi grosses que des pépites.

Une fois debout, il promena son regard autour de lui. D'où cette femme avait-elle surgi ? Etait-il bien raisonnable, à son âge, de se promener seule avec un tel trésor sur elle ? La ceinture et le collier, sans parler des bagues qui ornaient ses doigts hâlés et des boucles en argent qui pendaient de ses oreilles, valaient à coup sûr une petite fortune.

— Qui êtes-vous ? l'interrogea-t-il.

Elle lui adressa un sourire, révélant une denture quasi intacte. Faraday se fit la réflexion qu'elle avait dû être très belle dans sa jeunesse.

Il répéta sa question. La femme resta sans réaction sous le soleil implacable, ses longs cheveux blancs agités par le vent du désert.

— Vous parlez anglais ? Vous comprenez ce que je dis ?

— Je comprends, Pahana.

— D'où venez-vous ?

La femme étendit le bras et désigna un point situé derrière Faraday. Celui-ci n'aperçut d'abord que des broussailles, mais quand il regarda dans les jumelles accrochées à son cou, il distingua plusieurs huttes construites avec des brindilles et des herbes sèches telles qu'il avait pu en voir dans des réserves.

Il demanda à la femme à quelle tribu elle appartenait.

— Je descends du Peuple du soleil.

Il n'avait jamais entendu parler de cette tribu.

— Les Anasazis ? reprit-il, le cœur battant.

— Je ne connais pas ce mot.

Il revint alors à Faraday qu'*anasazi* signifiait « ancien ennemi » en navajo. Evidemment, la vieille femme et les siens ne s'appelaient pas ainsi entre eux.

S'asseyant sur un rocher, l'Indienne ouvrit la sacoche en daim décorée de perles qu'elle portait en bandoulière et fouilla à l'intérieur.

Contrairement aux Indiens de la région, qui avaient tous adopté le costume occidental, elle avait conservé les vêtements traditionnels de son peuple. Elizabeth avait parlé à Faraday de groupes d'Indiens isolés n'ayant eu que peu ou pas de rapports avec les Blancs. Peut-être était-il tombé sur une de ces communautés oubliées.

— Votre peuple, d'où vient-il ?

— De l'endroit où le soleil se lève.

Les Anasazis passaient pour venir de l'est... La tribu de cette femme vivait-elle encore comme ses ancêtres huit siècles auparavant ? Faraday s'imaginait déjà rédigeant des articles pour les revues savantes, publiant des livres et donnant des conférences à travers le monde.

— Que s'est-il passé à Chaco Canyon ?

La vieille Indienne parut perplexe.

— Où ça ?

— Savez-vous ce que signifie *hoshi'tiwa* ?

Elle opina d'un air grave.

— Un nom ancien et sacré.

— Ce nom, que désigne-t-il ? Un lieu ? Une personne ?

— La mère de mon peuple. Elle vivait il y a très longtemps.

Ainsi, la jeune fille de Forbidden Canyon lui avait révélé le nom de sa lointaine aïeule... Il était enfin sur la bonne piste !

— Il y a tant de choses que j'aimerais savoir !

De fait, les questions se bousculaient dans son esprit.

La vieille sortit de sa sacoche une pipe en terre qu'elle bourra de tabac devant le regard incrédule de Faraday. Elle n'allait quand même pas allumer cette chose ? C'est pourtant ce qu'elle fit, en frappant un silex contre le rocher sur lequel elle était assise. Elle tira ensuite sur sa pipe, répandant autour d'elle une âcre odeur de fumée.

Faraday ne tenait plus en place.

— Dites-moi tout, l'exhorta-t-il. Comment votre peuple vit-il ? Quelles sont vos traditions ? Et vos tabous ?

La vieille tira sur sa pipe et souffla un nuage de fumée avant de répondre :

— Nous ne sommes pas là pour discuter des choses terrestres, Pahana.

Faraday lui demanda si elle voyait un inconvénient à ce qu'il fasse son portrait. Interprétant son silence comme un consentement, il prit son carnet et ses crayons. Pendant qu'elle fumait et que ses crayons survolaient le papier, il l'interrogea sur le sens de la vie, Dieu, l'âme et l'au-delà. Assise sur son rocher, elle se pencha vers lui et le regarda droit dans les yeux.

— Pahana, comment se fait-il que tu t'intéresses à notre sagesse, alors que les tiens nous considèrent comme des sauvages ? Ton peuple n'enseigne donc pas sa propre sagesse à ses enfants ?

— Si, mais nos textes sacrés sont pleins de contradictions et ils ne contiennent pas de preuves.

— Des preuves de quoi ?

— De l'existence de Dieu. De celle d'un au-delà.

— Ah ! L'au-delà... Je parie qu'après ta mort tu aimerais aller dans un bel endroit où les rues seraient pavées d'or et où tout le monde vivrait heureux.

— Le paradis. En effet, j'espère y aller.

— Et moi, est-ce que j'irai aussi ?

— Oui, si vous avez de la chance.

— Et si je n'en avais pas envie ?

Faraday la considéra avec stupeur.

— Pahana, as-tu jamais songé que le paradis de l'un puisse être l'enfer de l'autre ? Ouvre ton esprit ! Pourquoi craindre la mort ? Ce n'est jamais qu'un changement de décor.

Elle vida sa pipe, la remplit, la ralluma et en tira une bouffée avant de poursuivre :

— Je souhaite te faire un cadeau, Pahana.

— Un cadeau ?

Faraday s'efforçait de rendre le rouge lumineux de sa blouse, l'éclat de ses bijoux, le regard vif de ses yeux bruns qui l'étudiaient.

— Ecoute, Pahana. Ecoute ce qui t'entoure.

Faraday tendit l'oreille et ne perçut que le silence.

— Que suis-je censé entendre ?

— Le silence a ses voix propres.

— Expliquez-vous, je vous en prie.

Elle secoua la tête.

— Tu n'es pas encore prêt. Tu ne peux pas comprendre notre sagesse si tu ne te connais pas toi-même, Pahana. C'est ici que tout commence, ajouta-t-elle en étendant le bras.

Faraday regarda dans la direction qu'elle lui indiquait. Des cailloux, des touffes d'herbes sèches et des empreintes laissées par des petits animaux... Le sol ne présentait aucune particularité à cet endroit. Quand l'Indienne lui demanda de dégager le sable, il s'approcha et tapa du pied. La semelle de sa botte rencontra une surface solide. S'étant agenouillé, il creusa et eut la surprise de découvrir une palette en bois, tel un radeau enfoui au milieu du désert.

Une fois tirée, la palette révéla un trou béant. Le jour pénétra à l'intérieur d'une pièce souterraine visiblement aménagée par l'homme. Une *kiva*, semblable à celles qu'il avait vues dans les pueblos hopis et zuñis. Une poussière vieille de plusieurs siècles vint lui chatouiller les narines.

La vieille femme lui dit que c'était là l'étape suivante de son voyage.

Sa silhouette se découpait nettement sur le ciel bleu et ses longues tresses brillaient comme de l'argent au soleil.

— Je vous ai cherchés pendant quatre ans, lui dit Faraday. Pourquoi ne pas vous être montrée plus tôt ?

— Ton voleur a déjà répondu à cette question. En récupérant ton argent, tu as appris qu'il n'existait pas de raccourci vers la sagesse et que personne ne pouvait te guider vers ton destin. C'est à toi de tracer ton chemin. Quand ceux de mon peuple partent en quête de visions, ils n'engagent pas de guides, n'achètent pas de cartes. La solitude conduit à la vérité.

Faraday regarda l'intérieur de la *kiva* et vit le banc de pierre appuyé au mur de briques circulaire ainsi que le foyer au centre. La *kiva*, lui avait expliqué John Wheeler, représentait pour le chamane un lieu de passage vers le monde des esprits.

— Dois-je descendre ? demanda-t-il.

— Pourquoi crois-tu que je t'ai amené ici ?

Il se redressa, subitement plein d'ardeur. Son seul regret était qu'Elizabeth ne puisse partager ce moment fabuleux avec lui.

Soudain, un nuage masqua le soleil et il frissonna. Elizabeth… Il était sûr de l'avoir entendue l'appeler. Cela voulait-il dire qu'elle était morte ?

La vieille femme le ramena brusquement à la réalité.

— Pahana !

— Oui, oui. J'aurai besoin d'une échelle.

Après avoir remis le couvercle en place – si le bois était vieux et marqué par les intempéries, la sécheresse du climat lui avait conservé toute sa robustesse –, il retourna chez lui pour y chercher des provisions, laissant la vieille Indienne fumer la pipe sur son rocher.

Le lendemain, quand Bettina lui demanda où il allait, il se débarrassa d'elle en lui fournissant de vagues explications et se dépêcha de rejoindre la *kiva*. Mais la vieille l'arrêta alors qu'il se préparait à y descendre.

— Tu ne peux pas entrer comme ça, Pahana. Tu dois d'abord jeûner, méditer et transpirer pour chasser les poisons de ton corps.

Puis elle lui indiqua le moyen d'y parvenir.

59

L'expérience de la *kiva* fut déterminante.

Faraday avait conscience d'embarquer pour un voyage spirituel qui bouleverserait son existence de fond en comble. Mais il n'était pas seul concerné. Ce soir-là, il fit venir Bettina et Morgana dans la pièce où il conservait ses cartes, ses notes et ses croquis, et leur annonça qu'une nouvelle vie allait bientôt s'ouvrir à eux.

— Ma chère Bettina, dit-il à sa belle-sœur, qui avait fêté peu auparavant son trente-sixième anniversaire, surtout n'allez pas croire que je ne vous suis pas reconnaissant des nombreux sacrifices auxquels vous avez consentis pour nous. Mais je n'ai pas assez tenu compte de vos besoins et de votre respectabilité. Par égoïsme, je vous ai privée des joies du mariage et de la maternité. J'espère que vous pourrez me pardonner. Il n'est pas trop tard pour que vous mettiez des enfants au monde. Surtout, vous méritez d'être heureuse auprès d'un époux. Nous reparlerons de tout cela demain, mais je puis vous assurer que rien ne me tient plus à cœur que votre bonheur.

Les yeux de Bettina s'embuèrent, trahissant chez elle un côté tendre et fleur bleue.

Puis il fit monter Morgana sur ses genoux (bien que la petite fille fût grande pour ses dix ans) et lui annonça qu'elle allait bientôt vivre une grande aventure. Il refusait de lui en dire plus tant qu'il n'en connaissait pas tous les détails et d'autre part, il tenait à lui ménager la surprise.

Pour la première fois depuis dix ans, il s'endormit heureux et confiant dans l'avenir. Il n'avait pas rêvé d'Abigail depuis qu'Elizabeth lui avait dérobé son cœur. Pourtant, cette nuit-là, sa défunte femme le visita en rêve, accompagnée d'une délicieuse fragrance de mimosa (son parfum préféré), et elle s'offrit à lui. Quand leurs bouches s'unirent, il l'enlaça avec passion. Puis il se réveilla et la vérité lui apparut brusquement : Bettina s'était glissée dans son lit, portant le parfum de sa sœur ainsi qu'un peignoir qu'Abigail avait étrenné durant leur lune de miel, et elle pressait ses lèvres sur les siennes en se plaquant contre lui.

Il bondit hors du lit, s'écriant :

— Mon Dieu, qu'est-ce qui vous prend ?

Bettina tomba par terre et leva vers lui un visage surpris.

— Enfin, Bettina, que faisiez-vous dans mon lit ?

Bettina se releva péniblement, tenant le col de son peignoir fermé. Elle avait subitement blêmi.

— Mais je croyais... Vous avez parlé de mariage, d'enfants...

— Oui, avec M. Vickers !

Elle le regarda fixement, le menton tremblant, les cheveux en désordre. La voyant si pâle, il reprit plus doucement :

— Ce que je voulais dire, c'est que je vous rends votre liberté afin que vous fondiez un foyer avec M. Vickers. J'ai pris des dispositions pour envoyer Morgana en pension. Il y a à Pasadena un établissement réputé...

— Et vous ? fit Bettina dans un souffle, le corps agité de soubresauts nerveux.

Il enfila vivement sa robe de chambre et en noua la ceinture.

— Je pars. Plus longtemps que les autres fois. Je compte abandonner cette maison.

Il osait à peine la regarder. Il lui semblait encore sentir ses lèvres sur les siennes. Quelle affreuse méprise !

— Je ne sais pas quoi dire, Faraday...

Elle frissonnait si fort qu'il arracha la couverture du lit et la posa sur ses épaules. Tout à coup, elle lui paraissait incroyablement petite et fragile. Ses cheveux courts étaient décoiffés et son parfum trop intense lui soulevait le cœur.

— Je n'avais pas pris la mesure de la situation, avoua-t-il, encore étourdi par le choc qu'il avait éprouvé en la découvrant dans son lit.

Il n'avait jamais rien soupçonné de ses sentiments. Il était plus que temps de la renvoyer à Boston et à son fiancé !

— Moi aussi, j'ai commis des erreurs, dit-elle. Il n'y a pas de M. Vickers, Faraday.

Il la regarda sans comprendre. La pendule égrenait les secondes sur la cheminée et Bettina semblait attendre qu'il dise quelque chose. Comme le silence se prolongeait, elle reprit :

— Pendant quatre ans, vous n'avez fait que courir le monde en quête de Dieu, en me laissant le soin d'élever votre fille. J'avais honte de vivre sous le toit de mon beau-frère comme une vulgaire domestique. A trente ans, j'étais déjà une vieille fille, sans perspectives d'avenir. C'est pourquoi je me suis inventé un soupirant.

Faraday s'approcha d'une chaise et se laissa tomber dessus tandis que Bettina restait debout. Sa voix s'était raffermie, elle s'était redressée de toute sa taille en même temps qu'elle retrouvait sang-froid et dignité.

— Le véritable Zachariah Vickers était un boucher de Boston qui s'est fait renverser par un trolley. J'ai lu son nom dans le journal. J'ai fait de mon M. Vickers un missionnaire qui sillonnait l'Afrique et l'Amérique pour vendre des bibles.

— Mais... La photographie ?

— Je l'ai repérée dans la vitrine d'un photographe. J'ai demandé à l'acheter, disant que j'étais peintre et désirais m'en inspirer pour un portrait. J'ignore qui est cet homme.

Faraday resta sans voix. Elle avait encadré le visage d'un inconnu et l'avait fait suivre dans tous ses déplacements, que ce fût à Chaco Canyon, Albuquerque ou à la Casa Esmeralda. Même à présent, Zachariah Vickers trônait sur la cheminée de leur salon !

— Et les cartes postales d'Afrique ?

Bettina leva le menton d'un air de défi.

— Achetées chez Dabney Imports à Boston.

— Dans ce cas, où avez-vous trouvé l'argent pour faire construire cette maison ?

— Vous l'ignoriez, mais je possédais quelques bijoux. Mes prétendues visites à la Western Union n'étaient qu'un prétexte pour vendre mes diamants à un joaillier de Banning.

Vous n'avez même pas remarqué que je ne portais plus ma bague de fiançailles, ajouta-t-elle avec une pointe d'amertume.

La confusion de Faraday augmenta.

— Si M. Vickers n'existe pas, d'où teniez-vous cette bague ?

— Je l'avais achetée à Albuquerque durant votre convalescence. Faraday, je vous aime depuis le jour où vous vous êtes présenté chez nous pour voir ma sœur. Abigail morte, j'ai pensé que vous reporteriez votre amour sur moi...

— Bettina, je ne pourrai jamais voir en vous autre chose qu'une sœur !

— J'espérais vous donner un enfant, ajouta-t-elle dans un murmure. Un fils, et non une fille, afin de perpétuer le nom des Hightower. Vous devez bien avoir un peu d'affection pour moi. Sinon, pourquoi m'avoir gardée aussi longtemps près de vous ? Certainement pas pour servir de nurse à Morgana. J'ai toujours perçu que vous aviez des raisons plus intimes et personnelles.

— Je ne vous ai jamais considérée comme la nurse de Morgana, mais comme faisant partie de la famille. Le jour de notre mariage, j'ai promis à Abigail...

Craignant d'en avoir trop dit, il se mordit la langue.

— Vous lui avez promis quoi ?

— Peu importe. Il est tard. Retournez vous coucher, Bettina.

— Dites-moi, Faraday, reprit-elle d'un ton glacial. Quelle promesse ma sœur a-t-elle pu vous arracher ?

Faraday était fatigué ; le lendemain, il devait prendre ses dispositions pour inscrire Morgana en pension, sans parler de la vieille Indienne qui l'attendait à la *kiva*. C'est pourquoi il céda devant l'insistance de Bettina, commettant ainsi la pire erreur de sa vie.

— A l'époque où je la courtisais, Abigail m'a fait une révélation à votre sujet. Elle tenait à m'en informer avant notre mariage, craignant que cela ne m'amène à changer d'avis. Par la suite, je lui ai dit que rien ne pouvait altérer l'amour que je lui portais et que votre secret serait bien gardé.

— Mon secret ?

Faraday reprit avec toute la douceur et la sympathie dont il était capable :

— Abigail m'a rapporté qu'enfant vous aviez surpris une conversation entre vos parents d'où il ressortait que M. Liddell n'était pas votre père. Votre mère avait eu avec le cocher de la maison une liaison qu'elle avait cachée à son époux. Mais, en grandissant, vous avez développé une ressemblance avec le cocher qui ne laissait aucun doute sur sa paternité. M. Liddell vous ayant rayée de son héritage, la mort de vos parents vous a laissée sans le sou. Abigail subvenait à vos besoins et elle espérait que j'accepterais de prolonger cette situation après notre mariage. J'ai juré sur l'honneur de toujours prendre soin de vous, quoi qu'il advienne. Et j'ai tenu parole.

Faraday se sentit soulagé après cet aveu. Il s'attendait à ce que Bettina, heureuse d'apprendre qu'il connaissait son secret, lui dise qu'elle lui savait gré de sa discrétion. Au lieu de quoi le silence se prolongea. Bettina le regardait avec une expression qu'il ne lui avait encore jamais vue. Resserrant les bords de son peignoir, elle murmura :

— Abigail vous a dit *ça* ?

Il comprit qu'il venait de commettre une terrible erreur.

Bettina sortit de la pièce en courant ; il l'entendit claquer la porte de sa chambre. Mortifié, il resta sans réaction. Puis des bruits de sanglots parvinrent à ses oreilles, exprimant un tel désespoir qu'il frissonna jusqu'à la moelle des os.

Inquiet, il se précipita vers la chambre de sa belle-sœur et frappa à la porte.

— Bettina, s'il vous plaît, ouvrez. Ne restons pas sur ce malentendu.

— Allez-vous-en !

— Papa ?

S'étant retourné, Faraday vit Morgana en chemise de nuit, les yeux gonflés de sommeil.

— Retourne au lit, mon trésor. Tante Bettina ne se sent pas très bien.

Il frappa à nouveau et comme Bettina ne répondait pas, il actionna la poignée. Dieu merci, elle ne s'était pas enfermée à clé.

C'était la première fois qu'il pénétrait dans la chambre de sa belle-sœur. Elle était parfaitement rangée, avec du papier peint rose et des fleurs fraîches dans des vases, des livres, des exemplaires lus et relus du *Saturday Evening Post* et tout un bric-à-brac typiquement féminin. Un phonographe Victrola à manivelle occupait un coin de la pièce. Souvent, le soir, il l'avait entendue jouer des airs sentimentaux à travers la porte fermée.

Assise sur son lit, Bettina déchirait violemment son album, jetant les cartes postales de M. Vickers sur le sol. Faraday se baissa pour les ramasser : des vues panoramiques des plaines africaines, des lions, des indigènes armés de lances et de boucliers... Quand il les retourna, il vit qu'aucune n'était adressée à Bettina Liddell. Aucune non plus ne portait la signature de M. Vickers. La malheureuse n'avait pas menti.

— J'espérais, je priais, sanglota-t-elle.

Il s'assit près d'elle, la prit par les épaules et lui parla avec douceur.

— Chère Bettina, croyez bien que je suis navré de cette méprise. Cela n'a rien à voir avec vous, car vous êtes une jeune femme accomplie. Mais j'ai donné mon cœur à Abigail et jamais je ne pourrai éprouver des sentiments du même ordre pour sa sœur.

L'affaire aurait pu en rester là s'il n'avait alors posé les yeux sur le cadre qui ornait le dessus de la cheminée. La photographie lui était familière et, pourtant, elle avait quelque chose de bizarre.

Soudain, la lumière se fit jour dans son esprit et son visage changea d'expression. Voyant cela, Bettina se retourna et devint écarlate, devinant la raison de sa stupeur.

A l'intérieur du cadre doré, on pouvait voir la photo de mariage de Faraday et Abigail. Son chapeau à la main, le marié se tenait debout derrière la jeune épousée vêtue d'une robe splendide, un bouquet de roses blanches posé sur ses genoux.

Sauf que la mariée n'était pas Abigail, mais Bettina. Cette dernière avait soigneusement découpé son visage sur une autre photo et l'avait collé par-dessus celui de sa sœur.

Abasourdi, Faraday s'écarta de Bettina.

— Les Indiens, souffla celle-ci.

— Quoi ?

— Ce sont eux qui vous ont volé à moi.

— Qu'est-ce que vous...

Elle se dressa tel un ressort, une lueur de folie dans le regard.

— Au lieu de vous intéresser à moi, vous avez perdu dix ans à courir après ces maudits Indiens !

Sur ces paroles, elle sortit de la chambre en courant. Faraday n'avait pas bougé quand un fracas suivi d'un grand cri lui parvint de la cuisine.

Morgana !

Il se rua dans le couloir. En entrant dans la cuisine, il vit Bettina qui tenait sa fille par le poignet. A leurs pieds, un verre brisé au milieu d'une flaque de lait. L'énorme cuisinière contenait encore des braises incandescentes. Tout en maintenant sa nièce d'une main, Bettina saisit un tisonnier rougi au feu et l'appliqua sur le tatouage qui déparait son front enfantin.

Morgana poussa un hurlement avant de perdre connaissance. Une affreuse odeur de chair brûlée se répandit dans la pièce. Faraday ramassa sa fille dans ses bras et s'enfuit avec elle, laissant Bettina fulminer contre ces sauvages d'Indiens.

Il ferma à clé la porte de sa chambre et passa la nuit à veiller et soigner Morgana.

Le lendemain matin, il trouva Bettina en train de préparer le petit déjeuner dans la cuisine, comme s'il ne s'était rien passé durant la nuit. Sans un mot, il attela son chariot, y chargea sa collection de poteries, enveloppa Morgana dans un manteau et prit la route.

Il revint quelques heures plus tard avec l'argent que lui avait rapporté la vente de sa collection. Toutefois, il avait gardé la jarre dorée de Pueblo Bonito. Il tendit à Bettina l'enveloppe contenant les billets.

— Je me suis arrangé avec les Candlewell pour qu'ils hébergent Morgana, dit-il. J'espère ne pas vous trouver à mon retour.

A Mme Candlewell, il expliqua que Morgana avait trébuché et s'était cogné le front contre la cuisinière. Il lui donna de la pommade, des pansements propres et lui indiqua comment soigner la brûlure. En retour, la brave femme lui promit de bien prendre soin de sa fille. Il attacha ensuite la chaîne avec la licorne en or autour du cou de Morgana, lui disant que celle-ci la protégerait en son absence.

Puis il s'agenouilla devant la petite fille qui le fixait d'un air grave et la prit par les épaules.

— Je vais m'absenter quelque temps, mais je te promets de revenir bientôt, expliqua-t-il. D'ici là, n'oublie pas que je t'aime plus que tout au monde et que tu es toujours présente dans mes pensées.

Tirant une enveloppe scellée de sa poche, il la pressa dans la petite main de l'enfant.

— Conserve bien ceci, mon ange. Si je n'étais pas de retour pour ton anniversaire, tu devrais donner cette enveloppe à M. Candlewell. Elle contient une carte indiquant l'endroit où je me trouverai. Surtout, ne la montre à personne d'autre.

Faraday s'apprêtait à pénétrer en territoire inconnu. Qui sait si la *kiva* n'abritait pas des scorpions ou des serpents à sonnette ? Il serait idiot d'y descendre sans avoir pris ses précautions.

Il embrassa sa fille et la serra longuement sur son cœur avant de sauter en selle. Debout au milieu du jardin des Candlewell, Morgana le suivit du regard jusqu'à ce qu'il disparaisse.

Quand Faraday regagna leur maison, Bettina était partie, emportant ses vêtements et toutes ses affaires. Elle avait laissé un mot dans lequel elle s'excusait et lui promettait de ne plus l'importuner.

Il était à présent libre de se rendre à la *kiva* et de passer à l'étape suivante de son voyage spirituel.

60

Suivant les instructions de la vieille Indienne, Faraday construisit une petite cabane à sudation avec une structure en branches de saule et des couvertures. Après s'être dépouillé de ses vêtements, il pénétra à l'intérieur. Il versa de l'eau sur des pierres brûlantes afin de produire de la vapeur, jeûna, pria et médita jusqu'à chasser Bettina et même Morgana et Elizabeth de son esprit. Au bout d'un moment, il ne pensa plus à rien ni personne, hormis au monde spirituel qui l'attendait dans la *kiva*.

Quand il finit par émerger de la cabane à sudation, nu et frissonnant dans la fraîcheur de l'aube, il se sentait pareil à un nouveau-né ou à une page blanche.

Il s'était muni d'un livre vierge dans lequel il comptait consigner les détails de sa nouvelle vie, un beau volume relié en maroquin, doré sur tranche, avec un ruban en gros-grain rouge comme marque-page. Il s'assit au soleil sur un rocher afin de sécher son corps trempé de sueur et écrivit :

Il y a une éternité, j'ai entrepris un voyage dans un but spécifique. Puis j'ai dévié de mon chemin. A présent, j'embarque pour un autre voyage de découverte et mon âme vibre d'impatience.

La vieille l'attendait. Elle lui donna l'ordre de descendre dans la *kiva*. Il avait emporté de l'eau et de la nourriture, une lanterne et des allumettes ainsi que son journal, son carnet à croquis, ses crayons et une bible de poche pour son réconfort.

Mais comme il entamait sa descente, un des barreaux de l'échelle céda sous son poids, provoquant sa chute. Il atterrit si brutalement sur son pied droit que son tibia se brisa net. Il perdit connaissance ; à son réveil, il constata que l'échelle s'était renversée. La vieille ne se trouvait plus à l'entrée de la *kiva*. Il ne pouvait ni l'appeler ni remonter par ses propres moyens.

Mais les secours viendraient. Le délai écoulé, Morgana donnerait l'enveloppe à Joe Candlewell et celui-ci le retrouverait grâce à la carte. D'ici là, il rationnerait son eau, ses biscuits, sa viande séchée et attendrait les révélations qui ne manqueraient pas de survenir.

Etendu sur le sol de la *kiva*, il glissa insensiblement des interrogations sur la gravité de sa fracture à l'émerveillement devant l'habileté du destin : sans Elizabeth Delafield, il n'aurait jamais passé la porte du comptoir des prospecteurs, n'aurait pas été spolié de sa fortune par McClory et n'aurait jamais eu l'idée de se rendre dans cette partie du désert. Il aurait pu passer le reste de ses jours à parcourir des milliers de kilomètres carrés sans jamais rencontrer la vieille Indienne.

La douleur devint plus intense. Il regretta de ne pas avoir apporté de médicaments et se demanda où était passé la vieille. Il avait escompté qu'elle le rejoindrait.

La journée s'avançant, la pénombre envahit la *kiva*, l'obligeant à allumer sa lanterne. Il devrait également économiser ses allumettes en attendant les secours. Il se demandait s'il serait capable de se poser une attelle quand sa tête se mit à tourner.

Ce vertige l'inquiéta. Puis sa vision se brouilla. Avait-il inhalé une toxine qui subsistait dans la chambre souterraine depuis des siècles ?

Où était donc passée la vieille Indienne ? S'il l'appelait, l'entendrait-elle ?

Son impression de vertige s'accentua. Sa tête était le siège d'une véritable cacophonie et des images bizarres dansaient devant ses yeux. Voilà qu'il souffrait d'hallucinations !

Le bourdonnement s'estompa. A présent, il n'entendait plus qu'une seule voix. Chacun des atomes de son corps hurlait de peur, car cette expérience n'avait rien de naturel. La terreur l'envahit comme à Forbidden Canyon, mais cette fois il n'avait pas la possibilité de fuir.

Ecoute, Pahana. Ecoute et regarde.

Il reconnut la voix de la vieille Indienne. Pourtant, elle n'était pas là.

Mon peuple ne mesurait pas le temps de la même façon que le tien, Pahana. D'après votre calendrier, les événements que je vais te relater ont eu lieu vers 1150, quatre siècles avant que les Espagnols, comme ils se nomment eux-mêmes, abordent ce continent.

Le Peuple du soleil vit dans la région des « Quatre Coins », ainsi que l'appelle l'homme blanc. Je vais à présent te raconter l'histoire de Hoshi'tiwa, une jeune fille dont la vie bascula avec l'arrivée du Seigneur obscur et de sa redoutable armée de Jaguars...

Des images et des impressions se formèrent dans le cerveau de Faraday. Si une sueur glacée baignait son corps, il sentait la chaleur du soleil sur sa peau et une brise légère caressait son visage. Il vit des pieds de maïs fraîchement plantés et des paysans hâlés penchés au-dessus du sol.

Un cri d'alarme retentit à ses oreilles. Un homme courait dans sa direction. Une route large et très droite s'étirait derrière lui jusqu'à l'horizon et, sur cette route, on distinguait au loin la masse d'une armée en mouvement.

L'armée du Seigneur obscur approchait !

61

Quand Faraday retrouva ses esprits, il eut à peine la force de soulever sa tête du sol. Il faisait encore noir dans la *kiva*. Combien de temps était-il resté inconscient ? Quel rêve stupéfiant ! Tout paraissait si réel : la route, l'armée des Jaguars, le Seigneur obscur sur sa chaise à porteurs, l'exécution de l'esclave Nez Coupé, les jarres de pluie, la foule sur la place du marché, les oiseaux en cage, le *chocolatl*, Hoshi'tiwa, Ahoté, Jakal… Il lui semblait avoir toujours vécu au Lieu central, s'être enivré avec du *nequhtli*, avoir connu la morsure du soleil, l'espoir et la désolation devant la sécheresse…

Avait-il imaginé tout cela ?

Après avoir bu un peu d'eau et croqué quelques biscuits, il chercha une position pas trop inconfortable – une douleur sourde irradiait le long de sa jambe – et se dépêcha de noter son rêve avant que les détails ne s'effacent de sa mémoire : « J'ai percé le mystère de Chaco Canyon ! Moi seul détiens la vérité sur l'origine de ses routes, les chambres souterraines appelées *kivas*, le cannibalisme, le bloc de pierre rouge au centre de la place… »

Il écrivit fébrilement malgré la douleur, la soif et la fatigue. Quand il eut terminé, il posa son crayon afin de reposer son poignet et éprouva un saisissement en constatant que la vieille Indienne l'avait rejoint dans la *kiva*.

Elle tirait sur sa pipe, assise sur le banc de pierre.

— Maintenant que tu connais l'histoire de Hoshi'tiwa et de mon peuple, Pahana, je peux te transmettre le savoir que tu es venu chercher.

Dans la chambre en forme de ruche construite en brique et en mortier, dans la poussière des siècles et la pénombre du passé, la vieille femme parla et Faraday écouta. Sa voix scandait les mots comme dans une mélopée qui infusait la sagesse et de nouvelles visions à son élève. Celui-ci lui posa des questions auxquelles elle répondit. Le jour se leva et au fil des heures, la chaleur devint étouffante. Faraday finit par oublier la douleur. Quand la vieille eut terminé, il s'effondra et versa des larmes d'émotion.

— Adieu, Pahana, dit-elle juste avant de se volatiliser.

Il ramassa son crayon et grattait le papier avec frénésie quand un bruit familier parvint à ses oreilles.

« Une minute ! écrivit-il. J'entends le pas d'un cheval. Ce grincement... On dirait les roues d'un chariot. Quelqu'un vient ! Je suis sauvé ! »

Il reposa son crayon et cria :

— Par ici ! Je suis là, en bas !

Tremblant d'impatience, il vit apparaître une échelle, puis des bottes de femme, une jupe-culotte kaki, une large ceinture de cuir et une chemise blanche.

— Bettina !

Sa belle-sœur approcha et lui donna à boire. Il lui demanda ensuite combien de temps il avait passé au fond de son trou.

— Deux jours, Faraday.

— Le Seigneur soit loué, vous m'avez retrouvé ! Je vais avoir besoin d'aide pour remonter car je me suis cassé la jambe.

— Je sais.

Bettina alla s'asseoir sur le banc de pierre qu'elle prit d'abord soin d'essuyer avec un mouchoir propre.

— Vous faisiez tant de mystères, vous paraissiez tellement excité que je vous ai suivi un jour. Je vous ai vu parler tout seul, assis près du Rocher de l'éclair. Puis vous êtes rentré à la maison où vous avez pris une échelle. Après que vous m'avez chassée, je suis venue tout droit ici. J'ai descendu la moitié de l'échelle et scié un des barreaux.

Faraday dirigea son regard vers l'échelle et considéra le barreau qu'il avait cru cassé : il présentait une coupure bien nette.

— Construire une maison m'a permis d'acquérir de nombreux talents, Faraday. Entre autres, j'ai appris à manier une scie. C'est votre inconséquence qui vous a conduit à cette situation. En vous laissant gruger par un escroc, vous avez permis qu'on nous jette à la rue. Si vous aviez été moins crédule, j'aurais continué à mener une vie digne de mon rang. Au lieu de ça, j'ai dû trimer comme une paysanne. Voyez mes mains. Elles sont pleines de cals.

— Je ne comprends pas. Pourquoi avoir provoqué ma chute ?

— Pour vous apprendre l'humilité. J'ai voulu vous montrer à quel point vous étiez vulnérable.

— Je retiendrai la leçon ! assura-t-il avec flamme. Si je vous ai fait du mal, je vous en demande pardon. Aidez-moi à sortir d'ici et nous prendrons un nouveau départ ensemble. Un extraordinaire secret m'a été révélé !

Il avait hâte de retrouver le monde des hommes, de partager avec des savants et des religieux le message de la vieille Indienne. Les mains jointes sur les genoux, la bouche pincée, Bettina promena son regard autour d'elle et reprit sans même demander à son beau-frère à quoi servait cette chambre souterraine :

— J'ai un aveu à vous faire, Faraday. Pour commencer, ma sœur n'aurait jamais dû vous dire la vérité sur ma naissance. Après l'humiliation que vous m'avez fait subir l'autre nuit, j'ai juré que je n'en supporterais pas davantage.

— Je suis sincèrement désolé, Bettina. Mais je me rachèterai. J'ai vécu ici même la plus miraculeuse des épiphanies. Les secrets de l'univers m'ont été révélés...

Elle le fit taire d'un geste.

— Abigail n'avait pas le droit de vous parler de mes origines. Ma mère, le cocher... Ce n'était pas à elle de vous délivrer cette information.

— Je suis désolé, répéta-t-il.

Après lui avoir renouvelé ses promesses, il la pria de le soutenir jusqu'à l'échelle. Voyant qu'elle ne bougeait pas, il ajouta avec humeur :

— Vous pouvez bien refuser de m'aider, cela m'est égal. J'ai laissé à Morgana une carte qui la mènera jusqu'à moi.

— Vous voulez parler de ceci ?

Bettina plongea la main dans le sac en toile qu'elle portait en bandoulière et en tira une enveloppe qu'il reconnut aussitôt.

— Je l'ai trouvée dans les affaires de Morgana après l'avoir ramenée de chez les Candlewell.

Devant Faraday impuissant, elle déchira la carte qui représentait son seul lien avec le monde extérieur et laissa les morceaux pleuvoir sur le sol de la *kiva* tels des flocons blancs.

— C'est à peine si j'existais à vos yeux. Je me présentais à tout le monde comme votre femme, et vous, vous n'en saviez rien.

— Mais pourquoi ?

Faraday nageait en pleine confusion. Qu'attendaient-ils pour remonter à la surface ?

— Faut-il que vous soyez borné pour poser cette question ! Ne pouvant l'obtenir de vous, il fallait bien que je me donne une respectabilité.

— Mais nous étions parents devant la loi, Bettina. Personne n'aurait mis en doute votre respectabilité. Et je dois dire pour ma défense que je vous croyais fiancée à M. Vickers, dont j'ai fini par apprendre qu'il n'existait pas ! A présent, aidez-moi à sortir d'ici. Ma jambe a besoin de soins.

— Imbécile, siffla Bettina. Vous voudriez me faire croire que vous n'aviez aucun soupçon à propos de M. Vickers ? A d'autres ! Pendant toutes ces années, il ne vous est jamais apparu qu'il ne venait me voir qu'en votre absence ? Morgana non plus ne l'avait jamais rencontré car, comme par hasard, elle jouait avec les enfants Candlewell à chacune de ses visites. Si vous refusiez de voir la vérité, c'est que M. Vickers vous fournissait un prétexte en or pour m'ignorer et me laisser seule.

Faraday la considéra avec effroi. Force lui était d'admettre qu'elle avait raison.

Bettina poursuivit avec un calme glaçant :

— Je suis toujours vierge à trente-six ans, Faraday. J'ai perdu tout espoir de connaître l'amour d'un homme, car les rares attraits que je possédais n'ont pas résisté au temps. Le désert, le soleil et l'existence rude que j'ai menée à vos côtés ont marqué mon visage et blanchi mes cheveux. Je n'ignore pas que je parais plus que mon âge. Toutefois, mon salut est assuré. J'ai dit à Morgana que vous m'aviez épousée pendant son séjour chez les Candlewell et qu'elle devait désormais me considérer comme sa mère. Vous avez eu tort de vendre votre odieuse collection de poteries afin de m'éloigner de vous. Cet argent me servira à construire mon auberge.

— Pour l'amour du ciel...

— La dernière pièce m'a posé un problème, reprit-elle en plongeant la main dans la poche de sa jupe-culotte. J'aurais pu en obtenir un bon prix. Mais après réflexion, il m'est apparu que je ne connaîtrai pas le repos tant qu'elle et moi devrions coexister en ce monde.

Elle tendit la main vers Faraday. Les yeux de celui-ci s'arrondirent en voyant l'objet qu'elle avait sorti de sa poche et une expression incrédule se peignit sur son visage. Il venait de reconnaître un fragment de la jarre dorée.

— J'ai détruit cette abomination, avoua Bettina en rangeant l'éclat de poterie. Je l'ai brisée en mille morceaux et j'en ai conservé un en souvenir de ma victoire sur vous et vos Indiens. Aux yeux du monde, je serai pour votre veuve et Morgana sera ma fille.

Faraday sentit sa gorge se nouer. Il avait envie de pleurer sa magnifique jarre.

— Mon absence ne passera pas inaperçue. On me cherchera...

— J'ai dit à tout le monde que vous aviez entrepris un long voyage au Mexique, sur les traces de vos chamanes.

— Attendez ! s'écria Faraday, pris de panique. J'ai l'intention de vous épouser.

— Epargnez-moi vos mensonges. Ce n'est pas digne de vous.

— Je ne mens pas. Avant même votre arrivée, j'avais décidé de vous prendre pour femme.

Bettina le dévisagea, puis elle ouvrit la bouche et la dernière lueur d'espoir s'éteignit en Faraday.

— Franchement, croyez-vous que je pourrais partager votre couche après ce qui s'est passé l'autre soir ? Ma parole, vous êtes encore plus fou qu'on le prétend. Votre proposition arrive trop tard : j'ai déjà dit à tout le monde que nous étions mariés. Ainsi, je ne retirerai que des avantages de la situation sans en subir l'opprobre. Je ferai une veuve des plus respectables.

— Une veuve ?

Faraday commençait à entrevoir la vérité que son cœur avait perçue depuis longtemps : Bettina entendait l'abandonner à son sort. Il ne pouvait pas mourir maintenant, pas alors qu'il venait de recevoir la sagesse à laquelle il aspirait depuis tant d'années. Etait-il destiné à emporter ses secrets dans sa tombe ?

— Vous n'êtes qu'un idiot, reprit Bettina d'un ton à la fois triste et amer. Toute votre vie, vous n'avez fait que poursuivre des chimères et bâtir des châteaux de sable. Même votre fille porte le nom d'un mirage. Pourtant, je vous aimais. Vous n'avez pas idée de ce que j'ai dû faire pour vous garder. Cette aventurière blonde, par exemple... Quand je pense qu'elle a osé vous relancer à la Casa Esmeralda !

— Elizabeth Delafield ? Elle est venue chez nous ? Pour l'amour du ciel, pourquoi ne m'avez-vous rien dit ?

— Je connais ce genre de femmes, Faraday. Des intrigantes, des pétroleuses. Ça porte des pantalons comme un homme. Elle ne vous méritait pas. Je lui ai dit que j'étais votre femme.

Faraday sursauta violemment.

— Je suis certain qu'elle ne vous a pas crue !

— Curieusement, elle semblait me prendre pour votre gouvernante. C'est ainsi que vous me présentiez au-dehors ? Comme une domestique ?

— Elizabeth n'a pas pu croire que je lui avais menti, insista faiblement Faraday.

Il passa une main sur son visage. Qu'est-ce qu'elle avait pu imaginer ? Lui-même, il ne lui avait pas fallu longtemps pour se convaincre qu'elle l'avait chassé de ses pensées.

Il ferma les yeux. Elizabeth... Non seulement elle ne l'avait pas rejeté, mais elle devait penser que c'était lui qui l'avait trahie et s'était rendu coupable d'adultère. A moins qu'elle ne fût morte ? Etait-ce pour ça qu'il avait entendu sa voix près du rocher à l'éclair ? Dans ce cas, il n'avait aucun espoir de rétablir un jour la vérité.

L'échelle était toujours en place, bien solide et conduisant à la liberté. Il tenta de se déplacer, mais ses forces le trahirent.

— Si seulement elle m'avait écrit, gémit-il.

— Elle l'a fait. Une lettre est arrivée pour vous environ trois mois après sa visite. J'ai pris la liberté de l'ouvrir.

— Votre cruauté ne connaît donc pas de limites ?

— Rassurez-vous, Faraday. Je l'ai conservée, me disant qu'elle pourrait servir un jour. Mais j'y songe, peut-être souhaitez-vous la lire ?

Elle lui tendit une enveloppe comportant son nom et son adresse – Docteur Faraday Hightower, Casa Esmeralda, Palm Springs, Californie –, rédigés dans l'écriture si caractéristique d'Elizabeth. Il l'ouvrit en tremblant et lut :

Cher Faraday, tes lettres ont semé la confusion dans mon esprit. Si je ne t'ai pas répondu plus tôt, c'est parce que j'avais besoin de réflexion. Je t'ai cru quand tu disais être veuf, et il se peut que je te croie encore. Mais la femme qui prétendait être ton épouse paraissait terriblement convaincante, sans parler de la petite fille qui l'appelait « maman » Comprends mon dilemme. Si je t'écris à présent, ça ne veut pas dire que mes doutes sont levés ou que mon chagrin s'est dissipé. Simplement, tu as le droit de connaître la vérité : Faraday, je porte ton enfant. Je n'attends aucun soutien financier ni d'aucune autre sorte de ta part. Je m'en vais. Inutile de me rechercher, tu ne me trouverais pas. Quand j'ai informé le doyen de l'université de mon état, il m'a immédiatement renvoyée. Je ne peux pas retourner dans ma famille car mon père s'estimerait déshonoré. Je devrai donc me débrouiller seule. Adieu, Faraday. Je ne regrette pas les heures que nous avons passées ensemble, je penserai toujours à toi avec tendresse et j'espère de tout cœur que tu finiras par trouver tes chamanes.

Faraday fixa les yeux sur son implacable belle-sœur et murmura d'une voix rauque :

— Comment avez-vous pu me cacher ceci ? Elizabeth était enceinte de moi !

Il ferma les yeux. Etait-elle morte en donnant le jour à leur enfant ? Dans ce cas, pourquoi son âme s'était-elle attardée en ces lieux ?

— Je ne voulais pas qu'elle fasse capoter mes plans, expliqua Bettina en se levant. Je dois rentrer. Ma fille attend son dîner.

— Vous n'allez pas me laisser ici ! protesta Faraday, atterré.

— Je ne pourrai jamais vous avoir, Faraday. Vous appartenez à ce monde-ci, ainsi que vos Indiens.

— Vous priveriez Morgana de son père ?

— Elle vous oubliera.

— C'est tellement cruel de votre part ! Je croyais que vous aimiez cette enfant.

— L'aimer ? Je la tolère tout au plus.

— Pourtant, je vous ai vue désespérée quand nous pensions la perdre.

— Elle était la seule chose qui me liait à vous. Sans elle, vous n'aviez plus aucune raison de me garder à vos côtés. Morgana était mon assurance ; désormais, elle me conférera le statut de mère. Les gens n'auront plus pitié de moi. Ils cesseront de me considérer comme une vieille fille dont personne n'a voulu. Mais ne vous inquiétez pas : tant que Morgana servira mes desseins, elle sera toujours correctement nourrie, vêtue et recevra la meilleure éducation. Et le temps venu, je veillerai à ce qu'elle fasse un mariage qui me mette à l'abri du besoin pour le restant de mes jours.

En écoutant Bettina, Faraday entrevit l'existence sans joie et sans amour qui attendait sa fille.

— Accordez-moi une deuxième chance ! Je suis devenu un autre homme !

Bettina se retourna, un pied posé sur le premier barreau de l'échelle.

— Et moi une autre femme, Faraday. Je ne vous aime plus.

Elle plongea la main dans son sac et en sortit un objet qu'elle jeta sur le sol.

— Je comptais me débarrasser de cette horreur, mais j'ai décidé de vous la laisser en souvenir de votre grue blonde.

Faraday réfléchit à toute allure, cherchant un argument qui la ferait changer d'avis.

— C'est un meurtre, Bettina. Vous ne craignez donc pas pour le salut de votre âme ?

Elle s'immobilisa et le regarda avec une lueur étrange dans les yeux.

— Il y a longtemps que mon âme est damnée, déclara-t-elle sur un ton qui glaça le sang dans les veines de Faraday.

— De quoi parlez-vous ?

— Sur le *Caprica*, la nuit où Morgana est née... A peine aviez-vous quitté la cabine qu'Abigail s'est plainte que quelque chose n'allait pas. Elle m'a dit de vous courir après et de vous ramener, mais je n'en ai rien fait. Je me doutais que le médecin du bord et vous-même pouviez la sauver, aussi suis-je restée près d'elle à attendre qu'elle se vide de son sang avant d'aller vous chercher.

Faraday eut toutes les peines du monde à articuler :

— Vous... vous avez laissé mourir Abigail ?

— Je vous voulais pour moi seule. En tant qu'aînée, j'aurais dû être la première à me marier. Seulement, je n'étais qu'une bâtarde... Nos parents ont toujours favorisé Abigail. C'est pourquoi j'ai décidé de vous enlever à elle. Je vous ai laissé de l'eau, Faraday. Comme ça, vous aurez tout le temps de méditer mes paroles. A présent, je dois vous abandonner. J'attends un architecte de Los Angeles et j'ai un millier de décisions à prendre. J'ai l'intention de transformer notre maison en auberge.

La stupeur qui paralysait Faraday céda brusquement la place à une fureur plus puissante que n'importe quelle drogue ou tonique. Une vague d'énergie envahit son corps, effaçant la soif, la douleur et la fatigue. Son bras se détendit et il agrippa la cheville de Bettina qui s'apprêtait à monter à l'échelle.

— Lâchez-moi ! hurla-t-elle en secouant la jambe.

Il tira d'un coup sec, la déséquilibrant. Elle tomba sur le dos près de lui et il l'empoigna par les cheveux. S'étant libérée, elle se mit à le bourrer de coups, visant sa tête et sa poitrine.

Tout en la repoussant, il tâtait le sol autour de lui, cherchant de quoi se défendre. Ses doigts se refermèrent sur son crayon. Il leva le bras et abattit son arme de fortune, la pointe dirigée vers le bas.

— Je vais vous tuer ! rugit-il.

Bettina roula loin de lui, se releva en titubant et lui décocha un violent coup de pied.

Elle se dirigeait vers l'échelle quand Faraday la saisit à nouveau par la cheville. Déséquilibrée, elle alla buter contre le mur de la *kiva*. De la poussière et des débris se détachèrent du plafond.

Faraday se redressa sur un genou. La douleur fut si vive qu'il crut s'évanouir. Il réussit néanmoins à atteindre le dernier barreau de l'échelle. Voyant cela, Bettina l'attrapa par le col et le repoussa. Il se cramponna à elle, déchirant sa blouse. Elle lui griffa le visage. Ils roulèrent tous deux dans la poussière.

Bettina profita de ce qu'elle avait le dessus pour assener à son beau-frère un coup de poing à la mâchoire. La tête de Faraday alla cogner contre le sol pendant que Bettina se relevait et se traînait jusqu'à l'échelle.

Avec un grognement, l'homme se dressa sur un coude et tenta de la rattraper. Repoussant sa main avec le pied, elle se dépêcha de monter pour lui échapper.

Faraday eut beau crier, jurer, protester, supplier et pleurer, arrivée au sommet de l'échelle, elle tira celle-ci à l'extérieur.

— Allez rôtir en enfer ! lui lança-t-elle avant de remettre en place la planche qui fermait la *kiva*.

— Bettina ! hurla-t-il dans l'obscurité. Ne faites pas ça !

Son corps torturé par la souffrance tremblait de la tête aux pieds. Il entendit un hennissement étouffé, puis le crissement des essieux d'une charrette qui s'éloignait. Le bruit décrut peu à peu.

Faraday laissa tomber sa tête sur ses avant-bras et pleura tant que les manches de sa chemise furent bientôt trempées.

Au bout d'un moment, il se redressa, sécha son visage et alluma sa lanterne. Puis il ramassa son crayon et écrivit dans son journal : « Les secours ne sont pas venus. J'ai eu la visite de Bettina... »

Pendant qu'il transcrivait leur dialogue et leur altercation, un nouveau déluge de pleurs jaillit de ses yeux. Craignant que ses larmes ne diluent l'encre sur le papier, il se ressaisit, but une gorgée d'eau et mastiqua un bâton de viande séchée. Il devait rester éveillé et vivant, car il avait encore une chose à écrire.

Ainsi, cette chambre souterraine sera mon tombeau et j'aurai vécu en vain. Dire que je vais m'éteindre telle une bougie que l'on souffle alors que le mystère de Chaco Canyon vient de m'être révélé ! Et ce n'est pas tout : la vieille Indienne m'a dévoilé le sens caché de la jarre dorée, un secret tellement fabuleux que je brûle de le partager. Je dois consigner ce savoir par écrit tant que ma lanterne éclaire et qu'il reste de l'oxygène dans cette pièce. Ceci sera le testament que je léguerai à ma fille Morgana. Un jour, elle me retrouvera et même si je suis mort, je continuerai à lui parler à travers ces notes.

La plume grattait furieusement le papier, animée par l'amour, la douleur et l'angoisse qui habitaient le cœur de Faraday. Tandis que la lumière de la lanterne diminuait, emprisonnant peu à peu le malheureux sous une chape de ténèbres, les étoiles se levèrent et reprirent leur ballet au-dessus du désert. Soudain, les chouettes, les coyotes et les autres créatures nocturnes s'immobilisèrent et tournèrent la tête vers l'arbre de Josué géant qu'on appelait La Vieja, alertés par une plainte funèbre venant des profondeurs du sol qui finit par se dissoudre dans la nuit et s'éteignit juste comme l'aube pointait.

BETTINA

62

1932

— Qu'est-ce qui est arrivé à ton front ?

— Chut ! C'est malpoli !

Morgana brossa machinalement sa courte frange, vérifiant qu'elle couvrait bien sa cicatrice. Si elle avait souvent entendu cette question avec quelques variantes – parfois, les gens se contentaient de la dévisager en silence –, la douleur était intacte. Non pas qu'elle s'estimât défigurée, mais cette cicatrice lui rappelait la façon dont son père l'avait abandonnée.

Toutefois, ce jour-là, elle avait d'autres soucis en tête. Pendant que la dame qui venait de louer un bungalow pour trois jours avec sa petite fille signait le registre, elle observa discrètement sa tante occupée à arranger la composition florale qui décorait le hall du Château Hightower.

Peut-être n'était-ce qu'une impression, mais la conduite de Bettina lui semblait bizarre depuis quelque temps. Un étranger ou une simple relation n'aurait sans doute rien remarqué. Mais pour avoir constamment vécu à ses côtés depuis la disparition de son père, douze ans plus tôt, Morgana connaissait sa tante mieux que quiconque.

Pour commencer, Bettina avait changé de coiffure et raccourci ses robes. Elle se maquillait moins et avait pris l'habitude de se parfumer. Sa tante venait d'avoir quarante-huit ans et Morgana se demandait si cette attitude avait quelque chose à voir avec son âge.

De même, Bettina manifestait de plus en plus d'intérêt pour les clients de sexe masculin, surtout ceux qui jouissaient d'un certain prestige social, tels les médecins et les avocats.

Morgana n'y aurait pas accordé plus d'importance sans l'épisode du géologue de Chicago. Celui-ci avait réservé un bungalow pour un mois entier, expliquant dans sa lettre qu'il rédigeait un article sur le sous-sol de la région. Mais au bout de trois jours, il avait subitement annoncé son départ.

Quand Morgana lui avait demandé s'il avait à se plaindre de sa chambre ou du service, il avait prétexté une affaire urgente qui l'obligeait à regagner Chicago. Elle l'aurait vite oublié si elle n'avait appris une semaine plus tard qu'il avait emménagé dans un motel des environs. La rumeur locale avait évoqué un incident embarrassant pour la réputation de la propriétaire du Château Hightower.

Morgana savait sa tante somnambule. A plusieurs reprises, elle l'avait trouvée en chemise de nuit près d'une fenêtre ou dans le jardin, le regard levé vers la lune.

« Qu'est-ce que vous faites là, ma tante ? l'interrogeait-elle.

— Tu l'entends ? répondait alors Bettina d'une voix lointaine. Il supplie qu'on le laisse sortir. »

Morgana la raccompagnait ensuite jusqu'à son lit. A son réveil, Bettina avait tout oublié des événements de la nuit et montrait le même solide bon sens qu'à son habitude.

Dans un accès de somnambulisme, Bettina avait très bien pu s'introduire dans la chambre du géologue et le jeune homme, se méprenant sur ses intentions, avait alors précipité son départ.

Une autre fois, Bettina avait accusé Polly Crew, une femme de chambre, d'entretenir des relations coupables avec un client. Cette affirmation semblait tellement fantaisiste que Morgana s'était demandé d'où sa tante tenait ses renseignements. Toutefois, Bettina avait mis la pauvre fille plus bas que terre devant les clients et le reste du personnel qui en avaient été profondément choqués.

Quand bien même ses inquiétudes auraient été légitimes, se répéta Morgana en tendant sa clé à la cliente, elle ne pouvait rien pour sa tante : dans une semaine, elle aurait quitté le Château Hightower et ne serait pas de retour avant trois ans.

La jeune fille se trouvait face à un dilemme insoluble, ce qui expliquait sa distraction. L'idée de lui faire suivre une formation d'infirmière venait de Bettina, alors que Morgana rêvait secrètement de continuer l'œuvre de son père. Elle aurait souhaité étudier les cultures amérindiennes et rejoindre le petit groupe de chercheurs qui s'employaient à préserver les vestiges de cette civilisation menacée. Mais elle se sentait une dette envers sa tante qui s'était sacrifiée pour l'éduquer. La pauvre Bettina était d'autant plus à plaindre que son père avait disparu peu après l'avoir épousée, lui laissant la charge de sa fille.

Morgana avait été élevée dans le respect et l'obéissance. Par conséquent, elle lisait scrupuleusement les manuels d'anatomie et de physiologie que lui avait procuré sa tante, s'entraînait à faire des bandages, à manipuler une seringue et à dispenser des soins sous le contrôle de Bettina qui veillait à ce qu'elle prenne de l'avance sur le programme. Au bout de trois ans, en plus de seconder sa tante dans la gestion du motel, elle mettrait son savoir au service de la communauté en devenant infirmière itinérante. Cette perspective déprimait la jeune fille qui s'imaginait plus volontiers recueillant des mythes et des récits auprès de vieux Indiens.

De nuit comme de jour, son âme était le siège d'un combat sans merci. On aurait dit que l'esprit troublé qui l'habitait luttait pour s'échapper de son corps. Souvent, la nuit, elle se glissait hors de son lit et s'aventurait seule dans le désert. Eclairées par la lune, les particules de quartz et de mica étincelaient sous ses pas. Le parfum entêtant des buissons de sauge et des créosotiers flottait dans l'air tiède. Le silence était tellement absolu qu'il lui semblait entendre la lune se déplacer d'un horizon à l'autre. Dans ces moments, elle éprouvait une sensation de liberté totale. Les étoiles filantes, si courantes dans le désert, paraissaient l'inviter à faire la course. Cours avec nous, lui murmuraient-elles. Morgana ôtait alors ses chaussures et filait telle une étoile sur le sable.

Le désert l'attirait ainsi que les pétroglyphes, les pointes de flèches et toutes les traces des hommes qui y avaient vécu des siècles auparavant. Même si elle répugnait à l'admettre, l'idée de s'occuper de malades et de blessés était loin de l'enchanter.

Ce n'était pas parce que son père était médecin qu'elle avait hérité de sa vocation. A vingt-deux ans, elle n'était plus une enfant... Mais elle avait toujours une dette envers sa tante.

En conséquence, d'ici quelques jours, elle rejoindrait l'internat où elle demeurerait pendant trente-six mois afin d'accomplir le rêve d'une autre.

Bettina surprit l'expression de sa nièce et devina aussitôt ses pensées : Morgana n'avait pas envie de partir. Mais la décision de Bettina était prise. Le départ de la jeune fille faisait partie d'un plan savamment orchestré.

Bettina portait une alliance et se faisait appeler « Mme Hightower ». Quand on l'interrogeait sur son mari, elle répondait qu'il était probablement mort. Toutefois, en l'absence de preuves, elle refusait qu'on lui donne le titre de veuve, même après tant d'années.

« J'espère toujours le voir franchir cette porte, un beau matin », prétendait-elle.

En réalité, elle pensait rarement à Faraday. Mais les nuits où le vent gémissait à travers les peupliers, où les coyotes hurlaient à proximité du motel ou lorsqu'un silence surnaturel s'étendait sur le désert, elle cessait toute activité et regardait par la fenêtre l'obscurité sans fin qui se fondait dans l'infini obscur, saisie par un pressentiment. Elle retenait sa respiration, écoutait les battements de son cœur, s'attendant à voir un spectre surgir des profondeurs de la nuit.

Il a dû rester des jours étendu par terre avant de succomber à la faim, à la soif et à la douleur...

Juste comme son cœur semblait sur le point de s'arrêter, entraînant sa mort immédiate, elle toussait, bougeait, prenait une profonde inspiration, prononçait quelques mots à voix haute et refoulait ce souvenir au plus profond de son donjon mental. Cet égoïste de Faraday l'avait abandonnée pour poursuivre une chimère jusqu'au Mexique. Très vite, son pouls ralentissait et la nuit retrouvait son visage familier.

Bettina fit une pause devant le miroir de la réception et s'assura qu'on ne devinait pas son postiche. Elle avait quelque peu « adouci » son apparence extérieure depuis qu'un ouvrier qu'elle venait de congédier l'avait traitée entre ses dents de « garce sans cœur ». Rien n'était plus éloigné d'elle, mais si c'était là le visage qu'elle offrait au monde, il convenait mal à la patronne d'un établissement touristique.

Ainsi, elle avait pris le train pour Banning, où elle s'était procuré en secret des magazines de cinéma et des brochures contenant des conseils de beauté. Elle s'était d'abord attaquée à ses cheveux qui commençaient à s'éclaircir. Plutôt que d'investir dans des postiches coûteux, elle avait soigneusement recueilli les cheveux sur sa brosse et les avait fourrés à l'intérieur d'un bas qu'elle avait ensuite cousu comme une saucisse. Les boucles et les ondulations qui recouvraient ces postiches improvisés la rajeunissaient, ou du moins le croyait-elle.

Elle avait ensuite adopté un rouge à lèvres plus clair et échangé ses chemisiers blancs et ses jupes en laine sombre contre des robes en coton rose ou bleu pâle à manches vagues qui s'arrêtaient à mi-mollet. A présent, plus personne n'aurait osé la traiter de garce sans cœur ou de quoi que ce soit d'autre.

Ce matin-là, sa coiffure était parfaite. Ses boucles ne laissaient deviner aucun artifice.

Cependant, ses cheveux constituaient le cadet de ses soucis. Depuis quelques mois, ses règles étaient devenues irrégulières et elle souffrait de bouffées de chaleur, de vertiges et d'insomnie. Elle était allée consulter un médecin à Riverside, où personne ne risquait de la reconnaître.

« C'est juste le retour d'âge, madame Hightower, avait conclu le docteur.

— Qu'entendez-vous par "retour d'âge" ?

— La ménopause. »

Le terme lui avait fait l'effet d'un coup de massue. Si le phénomène lui était familier, il lui avait toujours semblé réservé aux autres femmes – les « vieilles » femmes.

Plus qu'une simple pause, la ménopause signifiait la mort de la femme en elle et cette perspective la terrifiait. Le docteur avait pris la chose à la légère – il s'était contenté de lui prescrire un tonique et l'avait engagée à s'armer de patience –, mais Bettina n'aurait pas été moins accablée s'il lui avait annoncé qu'elle était atteinte d'un cancer en phase terminale.

Encore sous le choc de cette nouvelle, elle avait laissé partir deux trains avant de réagir. Quand elle avait enfin regagné le motel, il était presque minuit et Morgana se faisait un sang d'encre. Elle avait prétendu avoir rencontré par hasard des amis qui l'avait invitée à dîner, si bien qu'elle avait oublié l'heure. Mais cette nuit-là, elle resta longtemps éveillée dans son lit à attendre que son corps la trahisse. Elle avait la sensation de se dessécher de l'intérieur. Ce ventre qui n'avait jamais porté d'enfant, cet hymen qu'aucun homme n'avait rompu... A quarante-huit ans, elle était toujours vierge et cet état l'emplissait à la fois de honte et de colère.

Elle avait passé une nuit blanche à maudire le cocher qui l'avait engendrée, sa mère, Faraday, Abigail et même Dieu. Puis, comme les premières lueurs du jour perçaient les rideaux de sa chambre, elle avait cédé à la résignation. Elle affronterait cette nouvelle épreuve avec autant de dignité et de courage que les précédentes. En plus, elle était la seule à connaître la vérité sur sa situation. Aux yeux de l'extérieur, elle passait pour une épouse et une mère.

Toutefois, il était temps qu'elle prépare sa vieillesse.

Elle n'avait pas ménagé ses efforts pour s'attirer l'amitié de personnes influentes, à même de recommander Morgana à l'hôpital de Loma Linda. Malgré les lacunes de son éducation, la jeune fille avait été admise au sein de cet établissement prestigieux. Sa formation achevée, elle rejoindrait le bataillon des « Ellen White nurses » qui se dévouaient auprès des milliers de pauvres que comptait la population de Los Angeles.

Bettina comptait récolter les fruits de ce dévouement. Chacun pourrait ainsi constater qu'elle avait élevé sa nièce selon les préceptes de la foi chrétienne. Morgana reviendrait ensuite à Twentynine Palms et sa tante verrait ses vieux jours assurés. En plus, il était bien connu que les infirmières épousaient des médecins. Bettina imaginait déjà les réceptions qu'elle organiserait en l'honneur du futur couple et qui lui permettraient de régner sur la vie mondaine de la région.

Elle savait qu'en dépit de ses réticences, Morgana n'oserait pas la défier. Douze ans plus tôt, un tisonnier rougi au feu avait tué en elle toute velléité de désobéissance. En grandissant, Morgana était devenue docile jusqu'à la soumission. Bettina elle-même n'en revenait pas d'avoir rencontré aussi peu de difficultés avec elle.

Elle traversa la salle à manger, adressant force sourires aux messieurs et aux dames qui buvaient leur thé et dégustaient les gâteaux maison dans de la vaisselle en porcelaine et sur des nappes en lin. Ce n'était pas parce qu'on habitait le désert qu'on devait vivre comme des sauvages.

Bettina s'était donné beaucoup de mal pour acquérir un statut social et une respectabilité. Sa famille, avait-elle clamé sur tous les toits, était une des plus vieilles et des plus fortunées de Boston.

« Les Liddell sont ce qui se rapproche le plus de l'aristocratie en Amérique », expliquait-elle aux clients qui s'enquéraient poliment de ses origines, car son accent bostonien la trahissait encore.

Nul n'était au courant de l'existence du cocher, pas même sa nièce. Elle pouvait donc prétendre sans paraître se vanter que sa famille descendait en droite ligne des pionniers du *Mayflower* et lâcher de discrètes allusions à son appartenance à la Société des Filles de la Révolution américaine. Et tant pis si ces affirmations étaient fausses : l'hérédité se résumait à un accident de naissance. En plus, ses pieux mensonges ne lésaient personne. Au contraire, elle soupçonnait que ses voisins étaient flattés de compter un peu de sang bleu dans leurs rangs.

Bettina se montrait également très sourcilleuse quant aux origines de ses clients. Au départ, elle avait banni de son établissement les gens de cinéma, les situant encore plus bas que les ouvriers et les immigrants sur l'échelle sociale. Mais sous l'impulsion des stars de l'écran, toujours avides de soleil et de divertissement, Coachella Valley n'avait pas tardé à se transformer en un immense terrain de jeux pour le week-end. Il n'en fallut pas davantage pour que Bettina révise ses préjugés et ouvre grandes ses portes à la faune de Hollywood, pensant qu'elle entraînerait dans son sillage une clientèle étrangère désireuse d'approcher des célébrités. Pour autant, les stars n'étaient pas venues. Le motel Hightower ne possédait ni piscine, ni court de tennis, ni parcours de golf, et Bettina n'entendait pas se lancer dans de telles dépenses. Elle avait alors eu l'idée de rebaptiser son établissement Château Hightower et d'indiquer dans sa brochure que les vedettes ne venaient pas chez elle pour y pratiquer des activités de plein air mais pour se reposer incognito. Les touristes avaient afflué en nombre, espérant apercevoir Jean Harlow ou Clark Gable. Bettina en avait profité pour augmenter ses tarifs. Il y avait un prix à payer pour respirer le parfum de la célébrité.

Dans l'ensemble, Bettina n'avait pas à se plaindre de son sort : son affaire prospérait, les gens la respectaient, Faraday n'était pas revenu lui pourrir l'existence, Morgana deviendrait infirmière et épouserait un médecin. Rien ni personne ne pouvait faire échouer ses projets.

Morgana redressait les cartes postales sur le présentoir de la réception quand elle aperçut à travers la vitre quatre adolescents qui bousculaient un garçon plus jeune dans le jardin de cactus. Quand ils le renversèrent, la jeune fille se précipita à l'extérieur et cria à ces brutes de déguerpir, ce qu'ils firent sans demander leur reste. Elle s'agenouilla ensuite près de leur victime.

Une pierre tranchante lui avait entaillé le front. Elle l'aida à se relever et appliqua un mouchoir propre sur la coupure.

— Ne fais pas attention à eux, lui dit-elle, voyant qu'il luttait contre les larmes. Ces lâches aiment s'attaquer à plus jeune qu'eux.

— J'ai quatorze ans, déclara le garçon.

Elle lui en aurait donné douze tout au plus.

— Je vais fêter mon quinzième anniversaire dans quelques semaines. Ma blessure, c'est grave ?

— Pas du tout. Je vais mettre quelque chose dessus et bientôt, il n'y paraîtra plus.

— Il vous est arrivé la même chose que moi ? l'interrogea-t-il en montrant son front.

Morgana sourit.

— En quelque sorte.

En réalité, elle avait tout oublié de l'accident à l'origine de sa cicatrice. Mme Candlewell lui avait dit qu'elle avait trébuché et s'était cogné la tête sur une cuisinière brûlante à l'âge de dix ans, mais il y avait comme un blanc dans ses souvenirs.

— Rentrons, lui dit-elle.

Elle résista à l'envie de lui prendre la main : à presque quinze ans, il n'avait certainement pas envie qu'on le traite comme un petit garçon.

Soudain une femme s'approcha d'eux, coiffée d'un chapeau élégant d'où s'échappaient des cheveux d'une blondeur éclatante.

— Bonjour, dit-elle à Morgana. Je suis Elizabeth Delafield. Je vois que vous avez déjà fait la connaissance de mon fils, Gideon.

63

Polly Crew aurait voulu être une petite souris. Cachée à l'intérieur de la Ford de George Martin, juste en face du Château Hightower, elle vit les voyous prendre la fuite et Morgana Hightower secourir le garçon blessé. Puis elle entendit la femme blonde se présenter sous le nom d'Elizabeth Delafield.

Elle eut un sourire lugubre. Elle aurait donné cher pour voir la tête de Bettina Hightower à l'entrée de la nouvelle cliente. Hélas ! La dernière phase de son plan se déroulerait en son absence.

Polly travaillait comme femme de chambre au Château Hightower quand Zane, un jeune et séduisant naturaliste venu étudier la faune et la flore locales, était descendu dans l'établissement. Une innocente amourette faite de longues promenades et de quelques baisers était née entre les deux jeunes gens. Quand Bettina Hightower en avait eu vent, elle s'était déchaînée contre Polly, l'accusant publiquement d'être une hypocrite et une dévergondée. Polly, qui était encore vierge et que l'idée du mal n'avait jamais effleurée, était restée muette de stupeur pendant que l'affreuse mégère détruisait sa réputation devant les clients et les autres employés. Elle avait vu Zane changer d'expression. S'il l'avait assurée de son amour, les insinuations de Bettina avaient instillé le doute dans son esprit. Il avait quitté l'hôtel le soir même et n'avait donné aucune nouvelle depuis.

Bettina avait ensuite ordonné à la malheureuse de faire son balluchon, laissant tous les témoins de la scène dans le désarroi. Polly avait l'air d'une gentille fille. D'un autre côté, elle était femme de chambre et chacun connaissait les mœurs de ces gens-là.

La femme de Joe Candlewell, Ethel, avait recueilli la jeune fille. La mère de Polly était morte de la grippe espagnole en 1918. Quand la Dépression avait frappé le pays de plein fouet, Orville Crew et sa fille avaient émigré vers l'ouest, guidés par l'espoir d'une vie meilleure. Pendant que le vieil homme s'échinait à creuser le sol du désert pour en retirer de l'or, Polly faisait bouillir la marmite en travaillant au Château Hightower. En plus d'être nourrie et blanchie, elle partageait au motel un bungalow avec cinq autres femmes de chambre. Même après retenue, son salaire permettait à son père de subsister en attendant que la fortune lui sourie.

« On a beau être pauvres comme Job, on est des gens respectables, avait coutume de répéter Orville Crew. Tant qu'un homme garde sa réputation intacte, il est l'égal d'un prince ou d'un roi. »

En conséquence, Polly avait tu à son père la raison de son renvoi et prié pour qu'il n'apprenne jamais la vérité. Mais il est bien connu que le vent du désert n'a pas son pareil pour colporter ragots et nouvelles. Quand les histoires terribles qu'on racontait sur sa fille parvinrent à ses oreilles, le vieil Orville Crew mourut d'une crise cardiaque devant l'entrée de la petite mine d'où il n'avait jamais extrait la moindre pépite.

Polly eut beau protester de son innocence, elle devint une paria. Seule Ethel Candlewell, soupçonna la vérité : Bettina avait probablement des vues sur le jeune Zane. Il ne lui avait pas échappé que la pseudo-veuve accordait une attention toute particulière aux hommes séduisants et un tant soit peu fortunés qui séjournaient dans son établissement, surtout s'ils portaient le titre de docteur ou professeur. Il ne faisait aucun doute à ses yeux que Bettina avait renvoyé Polly par jalousie. Prise de pitié, la brave femme avait proposé à la malheureuse une chambre et un emploi. Polly ruminait toujours son chagrin et sa honte derrière le comptoir de la boutique quand le sort lui avait offert une occasion inespérée de se venger.

Le courrier destiné à la région était livré quotidiennement à la boutique des Candlewell, où les résidents venaient ensuite chercher leurs lettres, leurs colis et leurs journaux. Une des tâches de Polly consistait à trier les enveloppes, les cartes postales, les magazines et les catalogues. Quand ses yeux tombèrent sur une lettre adressée au docteur Faraday Hightower, elle hésita à la fourrer dans le sac étiqueté Château Hightower.

Faraday... N'était-ce pas le prénom du mari de Bettina, l'homme qui avait disparu douze ans plus tôt ? Polly avait entendu dire que Faraday n'avait jamais épousé Bettina, que cette dernière ne portait son nom et son alliance que pour se donner un air de respectabilité. Et Polly savait quelle importance Bettina accordait à la respectabilité.

Elle glissa discrètement l'enveloppe dans la poche de sa jupe et attendit le soir pour l'ouvrir dans la solitude de sa chambre mansardée.

Le papier de belle qualité portait un en-tête gravé indiquant : Elizabeth Delafield, Ph D. Si Polly ignorait le sens de cette abréviation, elle savait reconnaître une lettre d'amour.

Cher Faraday,

J'espère que cette lettre te trouvera en bonne santé. Si je t'écris après tant d'années, c'est pour t'annoncer que j'ai enfin achevé mon livre. L'édition comporte plusieurs de tes dessins, aussi aimerais-je t'en offrir personnellement un exemplaire. Je comprendrais que ma proposition te mette dans l'embarras, mais si c'était possible, j'aimerais profiter de l'occasion pour renouer notre amitié. Je garde un souvenir attendri des quelques semaines que nous avons passées ensemble durant l'été 1916 et j'aimerais te présenter ton fils, un garçon remarquable qui tient beaucoup de toi. Il ignore qui est son père. Je ne lui ai jamais révélé ton identité. Toutefois, j'estime qu'il est temps qu'il sache la vérité et je préférerais qu'il l'apprenne de nous deux. J'attends avec impatience ta réponse.

Elizabeth

Polly demeura perplexe. Le mari de Bettina aurait contracté une première union ? Pourtant, les dates ne collaient pas. Dans sa lettre, Elizabeth Delafield évoquait l'été 1916. Or Polly savait que Morgana Hightower était âgée de vingt-deux ans, car ses amis avaient organisé une petite fête pour son anniversaire. Morgana avait donc six ans quand son père avait rencontré cette Elizabeth. Polly parcourut à nouveau la lettre et son regard s'arrêta sur les mots « te présenter ton fils ». Un fils dont le docteur Hightower ignorait l'existence. Le fruit d'une incartade dont Bettina Hightower n'avait rien su, comme le laissaient supposer les craintes d'Elizabeth Delafield quant à « l'embarras » que pourrait provoquer son arrivée.

Un embarras qui frapperait d'autant plus cruellement une femme obsédée par la respectabilité. Quelle honte pour Bettina si la maîtresse de son mari débarquait chez elle avec l'enfant du péché !

Polly eut une inspiration.

Elle ne ressentit aucun plaisir à fomenter sa vengeance. Elle était consciente de mal faire et savait que son père aurait désapprouvé ses projets. Mais cette maudite femme avait démoli sa vie. A présent, elle était seule au monde et son jeune cœur débordait d'une telle rage qu'elle agit sans réfléchir.

Une fois par semaine, Sandy Candlewell se rendait à Banning afin de réapprovisionner l'épicerie. Quiconque souhaitait envoyer un télégramme en confiait le texte à Sandy qui l'expédiait depuis le bureau télégraphique de la gare de chemin de fer. Sandy était connu pour sa discrétion et il ne lui serait jamais venu à l'idée de lire les messages qu'on lui remettait. Polly mit beaucoup de soin à rédiger le sien : « Très chère Elizabeth : viens immédiatement. Suis seul. Amène notre fils. A toi pour la vie, Faraday. » L'expédition du télégramme lui coûta une semaine de salaire, mais cela en valait la peine.

La réponse parvint bientôt à la boutique des Candlewell, sous la forme d'un nouveau télégramme qui disait : « Cher Faraday, Gideon et moi arriverons le 10 courant. Je t'embrasse. Elizabeth. » Polly y mit le feu à l'aide d'une allumette et regarda le papier jaune de la Western Union se recroqueviller dans les flammes. Elle ne réfléchit pas un instant aux conséquences de son geste pour Elizabeth Delafield et son fils. Elle ne désirait qu'une chose : que Bettina Hightower voie sa vie bouleversée comme la sienne l'avait été.

Assise dans la Ford de George Martin, un balluchon contenant ses maigres affaires, la tabatière de son père et une bible écornée sur les genoux, elle vit les nouveaux arrivants suivre Morgana à l'intérieur de la réception, puis elle demanda à George de démarrer. Il devait la conduire à Banning, où elle prendrait le train pour une autre ville et une autre vie.

64

— Je suis Elizabeth Delafield.

La cliente avait dévisagé Morgana en se présentant, comme si elle escomptait une réaction de sa part. Mais ce nom n'évoquait rien à la jeune fille. Après avoir désinfecté et pansé la blessure du garçon, Morgana se glissa derrière le comptoir pour les inscrire sur le registre.

— Vous avez de la chance, dit-elle. Il nous reste un bungalow. Une annulation de dernière minute. Autrement, nous sommes complets jusqu'à l'été.

— Pourtant, j'ai réservé ! s'exclama Elizabeth.

Quand Faraday allait-il se montrer ? Cette jeune femme était sans doute sa fille, Morgana. Pourquoi ne l'avait-il pas avertie de leur arrivée ?

— Je crains que votre lettre se soit égarée. Le courrier n'est pas toujours fiable.

— J'ai envoyé un télégramme.

Morgana considéra la visiteuse avec étonnement. Sandy Candlewell se montrait particulièrement vigilant avec les télégrammes, sachant que la plupart contenaient des nouvelles importantes.

— Je suis désolée. Mais votre fils et vous aurez un joli bungalow.

La dame signa le registre sans cesser de regarder Morgana. Celle-ci eut l'impression qu'elle brûlait de lui dire quelque chose mais n'osait pas sauter le pas. Elle avait l'habitude qu'on la dévisage, mais jamais de cette manière.

Elle déchiffra la signature dans le registre : « Dr Delafield ».

— Oh, vous êtes docteur, observa-t-elle.

— Oui, en anthropologie.

Le docteur Delafield tendit le bras par-dessus le comptoir et les deux femmes échangèrent une poignée de main. Morgana vit le regard de la cliente s'éclairer et remarqua qu'elle retenait sa main un peu plus longtemps que nécessaire, comme si elle cherchait à établir avec elle un contact non verbal.

— A présent, si vous voulez bien me suivre...

Morgana décrocha une clé du tableau et souleva une des valises du docteur Delafield, la laissant porter l'autre.

— Le dîner est servi à sept heures précises, expliqua-t-elle tandis qu'ils longeaient la véranda. Tout le monde prend son repas en même temps. La cuisine ferme aussitôt après.

Tout en parlant, Morgana jetait de fréquents coups d'œil à la femme remarquable qui marchait à ses côtés. Un feu qu'elle ne parvenait pas à s'expliquer parcourait ses veines.

Le docteur Delafield était vêtu d'une chemise d'homme glissée dans la ceinture d'un pantalon de coupe masculine. Morgana avait déjà vu des dames en pantalon – le port de ce vêtement s'était répandu chez les femmes en même temps que le tourisme prenait son essor –, mais celui-ci la frappait par son élégance. L'allure sportive du docteur contrastait avec ses bijoux délicats, ses cheveux blonds ondulés et ses sourcils peints à la Marlene Dietrich.

Et que dire de sa spécialité ! Les anthropologues étaient nombreux à venir étudier les populations indiennes, dont certaines avaient conservé le mode de vie de leurs ancêtres, mais Morgana n'en avait encore rencontré aucun de sexe féminin. Elle se demanda avec curiosité si la nouvelle cliente accepterait de répondre à quelques questions.

De son côté, Elizabeth avait du mal à contenir son excitation. Quelques mètres à peine la séparaient de Faraday ! Elle se réjouissait du succès apparent de son motel. Fallait-il en déduire qu'il avait retrouvé ses chamanes et s'était enfin posé ?

Le télégramme qu'il lui avait adressé était pour le moins laconique – « Suis seul. Amène notre fils. » – mais ces quelques mots avaient emporté sa décision.

— C'est ici !

Morgana déverrouilla la porte du bungalow et leur fit visiter les lieux, insistant sur la cheminée en pierre, la porte qui faisait communiquer les deux pièces et les lampes à kérosène.

— Le motel n'a pas l'électricité. En revanche, chaque bungalow possède sa propre salle de bains. Nous sommes particulièrement fiers de cette innovation.

— C'est ravissant, dit Elizabeth en promenant ses yeux sur les couvertures indiennes, les tapis crochetés, les vues du désert qui décoraient les murs.

— Nous n'avons pas non plus le téléphone, expliqua Morgana tandis qu'Elizabeth invitait son fils à visiter l'autre pièce pour choisir son lit. Mais la boutique des Candlewell est équipée d'un poste. On peut même passer des appels longue distance, précisa-t-elle sans trop savoir pourquoi. Une femme de chambre va vous aider à vous installer, ajouta-t-elle.

Quand elle lui tendit sa clé, le docteur Delafield la dévisagea à nouveau comme si elle voulait lui dire quelque chose.

Devant son silence, Morgana préféra se retirer.

Elizabeth la suivit du regard pendant qu'elle s'éloignait. La grande et mince jeune fille aux cheveux châtains ondulés offrait une ressemblance frappante avec son père, surtout dans le nez et les pommettes. Elle avait failli lui demander où se trouvait le docteur Hightower, mais elle désirait d'abord se rafraîchir. Elle avait également dû se faire violence pour ne pas glisser à Gideon que leur hôtesse était sa demi-sœur. Depuis qu'elle avait reçu le télégramme de Faraday, elle avait souvent été à deux doigts de lui révéler l'identité de son père, mais elle avait tenu sa langue. Il était juste que Gideon apprenne la vérité de la bouche de ses deux parents, au moment opportun et avec tous les ménagements possibles.

Quand elle avait écrit à Faraday, seize ans plus tôt, elle se trouvait encore sous le coup de la colère et du chagrin qu'elle avait ressentis en découvrant qu'il était marié au moment de leur idylle. Elle lui avait dit de ne pas la rechercher. Pour ce qu'elle en savait, il avait enfreint son interdiction, mais dans son désir de ne plus rien avoir à faire avec lui, elle avait si bien brouillé les pistes qu'il n'aurait pu la retrouver. Le désespoir de ne pas connaître son enfant l'avait-il conduit à redoubler d'efforts ? L'échec de ses tentatives l'avait-il rendu amer ? Avait-il souffert de se sentir trahi à son tour ? Pendant toutes ces années, elle avait souvent été tentée de renouer le contact avec lui, sans toutefois l'oser. La publication de son livre lui avait fourni un prétexte en or. A tout le moins, ils pourraient se rencontrer sur un terrain professionnel, pour discuter d'un accord sur le versement de ses royalties. Sa femme n'y verrait sûrement pas d'objection.

Elle s'était décidée à lui écrire et il lui avait répondu !

« Suis seul. » Qu'entendait-il par « seul » ? Sa femme était-elle morte ? Faraday avait subi un premier veuvage. Elizabeth espérait sincèrement que son second mariage avait connu une issue moins tragique. La deuxième Mme Hightower l'avait frappée par son accent de la côte est et ses manières aristocratiques. Peut-être avait-elle pris le désert en horreur et regagné Boston au terme d'une séparation à l'amiable.

Elizabeth ouvrit les volets et regarda dehors à travers les moustiquaires. Elle repensa à la jeune fille de la réception. Le nom de Delafield lui semblait inconnu. Elle en conclut que Faraday n'avait jamais parlé à sa fille de leur relation. Il ne l'avait même pas prévenue de leur arrivée ! Cette discrétion extrême était bien digne de l'homme qu'elle chérissait.

Elle promena ses yeux sur les arbres, les tables et les chaises du jardin aménagé autour d'une fontaine. Que faisait Faraday à cet instant précis ? Etait-il plongé dans un livre sur les chamanes ? Occupé à dessiner un faucon en vol ? Ou était-il en train de choisir les vêtements qu'il porterait pour leurs retrouvailles ?

Elizabeth devait également en passer par là. Ils avaient roulé de longues heures dans la poussière pour venir de Los Angeles. Elle souhaitait faire un brin de toilette et se changer avant de se mettre à la recherche de Faraday.

Elle imaginait sa joie et sa surprise quand il la verrait. Elle lui avait juste indiqué la date de leur arrivée, sans préciser l'heure. Il ne devait pas les attendre avant le soir. Ou alors il avait surveillé la route toute la journée pour rentrer juste avant que leur voiture apparaisse à l'horizon. Elle ouvrit ses valises et en sortit des chemises, des pulls, des pantalons, puis des bas et des sous-vêtements en soie imprégnés d'essence de rose – le parfum préféré de Faraday. Elle se demanda s'ils feraient l'amour dès la première nuit. Elle n'avait connu aucun homme depuis leur aventure.

Avec un délicieux frisson d'impatience, elle tenta de se représenter leurs baisers, leur étreinte, la manière dont elle s'abandonnerait dans ses bras. Elle s'apprêtait à vivre les plus belles heures de sa vie.

Presque les plus belles, corrigea-t-elle en entendant son fils ouvrir et fermer les tiroirs dans la pièce voisine. Son plus grand bonheur avait été la naissance de Gideon.

Depuis ce temps, son fils et elle avaient mené une vie nomade au gré des emplois qu'elle occupait – enseignante un jour, l'année suivante chercheuse – sans jamais se fixer nulle part. Le résultat, c'est qu'après toutes ces années, la somme des biens qu'ils possédaient (les livres et les vieux jouets de Gideon, la bibliothèque personnelle et le matériel photographique de sa mère) tenait dans un seul vieux coffre qui les suivait de ville en ville. Elizabeth prévoyait d'envoyer chercher leurs affaires dès qu'ils seraient installés dans leur nouvelle maison, à Mesa Verde.

A moins – était-ce trop espérer ? – que leur longue errance s'achève enfin et qu'elle fasse livrer le coffre au motel. Un enfant a besoin de racines et d'un foyer stable, songea-t-elle.

Une femme de chambre entra, portant une pile de serviettes propres.

— La jeune fille de la réception, demanda Elizabeth pour lancer la conversation, c'est bien la fille des propriétaires ?

— En effet, c'est Mlle Hightower.

— Et M. Hightower ? ajouta-t-elle en faisant mine d'inspecter une lampe.

— Le docteur ? Il y a longtemps qu'il n'est plus là !

Elizabeth fit volte-face et considéra la petite femme replète et grisonnante, vêtue de l'uniforme blanc propre aux employées de tous les motels et auberges californiens.

— Comment ça, il n'est plus là ?

La femme jeta un coup d'œil derrière elle et baissa la voix, trahissant une longue pratique du commérage.

— Il a disparu il y a douze ans dans des circonstances scandaleuses. Je n'étais pas là à l'époque, mais d'après la rumeur, il aurait mis les bouts avec une aventurière après avoir détourné le contenu d'un fourgon bancaire. Il aurait abandonné sa fille et sa femme pour aller au Mexique. Mme Hightower n'en parle jamais. Elle fait comme s'il ne s'était rien passé.

Mme Hightower ! La femme de Faraday était toujours là.

— Il a disparu ? répéta Elizabeth d'une voix blanche.

— En tout cas, c'est ce qu'on raconte, acquiesça la femme de chambre en apportant les serviettes dans la salle de bains. La chasse d'eau ne marche pas très bien, précisa-t-elle. Souvent, il faut la tirer une seconde fois.

Elle sortit en fermant la porte derrière elle, sans remarquer la pâleur et l'expression hagarde de la cliente. Après son départ, Elizabeth resta sans réaction. Faraday n'était pas là ? Il avait disparu douze ans plus tôt ? Comment était-ce possible ?

Et qui donc avait envoyé le télégramme ?

Elle se dirigea vers la porte, l'ouvrit et regarda à l'extérieur. Un jardinier ratissait autour de la fontaine, un homme âgé au visage tanné par le soleil. Il lui jeta un coup d'œil hésitant de sous son chapeau de paille, comme s'il n'était pas sûr d'avoir bien compris sa question.

— *El señor* Faraday ? Lui parti il y a longtemps. Personne sait où lui être.

La femme de chambre avait dit vrai. Elizabeth regagna lentement le bungalow. Son excitation était retombée d'un coup, laissant en elle un immense vide. Une pensée horrible lui traversa l'esprit : Faraday était mort. Il avait connu une fin tragique.

— Maman ? Tu te sens bien ?

Gideon s'assit près d'elle, l'air inquiet. Elizabeth serra instinctivement contre son cœur le fils de Faraday.

— Quelqu'un t'a ennuyée ? dit le jeune garçon en levant fièrement le menton. Dis-moi qui c'est, et il aura affaire à moi !

Elle passa une main dans les cheveux drus de son enfant. Cher Gideon, toujours prêt à massacrer des dragons pour elle ! Elle savait qu'il se considérait comme son champion et avait hâte de grandir pour mieux la protéger.

— Ce n'est rien, mon ange. Je suis déçue. Ce vieil ami dont je t'ai parlé et que je souhaitais te présenter, le docteur

Hightower... Je viens d'apprendre qu'il n'était pas là. Il a disparu il y a des années.

Elle se tamponna les yeux avec un mouchoir et prit une longue inspiration. Ses pensées se dirigèrent à nouveau vers la femme de Faraday. Qui d'autre qu'elle aurait ouvert une lettre adressée à son mari et envoyé un télégramme en son nom ? Mais dans quel but ? Pour l'humilier ? Se pouvait-il que Mme Hightower lui garde encore rancune après tant d'années ?

Elle est au courant pour le livre, songea-t-elle. Et elle voudrait toucher sa part de royalties. C'était l'explication la plus logique : le nom de son mari ne figurait-il pas dans l'ouvrage, illustré de sa photo et de plusieurs dessins de sa main ?

Mais pourquoi cette mise en scène ? Pourquoi ne pas avoir écrit directement à Elizabeth, au lieu d'usurper l'identité de Faraday ?

Parce qu'elle sait que je ne serais jamais venue, la sachant seule.

Elle sentit la colère l'envahir. Quel odieux stratagème ! Son fils et elle ne resteraient pas une minute de plus. Elle ne donnerait pas à cette femme la satisfaction de voir qu'elle était tombée dans son piège. Et Bettina ne toucherait pas un sou sur les ventes de son livre.

— Je vais bien, assura-t-elle avec un sourire forcé. Ce serait plutôt à moi de m'inquiéter.

A travers ses larmes, elle inspecta le pansement qui couvrait le front de Gideon. Il était propre.

Elle songea ensuite que pour remonter vers le nord, ils devraient emprunter des routes de terre qui serpentaient dangereusement à travers les montagnes. Elle envisageait de chercher un autre logement quand elle se rappela ce que leur avait dit Morgana entre la réception et leur bungalow : le printemps était la saison préférée des touristes, si bien que tous les motels et les auberges étaient complets dans un rayon de cent kilomètres.

Elizabeth n'avait aucune envie de s'attarder, mais il valait mieux pour son fils qu'ils dînent sur place et s'accordent une bonne nuit de repos avant de reprendre la route dès l'aube.

— Gideon, dit-elle en posant une main sur l'épaule de son fils, pour le moment, il vaudrait mieux ne parler à personne de mon nouveau livre.

— D'accord.

La réponse du jeune garçon ne la satisfaisait qu'à moitié. Il aurait pu laisser échapper une allusion.

— Mon ami, le docteur Hightower... C'est lui le propriétaire de cet établissement. La jeune fille qui nous a accueillis est sa fille, et nous ne devrions pas tarder à rencontrer sa femme. Tu pourrais être tenté de leur parler du livre, puisqu'il a participé à son élaboration. Toutefois...

Elle soupira. Une fois de plus, elle allait devoir choisir entre le mensonge et la vérité.

Quand Gideon était petit et qu'il la pressait de questions, elle pouvait difficilement lui répondre : « Ton père m'a menti. Il m'avait dit qu'il n'était pas marié. Puis je lui ai écrit pour lui annoncer que j'attendais un enfant et il n'a plus jamais donné de nouvelles. » Si une part d'elle-même refusait de croire à la trahison de Faraday, les preuves étaient là. En tant que scientifique, Elizabeth avait appris à fonder ses conclusions sur des faits, non des suppositions. L'abondance de silhouettes de mains dans l'art rupestre avait conduit certains historiens et archéologues à émettre l'hypothèse que ces mains symbolisaient un passage vers un autre monde, le lien entre l'homme et la nature, ou servaient aux chamanes à délimiter leur territoire. Si Elizabeth enviait parfois l'imagination de ses confrères, elle leur rétorquait que tout ce qu'on pouvait affirmer avec certitude, c'était qu'un homme vivant à une époque lointaine avait trempé sa main dans la peinture avant de l'appliquer contre un mur.

Il en était de même avec Faraday. Quoi qu'il lui en coûtât, elle ne pouvait ignorer les faits qui lui avaient sauté aux yeux lors de sa visite à la Casa Esmeralda : l'alliance au doigt de la femme qui l'avait reçue, la petite fille qui l'avait appelée « maman » et la domestique qui lui avait donné du « Mme Hightower ».

Pourtant, un mystère demeurait : pourquoi Faraday l'avait-il invitée chez lui ?

Peut-être avait-elle contrarié ses plans en débarquant à l'improviste. S'il avait réellement projeté d'éloigner sa femme et sa fille, ils auraient pu disposer de la maison tout à leur guise jusqu'au retour de sa famille.

Cette question l'avait hantée pendant presque seize ans, jusqu'au jour où elle lui avait écrit pour l'informer de la parution de son livre. Puis il y avait eu le télégramme la priant de venir immédiatement. A présent, l'inquiétude s'ajoutait à sa perplexité : qu'était-il arrivé à Faraday ?

Elle revint à un problème plus urgent. Durant des années, elle avait protégé son fils d'une réalité sordide en l'enjolivant : son père et elle avaient vécu une merveilleuse histoire d'amour – ce qui était vrai – mais pour des raisons qui leur appartenaient, ils ne s'étaient pas mariés et leurs chemins s'étaient séparés. Elle comptait lui dire la vérité quand il serait plus âgé et assez mûr pour comprendre. Mais à présent, il risquait de l'apprendre de la pire manière qui fût, de la bouche d'inconnus. Elle savait à quelle vitesse se propageaient les rumeurs dans les petites villes. Avant longtemps, toute la région saurait que Gideon était le fils illégitime de Faraday Hightower.

— Vois-tu, mon ange, dit-elle alors qu'ils s'apprêtaient à quitter le bungalow, le docteur Hightower a disparu sans que personne sache où il est allé. Sa femme et sa fille ont dû vivre des moments pénibles. Aussi, je crois que nous ferions bien de ne parler à personne du livre. Ce sera notre secret, d'accord ?

— D'accord !

Elizabeth donna une tape sur l'épaule de son fils, sachant qu'il tiendrait parole, puis elle ouvrit la porte du bungalow et se prépara à une confrontation inévitable avec la femme de Faraday.

Un gros poulet rôtissait dans le four de la cuisinière, comme chaque vendredi.

Les autres jours, le menu du dîner comportait du lapin, du lièvre ou ne comptait pas de viande quand les collets étaient restés vides. Bettina promena un regard satisfait sur la table qui attendait les clients. Ce soir encore, la salle à manger serait pleine. Morgana lui avait rapporté qu'elle venait de louer le bungalow double à une dame qui arrivait de Los Angeles avec son fils. La dernière chambre libre aurait probablement trouvé preneur d'ici le lendemain. Il y avait toujours des voyageurs qui sous-estimaient la distance et la difficulté de la route de Twentynine Palms et débarquaient en pleine nuit, harassés et désespérant d'atteindre rapidement l'Arizona. A ces clients de dernière minute, elle faisait toujours payer le double du prix normal. Comment auraient-ils fait les difficiles ?

Twentynine Palms s'était considérablement développé depuis leur arrivée. Après la guerre, les vétérans souffrant des effets du gaz moutarde avaient été nombreux à s'installer sur des parcelles de soixante hectares avec leur famille. La région jouissait de multiples avantages : une altitude modérée, un air sain et des liaisons commodes avec les grandes villes. Le Château Hightower, son bâtiment principal en adobe et sa collection de bungalows étaient réputés à des dizaines de kilomètres à la ronde. Pendant la Grande Dépression, il ne passait pas une semaine sans qu'un vagabond frappe à la porte de la cuisine, demandant une aumône ou du travail. Le mot aumône ne faisait pas partie du vocabulaire de Bettina, aussi leur proposait-elle généralement du travail. Les tarifs qu'elle appliquait à sa clientèle étant inversement proportionnels aux salaires qu'elle versait à ses employés, elle réalisait des bénéfices confortables. Sa seule crainte était que, une fois élu président, Franklin Roosevelt change les règles du jeu économique et que les employés réclament des augmentations exorbitantes.

La région était également le siège d'une intense activité minière. Beaucoup d'hommes privés d'emploi venaient chercher en Californie d'autres moyens de subsistance, parfois avec succès. Ils travaillaient vingt heures par jour des semaines d'affilée, puis ils rentraient chez eux chercher des provisions et goûter un peu de repos auprès de leur famille. Avant de retourner à leur existence frugale, la plupart faisaient halte au Château Hightower, où l'hôtesse les régalait d'un copieux dîner. Bettina appréciait les mineurs. Ils ne discutaient jamais les prix et laissaient des pourboires généreux, persuadés que la fortune allait enfin leur sourire.

A l'origine, le motel comportait dix huttes bricolées avec du bois récupéré dans d'anciennes cabanes de mineur. Au fil du temps, la toile de tente avait cédé la place à un toit en dur. Le bâtiment principal était quant à lui en adobe. Outre les appartements de Bettina et Morgana, il abritait la cuisine, la salle à manger, le salon et la réception. La galerie qui l'entourait donnait sur un jardin de cactus aménagé avec des barbecues et plusieurs chemins dallés. En plus d'un puits, Bettina avait fait construire des citernes en pierre afin de recueillir l'eau de pluie et celle de la fonte des neiges au printemps. Quand le niveau du puits était bas et les citernes à sec, elle rationnait les clients en eau tandis que Morgana et elle nettoyaient leurs cheveux avec des flocons d'avoine Quaker Oats.

Mais au printemps, l'eau était abondante, si bien que toutes les chambres avaient droit à un vase de fleurs sauvages. Les fleurs étaient gratuites, mais les clients l'ignoraient.

En bref, tout allait pour le mieux.

A peine entré dans le salon, Gideon se précipita vers l'imposant poste de radio qui trônait dans son meuble en acajou, laissant sa mère avec ses appréhensions.

Elizabeth sourit poliment aux autres clients qui attendaient la cloche du dîner, assis dans des fauteuils et des sofas. Le cœur lourd de chagrin et de déception, elle promena ensuite son regard autour de la pièce, y cherchant le souvenir de Faraday. Mais ses œuvres n'étaient pas exposées aux murs et elle ne vit aucune trace de la collection de poteries qu'il lui avait tant vantée. Elle qui s'était fait une joie d'admirer enfin la fameuse jarre dorée, celle dont Faraday prétendait que ses dessins ne lui rendaient pas justice !

Elle se dirigeait vers la salle à manger quand une voix qu'elle était sûre de ne jamais oublier lui parvint, augmentant sa nervosité.

— Espèce d'idiote ! Tu ne sais pas encore où placer la fourchette à salade ?

Bettina tourna le dos à la domestique qu'elle venait de réprimander pour saluer la cliente qui s'apprêtait à franchir le seuil de la pièce.

— Bonsoir, et bienvenue au Château Hightower...

Elle se tut, reconnaissant la blonde à qui elle avait servi le thé des années plus tôt et qu'elle croyait avoir définitivement chassée de sa vie.

— Bonsoir, madame Hightower, articula Elizabeth.

Son amabilité dissimulait mal un trop-plein d'émotions. Toutefois, l'expression de l'autre femme lui apprit qu'elle ne l'attendait pas. Ce n'était donc pas elle l'auteur du télégramme.

L'épouse de Faraday se rappelait-elle seulement la visite qu'elle lui avait faite ? C'est là qu'elle lui avait révélé les infidélités passées de Faraday, tandis qu'elles prenaient le thé dans un climat de gêne.

Bettina sourit. L'intruse l'avait appelée « madame Hightower ». Elle ne contestait donc pas son statut.

— Vous êtes Mlle Delafield ? Je me souviens de vous. J'ignorais que vous deviez séjourner parmi nous.

— J'ai envoyé un télégramme, mais il a dû s'égarer. Heureusement que vous avez eu cette annulation...

Mlle Delafield ? S'agissait-il d'une bévue involontaire ou d'un affront intentionnel ? Elizabeth ne pouvait reprocher à cette femme de la détester : après tout, elle avait eu une aventure avec son mari. Il fallait dire à sa décharge qu'elle le croyait veuf. Toutefois, elle se garderait bien d'aborder la question avec Bettina, même si elle était résolue à découvrir ce qui se cachait derrière la disparition de Faraday.

— Normalement, le motel est toujours complet à cette période de l'année, expliqua Bettina, remarquant au passage que le corsage de son interlocutrice était taillé comme une chemise d'homme. Les gens viennent pour les fleurs, les animaux sauvages... Mais nous avons eu trois annulations de dernière minute.

En réalité, le bungalow double avait été retenu par un certain M. Green. Mais quand sa femme et lui s'étaient présentés à la réception, Bettina avait aussitôt soupçonné que Green était en fait la version américanisée de leur nom d'origine. Elle les avait alors informés qu'à la suite d'une erreur leur réservation n'avait pas été prise en compte. Si elle n'avait aucune chambre à leur proposer, elle ne doutait pas qu'ils trouveraient leur bonheur au Gelson's Motel, à cinquante kilomètres. D'une manière ironique, cette annulation en avait entraîné une autre : son tour venu, le monsieur qui avait attendu poliment pendant qu'elle recevait les Green l'avait fusillée du regard quand elle lui avait tendu le registre. Après avoir déclaré qu'il ne voulait rien avoir à faire avec une antisémite, il avait tourné les talons et quitté les lieux.

Cette sortie l'avait laissée sans voix. Bettina ne se considérait pas comme une antisémite. Au contraire, elle entretenait d'excellents rapports avec Mme Shapiro, la veuve qui habitait au bout de la route. N'avait-elle pas donné à la pauvre femme des bocaux de fruits qui lui restaient de l'année précédente ? Si elle avait pour principe de ne pas louer aux Juifs, ce n'était pas une question de préjugés, mais pour leur propre bien. Elle pensait en effet que les gens étaient toujours plus heureux avec leurs semblables.

— J'espère que vous ne recherchez pas le luxe, mademoiselle Delafield. Notre maison n'a rien à voir avec les hôtels de cure de Palm Springs, qui attirent une clientèle huppée. Nous n'avons ni électricité, ni piscine, ni court de tennis. Ce que les gens viennent chercher ici, c'est le calme et la nature.

Elizabeth promena son regard sur le mobilier en acajou, la porcelaine et l'argenterie qui étincelait sur la longue table.

— Votre établissement a l'air prospère, dit-elle.

Cette comédie lui répugnait. Elle n'aspirait qu'à regagner son bungalow pour y ruminer sa déception.

Le motel faisait mieux que prospérer, mais Bettina n'était pas disposée à faire des confidences à une intrigante dont elle ignorait les intentions. N'avait-elle pas prétendu être enceinte, des années auparavant ? Le Château Hightower devait son succès à une catégorie de touristes qui, contrairement à la clientèle délicate de Palm Springs, ne rêvaient que d'aventures, d'expéditions dans le désert et de vie à la dure. Même en été, quand la chaleur décourageait le plus grand nombre, les bungalows de Bettina étaient pris d'assaut par des Européens avides de sensations nouvelles. D'abord réticente à louer à des étrangers, elle avait appris à apprécier les Allemands, les

Scandinaves et les Espagnols : polis, discrets, ils ne se plaignaient jamais et ne discutaient pas les tarifs, lesquels grimpaient en flèche sitôt après le départ des clients américains. Au contraire, plus le confort était spartiate et plus ils paraissaient satisfaits, ce qui permettait à Bettina d'économiser sur le kérosène, le sucre et la lessive. Le jour où un groupe d'excursionnistes munichois avaient découvert un serpent à sonnette dans leur bungalow, au lieu d'exiger qu'on les rembourse – comme l'avait fait un couple du Michigan –, ils s'étaient photographiés auprès du dangereux reptile pour faire admirer celui-ci à leurs amis une fois rentrés au pays.

Le désert était également devenu la Mecque des artistes et des écrivains. Ceux qui ne pouvaient pas s'offrir les riches hôtels de Coachella Valley se rabattaient sur les petites ville du nord de la région, où la lumière était aussi fantastique et les paysages aussi propices à éveiller l'inspiration. En ce moment même, le Château Hightower pouvait se flatter d'accueillir sous son toit plusieurs peintres et même un poète.

Gideon entra dans la pièce en coup de vent.

— Maman, la radio ne fonctionne pas, annonça-t-il. La dame à côté dit qu'ils attendent qu'on leur livre des piles neuves.

Le poste de radio produisait toujours son effet sur la clientèle. C'était pour cette raison que Bettina l'avait conservé. Nul n'avait besoin de savoir qu'il ne marchait plus depuis longtemps, la maîtresse de maison refusant de dépenser un sou pour l'alimenter en piles.

Le jeune garçon avait appelé Elizabeth Delafield « maman ». A peine eut-elle posé les yeux sur lui que Bettina devint pâle comme une morte. Après quelques secondes de flottement, elle s'excusa, disant qu'elle devait préparer le plan de table, et sortit précipitamment.

Elle serrait les poings si fort que ses doigts étaient blancs. La ressemblance de l'adolescent avec Faraday était assez éloquente. Comment cette femme avait-elle osé lui amener le fruit de ses amours coupables avec son défunt mari ? Que voulait-elle, à la fin ?

La réponse s'imposa à Bettina telle une évidence. « Votre établissement a l'air prospère. » Cette garce était venue réclamer le Château Hightower pour son fils !

— Seigneur, non, gémit-elle quand elle fut seule dans le couloir.

Elle dut se retenir au mur pour ne pas tomber. Jamais elle n'avait ressenti une telle terreur. Pendant douze ans, elle avait travaillé dur pour assurer sa survie et celle de Morgana, surmontant pour cela toutes les crises et les obstacles. Morgana était sur le point d'intégrer l'école d'infirmières d'où elle serait revenue au bras d'un docteur, si seulement cette femme n'était pas venue tout gâcher !

Bettina avait instauré une règle obligeant les clients à dîner tous en même temps afin de faciliter le service. Pendant que les convives prenaient place, on apporta le poulet sur un grand plat. Grâce à un découpage savant, Bettina parvint à tirer douze portions du dodu volatile. Avec des airs de maîtresse de cérémonie, elle fit ensuite circuler les morceaux – aile, cuisse ou blanc – autour de la table, précisant à chaque fois « Pour M. Crocket. Pour Mlle Rodale ». Elizabeth Delafield fut servie la dernière et dut se contenter du cou.

Gideon dînait à une table séparée avec six autres enfants, sous la surveillance discrète et efficace de Morgana. Au lieu de poulet, on leur servit des portions généreuses de pommes de terre et d'un légume vert pâle qu'aucun d'eux ne parvint à identifier.

— Qu'est-ce que c'est ? demanda Gideon en montrant une mince lamelle qui pendait de sa fourchette.

— Ça a un goût de quoi ?

— De haricots verts.

— Eh bien, c'en est.

L'idée de remplacer les légumes coûteux par une espèce de cactus indigène venait de Bettina. Une fois cuisinée, la figue de Barbarie était presque impossible à distinguer du haricot vert, et, comme elle poussait en abondance dans le désert, c'était tout bénéfice pour la maison.

Morgana éclata de rire devant la grimace comique de Gideon. Elle trouvait le jeune garçon mignon et très intelligent.

— Tu ne m'as pas crue, hein ?

Elle se dit qu'elle aurait beaucoup de plaisir à lui faire découvrir son désert bien-aimé.

Morgana ne voyait aucun inconvénient à jouer les baby-sitters. Les enfants lui donnaient l'impression d'appartenir à une grande famille. Vivant seule avec sa tante (qui était aussi sa belle-mère), elle avait toujours ressenti un vide affectif qui lui faisait regretter de n'avoir ni frère, ni sœur, ni cousins.

Tout en devisant avec les enfants – elle leur demanda d'où ils venaient et si c'était leur première expérience du désert –, elle jetait de fréquents coups d'œil en direction de la table des adultes. L'air pincé de sa tante trahissait un vif mécontentement. L'arrivée d'Elizabeth Delafield semblait l'avoir contrariée. Pour quelle raison ?

Pendant que le personnel débarrassait la table, Bettina s'enquit des désirs de ses hôtes. Certains commandèrent du café, deux dames souhaitaient un sherry et l'on pouvait toujours compter sur les hommes pour demander du whisky. Mais Elizabeth Delafield la prit de court en réclamant un whisky à l'eau. Les femmes ne consommaient pas d'alcool fort sous le toit de Bettina Hightower. Elle hésitait sur la suite à donner à sa commande quand elle surprit un échange entre son ancienne rivale et un peintre réputé, un de ces clients qui, pensait-elle, apportaient une touche de distinction à son établissement. L'homme dit à Elizabeth Delafield que son fils avait l'air d'un « gentil petit bonhomme ».

— Gideon a presque quinze ans, répondit Elizabeth.

Le peintre déclara alors qu'elle paraissait trop jeune pour être la mère d'un aussi grand garçon.

Bettina se flattait d'être un modèle de discrétion et de ne jamais questionner ses clients. Toutefois, elle leur demandait toujours une pièce d'identité, non parce que la loi l'exigeait ou pour des raisons de sécurité, mais par curiosité. En particulier, elle souhaitait connaître l'âge des femmes, leur poids et leur statut marital. Elle se plongea aussitôt dans le registre de l'hôtel pour y chercher des renseignements sur la personne d'Elizabeth Delafield. Elle en avait vu d'autres, de ces blondes décolorées qui se peignaient les sourcils et s'imposaient des régimes draconiens pour paraître moins que leur âge. Elle était prête à parier que la Delafield avait quarante-cinq ans bien sonnés, même si elle n'en avouait probablement que trente-neuf. Mais un permis de conduire ne mentait pas, lui. Pour en obtenir un, il fallait présenter un certificat de naissance.

Là ! C'était écrit noir sur blanc, à côté de sa signature. Année de naissance : 1881.

Bettina accusa le coup. Elizabeth Delafield avait cinquante et un ans, soit trois ans de plus qu'elle-même. Pourtant, elle avait l'air tellement plus jeune...

Une émotion obscure qui montait du plus profond de son être l'envahit peu à peu. Des bribes de conversation lui parvenaient depuis le salon. Le rire d'Elizabeth Delafield se mêlait à celui des hommes, visiblement séduits par ses manières directes, si peu féminines. Prise de vertige, Bettina se retint au comptoir. Elle apercevait à travers la fenêtre l'étendue sombre du désert. Poussée par le vent, une touffe d'herbe brune et sèche traversa rapidement son champ de vision avant de poursuivre sa course solitaire vers le néant.

L'image d'un puits se forma dans son esprit, une pièce circulaire au plafond voûté, avec des murs d'adobe, cachée dans le sous-sol du désert. Coincé au fond de ce puits, un homme appelait à l'aide...

Bettina s'arracha difficilement à cette vision et retrouva avec soulagement la lumière chaude de la lampe au-dessus du comptoir. Elle ne devait pas oublier qui elle était, ni la place qu'elle occupait dans la société. Elle était la propriétaire du Château Hightower, le seul motel convenable dans un rayon de cent cinquante kilomètres. Elle laissa échapper un grognement en déchiffrant la signature de l'aventurière blonde : « Docteur » Delafield. Quelle arrogance ! Bettina avait la conviction arrêtée que seuls les médecins pouvaient se prévaloir du titre de docteur, les autres n'étant que des usurpateurs. Imaginez un peu les quiproquos : « Y a-t-il un docteur dans la salle ? — Oui, moi ! J'ai un doctorat en littérature classique. » Elle aurait volontiers ri de ses prétentions si cette femme n'avait pas eu le culot de s'amener chez elle en exhibant son... son *bâtard.* Oui, c'était le mot qui convenait.

Mais elle ne laisserait rien paraître de sa fureur. Elle ferait voir à cette traînée qui était Bettina Hightower. Pendant toute la durée de son séjour, elle demeurerait l'aimable hôtesse que ses clients et voisins appréciaient.

Elle regagna le salon comme Gideon souhaitait une bonne nuit à Morgana.

— Tiens, lui dit la jeune fille en lui tendant un livre. Tu trouveras là-dedans tout ce qu'il faut savoir sur les Indiens de la région.

— Ma mère est une spécialiste des Indiens, rétorqua Gideon avec fierté, puis il ajouta : Merci pour le livre. Je sens qu'il va me passionner.

Morgana serra le garçon dans ses bras, ce qui inquiéta Bettina. Ces deux-là avaient immédiatement sympathisé. Ce n'était pas bon signe. Il ne fallait pas que Morgana apprenne la vérité.

— Madame Hightower ? l'interpella Elizabeth. Quelqu'un pourrait-il nous apporter deux verres de lait chaud dans notre bungalow ? C'est notre rituel de coucher.

Apparemment, elle avait renoncé à réclamer son whisky.

— Mais certainement, répondit Bettina avec un sourire crispé.

Tout en faisant réchauffer du lait, Bettina surveillait une employée qui préparait du thé pour une cliente.

— Qu'est-ce qui te prend ? Tu as mis cinq cuillers de thé.

— Madame ne connaît pas la formule ? Une cuiller par tasse et une pour la théière.

— Ridicule !

Bettina prit la théière des mains de la jeune fille et récupéra la cuillerée superflue qu'elle remit dans la boîte en fer-blanc.

— Celui ou celle qui a inventé cette règle ne devait pas économiser sou par sou pour maintenir son affaire à flot. Il suffit d'une cuiller par tasse.

Ce que tout le monde ignorait, c'est que Bettina n'achetait jamais que du thé bon marché. Un jour où elle faisait des courses à la boutique de Joe Candlewell, elle avait remarqué que ce dernier possédait des boîtes de thé de premier choix vides. Elle lui avait demandé s'il voulait bien les lui donner pour qu'elle y sème des graines. Une fois rentrée, alors que personne ne la regardait, elle avait transvasé dans les jolies boîtes le thé qu'elle achetait en vrac et avait aussitôt augmenté ses prix. Depuis cette époque, ses clients étaient convaincus de boire du darjeeling et du oolong d'importation.

Bettina reposa la casserole vide sur la cuisinière et se prépara à affronter son ennemie.

Elizabeth était confrontée à un dilemme insoluble.

Quand son père l'avait reniée pour avoir mis un enfant au monde hors mariage, elle avait cru que ça lui était égal. Mais à la mort de sa mère, quelques années après, M. Delafield lui avait brisé le cœur en l'excluant des funérailles. Puis, à peine un an plus tôt, son père avait fini par succomber à une vie d'alcoolisme. Elle avait accouru à son chevet mais même sur son lit de mort, il avait refusé de lui parler et de la regarder en face. Après sa disparition, Elizabeth s'était sentie seule au monde pour la première fois de sa vie. A sa grande consternation, ce sentiment s'était renforcé avec le temps et l'avait amenée à la conclusion qu'il n'y avait pas de plus grand malheur que d'être privé de famille. Ce n'était pas pour elle, mais pour Gideon, qu'elle s'inquiétait. S'il lui arrivait quelque chose, il se retrouverait sans aucun soutien.

Mais il n'était pas tout seul. Il avait une sœur.

Si tout s'était passé conformément aux plans d'Elizabeth, Faraday et elle auraient décidé ensemble de la manière d'aborder le sujet. Puis ils auraient réuni Morgana et Gideon et leur auraient révélé la vérité dans le calme et avec beaucoup de ménagements. Au lieu de cela, elle avait découvert à son arrivée que Faraday avait depuis longtemps quitté la scène. Elle se mit à faire les cent pas dans la minuscule pièce, ruminant sa déconvenue. Gideon avait le droit de savoir qu'il était lié par le sang à un autre être humain. D'un autre côté, comment l'en avertir sans lui révéler tout le reste ?

Quelqu'un frappa à la porte. Elizabeth eut la surprise de trouver Bettina sur le seuil, un plateau dans les mains, et non une quelconque femme de chambre.

— Nous devons parler, annonça Bettina de but en blanc.

— En effet.

Tandis qu'elle entrait, Elizabeth apporta son lait à Gideon, puis elle regagna l'autre pièce en fermant la porte de communication derrière elle.

— Merci encore pour ce délicieux dîner, dit-elle alors qu'elle n'avait pas touché au cou du poulet.

— Je n'aime pas me vanter, mais n'importe qui vous dira qu'il n'existe pas de meilleure table que la nôtre entre Los Angeles et Phoenix. Cependant, nous ne sommes pas ici pour échanger des politesses. Est-ce que le garçon sait ?

Il était inutile de tourner autour du pot. Bettina brûlait de savoir si l'autre femme était venue pour lui extorquer de l'argent ou demander si son bâtard figurait dans le testament de Faraday. Peut-être même comptait-elle lui réclamer la moitié des bénéfices du motel au nom de son fils.

Bettina paraissait aussi raide qu'un piquet. Si elle espérait en découdre, elle allait être déçue. Elizabeth était venue uniquement pour faire la paix avec Faraday. Puisque c'était impossible, Gideon et elle n'avaient pas l'intention de s'attarder.

— Vous me demandez si Gideon sait qui est son père ? Non. Je voulais d'abord en parler avec Faraday.

— Le garçon ignore donc que Morgana est sa demi-sœur ?

— Gideon ne sait rien, réaffirma Elizabeth en insistant sur le prénom.

Arrête d'appeler mon fils « le garçon », pensa-t-elle.

— Voyez-vous, mademoiselle Delafield, il est déjà regrettable que Faraday ait brisé le cœur de sa fille en l'abandonnant. Si elle apprenait maintenant que son père avait un enfant adultérin, je ne sais pas comment elle réagirait.

Elizabeth jaugea du regard la femme qui se tenait devant elle et fut de nouveau frappée par son maintien guindé. On aurait dit qu'elle faisait des efforts pour se contrôler. C'était à se demander si l'inquiétude qu'elle exprimait au sujet de sa belle-fille ne dissimulait pas autre chose. Bettina semblait sur la défensive. Pourquoi ?

La réponse apparut à Elizabeth. Elle croit que nous sommes venus lui prendre son motel, ou lui réclamer la part de l'héritage de Faraday qui aurait dû revenir à Gideon.

— Bien que n'étant pas sa mère biologique, reprit Bettina, j'ai aidé à Morgana à venir au monde. Je la tenais dans mes bras pendant que ma pauvre sœur se vidait de son sang. J'ai consacré ma vie à l'élever comme je l'aurais fait pour ma propre fille. Après tous ces sacrifices, je ne laisserai personne lui faire du mal.

— Madame Hightower, je ne suis pas là pour briser une famille et un foyer. Je croyais avoir reçu une invitation de Faraday.

Elizabeth tira le télégramme de sa poche. Bettina le prit avec une moue circonspecte et commença à le parcourir. Elizabeth fut étonnée de voir l'effet que ce bout de papier produisait sur elle. Elle devenait livide et ses mains s'étaient mises à trembler.

— Comme c'est bizarre ! dit-elle d'une voix mal assurée. Pourquoi quelqu'un se ferait-il passer pour mon mari ? A l'évidence, vous êtes la victime d'une cruelle mystification.

A moins que ce ne soit toi, la victime, songea Elizabeth.

— Madame Hightower, je n'ai jamais menti à Gideon sur sa naissance. Je ne lui ai pas non plus révélé le nom de son père. Je lui ai juste dit que lui et moi venions de milieux différents et que des circonstances extérieures nous avaient empêchés de nous marier, ce qui est la vérité.

Elizabeth replia le télégramme et le rangea dans sa poche.

— Mon fils et moi repartirons demain matin. Je vous promets que je ne dirai rien à votre nièce et que vous ne nous reverrez jamais.

65

Elizabeth se leva épuisée. Elle avait mal dormi. Toute la nuit, elle avait été assaillie par des souvenirs chargés d'émotion : Smith Peak, Butterfly Canyon et Faraday qui avait surgi dans sa vie tel le dieu du soleil sur son char, qui l'avait éveillée à la passion et lui avait rendu l'espoir pour se volatiliser aussitôt après. Que cachait sa mystérieuse disparition ? Elle n'ajoutait aucune foi aux ragots qu'on lui avait rapportés. S'était-il perdu en suivant la piste de ses chamanes, ou pire ?

Et qui était l'auteur du télégramme ?

Après avoir rendu la clé du bungalow, elle s'attarda dans le bâtiment principal. Rien ici ne rappelait la mémoire de Faraday – ni photos, ni dessins, ni écrits. De même, elle ne trouva aucune trace de la collection de poteries dont il lui avait tant parlé, du panier paiute qu'elle lui avait offert ou de la jarre dorée qui avait enflammé son imagination.

Ses pensées se tournèrent vers la fille de Faraday et vers la cicatrice qui déparait d'autant plus violemment son front que le reste de son visage ne présentait aucun défaut.

Toute à ses réflexions, elle sortit dans la lumière du matin et découvrit un spectacle surprenant.

Un omnibus à impériale rouge vif qui semblait venir tout droit de Londres était garé devant l'hôtel. Elizabeth considéra l'escalier en spirale qui conduisait à la plate-forme et la pancarte peinte à la main accrochée au-dessus de la porte : « Veuillez baisser la tête et surveiller vos pieds. Si vous ratez une marche, merci de baisser la voix et de surveiller votre langage. »

Un entrepreneur new-yorkais avait fait venir le bus d'Angleterre, imaginant à tort que les vedettes de l'écran se bousculeraient pour sillonner Coachella Valley à bord d'un véhicule aussi voyant. Il n'avait pas compris que les célébrités qui séjournaient à Palm Springs recherchaient l'anonymat et n'avaient par conséquent aucune envie de s'exhiber sur l'impériale d'un autobus rouge vif. Ayant fait faillite, comme personne ne voulait lui racheter son bus, il avait fini par l'abandonner et repartir pour New York en maudissant le désert, les stars de cinéma et l'Ouest en général. Joe Candlewell, qui avait gardé l'esprit d'entreprise des premiers pionniers, avait alors parcouru plus de cinquante kilomètres avec une paire de mules afin de remorquer le véhicule jusqu'à Twentynine Palms. Même immobile sur le bord de la route, pensait-il, il constituerait une attraction pour les touristes.

Joe était de la race des hommes qui aiment se mesurer à la vie. Des hommes d'une trempe peu commune, animés d'une foi inébranlable en eux-mêmes, des solitaires obéissant à un code de l'honneur très strict mais prêts à faire le coup de poing pour défendre le lopin de terre qu'ils avaient arraché au désert avec l'aide de Dieu. Lui et ses semblables appartenaient à la mystique du désert autant que les dunes de sable et les nuits sillonnées d'étoiles filantes. Au contact de ces héros intrépides et indépendants, les femmes se sentaient plus féminines et désirables que jamais. Les clientes de l'hôtel avouaient volontiers que les hommes de la région ne ressemblaient à aucun de ceux qu'elles avaient pu rencontrer au cours de leurs voyages.

« Ce sont les cheikhs de l'Ouest », avait déclaré une romancière qui avait passé tout le printemps à écrire au Château Hightower.

D'après elle, les couchers de soleil et les hommes de Twentynine Palms étaient parmi les plus extraordinaires au monde. Joe Candlewell avait servi de modèle à son héros, un descendant de Gallois dont le charme viril faisait tourner les têtes de toutes les femmes.

Flairant la bonne affaire, le fils aîné de Joe, Sandy, avait bricolé le moteur, changé les pneus et réparé les sièges du bus londonien. « SANDY'S ADVENTUROUS DESERT TOURS », pouvait-on lire en grandes lettres jaunes sur le côté du véhicule. Il promenait les voyageurs sur les routes cahoteuses et leur parlait au moyen d'un mégaphone tout en conduisant : « Mesdames et messieurs, je vous offre le désert. Ici, la vie est rude et la mort aussi naturelle que le fait de respirer... »

Les excursions de Sandy remportaient un vif succès. Mais les ambitions du jeune homme ne s'arrêtaient pas là. Convaincu que le gouvernement fédéral allait bientôt classer la région de Joshua Tree en parc national au même titre que Yosemite Valley ou Yellowstone, il prévoyait un afflux de touristes attirés par l'escalade, le camping et la randonnée. Sandy serait là pour leur vendre des tentes, des cartes et son expérience. Il comptait profiter de l'engouement du public pour la nature et s'il faisait fortune en chemin, il ne s'en plaindrait pas.

Elizabeth vit descendre du véhicule rouge un beau jeune homme bronzé, au sourire étincelant, qui salua à la cantonade en agitant un bras musclé.

Un groupe de cinq personnes sortit de l'hôtel et monta à bord du bus, où avaient déjà pris place plusieurs excursionnistes. Morgana sortit à son tour, portant un grand panier.

— Encore six clients à aller chercher et on sera au complet, annonça fièrement le jeune homme en souriant de toutes ses dents.

Vêtue d'un jersey à rayures et d'une jupe plissée, Morgana tendit le panier à Sandy qui le cala sur un siège du premier rang.

Quand il se retourna vers elle et lui sourit, le cœur de la jeune fille fit un bond. Personne, pas même le principal intéressé, ne soupçonnait la passion brûlante qu'elle éprouvait pour Sandy. Elle n'aurait su dire à quel moment ses sentiments avaient changé. Elle aurait été bien en peine de montrer une date sur un calendrier et d'expliquer : « Ce jour-là, j'ai cessé d'être son amie et j'ai commencé à l'aimer. »

Presque du jour au lendemain, l'adolescent fluet et boutonneux s'était transformé en un grand jeune homme aux épaules carrées. De même, un beau matin, le garçon manqué qui grimpait aux arbres avec Sandy était devenu gauche et timide en sa présence.

Ce qui n'était d'abord qu'un béguin avait peu à peu évolué vers des sentiments plus profonds et un soir, alors que les deux jeunes gens partageaient une bouteille de Coca-Cola en écoutant Benny Goodman, Morgana avait compris qu'elle n'espérait qu'une chose : que Sandy la prenne dans ses bras et lui fasse connaître le plaisir.

Mais cet amour resterait à jamais secret. Tout d'abord, Morgana allait bientôt partir pour l'école d'infirmières. Et même si elle avait pu rester et que par miracle, Sandy avait partagé ses sentiments, ils n'avaient aucun avenir ensemble. Bettina le lui avait maintes fois répété : « Jamais tu n'épouseras un homme qui gagne sa vie à la sueur de son front. Tu es une Hightower et à ce titre, tu mérites ce qu'il existe de mieux. Un avocat ou, encore mieux, un médecin. »

Ainsi, leur relation était irrémédiablement condamnée.

— Sandy, dit-elle, je te présente le docteur Delafield. Son fils et elle sont arrivés hier.

— Bonjour, m'dame.

— Enchantée.

Elizabeth serra la grande main calleuse de Sandy et plongea son regard dans ses yeux rieurs. Au-delà de son physique de cinéma, le garçon lui parut franc, honnête et respectable.

Alertée par un rire haut perché, elle tourna la tête vers l'entrée de la réception. Debout près d'une roue de charrette qui supportait des pots de géraniums rouges, Bettina bavardait avec le peintre qui résidait au Château Hightower. Elle était vêtue d'une robe légère en coton bleu pâle au-dessus du genou et paraissait gaie, presque insouciante, par cette belle matinée ensoleillée. Pourtant, son rire avait quelque chose d'artificiel.

— Maman, je pourrais prendre part à l'excursion ?

Gideon portait un short neuf qu'Elizabeth lui avait acheté en prévision de leur voyage et des chaussettes rayées dévoilant des genoux pointus. Avec sa chemise sortant de sa ceinture et sa mèche rebelle sur le front, il ressemblait plus à un petit garçon qu'à un adolescent au seuil de l'âge adulte. Un pantalon aurait certainement mieux convenu à son amour-propre, mais il n'en avait trouvé aucun à sa taille. A presque quinze ans, Gideon ne mesurait encore qu'un mètre cinquante, et ce retard inquiétait sa mère.

« La plupart des garçons connaissent une brusque poussée de croissance entre treize et quatorze ans, lui avait expliqué le dernier pédiatre qu'ils avaient consulté. Certains prennent jusqu'à dix centimètres en une année. Après, la croissance se poursuit jusqu'à dix-huit ans, voire au-delà, mais à un rythme moindre. Il est possible que Gideon ait presque achevé la sienne. Son père a-t-il connu un développement tardif ? Ce genre de problème peut être héréditaire. »

Malheureusement, Elizabeth ignorait à quel âge Faraday avait atteint sa taille définitive. Elle priait pour que ce fût après quinze ans, ce qui laissait à Gideon l'espoir de gagner quelques centimètres supplémentaires. Elle savait que sa petite taille le complexait et l'exposait à toutes sortes de brimades.

Sandy Candlewell, qui avait entendu la question de Gideon, intervint :

— Désolé, mon gars. On est complets. Mais il me reste des places pour demain.

Elizabeth n'avait pas prévu de passer une heure de plus dans cet endroit, mais devant la déception de son fils, elle se dit que le soleil et le grand air lui seraient bénéfiques. Les médecins affirmaient qu'il avait besoin de renforcer sa constitution, qu'il aurait dû être plus robuste à son âge.

— Nous ferons notre propre circuit touristique avant de quitter la région, proposa-t-elle. D'accord ?

Morgana les rattrapa tandis qu'ils se dirigeaient vers leur break, déjà chargé de leurs bagages.

— Docteur Delafield, le désert peut être dangereux quand on le connaît mal. Il vous faudrait un guide. Et puis vous risqueriez de manquer le meilleur.

— Vous savez qui pourrait nous conduire ?

— Moi, bien sûr ! Je connais le désert comme ma poche.

Bettina approcha et déclara d'un ton cassant :

— Morgana, tu n'as pas que ça à faire. As-tu oublié que tu partais dans une semaine ?

— Ce serait juste pour la matinée, tante Bettina. J'aimerais tant montrer les arbres de Josué au docteur Delafield. Gideon, ça te dirait que je t'emmène en Afrique ?

— Tu plaisantes ! s'exclama Gideon, les yeux brillants.

— Je vais te prouver que non. Attendez-moi ici, je vais chercher de quoi pique-niquer.

Elle courut vers la maison avant qu'Elizabeth ait pu protester.

— Morgana est épatante, tu ne trouves pas ? demanda Gideon.

Et pour cause, pensa Elizabeth. C'est ta sœur.

Elle pouvait lire l'inquiétude sur le visage de Bettina et partageait ses craintes, quoique pour des motifs différents. Malgré son désir de laisser éclater la vérité, Elizabeth répugnait à nouer quelque lien que ce fût avec Bettina Hightower.

Elle aurait été bien en peine de décrire ce qu'elle ressentait, mais quelque chose chez cette femme la mettait mal à l'aise. Les regards qu'elle avait surpris la veille pendant le dîner, le ton affecté de sa voix, la lueur étrange qui brillait parfois dans ses yeux... La veuve de Faraday lui évoquait une funambule qui devait faire appel à toute sa volonté pour ne pas tomber de la corde sur laquelle elle avançait.

Par conséquent, elle n'avait aucune envie de partir en excursion avec la fille de Faraday. Il aurait suffi d'un lapsus, d'une étourderie de sa part pour que leur secret soit éventé. Aussi, quand Morgana revint avec un panier, une couverture, des jumelles, un parasol et coiffée d'un chapeau de paille, elle lui parla en ces termes :

— Je regrette que vous vous soyez donné tant de mal, mais mon fils et moi devons absolument partir.

— Maman, il te reste une semaine de vacances avant de commencer ton nouveau travail ! plaida Gideon.

— Ce sera l'affaire de quelques heures, ajouta Morgana. Vous ne le regretterez pas, docteur Delafield.

Deux regards pleins d'espoir se posèrent sur elle. Elle sentait sa résolution faiblir quand Morgana précisa :

— Un mystère entoure Arch Rock. Jusqu'ici, personne n'a pu le percer. Ça ne vous dirait pas d'essayer ?

Avant qu'Elizabeth ait pu répondre, Gideon s'installa à l'arrière du break et lui lança :

— Viens, maman. Tu sais que tu n'as jamais pu résister à un mystère !

Ebranlée par les accents suppliants de son fils, Elizabeth se tourna vers Morgana qui lui sourit, puis vers Bettina. Celle-ci eut une lueur mauvaise dans le regard avant de sourire également. Elizabeth se demanda de quoi cette femme était capable pour protéger son bien.

— Vous croyez que vous pourrez conduire cette chose ?

Morgana jeta un coup d'œil au break élégant et lustré.

— A côté de notre vieux camion, ce sera une partie de plaisir.

Elizabeth lui tendit les clés et prit place sur le siège du passager, se répétant qu'elle commettait une erreur monumentale, pendant que Morgana se glissait devant le volant.

— En route pour l'Ouest sauvage ! déclama-t-elle.

Ils démarrèrent, laissant Bettina plongée dans ses pensées.

— Ce doit être chouette de vivre ici, commenta Gideon en dévorant du regard les palmiers majestueux, les lièvres et les lapins.

Morgana les emmena d'abord à l'oasis de Mara où une poignée d'Indiens Serrano et Chemehuevi vivaient encore dans des huttes d'adobe et cultivaient de petits potagers.

L'adjectif « chouette » n'était pas celui que la jeune fille aurait spontanément choisi pour qualifier la vie au Château Hightower. Il fallait se plier aux allées et venues continuelles des clients, et leur budget était parfois tellement serré que tante Bettina achetait des vêtements d'occasion pour sa nièce et elle-même. Morgana gardait le souvenir d'une époque lointaine où elle possédait toutes sortes de jouets, des ours en peluche et une maison de poupées de style victorien, remplie de meubles et d'accessoires. Après leur départ de la Casa Esmeralda, elle avait dû se contenter des poupées qu'elle taillait elle-même dans du carton et habillait avec des vêtements découpés dans les pages d'un catalogue.

— Oui, c'est chouette.

Elizabeth fourrageait nerveusement dans son énorme sac, cherchant ses cigarettes. Elle regrettait d'avoir fait preuve de faiblesse et de ne pas avoir insisté afin qu'ils partent immédiatement pour le Colorado. Il aurait suffi d'un rien – un geste, un regard, un froncement de sourcil – pour que la ressemblance de Gideon avec son père saute aux yeux de Morgana. Ou bien Gideon risquait de faire une gaffe en mentionnant le livre de sa mère devant elle.

Elle décida de séparer les deux jeunes gens à la première occasion. Dès qu'ils seraient arrivés là où Morgana les conduisait, elle trouverait un prétexte pour éloigner Gideon. Et ensuite ? Elle feindrait une migraine ? Impossible. Quand on a mal à la tête, on ne conduit pas.

Elle consulta sa montre. Elle dirait qu'elle devait passer un coup de fil important qui lui était complètement sorti de l'esprit. Sitôt au motel, elle entraînerait son fils vers la boutique d'où on pouvait passer des appels longue distance.

Elle alluma une Camel pour se calmer les nerfs.

— Vous aimez le désert, pas vrai, Morgana ?

— Avec passion.

La jeune fille baissa la vitre de sorte à créer un courant d'air qui fit voler ses cheveux.

— Quand j'étais petite, mon père m'a dit un jour que ce n'était pas du sang mais du sable qui coulait dans mes veines. Vous savez ce qui m'étonne le plus ? La plupart des gens qui viennent ici ont le projet de transformer le désert. Ils veulent en faire « quelque chose ». Il y a deux ans, un type a débarqué de l'Ohio, disant qu'il allait importer des bisons, les lâcher dans la nature et vendre des safaris à des millionnaires. Il parlait aussi de faire venir des lions d'Afrique, mais il craignait qu'ils ne survivent pas au voyage. Joe Candlewell a réuni tout le monde et on a fait savoir au type en question que s'il lâchait ne serait-ce qu'un lapin dans notre désert, il aurait affaire à nous. Après ça, on ne l'a jamais revu.

Le jour où les habitants de Twentynine Palms s'étaient alliés contre le millionnaire de l'Est resterait à jamais gravé dans la mémoire de Morgana. Un matin de bonne heure, Sandy Candlewell s'était présenté à l'hôtel avec son camion, disant que son père avait entrepris de rassembler le voisinage. Morgana avait sauté sur le siège à côté du jeune homme, puis le convoi formé par tous leurs voisins s'était rendu au motel où résidait l'entrepreneur. Son épaule touchait celle de Sandy pendant que Joe Candlewell informait l'étranger que les gens du coin ne le laisseraient pas toucher à leur désert.

Jamais la jeune fille ne s'était sentie aussi fière ni aussi proche de ses concitoyens qu'à cet instant. Et soudain, elle avait pris conscience que le garçon qui grimpait aux arbres et pourchassait les lézards avec elle était devenu un beau jeune homme. Depuis, son sommeil était troublé par des rêves qui l'obligeaient à repousser ses couvertures et la laissaient décontenancée devant le désir tout neuf qui s'était enraciné en elle.

Pas de doute, pensa-t-elle tandis que le break roulait sur une route cahoteuse identifiée par une pancarte sur laquelle on lisait Utah Trail. Ce jour-là, elle était tombée amoureuse et son cœur avait commencé à former des rêves sans espoir.

— Vous saviez que des personnes se battent pour que cette région soit classée monument national ? demanda-t-elle pour faire taire ses souvenirs. Je soutiens complètement leur action. Des gens abattent les arbres de Josué pour les brûler ou en faire des clôtures. D'autres déterrent des cactus pour les replanter dans leur jardin, sans parler des tireurs qui prennent les pictographes indiens pour cible.

Elizabeth ferma les yeux et repensa brusquement à la journée ensoleillée où Faraday et elle avaient surpris deux hommes qui déchargeaient leurs armes sur un mur, bien des années plus tôt. Après, Faraday l'avait prise dans ses bras pour la consoler et ils avaient fait l'amour pour la première fois. Elle se demanda si Gideon avait été conçu cet après-midi-là.

— Moi-même, j'ai vu de nombreux sites détruits sans raison, dit-elle. A quoi ces gens pensent-ils ? Leur viendrait-il à l'idée de s'entraîner au tir sur la Joconde ? Non, bien sûr. Pourtant, ça ne les dérange pas de pulvériser une œuvre vieille de mille ans. Figurez-vous que le parc national de Mesa Verde m'a engagée comme « ranger archéologue ».

— J'ignorais que les femmes pouvaient être rangers !

— Mon travail consistera surtout à présenter les ruines aux randonneurs. Je ne connais pas grand-chose aux oiseaux et à la faune sauvage. En revanche, montrez-moi une pointe de flèche et je vous dirai ce que le type qui l'a fabriquée avait mangé la veille. Je vais vous confier un secret : il y a un complot contre nous.

— Nous ?

C'est ça… cantonne-toi aux généralités. Ainsi, tu ne risques pas d'en dire trop.

— Les femmes. Les hommes ne veulent pas de nous parmi le personnel des parcs nationaux.

— Pourquoi ?

Le break roula sur une ornière et bondit dans les airs, arrachant un cri de surprise ravie à Gideon qui baissa sa vitre et passa la tête à l'extérieur.

— Les premiers rangers étaient issus des rangs de la cavalerie, reprit Elizabeth. S'ils n'avaient pas leur pareil pour traquer les braconniers et protéger les parcs des incendies, ils savaient à peine lire et n'avaient pas été formés pour accueillir les visiteurs. C'est pourquoi l'administration a créé un poste de ranger naturaliste recruté dans les classes supérieures, parmi des hommes polis, instruits, qui savaient s'adresser au public. Les rangers de la première génération se sont moqués d'eux, les traitant de chochottes. Cet antagonisme n'est pas sans conséquences. Les rangers naturalistes s'opposent à l'arrivée de femmes parmi eux, craignant qu'elles n'aggravent l'image efféminée qui colle à leur profession. Ils voient en nous des castratrices et joignent leurs efforts à ceux des rangers militaires pour nous exclure de leurs rangs.

Elizabeth tira délicatement sur sa Camel.

— Ceci explique qu'à l'heure actuelle les femmes rangers naturalistes se comptent sur les doigts d'une main. Mais un jour les choses changeront. Peut-être grâce à des jeunes femmes comme vous.

— Moi ! s'esclaffa Morgana.

Elle repensa à son projet d'identifier et de retracer les migrations des différentes tribus indiennes qui avaient traversé la région. Elle aurait tant voulu redonner de la substance à un passé qui ne subsistait plus qu'à l'état de mythes et de légendes. Seulement, Bettina souhaitait qu'elle devienne infirmière. Morgana s'était résignée à son sort, estimant qu'elle devait bien cela à sa tante. Mais l'arrivée du docteur Delafield avait ravivé son désir en même temps que ses inquiétudes à propos de son prochain départ pour l'école.

La voiture dépassa une cabane en ruine signalée par un écriteau à moitié effacé sur lequel on lisait : « Il n'existe aucun endroit qui ressemble à celui-ci à proximité, aussi ce doit être celui que vous cherchez. »

— Un marchand de tabac habitait ici dans les années 1880, expliqua Morgana. Il a vendu des cigares et des pipes aux mineurs jusqu'à ce que la fièvre de l'or retombe.

Des pancartes en fer émaillé presque illisibles – « Cigares Smoke Cremo, 25 cents les deux » – rouillaient au soleil, comme tant d'espoirs et de rêves enfouis dans le sable.

Faraday est venu ici avec ses rêves, songea Elizabeth.

Le paysage changea brusquement, la plaine cédant la place à des empilements rocheux aux formes insolites qui semblaient avoir surgi en une nuit. Les arbres de Josué poussaient en nombre et le sol était tapissé de fleurs sauvages jaunes, bleues et rouge vif. Une multitude d'oiseaux sillonnaient le ciel en poussant des cris aigus, ainsi qu'une quantité impressionnante de papillons.

— Regardez ! s'exclama Gideon.

Morgana freina. Au pied d'un rocher, ils virent un oiseau qui luttait pour s'extraire du sable.

— Un bébé faucon, indiqua Morgana. A cette époque de l'année, on rencontre plein de jeunes faucons et de petites chouettes qui sautillent en rond, complètement paniqués. Pas facile d'apprendre à voler pour un poussin dodu qui a passé toute sa vie à attendre sa nourriture au fond d'un nid. Quand ils tombent, ils s'épuisent à battre des ailes sans pouvoir décoller. En général, leurs parents les ravitaillent au sol jusqu'à ce qu'ils aient assez de force pour s'envoler.

Gideon considéra tristement l'oiseau pantelant.

— On ne peut rien pour lui ?

— Mieux vaut laisser faire la nature, dit Morgana en redémarrant. S'il n'a pas bougé à notre retour, nous le ramènerons à l'hôtel. Je l'ai déjà fait. Après quelques jours de repos, il pourra se débrouiller seul.

Elle finit par arrêter la voiture sur un sentier sablonneux.

— Gideon, tu te rappelles ma question ? Je t'ai demandé si ça te plairait d'aller en Afrique. Alors ?

Gideon regarda dans la direction qu'elle lui indiquait et ses yeux s'agrandirent de surprise.

— Ça alors, un éléphant !

— Tu vois que j'ai tenu ma promesse.

Au fil des siècles, le vent, le sable et la pluie avaient sculpté dans un amas chaotique de rochers brun clair une arche large d'une dizaine de mètres dont la forme évoquait la trompe d'un éléphant. Cette curiosité avait reçu le nom d'Arch Rock. Gideon sauta de la voiture et s'éloigna avant que sa mère ait pu lui recommander la prudence.

Les poings sur les hanches, Elizabeth promena son regard sur le paysage qui les entourait.

— Eh bien, où est cette chose mystérieuse que vous vouliez me montrer ?

Morgana piqua un fard.

— Je l'ai inventée.

Elizabeth sourit.

— Je m'en doutais.

La jeune fille semblait transformée. Elle s'était littéralement épanouie en pénétrant dans le désert, comme si elle s'était débarrassée de ses chaînes. Faraday avait connu la même évolution à Smith Peak. D'abord sombre et austère, elle l'avait vu s'ouvrir et retrouver peu à peu sa joie de vivre. Quelle était cette ombre qui planait au-dessus du père et de la fille, les empêchant d'exprimer leur véritable nature ?

Gideon courait devant elles sur le chemin, bombardant Morgana de questions auxquelles elle répondait avec patience.

La veille au soir, il n'avait pas cessé de parler de la jeune fille à sa mère : « Tu as vu sa cicatrice ? Elle m'a raconté qu'elle s'était blessée au front et avait dû porter un pansement, tout comme moi. Je lui ai dit que les autres garçons m'appelaient Guidon pour se moquer. Elle, on la surnommait "Maboul" quand elle était petite. »

Morgana a dit ceci, Morgana a fait cela... Elizabeth n'avait encore jamais vu son fils s'enticher ainsi d'une inconnue. Son instinct lui avait-il soufflé que la jeune fille et lui étaient du même sang ?

— Chéri, l'appela-t-elle, déterminée à lui accorder trente minutes avant d'invoquer un prétexte pour retourner en ville, tu ne veux pas partir en exploration ?

Gideon s'éloigna sans se faire prier. Elizabeth et Morgana venaient de s'asseoir sur un rocher plat au pied de l'arche quand un bruit de moteur leur fit tourner la tête. Le bus rouge venait dans leur direction. Sandy eut beau ralentir, elles furent obligées de se couvrir la bouche pour ne pas inhaler la poussière que soulevait le passage du véhicule. Les passagers agitèrent tous la main pour les saluer, puis le bus poursuivit son chemin à travers l'immensité aride du désert californien.

Elizabeth sortit une autre Camel de son paquet. Tandis qu'elle l'allumait, elle remarqua que Morgana n'avait pas quitté le bus des yeux. Se rappelant l'attitude empruntée de la jeune fille devant Sandy, elle demanda :

— Ce charmant garçon – le conducteur du bus –, c'est votre amoureux ?

— Sandy ? Oh non ! On est juste amis. On se connaît depuis qu'on est tout petits.

Morgana dirigea à nouveau son regard vers le bus qui était presque invisible à présent, comme si son cœur avait sauté à bord quand il les avait dépassées. Puis elle s'humecta les lèvres et ses joues s'empourprèrent.

— Vous êtes sûre qu'il n'y a rien d'autre ? insista Elizabeth, amusée. Vous savez, il n'est pas rare qu'une amitié d'enfance débouche sur une histoire d'amour.

— Suis-je si transparente ? soupira Morgana.

— Seulement pour qui a déjà aimé en secret.

— Si Sandy soupçonnait quoi que ce soit, j'en mourrais de honte.

— Qui vous dit qu'il ne partage pas vos sentiments ?

— Sandy me considère comme sa petite sœur. Il m'appelle toujours « la puce ». Je crois qu'il aime Adella Cartwright. Elle a des vues sur lui, en tout cas.

Gênée par le vent, Elizabeth ferma les yeux. Elle-même avait fait partie d'un triangle amoureux, il y avait bien longtemps, et cette relation s'était achevée de façon tragique.

— Docteur Delafield, reprit Morgana en tortillant ses doigts, est-ce que ça devient plus facile d'aimer en vieillissant ? L'amour est une chose merveilleuse, bien sûr. Mais il provoque aussi beaucoup d'angoisses et de souffrances.

Elizabeth considéra le visage lisse et juvénile, les yeux brillants de Morgana et se revit avec trente ans de moins.

A l'époque, elle étudiait l'anthropologie dans une université du nord de l'Etat de New York. Son cursus comportait une année d'anatomie et physiologie, une matière enseignée par la faculté de médecine toute proche. Elizabeth était la seule étudiante de sa promotion. Le professeur d'anatomie ayant refusé de faire son cours devant une femme, il avait été convenu qu'elle resterait à l'entrée de l'amphithéâtre et noterait ce qu'elle entendrait à travers la porte. Toutefois, il n'était pas question qu'elle pénètre dans la salle d'autopsie. Or pour pouvoir se présenter à l'examen d'anatomie et physiologie, il fallait avoir assisté à au moins une dissection. Faute de remplir cette obligation, elle n'avait aucune chance d'obtenir son diplôme en anthropologie physique.

Elle eut beau supplier le doyen de l'université, adresser des requêtes à l'administration ou se montrer gentille avec l'assistant du cours d'anatomie, les portes de ce monde typiquement masculin refusèrent de s'ouvrir devant elle. Elle savait que certains recteurs plus éclairés accordaient toutes les facilités aux étudiantes en médecine, mais ces établissements étaient au-dessus de ses moyens. Si elle échouait à l'université de l'Etat de New York, elle n'aurait plus qu'à retourner chez ses parents « la queue entre les jambes », comme le disait élégamment son père.

La jeune femme se rongeait d'inquiétude quand le salut s'était présenté sous la forme de Christopher Iverson, un étudiant de dernière année qui lui avait tapé dans l'œil pendant une série de cours sur les cultures anciennes. Grand, blond, charmant, Christopher était un des rares garçons à tolérer une présence féminine sur le campus. Il se montrait toujours poli, ne faisait jamais de commentaires sarcastiques et gratifiait même Elizabeth d'un sourire quand leurs regards se croisaient.

A l'instar de Morgana, elle avait alors vingt-deux ans et nourrissait une passion secrète.

Par une belle journée ensoleillée, Elizabeth déjeunait sur l'herbe du campus quand le beau Christopher avait demandé la permission de se joindre à elle. Le cœur de la jeune femme s'était mis à battre plus vite. Ils avaient bavardé, partagé un fruit et, dans un moment d'abandon, Elizabeth s'était ouverte au jeune homme de ses craintes quant à l'obtention de son diplôme.

Christopher dit qu'il existait certainement une solution à son problème. Il promit d'y réfléchir et la quitta après un clin d'œil complice, la laissant plus amoureuse que jamais.

La solution de Christopher consistait à l'introduire discrètement dans le laboratoire, lui fournir une copie des diagrammes et des notes prises en cours, lui expliquer quelle partie du programme elle devait étudier en prévision de l'examen et enfin lui mettre un cadavre sous les yeux afin qu'elle puisse jurer en toute bonne foi avoir vu le travail d'un pathologiste en salle d'autopsie.

Il était venu la chercher à son internat un soir. Elizabeth s'était glissée dehors, tremblante d'excitation. Christopher lui avait pris la main en riant et ils avaient marché rapidement vers le laboratoire, Elizabeth gênée par la jupe longue et le corset qu'elle portait à l'époque.

Au pied du bâtiment en briques sombre et silencieux, Christopher avait ouvert la porte de derrière et s'était écarté pour laisser entrer la jeune femme. Puis il l'avait suivie en lui murmurant des paroles flatteuses et en lui assurant qu'elle était une championne.

La salle de dissection se trouvait au bout d'un long couloir plein de courants d'air et d'odeurs désagréables. Christopher lui avait à nouveau cédé le passage et avait refermé la porte derrière lui avant d'actionner l'interrupteur.

Les trente étudiants de la classe d'Elizabeth étaient rassemblés à l'intérieur de la minuscule salle. A son entrée, tous lui opposèrent un visage fermé. Comme Elizabeth levait un regard étonné vers Christopher, celui-ci eut une lueur étrange dans les yeux.

— On ne veut pas de putains ici, gronda-t-il.

D'un geste vif, il rabattit le drap qui masquait la table, dévoilant un corps de femme qu'on avait profané de façon obscène.

Elizabeth perdit brièvement connaissance. Quand elle revint à elle, elle était couchée par terre. Avant de quitter le laboratoire, les étudiants avaient effacé toute trace de leur macabre mise en scène et replacé le drap sur le cadavre.

A compter de ce jour, Elizabeth fut en butte à des regards hostiles chaque fois qu'elle marchait dans un couloir ou entrait dans un amphithéâtre. Le message était on ne peut plus clair : les femmes n'avaient qu'à rester à leur place.

Par bonheur, le professeur Keene, conscient des difficultés auxquelles se heurtaient les femmes qui tentaient d'ouvrir une brèche dans la citadelle du pouvoir masculin, était intervenu auprès du doyen pour qu'il la dispense d'autopsie, ce qui lui avait permis d'obtenir son diplôme avec les honneurs.

Mais cet incident l'avait marquée à vie et rendue méfiante. C'est également vers cette époque qu'elle avait commencé à porter des pantalons par défi.

La voix de Morgana l'obligea à refouler ce souvenir pénible dans un recoin obscur de sa mémoire.

— Docteur Delafield, je voudrais dire à Sandy ce que je ressens pour lui. Seulement, j'ai peur qu'il se moque de moi.

Elizabeth opina.

— La peur d'être rejeté est une des principales raisons qui peuvent pousser quelqu'un à garder le silence.

Au même titre que la peur de souffrir, ajouta-t-elle en elle-même. Il lui semblait entendre l'écho de sa propre voix à des années de distance : « Faraday, j'ai eu le cœur brisé. Je ne survivrais pas à une nouvelle déception. » Ce jour-là, à Butterfly Canyon, Faraday avait promis de ne jamais lui faire de mal. Pourtant…

Sa gorge se serra. Sentant poindre les larmes, elle changea de conversation afin de dissimuler son émotion.

— Votre tante a laissé entendre que vous alliez bientôt quitter cet endroit. Puis-je vous demander où vous allez ?

Morgana s'arracha difficilement à sa rêverie. Elle aurait voulu se trouver à bord du bus avec Sandy pour admirer ses bras musclés qui tournaient le volant, rire à ses plaisanteries, glisser sa main dans la sienne avant de sauter à terre. Elle s'imagina ratant une marche et le jeune homme se précipitant vers elle pour la rattraper et la serrer contre sa poitrine. Elle expliqua qu'elle allait vivre et étudier à l'hôpital de Loma Linda pendant trois ans.

— J'ai eu de la chance qu'ils m'acceptent. Ils placent leurs exigences très haut et les candidates sont très nombreuses. C'est moi qui ai obtenu la meilleure note à l'examen d'entrée.

— Comment avez-vous pu parfaire votre éducation dans cet endroit perdu ? Les écoles doivent être rares dans la région.

— Il y en a une à Twentynine Palms, avec deux professeurs qui enseignent aux enfants jusqu'à la classe de troisième. Ceux qui veulent poursuivre leurs études au-delà doivent quitter la ville pour un pensionnat. Quand j'étais petite et que nous en avions encore les moyens, tante Bettina payait des précepteurs pour me faire la classe. Après notre départ de Palm Springs, elle les a remplacés. J'ai aussi beaucoup appris de mon père. Il se passionnait pour les Indiens et sillonnait la région afin de recueillir des récits, des images et des poteries. Lui et moi passions de longues heures à étudier ses découvertes.

Un sentiment de nostalgie doux-amer envahit la jeune fille.

— Par la suite, un vétéran qui avait eu les poumons abîmés par le gaz moutarde a élu domicile dans un de nos bungalows. Cet homme instruit a proposé de me servir de précepteur en échange du montant de son loyer. Il était très gentil, patient et connaissait un nombre incroyable de choses. A sa mort – le gaz avait causé trop de dommages à son organisme –, j'étais prête à entrer au lycée. Comme tante Bettina n'avait pas les moyens de m'envoyer en pension, j'ai suivi des cours par correspondance et obtenu mon diplôme de fin d'études secondaires en quatre ans. D'autre part, mon père m'avait laissé une fabuleuse collection de livres et je les ai tous lus. Mais j'aimerais beaucoup faire de vraies études.

Les allusions de Morgana à son père avaient alerté Elizabeth. Elle devait éviter de se laisser entraîner sur ce terrain.

— Et votre formation d'infirmière ?

— Les cours ont lieu dans l'hôpital où l'on vit et travaille. Ce n'est pas comme d'aller à l'université.

Elizabeth étudia le profil de sa compagne. Sa beauté gommait le caractère masculin du nez et du menton volontaire qu'elle avait hérités de son père.

— Vous n'avez pas l'air très enthousiaste.

— C'est tante Bettina qui a insisté pour m'y envoyer. Mais je dois dire que c'est une bonne idée. On aura toujours besoin d'infirmières, pas vrai ?

Elizabeth souffla longuement la fumée de sa cigarette, songeant à la femme – ou la veuve ? – de Faraday. Se pouvait-il que ce dernier l'ait volontairement quittée ? Non. Il était trop attaché à sa fille pour disparaître ainsi.

— Qu'aimeriez-vous étudier si vous aviez le choix ?

La question d'Elizabeth eut un effet magique sur Morgana. La jeune fille s'anima subitement et se mit à parler avec la même passion que son père.

— Les Indiens. Leur culture. Leur histoire. Leurs croyances. Je sais que vous me comprenez. Gideon m'a dit que vous étiez une spécialiste des Indiens.

— Plus ou moins. Voyez-vous, on a recensé plusieurs centaines de tribus et de nations à travers le continent américain, toutes différentes les unes des autres.

— Exactement ! Nous avons des clients qui s'attendent à rencontrer des Indiens avec des coiffes emplumées. Les Européens qui ont vu des photos de guerriers Sioux ne comprennent pas que les Agua Caliente ne s'habillent pas comme eux. Les Sioux portent des peaux de daim et de bison pour se garantir contre les hivers rigoureux, alors que les Indiens du désert sont à peine vêtus à cause de la chaleur.

— Vous savez, reprit Elizabeth après un temps de réflexion, vous pourriez concilier votre passion avec vos études d'infirmière. Ainsi, vous vous feriez plaisir tout en respectant la volonté de votre tante.

— Comment ?

— Les réserves manquent cruellement de personnel médical. Une infirmière qualifiée y serait accueillie à bras ouverts.

— Ça m'étonnerait que ma tante accepte ! s'exclama Morgana.

Toutefois, cette idée l'intriguait presque autant que cette femme remarquable qui fumait avec la grâce d'une star de Hollywood. Elle aurait voulu lui poser des tas de questions. Une femme aussi émancipée que le docteur Delafield devait tout savoir des hommes. Nul doute qu'elle faisait preuve de sang-froid et de discernement en toutes circonstances. Avait-elle connu plusieurs amants ou une seule grande histoire d'amour ? Qui était le père de Gideon ? Avait-elle perdu la tête pour lui ? Elle imaginait une relation tragique et passionnée comme on n'en voyait qu'au cinéma, faite d'épreuves et d'extase, de joies et de douleurs, jusqu'au dernier plan où la belle Elizabeth embrassait l'homme de ses rêves sur fond de soleil couchant.

Curieuse d'en savoir plus mais craignant de paraître indiscrète, elle avança prudemment :

— M. Delafield est également anthropologue ?

— M. Delafield ? fit Elizabeth, surprise.

— Le père de Gideon.

Elizabeth pesa soigneusement sa réponse. Elle avait toujours rejeté l'étiquette de « fille mère ». Par mépris du qu'en-dira-t-on, elle n'avait jamais recouru au stratagème consistant à se dire veuve, contrairement à beaucoup de femmes dans sa situation. Pourtant, elle s'était trouvée enceinte en temps de guerre et aurait pu prétendre sans risque que son mari était mort en France.

Dès l'instant où la sage-femme avait déposé dans ses bras le fragile nouveau-né, elle avait ressenti un désir furieux de le protéger. Nul ne traiterait jamais son fils de bâtard. Elizabeth détestait le mensonge, mais l'arrivée de Gideon lui avait appris que toute vérité n'était pas bonne à dire.

— Son père est parti avant sa naissance.

Elle regarda discrètement sa montre. Il était temps de prétexter un coup de fil urgent.

— Je suis navrée… commença-t-elle, mais Morgana ne lui laissa pas le temps d'achever.

— Oh ! le pauvre. Je sais ce que c'est. Mon père nous a quittées quand j'avais dix ans. Je ne veux pas dire que vous n'êtes pas une bonne mère, se dépêcha-t-elle d'ajouter. Vous l'êtes, sans aucun doute. Mais rien ne peut remplacer un père, vous ne croyez pas ?

Elizabeth lut une profonde détresse dans les yeux de la jeune fille, en même temps qu'une question demeurée trop longtemps sans réponse : « Pourquoi mon père m'a-t-il abandonnée ? »

C'était là un terrain dangereux sur lequel elle refusait de

s'aventurer. Elle songeait à rappeler Gideon quand Morgana reprit :

— Les gens disent que mon père avait du talent. Je me rappelle avoir souvent regardé ses dessins, assise sur ses genoux. Mais j'étais alors trop jeune pour les apprécier. Je donnerais n'importe quoi pour les avoir aujourd'hui.

— Vous ne les avez pas gardés ? s'enquit Elizabeth, choquée.

— Apparemment, il a tout donné, répondit Morgana en promenant le regard sur le désert qui évoquait un patchwork avec ses champs de fleurs sauvages aux couleurs vives.

Elizabeth demeura un moment silencieuse. Il y avait d'abord eu les rumeurs qui accusaient Faraday d'avoir volé de l'argent et de s'être enfui avec une femme de petite vertu. Et maintenant, sa fille lui avouait qu'elle ne possédait aucune preuve du don unique qu'il avait pour restituer sur le papier la beauté de la nature. C'en était trop !

Morgana leva les yeux vers son interlocutrice.

— Je vous demande pardon. Normalement, je ne parle jamais de mon père. Mais de vous entendre évoquer la situation de Gideon...

Elle haussa les épaules avant de conclure :

— Je chéris les moindres souvenirs que j'ai de lui.

Elizabeth fut bouleversée. Moi aussi, je chéris les moindres souvenirs que j'ai de lui.

— S'il surgissait tout à coup devant moi, savez-vous quels seraient les premiers mots que je lui adresserais ? « Où étais-tu pendant tout ce temps ? » Mais il y a une autre question que j'aimerais lui poser. J'en rêve depuis des années.

Morgana ôta son chapeau et écarta sa frange.

— Vous avez certainement remarqué ma cicatrice. Cela saute aux yeux, pas vrai ? Eh bien, j'ignore comment elle est arrivée là. Quand j'interroge ma tante à ce sujet, elle invoque un accident, sans donner de détails. Mais parfois, dans mes rêves, je vois mon père penché au-dessus de moi, l'air inquiet. Ce rêve paraît tellement vrai que je me demande s'il ne s'agit pas d'un souvenir.

« Tu n'avais pas cette cicatrice quand j'ai connu ton père, brûlait de lui dire Elizabeth. Il m'a montré une photo de toi.

Ton front y était aussi pur que du lait. Moi aussi, j'aimerais lui poser quelques questions. »

— J'ai honte, confessa la jeune fille en se recoiffant.

Elizabeth se rassit. Son soi-disant coup de fil urgent pouvait encore attendre quelques minutes.

— Honte de votre cicatrice ? Pourquoi ?

— Je ne sais pas. Mais elle me fait penser au signe de Caïn. J'ai l'intuition que cette brûlure n'était pas un accident, mais un châtiment. Quelquefois, quand je me regarde dans le miroir, j'éprouve une telle honte que je me demande si...

— Si ?

Morgana plongea son regard clair dans les yeux de sa compagne.

— Si mon père n'est pas parti à cause de moi.

— Ne me dites pas que vous vous sentez responsable de sa disparition !

— D'après ma tante, j'étais une petite fille très têtue et désobéissante. La nuit où je me suis brûlée, je jouais dans la cuisine. On m'avait donné l'ordre d'aller me coucher, mais j'avais refusé. Bettina m'a raconté que Dieu m'avait punie en me faisant trébucher et me cogner le front contre la cuisinière.

Elizabeth tiqua. Elle n'avait jamais entendu les mots « têtue » et « désobéissante » dans la bouche de Faraday quand il évoquait sa fille.

— Mon père nous a quittées peu après, poursuivit Morgana d'un ton neutre. Ma tante ne me l'a jamais dit clairement, mais je crois qu'il me trouvait trop turbulente. C'était un savant, un homme épris de calme et de silence. Il ne devait plus supporter mes caprices.

Le trouble d'Elizabeth s'accrut. Bettina aurait voulu écraser sa nièce sous le fardeau de la culpabilité qu'elle ne s'y serait pas prise autrement.

— Une opération pourrait vous débarrasser de cette marque, observa-t-elle. La chirurgie esthétique a beaucoup progressé. Il suffirait de prélever sur votre corps un morceau de peau qu'on grefferait ensuite sur votre front. Je suis sûre qu'après, on ne verrait presque rien.

— Nous n'avons pas les moyens d'une telle opération. Et puis je me moque de la cicatrice... Enfin, presque.

En réalité, elle aurait été soulagée de ne plus devoir vivre avec cette infirmité. Quand elle dévoilait sa cicatrice par mégarde, une toux discrète le lui signalait aussitôt. Elle se tournait alors vers sa tante et la voyait faire le geste de couvrir son propre front.

Elizabeth ne pouvait rester indifférente au mal-être de la fille de Faraday – ou plutôt, de la sœur de Gideon.

— Vous connaissez le livre de Hawthorne, *La Lettre écarlate* ?

— J'en ai entendu parler mais je ne l'ai pas lu.

— A l'occasion, essayez d'en trouver un exemplaire.

Elizabeth n'en dit pas plus : il était temps de partir. Elle se mit à tourner la tête en tous sens, cherchant son fils.

Morgana se leva et chercha à son tour. Pourvu que Gideon ne soit pas allé trop loin... A quelques kilomètres à peine, des vautours tournoyaient dans le ciel.

— Vous savez de quoi j'ai peur ? Personne ici n'a oublié l'histoire de ce vieux mineur, John Lang. Sur la porte de sa cabane, il avait accroché un bout de papier disant : « Je reviens bientôt. » Deux mois plus tard, des ouvriers qui construisaient une route ont découvert son corps dans les broussailles, parfaitement momifié. Il était enveloppé dans une couverture, comme si la mort l'avait surpris dans son sommeil. On a retrouvé près de lui les cendres du feu qu'il avait allumé et même une tranche de bacon dans son emballage. Ça s'est passé il y a six ans, docteur Delafield. Cet homme connaissait parfaitement la région, pourtant il est mort – de froid, à ce qu'on prétend. Je n'arrive pas à me défaire de la crainte que mon père ait subi le même sort et que son corps soit resté sans sépulture.

— Je croyais qu'il était parti pour le Mexique, commença Elizabeth. C'est-à-dire, un des clients du motel...

— Ne vous en faites pas. L'histoire de mon père fait partie du folklore local. Tout le monde prétend qu'il s'est enfui au Mexique avec une femme. Si c'était le cas, je crois que je ne pourrais jamais le lui pardonner. Mais il se peut aussi que la rumeur soit fausse.

Elizabeth avait éprouvé les mêmes doutes. En écoutant Morgana, une idée nouvelle et inattendue lui vint à l'esprit :

pourquoi ne pas rechercher Faraday, voire engager un détective ?

La fuite au Mexique, l'absence de nouvelles pendant douze ans, tout ça ne ressemblait pas à l'homme qu'elle avait connu. Pendant leur séjour à Smith Peak, Faraday se rendait régulièrement à Barstow pour envoyer des télégrammes chez lui. Elle se demanda si Bettina avait elle-même entrepris des démarches pour retrouver son époux, ou si elle s'était simplement résignée à sa disparition.

— Que savez-vous de votre père, en dehors du fait qu'il était médecin et qu'il dessinait ?

— D'après mes souvenirs, lui et moi étions très proches. Je n'avais que dix ans quand il est parti et depuis, tante Bettina a toujours évité le sujet. Elle n'a rien conservé de lui, ni lettres, ni photos. Tout ce qu'elle m'a dit, c'est qu'il était venu dans le désert en espérant y trouver de l'or.

Elizabeth se rappela que Faraday tenait un journal dans lequel il consignait toutes ses découvertes.

— Vous ne possédez rien qui lui ait appartenu ?

— Même pas sa collection de poteries. Tante Bettina a tout vendu pour financer le motel.

Cette précision laissa Elizabeth muette. Il ne restait rien du trésor inestimable que Faraday Hightower entendait léguer à la postérité ! Mais si sa femme gardait l'espoir de le revoir un jour, pourquoi s'était-elle débarrassée de toutes ses affaires ?

La brise gonflait les manches de sa chemise et soulevait la jupe de Morgana. Tandis qu'elles cherchaient Gideon du regard, un lézard tacheté les observait depuis un rocher rouge. A cet instant, Elizabeth prit une décision importante. Quoi que Faraday ait pu faire après son départ de Smith Peak, et même s'il lui avait menti à propos de son mariage, sa fille avait le droit de savoir la vérité. Elle méritait d'être informée de sa quête spirituelle et de juger par elle-même de ses talents de dessinateur.

— Morgana, j'ai un aveu à vous faire.

Elle écrasa sa cigarette dans le sable et enveloppa le mégot dans un mouchoir afin de le rapporter au motel, une habitude qu'elle avait gardée de l'époque où elle faisait des fouilles.

— J'ai connu brièvement votre père, il y a longtemps.

Morgana ouvrit de grands yeux.
— Ah bon ?
Elizabeth se dirigea vers la voiture, ouvrit le coffre et en sortit un paquet entouré de papier et de ficelle qu'elle tendit à Morgana.
— J'étais venue lui offrir ceci. Mais quand j'ai appris qu'il avait disparu depuis douze ans, je me suis trouvée devant un dilemme. Je ne savais pas si je devais vous le donner ou partir sans rien dire.
Morgana dénoua impatiemment la ficelle et déballa un livre intitulé *L'Art rupestre des Indiens du Sud-Ouest américain* dont la jaquette était illustrée d'une photo de pictographes.
— A l'époque de notre rencontre, je ne me séparais guère de mon appareil photo. J'avais entrepris de répertorier les sites menacés de destruction. Faraday a beaucoup dessiné pendant les quelques semaines qu'il a passées à notre camp. Quand j'ai classé mes clichés afin de préparer ce livre, j'ai décidé d'y faire figurer certaines de ses œuvres.
Morgana souleva délicatement la couverture du livre, tourna la page de garde et s'arrêta sur la première photo qui représentait l'équipe de Smith Peak. Debout au milieu du groupe, on reconnaissait Elizabeth et Faraday.
— C'est mon père, là ? s'exclama Morgana. Oui, il y a son nom sous la photo !
Elizabeth se mordit la langue. La plus grande prudence s'imposait. Aussi fort que fût son désir de quitter Twentynine Palms, de mettre les montagnes et plusieurs centaines de kilomètres entre elle et les deux femmes que Faraday avait abandonnées, elle ne pouvait laisser la jeune fille dans l'ignorance de ses origines.
— Votre père ne cherchait pas de l'or, mais Dieu. Vous ne le saviez pas ? A la mort de votre mère, cet homme si pieux a traversé une grave crise. Il a parcouru le monde en quête de réponses. Ayant appris l'existence d'une ancienne lignée de chamanes, il a suivi leur piste jusqu'à ce désert.
Morgana la considéra d'un air grave.
— La quête de mon père était d'ordre spirituel ?
— Au départ, oui. Puis il s'est passionné pour la culture des Indiens. Il aurait voulu répertorier et sauver tout ce qu'il voyait.

— Cela me revient ! J'attendais son retour près de la fenêtre et quand je le voyais apparaître sur son cheval, je courais à sa rencontre. Il me rapportait toujours des cadeaux et me racontait les histoires merveilleuses qu'il avait entendues.

Elizabeth regarda la jeune fille tourner les pages et toucher du bout des doigts les œuvres de son père. Son expression à la fois timide et curieuse l'emplit de tristesse. Ce livre était pour elle tout ce qui lui restait de son père.

C'était peut-être le destin qui les avait réunis tous les trois pour qu'elle remette à la fille de Faraday cet ultime témoignage de son existence. Dans ce cas, il était juste que Gideon, comme Morgana, apprenne la vérité sur son père.

Gideon avait secondé Elizabeth dans la préparation de son livre. Il savait tout de l'inconnu qui était apparu un soir au camp et avait sauvé la vie du professeur Keene. Il avait contribué à choisir les photos qui illustraient l'ouvrage – portraits de travailleurs souriants, repas en commun autour du feu, techniciens penchés sur des microscopes, et ce cliché montrant sa mère et le dénommé Faraday Hightower devant un mur peint. Ils donnaient l'impression d'admirer les pictographes, mais un examen plus attentif révélait qu'ils avaient les yeux fixés l'un sur l'autre.

Quoique petit pour son âge, Gideon était très intelligent. Malgré les efforts de sa mère pour le protéger, il avait appris les dures réalités de l'existence. Avant longtemps, il s'apercevrait que neuf mois avant sa naissance, sa mère se trouvait en plein désert avec une équipe composée d'étudiants tous plus jeunes qu'elle, du vieux professeur Keene et de Faraday Hightower.

Soudain, les yeux de Morgana tombèrent sur un croquis représentant la jarre dorée.

— Ça alors ! s'exclama-t-elle. C'est la magnifique poterie que mon père avait découverte à Pueblo Bonito ! Lui et moi avons passé des heures à tenter de déchiffrer les motifs qui la décoraient. Oh, docteur Delafield, c'est miraculeux !

— Cette photo en noir et blanc ne lui rend pas vraiment justice. Pour bien l'apprécier, il manque la couleur, un rose pêche tirant sur le doré... La couleur de l'espoir, comme l'appelait votre père.

— La couleur de l'espoir, murmura Morgana.

Elle promena lentement ses doigts sur la photo, retraçant les motifs mystérieux qui lui avaient permis de passer près de son père des heures aussi merveilleuses que la jarre elle-même. Puis elle tourna la page et se retrouva face à un visage familier.

— La jeune Indienne tatouée ! Je croyais l'avoir imaginée, mais non... Mon père m'avait raconté que lui et moi appartenions à un clan très secret, celui de l'Ours en peluche.

La jeune fille sourit et se tamponna les paupières avec un mouchoir. A cet instant, Elizabeth décida de dire toute la vérité à Gideon. Elle attendrait qu'ils aient quitté la région et gagné le Colorado pour passer aux aveux. Elle lui recommanderait de ne rien dire à Morgana – du moins, pas tout de suite –, dans l'intérêt même de la jeune fille : « Vois-tu, Gideon, son père l'a abandonnée. On ne ferait que mettre du sel sur ses plaies en lui apprenant qu'il était également infidèle à sa femme et avait conçu un enfant hors mariage. »

En parfait petit gentleman, Gideon mettrait un point d'honneur à garder le silence pour ne pas blesser davantage sa demi-sœur.

— Gardez le livre, dit-elle à Morgana. Comme ça, vous pourrez le regarder aussi souvent que vous le souhaiterez. Et si nous retournions au motel ? Gideon et moi avons une longue route à faire.

— Docteur Delafield, pensez-vous que mon père était fou ?

— Je vous demande pardon ?

— Les gens d'ici... Certains l'appelaient « docteur Maboul ». Après sa disparition, j'ai pleuré pendant des jours. Je passais des heures dans le jardin, à surveiller la route. Tante Bettina avait beau me gronder, je continuais d'attendre son retour. Plusieurs mois se sont écoulés ainsi. J'espérais toujours qu'il m'écrirait, qu'un jour je verrais apparaître son cheval sur la route. J'étais inconsolable. Je n'ai jamais compris comment il avait pu m'abandonner alors que nous étions si proches. Il ne m'a même pas dit au revoir ! Mais s'il était fou, son départ n'était pas intentionnel. Peut-être n'avait-il pas conscience de ce qu'il faisait.

Elizabeth posa une main sur l'épaule de la jeune fille qui tortillait nerveusement son mouchoir trempé.

— Morgana...

— Tante Bettina prétend qu'il souffrait d'une maladie mentale qui s'est peu à peu aggravée, jusqu'à lui faire perdre l'esprit.

— Votre père n'était pas fou, Morgana. C'était un rêveur, la tête toujours dans les nuages, mais aussi sain d'esprit que vous et moi.

— Si vous dites vrai, son départ était volontaire. Dans le cas contraire, ma tante aurait raison et il nous aurait simplement oubliées. Ces deux hypothèses paraissent aussi inconcevables l'une que l'autre.

Il existait une troisième option qu'Elizabeth n'avait aucune envie d'évoquer. Mais Morgana le fit à sa place.

— Si mon père était mort, est-ce qu'on n'aurait pas retrouvé son corps ? La police nous aurait déjà prévenues, non ?

— Parfois, le désert ne rend pas les proies qu'il a englouties.

Le regard de Morgana se posa à nouveau sur le portrait de la jeune fille aux macarons et elle porta la main à son front.

— J'ignore toujours d'où vient ma cicatrice. En revanche, je me rappelle avoir essayé de me tatouer avec un stylo. Je voulais ressembler à cette jeune Indienne.

Elle leva des yeux pleins de larmes vers Elizabeth.

— Vous disiez que mon père était engagé dans une quête spirituelle. Qu'est-ce qui l'a attiré dans la région ?

Après quelques secondes de réflexion, Elizabeth cala le livre sur ses genoux, tira un stylo de son sac et griffonna deux dessins à l'intérieur de la couverture.

— Votre père était guidé par ces deux indices. Il me les a montrés. Je les ai dessinés de mémoire, mais ils sont assez proches des originaux.

Morgana pencha la tête de côté et examina les deux croquis. S'il ne faisait aucun doute que le premier représentait un arbre de Josué, le deuxième – un carré traversé en diagonale par une ligne brisée – la laissa perplexe.

— Merci, murmura-t-elle.

Elle referma le livre et le pressa sur son cœur. Plus tard, elle en méditerait chaque mot et chaque phrase, étudierait le visage de l'homme qui figurait sur les photos et graverait ses dessins dans sa mémoire afin de revivre les plus belles heures de son enfance, près d'un père aimant, dans un patio inondé de soleil.

— Ce livre est le plus beau cadeau qu'on m'ait jamais fait, reprit-elle d'une voix émue. Vous m'avez rendu un peu de mon père. Comment pourrai-je jamais vous en remercier ?

Elizabeth sentit sa gorge se nouer. Elle possédait aussi un peu de Faraday : son fils.

Elle se releva brusquement et brossa la poussière de son pantalon.

— Nous ferions mieux de rentrer. Gideon ? Gideon ?

En explorant les environs, le jeune garçon était tombé sur une formation rocheuse originale : un énorme bloc de pierre carré traversé par une diagonale zigzagante, semblable à un éclair imprimé dans la roche. Il retourna vers la voiture en courant, impatient de relater sa découverte à sa mère, mais celle-ci lui coupa la parole, disant qu'ils devaient repartir.

Sur le chemin du retour, ils s'arrêtèrent à l'endroit où ils avaient trouvé le jeune faucon en difficulté. Il n'y était plus. Le poussin avait fini par prendre son envol.

Au motel, Morgana tendit à Elizabeth le panier de pique-nique auquel ils n'avaient pas touché.

— Avant de prendre la route, n'oubliez pas de faire le plein d'essence et d'eau chez les Candlewell, lui recommanda-t-elle.

Puis elle serra Gideon dans ses bras.

— J'espère qu'on se reverra.

— Promets-moi de m'écrire, supplia le jeune garçon.

Morgana promit.

Dès que la voiture s'éloigna, Elizabeth se détendit. Ils l'avaient échappé belle ! Mais d'ici quelques heures, ils atteindraient le Colorado et n'auraient aucune raison de jamais revenir dans la région.

On sera à l'abri de Bettina Hightower, pensa-t-elle alors, ce qui ne laissa pas de la surprendre.

Ne souhaitant pas rencontrer sa tante ou un employé, Morgana se glissa discrètement à l'intérieur du bâtiment principal et se dépêcha de gagner sa chambre. Quel dommage que le docteur Delafield fût déjà partie ! Elle aurait eu tant de choses à lui demander ! Pourquoi sa tante lui avait-elle dit que son père cherchait de l'or ? Et qu'étaient devenus ses dessins d'une beauté stupéfiante ?

Assise sur son lit, le livre sur les genoux, elle contempla longuement le visage émacié de ce père qu'elle se rappelait à peine. Avec sa haute taille, son teint hâlé et sa barbe soignée, Faraday Hightower ne manquait pas d'allure. Sur les photos, il formait un couple saisissant avec le docteur Delafield.

A présent, elle tournait les pages plus lentement, s'imprégnant du texte et des images. Comme elle déchiffrait les légendes qui accompagnaient ces dernières, son regard s'arrêta sur une date : juillet 1916.

Soit presque seize ans plus tôt.

Quelque chose se mit à vibrer à la limite de sa conscience, comme un insecte bourdonnant qui la harcelait.

Le docteur Delafield lui avait révélé l'existence de son livre presque à contrecœur, et seulement après avoir appris qu'elle possédait très peu de souvenirs de son père. Pourquoi ne le lui avait-elle pas montré plus tôt ? On aurait pu croire qu'elle projetait de partir sans avoir partagé ce trésor avec elle ou Bettina.

Elle avait toujours les yeux fixés sur la photo datée de juillet 1916 quand il lui revint que Gideon allait bientôt fêter son quinzième anniversaire. Ce qui voulait dire – elle compta sur ses doigts – qu'il avait été conçu durant l'été 1916.

Elle rechercha l'autre photo, celle où l'on voyait son père non plus au centre du groupe, mais seul avec Elizabeth, et remarqua quelque chose qui lui avait échappé la première fois : au lieu d'étudier le mur peint derrière eux, comme elle l'avait d'abord cru, l'homme et la femme se regardaient mutuellement.

Depuis qu'elle était petite, Morgana portait autour du cou un porte-bonheur au bout d'une chaîne en or. Chaque fois qu'elle réfléchissait, elle jouait machinalement avec le bijou dont la présence, bien cachée sous sa blouse, la rassurait. Pendant qu'elle caressait le talisman qui la rattachait à son enfance, elle eut comme une illumination.

Elle se releva d'un bond et alla chercher sur la plus haute étagère de son placard une boîte qu'elle n'avait pas ouverte depuis des années. Elle contenait de vieilles photos de gens inconnus d'elle (ses défunts grands-parents, plus une kyrielle de cousins et cousines anonymes), qu'elle avait sauvées du tas d'ordures sur lequel Bettina les avait jetées, douze ans plus tôt. Elle s'était brusquement rappelé que sa collection comportait un portrait de son père adolescent. Elle l'approcha de la lumière et poussa une exclamation : on aurait dit Gideon !

Elle dévala l'escalier, s'engouffra dans le vieux camion que Bettina avait acheté quelques années plus tôt et prit la direction de la boutique des Candlewell, tentant d'apercevoir le break d'Elizabeth à travers le pare-brise poussiéreux.

La voiture était garée juste devant l'épicerie.

Voyant Elizabeth et Gideon monter à bord et refermer les portières, elle donna un violent coup de klaxon et sauta à terre en laissant tourner le moteur.

— Je sais tout ! cria-t-elle en courant vers eux. Gideon, c'est merveilleux ! Tu es mon frère !

66

— Eh bien, murmura Bettina, on dirait que le secret est éventé.

Etonnée de voir sa nièce se ruer hors de la maison et démarrer le camion en trombe, elle était montée dans sa chambre. Là, elle avait trouvé un livre. Et une photo de Faraday jeune.

Morgana avait découvert la vérité. Et, la connaissant, elle n'allait pas tarder à la crier sur tous les toits.

Bettina sortit de la chambre et referma la porte d'un geste décidé, puis elle s'attarda un moment dans le couloir, écoutant les allées et venues des clients.

Ce coup de théâtre tombait on ne peut plus mal. Il exhalait un trop fort parfum de scandale pour servir ses intérêts. Le départ des Delafield ne réglerait rien, car cette garce et son bâtard seraient toujours susceptibles de revenir.

Soudain, la solution à son problème lui apparut dans toute sa clarté.

— Crois-moi, mon ange, cela me faisait mal de devoir te mentir, dit Elizabeth à Gideon. Mais certaines personnes ont l'esprit tellement étroit…

Ils étaient assis à l'ombre d'un bougainvillier en fleur, sur la petite aire de pique-nique qui bordait l'épicerie station-service des Candlewell. Elizabeth avait apporté le panier que Morgana leur avait donné en prévision de leur voyage, mais aucun d'eux n'avait touché aux sandwiches et aux fruits, pas plus qu'aux trois Coca-Cola glacés offerts par Ethel Candlewell.

Elizabeth avait parlé à voix basse, bien qu'ils fussent seuls.

— Si ton père et moi ne sommes jamais passés devant l'autel, nous nous aimions et tu es le fruit de cet amour. Pendant toutes ces années, j'ai attendu le moment opportun pour te révéler le nom de ton père. Et tout à coup, j'ai compris que ce moment n'arriverait pas. J'ignorais complètement que Faraday avait disparu. Pourras-tu jamais me pardonner ?

— Ce n'est rien, maman. Je comprends.

Plus d'une fois, Elizabeth avait été surprise par le contraste entre l'apparence presque enfantine de son fils et le sang-froid et la maturité dont il savait faire preuve.

— Et puis, je suis content d'avoir une sœur aussi chouette.

— Tu as mieux que ça, remarqua Morgana en désignant le pansement qui couvrait toujours son front. Grâce à la petite cicatrice que tu garderas de cette aventure, nous pourrons nous dire membres du même clan.

Sa plaisanterie visait à rassurer Gideon : malgré le cran dont il faisait preuve, elle avait lu la peur et le doute dans le regard de son frère. Plus encore que sa petite taille, son statut d'enfant illégitime l'exposait à toutes sortes de brimades.

Mais la jeune fille avait la tête bruissante d'images et de questions. Elizabeth Delafield et son père avaient été amants ! Cette idée ne laissait pas de la ravir. Elle imaginait des nuits de passion et des serments d'attachement éternel sur fond de coucher de soleil. Cet amour lui ouvrait des horizons nouveaux, si toutefois elle osait avouer un jour ses sentiments à Sandy Candlewell.

Elle avait répété la scène des centaines de fois dans le secret de ses rêveries. Si l'heure, le décor et les circonstances changeaient, Sandy était toujours tête nue (elle trouvait irrésistibles les mèches dorées qui retombaient sur son front) et ses manches relevées dévoilaient ses avant-bras musclés et hâlés. Invariablement, à l'issue de sa confession, le jeune homme lui déclarait sa flamme, la remerciant d'avoir pris les devants car il était trop timide pour le faire lui-même.

Malheureusement, ce projet chimérique n'avait aucune chance de se concrétiser. Si Bettina entretenait des rapports cordiaux avec les Candlewell, elle les jugeait inférieurs à elle et ne manquait jamais de le rappeler à sa nièce, comme si elle avait lu dans ses pensées.

« Pas question que tu épouses un garçon du coin », avait-elle déclaré plus d'une fois alors que Morgana abordait la question de son avenir.

Comme la plupart des filles de son âge, elle rêvait d'un mariage de conte de fées et d'une lune de miel dans une contrée exotique.

Il y avait aussi le problème d'Adella Cartwright. Nul n'ignorait qu'elle avait des vues sur Sandy, et il était rare qu'Adella ne finisse pas par obtenir ce qu'elle désirait.

Malgré ces obstacles, Morgana aspirait ardemment à vivre une passion comparable à celle qui avait uni Elizabeth et son père. Mais en aurait-elle le courage ?

— Puis-je vous poser une question personnelle ? Pourquoi mon père ne vous a-t-il pas épousée ?

— Il était déjà marié.

— Pas en 1916.

— Morgana, vous en êtes sûre ?

— On ne peut plus sûre. Tante Bettina et lui venaient de se marier quand il a disparu.

— J'ai voulu lui rendre visite à la Casa Esmeralda, il y a presque seize ans. Votre tante m'a alors appris qu'elle était sa femme.

— A l'époque, elle n'était encore que sa belle-sœur. Peut-être avez-vous mal compris ?

Tout s'éclairait à présent. Elizabeth s'était plus d'une fois demandé si Faraday avait jamais lu la lettre dans laquelle elle lui annonçait sa grossesse. Les révélations de Morgana confirmaient ses pires soupçons.

— Ce jour-là, il m'a semblé que votre tante se présentait à moi sous le nom de « Mme Hightower ». Mais j'ai dû mal entendre.

Ce n'était qu'un mensonge, destiné à rasséréner la jeune fille. Elizabeth n'avait pas cru une seconde à cette explication et elle avait le plus grand mal à contenir la rage qui montait en elle.

— Et votre lettre s'est probablement perdue, avança Morgana, tout aussi désireuse d'adoucir une réalité par trop intolérable.

— Probablement.

Le silence retomba. Le regard plongé dans leur verre de Coca, les deux femmes et l'adolescent méditaient chacun à sa manière sur les bouleversements qui venaient de se produire.

— C'est étrange, murmura Elizabeth. Il y a douze ans, à peu près à l'époque où votre père a disparu, j'ai rêvé de lui à plusieurs reprises. Il était perdu dans le désert et je l'appelais, je lui disais de se laisser guider par ma voix. J'ai fait le même rêve plusieurs nuits d'affilée, puis il s'est arrêté et n'est jamais revenu. Mais il semblait si réel, avec un tel luxe de détails, que son souvenir m'accompagnait tout au long de la journée. Pour un peu, j'aurais juré que je m'étais vraiment transportée auprès de Faraday pour l'aider à retrouver son chemin. Je me suis souvent demandé ce que cela signifiait.

Comme ils se levaient de table, elle sortit de sa poche le télégramme froissé et le tendit à Morgana.

— Une dernière chose... Savez-vous qui a pu m'envoyer ceci ?

Morgana écouta ses explications et devina aussitôt qui était le mystérieux auteur du télégramme.

— Certainement une de nos anciennes employées. Ma tante l'a renvoyée et elle est partie fâchée. Par la suite, elle a retrouvé du travail chez les Candlewell où elle s'occupait du courrier et des télégrammes. Sans doute voulait-elle faire une farce.

En réalité, Morgana ne pensait pas que Polly Crew ait agi par jeu, mais plutôt pour se venger de son ancienne patronne.

— Il est temps que nous partions, reprit Elizabeth. Je voudrais atteindre Banning avant la nuit.

Surtout, elle désirait mettre le plus de distance possible entre elle et cet endroit. Elle avait besoin de se retrouver seule avec ses pensées et ses émotions.

Toutes ces années de solitude, pour découvrir au bout du compte que Faraday était libre ! Il n'y avait jamais eu ni adultère, ni épouse légitime. Cette femme avait eu recours à la plus odieuse des impostures pour accaparer l'homme qu'elle convoitait.

Nous aurions pu nous marier ; Faraday et moi aurions élevé notre fils ensemble...

Une sourde colère montait en Elizabeth. Elle brûlait de coller son poing dans la figure de cette sale égoïste qui avait brisé leurs vies. Pour cette raison, elle devait partir le plus vite possible.

— Mais, maman, protesta Gideon, tu ne commences à travailler que dans une semaine. S'il te plaît, restons jusque-là !

— Il va falloir trouver à nous loger...

— Pas question que vous descendiez ailleurs qu'au motel ! se récria Morgana. Vous n'êtes plus des clients ordinaires, vous faites partie de la famille !

Devant l'hésitation d'Elizabeth, elle ajouta :

— Il va falloir dire à ma tante que j'ai découvert la vérité.

Elizabeth se rappela l'attitude compassée de Bettina lors de sa visite au bungalow.

— Je crains qu'elle ne le prenne mal, objecta-t-elle. Elle risque de nous demander de partir. Elle serait dans son droit, et je ne pourrais que m'incliner devant sa volonté. Qu'elle ait menti ou que ce soit moi qui aie mal entendu, le passé est le passé. Aujourd'hui, elle est bel et bien la femme de Faraday et mérite le respect.

Si elle affectait le plus grand calme devant Morgana et Gideon, au fond d'elle-même, Elizabeth n'avait qu'une envie : aller trouver cette vipère de Bettina et lui dire ses quatre vérités. Toutefois, elle était résolue à ne pas déterrer la hache de guerre. Si Bettina insistait pour qu'ils partent, ils s'inclineraient.

Mais quand ils regagnèrent le motel, ils furent accueillis par une Bettina à l'air soucieux.

— Quand je t'ai vue partir avec le camion, Morgana, j'ai bien senti qu'il s'était passé quelque chose. Je suis montée dans ta chambre où j'ai trouvé une photo de Faraday. Tu es donc au courant que Gideon est ton demi-frère.

Elle se tourna vers le jeune garçon et lui tendit la main.

— Je suis très heureuse de faire la connaissance du fils de mon défunt mari.

Morgana lança un regard intrigué à sa tante. Pour la première fois, celle-ci semblait accepter l'idée que Faraday ne reviendrait pas. La jeune fille y vit un heureux présage. Ce n'était pas qu'elle souhaitât la mort de son père, mais peut-être allaient-elles enfin tourner la page.

— Franchement, je me réjouis que la vérité ait éclaté. Certains secrets sont si lourds à porter… J'ai un aveu à vous faire, reprit-elle à l'intention d'Elizabeth. Un autre secret que j'ai trop longtemps porté. Mademoiselle Delafield, je vous ai menti. Quand vous êtes venue à la Casa Esmeralda, je n'étais pas mariée à Faraday. Si j'ai joué cette comédie, c'était pour son bien, pas pour le mien. Faraday était le charme et la gentillesse incarnés. Et à l'époque, il avait encore sa fortune. Beaucoup de femmes se méprenaient sur les attentions polies qu'il leur témoignait. Les plus entêtées venaient le relancer jusque chez lui. Aussi, pour le protéger, je prétendais être son épouse. Avec son accord, bien entendu. Jamais je n'aurais agi derrière son dos. Je ne savais pas que vous étiez différente, mademoiselle Delafield. Il ne m'avait pas parlé de vous. Je vous demande pardon pour le mal que j'ai causé.

Sa confession n'avait pas levé tous les soupçons d'Elizabeth, toutefois celle-ci s'abstint d'émettre le moindre doute sur sa sincérité.

— Est-ce que Faraday a reçu la lettre que je lui ai adressée il y a seize ans ?

— J'ignore de quelle lettre vous parlez. Dieu m'est témoin que je dis la vérité.

Bettina les fit entrer. Une fois dans le hall, elle se tourna vers eux et ajouta :

— Il serait préférable que nous gardions cette histoire secrète, en attendant de prendre une décision. Qu'en pensez-vous ?

Elizabeth l'approuva sans réserve. Malgré le détachement qu'il affectait, qui sait comment les gens du coin auraient traité Gideon s'ils avaient su la vérité.

— Morgana chérie, reprit Bettina, que dirais-tu de faire un peu plus ample connaissance avec ton frère ? Vous devez avoir beaucoup de choses à vous raconter. Montez donc dans ta chambre pendant que Mlle Delafield et moi restons ici pour discuter.

Elle invita Elizabeth à pénétrer dans le minuscule bureau attenant à la réception et prit place sur une chaise, les mains jointes sur ses genoux.

— Vous comprenez que la situation est délicate. Vous et moi nous sommes donné beaucoup de mal pour préserver nos enfants des médisants.

Elizabeth acquiesça à contrecœur, se demandant où elle voulait en venir.

— Nous habitons une petite ville. Si les gens apprenaient la vérité, ils rendraient la vie difficile à Gideon. L'opprobre retomberait également sur Morgana, j'en ai peur. Songez que son père a commis l'adultère...

— Il n'était pas marié à l'époque, objecta Elizabeth.

— Certes. Mais oublions le passé pour nous intéresser au présent. Voilà notre Morgana flanquée d'un demi-frère conçu hors mariage par son père. Comment allons-nous vous présenter à l'extérieur ? Un scandale nuirait gravement à cet établissement et cela, je ne peux le permettre.

Elizabeth ne comprenait que trop le point de vue de Bettina. Les années qui avaient suivi la naissance de Gideon avaient été pénibles pour elle-même. Le boucher, le boulanger refusaient de la servir. Elle avait été exclue des cercles féminins qu'elle fréquentait. Par la suite, ils s'étaient installés dans une nouvelle ville où la jeune femme avait réussi à décrocher un poste de professeur. Là, soit le sujet du père de Gideon ne venait jamais sur le tapis, soit elle parvenait à éluder les questions, évitant ainsi à son fils d'être stigmatisé. Mais dans les circonstances présentes, elle n'avait d'autre choix que d'affronter la réalité.

— Mademoiselle Delafield, reprit Bettina, j'ai une proposition à vous faire. Mais avant, je tiens à ce que vous sachiez que j'agis dans l'intérêt de votre fils, et aussi dans celui de Morgana.

L'arrivée des deux intrus avait fait émerger chez elle des souvenirs profondément enfouis. Bettina avait huit ans quand elle avait entendu ses parents se disputer à son sujet dans la pièce voisine. Ce jour-là, elle avait surpris des mots – « illégitime », « bâtarde » – dont elle ignorait la signification, mais qui évoquaient quelque chose de mal. En grandissant, elle avait compris que sa mère avait commis une faute ignominieuse et impardonnable. « Avec un cocher ! » chuchotaient les filles de cuisine et les femmes de chambre, comme si la trahison de leur maîtresse aurait paru moins inacceptable si elle s'était compromise avec un duc ou un banquier.

Son papa adoré, M. Liddell, ne supportait plus sa présence. Il avait cessé de lui adresser la parole et reporté toute son affection sur sa cadette. Bettina était partie en pension pendant qu'Abigail demeurait près de leurs parents. C'était seulement à la mort de son père, victime d'une crise cardiaque foudroyante, qu'elle avait pu regagner la maison. Sa mère avait alors tenté de s'expliquer, lui disant qu'elle était le fruit d'un amour sincère, que M. Liddell était un époux distant et sévère, que le seul bonheur qu'elle avait jamais connu, elle l'avait trouvé entre les bras de Jeremy, le cocher. Mais le cœur de Bettina s'était fermé à la compassion. A ses yeux, sa mère n'était rien de plus qu'une pécheresse... tout comme Elizabeth Delafield.

Bettina s'était plue à imaginer la réaction de ses concitoyens et le mépris qu'ils auraient témoigné à cette traînée s'ils avaient su la vérité. Mais elle craignait un choc en retour qui aurait nui à sa propre réputation. Ses voisins auraient-ils pris fait et cause pour la veuve éplorée ou bien les auraient-ils également traitées en parias, Morgana et elle ? A tout le moins, elle serait passée pour une imbécile aux yeux de l'extérieur.

Mais plus rien n'avait d'importance à présent.

— Un jeune homme doit porter le nom de son père. Le jour où votre fils voudra se marier, ses futurs beaux-parents l'interrogeront sur sa famille. Que leur répondra-t-il alors ?

— Je partage votre souci, madame Hightower. Pour autant, je ne mentirai pas sur ma situation.

— Il existe une autre solution qui ferait de Gideon un véritable Hightower. Bien que cela m'oblige à des dépenses considérables et à sacrifier mon précieux temps, pour le bien de tous, et en souvenir de mon cher époux, je souhaite adopter son fils, Gideon.

67

— Vous avez peur ? demanda Elizabeth.

Morgana donna un vigoureux coup de brosse à ses cheveux.

— Peur ? Non. Mais je suis nerveuse. Je n'ai encore jamais désobéi à ma tante.

— Je suis sûre que tout ira bien.

Elizabeth remarqua que la jeune fille coiffait ses cheveux en arrière pour découvrir son front. Il ne lui avait fallu qu'une journée pour analyser la manière dont Bettina contrôlait sa nièce. La méthode était tellement subtile que Morgana ne s'apercevait de rien. Sur un signe de sa tante, elle s'empressait de cacher son front. « J'ai honte », lui avait-elle avoué à Arch Rock. Bettina jouait sur ce sentiment pour asseoir son pouvoir.

Forte de cette constatation, Elizabeth avait téléphoné à Los Angeles depuis la boutique des Candlewell. Deux jours plus tard, un paquet était arrivé par le train et Sandy Candlewell l'avait livré à l'hôtel. Il contenait un exemplaire de *La Lettre écarlate*, de Hawthorne. Elizabeth avait tendu le livre à Morgana en lui souhaitant simplement une bonne lecture. La jeune fille l'avait dévoré d'un trait pendant la nuit, captivée par le récit : dénoncée comme adultère et condamnée à porter un A rouge brodé sur sa poitrine, Hester Prynne choquait la société de Boston en arborant fièrement ce signe d'infamie. « Mon péché fait partie de moi, semblait-elle dire. Prétendre qu'il n'a jamais eu lieu reviendrait à nier ce que je suis. »

Une fois le livre refermé, Morgana alla se placer devant le miroir de sa commode et leva la lampe à pétrole afin d'éclairer son visage. La cicatrice se détachait nettement sur son front, tel un cratère lunaire de la taille d'un dollar d'argent.

Pendant douze ans, elle s'était acharnée à la dissimuler sous une frange, des chapeaux ou du maquillage, suivant en cela les instructions de tante Bettina. Il suffisait que celle-ci lui souffle « Ton front » pour qu'elle coure chercher un peigne, un foulard ou de la poudre.

Aussi loin que remontaient ses souvenirs, jusqu'à une grande maison de ville qu'elle se rappelait à peine, Bettina avait toujours contrôlé chaque seconde de son existence. En plus de lui ouvrir les yeux, la lecture du roman de Hawthorne lui avait redonné force et confiance. Soudain, tout lui paraissait simple. De même que Hester, elle avait le pouvoir de mener la vie qu'elle souhaitait sans faire preuve d'ingratitude envers sa tante. Elle l'aiderait toujours à tenir le motel, mais en posant des conditions.

— Cette cicatrice constitue mon identité, dit-elle le lendemain à Elizabeth. Elle témoigne d'un événement qui a joué un rôle prépondérant dans mon existence, même si je n'en ai aucun souvenir. Peut-être la mémoire me reviendra-t-elle un jour. En attendant, je vais arrêter de me fuir et assumer ce que je suis.

Ce soir-là, au moment du dîner, Elizabeth prit un malin plaisir à observer Bettina quand Morgana apparut, le front à découvert. Voyant que sa nièce ne réagissait pas aux signes discrets qu'elle lui adressait, elle finit par renoncer. Avait-elle pris conscience que la jeune fille commençait à secouer le joug qu'elle lui avait imposé ?

De même, par le passé, il suffisait d'un mot pour la faire taire quand le nom de Faraday venait dans la conversation. Mais là encore, Morgana manifestait une assurance qu'elle ne lui avait encore jamais vue.

— J'aimerais que vous me parliez de mon père, annonça-t-elle de but en blanc à sa tante. Je veux tout savoir de lui. Que sont devenus ses dessins ? Et sa collection de poteries ?

La jarre dorée, en particulier, excitait sa curiosité. Elle passait des heures à étudier la reproduction du dessin qu'en avait fait son père, imaginant une infinité de possibilités, une myriade d'avenirs différents. Le motif central – était-ce un arbre, une étoile, un élan ? – donnait naissance à une multitude de symboles reliés entre eux de manière à former un réseau. Quand elle suivait du doigt une de ses chaînes, elle se figurait qu'elle était elle-même un de ces symboles, le minuscule chat tacheté, probablement un jaguar, ou la sphère suivie d'une traîne qui semblait représenter une comète. Libre de choisir son chemin et en même temps ouverte sur tous les horizons. Elle n'était pas prisonnière d'un avenir tout tracé.

« Vous n'allez pas désobéir à votre tante mais exprimer votre point de vue, avait dit Elizabeth tandis que Morgana, ayant fini de se coiffer, tendait la main vers ses vêtements. Vous n'avez pas envie de devenir infirmière. Vous avez d'autres projets. C'est aussi simple que cela. »

Pendant que la jeune fille enfilait le pantalon qu'elle lui avait offert, Elizabeth avait ajouté :

« Quand j'avais votre âge et que j'étais étudiante, en fait d'exercice, nous n'avions droit qu'à dix minutes de gymnastique quotidienne. Nous portions en toutes circonstances une jupe de laine et un jupon qui traînaient par terre, un col montant et un corset à baleines rigides qui nous comprimait la taille. Vous êtes beaucoup plus libre aujourd'hui. Le tennis était toléré, mais pas la compétition. Quant à la bicyclette, elle nous était formellement interdite. »

Si Faraday avait reçu ma lettre, pensa-t-elle, il m'aurait probablement épousée et je serais devenue la belle-mère de Morgana. Combien différente aurait été la vie de la jeune fille !

Mais tout n'était pas perdu.

Avant de se rendre à Twentynine Palms, Elizabeth avait fait un détour par Los Angeles, où elle avait rendu visite à un ancien collègue qui enseignait à l'université de Californie. Elle avait visité le nouveau campus de Westwood d'où elle était repartie avec quantité de brochures et un exemplaire du *Daily Bruin*, le journal des étudiants : dans quelques années, Gideon serait confronté au choix d'une université et sa mère souhaitait ce qu'il y avait de mieux pour lui.

L'UCLA, un établissement réputé autant pour la qualité de son enseignement que pour ses idées progressistes, accueillait plus de cinq mille étudiants et proposait les mêmes diplômes aux femmes qu'aux hommes. Morgana n'aurait pas à affronter les préjugés machistes dont Elizabeth avait tant souffert trente ans plus tôt.

Bien sûr, elle devrait travailler en dehors de ses études. Même si Bettina lui proposait une participation financière, il lui faudrait encore trouver à se loger près du campus. Dieu merci, Elizabeth était en mesure de l'aider.

Elle-même avait bénéficié d'un soutien précieux dans une période cruciale de son existence.

Alors qu'elle se demandait comment gagner sa vie en élevant Gideon, à son grand étonnement, le professeur Keene avait offert de l'héberger. Il avait beaucoup d'affection pour elle, disait-il, et regrettait de ne pas avoir eu d'enfant. En plus, le père de son fils n'était autre que le docteur qui lui avait sauvé la vie. Malgré son âge avancé, ce parfait gentleman lui avait même proposé de l'épouser afin de lui conférer une respectabilité. Mais la jeune femme n'avait pas la même perception de sa situation, qui n'avait rien de honteux à ses yeux. A sa mort, quelques années plus tard, le vieil homme lui avait légué une somme conséquente qui lui avait permis de financer une campagne de préservation de l'art rupestre amérindien.

L'évocation du professeur Keene lui remit brusquement en mémoire l'offre inattendue quc lui avait faite Bettina quelques jours plus tôt.

Elizabeth lui avait rétorqué qu'elle n'accepterait jamais un tel arrangement. Gideon avait assez d'une mère et se satisfaisait de porter le nom de Delafield.

— Vous resteriez sa mère, avait insisté Bettina. Je ne serais que sa belle-mère. Un enfant peut avoir l'une et l'autre. Cela arrive fréquemment, par exemple dans les cas de divorce suivi du remariage du père. Ainsi, Gideon et Morgana seraient vraiment frère et sœur.

Si Elizabeth se réjouissait de voir les deux jeunes gens nouer des liens, une adoption était hors de question.

— Je suis prête ! annonça Morgana. De quoi ai-je l'air ?

Elizabeth se leva et prit la jeune fille par les épaules.

— D'une conquérante, répondit-elle.

Elle n'avait rien laissé transpirer de son entretien avec Bettina. Demain, son fils et elle seraient en route pour le Colorado et elle se dépêcherait d'oublier cette histoire ridicule.

Morgana quitta Elizabeth pour se mettre à la recherche de sa tante. Jamais elle ne s'était sentie aussi forte ni aussi courageuse. Le docteur Delafield se comportait avec elle comme une bonne fée qui aurait semé de la poudre magique à la volée. Elle s'expliquerait calmement devant Bettina, écouterait sa réponse, puis ferait valoir ses choix en assurant à sa tante qu'elle lui serait toujours reconnaissante et veillerait à la dédommager au centuple des sacrifices qu'elle avait consentis pour lui garantir une existence confortable.

Elle réfléchissait à ce qu'elle ferait quand tante Bettina l'aurait autorisée à renoncer à ses études d'infirmière – écrire à l'UCLA, se renseigner auprès d'autres écoles ou peut-être faire une visite surprise à Elizabeth et Gideon à Mesa Verde – quand Sandy Candlewell s'invita dans ses pensées.

Hélas ! Il serait sans doute plus facile de convaincre tante Bettina de la laisser entrer à l'université que de lui faire accepter Sandy comme gendre en puissance.

— Pas de Gallois dans la famille ! se récrierait-elle. Tu as remarqué que Joe a toujours les ongles noirs de crasse ? Avec ça, sa femme devient de plus en plus grosse...

Par ailleurs, Sandy s'obstinait à l'appeler « la puce » et à la traiter comme une sœur. Ses chances d'être un jour aimée de lui paraissaient minces... Surtout quand elle aurait obtenu son diplôme. Déjà que Sandy la taquinait parce qu'elle en savait plus que lui, que dirait-il alors ? Aucun homme n'épouserait une femme plus instruite que lui.

Elle demandait à la réceptionniste où se trouvait Mme Hightower quand une question se forma dans son esprit : si par miracle Sandy lui déclarait sa flamme, renoncerait-elle à ses études pour rester près de lui ? Perdue dans ses réflexions, elle ne remarqua pas immédiatement que le camion de Sandy venait de s'engager dans l'allée de gravier qui menait au motel.

Le bruit du moteur lui fit tourner la tête et elle devina aussitôt la raison de sa venue. Une fois par semaine, Sandy faisait la tournée des habitations éloignées et des établissements de commerce afin de récupérer le courrier et les paquets qu'il apportait ensuite au dépôt de l'US Mail en échange d'une somme modique.

Son cœur s'affola quand elle vit Sandy descendre du camion. Quatre jours plus tôt, elle se demandait encore comment l'amener à lui dévoiler ses sentiments, puis la lecture de *La Lettre écarlate* avait raffermi son courage.

Le soleil mettait en valeur les avant-bras bronzés du jeune homme et ses cheveux dorés brillaient autant que son sourire quand il agita la main pour saluer un des jardiniers du motel. A cet instant, Morgana prit une résolution qui effaça les affres dans lesquelles elle se débattait depuis deux ans.

— Bonjour, Sandy ! lui lança-t-elle depuis le pas de la porte. Pas de courrier à expédier aujourd'hui.

Sandy s'arrêta net.

— Bon sang, Morgana ! C'est quoi, cette tenue ?

— Elizabeth m'a offert un pantalon. Il me va bien, non ?

— Il cache tes jambes.

Morgana baissa les yeux, décontenancée.

Au même moment, une exclamation fusa de l'intérieur du camion :

— Morgana ! Ma parole, tu portes des pantalons ?

La portière passager s'ouvrit et Adella Cartwright sauta à terre.

Morgana ressentit comme un coup de poignard dans la poitrine. La jupe et le chemisier élégants d'Adella, ses cheveux roux coiffés à la Louise Brooks – la dernière mode qui faisait fureur – attestaient que la ferme de son père était toujours prospère malgré la dépression. Chacun vantait son caractère pétillant, son joli visage discrètement semé de taches de son, et assurait qu'elle aurait pu avoir n'importe quel homme de la vallée. Ce n'était un secret pour personne qu'elle avait jeté son dévolu sur Sandy.

Adella vint se placer près du jeune homme et, au grand scandale de Morgana, glissa son bras sous le sien.

— Ma foi, c'est original, dit-elle avec une moue.

Morgana resta muette. Elle avait toujours envié l'aisance de sa rivale face au sexe opposé, mais cette fois, elle avait dépassé les bornes ! Son assurance fondait comme neige au soleil devant l'air surpris du jeune couple et leurs commentaires désapprobateurs.

— Je trouve que ça te va bien, Morgana, dit Sandy d'un ton calme.

Mais elle ne l'entendit pas à cause du sang qui battait à ses tempes et de la voiture qui passait au même moment sur la route.

— *Hola, señor* Candlewell ! appela leur jardinier mexicain.

Adella tira Sandy par le bras et dit :

— Allons-y, ou on va être en retard.

Souriant à Morgana, elle retourna au camion, se hissa sur le siège passager et fit un petit salut de la main.

Sandy resta quelques secondes à se dandiner devant Morgana, comme si les mots se bousculaient dans sa tête. Pour finir, il marmonna un bref au revoir avant de s'éloigner, la laissant blessée avec son pantalon tout neuf.

68

Les habitués du désert appelaient « diables de sable » les petites tornades qui semblaient surgir du néant par temps calme, soulevant sur leur passage la poussière et les lézards, brisant net les cactus et éventrant les dunes comme si elles voulaient tout détruire, puis s'évanouissaient aussi soudainement qu'elles étaient apparues.

Elizabeth attendit dans sa voiture que le tourbillon qui balayait les vieux papiers et les détritus jonchant le parking des Candlewell se soit éloigné en zigzaguant pour finir par se dissiper dans les broussailles.

Elle était venue acheter des provisions avant de prendre la route, le lendemain matin. Elle jeta un coup d'œil distrait aux pancartes annonçant « SERPENTS À SONNETTE VIVANTS » ou « VÉRITABLES PANIERS INDIENS À VENDRE », songeant aux bouleversements qui avaient affecté son existence au cours des dernières semaines. Sans la rancune tenace d'une ancienne employée du motel, elle se serait rendue directement à Mesa Verde, sans faire de détour par Twentynine Palms. Leur famille ne serait plus jamais la même à présent. Gideon s'était découvert une sœur et elle-même s'était fixé une nouvelle mission : résoudre l'énigme de la disparition de Faraday.

Durant son séjour, elle avait interrogé plusieurs personnes sans en avoir l'air, mais aucune n'avait éclairé sa lanterne. Quand elle lui avait demandé si on avait entrepris des recherches, Joe Candlewell avait paru presque étonné.

« Bettina nous a dit qu'il était parti pour le Mexique, avait-il répondu. Ça nous a suffi. »

Elle flairait quelque chose de louche. En particulier, elle ne comprenait pas que Bettina se soit aussi facilement résignée à son sort d'épouse abandonnée. Elle ne s'était même pas adressée à la police ! Il lui restait assez d'argent sur la somme que lui avait léguée le professeur Keene pour engager un détective. Celui-ci commencerait probablement son enquête ici, à Twentynine Palms, avant de l'étendre aux villes voisines. Peut-être les registres de la police de Redlands ou de San Bernardino mentionnaient-ils un mort anonyme que personne n'avait jamais réclamé.

Si nécessaire, elle renoncerait à son nouvel emploi pour conduire les recherches et enverrait Gideon en pension.

Une fois entrée dans la boutique, où s'entassaient toutes sortes de marchandises, elle choisit des chewing-gums et des cigarettes et se mit à inspecter le petit présentoir à journaux et à revues en prévision de la longue route qui les attendait. Elle feuilletait un exemplaire de *Modern Screen* quand une voix s'éleva derrière des étagères chargées de sacs de farine, de céréales et de pains.

— Pauvre Bettina !

— Ça, on peut le dire, acquiesça une autre voix. Je n'ose pas imaginer ce qu'elle a pu ressentir en voyant cette femme débarquer chez elle.

— Surtout avec l'enfant !

Elizabeth releva la tête. Les deux commères étaient invisibles. Elle eut beau se répéter qu'elle se moquait du qu'en-dira-t-on, quelque chose la retint de s'éloigner.

— Elle ne manque pas de culot, celle-là ! Vous croyez que c'est vraiment le fils de Faraday ?

Elizabeth reconnut Selma Cartwright, qui élevait des poulets à une dizaine de kilomètres, à son léger zézaiement. En revanche, elle ne parvint pas à identifier son interlocutrice.

— J'en mettrais ma main à couper. Vous n'avez pas connu Faraday. Un bel homme, et charmant avec ça. Il m'a soignée pour une entorse. Je n'ai jamais vu un médecin aussi attentionné avec ses malades. Je me suis toujours demandé comment il avait pu épouser un dragon tel que Bettina. Je n'ai pas été étonnée d'apprendre qu'il était allé chercher de l'affection ailleurs, si vous voyez ce que je veux dire.

— Quand je pense que cette garce voulait imposer son bâtard à Bettina !

Elizabeth rougit violemment. Comment ces femmes étaient-elles au courant ? Puis elle revit Morgana courir vers leur voiture en criant : « Gideon, c'est merveilleux ! Tu es mon frère ! » Apparemment, des clients de la boutique l'avaient entendue et la nouvelle s'était répandue comme une traînée de poudre, chacun rivalisant ensuite d'imagination pour gommer les zones d'ombre que comportait l'histoire.

— Celui que je plains, c'est le garçon.

La colère envahit Elizabeth. Son fils n'était pas un objet de pitié ! Elle reposa les articles qu'elle avait pris sur l'étagère la plus proche et sortit précipitamment.

Elle s'appuya au capot du break, une main pressée sur le ventre, le temps de reprendre sa respiration. Même s'ils quittaient la ville sur-le-champ, Gideon voudrait entretenir des relations avec Morgana et à chacune de leurs visites, les gens le regarderaient de travers et chuchoteraient derrière son dos.

Elle aperçut un « diable de sable » à environ un kilomètre, un tourbillon miniature qui déracinait les plantes, projetait au loin les cailloux et tout ce qu'il rencontrait sur son passage. Elle-même avait l'impression d'avoir été enlevée par une tornade qui l'avait ensuite violemment rejetée, la laissant désorientée.

Des souvenirs remontèrent à sa mémoire. L'expression de dégoût du doyen de l'université, son ton moralisateur quand elle lui avait annoncé sa grossesse, puis son père qui avait tourné la tête en la traitant de roulure quand elle avait accouru à son chevet.

Pendant des années, elle s'était caché la tête dans le sable. Mais il était temps pour elle d'affronter la réalité : le monde n'était pas près de changer. Les gens se moquaient des raisons personnelles qui pesaient sur le déroulement d'une relation. A leurs yeux, toute femme qui donnait naissance à un enfant hors mariage méritait l'étiquette de putain.

Elle mit une main devant sa bouche pour étouffer un sanglot. Elle avait cru défier le monde en se montrant aussi brave et forte que Hester Prynne. En réalité, elle avait tout fait pour cacher son secret en vivant dans des endroits où personne ne la connaissait, en feignant d'ignorer les questions sur son mari, en affirmant à Morgana qu'elle n'avait jamais menti sur sa situation.

Elle remonta dans le break sans démarrer.

L'idée de se séparer de son fils lui était insupportable, mais si elle l'emmenait au Colorado, leur fuite semblerait confirmer les rumeurs. Le scandale risquait d'empoisonner toute l'existence de Gideon. Ne disait-on pas que les enfants seraient punis pour les péchés de leurs pères ?

Tandis que s'il restait et prenait légalement le nom de Hightower, les habitants de Twentynine Palms finiraient par l'accepter et oublier ses origines.

Même si elle répugnait à l'admettre, Bettina avait raison quant aux chances de son fils de faire un jour un beau mariage. Elle l'imagina face à son futur beau-père :

— Qui est votre père, jeune homme ?

— Faraday Hightower, monsieur.

— Comment se fait-il que vous vous appeliez Delafield ?

— Mes parents n'étaient pas mariés.

Puis elle se représenta la même scène avec Gideon répondant :

— Je suis le fils de Faraday Hightower, un éminent médecin de Boston.

D'autre part, l'existence nomade qu'il avait menée avec elle avait privé son fils de ses racines. Tous leurs biens tenaient dans un coffre. Un garçon de cet âge avait besoin d'une chambre qu'il puisse décorer à son goût, d'un placard où ranger ses vieux jouets et son gant de base-ball tout neuf.

Elizabeth fit démarrer la voiture et s'engagea sur la route de terre. En tant qu'épouse de Faraday, Bettina avait le pouvoir d'obtenir pour Gideon le droit de porter le nom de son père, comme ce dernier l'aurait certainement souhaité.

Mais avant de donner son accord, Elizabeth souhaitait consulter un de ses amis, l'avocat de Philadelphie qui avait fait homologuer le testament du professeur Keene et relu pour elle le contrat établi par son éditeur. Elle allait lui téléphoner sans attendre, pas depuis la boutique des Candlewell, par crainte des oreilles indiscrètes, mais depuis un hôtel de

Palm Springs d'où, lui avait-on dit, on pouvait passer des appels longue distance.

Avant de laisser Bettina adopter Gideon, elle tenait à protéger son fils et à s'assurer que ses propres droits seraient respectés.

69

Il faudrait changer le papier peint dans la chambre de Gideon. En temps normal, Bettina aurait rechigné devant une telle dépense, mais si le jeune homme devait occuper l'ancien bureau de Faraday, reconverti en débarras après son départ, il importait de personnaliser la pièce. Si Faraday revenait du Mexique et souhaitait récupérer son bureau, il y aurait toujours moyen de s'arranger pour satisfaire tout le monde.

Bettina plissa le front. *Si* Faraday revenait ? Elle leva les yeux des échantillons de papier peint et dirigea son regard vers la fenêtre. L'après-midi touchait à sa fin. Les ombres s'étiraient sur le sable, le soleil transformait les rochers en blocs d'or pur et les cactus revêtaient des formes étranges. Tandis qu'elle contemplait cette étendue désolée qu'elle avait tant haïe, un souvenir remonta à sa mémoire.

Faraday ne reviendrait pas.

— Tante Bettina ? Je peux vous dire un mot ?

— Oui, murmura-t-elle.

Elle secoua la tête, cherchant à renouer le fil de ses pensées.

Si sa rencontre avec Sandy et Adella avait sérieusement ébréché sa confiance, la résolution de Morgana était intacte.

— Tante Bettina, déclara-t-elle d'une voix ferme, je vous serai éternellement reconnaissante de tout ce que vous avez fait pour moi. Toutefois, je ne souhaite pas devenir infirmière. Je voudrais m'inscrire à l'université pour y étudier les cultures indiennes.

Bettina reporta son attention sur les échantillons de papier peint. Lequel Gideon aurait-il choisi ?

Sa traînée de mère avait rejeté sa proposition, mais elle ne tarderait pas à changer d'avis. Sitôt que les commérages lui seraient revenus aux oreilles, elle veillerait à protéger la réputation de son fils.

Bettina avait mené son affaire de main de maître. Il ne lui aurait servi à rien de révéler son secret à Ethel Candlewell, dont la discrétion était connue de tous. Selma Cartwright, en revanche, était incapable de tenir sa langue. Elle avait donc saisi le premier prétexte pour se rendre à la ferme des Cartwright et s'ouvrir à Selma de la douloureuse épreuve qui la frappait : une femme du passé de Faraday venait de surgir dans sa vie avec le fruit de leur liaison. Elle avait fait promettre à sa confidente de garder le silence, sachant que toute la vallée serait bientôt au courant de sa mésaventure.

Bettina sourit. Gideon serait bientôt à elle.

— Tante Bettina ?

Tournant le dos à sa nièce, Bettina répondit dans le vague :

— Est-ce que ce n'est pas trop cher ? Je ne suis pas sûre de pouvoir...

— Je trouverai un emploi, reprit la jeune fille. Avec mon expérience de l'hôtellerie, je peux travailler comme serveuse ou cuisinière.

— Si c'est ce que tu souhaites...

Morgana resta bouche bée. Elle qui s'était préparée à livrer bataille !

— Cela vous est égal ?

Bettina examina un autre échantillon, celui avec des ballons de football.

— C'est ta vie, mon petit.

Quand Bettina, alertée par le départ précipité de sa nièce, s'était rendue dans la chambre de celle-ci et avait trouvé la photo de Faraday adolescent, elle avait eu comme une illumination. Quelques minutes plus tôt, elle rêvait de voir disparaître à jamais la putain et son bâtard. Puis elle avait réalisé que Gideon était le portrait craché de Faraday au même âge. Dans quelques années, ce beau jeune homme aurait certainement à cœur de suivre les traces de son père en embrassant la carrière médicale.

Twentynine Palms ne possédait pas de docteur. L'hôpital adventiste de Loma Linda, situé à une centaine de kilomètres, prenait en charge les opérations, les accouchements et les malades sérieux. En cas de problème bénin, beaucoup se tournaient vers Bettina Hightower qui avait hérité des livres, du matériel et des stocks de médicaments de son mari. L'hôpital de Loma Linda avait une excellente réputation. Le fait que Faraday Hightower fût lui-même adventiste augmentait d'autant le crédit dont jouissait sa veuve.

Ce statut convenait parfaitement à Bettina. On la consultait pour des piqûres d'abeille, des maux de gorge, des entorses et elle avait toujours de l'eau oxygénée, de la teinture d'iode et des pansements en réserve. Mais quel bonheur ce serait d'avoir un vrai médecin – *son fils* – à la maison !

— Vous parlez sérieusement ?

Brusquement tirée de sa rêverie, Bettina se retourna. Elle avait oublié la présence de sa nièce.

— Evidemment. Fais comme bon te semble. Tu ne verras pas d'objection à ce que je loue ta chambre. Auparavant, je la ferai repeindre du sol au plafond. Il nous reste un peu de la peinture qui a servi pour la salle à manger.

— Merci mille fois, tante Bettina ! J'avais peur que vous insistiez pour que j'aille à l'école d'infirmières.

Morgana sortit en courant après avoir embrassé sa tante.

Bettina étala devant elle les échantillons de papier peint. Le sort de Morgana lui était devenu indifférent. Un fils valait mieux qu'une fille, et un médecin, mieux qu'une infirmière.

70

Sandy Candlewell se serait donné des gifles.

Tandis qu'il déchargeait des sacs de graines derrière la boutique de ses parents, il repensa à sa maladresse et se traita intérieurement de tous les noms. Jamais il n'oublierait l'expression de Morgana quand il avait déclaré : « Ça cache tes jambes. » Ce n'était pas ce qu'il avait voulu dire. Il trouvait que son pantalon lui allait à la perfection, comme tout ce qu'elle portait. Mais avec sa balourdise coutumière, il avait semblé la critiquer.

Il avait tenté de se rattraper, mais il craignait que Morgana n'ait pas entendu. Sur ce, Adella avait insisté pour qu'ils partent. Un peu plus tôt, il avait trouvé la jolie rousse sur le bord de la route, avec un paquet enveloppé dans du papier et attaché par de la ficelle. Voulant lui rendre service, il s'était arrêté et lui avait proposé de la conduire au camion postal.

Il s'en voulait mortellement d'avoir filé tel un voleur, en laissant Morgana désemparée. Comment pourrait-il se racheter ? D'ici quelques jours, Morgana quitterait la ville pour entrer à l'école d'infirmières et il ne la reverrait pas de longtemps.

Il fit une pause pour s'essuyer le front et méditer sur les trois longues années de solitude qui l'attendaient en son absence. Sandy Candlewell aimait Morgana depuis le jour où ils avaient interdit à un étranger d'introduire des bêtes sauvages dans leur désert. En la voyant si forte et si courageuse à ses côtés, il avait pris conscience que Morgana Hightower n'était plus une petite fille. Etait-ce dû au soleil qui mettait des reflets roux dans ses cheveux châtains, ou au vent qui soulevait l'ourlet de sa jupe, dévoilant ses mollets galbés ? Toujours est-il que Sandy avait regagné la maison de ses parents dans un état de trouble profond, l'esprit agité de pensées aussi inattendues que choquantes.

Son attirance n'avait fait que croître au fil des semaines. Désormais, il avait toujours l'image de Morgana devant les yeux, il sursautait chaque fois qu'elle apparaissait et son cœur s'emballait quand leurs mains se frôlaient, au moment où elle lui tendait le panier contenant le déjeuner des excursionnistes. Il avait dû se rendre à l'évidence : il était amoureux. En homme d'action, il avait alors décidé d'emmener Morgana pique-niquer à Arch Rock (il savait combien elle aimait cet endroit) et de lui avouer tout de go ses sentiments. Il était grand temps qu'il songe à se marier. Les mères de plusieurs jeunes filles le taquinaient sur son âge, s'étonnant qu'il fût encore célibataire à vingt-cinq ans. Morgana l'avait pris de court en lui annonçant que sa tante l'avait inscrite dans une école d'infirmières. Devant ce contretemps, Sandy avait préféré réfléchir et garder ses sentiments secrets.

Mais l'imminence du départ de sa bien-aimée exacerbait son désir jusqu'à l'obsession. L'idée que Morgana puisse ne jamais revenir lui était insupportable. Il savait qu'il ne pouvait rivaliser avec les professeurs, les docteurs et tous les gens raffinés qui, croyait-il, graviteraient bientôt autour d'elle.

Il fit une nouvelle pause et considéra le désert qui s'étirait jusqu'aux montagnes. Le soleil descendait sur l'horizon et déjà des étoiles s'allumaient dans le ciel pourpre. Il avait encore plusieurs corvées à expédier avant la nuit, mais Morgana occupait entièrement ses pensées.

Quand le camion de la bibliothèque itinérante se garait devant la boutique des Candlewell, deux fois par mois, Morgana était toujours la première à s'en approcher, les bras chargés de livres. Sandy ne l'en aimait que davantage. Lui-même avait quitté l'école à quatorze ans pour seconder son père. Mais s'il savait tout juste lire et compter, il n'y avait rien qu'il ne fût capable d'arranger, améliorer ou remettre à neuf. On s'adressait à lui de toute la région pour ressusciter de vieilles motos, insuffler la vie à des mécaniques défuntes ou réparer l'irréparable. En bref, il réussissait là où tous les autres avaient échoué. Loin de lui reprocher son absence d'instruction, tous vantaient sa force, sa débrouillardise et son caractère enjoué.

Mais toutes ces qualités ne suffiraient pas à impressionner Morgana, qui était aussi assoiffée de connaissances que le désert l'était de l'eau du ciel. Même s'il lui en coûtait de taire son amour, il respectait ses choix et sa liberté. Il n'avait rien à lui offrir, à part une alliance et des bébés.

Toutefois, il ne pouvait laisser la situation en l'état. A tout le moins, il tenait à s'excuser de lui avoir causé de la peine et à lui assurer qu'il penserait toujours à elle avec tendresse, où qu'elle aille et quoi qu'elle fasse de sa vie.

Il décida d'attendre le lendemain. Quand il reviendrait du désert au volant de son bus rouge, il parlerait à Morgana.

Demain, je serai loin, pensa Morgana en cueillant des fleurs sauvages pour égayer la table du dîner. Elle était résolue à prendre la route avant le passage du bus rouge de Sandy.

A quoi bon perdre du temps ? Elizabeth et Gideon comptaient partir à la première heure. Elle leur demanderait de la conduire à Los Angeles, où elle louerait une chambre d'hôtel avant de visiter le campus et de réunir les documents nécessaires à son inscription.

L'impatience de commencer ses études n'était pas la principale raison de son départ précipité. Simplement, elle avait eu la révélation brutale que ses rêves romantiques ne se réaliseraient jamais.

Sandy Candlewell désapprouvait son choix de porter un pantalon. Cela crevait les yeux. De même, il aurait fallu être aveugle pour ne pas voir qu'Adella et lui avaient hâte de se retrouver seuls.

Inutile de pleurer sur ce qui aurait pu être, se dit-elle en considérant le bouquet qu'elle tenait à la main : des asters aux pétales bleu lavande, disposés en couronne autour d'un cœur pareil à un soleil miniature, des lis Mariposa orange vif, des fleurs de cactus pourpres et des clochettes de Canterbury. Les longues trompettes blanches des daturas étaient destinées au chemin de table, de même qu'une poignée de tiges d'ocotillo.

Cueillir des fleurs pour la salle à manger faisait partie de ses tâches quotidiennes. D'ordinaire, elle appréciait ces moments de liberté, passés en compagnie de ses pensées et des faucons qui sillonnaient le ciel. Quand tante Bettina lui avait accordé la permission d'entamer des études, elle s'attendait à être transportée de joie. Pourtant, elle n'avait ressenti qu'un vide inexplicable. Au fond d'elle-même, elle s'était imaginé que Sandy la verrait d'un autre œil une fois qu'elle aurait conquis son indépendance, qu'il lui écrirait et lui rendrait visite à l'université. Peut-être même lui promettrait-il de l'attendre.

Mais trois cents kilomètres les sépareraient bientôt, soit un trajet de cinq heures en voiture par beau temps. Comment leur relation aurait-elle résisté à l'éloignement, surtout quand tant d'autres jeunes femmes, au premier rang desquelles Adella Cartwright, avaient des vues sur Sandy ?

Elle consacrerait donc sa vie à ses recherches, suivant l'exemple de son père, et si l'amour croisait jamais sa route, elle saisirait sa chance comme l'avait fait Elizabeth...

— Salut, Morgana.

Elle se retourna et, dans sa surprise, faillit lâcher les fleurs.

— Sandy !

Le jeune homme eut un sourire timide, se demandant ce qu'il faisait là alors qu'il avait décidé d'attendre le lendemain pour parler à Morgana. Mais une impulsion irrépressible l'avait poussé à prendre une douche, enfiler des vêtements propres et se rendre au Château Hightower, où il savait trouver la jeune fille dans l'espace fleuri situé derrière les bungalows.

Avec son bouquet, elle ressemblait à une mariée... une mariée en pantalon. En chemin, il s'était répété qu'il voulait d'abord s'excuser à propos de sa réaction. Il lui dirait aussi qu'elle allait lui manquer, qu'il espérait qu'elle ferait des rencontres intéressantes à son école et qu'elle penserait de temps en temps à ses amis de Twentynine Palms.

Mais quand elle lui était apparue sous le ciel étoilé, il avait compris quelle était la véritable raison de sa visite.

Morgana attendit. Une odeur de savon et de lotion after-shave parvenait à ses narines et malgré les quelques mètres qui les séparaient, elle constata que les cheveux blond doré du jeune homme étaient encore humides. Il s'était douché et changé avant de venir. Et il avait mis sa chemise blanche, celle qu'il portait le dimanche avec une cravate.

— Oui ? souffla-t-elle.

A cette distance du motel, seules les lumières des autres établissements et des fermes trouaient l'obscurité naissante, telles des étoiles tombées du ciel. Le reste du monde semblait avoir disparu, la laissant seule avec Sandy.

— Je suis venu te dire un truc.

Sandy fit un pas vers elle et sentit le parfum capiteux des fleurs qu'elle pressait contre son sein.

— Oui ? répéta-t-elle, consciente de vivre un moment crucial.

Sandy toussota. Elle ne l'avait jamais vu aussi nerveux.

— Hum ! Je viens d'entendre à la radio que le président a déclaré la Vallée de la mort monument national.

Elle se força à sourire pour cacher sa déception.

— Oh ! Sandy, c'est une excellente nouvelle.

— Mme Hoyt et la Ligue internationale de conservation des déserts vont rencontrer Roosevelt et tenter de le convaincre de classer la forêt de Joshua. Ça n'est plus qu'une question de temps, Morgana. Je me suis dit que ça t'intéresserait, acheva-t-il en donnant un coup de pied dans un caillou.

— Moi aussi, j'ai des nouvelles pour toi.

La brise séchait les cheveux de Sandy en les ébouriffant. Il les disciplinait avec de la brillantine lorsqu'il se mettait sur son trente et un mais Morgana les préférait libres, car elle s'imaginait alors les caressant.

— J'ai fini par prendre mon courage à deux mains et annoncer à tante Bettina que je ne voulais pas devenir infirmière. Eh bien, figure-toi qu'elle ne s'est pas mise en colère ! Elle m'a dit de faire ce qui me plaisait.

— Ah bon ? dit Sandy, abasourdi.

Tout le monde dans la vallée connaissait le caractère autoritaire de Bettina Hightower. Quand elle avait décidé quelque chose, elle arrivait toujours à ses fins. Sandy se demanda ce qui avait pu la faire renoncer. Mais tout ce qui comptait à ses yeux, c'était que Morgana reste.

— Elle a été formidable, reprit la jeune fille, encouragée par la satisfaction qui éclatait sur le visage de Sandy. Elle a même laissé entendre qu'elle pourrait m'apporter une aide financière.

— Une aide ? Pour quoi faire ?

— Je souhaite entrer à l'UCLA ! Le docteur Delafield connaît du monde là-bas. Elle va m'écrire une lettre de recommandation. Je pars demain matin.

— L'UCLA ? répéta Sandy. A Los Angeles ?

— Le nouveau campus se trouve à Westwood, entre la ville et l'océan. C'est loin, mais il n'existe pas de meilleure université sur toute la côte ouest.

Morgana parlait d'un ton animé. Avec sa blouse couleur ivoire et l'incroyable bouquet calé sur son bras, elle avait tout d'une apparition surnaturelle qui aurait surgi du crépuscule au milieu des cactus et des fleurs sauvages.

— Je peux trouver du travail, et avec le complément de tante Bettina...

Elle lui exposa son intention d'étudier les cultures indiennes mais le jeune homme l'écoutait à peine, perdu dans ses pensées. Si son choix ne l'étonnait guère, le fait que Bettina lui ait donné sa bénédiction le surprenait davantage, sans parler de l'aide financière qu'elle lui avait promise. Morgana voyait sa tante avec des lunettes roses. A part elle, personne ne supportait cette vieille pie et ses grands airs.

Surtout, il ressentait une cruelle déception. L'UCLA était encore plus éloignée de Twentynine Palms que l'école d'infirmières. Plus grave, Morgana y passerait quatre années dans un environnement cosmopolite. Il n'avait aucune chance.

Morgana retrouva subitement son sérieux.

— Sandy, il faut que je te dise une chose. Après mon départ, tu risques d'entendre des racontars...

Pendant qu'elle lui parlait d'Elizabeth Delafield et du demi-frère qu'elle s'était découvert (tout ça, il le savait déjà par la rumeur publique), Sandy repensa à la façon dont elle était entrée dans sa vie, douze ans plus tôt. Ce soir-là, le docteur Hightower leur avait amené une petite fille pâle, la tête entourée d'un large pansement qui lui faisait comme un turban. Il leur avait raconté qu'elle était tombée sur la cuisinière par accident. La fillette n'avait pas prononcé un mot pendant les quelques jours qu'elle avait passés chez eux. Elle était si discrète qu'on remarquait à peine sa présence. Puis sa tante était venue la chercher. Là-dessus, le docteur avait disparu et nul ne l'avait revu depuis. Quelque temps plus tard, le bruit avait commencé à courir qu'il avait fui au Mexique avec une femme à la réputation douteuse. A peu près à la même époque, on avait perdu la trace d'un fourgon qui transportait la paie d'une équipe de mineurs. Certains avaient aussitôt conclu que Faraday Hightower avait fait main basse dessus.

Sandy avait toujours douté de cette version. Il gardait le souvenir d'un homme honnête et généreux, mais connaît-on jamais les gens ? En tout cas, il se réjouissait que Morgana ait rencontré ce frère dont elle ne soupçonnait même pas l'existence.

— Pour le moment du moins, nous préférons tenir cette histoire secrète. Les gens pourraient bavarder...

— Je comprends, affirma-t-il.

Il hésitait à l'avertir des ragots que colportait Selma Cartwright quand la lune se leva, auréolant sa mince silhouette d'une clarté laiteuse. Un désir puissant l'envahit, mêlé au désespoir que lui inspirait son départ imminent.

— Il faut que je rentre dîner, dit-il en regardant le néant par-dessus son épaule. Maman doit se demander où je suis passé.

Il se mordit la langue. On aurait dit un môme de treize ans ! Comment Morgana l'aurait-elle pris au sérieux ?

— Je suppose que je ne te verrai pas demain, ajouta-t-il d'une voix blanche. J'emmène un groupe faire un circuit de découverte de la faune sauvage. On a intérêt à partir tôt si on veut apercevoir ne serait-ce qu'une tortue ou une bande de coyotes. Les bêtes se cachent pendant la journée. Mais ça, tu le sais mieux que moi...

Il s'étourdissait de mots pour ne pas risquer de trahir un secret qui aurait encore augmenté son embarras.

— Tu sais, dit Morgana, l'université n'est qu'à trois cent cinquante kilomètres. Tu pourras me rendre visite. Et puis je reviendrai pour les vacances...

Elle laissa sa phrase en suspens. Qu'est-ce qui lui prenait de parler ainsi ?

— Possible, acquiesça Sandy, les mains au fond des poches. Eh bien, bonne nuit.

La gerbe de fleurs se mit à trembler dans les bras de la jeune fille.

— Bonne nuit, murmura-t-elle.

Sandy tourna les talons et s'éloigna en faisant crisser le mélange de sable, de mica et de quartz sous ses pas.

Morgana resta pétrifiée. Sandy n'était pas en train de regagner la ville, mais de sortir de sa vie. Un sanglot jaillit de sa poitrine. Elle tenta de l'étouffer, trop tard. Le jeune homme avait entendu. Il se tourna vers elle. Voyant ses yeux pleins de larmes, il la rejoignit en quelques enjambées, l'attira contre lui et l'embrassa fiévreusement. Les fleurs écrasées entre eux exhalaient un parfum entêtant qui évoquait la vie et la nature.

— Je t'aime, Morgana !

Sandy s'écarta légèrement et promena un regard émerveillé sur le visage mouillé de larmes, les cheveux, les épaules de la jeune fille.

— Je t'aime aussi, Sandy. J'avais peur que tu n'éprouves aucun sentiment pour moi.

— Mon Dieu, pourquoi ?

— Adella Cartwright...

— Quoi, cette petite dinde ?

Il l'embrassa à nouveau, plus tendrement, malgré le désir qui bouillonnait dans ses veines. Il aurait voulu la posséder tout de suite, parmi les lis et les asters.

— Je ne veux pas que tu partes, Morgana.

— Ce n'est pas si loin.

— J'irai te voir.

— Et moi, je reviendrai aussi souvent que possible.

Ils parlaient en même temps, emportés par le flot des émotions qu'ils avaient trop longtemps contenues.

— Promets-moi que tu deviendras ma femme.

— Oh oui ! Mais je dois d'abord terminer mes études...

Il posa un doigt sur ses lèvres.

— J'espère bien ! Quand tu auras ton diplôme, nous apprendrons aux touristes tout ce qu'il y a à savoir sur le désert et les Indiens qui l'habitaient.

Morgana se plaqua à nouveau contre lui, ignorant les pétales roses, orange et jaunes qui tachaient sa blouse et les tiges d'ocotillo qui griffaient ses avant-bras. A cet instant, plus rien n'existait hormis le corps ferme de Sandy plaqué contre le sien et l'avenir radieux qui semblait s'ouvrir devant eux.

Pleurant de bonheur, il lui sourit et murmura :

— Mon petit génie... Avec ta cervelle et mes muscles, on sera les rois du monde !

71

— Seigneur, ayez pitié de moi, supplia Gideon, agenouillé au pied de son lit. Je ferai tout ce que vous voudrez.

Durant toute sa vie, sa mère l'avait protégé. Il estimait qu'il était temps d'inverser les rôles. Quand elle lui avait révélé la vérité sur son père, une semaine plus tôt, il avait souffert le martyre en la voyant tenaillée par la honte et le remords.

Seulement, comment jouer les preux chevaliers quand on ne mesurait pas un mètre soixante ? Tous les soirs, il priait Dieu de le faire grandir, mais apparemment, le Très-Haut avait d'autres priorités que Gideon Delafield.

Pourtant, dernièrement, Gideon s'était repris à espérer. Il avait vu sur les photos que son père était grand.

L'adolescent ne désirait pas uniquement protéger sa mère ; il aspirait à devenir un héros sur le modèle de Captain Blood, Robin des bois, les Trois Mousquetaires ou les chevaliers en armure qui galopaient pour l'éternité sur de fringants étalons. Il dévorait les romans d'Edgar Rice Burroughs et Rafael Sabatini. S'il rêvait principalement de voler au secours de gentes dames en détresse (sa mère, et à présent Morgana), son altruisme ne s'arrêtait pas là. Un miséreux, un infirme ou n'importe quelle victime innocente ferait l'affaire.

A condition qu'il finisse par grandir.

Morgana affirmait que le désert le fortifierait, et elle avait raison. Il n'était là que depuis quelques jours et déjà, il se sentait plus de vigueur dans les bras. C'était grâce à l'escalade, une activité qu'il n'avait jamais pratiquée avant de découvrir Arch Rock. Un Gideon inconnu avait brusquement surgi de sa cachette, s'exclamant : « Bouh ! C'est moi le roi de la varappe ! » Sa mère disait qu'il grimpait aux rochers comme un singe aux arbres. Son visage rayonnait de bonheur tandis qu'elle observait ses exploits même si, pour être tout à fait honnête, elle avait encore tendance à tourner autour de lui telle une poule inquiète pour son poussin. Néanmoins, sa réaction emplissait Gideon de fierté et il lui tardait de se mesurer aux falaises du Colorado.

Quelqu'un avait frappé à la porte du bungalow. Gideon se leva et ouvrit.

C'était la tante de Morgana, Mme Hightower. Elle avait une assiette de cookies à la main et ses yeux brillaient d'un éclat inhabituel.

— Bonsoir, Gideon. Je vois que tu es en pyjama.

Elle entra sans attendre son invitation.

— Ma mère n'est pas là.

— C'est toi que je suis venue voir. Pouvons-nous parler ? J'ai quelque chose d'important à te dire.

Bettina avait réfléchi tout l'après-midi à la manière dont elle aborderait le sujet de l'adoption avec le jeune garçon. Pensant que sa mère risquait de le braquer contre ce projet, elle avait décidé de prendre les devants pour lui présenter l'affaire sous un jour favorable.

— Tu aimerais que Morgana soit légalement ta sœur ? lui dirait-elle pour amorcer la discussion. Tu pourrais rester ici quelque temps, pour faire plus ample connaissance avec elle et explorer le désert. Tu fréquenterais l'école de la ville et je veillerais à ce que tu téléphones et écrives à ta mère. De son côté, elle te rendrait visite aussi souvent qu'elle le voudrait.

Mais quand elle déposa l'assiette de cookies sur la table et se tourna vers Gideon, elle vit chez lui quelque chose qui lui avait jusqu'alors échappé. Tandis qu'il refermait la porte, la lumière extérieure éclaira son nez et son front noble. Si ses traits manquaient encore de maturité, ils laissaient deviner l'homme qu'il deviendrait et en le regardant, Bettina fut frappée par sa ressemblance avec Faraday.

Avec le temps, elle avait fini par oublier sa passion secrète pour son beau-frère. Mais celle-ci était demeurée enfouie en elle telle une braise couvant sous la cendre et il avait suffi d'une étincelle pour la raviver. Une vague de chaleur l'envahit. Malgré sa petite taille, et contrairement à beaucoup de garçons de son âge, Gideon n'avait rien d'un gringalet. Sa carrure, son cou fort, ses mains trop larges pour le reste de son corps lui évoquaient une photographie du David de Michel-Ange sur laquelle ses yeux étaient tombés un jour. Elle se surprit à compter les années qui le séparaient de sa majorité.

Elle prit place sur le canapé et tapota le coussin à côté d'elle.

— Viens t'asseoir près de moi, chéri.

Gideon s'exécuta à contrecœur.

— Ça te plairait de rester ici pendant que ta mère irait à Mesa Verde ?

Cette soudaine gentillesse à son égard accrut la méfiance du jeune garçon.

— Pourquoi resterais-je ?

— Parce que tu aimes le désert. Et puis, tu serais toujours près de ta sœur.

Voyant qu'il ne répondait pas, Bettina ajouta :

— Vois-tu, ce domaine a été fondé par ton père. Il était réputé dans toute la région, comme on a déjà dû te le dire. Tu n'aimerais pas suivre ses traces ?

— Je ne veux pas quitter ma mère, madame Hightower.

— Appelle-moi tante Bettina, chéri. Après tout, je suis la belle-sœur de ton père, ce qui fait de moi ta tante. Ou si tu préfères, appelle-moi simplement Bettina.

Elle remarqua tout à coup que le jeune homme avait les yeux de la même couleur que son père.

Gideon jeta un coup d'œil vers la porte, priant pour que sa mère apparaisse. A midi, elle lui avait dit qu'elle avait une course à faire à Palm Springs et rentrerait avant la nuit. Pourquoi tardait-elle ?

— Tu es coiffé comme ton père, reprit Bettina en se rapprochant. Lui aussi avait les cheveux implantés en V sur le front.

Comme elle tendait la main vers lui, Gideon eut un mouvement de recul.

— En grandissant, tu deviendras son vivant portrait, prédit-elle en le dévisageant avec une insistance gênante. Tu seras même mieux. Ton père avait parfois tendance à négliger ses responsabilités. Tu ne feras pas comme lui, dis ?

Sa voix avait pris des accents rauques et sa respiration sifflante mettait Gideon mal à l'aise. Les pommettes enflammées, elle se rapprocha encore. Son parfum presque écœurant se mêlait à l'odeur de lessive de ses vêtements. Elle humecta ses lèvres, dévoilant un bout de langue noire qui trahissait un goût immodéré pour les pastilles de réglisse.

— Comme tu es timide, petit, dit-elle en posant une main sur la joue de Gideon. Mais je parie que tu ne le resteras pas longtemps.

L'adolescent recula contre l'accoudoir du canapé. La main de Bettina remonta le long de son visage et vint caresser ses cheveux.

— Quel bel homme tu seras, murmura-t-elle.

— Je vais voir ce que fait ma mère, dit-il, le cœur battant.

— Ce qui t'a manqué, c'est un père. J'ai vécu la même chose. Petite fille, j'étais la préférée de papa. Il m'aimait mieux qu'Abigail, cette capricieuse. Lui et moi, on jouait du piano, on se promenait ensemble. Il me faisait tournoyer dans les airs et m'appelait sa princesse.

Le visage de Bettina s'assombrit et elle leva vers Gideon un regard embrumé.

— C'était avant qu'il sache, pour le cocher... Après, il ne voulait plus rien avoir à faire avec moi. Je n'ai pas compris pourquoi il me rejetait. Toi aussi, tu as dû te poser des questions.

Elle scruta le visage de l'adolescent. La couleur de ses yeux lui évoquait quelqu'un... Un glissement presque imperceptible s'opéra dans son esprit. Elle oublia ce qu'elle voulait dire. Elle avait déjà eu de ces moments d'absence. Les personnes, les objets qui l'entouraient lui devenaient brusquement étrangers. Mais cette fois, elle pouvait se raccrocher à quelque chose : un visage lisse et frais, des yeux expressifs, un menton bien dessiné et encore glabre...

— Tu te rappelles notre rencontre, Faraday ? Tu étais venu pour Abigail, mais tu avais pris le temps de me parler. Tu m'avais complimentée sur ma robe, disant qu'elle me mettait en valeur. Je n'avais pas l'habitude des compliments, surtout de la part d'un aussi bel homme. C'est à ce moment que je suis tombée amoureuse de toi.

Elle se pencha vers Gideon, le plaquant contre l'accoudoir, et approcha son visage du sien.

— Tu savais cela, Faraday ? Tu savais que je t'aimais depuis tant d'années ?

Quand leurs lèvres se touchèrent, elle ferma les yeux, savourant ce baiser. Mais Gideon, au bord des larmes, posa les mains sur ses épaules et la poussa de toutes ses forces, la faisant tomber.

— Pourquoi as-tu fait ça ? demanda-t-elle d'un ton peiné.

Une fois, déjà, un homme l'avait repoussée si violemment qu'elle s'était retrouvée par terre au pied de son lit.

Gideon courut s'abriter derrière le canapé.

— Vous feriez bien de partir. Ma mère ne va pas tarder.

Bettina retrouva tout à coup ses esprits. Elle se leva, brossa sa jupe et dit :

— Ce n'était pas très gentil de ta part.

— Allez-vous-en !

Les yeux pleins de larmes, Gideon s'essuya le visage avec sa manche de pyjama.

Bettina resta immobile quelques secondes avant de gagner la porte. Au moment de l'ouvrir, elle se tourna vers le garçon qui se blottissait derrière le sofa. Son regard fit le tour de la pièce, puis elle déclara d'une voix raffermie :

— Tu n'aurais pas dû faire ça. Non, tu n'aurais pas dû.

72

Elizabeth rêvait d'un feu. Elle devait se trouver au camp de Smith Peak, à l'entrée de Butterfly Canyon. Les branches de mesquite qu'ils avaient brûlées dégageaient une odeur âcre ainsi qu'une épaisse fumée noire qui tournoyait au-dessus de sa tête. Ses yeux la piquaient. Elle toussa. Apparemment, Joe avait perdu le contrôle du feu. Où était passé le seau ?

Elle avait de plus en plus de mal à respirer.

Réveillée par une quinte de toux, elle ouvrit les yeux. Pourquoi sentait-elle encore le feu ?

Elle se dressa sur son lit. La fumée avait envahi la chambre.

— Gideon ?

Elle se leva précipitamment, trébuchant sur les valises. La veille, en rentrant, elle avait trouvé son fils en pleurs. Entre deux sanglots, il l'avait suppliée de l'emmener au plus vite. Apparemment, il était arrivé quelque chose qui l'avait bouleversé. Sans doute lui en dirait-il plus dans la voiture. Mais la route était tortueuse et on avait annoncé des orages au-dessus des montagnes. Elle avait donc décidé d'attendre le matin pour partir.

Elle saisit la poignée de la porte qui séparait les deux chambres et la secoua en vain. Elle était fermée à clé.

— Gideon ! hurla-t-elle.

Des volutes de fumée s'échappaient de dessous la porte.

La porte qui donnait sur l'extérieur était également fermée à clé. Comment était-ce possible ? Elle empoigna une chaise, brisa une vitre et enjamba le rebord en se blessant sur les éclats de verre. Elle courut vers l'autre fenêtre et distingua

Gideon sur son lit, inconscient. La fumée l'enveloppait complètement.

Elizabeth fracassa la vitre et entra. Les flammes montaient le long des murs, dévoraient les rideaux et léchaient le plafond au-dessus du lit.

Sanglotant violemment, elle enveloppa son fils dans une couverture, le traîna vers la fenêtre et appela à l'aide. Joe Candlewell était déjà là – il passait au volant de son camion quand il avait aperçu la fumée.

— Donnez-moi ses jambes ! cria-t-il à Elizabeth. Vite !

Aveuglée par la fumée, suffoquée par la chaleur, Elizabeth souleva le corps inerte de Gideon afin que Joe l'attrape. En joignant leurs efforts, ils le firent basculer par-dessus le rebord, puis le père de Sandy le tira à l'extérieur. Elizabeth n'avait pas plus tôt lâché son fils que sa chemise de nuit s'embrasa.

Poussant un hurlement, elle se jeta par la fenêtre. Sa mince chemise partait en lambeaux, dénudant des chairs cloquées. Après ses pieds, ses jambes, le feu gagna ses cheveux, qui se calcinèrent en quelques secondes.

Des gens accouraient. Deux hommes saisirent Gideon et le débarrassèrent de la couverture qui commençait à brûler. Mais personne ne put rien pour Elizabeth. Transformée en torche vivante, la malheureuse battait l'air de ses bras noircis. On apporta un seau d'eau, mais il était trop tard.

Entendant des cris, Morgana se leva et s'approcha de la fenêtre. Des flammes bondissaient vers le ciel. Elle dévala l'escalier et se joignit aux gens en pyjama et robe de chambre qui s'étaient rassemblés dans le jardin, à distance respectueuse du brasier. Elle s'arrêta net et regarda sans comprendre la forme qui se tordait dans les flammes. Des hurlements inhumains s'échappaient de sa bouche béante. Puis elle poussa un cri horrifié et se précipita. Joe Candlewell jeta une couverture sur l'infortunée Elizabeth, plusieurs personnes vidèrent leur seau sur elle, éteignant les flammes.

Morgana tomba à genoux près du corps carbonisé. Elizabeth avait cessé de vivre.

Des renforts arrivaient, alertés par les lueurs rougeoyantes de l'incendie. On forma une chaîne de seaux pendant que des hommes jetaient des pelletées de terre sur les ruines fumantes du bungalow et piétinaient les flammes qui s'étaient propagées aux broussailles.

Morgana serra Gideon toujours inconscient dans ses bras.

— Eloignez-le avant qu'il ne revienne à lui ! lança-t-elle à la cantonade.

Sandy Candlewell souleva le jeune garçon inanimé et l'emporta vers le bâtiment principal de l'hôtel.

Bettina apparut soudain en chemise de nuit, des bigoudis dans les cheveux. Elle se fraya un chemin à travers la foule et considéra froidement le corps d'Elizabeth Delafield.

— Qu'est-ce que c'est que ça ?

Morgana approcha.

— Ma tante, il vaudrait mieux que vous...

— C'est censé être quelqu'un ?

Morgana entraînait sa tante à l'écart quant une flammèche jaillit du brasier et frôla son front. Un souvenir remonta à sa mémoire : la cuisine, un tisonnier rougi au feu appliqué sur son front, une douleur tellement atroce qu'elle tombait évanouie... Ce n'était pas un accident ! Ses pieds touchaient à peine le sol, Bettina la maintenait par le bras en hurlant quelque chose à propos des Indiens, puis tout devenait noir. Elle se réveillait dans la chambre de son père, la tête entourée d'un pansement.

Les cris de la foule paniquée s'estompèrent, de même que la clarté des flammes et celle plus vive encore des étoiles. Morgana eut l'impression de devenir très légère tandis que le visage livide de Bettina envahissait son champ de vision. Au même moment, les bras de Sandy Candlewell se refermèrent sur elle.

Juste avant qu'elle perde connaissance, un voile se déchira dans son esprit. Sa tante l'avait délibérément marquée.

73

Le corps d'Elizabeth attendit dans la chambre froide des Candlewell que le coroner de Redlands détermine la cause de la mort, comme l'exigeait la loi. Le shérif du comté examina les décombres et conclut que le feu était dû aux pots de peinture, aux chiffons et à l'essence de térébenthine qu'on avait entreposés derrière le bungalow au mépris des règles de sécurité. Tant l'incendie que le décès furent déclarés accidentels. Elizabeth Delafield fut enterrée dans le petit cimetière proche de l'oasis de Mara, aux côtés des Indiens, explorateurs, soldats, cow-boys, éleveurs et chercheurs d'or qui y reposaient déjà. La plupart des sépultures étaient anonymes, mais celle d'Elizabeth eut droit à une pierre tombale et les gens vinrent de toute la vallée pour assister à ses funérailles.

Gideon ne quittait plus Morgana, dormant même sur un lit de camp dans sa chambre. Il n'avait aucun souvenir de l'incendie et n'avait pas vu le corps de sa mère. On lui avait dit qu'elle était morte intoxiquée par la fumée pendant qu'elle le secourait. Nul ne lui avait parlé de la torche vivante qui s'était consumée au vu de tous.

Pâle et taciturne, Bettina reçut la nombreuse compagnie qui se retrouva à l'hôtel après l'enterrement. Chacun avait apporté quelque chose à manger et aida à dresser le buffet. L'assistance débordait dans la cour où était garé le bus rouge de Sandy. Le jeune homme avait transporté des passagers qui venaient d'aussi loin que Yucca Valley et Desert Hot Springs. Malgré les distances parfois considérables qui séparaient leurs maisons, tous ces gens formaient une communauté fondée sur l'entraide mutuelle. Même les plus isolés faisaient partie de cette grande famille. Tous présentèrent leurs plus sincères condoléances à Gideon, Bettina et Morgana qui les accueillirent dans un silence funèbre.

Après le départ des visiteurs, tandis que les femmes de ménage s'affairaient, Bettina entra dans le salon où Morgana tenait compagnie à Gideon et annonça à ce dernier :

— Tu peux faire tes bagages. Tu pars demain. J'ai trouvé quelqu'un pour t'emmener à Banning. De là, tu pourras aller où bon te semblera.

Morgana la considéra avec stupeur.

— Qu'est-ce que ça signifie ?

— Ça signifie que Gideon ne peut pas rester. Je n'ai pas envie de m'embarrasser d'une bouche inutile.

Morgana se leva et lança d'un air de défi :

— Si c'est ainsi, je pars avec lui.

— A ta guise. Je n'ai pas fait tout ce que j'ai fait pour me laisser pourrir l'existence par deux bâtards.

Sur ces paroles, elle tourna les talons et sortit sous les regards abasourdis des deux jeunes gens.

Bettina se sentit aussitôt beaucoup mieux. Elle avait des projets. L'incendie lui fournissait un prétexte pour entreprendre des travaux de rénovation. Elle avait dans l'idée de faire creuser une piscine pour attirer une clientèle plus aisée d'hommes d'affaires, de médecins et d'avocats qui viendraient chercher la détente dans le désert. Il n'y avait aucune raison pour que les élites boudent le Château Hightower. De même, il n'y avait aucune raison pour que son veuvage se prolonge plus longtemps. Après douze années de deuil, il était temps qu'elle pense à son avenir. Mais elle n'épouserait qu'un homme riche et respectable. Et comment attirer l'attention d'un gentleman avec deux morveux toujours pendus à ses basques ?

Cette nuit-là, Bettina eut un sommeil agité et peuplé de rêves sinistres. Ces visions angoissantes persistèrent après son réveil, comme un brouillard tenace. Ayant ouvert le dernier tiroir de sa commode, elle glissa la main au fond, derrière une pile de lainages mangés aux mites, et en ramena l'objet qu'elle y avait caché douze ans plus tôt.

Dans la lumière blafarde qui pénétrait par la fenêtre, elle déplia le foulard de soie qui enveloppait l'objet. Celui-ci avait à peu près la taille et la forme d'un coquillage. Tracés à la peinture rouge, des symboles mystérieux décoraient sa surface orangée. Tout à coup, cet éclat de poterie semblait revêtir une importance nouvelle. Lui était-il apparu en rêve ?

Elle se revit cassant la jarre dorée. Cette nuit-là, Faraday lui avait ordonné de quitter la maison, puis il avait emmené Morgana chez les Candlewell avant de s'enfermer sous terre. Lui parti, elle était revenue à la demeure qu'elle avait bâtie de ses mains et avait pris un immense plaisir à fracasser contre le sol ce hideux témoignage de la passion exclusive de Faraday pour ces maudits Indiens, puis à en écraser les débris jusqu'à les réduire en poussière. Ce n'est que le lendemain qu'elle avait retrouvé un fragment intact en balayant la pièce. Fascinée par ses motifs, elle l'avait conservé pour des raisons qu'elle ne parvenait pas à s'expliquer et soigneusement rangé après l'avoir montré à Faraday dans sa chambre souterraine.

Tandis qu'elle retournait le morceau de poterie dans ses mains, elle poussa un cri d'effroi. Un monstre était tapi dans le décor de la jarre, une créature maléfique, enfantée par des esprits impies.

Révulsée, elle replia le foulard et replaça le fragment de la jarre dans sa cachette. Puis elle enfila son peignoir en chenille et se précipita à l'extérieur. A plusieurs reprises, Joe Candlewell l'avait mise en garde contre le fait d'entreposer des matières inflammables à proximité un bâtiment d'habitation. Il avait raison. Devant les ruines du bungalow, des restes de tissu calciné signalaient l'endroit où Elizabeth Delafield avait péri dans les flammes. Comme le jour n'était pas encore levé, il faisait un peu frais.

Bettina...

Elle fit volte-face.

— Qui est là ?

Un silence de mort planait sur le désert. Le coq n'avait pas encore lancé son appel matinal. Aucun bruit ni aucune lumière ne provenait des bungalows, les clients étant tous partis se loger ailleurs. Bettina frissonna et resserra le col de sa robe de chambre, sachant parfaitement qui venait de prononcer son nom. Tout au long de ces années, elle n'avait jamais cessé d'entendre la voix de Faraday.

Se pouvait-il qu'il ait survécu ? Etait-il resté caché durant tout ce temps, ne se manifestant que pour se moquer d'elle ? Depuis le premier jour où il l'avait complimentée sur sa robe, il n'avait cessé de la tourmenter en prétendant lui porter une affection spéciale.

Peut-être était-il parvenu à s'échapper. Le télégramme qu'il avait adressé à son ex-maîtresse, lui demandant de venir le rejoindre, plaidait pour cette explication.

Il fallait qu'elle en ait le cœur net.

Après avoir chargé une échelle, une pelle et une hache sur la plateforme du pick-up, elle rentra dans la maison pour s'habiller. Morgana et Gideon étaient en train de déjeuner. Elle prit quelques billets dans un pot à café et les jeta sur la table.

— Tenez ! Vous donnerez ça à Sandy Candlewell pour qu'il vous conduise à Banning. J'ai une course à faire. Je veux que vous soyez partis à mon retour.

Elle roula pied au plancher, coupant à travers champs, écrasant tout sur son passage et laissant un sillage poussiéreux derrière elle. Elle dépassa un groupe d'Indiens qui ramassaient du bois, puis l'entrée de la mine où le père de Polly Crew avait succombé à une crise cardiaque. Cramponnée au volant du véhicule bringuebalant, elle conduisait penchée en avant, cherchant à se repérer à travers le pare-brise. Douze années s'étaient écoulées, pourtant elle avait l'impression d'avoir fait ce trajet pas plus tard que la veille.

La piste s'achevait devant un chaos rocheux. Comme la dernière fois, elle devrait terminer à pied en portant l'échelle, celle-là même qui lui avait permis de rendre visite à Faraday au fond de la *kiva*.

Il faisait déjà chaud malgré l'heure matinale. Un corbeau passa au-dessus d'elle. Comme il n'y avait pas un souffle d'air, elle perçut nettement le froufrou de ses ailes. En différents endroits de la vaste plaine qui s'étendait jusqu'aux montagnes bleu lavande, on distinguait des tourbillons de poussière et de débris végétaux en forme d'entonnoir qui semblaient glisser sur le sable et disparaissaient sans laisser de traces. Bettina n'avait jamais autant détesté le désert.

Elle avançait avec difficulté, escaladant les rochers et se faufilant dans d'étroites crevasses en tirant l'échelle derrière elle.

Au moment où elle pénétrait dans le petit canyon abritant l'affreux arbre de Josué qu'on appelait la Vieja, une soudaine bourrasque arracha son chapeau et lui projeta du sable dans les yeux. En l'espace de quelques secondes, elle se retrouva au cœur d'une mini-tornade qui la déséquilibra et la priva de repères. De la terre, des brindilles et des débris de cactus volaient autour d'elle. Sous la violence du vent, elle laissa échapper l'échelle qui se fracassa contre le rocher à l'éclair avec un craquement sinistre. Des éclats de bois jaillirent dans toutes les directions. A travers la poussière, Bettina crut apercevoir une femme – une Indienne, lui sembla-t-il – qui observait la scène sans bouger.

Le vent ayant redoublé de fureur, elle cherchait une prise sur un rocher quand le tourbillon souleva des morceaux de l'échelle aussi effilés que des pieux et les lança dans sa direction. Horrifiée, elle tenta de s'arracher au tourbillon, les mains levées pour protéger sa tête.

— Ne restez pas plantée là ! cria-t-elle à l'Indienne. Venez à mon secours !

Elle tentait de regagner le pick-up quand elle ressentit une vive douleur dans les côtes. Le souffle coupé, elle s'affaissa contre un rocher juste comme le vent retombait. Bettina écarta ses cheveux de son visage, cligna plusieurs fois des yeux pour en chasser le sable et constata qu'un barreau de l'échelle dépassait de sa poitrine.

Elle tomba à genoux. La douleur était intolérable. Du sang chaud ruisselait le long de son dos. Le pieu l'avait traversée de part en part.

— A... l'aide... gémit-elle.

Mais l'Indienne avait disparu.

— Il faut que tu manges, insista gentiment Morgana. Si tu continues, tu n'auras bientôt plus que la peau sur les os.

Muré dans son silence, Gideon n'avait touché ni à son sandwich au fromage et à la tomate, ni à son verre de lait.

— Ma mère a donné sa vie pour me sauver, murmura-t-il.

— Je sais, chéri.

Morgana comprenait d'autant mieux sa peine qu'elle la partageait.

— Pourquoi ne me suis-je pas réveillé ? Elle est morte à cause de moi.

Les coudes calés sur la table de la cuisine, il s'essuya le nez sur sa manche.

— Où irons-nous ?

— Ne t'inquiète pas. On trouvera une solution.

Ses frais de scolarité ayant été réglés à l'avance, Morgana avait toujours le recours d'entrer à l'école d'infirmières. Mais que deviendrait alors Gideon ? Peut-être l'administration de l'hôpital accepterait-elle de lui rembourser la somme, ce qui leur permettrait de subsister quelque temps.

— Morgana !

La jeune fille fit volte-face. Selma Cartwright se tenait sur le pas de la porte.

— Ta tante a eu un accident. Des randonneurs l'ont trouvée dans le désert. C'est grave !

Joe Candlewell se sentait impuissant. De sa vie, il n'avait jamais vu une blessure aussi impressionnante. Bettina Hightower avait été littéralement transpercée par un éclat de bois long comme son avant-bras. Il craignait de provoquer une hémorragie fatale en le retirant.

Il leva les yeux à l'entrée de Morgana.

— Les gens qui l'ont découverte l'ont amenée ici, ignorant qui elle était et où elle vivait, expliqua-t-il. Je ne crois pas qu'on puisse la transporter à l'hôtel. Et puis il y a ce fichu bout de bois... J'ai peur de tirer dessus.

La femme étendue sur le lit ne ressemblait guère à Bettina. Elle avait le teint plombé et sa tête d'ordinaire si droite pendait étrangement sur sa poitrine. Ses cheveux étaient dans un tel désordre qu'on apercevait un de ses postiches de fortune. Tout à coup, elle paraissait très petite et vulnérable.

Morgana se précipita vers celle qui, quelques heures plus tôt, projetait de la jeter à la rue avec son frère.

Bettina ouvrit les yeux et ses yeux errèrent vers le plafond en mouvements saccadés, comme si elle cherchait quelque chose.

— Maman ?

— C'est moi, Morgana.

— Maman, tu es là ?

Morgana s'assit au bord du lit.

— C'est moi, votre nièce.

Bettina parlait difficilement et sa respiration sifflait.

— Je te demande pardon, maman. Tout ce que je voulais, c'était qu'on m'aime. Mais aucun homme ne voulait de moi. « Cette pauvre Bettina », disaient les domestiques dans mon dos. Sans mari, comment aurais-je pu avoir un enfant ? Un bébé qui m'aurait donné son amour en grandissant ? Tout ce que j'ai eu, c'est la fille de ma sœur et elle me déteste.

— Mais non, tante. Je ne vous déteste pas.

Morgana considéra avec épouvante le morceau de bois – on aurait dit un barreau d'échelle – qui dépassait de la poitrine de Bettina. C'était un miracle que celle-ci ait survécu.

— La douleur vous fait délirer, reprit-elle d'une voix douce.

Elle leva les yeux vers Joe qui secoua la tête. Ethel lui avait dit que le médecin ne pourrait pas être là avant une heure. Bettina n'attendrait pas jusque-là.

— Je n'avais pas le choix, marmonna la blessée.

— Que voulez-vous dire ?

Une quantité alarmante de sang suintait des tampons d'ouate que Joe avait enfoncés dans la plaie pour maintenir le pieu en place.

Bettina suffoquait. Elle n'arrivait plus à parler que par bribes.

— Je... devais... laisser... mourir Abigail. Elle avait... dit... mon secret... à Faraday. Ma mère... et le cocher...

Morgana posa une main sur le front de sa tante. Il était anormalement glacé.

— Qu'est-ce que vous racontez ?

Chaque respiration de Bettina soulevait l'horrible morceau de bois.

— Je ne savais pas... Je voulais Faraday... tout à moi. C'est pourquoi... Abigail... devait mourir.

Morgana retira précipitamment sa main.

— Quoi ?

— Faraday... et le médecin du bord... Ils auraient pu... la sauver. J'ai dû attendre...

— Vous avez laissé ma mère se vider de son sang ?

— J'avais le bébé. Morgana. Il me fallait aussi Faraday. Mais elle lui avait dit pour ma mère... et le cocher.

Morgana resta sans voix. Bettina avait tué sa propre sœur !

— Les marchands... madianites.

La voix de Bettina était si faible que Morgana dut se pencher pour l'entendre.

— Oui ?

— Ses frères... le vendirent... aux marchands madianites.

— Je n'ai pas compris.

Au même moment, l'horloge qui se trouvait dans l'entrée sonna l'heure. Bettina leva des yeux hagards vers sa nièce et chercha sa main à tâtons.

— Ils l'ont appelée Morgana, murmura-t-elle. Un mirage, une illusion...

Soudain elle porta la main à sa poitrine, referma ses doigts autour du pieu et l'arracha avant que sa nièce ait pu faire un geste.

Le sang jaillit. Morgana se leva d'un bond tandis que Joe, qui s'était rué vers le lit, plaquait sa grande main calleuse sur la blessure.

— Merde ! hurla-t-il. Vite, des pansements, des serviettes, n'importe quoi !

— Faraday, je t'aime !

Le cri strident qui avait fusé des lèvres de la mourante évoqua à Morgana le souvenir d'une certaine nuit, douze ans plus tôt.

Ethel avait accouru à l'appel de son mari. Ecartant Morgana, elle s'assit sur le lit et appliqua une épaisse serviette éponge sur la flaque écarlate qui grossissait à vue d'œil.

Morgana recula, incapable de détacher son regard du visage livide et méconnaissable de sa tante.

Bettina cracha du sang, battit l'air de ses bras et rendit l'âme dans une ultime convulsion.

74

— Marions-nous sans attendre, proposa Sandy Candlewell le lendemain. Tout ce que je désire, c'est prendre soin de toi, Morgana. J'adopterai Gideon pour que personne ne puisse te l'enlever. Je m'occuperai du motel pendant que tu feras tes études, si c'est ce que tu souhaites. Je t'en prie, Morgana...

Ce cher Sandy, si solide et réconfortant... Elle éprouvait toujours la même tendresse pour lui, mais il appartenait à un monde révolu.

— Laisse-moi un peu de temps, lui dit-elle seulement.

Pour l'heure, elle devait choisir la robe dans laquelle sa tante serait inhumée.

En temps normal, Bettina rangeait sa chambre avec un soin maniaque. Mais en entrant, Morgana eut la surprise de trouver ses affaires éparpillées à travers la pièce. Même ses vêtements propres avaient été sortis de l'armoire et jetés par terre, comme si sa tante se trouvait dans un état hystérique quand elle s'était préparée pour sa mystérieuse expédition dans le désert.

Elle séparait les jupes des chemisiers et les combinaisons des chemises de nuit quand elle tomba sur la robe à pois que portait Bettina le jour de l'incendie. Elle se rappelait parfaitement ce détail car sa tante, la jugeant très chic, réservait cette robe aux grandes occasions. Quand elle la mit de côté, un sachet en papier portant le tampon d'un pharmacien tomba d'une des poches.

Intriguée, Morgana examina le sachet. Il était vide mais contenait encore des traces de poudre blanche. Une main avait tracé dessus le mot « sédatif ».

Bettina désapprouvait le recours aux médicaments, qu'elle assimilait à des béquilles pour les caractères faibles. Comment ceci avait-il atterri dans sa poche ?

Morgana recommença à trier les vêtements. Quand elle sortit du tas le peignoir en chenille de Bettina, elle trouva qu'il sentait la fumée. Elle approcha le tissu de ses narines et détecta alors l'odeur caractéristique de la térébenthine.

Saisie d'un pressentiment, elle plongea la main dans une des poches et en sortit une petite boîte d'allumettes.

— Mon Dieu, murmura-t-elle, sur le point de défaillir.

Elle quitta la chambre en hâte et gagna le salon où Gideon jouait avec les boutons du poste de radio.

Elle s'agenouilla à ses côtés, luttant pour cacher son trouble.

— Dis-moi, le jour de l'incendie, ta mère et toi aviez-vous bu du lait chaud comme chaque soir ?

Les yeux du jeune garçon s'embuèrent.

— Gideon ?

— Oui.

— Tous les deux ?

Une larme glissa sur la joue de Gideon.

— Maman a accidentellement renversé son verre. Je lui ai proposé le mien, mais elle m'a dit que c'était moi qui en avait le plus besoin. « On ne va pas faire un drame d'un peu de lait renversé. » Ce sont les derniers mots que je l'ai entendue prononcer. J'aurais dû me réveiller. Elle est morte à cause de moi !

Il éclata en sanglots. Morgana le serra dans ses bras et le berça longuement devant le poste de radio. Puis elle s'écarta et lui dit :

— Ecoute-moi bien, Gideon. Tu n'es nullement responsable de ce qui est arrivé. J'ai trouvé un sachet de somnifère dans la poche de ma tante. Elle en a mis dans votre lait ce soir-là. C'était une erreur, se dépêcha-t-elle d'ajouter. Elle le destinait certainement à un autre client, ou peut-être à elle-même. Elle souffrait de somnambulisme. Même si tu l'avais voulu, tu ne te serais pas réveillé. Je propose que nous n'en parlions à personne. Il est inutile de salir la mémoire des morts.

75

Morgana poussa la porte de l'ancien bureau de son père, la pièce que Bettina projetait d'aménager en chambre à coucher pour Gideon.

Elle n'eut aucun mal à mettre la main sur la caisse contenant les livres de médecine que Faraday avait emportés de Boston. Elle espérait y trouver des réponses aux questions qui la tourmentaient.

Tout au fond, elle découvrit un ouvrage intitulé *L'Hystérie*.

La veille, tandis qu'elle veillait le corps de sa tante dans un état d'hébétude absolue, elle avait surpris une conversation entre Selma Cartwright et Ethel Candlewell. Les deux femmes parlaient dans la pièce voisine, ignorant que la jeune fille pouvait les entendre.

— J'ai toujours pensé que Bettina n'avait pas toute sa tête, affirma Selma avec son aplomb coutumier. Faraday non plus. Comme on dit, les deux faisaient la paire.

— Je te rappelle que la pauvre femme repose à côté. Seigneur, encore un voyage au cimetière !

— A ta place, je ne laisserais pas Sandy épouser Morgana.

— Pourquoi ? rétorqua Ethel, scandalisée. Morgana est une jeune fille merveilleuse et ils s'aiment.

— La pomme ne tombe jamais loin de l'arbre, si tu me comprends.

— Bon sang, Selma ! J'ai un enterrement à organiser. Alors, évite de me faire perdre mon temps.

— Et si c'était dans la famille ?

— Ne dis pas de bêtises. Faraday n'était pas fou, seulement excentrique.

— Si ça se trouve, les déséquilibrés s'attirent mutuellement, sans même s'en rendre compte.

— Quel rapport avec Morgana ?

— Elle pourrait avoir hérité les tares de ses parents. On ne connaissait pas la sœur de Bettina. Qui sait ? Elles étaient peut-être aussi cinglées l'une que l'autre.

— Selma Cartwright, je t'interdis de tenir ce genre de propos sous mon toit. Sais-tu où j'ai posé mes lunettes ? Je n'arrive pas à me relire.

— Moi, en tout cas, je ne laisserais pas mon fils épouser une femme qui pourrait lui donner des enfants anormaux.

— Morgana est très gentille et j'avais beaucoup de respect pour son père. Maintenant, si tu veux bien m'excuser, je dois aider la pauvre fille à dire adieu à sa tante.

Sur le coup, Morgana avait été révoltée par les insinuations de Selma Cartwright. Mais à la réflexion, elle se demandait si elles ne contenaient pas au moins une parcelle de vérité.

Elle ouvrit le livre, signé par un psychiatre viennois, et commença à lire : « Les symptômes psychonévrotiques sont liés à des expériences traumatisantes remontant à l'enfance. [...] L'hystérie est causée par des désirs inconscients ou des souvenirs occultés. »

Morgana se frotta les yeux. Tout ceci lui passait au-dessus de la tête, pourtant elle poursuivit : « Quand le dommage subi altère anormalement l'estime de soi, le trouble résultant prend le nom de "désordre de la personnalité". »

Malgré la difficulté du texte, Morgana avait l'intuition qu'il s'appliquait parfaitement à sa tante.

Elle referma le livre. Ce n'était pas là qu'elle trouverait les réponses qu'elle espérait, si elle les trouvait jamais. Tout ce qu'elle savait, c'était que sa tante – la sœur de sa mère – avait volontairement incendié le bungalow d'Elizabeth. Les paroles de Selma Cartwright lui revinrent à l'esprit : « Et si c'était dans la famille ? »

Selma avait raison. Tant qu'elle n'en saurait pas davantage, elle n'avait pas le droit d'épouser Sandy Candlewell.

76

Morgana finit par trouver le courage de se plonger dans les papiers personnels de sa tante. Dans un tiroir de sa commode, elle découvrit toute une collection de documents officiels, certificats de naissance de Faraday Hightower et Abigail Liddell, certificats de décès d'Abigail et de ses parents, acte de mariage de Faraday et Abigail, certificat de naissance de Morgana. Il manquait le certificat de naissance de Bettina ainsi que l'acte de son mariage avec Faraday.

Ne sachant que penser, la jeune fille prit la photo de mariage qui trônait sur la cheminée et vérifia que sa tante n'avait pas glissé le certificat à l'intérieur du cadre. Quand elle remit celui-ci en place, elle s'avisa que le visage de Bettina avait été rapporté sur la photo.

La vérité se fit jour dans son esprit. Le titre de « Mme Hightower », l'alliance au doigt de Bettina participaient de son délire.

Tandis qu'elle passait en revue le contenu des autres tiroirs, elle tomba sur un objet qui l'intrigua : un morceau de poterie qui tenait dans le creux de sa main, peint d'un motif rouge foncé qui ressortait sur un jaune orangé somptueux.

Elle comprit avec stupeur qu'il provenait de la jarre dorée. Elle ferma les yeux et replia les doigts sur le fragment de terre cuite qui la reliait à son père. Petite fille, elle avait partagé l'admiration de Faraday pour la jarre « couleur de l'espoir ». A ces yeux, ce vestige valait plus qu'un diamant.

Il lui fallait encore s'attaquer aux comptes du motel. Le bureau derrière le comptoir de la réception abritait un coffre en métal dont elle parvint à forcer la serrure. Un examen rapide du grand livre lui apprit que l'hôtel n'était pas le gouffre financier que prétendait sa tante. Elle accueillit cette nouvelle avec soulagement : Gideon et elle avaient largement de quoi remplacer le bungalow incendié, assurer les dépenses courantes et mener une existence confortable.

Toutefois, les pages suivantes mentionnaient une longue série de retraits en liquide. A la fin du cahier, elle découvrit une enveloppe pleine de récépissés dont les dates et les montants coïncidaient avec ceux des retraits. Les reçus provenaient tous de l'Eglise de la Rédemption. Le signataire avait indiqué comme adresse une boîte postale à San Bernardino.

Un an auparavant, un prédicateur revivaliste prônant la guérison par la foi avait dressé son chapiteau dans la plaine aride qui s'étendait à proximité du motel. Une bannière sur laquelle on pouvait lire « ÉGLISE DE LA RÉDEMPTION » flottait au vent au sommet d'un mât. Si beaucoup s'étaient déplacés par curiosité, Bettina avait été saisie par une véritable ferveur évangélique pendant cette semaine. Chaque soir, elle se glissait hors de sa chambre pour retrouver son « conseiller pastoral » dans sa roulotte. Le premier retrait datait de cette époque. Depuis, il ne s'était pas écoulé un mois sans que Bettina fasse parvenir un don à l'Eglise de la Rédemption.

— Pauvre tante, murmura Morgana. La culpabilité devait être lourde à porter. Avoir laissé mourir sa propre sœur...

Elle tomba ensuite sur une chemise contenant un échange de correspondance entre Bettina et une banque de Redlands. La première lettre remontait à quatre ans. Elle annonçait à Mlle Morgana Hightower que son père avait souscrit à son nom un compte en fidéicommis d'un montant de cinq mille dollars dont le produit lui serait reversé quand elle aurait dix-huit ans. Le docteur Hightower avait spécifié que nul autre qu'elle ne devait percevoir cet argent, pas même sa tante, Bettina Liddell.

Morgana n'avait jamais eu connaissance de ce courrier. D'où cet argent pouvait-il provenir ? La rumeur publique prétendait que son père avait dévalisé un fourgon avant de fuir au Mexique, mais qui aurait été assez fou pour déposer le fruit d'un vol sur un compte bancaire ?

La deuxième lettre, adressée à Bettina, avait été postée une semaine plus tard : « Chère madame Hightower, bien que vous affirmiez être la belle-mère de votre nièce, nous ne pouvons souscrire à votre demande. Les instructions laissées par votre époux sont on ne peut plus claires : la somme en question doit être remise à Morgana Hightower à l'exclusion de toute autre personne. »

La troisième lettre informait Bettina qu'elle pouvait passer à la banque le jour qu'il lui plairait avec sa nièce, cette dernière devant se munir d'un certificat de naissance.

La dernière pièce du dossier signalait un dépôt de cinq mille dollars sur le compte courant du motel.

En fouillant dans ses souvenirs, Morgana se rappela que sa tante s'était absentée quelques jours dans la semaine qui avait suivi son dix-huitième anniversaire. Par une étrange coïncidence, une des femmes de chambre de l'hôtel, elle-même âgée de dix-huit ans, avait alors démissionné. A son retour, Bettina était habillée de neuf et affichait une bonne humeur inhabituelle.

Morgana reprit fébrilement ses recherches, exhumant des talons de chéquier qui indiquaient des versements de plus en plus élevés au bénéfice de l'Eglise de la Rédemption.

Non contente d'avoir vidé le compte du motel, Bettina avait hypothéqué la propriété. Morgana trouva plusieurs lettres de créanciers exigeant d'être payés, dont une injonction de la banque les menaçant de saisie faute d'un remboursement immédiat de leur dette. Ce dernier courrier était arrivé trois jours avant la mort de Bettina.

La jeune fille promena un regard accablé sur les papiers et les documents étalés autour d'elle. Elle allait perdre le motel et se retrouver à la rue pour la deuxième fois de son existence.

77

— T'inquiète pas, mon petit, dit Joe Candlewell, penché au-dessus du moteur de la Ford qu'il était en train de réparer. On fera ce qu'on pourra pour t'aider. Notre communauté ne laisse pas tomber ses membres lorsqu'ils sont dans le malheur.

Il préféra taire le fait que tout le monde plaignait Morgana : sa mère morte en couches, son père qui s'évanouissait dans la nature et pour finir, l'accident de sa tante... En quelque sorte, la pauvre fille était trois fois orpheline. Sans parler du petit cousin (on lui aurait donné douze ans à tout casser) qui venait de perdre sa mère dans des circonstances atroces... Joe ferait passer le chapeau et veillerait à ce que les deux jeunes gens trouvent un toit et peut-être du travail. Toutefois, en ces temps de récession économique, il paraissait impossible de sauver le motel.

Sandy renouvela sa proposition à Morgana, mais celle-ci ne se sentait pas le droit de l'accepter. Tant qu'elle n'aurait pas démêlé l'histoire de sa famille, elle ne prendrait pas le risque de mettre au monde des enfants potentiellement déséquilibrés.

Il valait mieux qu'elle parte et entame ailleurs une nouvelle vie avec Gideon. Il lui serait trop pénible de voir le motel dirigé par des inconnus, ou sombrer dans l'abandon comme tant d'autres.

« C'est incroyable comme elle tient bien le coup », disaient les gens. Mais ce qu'ils prenaient pour du courage trahissait en réalité un grand vide intérieur. Chaque fois qu'un souvenir de l'incendie lui remontait à l'esprit, elle le chassait. Le soir, elle prenait des somnifères qui l'empêchaient de rêver. Elle était incapable de pleurer. Le remords la harcelait : à plusieurs reprises, elle avait soupçonné que sa tante n'allait pas bien. Pourtant, elle n'avait rien fait et Elizabeth était morte à cause de sa négligence.

Leurs valises se trouvaient déjà à bord du camion. Morgana tenait à partir avant que le *marshal* apporte l'ordre d'expulsion. Elle avait écrit à l'éditeur d'Elizabeth pour l'informer de son décès et le prier d'adresser ses éventuels droits d'auteur au fils du docteur Delafield. Bien que le livre rencontrât surtout un succès d'estime, il leur avait tout de même fait parvenir un chèque qui leur permettrait de se loger à Los Angeles en attendant que Morgana ait trouvé un emploi dans l'hôtellerie ou la restauration. Malgré son expérience, elle craignait que son jeune âge ne la desserve. Gideon avait insisté pour travailler aussi, mais elle n'avait rien voulu entendre. A quinze ans, sa place était au lycée et nulle part ailleurs.

Elle avait fait livrer à l'hôtel le coffre rempli de livres, de vêtements, de matériel photographique et de carnets qu'Elizabeth avait laissé à un garde-meuble dans leur dernière ville de résidence. C'était tout ce qui restait à Gideon de sa mère et de leur vie commune. Ils n'avaient trouvé à l'intérieur ni argent, ni objets ayant une véritable valeur marchande. Le coffre avait rejoint les autres bagages à l'arrière du camion.

Les femmes de chambre pleuraient. Tout le monde se désolait de voir partir Morgana et Gideon, pour qui le personnel du motel s'était pris d'affection.

— Traitez les futurs propriétaires avec respect et offrez-leur le meilleur de vous-mêmes, comme vous l'avez toujours fait pour ma tante et moi, recommanda Morgana aux jeunes femmes éplorées.

A l'entendre, on aurait pu croire que Gideon et elle partaient en villégiature. En réalité, elle était terrifiée. Qu'allaient-ils devenir, seuls dans une grande ville inconnue, quand leur pécule serait épuisé ?

Elle pensa au porte-bonheur qu'elle portait sous sa robe, au bout d'une mince chaîne en or. Il ne la quittait que rarement, mais puisque son effet semblait se dissiper, elle parviendrait peut-être à en tirer un bon prix.

Une voiture s'engagea sur le parking gravillonné du motel et s'arrêta. Un jeune homme vêtu d'un costume sombre et coiffé d'un chapeau mou en descendit. Sous les regards curieux du personnel, il se dirigea vers eux, une serviette en cuir à la main.

— Bonjour, dit-il avec un charmant sourire. Je cherche le docteur Faraday Hightower. C'est bien ici qu'il vit ?

Morgana le considéra avec attention. Ses yeux étaient à peine visibles dans l'ombre de son chapeau.

— Le docteur Hightower est mon père.

L'inconnu lui tendit une main aux ongles manucurés.

— Mike Singletary, du cabinet Whalen, Adams, Edwards et Lipp. Pourrais-je parler à votre père ?

— Il n'est pas là. Nous n'avons aucune nouvelle de lui depuis 1920.

— Oh !

— On pense qu'il est mort, glissa une femme de chambre.

— Dans ce cas, ceci vous revient.

Le nouveau venu ouvrit sa serviette et en sortit une enveloppe en papier kraft.

Intriguée, Morgana déchiffra les pattes de mouche tracées sur l'enveloppe : « A remettre à ma mort à Faraday Hightower, Twentynine Palms, Californie ».

— Qu'est-ce que c'est ?

— Je l'ignore, mademoiselle. Je débute au cabinet, si bien que c'est toujours à moi qu'on confie le rôle de messager.

Le sourire de l'avocat s'élargit, creusant des fossettes dans ses joues. Comme il trouvait la jeune fille jolie, il ajouta :

— Mais un jour, je serai l'associé des patrons.

Morgana ne l'écoutait déjà plus. Ayant soulevé le rabat de l'enveloppe, elle retira ce qui se trouvait à l'intérieur.

Gideon, qui était allé faire ses adieux aux Candlewell, revint en courant. Les voisins avaient commencé à se rassembler devant le motel, attirés par la voiture rutilante et l'inconnu élégant.

— Qu'est-ce que c'est, Morgana ? demanda Gideon, tout essoufflé.

— Des bonnes nouvelles, j'espère, commenta l'avocat tandis que les femmes de chambre reluquaient son costume en fil-à-fil et chuchotaient.

Il y avait deux enveloppes. Dans la première, Morgana trouva une lettre signée d'un certain Bernam. D'autres voisins accouraient. Entre-temps, les femmes de chambre s'étaient enhardies au point d'entamer une conversation avec le séduisant avocat. Morgana lut en silence devant le regard anxieux de son frère.

Cher Doc, je n'ai jamais oublié ce que vous avez fait pour nous en sauvant la vie de Sarah. Comme vous le savez, elle a parfaitement récupéré de sa blessure à la jambe. J'étais sur le point de prendre ma retraite quand vous m'avez payé pour le mauvais tour que nous avons joué à cette canaille de McClory. Mais la fièvre de l'or ne m'avait pas quitté lorsque nos routes se sont séparées. C'est pourquoi j'ai décidé de faire encore une tentative. Avec l'argent que vous m'aviez donné, j'ai acheté une concession du côté de Calico, et figurez-vous que je suis tombé sur un filon ! Mais très vite, je m'en suis désintéressé – dans le fond, c'était moins l'or que le fait de chercher qui m'importait. Sarah et moi, on n'a pas besoin de grand-chose. Notre cabane nous suffit, aussi ai-je placé tout l'argent à la banque. Je ne sais pas combien de temps il nous reste à vivre. Vu que je n'ai pas de gosses, je vous lègue tout ainsi qu'à votre jolie petite fille. Vous l'avez bien mérité. Grâce à vous, j'ai pu réaliser mon rêve.

Bien à vous,

Bernam

La seconde enveloppe contenait un relevé bancaire. Elle crut défaillir en lisant le montant du solde. Elle avait hérité d'une véritable fortune !

— Qu'est-ce qu'il y a ? s'enquit Gideon, la voyant pâlir.

— Tout va bien, le rassura-t-elle. Nous allons pouvoir garder le motel !

Les acclamations et les applaudissements fusèrent. M. Singletary, visiblement flatté, devint aussitôt l'objet de toutes les attentions. Pendant qu'Ethel Candlewell serrait Gideon sur sa poitrine au risque de l'étouffer, Morgana mit la main dans sa poche et en tira un objet enveloppé dans un foulard de soie. Après l'avoir déballé, elle considéra les motifs peints sur le seul morceau qui restait de la jarre dorée. Elle songea à toutes les heures qu'elle avait passées à étudier la photo qu'Elizabeth avait prise du dessin de son père et à suivre du doigt les traits reliant les symboles. Celui qui figurait au centre du fragment évoquait une silhouette humaine.

Le minuscule personnage n'était autre qu'elle-même ; elle en avait la certitude. Consciemment ou inconsciemment, Bettina l'avait également perçu et c'est pour cela qu'elle l'avait gardé. Comme Elizabeth aimait à le répéter, rien n'arrivait jamais par hasard.

Morgana savait ce qui lui restait à faire. Elle ne quitterait pas le motel pour l'université. Sa vocation était de découvrir la vérité sur la disparition de son père. Ce dernier avait reçu le don de guérison. Il avait sauvé la vie de cette femme, Sarah Bernam. Et il avait consacré ses dernières années à tenter de percer le secret de la jarre dorée.

Elle devait découvrir la vérité pour Elizabeth, qui avait tant aimé son père, et aussi pour Gideon, afin que tout le monde sache qu'il n'avait pas abandonné ses enfants.

Le septième jour suivant l'inhumation de Bettina Liddell, Morgana prit une ultime résolution. Puisque le risque de transmettre le gène de la folie à ses descendants lui interdisait de devenir mère, elle mettrait son cœur en cage et veillerait à ne plus jamais tomber amoureuse.

MORGANA

78

1942

Dans son énervement, Morgana ne vit qu'à la toute dernière seconde la tortue qui traversait la route devant elle.

Ayant vérifié d'un coup d'œil dans le rétroviseur que la vénérable créature était saine et sauve, elle pressa à fond l'accélérateur. Le camion semblait survoler la route de Cottonwood Spring, laissant derrière lui les arbres de Josué, les figuiers de Barbarie et les ocotillos pour une étendue basse et plate plantée de créosotiers. Elle était tellement absorbée dans ses pensées que lorsque des explosions retentirent au loin, elle crut à un orage.

Ce matin-là, Gideon lui avait fait part de son intention de s'engager.

« Il faudra d'abord me passer sur le corps », avait-elle rétorqué.

Ce n'était pas à proprement parler une surprise, et elle s'attendait à une discussion houleuse. Mais Gideon avait continué à beurrer son toast comme si de rien n'était.

« Moggie, les Etats-Unis sont officiellement en guerre. Quatre mois se sont écoulés depuis Pearl Harbor. C'est une question de devoir. »

Morgana avait levé les yeux de son livre de comptes.

« Et tes devoirs envers nous deux ? Je n'ai que toi au monde, Gideon. Si tu pars, je resterai seule.

— Tu pourrais avoir quelqu'un d'autre, Mogs. Clyde Billings t'a demandée en mariage.

— Je n'ai aucune envie d'épouser Clyde. »

Surtout pas lui, ajouta-t-elle in petto. Cela faisait trois ans qu'elle luttait contre l'attirance qu'elle ressentait pour le jeune expert foncier. Clyde était drôle, intelligent, attentionné et diablement séduisant. Morgana avait évité jusque-là de tomber amoureuse de lui, mais c'était au prix d'une lutte de tous les instants. Elle n'avait de relations ouvertes et amicales qu'avec les hommes mariés ou ceux dont elle savait qu'ils ne s'intéressaient pas à elle. En bref, des hommes inoffensifs... Tout le contraire de Clyde Billings.

« Franchement, Mogs, je ne vois pas ce qui t'empêche d'accepter. Ça me rassurerait de savoir qu'il y a un autre homme dans ta vie. »

Gideon ignorait tout des craintes qui avaient amené sa sœur à renoncer au mariage et à la possibilité de mettre des enfants au monde. Elle avait cherché des réponses à ses interrogations dans des livres de psychologie, écrit à plusieurs professeurs et spécialistes, avait même consulté des psychiatres à Los Angeles. Tous s'accordaient sur le caractère héréditaire de certaines affections mentales, schizophrénie et désordre maniacodépressif, et sur le risque pour Morgana de transmettre à ses enfants la maladie de son père. Elle s'était passionnée pour les recherches sur les chromosomes, qui n'avaient fait que la conforter dans sa conviction.

« Je t'en prie, Moggie... L'enjeu va bien au-delà de nos petites existences.

— Tout ce que je vois, moi, c'est qu'il faudrait réparer la pompe à eau et que nous attendons vingt-deux personnes ce week-end. »

Le motel tournait à plein rendement. La découverte récente d'une nouvelle mine d'or avait attiré dans la région la horde habituelle d'aspirants à la richesse ainsi qu'un nouveau type de clientèle pour le motel Hightower (il y avait longtemps que Morgana avait laissé tomber le « Château »).

Ce que Gideon n'avait pas dit, c'était que sa décision de s'engager ne lui avait pas été dictée par le seul patriotisme. Plus jeune, il avait adoré accompagner sa sœur dans le désert sur les traces de leur père. Mais, à vingt-quatre ans, il aspirait à voir le monde. Et l'idée de poursuivre la quête de Faraday ne venait pas de lui, mais de Morgana. Celle-ci n'avait pas d'homme dans sa vie, malgré plusieurs propositions de mariage. Ses seules histoires d'amour, elle les avait avec des cartes et des boussoles. Elle avait renoncé à préserver les cultures indiennes de l'oubli pour quadriller le passé et élucider la disparition de leur père. Gideon, quant à lui, n'avait cure du passé. Seul lui importait l'avenir.

Pour autant, il lui en coûtait de quitter sa sœur – sa seule famille, son idole. Après la mort de sa mère, chaque fois qu'il faisait un cauchemar, c'était elle qui le berçait et le serrait contre son cœur, elle encore qui lui murmurait des paroles apaisantes. Après l'avoir consolé, nourri, choyé, elle lui avait fait découvrir les merveilles du désert et enseigné que l'âme de sa mère subsistait parmi les rochers, dans les antiques pictographes et le murmure du vent.

« Mogs, reprit-il d'un air grave, il n'est plus temps de se cacher la tête dans le sable. La guerre ne va pas disparaître parce que tu l'ignores. On va probablement réformer le système de conscription. A ce moment-là, je serai forcé de combattre, que cela te plaise ou non. »

Morgana vint s'asseoir près de lui et le prit par les épaules, l'obligeant à la regarder.

« D'ici là, dit-elle avec ferveur, je ne te laisserai pas partir. Les deux femmes qui nous ont élevés, ta mère et ma tante, sont mortes à quelques jours d'intervalle. Depuis, nous avons toujours veillé l'un sur l'autre et nous sommes battus côte à côte pour survivre. Si tu t'engages dans la Navy, comment vais-je te protéger ? Et toi, comment me protégeras-tu ? »

Gideon représentait plus qu'un frère pour la jeune femme. Sa ressemblance avec Faraday, d'année en année plus criante, lui donnait l'illusion de retrouver un peu de leur père à travers lui.

« Je t'en prie, Moggie ! soupira Gideon, lui voyant les yeux pleins de larmes.

— La discussion est close, Gideon Delafield. Non, c'est non. »

Il y avait belle lurette que Morgana avait cessé de le présenter comme son cousin. Mais quand bien même la loi l'y autorisait, le jeune homme aurait eu l'impression de trahir sa mère en échangeant son nom contre celui de Hightower. S'il s'appelait toujours Gideon Delafield, il avait gagné douze centimètres entre seize et dix-huit ans. Cela ne faisait pas de lui un géant, mais sa musculature et sa démarche fière dissuadaient quiconque de le traiter d'avorton.

A présent, il rêvait de devenir un héros et pour cela, il n'avait rien trouvé de mieux que de s'engager.

Comme il faisait mine de protester, Morgana perdit le contrôle de ses nerfs.

« Bon sang, Gideon ! Ne t'imagine pas que tu paraîtras plus grand en uniforme de marine... »

L'expression à la fois surprise et peinée du jeune homme lui fit regretter ses paroles.

« Gideon, je te demande pardon. »

Elle lui tendit les bras, bouleversée. Son frère était la personne qu'elle aimait le plus au monde et la dernière à qui elle souhaitait faire du mal.

« C'est bon, Mogs, murmura-t-il en détournant les yeux. C'est la guerre qui nous fait parler à tort et à travers. »

Morgana s'était retirée sans un mot, le laissant déjeuner seul. Cela faisait déjà une semaine qu'elle aurait dû livrer à quelques familles des environs de Cottonwood Spring les bocaux de sauce tomate qu'elle leur avait promis.

Le camion franchit un défilé et déboucha dans la basse plaine. Morgana avait honte de la façon dont elle s'était conduite avec Gideon. Lui-même avait eu des paroles blessantes à son égard, l'accusant d'être insensible aux souffrances du monde extérieur. Il se trompait lourdement. Morgana réprouvait fermement la guerre, comme toute forme de violence. La révélation du meurtre commis par sa tante avait fait d'elle une pacifiste convaincue. Si la conscription était défavorable à son frère, elle se battrait bec et ongles pour empêcher son départ.

Une déflagration fit trembler le camion, la tirant de ses réflexions. Encore des mineurs qui faisaient sauter des rochers à la dynamite ! C'était parfaitement illégal.

Un coup de volant vers la gauche et le camion quitta la piste pour la plaine. Le vieux véhicule bringuebalait sur les cailloux, les nids-de-poule et les broussailles. Une deuxième explosion souleva un nuage de poussière au-delà d'une ligne de collines. Morgana accéléra.

Elle s'attendait à trouver des géomètres, du matériel d'excavation et un camp de fortune. Mais une fois parvenue sur les lieux de l'explosion, elle freina brutalement, complètement abasourdie.

Un bataillon de blindés peints d'un vert affreux et de grandes étoiles blanches progressait à travers le désert avec des grincements de dinosaures vieillissants, écrasant tout sous leurs chenilles. Des tanks ! Morgana n'en croyait pas ses yeux. Quand un nouveau tir de canon projeta vers le ciel une énorme gerbe de sable et de débris végétaux, elle sauta du camion et courut droit vers les blindés, retenant son chapeau d'une main et faisant de grands signes avec son bras libre.

Les hommes debout sur les tourelles s'interpellaient en la montrant du doigt. La jeune femme ôta son chapeau et, l'agitant comme un drapeau, alla se planter devant un des monstres métalliques.

Les chars ralentirent et s'arrêtèrent. D'autres hommes remontèrent à l'air libre en clignant des yeux telles des taupes aveuglées par la lumière du jour. Un sifflement égrillard fusa, aussitôt imité. Morgana se recoiffa de son chapeau et mit les poings sur les hanches, comme si elle défiait les blindés de lui rouler sur le corps.

Une Jeep sortit de la colonne et s'approcha à vive allure. Le passager sauta à terre sans attendre l'arrêt du véhicule.

— Qu'est-ce que vous fabriquez ? lui cria-t-il.

Il arborait des galons d'officier, mais Morgana n'aurait su dire quel était son grade.

— Et vous, nom de Dieu ?

L'officier retira ses lunettes d'un geste vif, dévoilant des yeux bruns profondément enfoncés dans leurs orbites.

— Vous vous trouvez dans une zone à accès restreint.

Un coup de vent faillit emporter le chapeau de Morgana qui le retint in extremis.

— Une zone à accès restreint ? Je ne laisserai pas vos sales engins massacrer mon désert !

— *Votre* désert ?

L'officier déboutonna sa veste de treillis et vint se camper devant elle.

— Mademoiselle, vous parlez au représentant de l'armée des Etats-Unis. Nous sommes parfaitement dans notre droit.

— Vous pourriez être le président Roosevelt en personne que ça ne changerait rien.

Le conducteur de la Jeep s'approcha en courant.

— Père O'Neill, le commandement demande pourquoi nous nous sommes arrêtés.

Morgana aperçut alors le col de clergyman sur la chemise kaki de l'officier.

— J'ai dit « nom de Dieu » devant un homme d'Eglise ?

— J'en ai peur.

Le père O'Neill sourit. Morgana ne put s'empêcher de le trouver charmant.

— Je vous demande pardon. Je ne m'attendais pas à tomber sur une armée en manœuvres. Qu'est-ce que ces chars font ici ?

— Vous n'avez pas entendu parler de Camp Young ? C'est là que s'entraînent les troupes destinées à combattre en Afrique du Nord. J'imagine que toute la presse en a parlé.

Le motel ne désemplissait pas, si bien que Morgana n'avait pas ouvert un journal depuis des semaines. Voyant son désarroi, le père O'Neill adopta un ton moins martial.

— Je crains que vous ne deviez vous habituer à notre présence. Nous sommes là pour un bout de temps.

— Qu'est-ce qu'un aumônier fait là à jouer aux petits soldats ? demanda Morgana, intriguée.

O'Neill rougit.

— On avait besoin d'un officier et j'étais disponible.

Il ôta son chapeau pour s'essuyer le front, exhibant une épaisse chevelure brune sans la moindre trace de gris. Morgana lui donna dans les trente-cinq ans.

Comme il rougissait de plus belle sous le regard scrutateur de la jeune femme, celle-ci se fit la remarque qu'il était décidément très séduisant. Un rapide coup d'œil à la minuscule croix – l'insigne du corps des aumôniers militaires – qui ornait le col de sa veste lui rappela qu'il était encore plus inoffensif qu'un homme marié.

— Morgana Hightower, dit-elle en lui tendant la main.
— Aumônier-commandant Robert O'Neill.
Sa poignée de main était ferme.
— Morgana... Quel prénom curieux !
— Mes parents m'ont donné le nom d'un mirage. Vous savez, les châteaux dans le ciel...
— Ah ! La *fata morgana*. Etes-vous aussi irréelle ?
Elle éclata de rire.
— Posez donc la question aux gens du coin. Ils vous répondront que je suis parfois un peu trop réelle à leur goût.
C'était la première fois qu'elle s'autorisait à badiner avec un homme depuis qu'elle avait renoncé à l'amour. A toujours prendre garde, elle avait oublié combien les relations avec l'autre sexe pouvaient être plaisantes. Mais cette fois, elle n'avait rien à craindre. Il n'y avait aucune chance qu'elle s'entiche d'un prêtre.
Ce dernier fit signe aux soldats qui étaient descendus des blindés pour reluquer la jeune femme de regagner leur poste.
— La pause a assez duré, dit-il. J'ai été ravi de faire votre connaissance, mademoiselle Hightower. Mais nous avons un horaire à respecter.
C'est le cœur lourd que Morgana regagna son camion, laissant derrière elle les hommes qui la sifflaient et tentaient d'attirer son attention depuis les tourelles et les canons qui profanaient la pureté du désert.
La guerre venait de faire irruption dans sa vie.

79

— Cette guerre ne nous concerne pas, martela Morgana quand Gideon ramena la question sur le tapis.

— Cette guerre concerne tous les Américains. Pete Candlewell et George Marton se sont engagés, eux.

— Leurs familles peuvent se passer d'eux. Les Martin ont sept fils. Tandis que moi, je n'ai que toi. Pense un peu à moi, Gideon.

— Je pense d'abord à l'équipage de l'*Arizona*.

— Tu devrais avoir honte de parler ainsi !

Morgana plaignait de tout son cœur les familles des marins qui avaient péri lors du bombardement de Pearl Harbor, mais le sacrifice de son frère ne les ramènerait pas à la vie.

— Si tu t'engages, je jure de ne plus t'adresser la parole de toute ma vie, menaça-t-elle d'une voix tremblante.

— Tu m'obligerais à choisir entre mon pays et toi ? fit Gideon, scandalisé.

— Si tu franchis le seuil du bureau de recrutement, tu ne passeras plus jamais la porte de cette maison. Ai-je été assez claire ?

Deux jours plus tard, alors qu'elle roulait dans le lit d'un ancien cours d'eau, elle tomba sur deux petits blindés, une camionnette et une Jeep ensablés jusqu'au châssis. Les jeunes soldats lui expliquèrent qu'ils attendaient qu'on vienne les tirer de là depuis deux jours. Il ne faudrait pas moins de quinze mètres de câble pour les remorquer tous, précisèrent-ils. Morgana fut émue par leur empressement à lui parler d'eux-mêmes et de leurs familles, quand bien même elle ne leur avait rien demandé. S'ils faisaient assaut de plaisanteries pour attirer son attention, il ne fallait pas être devin pour voir combien ils souffraient du mal du pays. Apprenant qu'ils disposaient en tout et pour tout d'une réserve d'eau de cent cinquante litres et d'une caisse de biscuits Newton aux figues, elle leur proposa une partie de son chargement – fruits frais, tomates et concombres, miches de pain, bouteilles de lait – qu'ils acceptèrent avec empressement. Leurs remerciements gauches, la gratitude qu'elle pouvait lire dans leurs yeux la troublèrent au plus haut point et la renforcèrent dans sa haine de la guerre.

— Je n'en croyais pas mes yeux ! lui rapporta Ethel Candlewell quelques heures plus tard. Des tentes à perte de vue, des jeunes gens qui se douchaient en plein air, tout ça dans des conditions d'hygiène déplorable...

Ethel était passée devant Camp Young en revenant de Blythe où elle avait rendu visite à sa sœur.

— Est-ce que c'est une façon de traiter nos gars ?

Morgana lui rétorqua qu'en ce qui la concernait, l'armée pouvait faire ce qu'elle voulait de ses hommes. Elle voulait bien contribuer à l'effort de guerre en se rationnant et en cultivant un potager, mais elle ne donnerait pas son unique frère.

80

Confrontées à un afflux quotidien de nouvelles recrues, les autorités militaires exploitaient le moindre mètre carré de sable pour recréer les conditions de combat dans le désert nord-africain. Morgana ne pouvait plus aller nulle part sans voir un champ de tir ou un bataillon en manœuvres, ou entendre le vrombissement des avions qui volaient bas dans le ciel.

Le centre d'entraînement, avait-elle appris, s'étendait d'ouest en est de Pomona à Phoenix et du nord au sud du Nevada à la frontière mexicaine. A l'intérieur de ce périmètre, l'armée avait aménagé dix campements provisoires pour accueillir les nouveaux engagés, dont la plupart n'avaient aucune expérience du désert. On n'était encore qu'au printemps. Que deviendraient ces malheureux en juillet et août, quand la température avoisinerait les cinquante degrés à l'ombre ?

Morgana devait livrer chaque jour un double combat, l'un contre sa conscience qui lui reprochait son indifférence à l'égard des milliers de jeunes garçons en uniforme qui campaient presque dans son jardin, et l'autre contre cette tête de mule de Gideon.

Une nuit où elle se tournait et retournait une fois de plus dans son lit, elle prit une résolution. Pour autant qu'il lui en coûtât, elle avait quelque chose d'important à dire aux autorités de Camp Young.

Le lendemain matin, elle se coiffa avec un soin particulier et essaya plusieurs tenues avant d'opter pour une jupe d'un ton crème et un chemisier rose. Elle termina par une touche de rouge à lèvres : pour être prise au sérieux, elle devait se présenter sous son meilleur jour. Ses efforts de toilette n'avaient rien à voir avec le père O'Neill, auquel elle n'avait pourtant cessé de penser depuis leur rencontre. D'un autre côté, elle ne pouvait pas se présenter à l'entrée du camp et demander à parler au responsable sans donner de nom à la sentinelle. Toutefois, elle devait s'avouer qu'elle avait hâte de revoir le séduisant aumônier.

Camp Young était situé à la pointe de Coachella Valley, quelque part sur la route de Blythe, juste au sud-est de Cottonwood Spring. En approchant, Morgana découvrit au milieu de la plaine entourée de collines brun foncé d'innombrables rangées de tentes et de cabanes couvertes de tôle ondulée. On n'apercevait pas un seul bâtiment en dur. Partout, des soldats, des Jeep et des blindés. Des cris résonnaient dans l'air. On entendait même un clairon. Elle ne s'attendait pas à trouver un camp aussi vaste et aussi actif.

Ce spectacle l'emplit de tristesse. Elle fut tentée de rebrousser chemin et de regagner le motel où tout le monde était poli avec elle et buvait son thé dans des tasses de porcelaine.

Elle arrêta le camion devant la guérite de la sentinelle. Une barrière en bois fermait l'entrée du camp. Un jeune garçon armé d'un fusil approcha et lui demanda la raison de sa visite.

— Je souhaite voir le commandant O'Neill.

Le garde réitéra sa question.

— C'est personnel, répondit-elle, feignant d'ignorer les soldats qui la dévoraient du regard, massés derrière la barrière.

— Je regrette, mademoiselle, mais ici c'est une installation militaire et les civils...

— Pour l'amour du ciel !

Elle descendit du camion, redressa son chapeau et dit :

— Vous voulez bien m'annoncer au commandant O'Neill ?

Un homme les rejoignit en quelques enjambées, en manches de chemise, le col ouvert, la cravate dénouée.

— Un problème, caporal ?

Morgana devina qu'il s'agissait d'un officier car la sentinelle s'était mise au garde-à-vous et les curieux s'étaient immédiatement éloignés.

— Je voudrais parler au commandant O'Neill, mais cet homme refuse de me laisser entrer.

L'officier, un grand type d'une cinquantaine d'années, avec un long nez et des yeux tristes, la considéra avec curiosité.

— Vous êtes une parente ?

— Une amie. Je ne suis pas venue vous espionner, mais il y a certaines choses que vous devez savoir avant de vous lancer dans le désert.

L'officier donna l'ordre à la sentinelle d'aller chercher O'Neill, puis il reporta son attention sur la jeune femme.

— Quelles choses ?

Elle cligna des yeux pour mieux voir à travers les piquets de la clôture les pelotons qui s'entraînaient en plein soleil. Le camp aurait eu bien besoin de quelques palmiers !

— Je ne crois pas que beaucoup de vos nouvelles recrues connaissent le désert. Ça n'a rien à voir avec un pique-nique à la plage. Le terrain est accidenté et le climat extrême. En été, la température frise les cinquante degrés à l'ombre, et elle descend au-dessous de zéro en hiver. Les tempêtes de sable surviennent sans crier gare, les orages provoquent des crues instantanées aux conséquences tragiques. Sans parler des serpents, des scorpions et des tarentules.

— Nous avons déjà noté tout ceci, mademoiselle.

— Mais avez-vous seulement idée des nuisances que causent les mouches en été ? Vos hommes auront besoin d'une protection adaptée. Je vous suggère du Flit.

— Nous en avons commandé un stock.

— L'autre jour, j'ai vu manœuvrer des soldats chaussés de bottes montantes. Celles-ci ne conviennent pas aux climats chauds car elles gênent la circulation. A l'exception des chaussures, le cuir devrait être banni. Je vous suggère de le remplacer par du lin. De même, les bermudas que j'ai aperçus sur certains de vos hommes ne sont pas adaptés au désert. Ils exposent les jambes aux griffures, aux coupures et aux piqûres d'insectes. Ces blessures ont vite fait de s'infecter.

— Je vois, acquiesça l'officier. Dites-moi, y a-t-il quelque chose que nous fassions correctement ?

La jeune femme réfléchit quelques secondes. Les soldats étaient revenus se coller contre le grillage à travers lequel ils suivaient leur dialogue avec intérêt.

— Les casquettes en toile à large visière protègent efficacement les yeux du soleil.

L'officier sourit, dévoilant une incisive mal alignée.

— Je vous remercie, mademoiselle. Soyez certaine que je transmettrai ces renseignements aux autorités compétentes. Mais voici le père O'Neill. Continuez, soldat, dit-il à la sentinelle avant de s'éloigner.

Morgana remonta à bord du camion et attendit que la barrière se lève pour avancer.

— Bonjour ! lança l'aumônier d'un ton enjoué.

Son pantalon et sa chemise kaki étaient impeccablement repassés et la minuscule croix étincelait à son revers. Le soleil mettait des reflets dorés dans ses cheveux bruns très courts.

— Si vous le voulez bien, j'aimerais vous dire un mot, commandant. Où pourrais-je me garer ?

Sitôt la barrière baissée, les curieux se dispersèrent et Morgana rangea le camion le long de la clôture.

— Je vous ai vue parler avec le Vieux, remarqua O'Neill.

— Le Vieux ?

— Le général Patton. C'est lui qui supervise l'entraînement. Vous ne le saviez pas ?

— Dans ce cas, j'ai bien fait de m'adresser à lui. Je lui ai juste donné quelques conseils.

O'Neill eut un sourire comique.

— Vous êtes le nouveau conseiller militaire du général Patton ?

— J'ignore tout de la guerre. En revanche, je connais bien le désert.

Il l'invita à prendre un café à la cantine, mais Morgana avait fait ce pour quoi elle était venue – donner à ces hommes un aperçu de ce qui les attendait – et n'avait donc aucune raison de s'attarder.

— Va pour un café, dit-elle.

La cantine consistait en une toile de tente et un plancher en bois brut. On y respirait des odeurs de cuisine et de cigarettes, et des haut-parleurs placés en hauteur diffusaient de la musique en sourdine. A cette heure de la matinée, elle n'accueillait qu'une poignée d'hommes en treillis ou en uniforme. Certains bavardaient à voix basse, d'autres étaient plongés dans des journaux, des problèmes de mots croisés ou buvaient seuls leur café accompagné de *donuts*. Morgana fut frappée par leur extrême jeunesse.

Le père O'Neill l'invita à prendre place à une longue table vide et revint bientôt avec deux tasses et deux petits pains à la cannelle enveloppés dans une serviette.

— Quel calme ! remarqua Morgana en remuant son café.

A la table voisine, un soldat qui ne paraissait pas plus de dix-huit ans écrivait frénétiquement sur un bloc de papier à lettres, s'interrompant de temps en temps pour lécher la pointe de son crayon.

— Vous n'en diriez pas autant au moment des repas, répliqua O'Neill en plaçant les petits pains au milieu de la table.

Ni à l'heure de la distribution du courrier, songea Morgana. L'éloignement devait accroître chez ces jeunes gens le besoin de maintenir des liens avec leur famille et leur entourage.

— Le mobilier n'est pas très confortable, j'en ai peur, reprit O'Neill comme elle s'agitait sur sa chaise métallique.

— Il manque à cet endroit une touche féminine qui rappellerait leur foyer aux soldats. Des nappes, ou des fleurs...

— Son côté spartiate est volontaire. Le général Patton entend concentrer ses efforts sur les aspects tactiques et techniques de l'entraînement. La majorité des nouvelles recrues viennent ici pour augmenter leur endurance. Par exemple, l'eau est rationnée pour tous, y compris les officiers.

— Encore une erreur, le coupa Morgana. Dans le désert, le corps fait office de réservoir. Il faut boire dès qu'on a soif. On a retrouvé des hommes morts de déshydratation avec des citernes pleines.

Au même moment, un air de Glenn Miller parvint aux oreilles de Morgana. « Ne te promène avec personne d'autre que moi sur le boulevard des Amoureux », disaient les paroles. « Attends que je revienne victorieux... » Une vague de tristesse s'abattit sur la jeune femme. Qu'attendait-elle pour se lever et quitter cet endroit ?

— Commandant... ou devrais-je dire « père O'Neill » ?

— Comme vous voudrez. La plupart des recrues m'appellent simplement « mon père ».

— Le jour où j'ai fait arrêter les chars, vous avez dit qu'on vous avait affecté à ce poste parce que vous étiez disponible. J'ai du mal à vous croire.

O'Neill rit.

— Je suis un piètre menteur.

— En réalité, qu'est-ce qui vous a amené ici ?

— Un aumônier se doit de nouer des liens étroits avec les hommes dont il a la charge. Pour cela, il n'y a rien de mieux que de partager leur quotidien et leurs épreuves. Les aumôniers sont présents non seulement au mess, mais aussi sur le champ de tir et le terrain d'exercices. Si notre fonction nous dispense de manipuler des armes, nous crapahutons avec la troupe et participons aux essais de masque à gaz.

Il n'avait pas touché à son café qu'il remuait avec application, le nez plongé dans sa tasse, comme s'il avait perdu quelque chose dedans.

— Pour quelle raison avez-vous arrêté les chars ? demanda-t-il tout à coup. Etait-ce vraiment pour protéger le désert ?

Morgana resta interdite. Comment avait-il pu deviner ? Ou alors, elle mentait aussi mal que lui.

— Pourquoi cette question ?

— J'ai trouvé votre réaction quelque peu excessive. Pardonnez-moi, mais mes années de sacerdoce – d'abord auprès d'une paroisse, puis comme aumônier militaire – m'ont appris à entendre au-delà de ce que disent les gens. Et il m'arrive d'oublier que mes interlocuteurs ne recherchent pas tous un confesseur. Une déformation professionnelle, en quelque sorte.

— Je suis contre la guerre, commandant. Contre les armes à feu, les chars, les uniformes.

O'Neill continua à tourner sa cuiller, les yeux fixés sur le maelström miniature au fond de sa tasse.

— Ce rejet provient-il de vos convictions religieuses ?

— Mon histoire familiale a été marquée par des actes violents. Depuis, toutes les formes d'agression me révoltent.

Elle s'attendait qu'il lui serve les mêmes arguments patriotiques que Gideon, mais il n'en fut rien. En réalité, elle le sentait préoccupé.

Soudain, il releva la tête et posa sur elle un regard pensif qui l'inquiéta. Il semblait sur le point de lui confier un secret honteux.

Un soldat rompit le silence :

— Excusez-moi, mon père, vous pourriez me passer le lait ?

Morgana découvrit avec étonnement que presque toutes les chaises autour de leur table étaient à présent occupées.

Un autre soldat s'assit à côté d'O'Neill et demanda :

— Pardon, mon père, vous auriez l'heure ?

Morgana fut impressionnée par la popularité dont semblait jouir l'aumônier. Elle trempa les lèvres dans son café qu'elle trouva amer.

— La vie militaire vous plaît ? s'enquit-elle.

— A part les huiles, je crois qu'aucun de nous n'est content de se trouver là.

Il reprit, répondant à la question qu'il avait lue dans les yeux de la visiteuse :

— Vous vous demandez ce qui m'a poussé à m'engager ? Quand la guerre a éclaté en Europe, j'ai pensé que notre pays ne tarderait pas à rejoindre le conflit et qu'on aurait alors besoin d'aumôniers. Mon diplôme du Séminaire de l'Union théologique et mon expérience d'aumônier du Département d'études religieuses de l'université de Columbia m'ont permis d'accéder directement au rang d'officier. J'avais vu juste : avant Pearl Harbor, on comptait à peine cent quarante aumôniers militaires. Depuis l'attaque japonaise, leur nombre double chaque jour.

Le regard de Morgana tomba alors sur la petite croix qui ornait le col de sa chemise et elle fut prise d'une inspiration.

— Commandant, me permettez-vous de faire appel à votre connaissance de la Bible ?

— Je vous en prie. Je suis là pour ça.

— La phrase « Ils le vendirent aux marchands madianites » vous évoque-t-elle quelque chose ?

— Elle est extraite de l'Ancien Testament. Le père de Joseph lui avait fait présent d'une tunique de plusieurs couleurs qui excita la jalousie de ses frères. Ces derniers complotèrent alors de le vendre à des Madianites. Pourquoi cette question ?

— Pour rien. Quelqu'un a prononcé cette phrase devant moi un jour.

Les haut-parleurs diffusaient à présent *Chattanooga Choo Choo.*

— Je dois vous laisser. Nous avons beaucoup de travail.

— Nous ?

— Mon frère et moi possédons un motel à Twentynine Palms. Nous sommes complets. On va avoir besoin de moi pour le coup de feu de midi.

La température s'était élevée de plusieurs degrés sous la tente. Morgana ôta son chapeau de paille afin de s'éventer.

— Depuis quand... ?

L'aumônier s'interrompit en apercevant le front de la jeune femme. Il détourna vivement les yeux et toussa avant d'achever sa phrase.

— Depuis quand habitez-vous la région ?

Morgana se recoiffa de son chapeau. Elle avait tendance à sous-estimer l'effet que son tatouage produisait sur les étrangers.

— Depuis que je suis toute petite.

— Vos parents étaient des pionniers ?

— Mon père était très pieux, puis il a connu une crise religieuse. Il cherchait des réponses dans le désert.

— Et il les a trouvées ?

— Je n'en sais rien. Il a disparu il y a vingt-deux ans, après m'avoir confié qu'il avait fait une découverte capitale. J'ignore de quoi il parlait, mais c'était forcément dans le désert. J'ai tenté de retrouver sa trace, mais je n'ai pas eu de chance jusqu'à présent.

— Quelle histoire extraordinaire !

O'Neill regarda à nouveau son interlocutrice. Il avait l'art de passer en un clin d'œil de la décontraction au plus grand sérieux.

— Comment retrouver un homme dans un territoire de plus d'un million de kilomètres carrés ?

Il constata avec étonnement qu'elle ne portait pas d'alliance. Comment une femme aussi séduisante pouvait-elle être encore célibataire ?

— Je dispose de quelques indices...

Elle se figea sous l'insistance de son regard. Qu'avait-il à la dévisager ainsi ? Etait-ce à cause du tatouage ? Comme le silence se prolongeait, elle résolut de se lever et de prendre congé. Au même moment, un jeune soldat qui venait de passer sous la tondeuse et dont le crâne rasé accentuait l'apparente fragilité demanda le lait à l'aumônier.

Il n'y avait plus une chaise libre autour de leur table. Si tous ces jeunes gens mangeaient, fumaient, lisaient des magazines, rédigeaient leur courrier, leurs gestes et leurs regards trahissaient l'intérêt qu'ils portaient à l'aumônier. Voyaient-ils en lui un père de substitution, bien qu'il fût à peine plus âgé qu'eux ? Lui confiaient-ils leurs peurs et leur mal-être ? La tristesse qui n'avait pas quitté Morgana depuis qu'elle avait passé le seuil de la cantine acheva de la submerger. Pauvres garçons, si loin des leurs et pour certains promis à une mort affreuse !

Elle se leva sans finir son café ni avoir touché aux petits pains, et remercia le commandant de son hospitalité. Malgré ses protestations, il insista pour la raccompagner.

— Je promets de ne plus venir vous ennuyer, dit-elle avant de démarrer. Je suis sûre que vos supérieurs savent tout ce qu'il y a à savoir sur le désert.

— Vous serez toujours la bienvenue.

Morgana conduisait le pied au plancher, soucieuse de mettre le plus de distance possible entre elle et cette guerre qu'elle abhorrait. Une partie d'elle-même espérait ne jamais revoir Camp Young et Robert O'Neill. Pourtant, elle ne parvenait pas à chasser le séduisant aumônier de ses pensées. Il y avait chez lui quelque chose qui la troublait, sans qu'elle sache quoi. Bientôt, la route se mit à monter et le paysage se transforma. Comme elle apercevait un premier boqueteau d'arbres de Josué à travers un rideau de pins et de genévriers, une question surgit dans son esprit : comment un homme de Dieu pouvait-il prendre part de son plein gré à cette boucherie ?

Elle ralentit et arrêta le camion non loin d'Arch Rock. Sous le soleil de midi, le pseudo-éléphant ressemblait à une statue en bronze patiné. Elle revit Gideon l'escalader pour la première fois, le jour où Elizabeth lui avait offert le livre contenant les photos et les dessins de son père. Comme tout ceci paraissait loin !

Elle appuya son front sur ses mains qui serraient le volant et laissa venir les larmes. Tous ces garçons aux traits juvéniles qui s'entraînaient à tuer en souriant ! Combien ne reverraient pas leur pays ? Gideon avait raison. D'ici peu, ils seraient des millions à rejoindre les rangs de l'armée, par conviction ou par obligation.

Cette idée lui donnait la nausée. Elle regrettait de ne pouvoir empêcher cette tuerie aussi aisément qu'elle avait arrêté les chars. Malheureusement, elle n'était qu'une femme. Pour éviter la guerre, il aurait fallu que tous les hommes en âge de combattre déposent les armes et refusent de servir. Mais cela n'arriverait jamais. Certes, il existait des objecteurs de conscience, dispensés de service militaire pour des raisons morales ou religieuses. Arriverait-elle à convaincre son frère de suivre leur exemple ? Non. Gideon aspirait à devenir un héros.

Elle pleurait sur Gideon et sur les jeunes recrues quand un passage d'un film célèbre remonta à sa mémoire : « Je ne suis pas lasse, Scarlett. Cet homme pourrait être Ashley. Je serais trop heureuse qu'on le choie. Je songe que tous pourraient être Ashley... »

81

Gideon était occupé à réparer la pompe à eau avec un ouvrier, mais ses pensées étaient à des années-lumière de la cour du motel.

Il connaissait l'opposition de Morgana à toute forme de violence et soupçonnait même l'origine de son pacifisme. Pour autant, cette guerre lui semblait un mal nécessaire. Il n'était pas question de laisser des brutes et des tortionnaires dicter leur loi au reste du monde. En outre, il comptait sur cette expérience pour le faire grandir, non en taille – à vingt-quatre ans, il avait terminé sa croissance – mais moralement.

Comment convaincre Morgana de le laisser s'engager ? Les choses auraient été plus simples si elle avait été mariée.

« Tu sais que les gens te traitent de vieille fille ? » lui avait-il demandé un jour.

Il espérait que, piquée au vif, elle se laisserait conduire à l'autel par l'un ou l'autre de ses prétendants. Mais Morgana avait ri.

« Gideon, je n'ai que trente-deux ans ! Et puis, entre le motel et mes recherches, je n'aurais pas de temps à consacrer à un mari. J'ai d'autres priorités. »

Dix ans plus tôt, elle avait juré de découvrir ce qu'il était advenu de leur père. Au début, Gideon avait puisé du réconfort dans cette quête. Mais au fil du temps, ses blessures affectives avaient cicatrisé et il s'était résigné à l'absence de son père. Au bout de vingt ans, la mort de Faraday Hightower ne faisait plus aucun doute. Le jeune homme avait également accepté le fait que Faraday n'ait pas épousé sa mère. En prenant de l'âge, il avait découvert à quel point les relations entre les sexes pouvaient être complexes. Il était également possible que son père n'ait pas été au courant de la grossesse d'Elizabeth. Il avait tenté d'expliquer tout ceci à Morgana, mais elle n'avait pas désarmé. Il la soupçonnait de ne pas tant enquêter sur la disparition de leur père que de rechercher ses mystérieux chamanes. Sans même s'en apercevoir, Morgana avait renoncé à ses propres rêves pour épouser ceux de Faraday.

Les premiers temps, elle avait fait appel à un détective. Elle lui avait dit tout ce qu'elle savait et l'avait invité à questionner les habitants de la vallée pour déterminer lesquels d'entre eux connaissaient Faraday, ne serait-ce que de vue. Elle l'avait même payé pour qu'il retrouve les anciens membres de l'équipe d'Elizabeth Delafield, au cas où l'un d'eux l'aurait entendu dire quelque chose qui aurait échappé à sa maîtresse. Elle l'avait envoyé à Boston afin d'interroger d'anciens voisins, confrères ou patients qui auraient pu donner une nouvelle impulsion à l'enquête. Le détective avait poussé la conscience professionnelle jusqu'à retourner à Chaco Canyon sur les traces d'un vieux cow-boy appelé Wheeler.

Au bout de deux années de déplacements incessants pendant lesquels il avait réuni un volumineux dossier sur Faraday Hightower, le détective s'était avoué impuissant : il n'avait pu fournir aucun élément nouveau, ni produire de témoin qui aurait été en contact avec le docteur Hightower depuis sa disparition. Toutefois, Morgana avait refusé de se rendre à l'évidence, comme l'attestait sa décision de se faire tatouer.

Durant les mois qui avaient suivi l'incendie, la jeune femme avait dirigé le motel avec une fermeté qui confinait à la froideur. Elle évitait la compagnie des clients et avait tendance à se refermer sur elle-même. Son frère et elle n'évoquaient jamais le double drame qui avait endeuillé leurs existences, mais un an jour pour jour après la mort de Bettina, elle s'était réveillée en hurlant au beau milieu de la nuit. Elle n'avait pas voulu raconter son cauchemar à Gideon. Pourtant, quelque temps plus tard, elle était partie pour Los Angeles. A son retour, sa cicatrice avait disparu. Tout le monde s'était extasié devant le prodige accompli par le chirurgien qui avait greffé sur son front un fragment de peau prélevé sur sa cuisse. Au bout de quelques semaines, seul un examen attentif permettait de déceler la ligne de suture. Chacun avait chaudement félicité Morgana.

Puis elle était partie à nouveau, cette fois pour San Diego, sans fournir la moindre explication. Elle était revenue le lendemain, le front marqué de trois lignes verticales bleu indigo.

« Pourquoi, Mogs ? l'avait interrogée Gideon.

— Parce que c'est ainsi que notre père m'a vue pour la dernière fois. »

A dater de ce jour, curieusement, Morgana avait retrouvé toute l'assurance et la spontanéité qui faisaient une part de son charme avant l'incendie et le double décès. C'était comme si le tatoueur avait ouvert dans sa chair une fenêtre par où s'étaient envolés les démons qui la tourmentaient. Tout ce que souhaitait Gideon, c'était que ces démons laissent sa sœur en paix, car rien ne le ferait revenir sur sa décision de prendre part au conflit qui se préparait.

Morgana s'avança dans la cour où son frère réparait la pompe à eau. Ses cheveux indisciplinés et les taches de graisse qui maculaient son visage lui donnaient l'air d'un adolescent. Pas très grand, mais musclé. Une douleur plus vive qu'un coup de poignard perça le cœur de la jeune femme. Comme il allait lui manquer !

— Gideon ?

Il se redressa et essuya ses mains sur un chiffon.

— J'ai changé d'avis. Je t'autorise à t'engager.

Il sourit.

— Merci, Mogs. C'est déjà fait.

82

Morgana porta au bloc moteur un coup de clé anglaise tellement violent que Suzie Knapp se dit qu'on avait dû l'entendre jusqu'à San Bernardino. Elle avait déjà vu son amie en colère, mais jamais à ce point.

— Ce maudit engin ne veut pas marcher ! s'exclama Morgana. Pourquoi ?

Cela faisait dix minutes qu'elle tentait de faire démarrer le pick-up du motel, penchée au-dessus du moteur. Suzie lui dit qu'elle était désolée mais que son mari travaillait sur un chantier à une trentaine de kilomètres.

— Veux-tu que j'aille voir si Joe Candlewell est chez lui ?

Suzie Knapp, une rousse bien en chair, au visage constellé de taches de son, qui paraissait moins que ses trente-trois ans, était la fille d'un couple de fermiers originaires du Wisconsin qui fournissaient du lait, du beurre et du fromage aux habitants de la vallée dans un rayon de quatre-vingts kilomètres. Elle avait épousé un charpentier auquel elle avait donné trois enfants. Quand Jim Knapp avait du mal à trouver du travail, Suzie faisait des extras au motel pour arrondir les fins de mois du ménage.

Elle était également la meilleure amie de Morgana.

— Je n'ai pas le temps de courir jusque chez les Candlewell !

— Morgana, calme-toi. Tu ne trouves pas que tu dramatises ?

— Non, je ne dramatise pas !

Morgana lança un regard noir au moteur rétif. Le commandant O'Neill lui avait fait le même reproche. Il avait jugé « excessive » sa réaction face aux chars. Qu'avaient-ils tous après elle ?

— Ce que je voulais dire…

Suzie n'acheva pas sa phrase. Depuis qu'elle était revenue de Camp Young, la semaine précédente, Morgana avait les nerfs à fleur de peau. Elle n'avait rien laissé filtrer de ce qui s'était passé là-bas – à l'en croire, elle avait juste prodigué des conseils aux militaires –, mais quelque chose l'avait visiblement excédée.

— Peut-être Sandy est-il rentré, hasarda Suzie.

Elle se figea brusquement, le regard fixé sur un point situé derrière Morgana. Celle-ci se retourna et son cœur fit un bond. Le commandant O'Neill venait d'apparaître dans la cour, au milieu des poules qui picoraient dans la poussière.

Depuis sa visite à Camp Young, elle s'était juré de rester à l'écart de l'armée et surtout de cet homme. Mais tandis qu'elle aurait dû profiter au maximum des derniers jours qui lui restaient à passer avec Gideon, l'image de l'aumônier était toujours présente à son esprit.

— Par ici, commandant ! appela-t-elle.

O'Neill avait beaucoup d'allure dans son treillis. Depuis ses gants de cuir jusqu'à ses bottes, tous ses vêtements étaient couverts de poussière.

— Mademoiselle Hightower…

Il était nerveux. Il avait bien tenté de se faire remplacer par son adjoint, mais l'officier chargé du moral des troupes avait insisté, affirmant qu'il était le plus qualifié pour cette mission : « Vous êtes le seul d'entre nous à avoir établi des relations avec la population, mon père. Nous avons besoin de votre aide. »

Malheureusement, la « population » en question se limitait à une femme qui n'avait cessé de hanter ses pensées et même ses rêves depuis qu'il l'avait vue se dresser devant les chars tel l'ange de la vengeance. Quand elle s'était présentée à l'entrée du camp, il lui avait offert un café par pure politesse. Mais les minutes qu'il avait passées à l'écouter évoquer la disparition de son père et à s'interroger sur l'étonnant tatouage qui ornait son front l'avaient convaincu de l'éviter à l'avenir.

— J'espère que je ne vous dérange pas.

— Non ! répondit Morgana un peu trop vite.

Elle se demanda de quoi elle avait l'air. Dans quel état étaient ses cheveux ? Oh non ! Elle avait emprunté son bleu de travail à Gideon.

— Pourrais-je vous dire quelques mots, mademoiselle Hightower ?

— J'étais sur le point de partir. Enfin, si cette fichue mécanique accepte de démarrer !

Elle donna un coup de pied dans le pneu de la camionnette.

— Je n'en ai que pour une minute.

Une minute, quand une seule seconde avec elle mettait son âme en péril !

— Je n'ai pas une minute à perdre, commandant.

Ayant jeté la clé, elle se dépouilla de sa combinaison sous laquelle elle portait un chemisier et une jupe, tous deux irrémédiablement froissés.

— Je dois me rendre de toute urgence dans Queen Valley. Vous ne transporteriez pas un carburateur de rechange dans votre Jeep, par hasard ?

— Je ne suis pas venu en Jeep, mais à moto.

Elle lui jeta un regard interloqué, peinant à se représenter un prêtre sur une moto.

— S'il vous plaît, mademoiselle Hightower...

— Vous voulez bien m'emmener ?

La question sonnait comme un ordre.

— Je vous demande pardon ?

— Dans Queen Valley. Il faut se dépêcher.

— Mais je...

— Je vous expliquerai plus tard. Après, vous aurez tout le temps de me dire ce qui vous amène.

Le commandant O'Neill était la dernière personne avec qui Morgana avait envie de se retrouver seule, mais l'urgence de la situation ne lui laissait guère le choix. Il disposait d'un moyen de transport et c'était tout ce qui comptait à ses yeux.

— Suzie, tu veux bien surveiller le motel en mon absence ?

Elle passa un bras à l'intérieur de la camionnette pour récupérer son chapeau.

— Je suis prête ! lança-t-elle.

Morgana n'aimait pas beaucoup les motos – « ces engins de mort », comme elle les appelait –, mais celles qu'elle avait vues à Camp Young possédaient toutes un side-car à l'aspect robuste et rassurant. Elle traversa rapidement la cuisine, le vestibule et la réception du motel et ressortit sur le parking inondé de soleil. Elle s'arrêta net. Une troupe de gamins aux regards émerveillés faisait cercle autour d'une moto militaire.

Celle-ci était dépourvue de side-car.

Elle porta la main à son sein, implorant la protection du pendentif qu'elle sentait à travers son chemisier.

— Tenez !

O'Neill décrocha un casque du guidon et le lui tendit. Morgana repoussa son chapeau en arrière, coiffa le casque en métal et serra la sangle sous son menton.

Le commandant ajusta ses lunettes de moto sur ses yeux avant d'enfourcher la machine. Morgana prit place sur la selle derrière lui. Ne trouvant rien à quoi se raccrocher, elle noua ses bras autour de sa taille, se répétant qu'il n'y avait rien de mal à ça. O'Neill était un homme d'Eglise.

Le moteur vrombit et la moto s'ébranla. Plaquée contre le dos musclé du conducteur, la jeune femme sentit une boule se former dans sa gorge. Peut-être aurait-elle mieux fait de demander de l'aide à Joe Candlewell, après tout.

En passant à proximité de l'oasis de Mara, ils virent des touristes mitrailler un groupe d'Indiens avec leurs appareils photo.

— Encore plus vite, commandant ! hurla Morgana pour couvrir le rugissement du moteur. Je vous dirai où vous devrez tourner.

La piste de terre franchissait une série de collines avant de rejoindre la plaine couverte d'arbres de Josué aux formes tourmentées et d'amas de roches qui semblaient avoir été semés au hasard. Morgana se cramponnait fermement au commandant. La route était semée d'embûches et à plusieurs reprises, la machine fit un bond dans les airs. Elle avait déjà parcouru le désert sur un cheval au galop, ou à bord d'un véhicule lancé à pleine vitesse, mais la moto lui procurait une sensation de liberté unique et grisante. Elle avait envie de crier son bonheur, malgré le sérieux de la tâche qui l'attendait.

— Où allons-nous ? hurla O'Neill par-dessus son épaule.

Jusqu'au bout du monde. Pourvu que ça ne s'arrête jamais...

— Nous nous enfonçons dans le désert. Continuez à rouler.

Elle se demanda de quoi il était venu lui parler. Quand elle l'avait aperçu dans la cour, il lui avait paru mal à l'aise, comme s'il accomplissait cette démarche à contrecœur.

Elle chassa cette vision de son esprit. Ils étaient engagés dans une véritable course contre la montre.

George Marton possédait une flotte de quatre avions-taxis qui sillonnaient toute la région. Il revenait du Colorado et survolait Queen Valley à basse altitude quand il avait repéré un campement de braconniers. Il avait aussitôt prévenu Morgana par téléphone. Au cours des derniers mois, on avait retrouvé dans cette partie du désert plusieurs carcasses mutilées d'aigles royaux. La jeune femme comptait prendre les braconniers la main dans le sac.

— Ici ! cria-t-elle comme ils approchaient d'une barrière de rochers monumentale. Stop !

La moto ralentit. Morgana sauta à terre avant l'arrêt complet, détacha son casque et le jeta sur le sable. Pendant qu'elle courait vers une faille signalée par un bosquet de palmiers, le moteur fit entendre une pétarade qui évoquait une série de détonations. En se retournant, la jeune femme vit O'Neill secouer la tête, debout près de sa machine, qui semblait avoir un problème. Toutefois, elle poursuivit sur sa lancée.

Elle sentit la carcasse avant même de la voir. Un cochon écorché, en train de pourrir au soleil. Une nuée de mouches tourbillonnaient dans l'air et les corbeaux becquetaient la charogne. Les braconniers avaient pris la fuite, laissant derrière eux des cendres encore chaudes et des traces de pneus qui partaient dans trois directions différentes.

Morgana entendit un bruit de pas derrière elle.

— Mon Dieu ! murmura O'Neill.

— Nous arrivons trop tard.

Elle s'agenouilla près d'un paquet sanglant qui reposait sur le sable.

— Qu'est-ce que c'est ? demanda O'Neill.

A peine avait-il parlé qu'il identifia le cadavre d'un aigle amputé de ses ailes, de ses serres et de sa queue.

Morgana leva vers lui des yeux pleins de larmes.

— Ils ont essayé de le capturer vivant. Voyant qu'ils l'avaient tué ou blessé par accident, ils ont emporté tout ce qui les intéressait avant d'abandonner sa carcasse.

— J'ignorais qu'il y avait des aigles royaux dans la région, dit O'Neill pour briser le silence.

— Vous voyez ce pic, là-bas ? C'est Queen Mountain. Des naturalistes ont trouvé une aire au sommet. Les braconniers ont eu vent de leur découverte et ont traqué l'aigle afin d'identifier les limites de son territoire. C'est comme ça qu'ils opèrent. Ensuite, ils l'appâtent avec un animal vivant et attendent. Quand l'aigle vient se restaurer, ils lui lancent des filets. C'est dangereux pour l'oiseau. Beaucoup n'y survivent pas.

— Pourquoi capturer un aigle royal ?

— Certains collectionneurs sont prêts à payer des fortunes pour posséder un de ces rapaces dans leur volière. Des millionnaires qui ne savent pas quoi faire de leur argent.

Elle se releva et donna un coup de pied rageur qui fit voler le sable.

— Mais pourquoi lui ont-ils coupé... ?

— Pour les vendre comme trophées. Toute cette violence...

— Vous voulez que je les enterre ?

Morgana regarda le prêtre à travers ses larmes et elle lut de la compassion dans ses yeux bruns. Avait-il l'intention de dire une prière pour le repos de ces malheureuses créatures ?

— Non, merci. Les corbeaux, les coyotes et les fourmis se chargeront de nettoyer le désert.

Ils restèrent côte à côte sans parler. Tandis que les corbeaux se disputaient la charogne en croassant et en agitant leurs grandes ailes noires, des autours décrivaient des cercles dans le ciel. Morgana commença à rebrousser chemin.

— Allons-nous-en.

— J'ai une mauvaise nouvelle. La moto a surchauffé. J'ignore la cause du problème. J'ai vérifié l'huile. Tout est normal de ce côté. Cela pourrait venir d'une valve, mais je n'ai pas les outils pour réparer le moteur.

— Dois-je comprendre que nous allons devoir attendre ?

Elle n'avait aucune envie de rester coincée là avec O'Neill. Prêtre ou pas, il était beaucoup trop séduisant.

— J'en ai peur, dit-il avec une note de dépit dans la voix.

Il est aussi mal à l'aise que moi, pensa-t-elle.

Au même moment, le vent tourna, poussant vers eux une horrible odeur de chair en décomposition.

— On ne peut pas rester là.

Morgana promena son regard sur les arbres de Josué, les cactus, les énormes blocs de roche et repéra un affleurement qui produisait un peu d'ombre.

— Combien de temps ? demanda-t-elle.

— Une demi-heure, répondit O'Neill.

Soit vingt-cinq minutes de plus que ce qu'il avait prévu de passer avec elle.

Ils avançaient péniblement sur le sable, chacun perdu dans ses pensées. Morgana jetait de fréquents coups d'œil aux vestiges du campement, se reprochant d'avoir échoué à sauver l'aigle. De son côté, O'Neill jugeait que ce n'était pas le moment de lui exposer les raisons de sa visite. Après avoir pleuré sur l'oiseau mort, elle marchait la tête basse, comme si elle portait le désert sur ses épaules. Il répugnait à ajouter le poids de huit mille soldats à son fardeau.

Une fois à l'ombre, Morgana se laissa tomber sur un rocher et écarta ses cheveux trempés de sueur de son visage. Cette fois encore, O'Neill détourna les yeux de son tatouage. Elle l'invita à s'asseoir près d'elle, mais il prétexta qu'il avait besoin de se dégourdir les jambes. Il s'éloigna de quelques mètres et revint vers elle avec une expression indécise. Il évitait délibérément de la regarder, feignant de s'intéresser au vol des oiseaux, aux nuages et aux montagnes qui barraient l'horizon.

— Je vous dois des explications, commença Morgana. Pour mon tatouage.

Il se figea. Son visage était dans l'ombre et sa silhouette se découpait nettement sur le bleu intense du ciel.

— Rien ne vous oblige à…

— Pour ma part, j'oublie son existence, mais sa vue cause un choc à la plupart des gens. La première fois que j'ai eu le front tatoué, je n'étais encore qu'une petite fille. Ma tante Bettina, qui m'a élevée après la disparition de mon père, n'a jamais voulu me dire comment c'était arrivé. Moi-même, j'étais trop jeune pour m'en souvenir. J'ai retrouvé quelques vieilles photos sur lesquelles on distingue trois traits sur mon front. Je les ai gardés au moins deux ans. Pour autant que je me rappelle, mon père n'y voyait aucune objection. Ma tante, en revanche, n'a jamais pu supporter ce tatouage. J'imagine que c'est pour ça qu'elle l'a brûlé.

O'Neill sursauta.

— Pardon ?

— Elle a tenté de l'effacer avec un tisonnier rougi.

— Juste ciel !

Il s'assit près d'elle et leurs bras se frôlèrent.

— J'en ai gardé une cicatrice pendant de longues années, jusqu'à ce que je consulte un chirurgien esthétique.

Les yeux d'O'Neill se posèrent sur son front, deux yeux bruns dont émanait une chaleur presque palpable.

— L'opération a parfaitement réussi, reprit-elle. Mais quelque temps après, j'ai été prise d'une compulsion. Je me revois monter dans le train pour San Diego, chercher un salon de tatouage et prendre place dans un fauteuil sous les regards intrigués des marins... Quand ça a été terminé, j'ai éprouvé un sentiment de paix. Je crois que la cicatrice symbolisait à mes yeux la tyrannie que ma tante exerçait sur moi. En effaçant le souvenir des douze années que j'ai passées sous son autorité, je suis devenue plus forte. Vous me croyez folle ? demanda-t-elle, inquiète de s'être autant dévoilée devant un quasi inconnu.

— Pas du tout. Vous avez voulu retrouver la petite fille que vous étiez avant le départ de votre père.

— C'est tout à fait ça !

Il y avait chez le commandant O'Neill quelque chose qui poussait à la confidence. Morgana comprenait mieux à présent l'attachement que lui témoignaient ses hommes.

— En même temps, j'ai cessé d'avoir honte.

— Honte de quoi ?

— Ma tante m'a toujours présenté ma cicatrice comme une punition. Dieu m'avait châtiée, disait-elle, parce que j'étais une enfant désobéissante. Ce nouveau tatouage m'a rendu ma fierté.

O'Neill la fixait du regard tandis qu'elle parlait, pourtant elle remarqua qu'il tripotait la bague qu'il portait à la main droite, de la même manière qu'il tournait sa cuiller dans sa tasse de café à la cantine. Son calme apparent cachait une grande agitation.

— Curieuse de connaître l'origine et la signification de ces trois traits, j'ai effectué des recherches sur les tatouages tribaux. En fait, j'ai réuni une telle documentation que j'envisage de publier un livre un jour. Vous savez ce que c'est, ajouta-t-elle avec un sourire timide. On fait des projets, mais la vie vous empêche de les réaliser. Il y a la toiture des bungalows à refaire, un nouveau puits à creuser, et ainsi de suite.

— Vous avez pu identifier votre tatouage ?

Elle secoua la tête.

— De nombreuses tribus pratiquent les scarifications faciales, depuis les Séminoles jusqu'aux Chumash. Ces tatouages revêtent tous une signification différente. Certains signalent l'appartenance à un clan, d'autres le statut social de la personne. D'autres encore ont une visée thérapeutique ou offrent une protection magique. Les hommes de certaines tribus croient s'assurer une vue perçante en se faisant tatouer des aigles autour des yeux. Chez les Lakotas, les femmes comme les hommes doivent être tatoués pour entrer dans l'autre vie, sinon la femme-esprit leur refuse le passage. Si j'ignore ce que veut dire *ceci*, ajouta-t-elle en se donnant une tape sur le front, mon frère est persuadé que ma décision a quelque chose à voir avec notre père. Il prétend que j'ai repris à mon compte sa quête spirituelle. Il se peut qu'il ait raison. Mais tout ce que j'ai fait, je l'ai d'abord fait pour lui. Vous trouvez que je divague ?

Elle craignait d'avoir trop parlé, mais le commandant la rassura d'un sourire.

— Continuez, je vous en prie.

— Gideon est mon demi-frère. Les gens disent que notre père nous a abandonnés pour poursuivre un rêve égoïste. Je n'en crois pas un mot. Faraday Hightower était un homme généreux et désintéressé. Il a sauvé la vie d'une certaine Sarah Bernam. Pour le remercier, le mari de celle-ci lui a légué tout son argent. Mon père était aimé et respecté.

— Et vous voudriez le prouver à Gideon.

— En tout cas, c'est mon plus cher désir.

Le regard de la jeune femme croisa celui de cet homme qui avait recueilli tant de confessions et ce qu'elle vit dans ses yeux bruns pailletés d'or excita sa curiosité.

— Et vous, commandant ? Quel est votre plus cher désir ?

Devant son hésitation, elle se reprit.

— Pardon. Ma question était indiscrète. Mais j'ai remarqué que les clients du motel aimaient parler d'eux-mêmes. Cela les met à l'aise.

— Votre question n'avait rien d'indiscret, lui assura O'Neill. Seulement, je n'ai pas l'habitude qu'on me demande ce que je désire. Beaucoup de gens s'imaginent que les prêtres se satisfont toujours de leur sort. En réalité, nous ne sommes pas différents des autres hommes. Je crains de vous paraître présomptueux, mademoiselle Hightower, mais j'espère accéder un jour à la charge d'évêque. A l'heure actuelle, beaucoup de croyants ne trouvent pas dans l'Eglise ce qu'ils y cherchent. Il y aurait tant à faire pour la moderniser... Mais l'influence d'un simple prêtre est quasi nulle. Seul un évêque a le pouvoir de faire bouger les choses.

Malgré son discours passionné, le regard d'O'Neill trahissait un doute intérieur. Elle n'avait pas imaginé la nervosité qu'elle avait cru percevoir chez lui à leur dernière rencontre. Elle remarqua brusquement les cernes qui ombraient ses yeux.

— Vous dites que Gideon est votre demi-frère. Vous n'avez pas la même mère ?

Morgana se leva et promena son regard sur la plaine d'un bout de l'horizon à l'autre. Les hurlements d'Elizabeth... Son corps en flammes qui se tordait sur le sol avant de retomber, complètement calciné...

— Si on essayait de faire démarrer la moto ? proposa-t-elle d'un ton un peu trop enjoué. Je tiens à faire au plus vite mon rapport à la police. Aujourd'hui, nous avons été à deux doigts de surprendre cette bande de braconniers. La prochaine fois, ils ne nous échapperont pas.

O'Neill la considéra longuement, s'interrogeant sur son changement d'humeur subit, puis il se leva à son tour.

— Ça ne coûte rien d'essayer.

Il se dirigea vers la moto et actionna le démarreur, sans résultat. Morgana songea à faire du stop pour regagner le motel, mais cela risquait de prendre plusieurs heures.

O'Neill rebroussa chemin à travers les broussailles afin de la rejoindre.

— De quoi vouliez-vous me parler, commandant ?

— Je vous en prie, appelez-moi...

— Attention !

Elle se précipita vers lui et le tira par la manche si violemment qu'il perdit l'équilibre et se cramponna à elle, l'entraînant dans sa chute. Quand ils revinrent de leur surprise, leurs visages n'étaient qu'à quelques centimètres l'un de l'autre. Les mains de Robert reposaient sur les épaules de la jeune femme qui n'osait pas bouger. Il s'écarta vivement.

— Que s'est-il passé ?

Elle eut un rire nerveux, troublée par ce bref rapprochement.

— Là, dit-elle en désignant le sol.

O'Neill se retourna et aperçut un trou presque indécelable au pied d'un créosotier.

— Une cache d'écureuil, expliqua Morgana en s'éloignant de quelques pas.

Robert avait serré ses épaules avec tant de force que ses mains avaient dû s'imprimer dans sa chair. Pourtant, elle n'avait pas trouvé son étreinte douloureuse, au contraire.

— Quand on en détecte une, la plupart du temps, on a déjà le pied dedans et une cheville foulée.

— Oh ! fit Robert en regardant fixement le sol pour se donner une contenance.

Le contact du corps de Morgana, l'odeur de ses cheveux lui avaient tourné les sens. Il trouva enfin le courage d'affronter son regard.

— Merci. Je n'aimerais pas me fouler la cheville en ce moment.

— D'autant que je n'ai jamais conduit de moto.

Le silence retomba. Un vent rasant saupoudrait d'une fine couche de sable les quelques mètres de désert qui les séparaient. Puis une buse à queue rousse lança son cri au-dessus de leurs têtes, leur rappelant qu'ils n'étaient pas seuls au monde.

— Le désert recèle quantité de dangers, affirma Morgana en regagnant l'ombre.

— Vous devriez signaler celui-ci au général Patton.

S'étant retournée, elle vit le sourire espiègle de Robert et son cœur se mit à battre plus vite.

Il sortit un paquet de Lucky Strike qu'il tendit à la jeune femme.

— Merci, mais je ne fume pas.

Bien des années auparavant, alors qu'elle s'efforçait d'imiter Elizabeth Delafield, cette dernière lui avait fortement déconseillé la cigarette. Elle-même essayait d'arrêter.

« Le whisky, en revanche, fortifie et le corps et l'âme », avait-elle ajouté.

En définitive, Morgana avait renoncé au tabac et à l'alcool.

Elle regarda Robert allumer sa cigarette, aspirer la fumée puis la recracher par les narines.

— Gideon et moi n'avons pas la même mère, lâcha-t-elle, estimant qu'il méritait des éclaircissements. Vous auriez aimé Elizabeth Delafield. Elle attachait beaucoup d'importance à la spiritualité.

Remarquant que le vent poussait la fumée de sa cigarette vers la jeune femme, O'Neill se déplaça pour ne pas la gêner.

— Pas vous ?

— Je suis quelqu'un de réaliste, commandant. Je ne crois pas aux anges et aux saints, aux dieux et aux mythes. Je crois à ce que je peux voir et toucher, et aussi à ce que l'homme est capable d'accomplir. Prenez cette pierre, ajouta-t-elle en plaçant une main sur un rocher chauffé par le soleil. Elle était déjà là il y a des millions d'années et elle y sera encore bien après notre disparition. Voilà ce à quoi je crois !

Morgana n'ajoutait aucune foi aux phénomènes de télépathie, à l'intuition féminine, aux impressions de déjà-vu ou aux messages de l'au-delà. La mort atroce d'Elizabeth l'avait convaincue qu'il n'existait ni miracles, ni anges gardiens.

Intrigué, Robert se demanda si elle cherchait à l'entraîner dans un débat, ou si elle le mettait au défi de la faire changer d'avis. Ne sachant que répondre, il se mit à scruter l'horizon où se profilaient les contreforts de la chaîne côtière.

Il est fâché, pensa Morgana. Il me prend pour une athée.

— Il y a un lac par là-bas ? demanda-t-il tout à coup.

La jeune femme suivit son regard et distingua une nappe argentée qui miroitait au soleil.

— C'est un mirage. Les Indiens considèrent les mirages comme sacrés. Croyez-vous qu'il existe des lieux sacrés, commandant ? Non parce qu'ils accueillent une église, ou parce qu'un saint homme y a baptisé des gens, mais des endroits sacrés par nature, quand bien même l'homme n'y aurait jamais mis les pieds.

Assise sur le rocher couleur de feu, avec sa jupe froissée et son chapeau de paille qui cachait son tatouage tribal, la jeune femme avait tout d'une vivante énigme aux yeux de son compagnon. Pour quelqu'un qui prétendait ne croire à rien, elle manifestait un intérêt surprenant pour le sacré. Le père O'Neill n'avait encore jamais rencontré une créature aussi déconcertante.

— S'il existe des lieux sacrés ? Ma foi, je ne me suis jamais posé la question. Et vous, qu'en pensez-vous ?

— Quand j'étais petite, j'ai visité Chaco Canyon, au Nouveau-Mexique. Je n'en garde qu'un vague souvenir mais depuis, j'ai dû lire tout ce qu'on avait publié sur ce site. Saviez-vous qu'en plusieurs endroits du plateau, on entend comme un fredonnement ? Certains affirment que c'est l'énergie des Anasazis. Ceux-ci n'auraient pas disparu, ils seraient toujours là, à l'état invisible. Mais les Indiens disent que l'endroit était déjà sacré bien avant que l'homme s'y installe.

Elle tourna son visage vers la brise tiède qui soufflait de l'est.

— J'ai lu dans un livre, le *Yi King*, que le ciel et la terre déterminent des lieux et qu'il revient aux saints sages d'accomplir les possibilités de ces derniers. Est-ce pour cette raison que saint Jean-Baptiste fut attiré par les bords du Jourdain ?

En plus, elle avait lu le *Yi King* !

— Eh bien, répondit-il, quand Dieu se manifesta à Moïse sous la forme d'un buisson ardent, il lui dit : « N'approche pas d'ici, retire tes sandales de tes pieds car le lieu où tu te tiens est une terre sainte. »

Morgana leva le bras pour toucher une fleur bleu lavande qui s'échappait d'une fente du rocher (une broméliacée, petite plante rustique des régions arides et venteuses) et reprit :

— Les Hopis racontent qu'au commencement la Femme Araignée créa deux jeunes hommes, les gardiens de la terre. L'un se rendit au pôle Nord, l'autre au pôle Sud, chacun en jouant du tambour. Les vibrations des deux tambours pénétrèrent dans le sol, provoquant l'apparition de la vie sur terre. Il paraît que les lieux sacrés ont reçu davantage de ces vibrations que les autres.

Le père O'Neill pensa au jardin d'Eden. Pour la première fois depuis qu'il avait embrassé la carrière de prêtre, il se demanda s'il existait dans le monde d'autres jardins d'Eden encore inconnus de l'homme. Il songea aux messes dominicales qu'il célébrait en plein air, devant un autel de fortune, pour des soldats assis sur des bidons d'essence ou à même le sol. Il avait toujours jugé ces conditions indignes de Dieu. Mais à présent, il n'en était plus si sûr.

— Vous avez toujours voulu être prêtre ? l'interrogea Morgana, imaginant un enfant de chœur en surplis de dentelle.

Il s'écarta d'elle (il la sentait trop proche, tant physiquement que sur un autre plan qu'il ne parvenait pas à définir) et se dirigea vers un rocher couleur rouille que le vent, le sable et la pluie avaient sculpté au fil du temps.

— Petit garçon, déjà, je rêvais de servir le Seigneur. Egalement, je souhaitais rendre à l'Eglise un peu de ce que je lui devais.

— C'est-à-dire ?

— Je suis orphelin, mademoiselle Hightower. Ma mère m'a abandonné sur les marches d'un orphelinat où j'ai vécu jusqu'à ce que les O'Neill m'adoptent.

Devant l'expression de la jeune femme, il sourit et précisa :

— Tous les orphelinats ne ressemblent pas à ceux qu'a dépeints Dickens. Les sœurs de Sainte-Anne nous entouraient de leur affection. J'avais dix ans quand mes parents adoptifs sont venus me chercher, et je peux vous dire que j'ai pleuré en quittant l'orphelinat. Mais les O'Neill étaient de braves gens, simples et honnêtes, qui m'ont élevé avec amour.

— Ils doivent être fiers de vous.

— Ils ne sont plus de ce monde depuis longtemps. Ils m'ont adopté à un âge avancé.

Il jeta son mégot, l'écrasa avec le talon de sa botte, puis promena son regard sur les rochers, les fleurs sauvages, les nuages moutonnants, les arbres de Josué et les cactus qui poussaient à perte de vue.

Une vague de chaleur envahit Morgana tandis qu'elle contemplait son profil viril. Il était tellement doux, patient et en même temps mystérieux... Etait-ce cela qui l'attirait chez lui, ou son sourire légèrement asymétrique, ses épaules qui remplissaient largement sa veste militaire, son rire à la fois doux et grave et ses mains, les plus belles mains d'homme qu'elle avait jamais vues ?

— De quoi vouliez-vous m'entretenir, commandant ?

Il revint vers elle et s'éclaircit la voix.

— Mademoiselle Hightower, avez-vous entendu parler de l'USO ?

Elle secoua la tête.

— A la demande du président Roosevelt, l'Armée du Salut, le YMCA et d'autres associations du même genre ont formé l'United Service Organizations afin de divertir nos forces armées. Ils ont ouvert à travers le pays des centres offrant aux soldats cantonnés loin de chez eux du café et des friandises, des distractions, de l'aide pour rédiger leur courrier, et ainsi de suite.

Morgana écoutait avec intérêt, songeant à Gideon.

— Certains hommes du camp souffrent gravement. L'éloignement des proches est le principal problème auquel ils doivent faire face. Beaucoup ont l'impression qu'on les oublie, même s'ils savent que c'est faux. J'en ai parlé à l'officier chargé du moral des troupes. Il pense que nous devrions nous doter d'une structure comparable à l'USO. C'est pourquoi je suis venu vous trouver, mademoiselle Hightower.

— Pourquoi moi ?

Robert eut un sourire timide.

— J'ai un aveu à vous faire. Sachant que nous aurions besoin d'un contact au sein de la population civile, je me suis livré à une enquête à votre sujet. Il en est ressorti que Morgana Hightower jouissait de l'estime générale. Vous connaissez tout le monde. Les gens vous écouteront.

Morgana resta sans voix. Il lui demandait d'apporter son concours à une entreprise qu'elle réprouvait au plus haut point ! Puis elle se représenta Gideon, isolé et loin de son foyer.

— Notre communauté comprend quelques musiciens qui ne demanderaient certainement pas mieux que de se produire devant vos hommes. Rien qu'à Twentynine Palms, nous avons un orchestre qui joue des ballades, des polkas et des airs traditionnels.

— C'est une excellente idée. Nos soldats accueilleront votre orchestre avec plaisir. Cependant...

— Oui ?

— Je pense qu'ils renonceraient volontiers aux banjos et aux guitares pour passer ne serait-ce que cinq minutes avec vous.

— Avec moi ?

— Mademoiselle Hightower, enchaîna Robert, le jour où je vous ai proposé de prendre un café à la cantine, avez-vous remarqué comme notre table avait du succès ?

— C'était à cause de vous, commandant.

— Je crains que non. Tous ces garçons mouraient d'envie de s'asseoir près d'une jolie fille.

Le vent se leva tout à coup, soufflant dans leur direction un parfum entêtant de sauge et de fleurs sauvages. Le ciel s'assombrit, parut s'élargir et se chargea d'épais nuages blancs qui faisaient la course d'un bout de l'horizon à l'autre. Le père O'Neill se surprit à souhaiter qu'une bourrasque arrache le chapeau de paille de la jeune femme et rende leur liberté à ses boucles châtain doré.

Décontenancé par les émotions qui agitaient son âme, il dut faire un effort pour retrouver le fil de ses pensées.

— Voyez-vous, la plupart des hommes qui se confient à moi souffrent de l'éloignement de leur famille. En réalité, ils me parlent surtout de leur mère, de leurs sœurs, de leur femme ou de leur fiancée. Un concert leur apporterait une distraction bienvenue, mais ce qui leur manque le plus, c'est une compagnie féminine.

Morgana retenait son souffle, subjuguée par le timbre chaud de sa voix – une voix de prédicateur. Elle aurait voulu qu'il ne se taise jamais. Puis elle pensa aux jeunes recrues qui l'avaient tant émue et ressentit un peu de honte.

— J'en parlerai à mes voisines.

— Merci.

Il lui annonça alors qu'il allait faire une nouvelle tentative pour démarrer la moto. Pendant qu'il s'éloignait, Morgana crut voir une ombre glisser sur son visage. Elle se dit qu'il y avait de quoi être accablé quand on devait veiller à la santé morale et spirituelle de plusieurs milliers d'hommes. Car elle ne doutait pas une seconde que ce fût là la cause du malaise du commandant Robert O'Neill.

83

Morgana demanda le commandant O'Neill, s'attendant que le planton la dirige vers l'infirmerie. Mais au lieu d'ouvrir la barrière, il passa un appel depuis sa guérite. Comme il parlait anormalement fort, la jeune femme surprit toute la conversation.

— Oui, mon père. Désolé. Personne ne m'avait dit que cette personne n'était pas admise au camp.

Le soldat jeta un coup d'œil à Morgana qui attendait dans le camion, le bras pendant à la portière, et retourna à son microphone.

— Oui, je crois qu'elle m'a entendu. Bien, mon père, ajouta-t-il après quelques secondes de silence.

Il indiqua ensuite à Morgana le chemin du garage où elle trouverait l'aumônier, mais la jeune femme écoutait à peine. Avait-elle bien entendu ? Ce devait être une méprise. Elle franchit l'entrée du camp après avoir remercié la sentinelle.

Cela faisait dix jours que le commandant O'Neill lui avait demandé de procurer de la distraction et de la compagnie aux soldats. Depuis, elle n'était pas arrivée à chasser de son esprit le son de sa voix, l'expression de son regard et la sensation de son corps contre le sien quand ils avaient roulé au sol. Craignant de céder à une obsession, elle s'était acquittée de sa mission avec un zèle suspect.

Elle avait battu le rappel de ses voisines et connaissances jusque dans les fermes les plus isolées, appelant quotidiennement O'Neill pour l'informer de ses progrès. A chacune de leurs conversations, il s'était montré enjoué et plein d'enthousiasme. Mais la veille, son appel avait été redirigé vers l'officier chargé du moral des troupes. Le père O'Neill, lui avait-il appris, était souffrant. Il avait tenté de la rassurer, disant que ce n'était pas grave, mais ses réponses évasives avaient alarmé Morgana.

Après une nuit blanche, elle était parvenue à une conclusion. A l'évidence, le commandant O'Neill était en proie à des tourments secrets. Elle avait vu son malaise croître à chacune de leurs rencontres. Elle le devinait miné par les efforts qu'il devait fournir pour soutenir le moral de ses hommes.

Pour cette unique raison, elle avait décidé de lui rendre visite. Il allait de soi que le désir de le revoir était totalement étranger à sa résolution.

Le camion longea des rangées de tentes (il en avait poussé plusieurs centaines de nouvelles depuis la dernière fois), contourna une montagne de caisses, dépassa un groupe de GI qui se mirent à siffler et à faire de grands gestes en voyant la jeune femme qui le conduisait, et parvint enfin devant un garage de fortune. En découvrant l'activité fébrile qui régnait sous l'auvent en tôle monté sur quatre piliers, elle comprit pourquoi le planton avait dû hausser la voix au téléphone. Apercevant Robert O'Neill près d'une moto, les manches remontées, le visage maculé de graisse, elle arrêta le moteur et tendit la main vers la poignée de la portière.

— Bonjour !

O'Neill releva la tête et esquissa un sourire crispé.

J'ai commis une erreur, pensa Morgana, le cœur battant. Il n'a pas envie de me voir.

Quand il s'avança, elle remarqua sa pâleur et ses cernes. Il semblait amaigri et une tache de cambouis s'étalait sur son col blanc.

— Je me réjouis de vous voir sur pied, dit-elle avec une bonne humeur qui cachait mal son inquiétude.

— Pourquoi ?

— Le capitaine Johnson m'a rapporté que vous étiez souffrant.

O'Neill s'essuya interminablement les mains alors qu'elles étaient déjà propres.

— Je dors mal en ce moment. En fait, je ne dors plus...

Une pétarade le fit sursauter.

— Est-ce que je tombe mal ? Je n'ai pu m'empêcher d'entendre ce que vous disait la sentinelle. Apparemment, vous aviez donné des ordres pour qu'on ne me laisse pas entrer.

O'Neill détourna le visage et regarda passer un peloton de soldats en short kaki et tee-shirt blanc qui couraient autour du camp.

— Je ne me sentais pas très présentable.

Il se frotta le menton et Morgana vit qu'il n'était pas rasé. Son explication ne l'avait pas convaincue. Il y avait une autre raison à sa froideur soudaine, mais laquelle ?

— Vous êtes venue me parler de notre bataillon de charme ?

C'est ainsi qu'ils désignaient entre eux les visiteuses qui honoreraient de leur présence les futures soirées dansantes du camp. La première devait avoir lieu deux semaines plus tard.

Comme Morgana descendait du camion, un souffle d'air souleva légèrement sa jupe et tous les mécanos se retournèrent pour jouir du spectacle.

— Tout se passe pour le mieux, commandant ! claironna-t-elle.

Du calme, ma vieille. N'en fais pas trop.

— Mais ce n'est pas ce qui m'amène.

Comment lui dire la raison de sa venue ? Elle ne pouvait pas lui déclarer de but en blanc : « Vous êtes malade, commandant, et je soupçonne que c'est votre âme qui souffre. » C'est pourquoi elle avait mélangé le « remède » qu'elle lui avait apporté à du sucre.

— Tous mes voisins et amis ont donné des livres pour la bibliothèque du camp. J'ai là des westerns, des romans d'aventures et des romans policiers... Vos hommes devraient apprécier.

— Ah ! des livres.

Au même moment, une série de détonations attira l'attention de l'aumônier. Le champ de tir était tout proche, derrière une rangée de collines brun foncé. Son expression paniquée accrut l'inquiétude de Morgana.

— Qu'y a-t-il, commandant ? demanda-t-elle en touchant son avant-bras nu.

Le regard de Robert se posa sur elle et elle constata que malgré sa faiblesse physique – pensait-il seulement à s'alimenter ? – ses yeux bruns pailletés d'or avaient gardé leur flamme.

Au bout de quelques secondes, il détourna la tête et promena son regard sur le camp, les hommes, les machines. Après mûre réflexion, il parut parvenir à une conclusion.

— Mademoiselle Hightower, murmura-t-il si bas que Morgana fut la seule à l'entendre, Lawrence d'Arabie a dit un jour que si les hommes partaient à la guerre, c'était parce que les femmes les regardaient. Croyez-vous qu'il avait raison ?

— Je l'ignore, répondit Morgana dans un souffle.

— Quand je me suis engagé, je croyais que le travail d'un aumônier consistait à prier, prêcher, célébrer des baptêmes, des mariages et des obsèques, faire des visites pastorales aux malades. Je me voyais soutenir le moral des hommes et leur prodiguer des conseils. Mais savez-vous ce qu'on nous enseigne dans les écoles d'aumôniers ? On nous apprend à repérer les blessés pour leur administrer des soins ou les derniers sacrements, à choisir l'emplacement d'un cimetière, à rédiger des rapports et des lettres de condoléances. Tout tourne autour de la mort.

Il baissa les yeux vers ses mains qu'il triturait nerveusement et reprit d'un air solennel :

— Mademoiselle Hightower, la guerre est une mauvaise chose. On nous entraîne à tuer nos frères humains. Ma conviction profonde est que nous ferions mieux de tendre l'autre joue. Je ne veux pas partir pour le front, Morgana, mais les hommes auront besoin de moi là-bas. Le conflit qui agite mon âme est en train de me tuer.

La jeune femme l'écoutait en silence, la gorge nouée. Cette confession brutale l'avait tellement bouleversée qu'elle n'aurait pu prononcer le moindre mot, même si elle l'avait voulu.

L'aumônier-commandant Robert O'Neill était conscient du caractère choquant de ses paroles. Lui-même avait le plus grand mal à accepter ce qu'il ressentait. Il avait perdu le sommeil et l'appétit. Au fil des semaines, il s'était peu à peu éloigné de ses camarades, au point qu'un mur invisible le séparait à présent de ces derniers. Certains hommes suivaient sans broncher le chemin que leur destinait la vie et épousaient leur vocation sans se poser de questions. A l'inverse, Robert O'Neill était taraudé par le doute depuis qu'il avait décidé de s'engager. Il espérait qu'avec le temps, il se glisserait dans son rôle d'officier comme dans une deuxième peau. Mais celle-ci l'irritait et le démangeait chaque jour un peu plus.

— Mon cœur et ma conscience se livrent un combat sans merci, reprit-il. Quand l'un me tire d'un côté, l'autre m'entraîne dans la direction opposée. Comment puis-je prétendre réformer l'Eglise quand je ne suis qu'un tissu d'hésitations ? Comment participer de mon plein gré à une entreprise que je crois fondamentalement mauvaise ?

Morgana avait attribué l'affaiblissement de Robert aux efforts que lui imposait sa charge mais apparemment, son malaise était plus profond.

— Vous pourriez demander votre transfert, hasarda-t-elle. Ou vous déclarer objecteur de conscience.

— En effet. Mais je n'en ferai rien, Morgana. Le devoir m'oblige à prendre soin des hommes qu'on m'a confiés, surtout ceux qui doivent combattre. Je désespère de découvrir ce que Dieu attend de moi, car il semblerait qu'Il me demande d'aller à l'encontre de mes principes moraux les plus chers.

— Pourtant, vous vous êtes engagé volontairement.

— Oui, mais j'ignore pourquoi ! Je me sens de jour en jour plus isolé de mes frères d'armes.

— N'y a-t-il personne à qui vous puissiez vous confier ?

— Je me suis adressé à Dieu, mais je n'ai pas compris Ses réponses.

— Je pensais à un être humain.

— Rabbi Isaacs, l'aumônier israélite du régiment, m'a prodigué un peu de réconfort, mais ça n'a pas suffi. Il m'a conseillé de me tourner vers Dieu, ajouta Robert avec un sourire amer.

— Je suis certaine qu'Il vous a écouté.

— Vous êtes trop bonne, mademoiselle Hightower. Mais j'en ai déjà trop dit. Je m'en veux de vous faire partager mon fardeau, quand ce devrait être le contraire. Parlons plutôt des livres que vous avez apportés.

A cet instant, Morgana n'avait qu'un désir, celui de serrer Robert dans ses bras, de lui caresser les cheveux et de l'embrasser pour le réconforter. Pourtant, elle lui montra les cageots pleins de romans, de recueils de poèmes et de biographies sur le plateau de la camionnette, puis elle ouvrit la portière du passager et prit sur le siège le « remède » qu'elle lui destinait.

— J'ai pensé que ceci vous intéresserait, dit-elle.

Robert vérifia la propreté de ses mains avant de prendre le livre qu'elle lui tendait, puis il déchiffra le titre et le nom de l'auteur : « *L'Art rupestre des Indiens du Sud-Ouest américain*, par le docteur Elizabeth Delafield. »

— S'agit-il de... ?

— La mère de mon frère, oui.

Il posa le livre sur le capot de la camionnette afin de le feuilleter. Comme le vent faisait voler les pages, Morgana le maintenait d'un côté et O'Neill de l'autre. Il s'attarda sur la page de titre, illustrée d'une photo d'Elizabeth.

— Quelle belle femme ! remarqua-t-il.

Il passa ensuite à un portrait de groupe (d'après la légende, l'homme de haute taille au centre de la photo était Faraday Hightower), tourna rapidement plusieurs pages présentant des sites archéologiques et s'arrêta sur la reproduction du dessin que Faraday avait fait de la jarre dorée.

— Cette photo ne rend pas justice à la beauté de l'œuvre, expliqua-t-elle, le cœur battant. L'original était jaune orangé avec des motifs rouges.

— C'est exquis. Je ne suis pas très versé en poteries indiennes, mais je sais reconnaître le talent. Ce décor est l'œuvre d'un maître. Voyez la fermeté du trait.

Mais Morgana n'avait d'yeux que pour ses mains qui retenaient les pages du livre, des mains faites pour bénir les carburateurs et le vin de messe.

— Mon père pensait qu'il s'agissait d'une pièce unique, dit-elle, enhardie par l'intérêt qu'il témoignait à la jarre. J'ai consulté les catalogues des plus grands musées sans en trouver de semblable.

— Où est-elle à présent ?

— Malheureusement, elle a été détruite. Mais j'ai pu en sauver un fragment. Cela vous donnera une idée des couleurs de l'original.

Elle sortit de sa poche un objet enveloppé dans un foulard de soie. Les yeux de Robert s'agrandirent à la vue du morceau de poterie qui brillait d'un éclat doré au soleil.

— Magnifique, murmura-t-il.

— Mon père disait de cette jarre qu'elle était de la couleur de l'espoir, expliqua-t-elle tandis qu'il promenait délicatement son doigt sur le fragment de la taille d'un coquillage.

Quand il le prit dans le creux de sa main, ce fut comme si on lui avait brusquement ôté un poids des épaules. Son agitation retomba, les plis d'inquiétude qui marquaient son visage s'estompèrent. Le « remède » agissait.

— Il y a quelques années, reprit Morgana, j'ai lu un article à propos d'un archéologue de l'université du Nouveau-Mexique qui classe les poteries indiennes suivant le type d'argile. Je suis allée le voir et lui ai montré ce fragment. Il a estimé qu'il avait au moins huit siècles.

— Cela veut dire que l'artiste qui l'a façonné vivait avant que les premiers hommes blancs aient débarqué en Amérique, observa Robert d'un ton rempli de respect. Mais que signifient ces motifs ?

— Mon père était convaincu qu'ils contenaient un message. J'ai essayé de le déchiffrer, mais je ne dispose que de ce fragment et de deux photographies. D'après Elizabeth, mon père aurait fait quatre dessins de la jarre, vue sous tous ses profils. Sans eux, je n'y arriverai jamais.

— Il ne vous les a pas laissés ?

— Ils ont été perdus.

Ce n'était pas tout à fait vrai. Après la mort d'Elizabeth, Morgana avait fait livrer au motel la malle qu'elle avait laissée à Philadelphie. Quand elle s'était sentie assez forte pour l'ouvrir et trier son contenu (des vêtements, des livres, des carnets, des photos anciennes montrant des gens que Gideon n'était pas parvenu à identifier), elle avait trouvé à l'intérieur les clichés qu'Elizabeth avait pris de deux de ces dessins. A sa demande, un studio avait réalisé deux agrandissements qu'elle avait fait retoucher par un peintre. Celui-ci s'était inspiré du fragment pour créer une couleur aussi proche que possible de l'original. Morgana avait fait encadrer le résultat qui trônait à présent dans la salle à manger du motel. Malheureusement,

Elizabeth n'avait photographié que deux des quatre dessins que Faraday avait consacrés à la jarre. Morgana rêvait de mettre un jour la main sur les croquis originaux.

Robert approcha le morceau de poterie de son visage afin de l'examiner.

— On distingue une silhouette humaine, dit-il. Elle tient un objet dans chaque main.

— Toujours d'après Elizabeth, mon père avait émis l'hypothèse que ce décor représentait le mythe de la Création.

— La Genèse sur une jarre amérindienne ! Stupéfiant.

Ils étaient si proches que leurs bras se touchaient. L'émerveillement qui perçait dans la voix de Robert tandis qu'il manipulait le fragment encouragea la jeune femme à lui confier ce qu'elle n'avait encore jamais dit à personne.

— Parfois, quand je me trouve dans le désert, il me semble sentir la présence de mon père à mes côtés. J'ai l'impression pénible que son âme erre en ce monde sans trouver le repos. Peut-être est-il décédé de mort violente et son corps est-il resté sans sépulture... J'ai peur qu'il soit coincé ici-bas tant que je n'aurai pas achevé sa quête.

A sa grande surprise, des rides se formèrent au coin des yeux de Robert. Il souriait !

— Je croyais que vous étiez quelqu'un de réaliste, remarqua-t-il.

Soudain, le camion, les soldats qui couraient autour d'eux, armés de fusils ou de mitraillettes, le vacarme et l'agitation de l'atelier cessèrent d'exister. Il ne restait que leurs mains posées côte à côte sur le livre et le vent qui murmurait des paroles confuses à leurs oreilles. Morgana comprit qu'ils se trouvaient à un tournant de leur vie.

Robert fut le premier à rompre le charme.

— Puis-je vous emprunter ce livre ?

Morgana prit une profonde inspiration avant de répondre.

— Vous pouvez le garder.

Le livre d'Elizabeth était en vente à la réception du motel, de même que des cartes postales du désert et d'autres souvenirs. Les exemplaires s'écoulaient comme des petits pains.

Son regard se posa sur le fragment orné d'une minuscule silhouette humaine, niché dans la main de l'aumônier.

— Quant à ceci, je vous le prête si vous promettez d'en prendre soin.

Cette précision n'était pas nécessaire : elle savait que Robert traiterait le dernier vestige de la jarre doré avec autant de douceur que s'il s'agissait de l'Eucharistie.

— Je dois vous faire un aveu, murmura-t-il. Tout à l'heure, je n'étais pas certain d'avoir envie de vous recevoir.

Elle se mordit la lèvre.

— Mais à présent je me réjouis que vous soyez venue.

84

Réveillée par un coup de tonnerre, Morgana ouvrit brusquement les yeux.

Elle chercha du regard le réveil posé sur la table de chevet. Minuit.

Il y eut un nouveau coup de tonnerre. Une tempête se préparait. Pourtant, on n'était qu'en juin. D'habitude, ces orages violents ne survenaient pas avant le milieu de l'été.

Elle bondit hors de son lit et se précipita vers la fenêtre juste comme une vive lumière déchirait la nuit. Elle vit un éclair ramifié – les plus dangereux – se former entre le sol et le ciel. Son regard se déplaça alors vers le sud-ouest et vers Camp Young, à cent cinquante kilomètres du motel.

Un bréviaire, une ébauche de sermon, plusieurs lettres et une liste de soldats nécessitant un soutien moral se partageaient le dessus du minuscule bureau du père O'Neill. Une photographie encadrée montrant un groupe de religieuses en habit dominait l'ensemble. Les six femmes – les « mères » de Robert – souriaient à l'objectif, debout sur les marches de l'orphelinat.

Il avait adoré chacune de ces femmes généreuses qui berçaient les nourrissons abandonnés sur leur sein virginal et leur donnaient de l'amour, de la joie et de l'espoir. Cette nuit encore, tandis qu'il se débattait contre le doute spirituel qui éloignait graduellement son âme de son corps, il aspirait à la chaleur des bras de ces anges de Dieu qui savaient si bien soulager sa douleur.

Cela faisait des années que l'orphelinat avait fermé et que ses « mères » avaient rejoint le Seigneur. Les O'Neill, le cher vieux couple qui avait accueilli sous son toit le jeune garçon trop âgé pour être adopté, avaient également disparu. Robert O'Neill – il ne connaissait ni son vrai nom ni celui de ses véritables parents – se trouvait seul au monde... ou peut-être pas.

Morgana Hightower était tout le temps présente à son esprit quand il étudiait le livre qu'elle lui avait offert. Pendant que le vent agitait et faisait claquer les murs de toile de sa tente, Robert contemplait fixement la photo de la jarre vieille de huit siècles, songeant à la jeune femme remarquable qui avait mis son existence sens dessus dessous.

Il aurait aimé ne jamais la rencontrer.

Il était heureux que le ciel l'ait mise sur sa route.

Son regard allait et venait de la photo au fragment posé près du livre. Il avait l'intuition qu'un lien mystérieux unissait Morgana et l'antique poterie. Lui-même se sentait intimement lié à cette dernière depuis qu'elle avait fait irruption dans sa vie. Pendant deux jours et deux nuits, il avait sué sang et eau sur l'image et le fragment doré, persuadé qu'ils tentaient de lui délivrer un message dont le sens lui échappait toujours.

Il se massa les tempes. La tête lui tournait et son estomac gargouillait. Depuis quand n'avait-il pas mangé ? Il approcha le fragment de la photographie, cherchant à situer la petite silhouette dans son contexte. Au même moment, un bruit lui fit lever la tête.

On murmurait à l'extérieur de la tente.

Il jeta un coup d'œil dehors. Tout était noir, hormis les lanternes balancées par le vent. Quand le chuchotement s'amplifia, il s'avisa qu'il pleuvait. Comme il laissait traîner sa main sous la pluie fine, celle-ci se mit à tomber à torrents.

De retour sous la tente, il prit le fragment avec sa main mouillée et se concentra si fort sur la minuscule forme rouge que tout le reste – le bureau, le lit de camp, les murs de la tente – s'effaça. Bientôt, il ne resta plus dans l'univers entier qu'un morceau de poterie orné d'une silhouette humaine, au bout d'un long tunnel.

Dehors, la pluie poursuivait son murmure.

La silhouette, dépourvue de traits physiques autres que ses bras et jambes, tenait deux objets et ses pieds reposaient sur un troisième. Tout ceci devait avoir un sens, mais lequel ? L'aumônier-commandant Robert O'Neill se tenait immobile dans le cercle de lumière de sa lanterne, le fragment niché dans sa main, pendant que la pluie et le vent tentaient d'arracher la toile de sa tente pour l'exposer au tumulte de l'orage.

Le tonnerre gronda, roula, se répercuta dans la nuit.

Un éclair plus aveuglant que mille soleils explosa à l'intérieur de la tente.

Le petit homme rouge esquissa un mouvement dans sa prison d'argile.

Un cri jaillit de la poitrine de Robert.

L'aumônier tomba à genoux, sidéré par ce qu'il venait de voir. Il sentit son âme et son cœur s'ouvrir comme si un verrou avait cédé. Les voix de la pluie avaient balayé d'un coup les chaînes, les briques et les poids qui l'empêchaient de prendre son envol. Il frissonna si violemment qu'il faillit lâcher le précieux fragment.

Il referma ses doigts autour et pressa sa main contre sa poitrine.

— Dieu soit loué ! s'exclama-t-il, les yeux clos, le visage levé vers le ciel. J'ai compris !

Il se crut près de défaillir. Dehors, le tonnerre gronda au-dessus du désert tel un char de guerre divin.

Dans le silence qui suivit, tandis que les nuages poursuivaient leur course vers les hameaux sans défense du nord de la vallée, Robert O'Neill eut une révélation. Tremblant de tous ses membres, le front baigné de sueur, il aurait voulu prolonger éternellement son extase, mais celle-ci n'était qu'un instrument destiné à lui ouvrir les yeux. A présent, il lui fallait se mettre au travail.

La clé de la Jeep se trouvait sur le contact. La sentinelle à l'entrée du camp ne se posa pas de questions en voyant l'aumônier partir au milieu de la nuit – sans doute les hommes de Dieu vivaient-ils à un autre rythme que le commun des mortels. Robert roulait aussi vite que le lui permettait le sable mouillé. Au bout de quelques kilomètres, la pluie cessa et le ciel se piqua d'étoiles. Le front de l'orage s'était déplacé.

Il conduisait sans réfléchir, puisant sa résolution dans l'énergie spirituelle qui l'animait tout entier.

Il devait voir Morgana de toute urgence.

Les arbres de Josué dressés sur le bord de la route ressemblaient à des silhouettes humaines difformes et torturées. Soudain, un nuage occulta la lune, plongeant le désert dans l'obscurité. Robert ne distinguait plus la route devant lui.

— Non ! hurla-t-il quand les premières gouttes s'écrasèrent sur le pare-brise.

Il accéléra, espérant battre la pluie à la course. Mais des nuées tourbillonnaient au-dessus de lui, l'orage tonnait comme s'il avait voulu rabaisser ce mortel tout auréolé de la gloire divine. Il mit les essuie-glaces en marche. La pluie redoubla d'intensité, lavant la boue étalée sur le pare-brise, mais les phares de la Jeep n'éclairaient qu'une piste bourbeuse et un rideau de pluie scintillant. Le bruit des gouttes sur la capote de la voiture évoquait le crépitement d'une mitrailleuse.

Soudain une forme surgit de la nuit devant lui. Il se pencha en avant et cligna des yeux pour accommoder. Un pont en plein désert ! Que pouvait-il enjamber ? La réponse lui fit dresser les cheveux sur la tête.

Il franchissait une rivière à sec pendant l'été qui se transformait en torrent l'hiver.

Et la voiture roulait dans le lit de cette rivière !

Robert ne pouvait croire que Dieu lui ait accordé une illumination pour le faire périr juste après.

Au même moment, la Jeep heurta une grosse pierre et fit un tête-à-queue, échappant au contrôle de son conducteur.

Robert était en danger !

Morgana ignorait d'où lui venait cette certitude, mais elle s'habilla en hâte et sortit dans la nuit. L'air était chargé d'électricité. La pluie n'avait pas encore atteint Twentynine Palms, mais cela ne tarderait pas. On pouvait suivre du regard la progression de l'orage à travers la plaine. Après son passage, des ruisseaux dévalaient les collines pour former une rivière en furie.

L'été était la saison des inondations soudaines – les plus dangereuses.

La Jeep s'immobilisa après un ultime soubresaut. Si le moteur tournait toujours, les roues patinaient vainement dans la boue. Robert descendit pour se rendre compte de la situation et fut trempé en un rien de temps. La pluie avait fini par le rattraper.

En promenant le faisceau de sa lampe torche sur le pont, il découvrit que celui-ci était en réalité une formation naturelle de taille monumentale.

Il courut s'abriter sous l'arche et étudia les options qui s'offraient à lui, grelottant dans l'obscurité. Si la pluie cessait, il pourrait glisser des cailloux sous les roues de la voiture pour faciliter la traction. Mais il risquait de passer la nuit dehors. L'absence de la Jeep serait découverte le lendemain matin. Mais combien de temps s'écoulerait-il avant que quelqu'un ait l'idée d'interroger la sentinelle et apprenne que l'aumônier était parti pour une destination inconnue ?

Son sang-froid l'étonnait lui-même. Mais, après le miracle dont il avait été témoin un peu plus tôt, la perspective de rester perdu en plein désert et par temps d'orage n'avait rien d'effrayant. Tout ce qu'il regrettait, c'était de ne pas pouvoir dire à Morgana ce que lui avait appris le fragment de la jarre.

Soudain, il perçut une sorte de grondement à travers le bruit de la pluie. Pensant qu'il s'agissait du tonnerre, il se renfonça sous l'arche, où le sol était plus sec.

Morgana roulait à tombeau ouvert le long de la piste de terre. Plus elle s'enfonçait dans la nuit et la tempête, plus elle était convaincue que Robert avait besoin d'aide.

Mais où était-il ? Au camp ? Ou bien l'orage l'avait-il surpris sur la route ?

Le grondement s'amplifia. Robert scrutait l'obscurité, cherchant l'origine du bruit, quand il aperçut deux points lumineux qui venaient vers lui.

Un véhicule !

Remerciant le Seigneur pour ce nouveau miracle, il s'avança vers l'extrémité de l'arche et agita les bras pour attirer l'attention du conducteur. Il remarqua alors deux choses : le véhicule roulait à une vitesse très élevée et il se dirigeait droit vers la Jeep embourbée.

Cramponnée au volant, Morgana tentait de percer la nuit du regard. Il pleuvait à verse et les phares de la camionnette n'éclairaient pas loin, mais elle connaissait tellement bien cette route qu'elle aurait pu conduire les yeux fermés. Si aucun animal ne s'avisait de traverser la chaussée devant elle, elle roulerait d'une traite jusqu'à Camp Young.

La camionnette allait percuter la Jeep ! Robert se précipita au-devant du véhicule qui fonçait sur lui, faisant de grands gestes.

— Stop ! Stop !

Soudain, Morgana aperçut une silhouette dans la lumière des phares. Elle appuya de toutes ses forces sur la pédale de frein et tenta de redresser le véhicule qui s'était mis en travers de la route et poursuivait sur sa lancée en direction de la Jeep.

Quand elle finit par s'immobiliser, la jeune femme reconnut l'homme qui courait vers elle sous la pluie battante.

— Robert ! s'écria-t-elle en jaillissant de la cabine. Qu'est-ce que vous faites là ?

— Et vous ?

En chœur :

— Vous n'avez rien ?

Robert prit la main de Morgana et l'entraîna vers l'arche sous laquelle ils trouvèrent une bande de sol miraculeusement sec.

A peine furent-ils à l'abri qu'ils commencèrent à parler en même temps. S'étant un peu calmés, ils reprirent leur souffle et s'exprimèrent chacun à leur tour.

— J'étais certaine que vous aviez des ennuis, dit Morgana.

Si elle avait eu une serviette, elle aurait essuyé le visage dégoulinant de Robert.

— Je me rendais chez vous, annonça celui-ci. J'avais quelque chose d'important à vous dire.

Il s'interrompit. Même avec les cheveux plaqués sur le crâne, elle lui semblait magnifique.

— Morgana, depuis notre rencontre, je n'ai cessé de penser à vous. J'ai essayé de vous éviter, mais le sort s'ingéniait à nous réunir.

Morgana sentit son cœur se figer. Il s'apprêtait à lui avouer son amour. Non ! Il ne faut pas...

— Morgana, il s'est produit un miracle.

— Robert, le supplia-t-elle, partagée entre l'allégresse et le désespoir.

Elle frissonna quand il la prit par les épaules. Ils étaient seuls au monde, malgré le vent, la pluie et le désert qui s'étendait sur un million de kilomètres carrés.

— Depuis que je suis entré dans l'armée, reprit Robert d'un ton précipité, je me suis senti comme un étranger parmi mes frères d'armes. C'est alors que vous êtes arrivée et...

Elle l'interrogea du regard.

— Oui, Robert ?

— Comme je vous l'ai dit, je suis pacifiste. Pour moi, il s'agit de suivre l'exemple du Christ. Aussi, pourquoi m'être porté volontaire pour cette guerre ? Avant de prendre ma décision, j'ai prié Dieu de m'éclairer. Il ne m'a pas répondu. Je suis alors allé trouver mon évêque et lui ai dit que mon désir de m'engager devenait de jour en jour plus fort, sans que je sache pourquoi. Il en a conclu que c'était là un signe que m'adressait le Seigneur et que je devais me soumettre à Sa volonté.

Il baissa les yeux vers elle. Ses lèvres étaient humides de pluie.

— Mais sachant ce qui les attendait, je souffrais de voir tous ces jeunes garçons arriver de leurs fermes ou de leurs petites villes, remplis d'illusions et d'idéalisme. J'interpellais Dieu quotidiennement à ce sujet. Comment pouvait-Il laisser survenir les guerres ? Pourquoi exigeait-Il le sacrifice d'autant de vies ?

Une bourrasque pénétra à l'intérieur de leur abri. Des gouttes d'eau scintillaient dans la barbe naissante de Robert.

— Avant de vous connaître, je parvenais tant bien que mal à contrôler mon trouble. J'avançais dans l'existence tel un funambule marchant sur un fil étroit quand vous vous êtes dressée devant les chars au mépris du danger. Ce fut comme si vous me tendiez un miroir peu flatteur. Vous aviez le courage de vos convictions, tandis que je taisais les miennes. De ce jour, je n'ai plus connu la paix. Vous étiez toujours présente dans mes pensées, pareille à un guide mental.

Morgana ne savait plus que croire. Cela n'avait rien à voir avec une déclaration d'amour. Mais alors, pourquoi avait-il bravé la tempête pour venir la trouver ?

— J'ai perçu votre désarroi, Robert. C'est pourquoi je vous ai donné le livre d'Elizabeth et le fragment de poterie. Pour vous redonner espoir.

— C'est alors qu'il est arrivé un miracle !

Il ôta les mains de ses épaules, gagna l'extrémité de l'arche en deux enjambées, regarda la pluie qui tombait toujours avec autant de force et revint vers elle, vibrant d'une énergie nouvelle.

— Ce soir, j'étais en train d'étudier la photographie de la jarre quand j'ai entendu un murmure. J'ai jeté un coup d'œil dehors, pensant trouver des hommes en conversation, et constaté alors qu'il pleuvait. De retour sous la tente, j'ai pris le morceau de poterie dans ma main et cru à nouveau entendre des voix murmurer. Ne me demandez pas comment je le sais, mais il existe un lien entre cette jarre indienne et la pluie. La conjonction des deux a fait voler en éclats le mur de mon ignorance, baignant mon âme dans une lumière presque aveuglante. Pendant que j'étudiais la petite silhouette rouge, la vérité m'est brusquement apparue.

Morgana l'écoutait sans rien dire, comme fascinée, en proie à une émotion qu'elle n'aurait su nommer.

— Je me suis rappelé que j'étais un pasteur, autrement dit un berger. Les soldats ont autant besoin d'un berger que n'importe qui. Il ne m'appartient pas de choisir mes brebis. Si celles-ci portent des armes, qu'il en soit ainsi. Je suis fait pour accomplir la volonté de Dieu. En m'éloignant de mes hommes et de ma mission, je m'étais éloigné de Lui et des desseins qu'Il nourrissait pour moi. Mais la jarre m'a révélé que tout était lié et que nous formions tous une grande famille, celle des enfants de Dieu. Nul homme n'est une île.

Les mains de Robert se posèrent à nouveau sur les épaules de la jeune femme. La passion brillait dans ses yeux.

— A présent, je sais pourquoi je me suis engagé. Dieu désirait que je me trouve à cet endroit et à ce moment afin que nous nous rencontrions. Il avait prévu que vous m'apporteriez le fragment de poterie qui deviendrait l'instrument de mon éveil. Je concevais mon rôle d'aumônier en relation avec la mort. Je me trompais. Je suis ici pour rappeler aux soldats que la vie, l'espoir subsistent au milieu de la guerre et du chaos, et que l'amour divin est infini.

La pluie, le désert et même la nuit avaient cessé d'exister, balayés par cette voix vibrante qui transportait l'âme et l'esprit de Morgana.

— Je sais ce que représente la silhouette humaine sur l'éclat de céramique. Elle tient une houlette de berger dans une main et son autre main repose sur la tête d'un animal à cornes – un mouflon, dirait-on. Morgana, ce berger n'est autre que Jésus-Christ, et il m'a chargé en personne de veiller sur son troupeau !

Il baissa la voix et se pencha vers elle.

— En m'offrant le livre d'Elizabeth, vous m'avez remis sur la voie, Morgana. Je vous en serai éternellement reconnaissant.

Tout à coup, elle eut peur qu'il l'embrasse, mais il s'écarta d'elle et laissa retomber ses bras. Ils se regardèrent un long moment à travers la pluie, puis Robert rompit le silence.

— Il faut que je regagne le camp. J'ai pris la Jeep sans autorisation. Ce serait trop bête de risquer la cour martiale maintenant, ajouta-t-il avec un sourire.

Il saisit le visage de la jeune femme dans ses mains.

— Vous m'avez sorti des ténèbres. Que Dieu vous bénisse, Morgana.

Puis il déposa un baiser sur sa joue où coulait une larme.

85

Il avait été décidé que chaque dimanche midi, la cantine se transformerait en salle de récréation. Des jeunes femmes serviraient le café et les gâteaux, bavarderaient avec les soldats, les aideraient à rédiger leur courrier et prendraient en charge l'organisation de la soirée.

Avec le concours d'Ethel Candlewell et de Suzie Knapp, Morgana avait distribué des tracts dans toute la vallée, posé des affichettes dans les bibliothèques et les églises et publié des annonces dans la presse locale. Le résultat avait dépassé toutes ses espérances. Les femmes disposant d'un véhicule furent invitées à transporter celles qui n'en avaient pas tandis que Sandy Candlewell et son bus rouge faisaient la tournée des fermes et hameaux isolés afin de ramasser les volontaires.

Les règles étaient strictes : une tenue décente était exigée en toutes circonstances. Défense d'échapper à la surveillance des chaperons ou d'accorder des rendez-vous en dehors du bal. La consommation d'alcool était interdite. Toutes les jeunes filles devraient avoir quitté les lieux à vingt-trois heures.

Les propositions avaient afflué de toute la région pour remonter le moral des troupes. Après avoir chargé la camionnette de gâteaux, pichets de limonade, livres et magazines, chewing-gums et cigarettes, Morgana avait pris la direction de Camp Young, s'arrêtant plusieurs fois en chemin pour ramasser des volontaires. D'autres voitures et autocars transportant des jeunes filles joyeuses et d'austères matrones les rejoignirent à l'approche du camp. Morgana se répéta qu'elle faisait tout cela pour les recrues, pour Gideon, pour l'effort de guerre, et surtout pas pour Robert.

La nuit de l'orage, quand la pluie avait cessé, elle avait aidé l'aumônier à désembourber la Jeep. Puis elle l'avait regardé repartir vers le sud, raffermi dans sa foi et confiant dans sa mission.

C'était une belle journée de juin. L'orchestre venait d'enchaîner *The White Cliffs of Dover* et *That Old Black Magic*, des couples dansaient le *lindy hop*, le *jitterbug* ou sirotaient un punch sans alcool sous l'œil vigilant des chaperons. Debout au bord de la piste, Morgana observait Robert en conversation animée avec d'autres officiers, un verre de punch à la main. Depuis cette fameuse nuit, il était transformé. Pour sa part, elle n'avait mesuré l'étendue de sa souffrance qu'après qu'il l'avait surmontée.

Sans doute était-il aussi passionné et résolu avant de s'engager. Le nouveau visage qu'il offrait ne le rendait que plus désirable. L'électricité qu'elle ressentait en sa présence était-elle le fruit de son imagination, ou bien la percevait-il aussi ? Si cette perspective l'effrayait, elle puisait du réconfort dans la certitude que Robert était trop dévoué à son Dieu pour briser son vœu de célibat.

Cet amour défendu lui procurait des sensations inédites et grisantes. Elle pouvait laisser parler son cœur, s'adonner à d'innocentes rêveries et jouir de leurs trop rares instants d'intimité sans courir le moindre risque.

Ayant renoncé au mariage, je croyais ne jamais faire l'expérience de l'amour. Puis tu es arrivé, Robert. Toute ma vie, je chérirai les sentiments que tu m'as permis d'éprouver.

Tout à coup, elle le vit se frayer un chemin à travers les danseurs pour la rejoindre. Il avait si belle allure dans son uniforme que plus d'une jeune femme le regardait avec envie, malgré la croix qui ornait son col. Il paraissait plus grand que dans son souvenir et marchait avec l'assurance d'un homme qui a trouvé un but à son existence.

— Vous dansez ? demanda-t-il en lui tendant la main.

L'orchestre attaqua alors les premières mesures de *Smoke Gets In Your Eyes*, un morceau au tempo lent qui invitait au corps à corps. Tandis qu'ils évoluaient sur la piste de danse, laissant un espace suffisant entre eux, Morgana parla à Robert de la dernière lettre qu'elle avait reçue de Gideon.

— Il est complètement entiché de la Navy. Il a été affecté sur un porte-avions. Il n'a pas le droit de révéler son nom ni sa destination, mais il évoque ses compagnons et me dit qu'il n'a pas encore le pied très marin. Il me manque terriblement.

Comme la piste se remplissait, Robert l'attira contre lui.

— J'ai remarqué que vous camoufliez votre tatouage en public. On ne distingue rien sous le maquillage.

— C'est pour éviter que les gens aient peur, ou à tout le moins qu'ils me dévisagent.

— M'autorisez-vous une question ? Je sais que vous avez en partie élevé votre frère, mais comment se fait-il qu'une jeune femme aussi charmante que vous soit encore célibataire ?

Morgana piqua un fard.

— Toutes les jeunes filles ne rêvent pas du prince charmant, vous savez, répondit-elle d'un ton faussement dégagé. Et puis, je devais m'occuper du motel.

— Il doit exister des tenancières de motel mariées.

— C'est une longue histoire, reprit-elle comme le regard de Robert semblait la fouiller jusqu'à l'âme.

Si Morgana avait déjà ressenti de l'attirance pour des hommes, elle avait toujours gardé ses distances avec eux. Sandy Candlewell lui avait renouvelé plusieurs fois sa proposition, puis il avait surpris tout le monde – et surtout Adella Cartwright – en épousant une jeune fille d'Oxnard. Hormis Sandy, son prétendant le plus sérieux avait été Mike Singletary, le séduisant avocat qui avait créé un coup de théâtre en lui délivrant le testament du dénommé Bernam, dix ans plus tôt. Par la suite, il lui avait rendu plusieurs visites, jusqu'au jour où elle lui avait gentiment fait comprendre qu'il perdait son temps. Depuis, elle n'avait aucune nouvelle de lui.

— J'aime les longues histoires.

— Vous n'aimeriez pas celle-ci. Et d'abord, ajouta-t-elle avec un sourire forcé, nous sommes dans le même bateau. Vous non plus, vous ne pouvez pas vous marier.

Il s'immobilisa.

— Pourquoi ça ?

— Vous êtes prêtre.

— Je crains qu'il y ait un malentendu, murmura-t-il après un silence.

— Que voulez-vous dire ?
— Vous me croyez catholique.
— Ce n'est pas le cas ?
Une boule scintillante tournoyait au-dessus de leurs têtes, projetant des reflets mouvants sur les couples de danseurs.
— Vous êtes tellement instruite, Morgana... Quand je vous ai dit que j'avais étudié au Séminaire de l'Union théologique, je pensais que vous saviez qu'il s'agissait d'un établissement protestant. Je ne suis pas catholique, mais épiscopalien. Les prêtres de notre Eglise ne font pas vœu de célibat.
— Mais... vous disiez avoir été élevé par des religieuses.
— Des religieuses épiscopaliennes.
Elle recula d'un pas, une main devant la bouche.
— Morgana, vous vous sentez bien ?
— Je suis un peu... J'ai besoin de prendre l'air.
Elle tourna les talons et se précipita vers la sortie.
Dehors, des couples bavardaient et riaient au milieu d'un nuage de fumée de cigarettes. Se sentant oppressée, Morgana suivit une des promenades en planches qui permettaient de circuler entre les tentes jusqu'à un enclos remplis de caisses.
Ce fut là que Robert la trouva, seule sous la lune.
— Morgana ?
— Je ne supporte pas l'odeur du tabac, expliqua-t-elle en s'éventant de la main. Les clients du motel sont priés de fumer dans le patio. Je n'arrivais plus à respirer, mais cela va mieux.
— C'est ma faute. J'aurais dû être plus clair.
— Non, non, ça n'a rien à voir. J'ai été surprise d'apprendre que vous n'étiez pas catholique, mais la foule et la chaleur m'ont incommodée. Notre programme récréatif rencontre un peu trop de succès, dirait-on, ajouta-t-elle avec un rire nerveux.
— Et cette histoire, alors ?
— Pardon ?
— Vous vous apprêtiez à me dire pourquoi vous ne vous étiez jamais mariée.
Comment mettre en mots le sentiment d'aliénation qui l'habitait depuis l'enfance ? Aussi loin que remontaient ses souvenirs, elle s'était toujours sentie à part. Peut-être cet état

provenait-il des rumeurs sur la supposée bizarrerie de son père, ou du fait qu'elle avait été élevée par sa tante et non par une famille normale. Par la suite, la cicatrice sur son front avait contribué à l'éloigner un peu plus des autres.

Plus profonde encore, la peur d'un abandon l'avait empêchée d'aimer et celle de transmettre une anomalie génétique l'avait dissuadée d'enfanter.

Mais elle ne pouvait rien dire de tout cela à Robert.

— Ce n'est pas vraiment une longue histoire. En fait, il n'y a pas d'histoire. Il n'est pas dit que je ne me marierai pas un jour. Seulement, je n'ai pas encore trouvé le temps de cultiver une relation. Mais plus tard, qui sait...

— Cela fait beaucoup de plus tard.

Elle lança un regard interloqué à Robert. Malgré son sourire, elle avait senti une pointe de critique dans sa remarque.

— Que voulez-vous dire ?

— Je vous demande pardon. J'ai parlé sans réfléchir. Voulez-vous que nous rentrions ?

La plus grande confusion régnait dans les pensées de Morgana. Robert avait été à deux doigts de la percer à jour. Heureusement, elle s'était ressaisie. Mais un nouveau problème se posait à elle : Robert n'était plus inoffensif, et l'intérêt croissant qu'il lui manifestait aiguisait sa perspicacité au point qu'il devenait une menace pour ses secrets et ses sentiments.

Comment allait-elle arracher de son cœur l'amour qu'elle portait à Robert O'Neill ?

86

Robert ne tenait plus en place.

Morgana avait manqué les deux dernières soirées dansantes, elle n'avait pas reparu au camp et quand il téléphonait au motel, elle faisait répondre qu'elle était trop occupée pour lui parler. Ce n'était pas normal.

Il faisait déjà chaud malgré l'heure matinale. Il fallait s'attendre à ce que des soldats tombent d'épuisement ou d'insolation pendant l'exercice. Robert avait sauté le petit déjeuner pour passer un peu de temps à l'infirmerie avec les malades avant de se rendre au motel Hightower.

Pour la première fois depuis son arrivée au camp, il avait pris quelques libertés avec l'uniforme. La chaleur extrême l'avait non seulement incité à renoncer à son col ecclésiastique, mais aussi à laisser ouverts les deux premiers boutons de sa chemise. Même ainsi, il avait du mal à respirer.

Après avoir quitté l'infirmerie, il fit un détour par sa tente et enfila un pantalon et une chemise à manches courtes bleu pâle, les seuls vêtements civils qu'il avait apportés. Le temps qu'il se rende au garage pour réquisitionner une Jeep, la transpiration avait collé sa chemise à son dos.

Il s'engagea à vive allure sur la route du motel : s'il voulait obtenir des réponses de Morgana, il avait tout intérêt à la prendre par surprise.

Malgré les stores baissés et les deux ventilateurs électriques qui tournaient à plein régime, Suzie Knapp avait le visage luisant de sueur. Décidément, se répéta-t-elle comme chaque année à la même saison, le désert n'était pas fait pour les cœurs fragiles.

La porte de la réception s'ouvrit, livrant passage à un fort bel homme. Suzie passa vivement la main sur ses cheveux et offrit son plus beau sourire au visiteur.

— En quoi puis-je vous être utile ?

Elle eut alors la surprise de reconnaître le père O'Neill. C'était la première fois qu'elle le voyait en civil.

— Je cherche Morgana, dit l'aumônier en ôtant ses lunettes de soleil. Je... nous avons beaucoup regretté son absence lors des deux dernières soirées dansantes.

Son hésitation n'avait pas échappé à Suzie. Elle était restée très fleur bleue sous ses dehors d'épouse et de mère de famille respectable. Chaque fois qu'elle évoquait devant elle le séduisant officier, Morgana ne pouvait s'empêcher de la reprendre. « Le *père* O'Neill », disait-elle en insistant sur son titre, comme si cela changeait quelque chose à l'affaire. Un homme restait un homme et ce, que son col soit blanc, bleu ou rouge à pois verts.

— Désolée, mon père, mais vous l'avez manquée de peu. Elle a demandé à Sandy Candlewell de la conduire à Banning.

— Banning ?

Il promenait son regard autour de lui, comme s'il cherchait des indices. Cela ne ressemblait pas à Morgana de quitter le motel en période de grande affluence.

Suzie redressa le présentoir à cartes postales et déplaça légèrement son stylo.

— Je ne devrais pas vous le dire, reprit-elle en détournant la tête. Elle m'a demandé de garder le silence.

— Juste ciel ! Elle va bien ?

— Oh ! oui. Elle n'est pas malade. Simplement, elle ne voulait pas que les gens sachent où elle allait.

Robert scruta le visage de la jeune femme et ses yeux bleus qui mentaient si mal.

— « Les gens », ou moi ?

— Pardon, mon père, soupira Suzie. Morgana m'a fait promettre de ne rien vous dire. Mais je trouve que ce n'est pas bien agir envers vous, d'autant qu'elle part pour un bout de temps.

— Combien ?

— Au moins un mois.

— Un mois !

— Peut-être plus. Elle comptait prendre le train pour San Francisco. Elle veut s'engager dans la Croix-Rouge.

O'Neill accusa le coup, puis il remit ses lunettes, remercia la jeune femme et sortit en hâte.

Il conduisit le pied au plancher, donnant des coups d'avertisseur, dans l'espoir de rattraper le camion des Candlewell. Arrivé à la gare de Banning, il repéra immédiatement celui-ci sur le parking. Il n'y avait personne dedans.

Il pila, sauta à terre, traversa le hall plein de soldats et de voyageurs et déboula sur le quai juste comme un coup de sifflet annonçait le départ du train.

Il se mit à courir le long du quai, tentant d'apercevoir l'intérieur des wagons. Le train prit de la vitesse, l'obligeant à accélérer. C'est alors qu'il la vit à travers une vitre.

— Morgana !

Elle n'avait pas entendu.

Robert piqua un sprint et, devant des témoins stupéfaits, il agrippa la main courante du fourgon de queue et parvint à se hisser sur la plateforme.

Il y resta le temps de se masser l'épaule et de reprendre son souffle, puis il poussa la porte du wagon bringuebalant. Glissant ses lunettes de soleil dans sa poche, il attendit que ses yeux soient habitués à la pénombre pour avancer.

Il remonta lentement le couloir d'un premier compartiment, jetant des coups d'œil à gauche et à droite. Des soldats, des hommes d'affaires, des familles au complet… Il s'immobilisa sur le seuil du compartiment suivant. Morgana était assise près d'une fenêtre du côté gauche, seule.

Ses cheveux bouclés étaient coiffés d'un minuscule chapeau dont on voyait trembler la voilette. La vitre entrouverte laissait pénétrer un souffle d'air qui soulevait le col plissé de sa robe de coton rose. Ses mains gantées reposaient sur un banal sac en tissu. Son profil respirait la tristesse. En voyant son corps mince secoué par les cahots du train, Robert la trouva subitement très vulnérable, à l'opposé de la jeune femme qui s'était dressée devant les chars.

Il lui apparut également que son départ précipité avait tout d'une fuite.

Le jour où elle lui avait parlé du matériel qu'elle avait réuni sur les tatouages, elle lui avait confié son espoir d'en faire un livre, « plus tard ». D'autre part, il savait qu'elle avait renoncé à étudier les cultures indiennes après la mort d'Elizabeth pour se consacrer au motel et à son frère. De quoi avait-elle peur, pour s'abriter ainsi derrière des prétextes ?

Il s'approcha.

— Morgana...

Elle leva les yeux.

— Oui ?

Elle le reconnut alors et son sourire se figea. Robert paraissait tellement différent en costume civil... Sa chemise déboutonnée laissait apercevoir quelques poils sombres sur sa poitrine. Le regard de la jeune femme se posa sur ses bras nus et cuivrés. C'était la première fois qu'elle le voyait en manches courtes. Sans son col ecclésiastique et sa croix, Robert O'Neill redevenait un homme pareil à tous les autres.

— Robert ! Comment... que faites-vous ici ? Je ne vous ai pas vu monter à bord.

— Je vous ai suivie, Morgana. J'ai sauté dans le train à la dernière minute.

Il frotta son épaule endolorie et sourit.

— Vous permettez ?

Son bras nu frôla celui de la jeune femme quand il s'assit près d'elle.

— Pourquoi m'avoir suivie ?

— Je me faisais du souci pour vous. On ne vous voyait plus au camp, vous n'assistiez plus aux soirées dansantes... Vous refusiez même de me parler au téléphone. Au motel, votre amie m'a dit que vous étiez en route pour San Francisco et que vous ne comptiez pas revenir avant plusieurs mois. Je risque d'embarquer avant votre retour. Comment avez-vous pu partir sans me dire au revoir ?

— J'ai pensé que cela valait mieux. Robert...

Elle se tut devant l'expression interdite de l'aumônier.

— Où est passé le paysage ? demanda celui-ci.

Morgana se tourna vers la vitre. On aurait dit que le train s'était enfoncé dans un nuage.

— Nous sommes entrés dans la passe de Banning, expliqua-t-elle. Le brouillard qui se forme au-dessus du Pacifique tend à pénétrer à l'intérieur des terres.

— Si loin des côtes ?

Il se pencha en avant et sonda du regard l'épais voile blanc. Morgana pria pour qu'il recule, à la fois désespérée qu'il l'ait rejointe et heureuse au-delà de toute expression.

— Il se répand dans les vallées la nuit. Mais il ne parvient jamais à Twentynine Palms. On appelle ce phénomène *may gray* ou *june gloom*, selon les mois. Il arrive qu'il se prolonge en juillet. Les canyons retiennent la brume captive, puis la chaleur la désagrège.

Le spectacle était si magnifique, si inattendu que Robert resta sans voix. Le canyon semblait envahi par d'énormes balles de coton. Seules les crêtes des collines étincelaient encore au soleil.

— Décidément, votre désert recèle bien des surprises.

Il avait parlé à voix basse, comme s'il craignait d'effrayer le brouillard. Soudain, malgré la présence des autres passagers, l'atmosphère du wagon était devenue très intime.

Morgana n'avait pas voulu cela. Elle cherchait à fuir Robert, et à présent ils étaient plus proches que jamais.

— Si cela vous intéresse, le terme scientifique est « brouillard d'advection ».

Surtout, ne t'arrête pas de parler. Regarde par la fenêtre pour oublier le contact de son bras nu sur le tien et le parfum envoûtant de son après-rasage.

— Cela se produit quand l'air terrestre chaud rencontre les eaux plus froides de l'océan. Le courant californien et la remontée d'eau créent des couches humides qui, comme vous le voyez...

Robert lui prit doucement le menton et plongea ses yeux dans les siens.

— Pourquoi êtes-vous partie sans me dire au revoir ?

— Je déteste les adieux. J'ai pensé que ce serait plus facile ainsi. Je vais m'engager dans la Croix-Rouge, ajouta-t-elle sans lui laisser le temps de placer un mot. Ils ont besoin d'infirmières. J'ai appris les bases du métier dans les livres de mon père et auprès de ma tante. Je sais faire des pansements, manier une seringue et je ne m'évanouis pas à la vue du sang.

— Mais pourquoi San Francisco ? La Croix-Rouge possède un chapitre à Los Angeles.

— Je me suis dit que je supporterais d'autant mieux l'éloignement que la distance serait grande.

Robert scruta son visage.

— J'ai l'impression que vous me cachez quelque chose, murmura-t-il. Morgana, je vous en prie, parlez-moi.

Voyant qu'elle gardait le silence, il promena son regard autour du compartiment et lui prit la main.

— Venez, allons quelque part où nous serons tranquilles.

C'est à peine si elle fit mine de résister avant de le suivre dans le recoin qui séparait les deux wagons. Le bruit y était beaucoup plus fort et le vent s'infiltrait par la moindre fente.

Le train gravit une côte escarpée et émergea soudain en pleine lumière. La vallée s'étalait autour d'eux, toujours noyée dans le brouillard. Quelques minutes plus tard, ils s'enfoncèrent à nouveau dans la purée de pois qui étouffait le vacarme de la motrice et des essieux.

Morgana mourait d'envie de se jeter dans les bras de Robert. Mais elle n'avait jamais discuté avec personne des craintes qui la poussaient à fuir, pas même avec Gideon ou son amie Suzie.

— Tout va bien, Robert. Je ne suis pas une de vos brebis. Inutile de vous faire du souci pour moi.

— Morgana, je ne suis pas là en tant que pasteur, mais en tant qu'ami. Je vois bien que quelque chose vous trouble. S'il vous plaît, faites-moi partager votre fardeau.

Jugeant qu'il méritait une explication franche, elle se résolut à lui parler sans détour.

— L'autre jour, vous m'avez demandé pourquoi j'étais toujours célibataire. La vérité, c'est que je ne peux pas me marier.

— Pourquoi ?

— J'ai des raisons de penser que mon père était fou. Si j'avais des enfants, je risquerais de leur transmettre sa maladie.

— Sur quoi vous fondez-vous pour affirmer cela ?

— Mon père et moi étions très liés. Jamais il ne serait parti sans me dire au revoir ni me donner de nouvelles. J'en conclus qu'il ne savait plus ce qu'il faisait. Ma tante prétendait qu'il était sujet à des obsessions, que son mal a progressivement empiré jusqu'à lui faire oublier qui il était et où il se trouvait.

— A moins qu'il ne soit...

Elle lui coupa la parole, anticipant son objection.

— S'il était mort, quelqu'un aurait découvert son corps et la police nous aurait averties.

— Il arrive que des gens disparaissent sans laisser de traces.

— Sans doute. Mais j'ai fait des recherches, j'ai consulté des experts. Robert, il est possible que mon père ait souffert de troubles mentaux.

— Je ne saisis toujours pas. Quel rapport avec votre départ précipité pour San Francisco ?

Le train oscilla et aborda une nouvelle montée suivie d'une longue courbe.

— Je comprends que vous refusiez de me répondre, dit enfin Robert. Mais vous m'avez aidé, Morgana. J'aimerais en faire autant pour vous.

La jeune femme plongea son regard dans ses yeux bruns qui hantaient ses rêves, brûlant de lui confier son lourd secret.

— Si j'ai fui le soir du bal, c'est parce que vous m'aviez fait peur.

— Morgana, comment est-ce possible ? demanda-t-il d'un ton plein d'angoisse.

— Par le passé, j'ai dû lutter pour ne pas tomber amoureuse. Mais avec vous... je pensais que c'était sans danger ! Vous et moi n'avions aucun avenir ensemble. Mais à présent... Robert, vous ne comprenez donc pas ? Je devais m'éloigner de vous.

— Pour aller où ? Vous comptiez vous cacher ?

— Oui, comme je l'ai fait toute ma vie.

Au moment où elle prononçait ces mots, Morgana prit conscience d'une vérité qu'elle avait toujours refusé d'affronter.

— J'ai fini par construire une véritable prison autour de moi. Il y a tant de choses que je voudrais faire et voir, mais je trouve toujours de bonnes raisons pour reculer. Vous aviez raison de dire que je collectionnais les « plus tard ». Quand Elizabeth est arrivée dans ma vie, je rêvais de sillonner le pays pour recueillir les récits et les mythes des Indiens, comme l'a fait mon père. Mais ce rêve s'est éteint avec elle. J'ai renoncé à faire des études, à voyager. Je me suis cachée dans le désert, redoutant tout et tout le monde.

La voix de Robert prit des inflexions tendres et son regard se teinta de compassion.

— Dites-moi ce qui vous effraie, Morgana.

— Je ne peux pas...

L'horreur qu'elle avait enfouie au plus profond d'elle-même durant tant d'années était tout près d'éclater au grand jour. Pour douloureux qu'il fût, cet aveu signerait sa renaissance. Mais Robert était là pour verser du baume sur ses plaies.

Elle se lança juste comme le sifflet de la locomotive retentissait.

— Ma tante était une meurtrière ! Robert, la sœur de ma mère a tué deux personnes !

— Seigneur !

— Cette nuit-là, j'ai été réveillée par des hurlements. Quand je suis arrivée, Elizabeth vivait encore mais elle se tordait sur le sol, transformée en torche. Un vrai cauchemar ! Et c'était ma tante la responsable !

Elle enfouit son visage dans ses mains et pleura comme une enfant. Robert l'attira doucement contre sa poitrine. Ses sanglots lui déchiraient le cœur. Les yeux pleins de larmes, il l'écouta retracer une histoire inimaginable. Minée par la jalousie et la folie, Bettina avait laissé sa sœur se vider de son sang sous ses yeux et mis le feu à un bungalow après en avoir fermé toutes les issues. Son récit l'emplit d'une tristesse incommensurable. En même temps, il lui donnait d'autant plus envie de la protéger. Comment avait-elle pu vivre aussi longtemps avec ce secret ?

Morgana s'écarta de lui, le visage mouillé de pleurs.

— Le sang qui coule dans mes veines est le même que celui de ma tante, Robert. Vous comprenez, à présent ? Il n'y a pas que mon père... Le gène de la folie est également dans la famille de ma mère !

— Vous ne croyez pas que c'est un peu fort, comme coïncidence ?

— On prétend que qui se ressemble s'assemble, répondit Morgana, songeant aux insinuations de Selma Cartwright après la mort de Bettina. Les âmes sœurs se reconnaissent entre elles, parfois à leur insu. Si les couples mariés finissent par se ressembler, c'est que nous avons tendance à tomber amoureux de nos semblables. Soudain un visage nous séduit et nous inspire confiance, mais c'est notre propre visage que nous chérissons. Peut-être mon père a-t-il perçu qu'il avait beaucoup en commun avec ma mère.

Robert sortit un mouchoir propre de sa poche et tamponna délicatement les joues et les lèvres de la jeune femme.

— Je comprends que vous craigniez de transmettre la vie, mais nul ne peut prédire l'avenir de ses enfants. La vie est un cadeau divin, aussi imparfaite soit-elle. Moi-même, j'ignore qui étaient mes parents et pourquoi ils m'ont abandonné. Si ça se trouve, j'ai hérité d'eux une maladie qui me condamne à mourir jeune. Mais cela ne m'empêche pas de jouir pleinement de l'existence. Ce ne sont pas nos peurs, mais nos joies et les défis que nous relevons qui nous définissent. Il est possible que je ne revienne pas de cette guerre...

Morgana posa un doigt sur ses lèvres.

— Ne dites pas ça !

— Il est possible que je ne revienne pas, répéta-t-il en lui prenant la main. Pour autant, j'entends vivre intensément chaque seconde comme je le fais en ce moment avec vous.

La locomotive siffla et le balancement du train s'accentua. Le soleil mettait une touche d'or dans le paysage. A l'entrée d'une courbe, le wagon eut un cahot. Déséquilibrée, Morgana tomba contre Robert qui la rattrapa. Ses bras se refermèrent sur elle pendant qu'elle se cramponnait à sa chemise et ils restèrent ainsi enlacés.

Morgana tremblait. Robert se dit qu'il n'avait jamais éprouvé de sentiments aussi forts. Il aurait voulu crier son amour à la face du monde, mais il craignait qu'il ne fût trop tôt. Avant de parler mariage, il devrait accorder du temps à Morgana et la tranquilliser.

— Laissez-moi vous aider comme vous m'avez aidé, la supplia-t-il en prenant son visage dans ses mains.

— Je ne sais pas comment.

— Pensez à la jarre de pluie. De quelque côté qu'on la regarde, on n'aperçoit qu'une petite partie de son décor. Il en va de même du dessein de Dieu. Il ne nous est pas permis de le voir tout entier, ni même de deviner ce qui se trouve de l'autre côté. Quoi que la vie nous réserve, nous le découvrons au fur et à mesure que nous avançons. Nous surmonterons ces épreuves ensemble, Morgana.

Les yeux de la jeune femme se remplirent de larmes. Déjà, la présence de Robert l'allégeait d'un grands poids. Il lui semblait que son âme avait commencé à étendre ses ailes pour s'envoler de sa prison. Quand elle lui avait révélé la vérité sur Bettina, loin d'être horrifié ou de porter un jugement, il s'était montré solide et rassurant.

— Je connais un psychiatre, un des meilleurs dans sa spécialité. Je vais lui écrire pour lui exposer votre cas. Nous chercherons aussi longtemps qu'il le faudra, mais nous trouverons. Aucune femme ne mérite de vivre avec une telle angoisse. Morgana, acceptez-vous d'attendre un peu avant de rejoindre la Croix-Rouge ?

— Oui.

— Vous voulez bien descendre à la prochaine gare et retourner à Twentynine Palms avec moi ?

— Oui, Robert.

Bien que tenté de déposer un chaste baiser sur ses lèvres, il se contenta de la serrer en silence dans ses bras pour lui rappeler qu'elle n'était plus seule et qu'il ne l'abandonnerait jamais. Ensemble, ils surmonteraient ses peurs.

Soudain le brouillard se dissipa. Morgana grimaça et abrita ses yeux derrière sa main, éblouie par le soleil aveuglant. Robert tira ses lunettes de soleil de sa poche de poitrine et les posa délicatement sur l'arête du nez de la jeune femme, la protégeant de la lumière de la même manière qu'il entendait désormais la protéger de tous les aléas de l'existence.

87

Assis dans une salle de cinéma bondée qui diffusait *En route pour le Maroc*, Robert et Morgana partageaient un accoudoir de fauteuil et une boîte de pop-corn. Robert avait reçu l'ordre d'embarquer une semaine plus tard. Quand Bob Hope, après avoir jeté un coup d'œil au désert, s'exclama : « Ça doit être là qu'on vide tous les vieux sabliers », le public, composé en majorité de soldats accompagnés de leurs épouses ou fiancées, éclata de rire et certains de ces hommes qui voyaient eux-mêmes le désert pour la première fois de leur vie applaudirent spontanément.

A l'inverse, Morgana sentit les larmes lui monter aux yeux. Un grand nombre ne reviendraient pas de cette guerre et Robert en faisait peut-être partie.

Il se pencha vers elle et lui tendit un mouchoir.

— Ne pleurez pas, c'est une comédie, lui murmura-t-il à l'oreille.

Depuis leurs retrouvailles à bord du train, Morgana et Robert avaient passé tout leur temps libre ensemble à se promener, aider à la cantine, soutenir le moral des troupes. Même s'ils discutaient de tout, ils évitaient le mot « amour » et n'évoquaient jamais l'avenir. Autour d'eux, des couples se formaient, se mariaient en hâte et se faisaient des adieux poignants. Le temps semblait s'être condensé, bouleversant les règles du jeu amoureux.

A la fin du film, la foule se déversa à l'extérieur du cinéma. En juillet, la température ne descendait jamais au-dessous de trente degrés. Il faisait lourd et des éclairs brillaient au-dessus des montagnes. Ils se dirigèrent vers la Jeep de Robert tandis que d'autres couples montaient à bord de leur propre véhicule et les saluaient de la main, leur souhaitant bonne nuit.

Morgana était tendue. Si Robert s'était montré aussi charmant qu'à l'accoutumée pendant la soirée, elle s'attendait qu'il lui fasse une déclaration importante. S'il me demande de l'épouser, se répéta-t-elle, je refuserai. Malgré ses aveux et la compréhension qu'il lui avait témoignée, ses craintes étaient intactes.

Ils roulèrent sans parler. Le ciel était sillonné d'étoiles filantes et les ombres ressortaient sur le sable blanc avec une telle netteté qu'on aurait dit un paysage lunaire. Soudain, Robert arrêta la Jeep près d'un groupe d'arbres de Josué et annonça qu'il avait besoin de se dégourdir les jambes. Dans les collines, une meute de coyotes hurlait. Un hibou lança son cri, appelant sa compagne.

Le cœur de Morgana se mit à battre plus fort comme elle descendait de la Jeep. Le moment qu'elle redoutait était arrivé. Mais elle s'y était préparée. Non, Robert. Je t'aime, mais je ne t'épouserai pas.

Le sable crissait sous les bottes de Robert. Hormis ce bruit, le silence était total, comme s'ils avaient été seuls au monde. Soudain, il se retourna vers elle. Il était tête nue et avait laissé sa veste dans la Jeep. Il portait autour du cou le col clérical dont Morgana avait cru qu'il la protégerait en l'empêchant de tomber amoureux d'elle. Mais au cinéma, elle l'avait surpris plus d'une fois à la regarder du coin de l'œil, comme s'il avait voulu s'assurer qu'elle était toujours là et n'avait pas fui à nouveau.

— Morgana, commença-t-il, j'ai quelque chose à vous demander.

— Oui, Robert ?

— Morgana, est-ce que… ?

Elle attendit, le cœur battant. Elle répugnait à lui dire non, mais elle n'avait pas le choix.

— Est-ce que vous m'écrirez en mon absence ?

Elle accusa le coup.

— Vous écrire ? Oui, bien sûr.

Robert tourna les talons et se remit en marche, la laissant digérer sa déception. Tu espérais quoi ? pensa-t-elle, furieuse contre elle-même. Tu lui as dit que tu ne te marierais jamais.

Ils atteignirent bientôt les yuccas géants. Certains ne possédaient que deux bras quand d'autres en avaient une multitude, fièrement dressés vers le ciel ou inextricablement enchevêtrés.

— Au début, reprit Robert, les arbres de Josué me paraissaient grotesques. A présent, je les trouve beaux. En plus, ils recèlent des trésors. Vous saviez cela ?

Elle le rejoignit en quelques enjambées. La brise tiède jouait avec le bas de sa jupe.

— Quels trésors ?

— Si vous regardez bien, vous trouvez toutes sortes d'objets précieux dans un arbre de Josué. Sérieusement, ajouta-t-il devant son expression interloquée. Si vous ne me croyez pas, vous n'avez qu'à essayer. Prenez celui-ci... Il m'a tout l'air d'abriter un trésor.

Morgana éclata de rire.

— Qu'est-ce que vous racontez ?

— Voyez vous-même si je n'ai pas raison.

Elle releva le défi et explora à tâtons les branches inférieures du yucca, couvertes de feuilles aussi pointues que des poignards. Des souris et des lézards détalèrent, dérangés par son examen.

— C'est vraiment...

Elle s'interrompit. Quelque chose brillait dans le feuillage sombre.

Perplexe, elle avança la main et ramena le plus étonnant des trésors : une bague de diamant qui jetait mille feux dans le clair de lune.

— J'espère qu'elle ira à votre doigt, murmura Robert.

Morgana ouvrit la bouche, mais aucun son ne franchit ses lèvres. Elle prit plusieurs inspirations, le cœur battant de frayeur et d'excitation, et dit enfin :

— Robert, j'étais sérieuse. Je n'aurai pas d'enfant tant que je ne serai pas certaine...

Robert cueillit son visage dans ses mains.

— Je ne t'épouse pas pour avoir des enfants, mais pour toi. Morgana Hightower, je t'aime de toute mon âme. Tu m'es plus chère que l'air que je respire. Cela ne fait que deux mois que nous nous sommes rencontrés, pourtant il me semble t'avoir toujours connue. Je veux passer le reste de ma vie près de toi, pour te chérir, t'honorer et si possible, te faire rire. Morgana, me feras-tu l'honneur de devenir ma femme ?

— Je t'aime aussi, Robert, mais j'ai peur. Mon père m'a quittée, puis Gideon est parti. Je ne supporterai pas de te perdre aussi.

— Que fais-tu de la peine que je me suis donnée ? s'exclama Robert d'un air peiné. Figure-toi que j'ai roulé jusqu'ici en pleine chaleur et me suis copieusement sali en essayant de cacher la bague, craignant par-dessus tout de ne pas reconnaître ce fichu arbre dans le noir, ce qui a d'ailleurs failli se produire !

Tandis qu'elle admirait le diamant qui scintillait sur sa monture en argent, Morgana s'avisa que durant près de dix ans, elle avait laissé des rumeurs et des ragots décider de sa vie affective. Rétrospectivement, elle se demanda si Selma Cartwright n'avait pas agi en connaissance de cause quand elle avait déconseillé à Ethel Candlewell de laisser Sandy épouser la nièce de cette folle de Bettina Hightower. La propre fille de Selma, Adella, ne convoitait-elle pas le jeune homme ?

Il était temps qu'elle laisse son cœur prendre le pouvoir sur ses peurs.

— Tu as raison, acquiesça-t-elle. Après le mal que tu t'es donné, j'aurais mauvaise grâce à refuser.

Elle lui tendit sa main gauche, les doigts légèrement écartés, afin qu'il glisse la bague à son annulaire, puis elle s'abandonna dans ses bras comme elle l'avait fait des milliers de fois dans ses rêves. Si son étreinte lui parut merveilleusement familière, le baiser qui l'accompagnait fut une révélation. Ses fantasmes les plus fous ne l'avaient pas préparée à la vague de désir brûlant qui l'envahit tout à coup.

Robert avait préparé un discours à la prose enflammée, rempli de citations poétiques, dans le style des sermons qui lui valaient chaque dimanche un vif succès. Il avait peiné sur le brouillon pendant une semaine, le peaufinant dans les moindres détails, puis il avait répété chaque inflexion, chaque mimique devant un miroir, jusqu'à atteindre la perfection. Mais à présent, les mots le trahissaient et son corps parlait pour lui. Plaquant la jeune femme contre sa poitrine, il l'embrassa avec une passion presque effrayante.

Alors l'aumônier-commandant O'Neill, cet orphelin qui n'avait jamais cessé de chercher la raison de sa présence sur terre, remercia en silence Dieu, l'univers, le service de recrutement des armées, une anthropologue défunte appelée Elizabeth Delafield et l'artisan indien qui avait façonné, huit siècles avant sa naissance, la clé de la cage dans laquelle se consumait son âme.

88

La cérémonie fut célébrée à Arch Rock par Rabbi Isaacs, l'aumônier israélite du camp, en présence de quelques amis des mariés. Ces derniers récitèrent les vœux qu'ils avaient rédigés : « Un peu d'or trouvé dans le désert, deux vies à jamais enlacées. » Ils passèrent leurs cinq jours de lune de miel dans un motel sur le bord de la Highway 111. Les bâtiments étaient en faux marbre blanc, les feuillages des washingtonias miroitaient au soleil et rares étaient les clients qui bravaient la canicule pour profiter de la piscine.

Le 5 août 1942, Robert O'Neill monta à bord du train qui emmenait son régiment, quelques jours après que le général Patton eut pris le commandement de la campagne d'Afrique du Nord. Il fit ses adieux à sa jeune épouse, lui promettant de revenir.

Après son départ, Robert écrivit chaque jour à Morgana, mais ses lettres lui parvenaient groupées. Certains jours, elle en recevait plusieurs et d'autres fois, aucune. Chacune s'ouvrait et s'achevait sur une déclaration d'amour. Entre les deux, Robert évoquait ses hommes, sa mission et l'œuvre divine en termes enthousiastes et résolument optimistes. Le jour de son départ, Morgana lui avait confié le fragment de la jarre. Depuis, il le portait toujours sur lui, au même titre que son livre de prières.

Le courrier des soldats combattant outre-mer était livré tous les après-midi à la boutique des Candlewell. On s'y retrouvait pour bavarder et échanger des nouvelles en attendant le camion de l'US Mail, puis chacun rentrait chez soi pour lire ses lettres en famille ou seul, comme le faisait Morgana.

Malgré ses craintes, la jeune femme se sentait dans le même état d'esprit que le jour où Elizabeth avait fait irruption dans sa vie, dix ans plus tôt. Durant une brève période, la jeune fille avait formé des rêves que le tragique incendie avait anéantis. Mais Robert lui avait rendu le goût du bonheur et avait ranimé son intérêt pour les cultures indiennes. Elle avait commandé les derniers ouvrages publiés sur la question et projeté plusieurs voyages avec Robert, dans l'Etat de Washington pour visiter la réserve Suquamish, dans la région de Cheyenne afin d'observer les rituels des tribus de la Plaine et en Floride où un clan séminole arborait un tatouage similaire au sien. L'avenir n'avait jamais été aussi riche de promesses !

L'essence, les chaussures, le sucre étaient désormais rationnés. Le beurre avait complètement disparu des assiettes, remplacé par de la margarine que l'on vendait avec une pastille de colorant jaune pour lui donner un aspect plus appétissant. Les femmes privées de bas Nylon dessinaient de fausses coutures à l'arrière de leurs jambes. Chacun cultivait son potager en attendant des nouvelles d'Europe, d'Asie, d'Afrique et du Pacifique.

La premier jour où elle vomit, Morgana crut à une intoxication alimentaire. Le deuxième, elle accusa la grippe. Le troisième confirma ses pires craintes.

Durant leur lune de miel, Robert avait utilisé des préservatifs, puis ils avaient cédé au sentiment d'urgence passionnée qui avait envahi la nation dans son entier et fait l'amour de façon impulsive, sans user de précautions.

Elle annonça sa grossesse à Robert dans une lettre enjouée, précisant que le bonheur de porter leur enfant avait balayé ses anciennes craintes. Elle n'était pas sûre qu'il fût dupe de ses efforts, mais elle n'allait pas l'accabler avec ses problèmes alors qu'il risquait sa vie.

En réalité, l'idée que le sang maudit des Hightower irriguait déjà les veines microscopiques de son futur enfant la terrifiait. Par réaction, elle prit un soin extrême de sa santé, faisant des promenades quotidiennes au grand air, fuyant le voisinage des fumeurs, bannissant l'alcool et le café de son alimentation, et évitant autant que possible les causes d'énervement. Elle se rendait régulièrement à Arch Rock pour y méditer dans la solitude. Pendant qu'elle priait pour Gideon et Robert, elle portait fréquemment la main à sa poitrine à travers ses vêtements, puisant un peu de consolation dans le contact familier du pendentif et formant des vœux pour que sa protection s'étende au bébé qui grandissait dans son ventre.

89

« You must remember this, a kiss is still a kiss... »

Le Palace Theater de Palm Canyon Drive avait été inauguré quatre ans plus tôt, le jour de la première d'*Autant en emporte le vent*. Le film avait remporté un vif succès auprès de Morgana et de ses amies, qui s'étaient toutes demandé ce que Scarlett et Mélanie pouvaient trouver à ce gringalet d'Ashley quand elles-mêmes n'avaient d'yeux que pour Rhett Butler. Ce soir-là, c'était une autre histoire d'amour tragique qui se déroulait sur l'écran, et les spectatrices avaient le plus grand mal à départager Rick Blaine et Victor Laszlo.

Morgana se tamponna les yeux avec son mouchoir. L'émotion du public était tangible. Dans la vie réelle, les Alliés avaient libéré Casablanca en novembre et depuis, Morgana avait vu le film à cinq reprises.

Sitôt les lumières rallumées, Suzie aida son amie à se relever. La jeune femme trouvait imprudent de parcourir autant de kilomètres à huit mois et demi de grossesse, mais Morgana avait insisté. *Casablanca* passait à Palm Springs, dans la salle où elle avait vu *En route pour le Maroc* avec Robert le soir où il l'avait demandée en mariage. Le régiment de son mari combattait à présent en Tunisie, si bien que le film lui donnait l'impression de partager un peu son quotidien. En plus, Ethel Candlewell et d'autres mères de famille expérimentées lui avaient assuré que les premiers nés arrivaient toujours en retard.

— Tu savais que Humphrey Bogart portait des talonnettes face à Ingrid Bergman ? demanda Suzie dans la voiture. En vrai, elle est plus grande que lui.

C'était une belle nuit de printemps. Le ciel fourmillait d'astres et la pleine lune évoquait un disque d'ivoire. Le visage tourné vers la vitre, Morgana fredonnait distraitement *As Time Goes By* et cherchait à apercevoir une étoile filante afin de formuler un vœu quand elle s'écria :

— Qu'est-ce que c'est que ça ?

— Quoi donc ?

— Là-bas. Quelqu'un a allumé un feu. Quitte la route.

— Pourquoi ?

— Les feux sont interdits dans ce secteur, à cause des risques d'incendie. Suzie, je t'ai dit de quitter la route.

— Bon sang, Morgana, tu n'es pas payée pour faire la police ! Pense un peu à ton état. Tu serais mieux chez toi.

— Nous avons le devoir d'avertir ces gens. Tourne là.

L'antique Ford de Suzie s'engagea sur une piste pleine de nids-de-poule.

— Tu nous emmènes où, comme ça ? Je ne vois de feu nulle part.

— Il y a une lueur de ce côté.

— Si tu le dis...

— Continue de rouler dans cette direction.

La piste s'interrompait quelques centaines de mètres plus loin. Avant que Suzie ait pu protester, Morgana descendit et entreprit de se faufiler entre les blocs de roche qui obstruaient la voie. Le clair de lune découpait des ombres parfaitement nettes sur le sol. Suzie pressa le pas pour rattraper son amie.

— Enfin, qu'est-ce que tu fabriques ?

— Ils sont juste derrière ces rochers. Ils s'imaginent qu'on ne les voit pas.

Mais Morgana ne trouva ni feu, ni campement de l'autre côté des rochers. La mystérieuse lueur avait disparu.

— C'est étrange. J'aurais juré...

Elle se plia en deux, une main plaquée sur le ventre. Suzie se précipita vers elle.

— Morgana ? Ça va ?

— J'ai mal...

— Je te ramène à la voiture, décida Suzie en la prenant par le bras. Sitôt arrivée, je téléphonerai à Ethel.

Morgana ne bougea pas.

— Suzie, je perds les eaux !

— Ça nous laisse le temps de rentrer. Nous serons à la maison dans moins d'une heure.

Un nouvelle douleur traversa l'abdomen de Morgana, si vive qu'elle tomba à genoux.

— Je n'y arriverai pas !

Suzie promena un regard angoissé sur les rochers, le sable, les broussailles éclairées par la lune. Tout lui semblait irréel, comme dans un rêve.

— Quand les contractions se seront calmées, je t'aiderai à regagner la voiture.

— Je ne crois pas que je pourrai marcher.

— Assieds-toi un moment et respire. Ça devrait passer d'ici quelques minutes.

Morgana lui agrippa le poignet et leva vers elle des yeux épouvantés.

— Suzie, le bébé arrive !

— Oh ! non.

Après quelques secondes de réflexion, Suzie courut jusqu'à la Ford et revint avec une couverture, une lampe et la gourde remplie d'eau qu'elle emportait partout.

— Je vais allumer un feu, déclara-t-elle en rassemblant du bois. Ça te réchauffera.

En réalité, le feu était destiné à éloigner les bêtes sauvages.

Pendant que son amie se tenait le ventre, assise sur un rocher, Suzie balaya le sol avec le faisceau de sa lampe. Ayant trouvé ce qu'elle cherchait, elle s'agenouilla, dégagea les cailloux et tassa le sable avec soin avant d'étaler la couverture.

— Je n'aime pas ça, avoua-t-elle tandis que Morgana s'allongeait. Tu es sûre de ne pouvoir tenir jusqu'à la maison ?

— Il va falloir que tu m'aides, Suzie. Tu devrais y arriver. Tu as donné naissance à trois enfants.

— A l'hôpital ! On m'a filé de l'éther. Les trois fois, je suis entrée en me tordant de douleur et ressortie avec un bébé dans les bras.

Morgana rit, le visage luisant de sueur.

— On est des pionnières, Suzie. Des dures à cuire.

— Parle pour toi. Moi, ma famille est arrivée ici en bus Greyhound, pas en chariot.

Etendue sur le dos, Morgana contemplait la multitude de points brillants qui piquaient la voûte céleste quand la paix descendit sur elle.

Il fallait que ça se passe ici, songea-t-elle.

Quant à Suzie, il y avait longtemps qu'elle avait cessé de s'interroger sur les faits et gestes de Morgana. Après avoir juré qu'elle était trop indépendante pour se marier, cette pacifiste qui n'avait jamais mis les pieds à l'église avait fini par épouser un aumônier militaire ! Après ça, comment s'étonner qu'elle accouche en plein désert ?

— Respire lentement et profondément, conseilla-t-elle avant d'aller chercher plus de bois.

Elle fut surprise de découvrir des sortes de bâtons qui ressemblaient à des barreaux d'échelle. Quand les premières flammes s'élevèrent vers le ciel, elle retourna s'agenouiller près de son amie, regrettant de s'être gavée de pop-corn pendant le film.

— Attends avant de pousser.

— C'est plus fort que moi, haleta Morgana.

La sueur perlait sur le front de Suzie. Ce n'était pas normal. Tout se déroulait trop vite.

— J'ai lu quelque part que l'accouchement était une apothéose mystique, dit-elle avec un optimisme forcé.

Morgana poussa un gémissement.

— Celui qui a écrit ça ne devait pas...

Une nouvelle contraction lui arracha une grimace.

— Bon sang, ce que j'ai mal !

— Crie tant que tu voudras. Le désert en a entendu d'autres.

L'écho de son cri avait dû atteindre la constellation d'Orion, car il sembla à Morgana que les trois points brillants qui formaient celle-ci s'étaient imperceptiblement éloignés avant de se rapprocher à nouveau. Je redessine le cosmos, pensa-t-elle.

Suzie avait les mains qui tremblaient. Ressaisis-toi, Suzie Knapp. Les Indiennes ont toujours accouché dans la nature.

— Mais leurs mères et grands-mères leur ont appris comment faire. Moi, je descends d'une lignée de femmes qui n'avaient foi qu'en la médecine.

— Qu'est-ce que tu dis ?

— Rien. C'est bon, tu peux recommencer à pousser.

Présentation du siège ou transverse, circulaire du cordon ombilical, *placenta praevia*, autant d'expressions terrifiantes, tirées de récits de naissances passées, qui remontaient à présent à la mémoire de Suzie.

— Tout se passera bien, murmura Morgana, devinant la peur de son amie. C'est naturel.

Autant qu'une crise cardiaque, songea Suzie, se préparant à une nouvelle contraction.

— Tu te rappelles comme on a ri, reprit Morgana. Butterfly McQueen, dans *Autant en emporte le vent*...

— « C'est affreux, miss Scarlett, pépia Suzie. Je sais pas comment on fait pour les bébés ! » C'est un comble ! ajouta-t-elle avec un rire nerveux. Ce serait à moi de te remonter le moral.

Suzie ne s'était encore jamais sentie aussi vulnérable. Deux femmes en train de mettre un enfant au monde, perdues dans l'immensité du désert... Les faucons chassaient-ils la nuit ? Les hiboux attaquaient-ils l'homme ? Les coyotes étaient-ils susceptibles de s'emparer du bébé ?

Quand la douleur devint trop forte, Morgana imagina qu'elle sortait de son corps pour se reposer parmi les constellations. Débrouillez-vous sans moi, les filles, pensa-t-elle. Elle nageait dans un océan céleste parmi les galaxies et les comètes, les lunes et les planètes. Elle aperçut le visage de la jeune indienne hopi que son père avait rencontrée à Chaco Canyon. Comme elle considérait les trois traits qui ornaient son front, elle se revit petite fille face à un miroir, un stylo à encre à la main...

— Je vois la tête ! s'écria Suzie d'une voix excitée. Continue de pousser !

Quelques minutes plus tard, le bébé reposait sur la couverture, miaulant tel un chaton.

— Est-ce qu'il va bien ?

— Il est magnifique.

— Donne-le-moi, supplia Morgana en tendant les bras.

— Une seconde.

En tremblant, Suzie ôta son pull afin d'envelopper la petite créature. Elle compta dix doigts et autant d'orteils. Le nouveau-né avait les yeux fermés. Soudain sa minuscule bouche s'ouvrit sur un cri de protestation.

Morgana resta couchée pendant que son utérus expulsait le placenta. Un garçon... Robert et elle étaient convenus d'appeler l'enfant Rachel si c'était une fille et Nicholas s'il s'agissait d'un garçon.

Suzie noua et coupa le cordon ombilical à l'aide du nécessaire de couture qui lui servait d'ordinaire à recoudre les ourlets défaits et rafistoler les bretelles de soutien-gorge, puis elle posa l'enfant sur la poitrine de sa mère.

Morgana baissa les yeux vers le petit être niché dans le creux de son bras et contempla son visage barbouillé de sang à la faveur de la lune.

— Tu t'appelles Nicholas, lui murmura-t-elle. Nicholas O'Neill.

Quand elle reposa la tête, elle remarqua tout à coup les branches tordues, à la limite du grotesque, qui se découpaient sur le ciel étoilé au-dessus d'elle. Nicholas O'Neill avait vu le jour au pied de La Vieja, le doyen des arbres de Josué.

Suzie se dépêcha de nettoyer les traces de l'accouchement avant que des prédateurs s'y intéressent.

— Il est en bonne santé, Morgana, affirma-t-elle en jetant un regard inquiet derrière elle.

Elle avait entendu gratter et renifler dans les broussailles. Des créatures nocturnes approchaient, attirées par l'odeur du sang.

— Tu n'as rien à craindre, ajouta-t-elle d'abord pour se rassurer.

Ça, tu n'en sais rien, pensa Morgana, épuisée. Même sa meilleure amie ignorait tout des peurs qui la hantaient. Elle retira le bijou en or qu'elle portait autour du cou depuis sa plus tendre enfance et le glissa dans le poing serré du bébé.

— Vite, de l'eau, demanda-t-elle.

Comme Suzie approchait la gourde de ses lèvres, elle secoua la tête.

— Non. Dans ma main.

Intriguée, Suzie versa un peu d'eau dans la paume de son amie et la regarda asperger le front du nouveau-né en récitant :

— Je te baptise au nom du Père, du Fils et du Saint-Esprit. Que Jésus-Christ te protège tous les jours de ta vie.

Suzie Knapp fondit en larmes.

90

Morgana fit une nouvelle croix sur le calendrier. Il s'était écoulé exactement six semaines depuis la dernière lettre de Gideon.

Les nouvelles de Robert continuaient à lui parvenir malgré les violents combats qui avaient lieu en Afrique du Nord. Les Alliés tablaient sur une victoire imminente et Robert espérait être rentré, lui avait-il écrit, pour entendre Nicholas prononcer ses premiers mots et le voir faire ses premiers pas.

Morgana aurait voulu partager son optimisme, mais le silence de Gideon l'inquiétait.

Avec la guerre, le motel était devenu une étape obligée entre les villes du nord-est et San Diego où étaient construits les bombardiers. L'industrie de la défense avait un tel besoin de bras qu'elle embauchait des femmes à des postes normalement occupés par des hommes. Chaque jour, le motel Hightower voyait débarquer un contingent d'ouvrières en pantalon de coton bleu, équipées de grosses chaussures et de lunettes de protection, transportant leur casse-croûte dans une boîte à outils. Elles racontaient dans quelles conditions elles procédaient à l'installation finale des câbles électriques, des ceintures de sécurité, des radeaux de survie et des portes du compartiment à bombes sur les B-24 Liberator. Elles rapportaient aussi que le port du pantalon entraînait un changement d'attitude à leur égard :

— Dans les magasins, les vendeuses sont à peine polies avec nous et les hommes ne nous proposent plus leur siège quand le bus est bondé.

L'existence de Morgana tournait désormais autour de Nicholas. Comme elle refusait de le confier à quiconque, elle le gardait toujours près d'elle à la réception, couché dans son couffin parmi ses couvertures bleues. Si tout le monde vantait le calme du bébé, sa mère était secrètement terrifiée.

— Ce n'est pas normal, disait-elle à son amie Suzie. Un bébé, ça pleure.

— Pas tous. Ma Linda était sage comme une image et regarde-la maintenant : une vraie terreur !

Ne supportant pas d'être séparée de son fils, Morgana avait demandé à Sandy Candlewell de lui fabriquer un porte-bébé à armature en bois inspiré d'une invention des tribus indiennes locales. Ainsi, Nicholas la suivait partout, confortablement calé et maintenu sur son dos par une large bande de tissu, suscitant des réactions curieuses ou amusées. Ce n'était pas tous les jours qu'on voyait une Blanche porter un *papoose* ! L'étonnement des badauds devenait d'autant plus vif dès qu'ils apercevaient le tatouage sur le front de la jeune femme.

91

Le 13 mai 1943, on apprit que les Alliés venaient de libérer l'Afrique du Nord. Les amis et les voisins de Morgana se précipitèrent au motel pour la féliciter.

— Bientôt, répondait-elle à ceux qui lui demandaient quand Robert allait rentrer.

En réalité, elle l'ignorait. Elle espérait une lettre ou un télégramme, mais les jours passaient sans que ni Robert ni Gideon donnent de nouvelles.

Enfin, un mois après la reddition des forces de l'Axe en Tunisie, elle reçut une lettre postée deux semaines plus tôt d'un hôpital de campagne, « quelque part en Afrique du Nord ». Par une missive laconique, un médecin informait Mme O'Neill que son époux, Robert, était soigné pour une blessure avec de bonnes chances de guérison. L'aumônier-commandant O'Neill avait été blessé près d'une ville tunisienne appelée Gafsa, quelques semaines avant l'arrêt des combats. Bravant les tirs de mortier, il s'était aventuré sur le champ de bataille pour administrer les derniers sacrements à des mourants et avait reçu un éclat d'obus dans la cuisse droite, un acte de bravoure qui lui avait valu une médaille.

La lettre suivante arriva trois jours plus tard. Signée de Robert, elle avait été écrite dans un hôpital algérien.

J'ai reçu un éclat de shrapnel dans la jambe. Quelle poisse, si près de la victoire ! On m'a donné ta lettre à mon réveil. L'effet de la morphine et des anesthésies successives commence tout juste à se dissiper. A peine avais-je retrouvé mes esprits, sur quoi mon regard est-il tombé ? Sur ton écriture, mon amour, et sur la photo de notre enfant !

92

Toujours sans nouvelles de Gideon, Morgana se rendit à Camp Young en désespoir de cause. Elle y fut reçue par l'officier de liaison qui écouta son histoire et promit de mener son enquête. Après tout, elle était l'épouse d'un des leurs et tous lui étaient reconnaissants de son action en faveur du moral des troupes. Au lieu de téléphoner, comme il avait dit qu'il le ferait, l'officier se présenta au motel quelques jours plus tard.

— Je suis désolé, madame O'Neill, mais votre frère est porté disparu au combat.

— Ça veut dire qu'on ne sait pas où il est ?

— Je crains que oui.

La voix de Morgana se mit à trembler.

— Etes-vous en train de me dire, capitaine, que l'US Navy a perdu la trace d'un de ses hommes ?

— Je suis navré, madame O'Neill, mais c'est tout ce que j'ai pu trouver.

Avec Robert blessé en Afrique et Gideon perdu dans le Pacifique, Morgana se sentait écartelée entre deux parties du monde, tant et si bien qu'il ne restait rien d'elle à Twentynine Palms.

93

Le télégramme parvint au motel un jour d'octobre où les *santas anas* soufflaient furieusement, créant des tornades et des tempêtes de sable qui dévastaient les jardins. Il provenait du Département de la guerre. Morgana sentit ses jambes flageoler avant même de l'ouvrir. Suzie Knapp téléphona chez les Candlewell. Ethel vint aussitôt, accompagnée de Sandy qui s'était porté volontaire mais avait été réformé. Morgana n'était pas la première à recevoir ce genre de télégramme. Si sa signification ne faisait aucun doute, restait à savoir quel nom figurait à l'intérieur.

« Nous avons le regret de vous informer que... »

Suivait le nom de Gideon. Morgana perdit connaissance.

— C'est impossible, Suzie. Mon frère ne peut pas être mort.

Morgana était revenue à elle sur le sofa du salon, les pieds surélevés par des coussins, un linge humide sur le front. Ethel Candlewell se trouvait à ses côtés, de même que la femme de George Martin et d'autres voisins qui avaient accouru dès qu'ils avaient appris la nouvelle. Après avoir éloigné le personnel et les clients du motel, ils tinrent compagnie à Morgana qui considérait le télégramme d'un air hébété.

Elle finit par enlever le linge de son front et se relever.

— C'est très gentil à vous d'être venus, lança-t-elle à la cantonade, mais mon frère n'est pas mort.

— Morgana... commença Suzie.

— Vraiment, Suzie. Si Gideon était mort, je le saurais. Je le sentirais. Il s'agit d'une erreur, reprit-elle en agitant le télégramme comme s'il n'avait pas plus d'importance qu'une vulgaire liste de courses. Le gouvernement se trompe tout le temps. C'est compréhensible, vu le nombre de soldats engagés et la confusion qui règne sur le terrain. Je vais bientôt recevoir un nouveau télégramme me présentant des excuses.

Le soir, dans la solitude de sa chambre qui avait été réaménagée pour accueillir un couple, Morgana s'agenouilla devant la fenêtre ouverte et joignit les mains pour prier. Passé la phase de déni qui avait suivi la réception du télégramme, un doute obsédant s'était insinué dans son esprit. Se pouvait-il que Gideon fût vraiment mort ?

— Mon Dieu, je Vous en supplie, murmura-t-elle en direction de Vénus et Mars, la Grande Ourse et la Voie lactée. Cela faisait des années que je ne m'étais pas adressée à vous, mais je crois à votre présence là-haut. S'il vous plaît, faites que Gideon ne soit pas mort. Il est trop jeune pour ça. Tout ce qu'il désirait, c'était servir son pays. Si mon frère revient sain et sauf, je vous ferai construire une église et demanderai que Robert en soit le pasteur.

Mais le lendemain matin, Morgana s'était résignée à la vérité. Assise à la table de la cuisine, elle regardait d'un œil morne le café et les œufs auxquels elle n'avait pas touché tandis que le personnel marchait sur la pointe des pieds et parlait à voix basse pour ne pas la déranger. Suzie tenait le petit Nicholas sur ses genoux.

— C'est ma faute, déclara-t-elle enfin. Je n'aurais pas dû céder. Si j'avais été plus ferme, Gideon ne serait pas parti.

Elle tomba dans un état dépressif durant lequel Suzie Knapp donna un coup de main au motel pendant que la petite-fille d'Ethel Candlewell s'occupait de Nicholas. La jeune fille disait à qui voulait l'entendre qu'elle n'avait jamais vu un bébé aussi facile à vivre : jamais il ne pleurait ni ne faisait de caprice.

Gideon avait été inhumé dans un cimetière temporaire, dans le sud du Pacifique. En attendant son rapatriement, Ethel Candlewell organisa une messe du souvenir qui remporta un tel succès que Suzie et elle ne purent servir à manger à tout le monde. Le commandant de Camp Young prononça un éloge émouvant.

— Gideon Delafield a pris son essor par-delà l'ombre de notre nuit, dit-il, paraphrasant Shelley.

Gideon ayant été tué alors qu'il secourait huit de ses compagnons au mépris de sa propre sécurité, on lui décerna à titre posthume les médailles du courage, de la valeur militaire et du sacrifice.

Cette nuit-là, Morgana se rendit à Arch Rock où elle s'abîma dans ses réflexions au sujet de son frère. Au matin, si son chagrin était toujours aussi vif – elle savait à présent qu'elle ne surmonterait jamais complètement sa disparition –, elle puisait néanmoins une certaine consolation dans la certitude que Gideon était mort en héros.

N'était-ce pas ce qu'il avait toujours souhaité ?

94

Morgana décorait un arbre de Noël quand fut livré le mystérieux paquet.

Bien sûr, ce n'était pas un véritable arbre – ceux-ci était rares dans le désert. La plupart déracinaient un jeune arbre de Josué pour le mettre dans leur salon. Pour sa part, Morgana plaçait toujours dans le hall du motel un grand cactus en pot tendu de guirlandes scintillantes.

Si elle pleurait toujours Gideon, elle était pourtant décidée à marquer le coup.

— C'est le premier Noël de Nicky, fit-elle remarquer à Suzie Knapp, qui l'aidait à disposer les guirlandes. Et si Robert finit par rentrer, il appréciera les décorations.

Elle passa sous silence la peur qui la tenaillait. Cela faisait plusieurs semaines qu'elle n'avait plus de nouvelles de Robert. Elle était retournée à Camp Young pour voir si quelqu'un pouvait l'aider à rétablir le contact avec son mari. On l'avait exhortée à patienter : les combats faisaient toujours rage en Afrique du Nord, rendant les communications difficiles, et la plupart des opérations étaient top secret. Le courrier étant acheminé par voie maritime, nul ne pouvait dire quand il arriverait.

Mais cinq jours avant Noël, alors qu'une mince couche de neige recouvrait le sol, un militaire en uniforme apporta au motel un paquet adressé à Morgana Hightower O'Neill.

Bien au chaud dans la cuisine, Nicholas jouait dans son parc avec son ours en peluche. Laissant le bébé de huit mois sous la surveillance du cuisinier et des serveuses, Morgana monta immédiatement dans sa chambre. Assise au bord du lit, elle regardait sans oser l'ouvrir le paquet posé sur ses genoux. L'adresse d'expédition indiquait « quelque part en Afrique du Nord ».

Plusieurs minutes s'écoulèrent. En bas, les clients entraient et sortaient, accrochaient leurs vêtements au portemanteau, disant qu'ils n'auraient jamais cru qu'il fasse aussi froid dans le désert. Quelqu'un rit, une voiture klaxonna tandis que la neige tombait en silence derrière la fenêtre.

Morgana arracha la ficelle et le papier puis vida la boîte des objets qu'elle contenait.

Le fragment de la jarre dorée qu'elle avait confié à Robert, enveloppé dans son foulard de soie. Ce précieux témoignage de l'art des Indiens d'Amérique était revenu à son point de départ après avoir traversé un océan et une guerre.

Des photos en si mauvais état que l'une d'elles, représentant un groupe de religieuses sur les marches de l'orphelinat, se déchira entre ses mains. Robert avait dû les sortir de leur enveloppe des centaines de fois, couché dans son lit ou accroupi au fond d'un char, pour s'adonner à des rêveries nostalgiques devant ces visages et ces scènes qui évoquaient la douceur de vivre. Morgana connaissait l'histoire de chacune d'elles : Robert chevauchant fièrement la Harley-Davidson modèle J de 1925 offerte par ses parents pour son dix-huitième anniversaire ; les O'Neill, un vieux couple aux cheveux gris, souriant près de leur fils de vingt-quatre ans, le jour de l'ordination de celui-ci ; Morgana photographiée devant Arch Rock dans son tailleur de mariage, coiffée d'un chapeau élégant ; Nicholas à cinq jours, emmitouflé dans ses couvertures...

Au fond de la boîte, elle trouva une lettre de Robert.

Le téléphone sonna au rez-de-chaussée. A travers le vieux plancher de bois, Morgana entendit Suzie répondre que Mme O'Neill se reposait et avait demandé qu'on ne la dérange pas. Nicholas, pour qui les clients et le personnel étaient aux petits soins, ignorait qu'à l'étage au-dessus, sa mère s'apprêtait à ouvrir une lettre expédiée huit semaines plus tôt depuis un hôpital militaire au Maroc. Le billet l'accompagnant précisait que Robert l'avait dictée à une infirmière qui affirmait avoir transcrit ses paroles au mot près.

La vue de Morgana se brouilla. Lui qui avait si souvent prêté sa plume à des blessés avait dû solliciter une aide extérieure à son tour.

Mon amour, ma blessure est plus sérieuse que je ne te l'ai écrit. Je souhaitais t'épargner des soucis, et une partie de moi espérait que les choses allaient s'arranger. Je l'espère toujours, mais je voudrais te préparer à l'idée que je puisse ne pas revenir. L'infection s'étend sans que les médecins parviennent à la combattre. Je suis faible. J'ai demandé à voir l'aumônier de l'hôpital. Morgana, je ne crains pas la mort. Je vais enfin voir le visage de Dieu, le Tout-Puissant que j'ai cherché toute ma vie. A tout hasard, je te renvoie le fragment de la jarre et mes photos. Je ne voudrais pas qu'ils soient perdus.

A tout hasard ? Morgana s'essuya rapidement les yeux pour éviter que ses larmes tombent sur la précieuse lettre. Elle remarqua des traces d'humidité sur le papier, comme si l'infirmière avait pleuré en écrivant sous la dictée de Robert.

Je t'ai dit un jour, Morgana, que toi et moi étions destinés à nous connaître. Je le crois sincèrement. Sinon, pourquoi m'aurait-on choisi pour accompagner les chars en manœuvre ce jour-là, alors qu'on ne m'avait jamais confié aucune mission de cette sorte ? Comme l'a écrit Platon, toi et moi ne formons qu'une âme dans deux corps. Jamais je n'avais reconnu aussi nettement la main de Dieu en un événement que lors de notre rencontre. Tu as contribué à mon éveil spirituel, Morgana. Grâce à toi, j'ai ouvert les yeux sur le sacré qui m'entourait. Depuis, je vois la beauté partout, même dans la mort.

Si je devais ne pas revenir, je tiens à te dire qu'aussi bref qu'il puisse paraître à l'échelle d'une vie humaine, notre amour durera éternellement. J'ai la conviction que nous serons un jour réunis. De même, j'ai la conviction que ce n'est pas un hasard si tu m'as apporté le livre d'Elizabeth et le fragment de la jarre. Tout était écrit à l'avance. Je me suis engagé dans l'Armée non pour prendre part aux combats, mais pour parvenir au désert où tu vis.

Morgana, la nuit où je t'ai demandée en mariage, je t'ai promis de t'aider à retrouver ton père. J'ai l'intention de tenir parole. S'il n'est pas permis à mon corps de revenir, sache que mon âme sera toujours à tes côtés. J'ai repensé aux dernières paroles de ta tante, l'allusion à Joseph et aux madianites. A la réflexion, je ne crois pas qu'elle ait déliré, je pense qu'elle cherchait à te délivrer un message. Quand tu m'as interrogé à ce sujet, je t'ai parlé de la tunique et des frères jaloux. Mais l'histoire de Joseph ne s'arrête pas là. Il est précisé dans la Genèse que ses frères l'ont jeté dans une citerne vide. Peut-être ton père a-t-il trouvé la mort en tombant dans un puits de mine ?

Ne renonce pas à le chercher. En ces temps troublés, mon amour, nous avons plus que jamais besoin de vérité. Si ton père avait trouvé l'objet de sa quête, il est important que le monde le sache. A présent, je suis fatigué. Le médecin m'a ordonné de me reposer. Je t'écrirai à nouveau quand je me sentirai mieux. D'ici là, je te confie mon cœur et mon âme. Mon amour, pense à moi et prie pour moi. Ton époux pour l'éternité, Robert.

En contemplant la lettre écrite huit semaines plus tôt, Morgana eut brusquement la certitude que Robert était mort et enterré dans quelque cimetière lointain. Ce n'était qu'une question de jours avant qu'elle reçoive le télégramme qu'elle redoutait tant.

— Non ! protesta-t-elle à voix haute.

Elle se leva, faisant tomber la lettre, les photos et le morceau de la jarre.

— Non, répéta-t-elle.

Ça ne pouvait pas s'achever ainsi, avec cette lettre déprimante et ces vieux clichés.

La fureur l'envahit. Non une colère ardente comme le tisonnier qui l'avait jadis marquée au front, mais la rage froide qui vous saisit devant une tombe.

Elle se mit à arpenter la chambre en proférant des jurons. Dans son désespoir, elle écrasa le fragment de poterie sous son talon, ne laissant qu'un petit tas de poussière dorée. Puis elle se jeta sur son lit en sanglotant.

Morgana désirait rester seule. Quand Suzie frappa à la porte de la chambre, elle lui cria de partir. Elle dormit avec la lettre de Robert, la relisant encore et encore. Au milieu de la nuit, alors que la lune éclairait le désert, elle s'interrogea pour la première fois sur la mère biologique de Robert. Avait-elle dû abandonner son bébé pour éviter un scandale ? En vieillissant, s'était-elle parfois demandé quelle sorte d'homme était devenu son fils ? Même si elle était à présent mariée et mère d'autres enfants, peut-être priait-elle quotidiennement pour que son premier-né ait trouvé un bon foyer.

« Votre fils était un homme bien, aurait voulu dire Morgana à cette mère anonyme. Un héros qui a refusé d'abandonner à leur sort ses camarades mourants. »

L'aube lui apporta un regain d'énergie. Pour la première fois depuis de longues semaines, il lui semblait que ses muscles et ses os reprenaient vie. Les derniers mots de la lettre de Robert lui revinrent à l'esprit : « Ne renonce pas à le chercher. En ces temps troublés, mon amour, nous avons plus que jamais besoin de vérité. »

Pour l'amour de Robert et celui de leur fils, elle irait au bout de la quête qu'elle avait laissée en suspens des années plus tôt.

Comme à l'époque de l'accident, elle se demanda ce que tante Bettina était allée faire dans ce désert qu'elle détestait tant. Cherchait-elle un puits de mine, comme le suggérait Robert, ou une tombe ?

Un souvenir lointain remonta brusquement à sa mémoire. Comme Bettina faisait allusion à sa qualité de veuve, elle lui avait lancé sur un ton de défi :

« Vous n'êtes même pas certaine que papa soit mort.

— Bien sûr que si ! » avait sèchement répliqué Bettina.

Puis elle avait rougi et s'était troublée avant d'ajouter : « Dans le cas contraire, il serait revenu... »

Sur le moment, Morgana n'avait attaché aucune importance à ses paroles. Mais à présent, celles-ci revêtaient une signification particulière.

Elle alla trouver Joe Candlewell et lui demanda s'il savait précisément où on avait retrouvé Bettina.

Joe lui montra une carte de la région.

— Si je me rappelle bien, les randonneurs qui l'ont ramenée suivaient cette piste, aux environs du rocher du Crâne.

Ça me revient ! Ils ont mentionné un énorme arbre de Josué, mais j'ignore lequel...

Morgana le savait, elle. La Vieja... L'arbre au pied duquel elle avait donné le jour à Nicholas.

— Suzie, tu as déjà fait pour moi plus qu'aucune amie n'aurait fait. Tu m'as maintenu la tête hors de l'eau quand j'étais prête à me laisser sombrer. J'aurai une dernière faveur à te demander.

Suzie prit les mains de Morgana dans les siennes et lui dit :

— Fais ce que tu as à faire.

Après avoir assuré à son amie qu'elle serait de retour le lendemain, Morgana embrassa Nicholas et le confia à Suzie, ainsi que le motel. Puis elle chargea des provisions à bord de la camionnette, enfila son manteau le plus chaud et s'enfonça dans le désert, persuadée de découvrir sa destinée au bout de la route.

LA KIVA

95

Décembre 1943

Morgana atteignit le bout de la route à midi.

Elle gara la camionnette devant l'amas de rochers qu'elle connaissait bien, éteignit le moteur et regarda autour d'elle avant de passer à l'étape suivante de son plan. Elle avait emporté de l'eau et des vivres, une tente et un sac de couchage, des lanternes et un réchaud. Elle décida de laisser le tout dans le véhicule et de procéder à une première exploration avant de dresser son camp. Les réponses à ses interrogations gisaient quelque part dans cette vallée rocailleuse et inhospitalière.

Après avoir hissé son sac sur son dos, elle sauta du camion et entreprit d'escalader les rochers. Un peu plus tard, elle déboucha d'un couloir étroit dans la petite clairière voisine du rocher du Crâne où se dressait la Vieja. C'était là qu'elle avait accouché de son fils. Elle promena lentement son regard tout autour de la clairière. Le pâle soleil hivernal avait fait fondre le givre et la neige qui se mêlait à la poussière. Elle ne vit rien qui ressemblât à un carré traversé par une ligne brisée ou indiquât la présence d'un puits de mine.

Ayant repéré une piste à peine visible tracée par les centaines de randonneurs qui l'avaient empruntée année après année, elle franchit de nouveaux rochers, escalada une dune, se fraya un chemin parmi les buissons de sauge et les cactus pour finir par apercevoir ce qu'elle cherchait : un bloc formant un carré presque parfait d'environ six mètres sur six, traversé par une veine de roche plus pâle au tracé zigzaguant, exactement comme dans le dessin de la bohémienne.

Elle posa son sac, se demandant si son père avait également découvert cet endroit. Si oui, de quel côté était-il parti ensuite ?

Tandis qu'elle explorait le canyon, cherchant l'entrée d'un puits, elle remarqua que le sol était jonché d'éclats de bois blanchis par le soleil. Elle s'avisa brusquement qu'il s'agissait des débris de l'échelle dont les randonneurs avaient mentionné la présence auprès de Bettina et dont un barreau lui avait transpercé la poitrine. Pourquoi sa tante aurait-elle apporté une échelle dans cet endroit, sinon pour descendre dans une cavité ?

Elle examina chaque carré de sable, tapant du pied pour vérifier si le sol sonnait creux. S'il existait une cavité, qu'est-ce qui pouvait dissimuler son entrée ?

Elle venait de frapper du pied quand le sable s'affaissa brusquement sous elle. Elle tomba au milieu d'une pluie de cailloux et d'aiguilles de cactus et atterrit durement sur le sol.

Quand la poussière fut retombée, elle regarda autour d'elle. L'ouverture laissait pénétrer assez de lumière pour éclairer un âtre noirci et un banc de pierre qui faisait le tour d'une salle circulaire à l'atmosphère confinée.

Il paraissait évident que cet endroit n'avait rien de naturel, mais avait été créé par l'homme. Morgana reconnut une *kiva*, mais elle ignorait qu'il en existât aussi loin vers l'ouest.

Elle décrocha sa lampe torche de sa ceinture, l'alluma et promena son faisceau le long des murs de briques incurvés qui se rejoignaient presque au-dessus d'elle, à l'endroit du puits de jour, évoquant une ruche. Elle se demanda qui avait aménagé cette *kiva*, quand et pourquoi. Etaient-ce les derniers Anasazis ? Comment se faisait-il que personne ne l'ait trouvée avant elle ? Elle remarqua alors des morceaux de bois pourri autour d'elle et sous ses pieds et comprit que la *kiva* était fermée par une trappe qui la dissimulait aux regards extérieurs. Soumis à la neige, à la pluie et à la chaleur, le bois s'était désintégré quand elle avait frappé le sol du pied.

A son grand soulagement, le faisceau de la lampe éclaira soudain une grande échelle couchée. Elle avait les moyens de remonter à la surface.

Elle cherchait une inscription indiquant quel peuple, quelle tribu avait créé la *kiva*, ou peut-être un indice du passage de son père, quand le faisceau tomba sur un objet qui ressemblait à un livre ouvert.

Etonnée, elle s'approcha. Il s'agissait bien d'un livre, ou plutôt d'un gros cahier. Ayant essuyé la poussière qui couvrait ses pages, elle constata que le papier avait jauni et que l'encre s'était effacée, même si l'écriture restait lisible.

Elle déchiffra quelques mots : « Si vous trouvez ce cahier, merci de le rapporter à ma fille, Morgana Hightower, Twentynine Palms, Californie. »

La lampe se mit à trembler dans sa main. Son père était descendu dans la *kiva* et il avait rédigé son journal pendant son séjour. Mais pourquoi ne pas l'avoir remporté ?

Au même moment, le pinceau lumineux se déplaça légèrement, révélant une main humaine qui serrait un stylo à encre entre ses doigts décharnés.

Le cercle de lumière tremblotant s'éloigna lentement de la main, remonta le long d'un bras, éclairant brièvement une épaule qui saillait sous une manche.

Une exclamation horrifiée franchit les lèvres de Morgana. Un visage ricanant, des yeux enfoncés dans leurs orbites, un nez désintégré, des touffes de cheveux noirs dressés sur un crâne parcheminé : l'air sec du désert avait momifié le corps, le figeant dans un état intermédiaire entre le cadavre et le squelette. Derrière ce masque grotesque, Morgana reconnut son père.

— Papa, sanglota-t-elle.

Elle se laissa tomber sur le sol, l'esprit traversé de souvenirs et d'images fulgurantes : les ruines de Chaco Canyon, une fête d'anniversaire à la Casa Esmeralda, un ours en peluche presque aussi grand qu'elle, la voix de son père qui résonnait dans un patio ensoleillé... Elle tendit la main et effleura le tissu pourri de la chemise du mort.

— Dire que tu étais si proche de nous, murmura-t-elle d'une voix étranglée par les larmes. Ton petit-fils est né tout près d'ici. Tante Bettina a été mortellement blessée dans les environs. Moi-même, cela fait des années que je sillonne la région sans me douter que tu te trouvais sous mes pieds.

Elle enfouit son visage dans ses mains et pria en silence. Puis elle se ressaisit et balaya à nouveau la pièce de sa lampe. Un sac de couchage, des bidons vides, des paquets de biscuits et de viande séchée, une lanterne : tout indiquait que son père avait l'intention de séjourner un certain temps dans la *kiva*. L'échelle était couchée, comme s'il l'avait retirée pour éviter que quelqu'un descende. Mais pourquoi n'était-il pas remonté ? Et qui avait refermé la trappe au-dessus de lui ?

Ces questions attendraient. A présent qu'elle avait retrouvé son père, Morgana avait hâte de retourner au motel pour raconter son aventure et serrer son fils dans ses bras.

Quand elle releva l'échelle et l'appuya contre le mur, le bois se brisa et s'effrita.

96

Morgana considéra avec épouvante le tas de bois inutile à ses pieds, puis elle recula et examina les murs lisses et incurvés. Ils n'offraient aucune prise et le plafond était trop haut. L'hiver commençait le lendemain. La nuit à venir serait la plus longue de l'année. Si elle restait coincée là, elle devrait affronter le froid et l'obscurité durant des heures interminables.

Elle sortit son couteau de sa poche et entreprit de creuser le mur. Quand le trou fut assez profond, elle glissa les doigts à l'intérieur. La prise semblait bonne. Elle monta alors sur le banc de pierre pour creuser un autre trou, mais la lame ne s'était pas plus tôt enfoncée qu'un morceau d'argile se détacha du mur et s'émietta sur le sol. Elle fit une nouvelle tentative à un autre endroit, provoquant la destruction d'une autre brique.

Elle sauta à terre et explora le mur avec le faisceau de sa lampe. Il était trop ancien et fragile pour qu'elle le creuse. Et même si elle était parvenue à se ménager des appuis, les briques auraient probablement cédé sous son poids. Il paraissait particulièrement friable au niveau du trou de fumée. Une tentative d'escalade risquait de se solder par l'effondrement de toute la structure.

Un ciel gris s'étendait au-dessus du désert. Il avait recommencé à neiger, ce qui signifiait qu'il allait bientôt faire très froid dans la *kiva*. Morgana avait dit à Suzie qu'elle serait de retour le lendemain. D'ici là, nul ne s'inquiéterait de son sort.

Un son à l'extérieur de la *kiva* lui fit dresser l'oreille. Elle mit ses mains en porte-voix et cria :

— Hé ho ! Je suis en bas !

Elle chercha de nouveau un appui sur le mur, mais il s'effrita sous ses doigts.

— Attendez ! Ne partez pas !

On marchait dans le sable au-dessus d'elle. Cela ne faisait aucun doute. Les pas se rapprochèrent, puis une ombre lui masqua le ciel. Deux longues oreilles, un museau effilé... Le cœur de la jeune femme fit un bond. Un coyote !

Elle ramassa une pierre et la lança, touchant la créature au front. Le coyote poussa un glapissement avant de détaler.

Il fallait qu'elle allume un feu, malgré le danger. Nul dans la vallée n'avait oublié l'histoire tragique de ces mineurs morts d'un empoisonnement au monoxyde de carbone après s'être calfeutrés dans leur cabane. En outre, les flammes allaient consumer sa réserve d'oxygène. Elle devrait calculer au plus juste pour envoyer un signal à l'extérieur sans risquer l'asphyxie.

Elle sortit ses allumettes de sa chemise, cherchant quoi brûler.

Les débris de l'échelle finirent par trouver une utilité. Ayant allumé un feu dans le foyer central de la *kiva*, elle s'assura que la fumée sortait bien par le trou, espérant que quelqu'un la remarquerait et viendrait à son secours, puis elle appela à nouveau. Sa voix s'éleva vers le ciel neigeux en même temps que des cendres et des étincelles.

Après plusieurs tentatives infructueuses, elle renonça provisoirement.

— Nous voici enfin réunis, murmura-t-elle à l'adresse de son père, mais pas comme je l'aurais souhaité...

Sentant venir les larmes, elle se mordit les lèvres. Elle donnerait libre cours à ses émotions plus tard. Pour l'heure, elle devait garder la tête froide.

Elle considéra le cahier sur lequel reposait la main du squelette. Apparemment, son père l'avait presque entièrement rempli. Avec quoi ? L'histoire de sa vie ? Des divagations ? Elle était partagée entre la crainte et le désir de le lire.

Elle procéda à l'inventaire de ses réserves de survie : elle avait des allumettes, un couteau, une petite bouteille d'eau attachée à sa ceinture et du bois à brûler, sans compter les vêtements de son père. Des volutes de fumée montaient vers le ciel, signalant sa présence. Elle décida d'appeler à nouveau d'ici quelques minutes. En attendant, elle jetterait un coup d'œil au journal de son père.

Assise devant l'âtre, elle approcha le cahier de la faible clarté qui émanait des flammes et examina la page à laquelle il était resté ouvert.

Ainsi, cette chambre souterraine sera mon tombeau et j'aurai vécu en vain. Dire que je vais m'éteindre telle une bougie que l'on souffle alors que le mystère de Chaco Canyon vient de m'être révélé ! Et ce n'est pas tout : la vieille Indienne m'a dévoilé le sens caché de la jarre dorée, un secret tellement fabuleux que je brûle de le partager. Je dois consigner ce savoir par écrit tant que ma lanterne éclaire et qu'il reste de l'oxygène dans cette pièce. Ceci sera le testament que je léguerai à ma fille Morgana. Un jour, elle me retrouvera et même si je suis mort, je continuerai à lui parler à travers ces notes.

Morgana referma doucement le cahier. Glissé entre la couverture et la première page, elle découvrit un portrait saisissant : une jeune fille au visage rond et aux pommettes saillantes, avec des yeux ensorcelants et un curieux tatouage (trois traits verticaux) au milieu du front. C'était l'original du portrait de la jeune Indienne de Chaco Canyon.

La première page du journal, datée de 1920, commençait par ces mots :

Je m'appelle Faraday Hightower, docteur en médecine, originaire de Boston, rêveur, fou et chercheur de visions. J'avais quarante et un ans à la naissance de Morgana. Ma vie commença réellement à l'instant où on plaça ma fille dans mes bras.

La pénombre à l'intérieur de la *kiva* créait une ambiance mélancolique, presque sinistre. Morgana avait la sensation que les murs se refermaient sur elle et que le plafond pesait sur ses épaules. L'air vieux de plusieurs siècles pénétrait difficilement dans ses poumons. Les ombres mouvantes lui donnaient l'impression d'être observée. Plongée dans sa lecture, elle finit par perdre toute notion du temps, comme si elle était tombée dans un gouffre temporel, et non quelques mètres sous terre.

Elizabeth est morte. J'en ai la certitude. C'est sa voix qui m'a guidé jusqu'ici. Si elle ne provenait pas de l'au-delà, comment expliquer que je l'aie entendue ?

Un aveu ancien remonta à la mémoire de Morgana : « Il y a douze ans, à peu près à l'époque où votre père a disparu, j'ai rêvé de lui à plusieurs reprises. Il était perdu dans le désert et je l'appelais, je lui disais de se laisser guider par ma voix. »

Elle reprit sa lecture. Les mots formaient des images dans son esprit à mesure qu'elle avançait : « Je pénétrai dans Chaco Canyon, portant Morgana en selle derrière moi. » « Le banquier nous expulsa de la Casa Esmeralda. » Des noms se détachaient des pages, façonnant des êtres de chair qui semblaient lui tenir compagnie dans la *kiva* : John Wheeler, les hommes-médecine navajos, des cow-boys, l'agent aux Affaires indiennes, Elizabeth Delafield et le professeur Keene, un faux prêtre appelé McClory...

Morgana connaissait à présent l'origine du compte en fidéicommis que son père avait souscrit en son nom et dont sa tante avait détourné le contenu. Faraday n'avait pas dévalisé un fourgon mais fait rendre gorge à l'escroc qui l'avait grugé.

Et Sarah Bernam était une ânesse !

Morgana lut toute l'histoire de son père, depuis sa naissance à bord du *SS Caprica* jusqu'à sa descente dans la *kiva* où, la jambe brisée, il avait été pris d'hallucinations.

Elle posa le journal à regret et rassembla un peu de bois pour alimenter le feu. Ses épaules, son dos lui faisaient mal et le froid engourdissait ses doigts. Quand elle leva les yeux, elle vit que le ciel s'était assombri et qu'une mince couche de neige bordait l'entrée de la *kiva*. Combien de temps avait-elle lu ?

Dressée sur la pointe des pieds, comme si elle espérait se rapprocher de l'extérieur, elle mit ses mains en porte-voix et appela :

— Hé ho !

Puis elle s'adressa à la momie en haillons :

— Papa, j'ai peur de ce que je vais lire à présent. Tante Bettina prétendait que tu n'avais plus toute ta tête la dernière fois qu'elle t'avait vu. Vais-je apprendre qu'elle avait raison et que mes craintes secrètes étaient justifiées ?

Jetant des morceaux de bois dans le feu, elle remarqua :

— Apparemment, la vieille Indienne n'est pas revenue te sauver.

Mais comment se faisait-il que personne ne soit parti à sa recherche ? Elle songea brusquement à l'enveloppe contenant une carte qu'il lui avait confiée quand elle avait dix ans. Qu'était-elle devenue ?

Elle reprit le journal et se replongea dedans.

J'ai la tête qui tourne, avait écrit Faraday. *Ma vision se brouille... « Ecoute, Pahana. Ecoute et regarde. » C'est la voix de la vieille Indienne. Pourtant, elle n'est pas là ! « Mon peuple ne mesurait pas le temps de la même façon que le tien, Pahana. D'après votre calendrier, les événements que je vais te relater ont eu lieu vers 1150, quatre siècles avant que les Espagnols, comme ils se nomment eux-mêmes, n'abordent ce continent.*

« Le Peuple du soleil habitait la région des "Quatre Coins", ainsi que l'appelle l'homme blanc. Je vais à présent te raconter l'histoire de Hoshi'tiwa, une jeune fille dont la vie bascula avec l'arrivée du Seigneur obscur et de sa redoutable armée de Jaguars... »

Captivée, Morgana eut le plus grand mal à quitter Hoshi'tiwa, Jakal et Ahoté pour regagner le présent. Elle se releva et se mit à taper du pied pour rétablir la circulation dans son corps. Ce faisant, elle constata avec surprise que le ciel était complètement noir au-dessus de la *kiva*. Quand le soleil s'était-il couché ? Un coup d'œil à sa montre lui apprit que plusieurs heures avaient passé depuis son arrivée. Son estomac vide protestait et la soif desséchait sa gorge. Elle recueillait délicatement des lambeaux des vêtements de son père pour relancer le feu quand elle se sentit aspirée par l'autre monde où elle avait suivi les larges routes des Toltèques, acheté des clochettes de cuivre au marché, ri avec Yani et défié le Seigneur Jakal sur la grand-place pendant qu'il consultait les dieux par le truchement de l'Esprit Qui Guide.

Elle ferma les yeux. Il lui semblait sentir le goût des tortillas et du chocolat sur sa langue, la caresse du soleil sur ses bras et ses jambes engourdis de froid, et les lèvres de Jakal sur les siennes tandis qu'il la prenait dans ses bras...

— Un peu de sang-froid, claironna-t-elle pour se donner du courage. C'est la faim qui te fait divaguer.

Malheureusement, ses provisions étaient restées à la surface, dans son sac à dos.

Peut-être y avait-il moyen de récupérer celui-ci. Elle venait de le poser à ses pieds quand le sol s'était dérobé sous elle. Il ne devait pas être très loin de l'ouverture.

Elle chercha de quoi fabriquer un lasso. La ceinture de son père ! Elle attacha celle-ci à la sienne, puis noua ensemble les lacets de leurs bottes avec ses doigts gourds. Quand elle eut terminé, elle s'aperçut que la corde qu'elle avait obtenue n'était pas assez longue. Mais si elle parvenait à découper en lanières le pantalon du squelette...

La lame du couteau traversa aisément le tissu pourri. Morgana noua la dernière lanière kaki en formant une boucle. Tenant le « lasso » enroulé d'une main, elle lança l'extrémité avec la boucle vers le trou de fumée. Ses premières tentatives échouèrent, la corde heurtant le plafond avant de retomber. Mais au sixième essai, la boucle franchit le trou et atterrit à l'extérieur. La tête en arrière, elle tira doucement sur la corde en évitant de se faire tomber de la neige dans les yeux. La boucle retomba sur le sol de la *kiva*, vide.

S'étant éloignée du feu, elle se remit en position et lança à nouveau la corde. Après plusieurs échecs, la boucle ressortit et attrapa quelque chose.

Morgana tira lentement sur la corde, parlant à celle-ci, et ramena un caillou pointu qui manqua sa tête de quelques centimètres.

Ses bras et ses épaules la faisaient atrocement souffrir. A cause du froid, son sang n'irriguait plus ses muscles.

— Je vais me reposer quelques minutes, dit-elle tout haut, puisant un peu de courage dans le son de sa voix. Quand je me serai un peu réchauffée, je recommencerai.

Une fois qu'elle aurait récupéré son sac (car elle ne doutait pas qu'elle finirait par y arriver), elle aurait au moins de quoi se restaurer, une lampe de secours et un combustible supplémentaire – le sac lui-même.

Se rasseyant près du feu, Morgana jeta dans les flammes un peu de bois ainsi que les derniers fragments du sac de couchage de son père, puis elle reprit sa lecture.

La vieille Indienne ! Elle se trouve dans la kiva *avec moi ! Quand est-elle descendue ? Je ne l'ai pas entendue venir. « Je peux te transmettre le savoir que tu es venu chercher », m'a-t-elle dit. Je lui ai répondu que j'étais faible et souffrant, je l'ai suppliée d'appeler les hommes de sa tribu afin qu'ils me sortent de ce trou abominable, mais elle s'est mise à parler d'une voix aussi douce que des rubans de soie. J'étais incapable de soulever mon stylo pour écrire. Combien de temps l'ai-je écoutée, partagé entre la déférence et l'effroi le plus abject ? Je l'ignore. Quand elle s'est tue, mes vêtements étaient imprégnés de transpiration, car les choses qu'elle m'avait dites et montrées m'avaient épuisé autant que si j'avais couru une centaine de kilomètres. Puis elle a disparu en un clin d'œil. A présent, je suis seul mais je ne souffre plus. Une énergie nouvelle anime mon corps. Je me sens si léger et joyeux que j'aimerais pouvoir danser ! Mais il me faut transcrire le message miraculeux que m'a transmis la vieille Indienne.*

Une minute ! J'entends le pas d'un cheval. Ce grincement... On dirait les roues d'un chariot. Quelqu'un vient ! Je suis sauvé !

Morgana considéra le corps momifié. Si son père avait été sauvé, alors qui était-ce ? La phrase suivante leva ses interrogations : « Les secours ne sont pas venus. J'ai eu la visite de Bettina. J'ai cru qu'elle venait me tirer de là. Mais non... »

Horrifiée, Morgana parcourut le récit que son père avait fait de son entrevue avec sa belle-sœur. Des phrases se détachaient du texte : « Bettina a apporté la carte que j'avais confiée à Morgana et l'a déchirée devant mes yeux. » « Bettina a dit à Elizabeth qu'elle était ma femme, et moi, un époux volage. » « Bettina m'a avoué qu'elle avait laissé sa sœur Abigail se vider de son sang afin que je l'épouse. »

Coincée entre les pages suivantes, Morgana découvrit une enveloppe adressée à son père à la Casa Esmeralda et datée de 1916. La lettre était d'Elizabeth. Jusqu'à sa mort, Faraday avait ignoré cette grossesse.

Morgana ferma les yeux, songeant aux horreurs que Bettina avait proférées avant d'abandonner son père à son sort.

Les genoux ramenés contre la poitrine, elle se balança d'avant en arrière, laissant libre cours à sa douleur. Puis celle-ci finit par s'apaiser. Morgana se ressaisit et essuya ses larmes. Elle s'était longtemps demandé ce qui avait pu inciter sa tante à assassiner Elizabeth, redoutant qu'il s'agisse d'une maladie mentale qu'elle-même aurait pu transmettre à son fils. A présent, elle savait que c'était le poids du secret de ses origines qui avait poussé Bettina au crime.

Avant de poursuivre sa lecture, elle devait songer à sa survie. En tâtant le sol poussiéreux, elle découvrit les restes d'un sac de toile. Le sac lui-même constituait un bon combustible, mais pas son contenu : un tube de rouge à lèvres, un poudrier, un mouchoir de dame, un peigne... D'abord décontenancée, Morgana s'avisa que Bettina avait dû le laisser tomber en fuyant après s'être battue avec Faraday.

Ayant déposé le sac et le mouchoir sur les braises, elle cherchait autre chose à brûler quand son regard tomba sur la bible de poche que Faraday avait emportée dans la *kiva*. La reliure en cuir était intacte, mais les pages se désintégrèrent quand elle l'ouvrit.

Quand les flammes s'élevèrent à nouveau, elle se rapprocha du feu qui crépitait, songeant que le panache gris mêlé de parcelles incandescentes attirerait d'autant mieux l'attention dans la nuit.

Alors qu'elle se replongeait dans le journal, elle entendit du bruit. Le coyote était revenu et il flairait son sac à dos.

— Ouste ! s'écria-t-elle en frappant dans ses mains, comme elle le faisait pour chasser les coyotes qui s'aventuraient parfois dans le jardin du motel.

Les parties métalliques du sac cliquetèrent tandis que le coyote traînait son trophée dans la neige. Quand il fut loin de la *kiva*, le silence retomba.

Les épaules de Morgana s'affaissèrent. Ses provisions étaient perdues.

Elle se mit à faire les cent pas, agitant les bras et tapant du pied. La prochaine fois, elle devrait jeter sa veste dans les flammes pour les ranimer. Mais elle n'osait pas se dévêtir davantage, craignant de mourir de froid.

Elle se rassit près du feu et reprit le journal.

La vieille Indienne m'a révélé que c'était le destin de Hoshi'tiwa de venir au Lieu central et de créer la jarre de pluie, non pour faire pleuvoir mais pour recevoir une illumination. « Nous vivons dans le Quatrième Monde, m'a-t-elle dit. Avant, nous vivions dans le Troisième Monde. Puis une terrible catastrophe s'est abattue sur la terre, détruisant tout à sa surface. Afin de survivre, les hommes se sont retirés dans un monde souterrain. »

Morgana leva les yeux du cahier. Les flammes dansaient dans l'âtre, multipliant les ombres et projetant des silhouettes grotesques sur les murs. Son esprit lui jouait des tours car il lui avait semblé entendre la voix de la vieille Indienne tandis qu'elle lisait le témoignage de son père. Comme l'avait écrit celui-ci, cette voix était aussi douce que des rubans de soie.

« Avant la destruction du Troisième Monde, les hommes connaissaient la nature de la vie et du cosmos. Ils possédaient la sagesse secrète. Puis les comètes et les corps célestes entrèrent en collision, et le soleil resta immobile dans le ciel... »

« Le soleil resta immobile dans le ciel. » Comme dans l'histoire de Josué. Son père avait-il confondu les Ecritures avec un mythe hopi ?

« Ces événements eurent lieu il y a cent générations, quand l'humanité vivait un âge d'or. C'est alors que le monde fut détruit. Nous nous rappelons la destruction mais pas la sagesse de nos ancêtres, les Anciens. »

Adam et Eve aussi avaient vécu un âge d'or avant le péché et la chute... Morgana frissonna. Elle alluma sa lampe torche car la clarté du feu avait diminué.

« Durant cet âge d'or, auquel les Hopis donnent le nom de Troisième Monde, le soleil se levait à l'ouest et se couchait à l'est. Le ciel était proche du sol et l'Etoile du matin n'existait pas. Puis une grande comète s'approcha de la Terre, entraînant un changement de direction du soleil. Le ciel s'abaissa, la Terre se retourna et la comète devint l'Etoile du matin. Le peuple du Seigneur Jakal voyait dans cette étoile, notre Vénus, l'incarnation d'un dieu d'origine humaine, Quetzalcóatl. Celui-ci mourut en se jetant sur un bûcher et ses cendres donnèrent naissance à Vénus. »

Morgana avait lu quelque chose à propos d'un livre sacré de l'Egypte ancienne où il était question d'un bouleversement cosmique, le sud devenant le nord, la terre se retournant et le soleil changeant de direction. Platon n'avait-il pas écrit « Là où le soleil se levait, il se couche à présent, et là où il se couchait, il se lève à présent » ? Sophocle lui-même faisait allusion à un renversement de la course du soleil.

Les événements relatés par la vieille Indienne s'étaient-ils réellement produits ?

Morgana regarda la momie qui paraissait encore plus frêle à présent qu'elle l'avait dépouillée de ses guenilles. Elle imagina son père étendu sur le sol de la *kiva*, transcrivant fébrilement les propos de son guide malgré la douleur et le fait qu'il avait été enterré vivant. Jusqu'au bout, son désir de préserver un savoir menacé de disparition l'avait emporté sur sa propre survie.

Refoulant ses larmes, elle se replongea dans le cahier. La voix aussi douce que de la soie murmurait près de son oreille tandis qu'elle déchiffrait l'écriture de son père.

« Quand l'humanité sortit de sous la terre pour entrer dans le Quatrième Monde, elle avait rompu les liens qui l'unissaient aux dieux et aux animaux. Les hommes se sentaient isolés de tout ce qui les entourait. Avant de créer la jarre, Hoshi'tiwa réunit de l'argile, de l'eau et de la peinture végétale. Elle n'avait pas conscience que la jarre existait déjà et attendait simplement qu'elle lui donne sa forme. Le ciel faisait également partie de la jarre, grâce au vent qui sécha l'argile. De la même manière, le soleil contribua à la cuire et

le feu à la durcir. Tous ces éléments se retrouvent dans la jarre avec les larmes de Hoshi'tiwa, si bien que celle-ci représente le cosmos. »

Morgana songea au fragment doré, à ses motifs tracés à la peinture rouge et à sa couleur qui évoquait celle des pêches en automne avant qu'elle le détruise. Le lendemain, atterrée par les conséquences de son geste impulsif, elle avait soigneusement ramassé la poussière orange et l'avait rangée dans un coffret à bijoux. En lisant le journal de son père, elle venait de comprendre que la jarre dorée continuait d'exister dans ce petit tas de poussière.

Des ombres dansaient sur la page quand elle reprit sa lecture, accompagnée par la voix qui semblait surgir du passé.

« L'humanité a oublié cette vérité tandis qu'elle vivait sous terre après la destruction du Troisième Monde. Imagine un flûtiste, Pahana. Qu'entends-tu quand il cesse de jouer de son instrument ? Certainement pas le silence. La note est toujours là, mêlée au vent. Elle fait partie de ce que mon peuple appelle Suukya'qatsi, *la vie unifiée. Ce mot est très ancien, Pahana. Il ne vient pas de la langue du Peuple du soleil, ni de celle du Seigneur Jakal, mais il coulait dans nos veines avant même notre naissance. Hoshi'tiwa l'entendit pour la première fois pendant qu'elle peignait la jarre de pluie et elle l'enseigna à son peuple.* Suukya'qatsi, *l'Unité parfaite. »*

Ces mots rappelèrent à Morgana un passage des Evangiles que tante Bettina aimait tout particulièrement : « Père saint, garde-les dans ton nom, pour qu'ils soient un comme nous. »

« L'Unité est harmonie et équilibre, poursuivaient à la fois son père et la voix de la vieille Indienne, car tout y est relié. *Pense à une toile d'araignée. Si tu en touches le bord, la vibration se propage jusqu'au centre et réveille l'araignée. Quand il arrive quelque chose à un endroit, le reste du monde en est affecté. Si tu jettes un caillou dans une mare, ton geste a des répercussions dans l'ensemble du cosmos. »*

Constatant qu'elle claquait des dents, Morgana bondit sur ses pieds. La température de la *kiva* baissait rapidement. L'air qu'elle respirait lui brûlait les poumons et elle ne sentait déjà plus ses orteils. Elle se penchait vers le sol, cherchant de quoi alimenter le feu, quand la pièce se mit à tournoyer ; les murs lui parurent s'éloigner et le toit s'envoler.

Elle ferma les yeux et tendit la main vers le mur le plus proche pour ne pas tomber. Au lieu d'un assemblage de briques, ses doigts rencontrèrent alors un tronc rugueux.

Elle rouvrit les yeux et étouffa un cri.

La *kiva* avait disparu. Le froid et l'obscurité s'étaient dissipés. Elle se trouvait au sommet d'un plateau balayé par une brise vivifiante. Aussi loin que portait son regard, elle ne voyait que des mesas couronnées de pins, des canyons encaissés au fond desquels coulaient des torrents et au-dessus de tout cela, l'azur infini du ciel. Les couleurs étaient aveuglantes : le vert chatoyant des arbres et des buissons tranchait sur le beige doré des mesas. Quelques nuages blancs troublaient le bleu du ciel où le passage d'une buse posait une touche de rouge. Quelque chose tira les cheveux de Morgana. En levant les yeux, elle vit avec surprise qu'elle se trouvait sous un pin et qu'une mèche de ses cheveux s'était entortillée autour d'un rameau. L'ayant libérée, elle s'avança au soleil.

— Est-ce que tout ceci est réel ? murmura-t-elle.

Ses perceptions n'avaient jamais été aussi aiguisées, sa peau aussi sensible ni son esprit aussi alerte. L'air frais était revigorant, le soleil chauffait ses bras et ses cheveux lui fouettaient les joues. Tout semblait on ne peut plus vrai.

— Où suis-je ?

— Là où tu dois être, ma fille.

Morgana virevolta et se retrouva face à une vieille Indienne dont les longues tresses blanches pendaient sur le devant de sa blouse en velours cramoisi. Une magnifique ceinture en argent et en turquoise serrait sa taille, et sa jupe en daim frangée s'arrêtait un peu au-dessus de ses mocassins ornés de perles. Elle aussi paraissait solide et réelle.

— On dirait le Nouveau-Mexique ou le Colorado, remarqua Morgana en repoussant ses cheveux. Comment suis-je arrivée là ?

— C'est moi qui t'y ai amenée.

— Pourquoi ?

— Afin que tu voies qui tu es, et aussi parce que le chagrin obscurcit ton âme. Il empêche la lumière et la sagesse d'y pénétrer. Ton cœur pleure Elizabeth, Gideon, Robert et Faraday, que j'appelle Pahana. Je t'ai amenée ici pour que tu comprennes que la mort n'existe pas, car rien ne meurt jamais.

Morgana regarda à gauche, puis à droite, et aperçut des ruines.

— Je n'y crois pas, dit-elle.

La vieille sourit.

— Il y a beaucoup de choses auxquelles tu ne crois pas, ma fille. Les anges et les esprits, les dieux et la magie. Mais cela viendra.

Le vent tourna et un âcre parfum de sauge parvint aux narines de Morgana. L'air sentait la résine de pin et la poussière, un mélange qui lui tournait la tête.

— Suis-je toujours dans la *kiva* ? Est-ce une hallucination ?

— Tu es partout à la fois, ma fille, dans l'Unité parfaite. Regarde !

La vieille Indienne leva la main et tout à coup, un ciel noir piqué d'un million de points brillants s'étendit d'un horizon à l'autre. Un cri de stupéfaction s'échappa de la bouche de Morgana qui chancela.

— Vois-tu comme les corps célestes sont constamment en mouvement ? demanda la vieille. Aucune de ces lumières ne reste longtemps immobile. C'est pareil dans la nature : rien n'est immobile, pas même une pierre, car tout se transforme en permanence. L'ensemble de l'univers passe continuellement d'un état à un autre. Il en est de même pour notre âme, ma fille. Celle-ci est constituée de la même matière que les étoiles, comme nos corps. Par conséquent, elle ne meurt pas mais traverse des cycles successifs. L'univers crée non seulement nos corps mais aussi nos pensées, c'est pourquoi ces dernières sont vivantes. Et tout ce que crée l'univers ne peut mourir. Ceux que tu pleures ne sont pas morts mais ont rejoint le Père créateur dans l'été éternel de l'âme cosmique.

Morgana était comme paralysée par la stupeur.

— Sèche tes pleurs, reprit la vieille Indienne, car l'Unité sera toujours l'Unité. *Suukya'qatsi.* Tout appartient au tout, même le vide entre les fils d'une couverture. On ne le voit pas, mais il n'en contribue pas moins à la forme et au motif de la couverture. Même le « rien » appartient au tout. Cela, tu l'as compris en découvrant la *olla*, la jarre de pluie.

Morgana considéra la silhouette de la femme, baignée par la clarté des étoiles, et demanda :

— Quel est le message du décor de la jarre ?

— Ce décor représente le cosmos et tout ce qu'il contient, répondit la vieille de sa voix douce. Plantes, ciel, hommes, animaux, lune et soleil... En regardant bien, tu verras également des poissons, des papillons et des graines. Tu pensais que ces motifs étaient disposés au hasard, mais c'est faux ! Tout est relié et rien n'est isolé. C'est le message que Hoshi'tiwa a peint sur la jarre pendant qu'une sagesse très ancienne envahissait son esprit. La force qui guidait sa main a voulu représenter l'ordre suprême du cosmos. L'harmonie ultime, sans début ni fin.

— Est-ce la sagesse perdue des Anciens que cherchait mon père ?

— Cette sagesse n'est pas « perdue », ma fille. De même, elle ne s'enseigne pas mais se trouve déjà en nous. Nous sommes nés avec elle, grâce au Grand Créateur. Elle sommeillait en nous depuis la destruction du Troisième Monde, et nous commençons à peine à nous en souvenir.

Un homme grand et barbu, au visage émacié et au regard habité, se matérialisa subitement à leurs côtés. C'était Faraday ! Alors que Morgana le regardait bouchée bée, lui ne semblait pas conscient de sa présence.

— Vous m'appelez Pahana, dit-il d'une voix sonore. Quand j'ai rendu visite aux Hopis avec John Wheeler, ils m'ont dit que c'était là le nom du frère blanc dont ils attendaient le retour.

— N'est-ce pas ce que tu es ? demanda la vieille Indienne.

— Au risque de vous décevoir, je ne suis qu'un homme, un pauvre pécheur qui désirait juste trouver Dieu.

La femme fronça les sourcils.

— Serais-je venue trop tôt ?

— Trop tôt pour quoi ?

— Mon peuple pensait que le retour de la sagesse des Anciens précéderait celui du frère blanc et l'avènement d'une ère de paix et de prospérité. Il est dit que le dernier chamane annoncera la venue de Pahana. Je croyais être ce dernier chamane, mais il se pourrait que ce soit toi, Faraday Hightower, ou celui ou celle qui te suivra.

Morgana s'avisa que le ciel avait pâli. Les étoiles s'effacèrent et le soleil pointa au-dessus de l'horizon, répandant une clarté dorée sur les plaines et les mesas, les canyons et les vallées. Quand le monde eut retrouvé toutes ses couleurs, le vent se renforça et fraîchit.

— Il y a une chose que tu dois savoir à propos de la mère de mon peuple, dit alors l'Indienne à Morgana. Hoshi'tiwa portait sur le front la marque de son clan. Voici à quoi ressemblait ce tatouage.

La vieille femme écarta sa frange gris argent, dévoilant trois traits verticaux bleu foncé.

— La jeune fille que j'ai vue dans les ruines portait le même tatouage, remarqua Faraday qui n'avait pas disparu avec la nuit. Vous appartenez au même clan ?

— Non, Pahana. J'étais cette jeune fille. Ce n'était pas la première fois que je t'apparaissais.

— Que voulez-vous dire ?

— La nuit où tu projetais de mettre fin à tes jours, te rappelles-tu avoir reçu une visiteuse ?

— Une bohémienne, une diseuse de bonne aventure, est venue me trouver.

— C'était moi. Ta belle-sœur ne m'a pas vue. Elle n'a pas frappé à ta porte pour t'informer que tu avais de la visite. Ce n'était qu'une illusion.

— Etes-vous un fantôme ? s'enquit Morgana.

— Nous sommes tous des fantômes, ma fille. Des fantômes vêtus de peau.

— Si vous venez d'une autre époque, comment se fait-il que je vous voie ?

— Nous vivons tous dans la même époque. Une fois qu'on a vraiment saisi le concept d'Unité, il est facile de se déplacer dans le temps. Le temps, comme la matière, n'est qu'un. On peut renvoyer son âme dans le passé pour apprendre ce qu'on avait oublié. On peut explorer le présent pour y découvrir ce qui s'y cache. On peut contempler le futur et voir les événements avant qu'ils ne surviennent.

— Pourquoi m'être apparue sous la forme d'une bohémienne ? interrogea Faraday.

A la lumière du jour, Morgana vit quel bel homme était son père et elle comprit qu'Elizabeth ait été séduite. Elle brûlait de courir vers lui et de se jeter dans ses bras, mais elle était comme pétrifiée.

— Si j'ai choisi ce déguisement, Faraday, c'est parce qu'il t'était familier. Comment aurais-tu réagi si je t'étais apparue sous ma forme actuelle, celle d'une « sauvage », comme tu nous appelais alors ? Tout ce que je voulais, c'était que tu acceptes d'embrasser cette quête, pas que tu la fuies !

— Mais pourquoi ne pas avoir dit tout cela à mon père alors qu'il se trouvait encore à Boston ? plaça Morgana.

— Il devait d'abord faire ses preuves, ma fille.

— Vous étiez tellement sûre qu'il relèverait le défi ?

— Les hommes sont des chasseurs nés. Qu'il s'agisse de chasser l'élan ou la vérité, ce besoin est inscrit en eux. Je savais qu'il ne pourrait résister à cet appel.

— Pourquoi lui et pas un autre ?

— Parce qu'il avait perdu la foi. Comme le Seigneur Jakal. Comme moi. Et comme toi, me semble-t-il. C'est ce qui nous a mis sur la voie. Nos destins sont liés depuis l'aube des temps. J'étais destinée à me rappeler la sagesse des Anciens. Ton père et toi étiez destinés à la redécouvrir à travers moi. Nous somme les hérauts du Cinquième Monde, ma fille. L'Age d'Or...

Tandis qu'elle s'imprégnait des paroles que lui murmurait la voix d'un autre temps, Morgana sentit une énergie nouvelle envahir son corps. Il lui sembla qu'elle allait s'envoler tel un aigle. Hoshi'tiwa avait-elle ressenti la même chose pendant qu'elle peignait la jarre ?

Robert avait raison : elle avait toujours laissé la peur gouverner son existence. A présent, elle savait qu'il n'y avait rien à redouter. Tout était normal, tout correspondait à l'ordre naturel du monde, même les événements tragiques, même la mort. Tout était lié. Tout ne formait qu'un avec le cosmos. Même ceux qui s'efforçaient de vivre en marge de la société appartenaient à la famille humaine.

— Vous êtes vraiment Hoshi'tiwa ? demanda-t-elle avec crainte et respect.

— Regarde.

La vieille Indienne rajeunit subitement. Ses cheveux argentés devinrent noirs, ses tresses furent remplacées par des macarons. Des joues rondes, un teint cuivré, des yeux noirs en amande, un sourire timide... Morgana devina qu'elle contemplait le visage de Hoshi'tiwa telle qu'elle était huit siècles plus tôt.

— Tu te demandes pourquoi mon peuple n'est jamais retourné au Lieu central ? dit la jeune Indienne. Trop de tristesse et de fantômes malheureux restaient attachés à cet endroit. Mon peuple était devenu impie. Il avait profané ses rituels les plus sacrés et oublié les dieux, les lois et les prières. Les *kivas* n'étaient plus que de vulgaires dortoirs. C'est pourquoi la sécheresse et la famine se sont abattus sur nous, nous forçant à fuir pour une terre étrangère. Par la suite, ceux de mon peuple ont déclaré le canyon tabou et ils n'y ont jamais remis les pieds. Mais les descendants du Peuple du soleil – les Anasazis – sont toujours là. Ils cultivent le maïs et ont renoué avec le mode de vie de leurs ancêtres. En se soumettant aux lois et aux rituels, ils ont restauré l'harmonie.

Elle leva les yeux vers le soleil et soupira :

— Je vais devoir vous quitter.

— Attendez ! la supplia Morgana. Ne partez pas.

— Je suis morte depuis de nombreux siècles, ma fille. Mes os sont tombés en poussière, mais mon âme leur a survécu, comme tu peux le voir. La tienne connaîtra le même sort, ainsi que celles des êtres que tu chéris. Tel est le message que je devais te délivrer. A présent, je vais vous quitter tous deux pour rejoindre ma famille et unir mon âme à celle de Jakal, qui m'attend depuis longtemps.

Sur ces paroles, Hoshi'tiwa – la jeune fille hopi, la vieille Indienne, la bohémienne – s'évanouit aussi brusquement qu'elle était apparue.

Faraday disparut également, après avoir adressé à sa fille un sourire complice et l'avoir saluée en agitant mélancoliquement la main.

Morgana se retrouva assise sur le sol froid de la *kiva*, le journal de son père ouvert sur les genoux.

— Adieu, papa, murmura-t-elle.

Si elle ne comprenait pas ce qui venait de lui arriver, elle devinait néanmoins qu'on lui avait accordé une ultime chance de revoir son père. Le cœur rempli à la fois de tristesse et de gratitude, elle remit de l'ordre dans ses pensées et constata avec horreur que le feu s'était éteint. La *kiva* était une véritable glacière et son haleine formait de petits nuages de vapeur. Elle leva les yeux vers le trou de fumée. Il faisait toujours nuit. Quand le jour allait-il se lever ?

A moins que je n'aie déjà passé un jour et une nuit ici.. Absorbée dans ma lecture, je n'ai pas vu s'écouler le temps.

Elle n'avait plus rien à brûler, hormis ses vêtements. Mais il lui fallait à tout prix entretenir le feu, autant pour signaler sa présence que pour achever sa lecture, car sa lampe-torche n'éclairait presque plus. Sans réfléchir davantage, elle se dépouilla de sa chemise et la jeta dans l'âtre avec une allumette. Presque aussitôt, des flammes dorées s'élevèrent.

Il ne lui restait que quelques pages à lire.

Toute ma vie, écrivait son père, j'ai souhaité des visions comme celles qui furent accordées à Ellen White. Dieu m'a exaucé. En plus des visions, Hoshi'tiwa m'a montré ma fille adulte. Elle ne pouvait m'offrir de cadeau plus merveilleux. Je mourrai en paix, sachant que ma précieuse Morgana va devenir une belle jeune femme.

Mais Hoshi'tiwa m'a donné plus encore ! Autrefois, je fustigeais les écrits d'un certain Albert Einstein et d'autres savants qui exploraient des voies encore plus sacrilèges, pensais-je alors. La science qui consistait à étudier des entités de plus en plus petites me terrifiait, car elle semblait nous éloigner radicalement de Dieu. Dans mon esprit, celui-ci ne pouvait être qu'immense, aussi aurais-je voulu m'écrier : « Comment l'infiniment petit pourrait-il conduire au sacré ? »

A présent, j'ai compris que les travaux d'Albert Einstein et de Max Planck annonçaient la résurgence de la sagesse des Anciens.

Combien ma peur m'apparaît ridicule ! J'ai également compris que les démons de Chaco Canyon n'existaient que dans mon esprit. Depuis que je les ai celés à l'intérieur de mon porte-documents, je n'ai plus jamais regardé les dessins que j'ai faits dans mon délire. Je vais me dépêcher de le faire tant qu'il me reste assez de lumière.

Morgana lâcha brusquement le cahier. Les dessins se trouvaient dans la *kiva* ?

A quatre pattes, elle chercha à tâtons autour d'elle et finit par trouver le porte-documents sous une épaisse couche de poussière tombée du plafond durant plus de vingt ans. En tremblant, elle dénoua le ruban qui le fermait et souleva le rabat. Le compartiment principal était rempli de feuilles de papier à dessin. Avec des gestes prudents, elle sortit les croquis et dirigea vers eux le faisceau de sa lampe mourante.

La gorge nouée par l'émotion, elle découvrit des images de Smith Peak et de Butterfly Canyon, de *hogans* navajos, de Chaco Canyon, de danses rituelles zuñis, de Bettina assise près d'un feu de camp et d'elle-même à cheval ! Les couleurs étaient éclatantes et le trait aussi précis que sur une photographie. Chaque dessin portait un titre, écrit à la main par Faraday.

Soudain, elle retint son souffle. Elle venait de mettre la main sur les dessins originaux de la *olla*, vue sous tous ses angles. Elle admira l'exécution méticuleuse, la richesse des nuances, du rouge au jaune d'or en passant par l'orange, et le décor extravagant dont elle distinguait à présent les éléments – arbres, montagnes, comète, lion, cactus, routes, neige, et même un *kokopelli* miniature avec sa flûte ! –, tous habilement reliés entre eux pour former un motif aussi unique que fabuleux. L'Unité parfaite.

97

Morgana désirait achever sa lecture, mais le feu menaçait de s'éteindre et le froid coupant la pénétrait jusqu'aux os. Ayant brûlé sa chemise, elle avait les bras nus. Jamais elle n'avait autant souffert de la soif. Ses lèvres se crevassaient, sa langue était enflée et cela faisait plusieurs heures qu'elle avait bu les dernières gouttes de sa bouteille. En cherchant parmi les gravats qui étaient tombés dans la *kiva*, elle trouva un petit caillou lisse qu'elle glissa dans sa bouche. La salive fit dégonfler sa langue, lui apportant un soulagement immédiat.

Le cœur gros, elle jeta le porte-documents sur les braises après avoir éloigné son contenu des flammes et vérifia que la fumée s'élevait vers le ciel. Puis elle reprit le cahier, impatiente de déchiffrer les derniers mots que son père avait tracés sur les pages jaunies.

Pour la premiere fois depuis bien longtemps, j'ai ouvert le compartiment secret de mon porte-documents et regardé les croquis que j'ai faits dans mon délire, à Albuquerque. Quel imbécile j'étais alors ! Ces dessins n'ont rien d'effrayant, mais constituent un trésor inappréciable. Mon « démon » n'est autre que le Seigneur Jakal, le dernier des princes toltèques.

Morgana arracha fébrilement le porte-documents aux flammes et piétina les coins qui avaient commencé à brûler. Elle ouvrit le compartiment secret avec des mains tremblantes et déplia précautionneusement les dessins.

Un beau visage au front haut, au nez arqué et au menton volontaire. De longs cheveux noirs tombant sur des épaules nues, relevés en un chignon compliqué ou coiffés d'une couronne de plumes. Jakal rendant la justice sur la grand-place, superbement vêtu et paré de bijoux, ou presque nu sous les étoiles, au sommet de la mesa...

Les dessins étaient stupéfiants, mais représentaient-ils vraiment le prince toltèque ? Faraday les avait créés au cours d'un épisode fiévreux, tandis qu'il divaguait. Comment pouvait-il affirmer qu'ils étaient authentiques ?

En examinant l'un des portraits de Jakal, Morgana remarqua alors le talisman en or qui reposait sur sa poitrine cuivrée.

Elle se releva d'un bond.

Le porte-bonheur qu'elle cachait habituellement sous sa chemise étincelait faiblement à la clarté des flammes, bien en vue sur sa poitrine. Elle n'avait pas oublié dans quelles circonstances elle l'avait découvert, même si elle n'avait alors que six ans. Tirée de son sommeil en pleine nuit, elle avait entendu son père traverser leur campement endormi. Elle l'avait suivi jusqu'aux ruines où elle l'avait vu creuser la terre en parlant tout seul et exhumer une grande jarre en terre cuite. Après qu'il eut regagné le camp en courant et perdu connaissance, Bettina avait récupéré la jarre et l'avait rangée avec celles que son père avait déjà acquises.

De retour à Albuquerque, son père avait longtemps gardé la chambre sans qu'elle pût le voir. Un jour où elle manipulait l'étrange poterie qu'il avait rapportée de Pueblo Bonito, elle avait entendu quelque chose bouger dedans. Malgré ses efforts, elle n'avait pu voir ce que c'était. Elle avait dû glisser tout le bras à l'intérieur (ses petits doigts atteignaient à peine le fond) pour attraper le mystérieux bijou en or.

Elle l'avait gardé sans en parler à quiconque. A douze ans, elle avait décidé de le porter au bout de la chaîne en argent que son père lui avait laissée, à la place de la licorne qui avait appartenu à sa mère. Tandis qu'elle examinait la fleur exquise, ses six pétales dorés et la pierre d'un bleu intense au centre, un souvenir surgit dans son esprit.

Elle tourna rapidement les pages du cahier, recherchant le passage dans lequel son père racontait son rêve, qu'il avait intitulé *L'Histoire de Hoshi'tiwa.*

C'est un magnifique xochitl. *Il contient une goutte du sang du Serpent à Plumes. Bien que le mot se prononce* so-chit, *j'ai tout de suite su comment l'orthographier.* Xochitl *signifie « fleur » dans la langue des Toltèques. Jakal en a fait cadeau à Hoshi'tiwa.*

Morgana avait toujours cru que le bijou était d'origine hopi ou navajo et qu'il datait tout au plus d'un siècle. Elle considéra avec respect la minuscule fleur d'or posée sur son sein, songeant qu'elle avait été portée par un Seigneur toltèque.

« Il contient une goutte du sang de Quetzalcóatl... »

Elle s'avisa brusquement que son père n'avait jamais vu le talisman. Même s'il avait regardé à l'intérieur de la jarre la nuit où il l'avait trouvée, le *xochitl* était caché tout au fond. Dans ce cas, comment avait-il pu le représenter avec un tel luxe de détails ?

La réponse coulait de source : parce qu'il l'avait vu en esprit.

Faraday Hightower était sans doute un rêveur, un philosophe passionné et mû par une idée fixe, mais il n'était pas fou.

Ayant rangé les portraits avec les autres dessins, Morgana reposa le porte-documents sur les braises. Les flammes ne mettraient que quelques minutes à le consumer. Son pantalon durerait bien une heure. Après cela, elle n'aurait plus rien à brûler. Et à en juger par la couleur du ciel, l'aube était encore loin.

Mais il serait toujours temps de s'inquiéter plus tard. Il ne lui restait qu'une page à lire. Les bras et les jambes nus, vêtue uniquement de ses sous-vêtements en coton, mais étrangement insensible au froid glacial, elle déchiffra la fin de l'histoire de son père.

J'ai commencé ma quête en cherchant Dieu pour finalement m'apercevoir qu'il était partout autour de moi, dans les montagnes et les vallées, les vêtements frangés et les perles des Indiens, les peintures de sable navajos, les kivas *hopis, les rituels zuñis, les poteries anasazis. Dieu est dans la* Suukya'qatsi, *les éprouvettes, les microscopes et les paniers indiens. Il réside dans mon âme, dans celle des oiseaux et de tous les autres hommes. Il se trouve dans le sable doré et le ciel bleu, dans le désert et l'océan, dans les villes du futur comme dans les canyons du passé.*

J'ai également résolu le mystère de Chaco Canyon. Je sais pourquoi ses habitants l'ont quitté et ne sont jamais revenus.

Je n'ai pas peur de mourir. Comme l'a dit Hoshi'tiwa, la mort n'est qu'un changement de décor. J'ai la certitude de retrouver Elizabeth et, plus tard, Morgana dans l'Unité parfaite. Je ne suis pas le frère blanc perdu qu'on appelle Pahana, pas plus que le dieu blanc de Jakal, Quetzalcóatl. Je ne suis qu'un homme qui s'est vu confier un grand secret et que sa fragilité condamne à emporter ce secret dans sa tombe. Je prie pour que la personne qui trouvera un jour mes pauvres ossements sache reconnaître le trésor contenu dans ce cahier et le diffuse largement.

Quelle étrange sensation ! La peur, l'angoisse et la douleur se sont retirées et je me sens aussi reposé qu'un homme qui sortirait d'une douche brûlante pour prendre son petit déjeuner et aborder une nouvelle journée.

La mort n'est qu'un changement de décor, Pahana...

98

Assise dans le froid et l'obscurité, Morgana tenait le journal de son père sur ses genoux. Elle grelottait, ses dents s'entrechoquaient et ses pieds étaient devenus insensibles. Le sang battait à ses tempes. Sa lecture l'avait vidée de ses forces.

La fumée peinait à franchir l'ouverture dans le plafond. Le feu était presque éteint. Elle avait brûlé tout ce qu'elle pouvait. Si elle ne signalait pas sa présence, on ne la trouverait jamais.

Erreur : il lui restait quelque chose à brûler.

Elle examina le cahier qu'elle tenait dans ses mains. Y avait-il moyen de séparer les pages de la couverture ? Cette dernière était en cuir et en carton. Nul doute qu'elle dégagerait beaucoup de fumée en se consumant. Elle fit un essai avec une page blanche, mais elle n'avait pas fini de la détacher de la reliure que le papier se déchira. Il lui faudrait des heures pour parvenir à ses fins et même alors, combien de temps le cuir alimenterait-il les flammes ?

Un soupir souleva sa poitrine. Elle se sentait soudain très lasse. Elle songeait à poser sa tête par terre et à fermer brièvement les yeux avant de se remettre au travail quand une voix intérieure la mit en garde contre le risque d'une intoxication au monoxyde de carbone.

Mais elle n'avait pas à s'inquiéter. Le trou de fumée assurait une ventilation suffisante.

99

Morgana rêva qu'un prince toltèque lui offrait un perroquet vert nommé Chi Chi et lui recommandait de lui donner chaque jour du *chocolatl*, ou il mourrait. Un homme qui errait dans la *kiva* lui demanda si elle avait vu son nez ; elle lui répondit de monter au refuge dans la falaise, où l'on avait mis son nez à l'abri des Seigneurs obscurs. Comme elle riait dans son sommeil, un vieux chercheur d'or appelé Bernam lui dit :

— La somnolence est un des premiers symptômes d'une intoxication au monoxyde de carbone. Il n'y a pas de quoi rire, mon petit. Tu es en train de mourir.

Soudain un grondement s'éleva. Morgana ouvrit brusquement les yeux et vit que de la poussière pleuvait sur elle. Elle se leva avec difficulté. Etait-ce un orage ? Un tremblement de terre ?

Un jour gris pénétrait dans la *kiva*. Elle posa les mains sur le mur et le sentit vibrer. Des véhicules approchaient !

— Hé ho ! Je suis là !

Elle écouta, les mains sur le mur. Les vibrations s'estompèrent. Les véhicules l'avaient dépassée.

— Non !

Un signal de fumée ! Mais elle n'avait plus rien à brûler. A moins que...

— Jamais je ne me rappellerai tout ça, murmura-t-elle, atterrée.

Elle songea aux visions que son père avait transcrites dans son journal, à la sagesse des Anciens, aux dessins... Hoshi'tiwa jeune fille. Le Seigneur Jakal. Une histoire qui avait traversé les siècles pour leur parvenir intacte.

Mais si elle ne brûlait pas tout cela pour signaler sa présence, elle mourrait d'hypothermie et de déshydratation.

Le grondement faiblit. Combien de temps s'écoulerait-il avant que de nouveaux véhicules viennent ? Des jours, des semaines ? C'était sa dernière chance.

Morgana était devant un dilemme terrible : détruire l'œuvre de son père pour sauver sa vie, ou se sacrifier pour la préserver.

— Mon Dieu, aidez-moi ! cria-t-elle. Je ne sais pas quoi faire !

Elle pensa alors à Nicholas, le précieux cadeau que lui avait fait Robert. Qui prendrait soin de lui et le chérirait si elle disparaissait ? Le calme l'envahit. Tout bien pesé, elle n'avait pas le choix. Le journal de son père et tout son contenu – le capitaine du *Caprica*, Sarah l'ânesse, les anciens habitants de Chaco Canyon, les archéologues de Smith Peak, l'agent aux affaires indiennes de Los Angeles et les domestiques de la Casa Esmeralda – devaient périr pour qu'elle vive.

En sanglotant, elle enveloppa le journal dans les dessins et s'accroupit devant l'âtre afin de poser le paquet sur les braises.

Attends !

Elle s'immobilisa.

Tu as autre chose à brûler.

— Qui est là ? demanda-t-elle.

Trouve-le et envoie un signal. Vite !

On aurait dit la voix de tante Bettina, mais c'était impossible.

— Il ne me reste que mes sous-vêtements, lança Morgana en direction de l'obscurité. Ils produiraient à peine quelques étincelles.

Réfléchis ! J'ai laissé quelque chose derrière moi…

Les dernières paroles que Bettina avait adressées à Faraday lui revinrent brusquement à l'esprit : « Je comptais me débarrasser de cette horreur, mais j'ai décidé de vous la laisser en souvenir… »

Morgana alluma sa lampe et balaya fébrilement le sol avec le faisceau mourant.

— Je ne vois rien !

Dépêche-toi !

Morgana réfléchit. Qu'est-ce que Bettina avait pu apporter dans la *kiva* ? Un objet hideux qui lui rappelait Elizabeth.

Le plafond ne vibrait presque plus. Les véhicules s'éloignaient à vive allure.

Réfléchis ! ordonna la voix.

— Je n'y arrive pas !

Morgana avait la tête qui tournait. Il y avait trop longtemps qu'elle n'avait rien mangé ni bu. Elle ne sentait plus ses mains ni ses pieds. Il lui semblait que de l'eau glacée coulait dans ses veines. Elle aurait voulu s'allonger et s'endormir à jamais.

Elle se rappela tout à coup qu'Elizabeth avait offert un panier à Faraday et que Bettina l'avait trouvé affreux.

Elle se jeta à quatre pattes et se mit à creuser le sable et la terre avec ses ongles, jusqu'à ce que ses doigts rencontrent quelque chose. Elle exhuma alors le panier paiute d'Elizabeth, couvert de poussière et tout aplati. Un panier enduit de résine de pin.

Elle souffla sur les braises et posa le panier dessus.

— Mon Dieu, je vous en prie, murmura-t-elle. Faites qu'il s'enflamme.

Un tourbillon de fumée s'échappa de l'âtre, diffusant une odeur nocive dans la *kiva*. Morgana agita les bras afin de canaliser la fumée. Bientôt, celle-ci forma une colonne qui montait tout droit vers le ciel bleu.

Elle ausculta le mur, tous ses sens en alerte.

— S'il vous plaît, sanglota-t-elle.

Les vibrations s'amplifièrent. Soudain, elle distingua des ronflements de moteurs, des bruits d'avertisseurs, des cris qui se répondaient. Enfin, quelqu'un passa la tête par le trou de fumée en dirigeant le faisceau d'une lampe vers l'intérieur de la *kiva*.

— Faites attention ! cria Morgana. Le sol est instable ! Je me trouve dans une *kiva* !

100

Il y eut des voix inquiètes, des cris, des pas qui piétinaient le sable au-dessus d'elle, puis on lui lança une échelle de corde.

— Attrape, Morgana ! fit la voix de Joe Candlewell. On va te tirer de là !

Serrant le journal et les dessins contre sa poitrine, Morgana empoigna la corde. Une minute plus tard, elle émergeait à l'air libre et s'écroulait dans les bras de Joe.

— Dieu merci, tu vas bien ! s'exclama celui-ci.

Ethel se précipita vers elle pour l'envelopper dans une couverture.

— Tu nous as causé une belle frayeur ! On a cru qu'il était arrivé quelque chose de terrible !

— Combien de temps suis-je restée en bas ? demanda Morgana.

Elle se laissa tomber sur un rocher tandis qu'Ethel plaçait une tasse de café chaud dans sa main. La lumière du matin agressait ses yeux.

— Depuis hier, je pense. C'est là que tu as annoncé ton départ à Suzie.

Il y avait moins de vingt-quatre heures qu'elle avait quitté le motel !

— Pourquoi me cherchiez-vous ? J'avais dit à Suzie que je rentrerais aujourd'hui.

— C'était Robert. Hier soir...

— Robert ?

— Lui-même ! fit une voix familière.

Morgana se retourna et vit Robert, en uniforme et appuyé sur des béquilles, qui lui souriait.

— Quand Suzie Knapp m'a dit que tu étais partie seule dans le désert, j'ai voulu te faire une surprise. Mais quand j'ai découvert le camion avec ton matériel de camping dedans, ceci en pleine nuit, j'ai compris que tu avais des ennuis. Je suis alors retourné demander de l'aide.

Morgana se jeta dans ses bras et se serra étroitement contre lui, comme pour s'assurer qu'il était bien réel.

— J'ignorais que tu devais rentrer, sanglota-t-elle sur son épaule.

— Tu n'as pas reçu la lettre dans laquelle je t'annonçais ma démobilisation ?

Elle recula et le regarda.

— Robert, je croyais que tu étais mort !

— Je l'étais presque.

Pendant qu'il essuyait les larmes sur ses joues, Morgana remarqua les cernes sous ses yeux et les rides que la souffrance avait creusées dans son visage.

— Mais tu m'as maintenu en vie, mon amour, reprit-il. Tu étais sans cesse présente dans mon cœur et mes pensées, ainsi que le souvenir des jours que nous avions passés ensemble, de nos larmes et de nos rires...

— Le diamant dans l'arbre de Josué, glissa Morgana d'une voix cassée.

— C'est cela qui m'a sauvé, plus tes lettres que je ne me lassais pas de relire et les photos de notre fils. Il fallait que je revienne pour toi et pour Nicholas.

Morgana enfouit son visage dans son cou et pleura à nouveau, de joie et de soulagement, jusqu'à ce que Robert s'écarte et lui demande :

— Qu'est-ce qui t'a fait croire que j'étais mort ?

— Gideon a été tué !

— Je sais. On me l'a dit. Ma chérie, je suis désolé.

— Puis il y a eu ta lettre, celle avec les photos...

— Je regrette de t'avoir effrayée. Je n'avais pas les idées très claires au moment où je l'ai dictée. Est-ce tout ce que tu as reçu de ma part ? Je t'ai écrit trois autres lettres depuis.

Il déposa un baiser sur ses lèvres, ajoutant :

— J'ai été très malade, mais c'est terminé. Et je compte bien rester.

Morgana noua les bras autour du cou de son mari et se cramponna à lui comme si elle espérait ne jamais le lâcher. Pendant qu'ils s'enlaçaient, Joe Candlewell et le reste de l'équipe faisaient cercle autour de l'ouverture de la *kiva*, dirigeant leurs lampes vers l'intérieur et se mettant mutuellement en garde contre le danger. Une vive lumière baignait le désert, faisant ressortir le beige doré des rochers, le vert des cactus et le brun des arbres de Josué.

— Que s'est-il passé ici ? demanda Robert en promenant un regard inquiet autour de lui.

— J'ai retrouvé mon père en bas, murmura Morgana en serrant les bords de la couverture. J'ai cru ne jamais en ressortir.

— Dieu merci, nous avons aperçu ton signal de fumée.

— J'ai brûlé tout ce que j'avais sous la main, même mes vêtements.

— Nous nous apprêtions à repartir après t'avoir cherchée de l'autre côté du rocher du Crâne.

— Pourtant, j'avais dit à Suzie que je me rendais dans le secteur de la Vieja.

— Nous avons découvert ton sac à dos à huit cents mètres d'ici, aussi sommes-nous allés dans cette direction.

Le coyote !

— Sans ce panache de fumée noire, nous ne t'aurions jamais retrouvée.

Morgana songea à la voix qui l'avait avertie de la présence du panier enduit de résine, une voix teintée de l'accent bostonien de tante Bettina. Merci de m'avoir sauvée, pensa-t-elle.

Plaçant ses mains sur le visage de Robert, elle scruta ses traits et ses yeux bruns, toujours aussi vivants malgré les épreuves.

— C'est vraiment toi ? Tu es sûr que ça va ?

— Je vais bien, mon amour. Et je ne te quitterai plus jamais.

Morgana repensa alors au journal de son père et à la sagesse des Anciens.

— J'ai tant de choses à te raconter, soupira-t-elle.

« Je ne crois pas aux anges et aux saints, aux dieux et aux mythes, avait-elle dit un jour. Je crois à ce que je peux voir et toucher, et aussi à ce que l'homme est capable d'accomplir. »

A présent, elle se sentait intimement liée au monde spirituel ; elle percevait la présence du surnaturel tout autour d'elle, comme si des êtres magiques l'avaient dépouillée de l'enveloppe qui la rendait aveugle et sourde à leur dimension. Si papa avait vécu et m'avait élevée, j'aurais atteint cet état bien avant.

D'une certaine manière, il avait fini par lui transmettre son savoir, vingt-deux ans après sa mort. Son père se trouvait sur la mesa à ses côtés, elle en était persuadée.

— Tu avais raison, Robert. J'ai passé une grande partie de ma vie à fuir. J'ai fui l'amour et quand je suis tombée amoureuse de toi, j'ai voulu fuir mes sentiments. J'ai fui le mariage et la maternité. Je me suis cachée dans le désert, renonçant à étudier et découvrir le monde. Quand j'ai connu Elizabeth, je rêvais de parcourir le pays pour recueillir des récits et des traditions indiennes. Mon rêve est mort avec elle. Il me semble avoir dormi dix longues années. Mais je suis réveillée !

Quand elle tenait l'éclat de la jarre dans ses mains, elle contemplait en réalité les larmes de Hoshi'tiwa. Elle sentait un lien presque tangible entre elle-même et la jeune fille qui vivait des siècles plus tôt, comme si celle-ci avait mêlé à l'argile un fil invisible qui la rattachait au futur propriétaire de la jarre. Le présent se fondait dans le passé.

— Tu m'as dit un jour que si tu ne t'étais pas engagé, tu ne m'aurais pas rencontrée et n'aurais jamais su à quoi Dieu te destinait. Moi-même, si je ne t'avais pas épousé, je n'aurais pas recherché mon père avec tant d'assiduité. Pour le bien de Nicholas, je devais mettre un terme à ma quête. Sans toi, je n'aurais retrouvé ni ses dessins ni son journal.

Tandis qu'elle regardait l'humble trou signalant l'entrée de la *kiva*, elle prit conscience qu'elle n'était plus une orpheline élevée par une tante revêche, mais la fille d'un homme du destin et peut-être la mère d'un futur homme du destin : Nicholas était un maillon de la chaîne, une partie intégrante de leur *Suukya'qatsi*.

A présent, elle savait ce qu'elle ferait une fois la guerre terminée. Elle approfondirait le concept des Troisième et Quatrième Mondes, recueillerait auprès des anciens des informations qui compléteraient ce qu'elle avait appris dans la *kiva* afin de rendre accessible au plus grand nombre la notion d'Unité parfaite.

Elle créerait aussi un musée ouvert gratuitement au public, consacré à la vie, aux découvertes et aux œuvres de son père. Celui-ci avait-il réellement résolu le mystère de Chaco Canyon ? Elle soumettrait son journal à des experts qui en tireraient des conclusions scientifiques.

Quant au *xochitl* contenant le sang de Quetzalcóatl, elle le garderait et le transmettrait un jour à Nicholas. Tous les trois, ils iraient à Chaco Canyon et chercheraient la salle des plumes, les ruines de l'atelier des potières. Le jour de l'équinoxe, ils se posteraient sur la grand-place à midi pile pour voir leurs ombres pointer vers le nord.

Mais d'abord elle remonterait son père de la *kiva* et lui donnerait une sépulture près de l'oasis de Mara, afin qu'il repose aux côtés d'Elizabeth. Elle ferait également rapatrier le corps de Gideon pour l'inhumer entre ses deux parents.

— Robert, tu as vu notre fils ? s'enquit-elle soudain.

Il sourit.

— Je l'ai vu. Il est magnifique.

Au même moment, la meilleure amie de Morgana approcha, tenant un paquet dans ses bras.

— Suzie ! Qu'est-ce que tu fais là ?

Suzie tendit Nicholas endormi à sa mère avant d'expliquer :

— Je tenais à m'assurer que tu allais bien. D'un autre côté, je ne pouvais me résoudre à laisser le bébé. J'ignore pourquoi, quelque chose me poussait à l'emmener. Je sais qu'il fait froid, mais il est chaudement couvert.

Morgana serra passionnément son fils endormi.

— Je te remercie. C'est un enfant du désert, né tout près d'ici.

Ça non plus, ce n'était pas dû au hasard.

Avant de monter à bord du break de Joe Candlewell, Morgana jeta un dernier coup d'œil au rocher à l'éclair qui semblait veiller sur la *kiva* et aperçut une jeune fille au front tatoué de trois traits verticaux, vêtue de rouge et coiffée de macarons suivant l'usage des Hopis. L'Indienne leva la main pour lui dire adieu.

Morgana confia ses pensées au vent pour qu'il les lui apporte : Si Hoshi'tiwa n'était pas la dernière chamane, alors qui est-ce ?

La connaissance de l'Unité parfaite a été transmise à ton père, qui te l'a transmise à son tour, répondit la jeune fille aux macarons et aux yeux en amande. *La dernière chamane, c'est toi, Morgana.*

Achevé d'imprimer sur les presses de

BUSSIÈRE

GROUPE CPI

à Saint-Amand-Montrond (Cher)
en juin 2007

Composé par Nord Compo
à Villeneuve-d'Ascq

N° d'édition : C07175/01. — N° d'impression : 072223/1.
Dépôt légal : juin 2007.

Imprimé en France